Maths

Cycle 4 (5e, 4e et 3e)

Maths

Cycle 4 (5e, 4e et 3e)

579 exercices corrigés classés par compétences

Christophe Poulain

ellipses

Du même auteur chez le même éditeur

Compétences et exercices corrigés

Mathématiques. Compétences et exercices corrigés pour élèves de 6ᵉ, 224 pages, 2013.

Mathématiques. Compétences et exercices corrigés pour élèves de 5ᵉ, 208 pages, 2014.

Mathématiques – 66 compétences à maîtriser et 293 exercices corrigés pour élèves de 4ᵉ, 240 pages, 2015.

Fiches et rappels de cours

Maths 6ᵉ – Fiches de rappel et exercices corrigés, 224 pages, 2012.

Maths 5ᵉ – Fiches de rappel et exercices corrigés, 256 pages, 2012.

Maths 4ᵉ – Fiches de rappel et exercices corrigés, 224 pages, 2011.

Maths 3ᵉ – Fiches de rappel, exercices et annales de brevet corrigés, 240 pages, 2010.

Autres ouvrages

Dico Maths 6ᵉ-3ᵉ, 2ᵉ édition, 320 pages, 2015.

Mémo de mathématiques pour le brevet, 176 pages, 2010.

Énigmes et jeux mathématiques, 128 pages, 2011.

Apprendre en s'amusant le vocabulaire mathématique, 72 pages, 2012.

Je tiens particulièrement à remercier mon épouse Céline et Jean-Michel SARLAT pour leur soutien ; Sylvie HANNESSE et Patrice PECQUEUR, des amis, pour leurs relectures très pointues ; Thomas DEHON, un ancien élève, pour ses questions nombreuses ; ainsi que Denis BITOUZÉ et Jean-François BURNOL pour leurs conseils avisés sur l'utilisation de LaTeX.

Ce livre a été composé sur un système Linux (Debian Jessie) grâce à LaTeX, TikZ et à METAPOST pour les figures.

ISBN 9782340-028036

32, rue Bargue 75740 Paris cedex 15

www.editions-ellipses.fr

Avant-propos

Ce livre regroupe l'ensemble des compétences du cycle 4, correspondant aux classes de 5e, 4e et 3e telles qu'elles sont écrites dans les programmes de mathématiques du collège. Pour chacune d'elles, on trouvera des exercices d'application directe puis d'approfondissement.

Par la notion même de cycle, les compétences à acquérir sont susceptibles d'être abordées à tout moment des classes de 5e à 3e. Cependant, certaines nécessitent d'être enseignées seulement à partir de la 4e ou de la 3e. Ces compétences sont repérées par :

pour celles abordées à partir de la 4e ;

pour celles abordées à partir de la 3e.

Même si cela relève des choix pédagogiques de chaque enseignant, les mêmes repères sont utilisés dans les exercices, *uniquement* dans le cas où la compétence associée n'est pas elle-même repérée.
De plus, on trouvera à la page 413 *un exemple* de répartition de ces compétences sur les trois classes (5e-4e-3e) du cycle.

Enfin, au travers des exercices proposés, chaque élève pourra travailler les six domaines du socle relatifs aux mathématiques : chercher, modéliser, représenter, raisonner, calculer et communiquer.

Sommaire

Thème A

Nombres et calculs

Table des compétences du thème A

Compétence 1
Connaître et utiliser le vocabulaire lié à la division euclidienne

> Soit a un nombre *entier* et b un nombre *entier non nul*.
> *La division euclidienne* de a par b permet de trouver le nombre *entier* q de fois que l'on peut mettre la quantité b dans la quantité a et s'il existe éventuellement un reste r.
>
> $$a = b \times q + r \qquad (r < b)$$
>
> Le nombre q s'appelle *le quotient entier* de a par b.
>
> $172 = 9 \times 19 + 1$ et $9 \times 19 < 172 < 9 \times 20$

1 ▶ On considère les trois calculs suivants :

$$238 = 42 \times 5 + 28 \qquad 238 = 15 \times 14 + 28 \qquad 238 = 13 \times 17 + 17$$

(a) Parmi ces calculs, quel est celui qui correspond à une division euclidienne ? Expliquer pourquoi les autres calculs ne conviennent pas.

(b) Poser la division, écrire le quotient et le reste.

(c) Dans cette division, comment s'appelle le nombre 238 ?

2 ▶ *Les deux questions peuvent être résolues séparément.*

(a) Encadrer 117 par deux multiples consécutifs de 7. Sans faire de division, quel est le quotient dans la division euclidienne de 117 par 7 ? Quel est le reste ?

(b) Encadrer 196 par deux multiples consécutifs de 15. Quel est le quotient dans la division euclidienne de 196 par 15 ? Quel est le reste ?

3 ▶ Dans la division euclidienne ci-dessous, retrouver les chiffres manquants. (Un même symbole désigne toujours le même chiffre.)

$$\begin{array}{r|l} \spadesuit\,\heartsuit\,\spadesuit & \clubsuit\,\square \\ \cline{2-2} -\clubsuit\,\square & \star\ 6 \\ \hline 3\ 3\ 8 & \\ -\diamondsuit\,\square\,\clubsuit & \\ \hline 4\ 4 & \end{array}$$

4 ▶ Dans une division euclidienne, le diviseur est 17, le reste 14. De combien faut-il diminuer ou augmenter le dividende pour obtenir un quotient exact ?

5 ▶ Lors de l'utilisation du logiciel Scratch©, la commande

```
(50) modulo (7)
```

permet d'obtenir le reste de la division euclidienne de 50 par 7.
Quel est l'objectif du programme suivant ?

```
quand [drapeau] est cliqué        %Créer trois variables : dividende, diviseur et test
demander [Quel est le dividende ?] et attendre
mettre [dividende ▾] à (réponse)
demander [Quel est le diviseur ?] et attendre
mettre [diviseur ▾] à (réponse)
mettre [test ▾] à ((dividende) − ((diviseur) × ((dividende) modulo (diviseur))))
dire [Je viens de calculer…]
```

Compétence 2

Connaître et utiliser les notions de multiples et diviseurs d'un nombre entier

> Dans la division euclidienne de a par b (où a et b sont deux nombres entiers avec b non nul), si le reste r est nul, alors on écrit $a = b \times q$ et on dit que :
> * a est un *multiple* de b ;
> * b est un *diviseur* de a.

On peut aussi utiliser les critères de divisibilité :

— Un nombre entier est *divisible par 2* si son chiffre des unités est 2 ; 4 ; 6 ; 8 ; 0.

— Un nombre entier est *divisible par 3* si la somme de ses chiffres est un multiple de 3.

— Un nombre entier est *divisible par 4* si ses deux derniers chiffres forment un multiple de 4.

— Un nombre entier est *divisible par 5* si son chiffre des unités est 0 ou 5.

— Un nombre entier est *divisible par 9* si la somme de ses chiffres est un multiple de 9.

6 ▶ Pour chaque question, on justifiera la réponse proposée.

(a) 404 est-il divisible par 4 ?

(b) 357 est-il un multiple de 7 ?

(c) 613 est-il un multiple de 6 ?

(d) 9 est-il un diviseur de 441 ?

7 ▶ Je suis un nombre entier de trois chiffres. Mon nombre de dizaines est multiple de 9. Mon chiffre des dizaines est 7. Je suis un nombre impair multiple de 5.

Qui suis-je ?

8 ▶ Quels sont les nombres entiers compris entre votre année de naissance et 2018 et…

(a) qui sont divisibles par 3 ?

(b) qui sont divisibles par 5 ?

(c) qui sont divisibles par 6 ?

9 ▶ Une grand-mère dit à son petit-fils : « Cette année, mon âge est un multiple de 6. L'an prochain, il sera un multiple de 5.

Si je précise que j'ai plus de 70 ans et moins de 90 ans, quel est donc mon âge ? »

10 ▶ Je suis un nombre entier de quatre chiffres, multiple de 5 et de 9. Le nombre formé par mes deux derniers chiffres est un multiple de 11. Mon nombre de centaines est un multiple de 10.

Qui suis-je ?

11 ▶ Avec les œufs de ce matin, un fermier vient de remplir 18 boîtes de six œufs.

(a) Combien a-t-il récupéré d'œufs ce matin ?

(b) Vérifier qu'on peut également faire des boîtes de 12 œufs toutes pleines.

(c) Peut-on inventer d'autres boîtes permettant de contenir pleinement tous ces oeufs ? Justifier.

Compétence 3
Simplifier une fraction pour la rendre irréductible

On considère une fraction $\frac{a}{b}$ où a est un nombre entier et b un nombre entier non nul.

Pour écrire une fraction égale à $\frac{a}{b}$, on multiplie (ou on divise) le numérateur *et* le dénominateur par un même nombre non nul.

$$\frac{a}{b} = \frac{k \times a}{k \times b} \quad (k \neq 0) \qquad\qquad \frac{a}{b} = \frac{a \div \ell}{b \div \ell} \quad (\ell \neq 0)$$

12 ▶ Compléter les pointillés pour que l'égalité proposée soit vraie.

$$\frac{7}{3} = \frac{\ldots}{6} \qquad \frac{15}{12} = \frac{5}{\ldots} \qquad \frac{\ldots}{5} = \frac{30}{25} \qquad \frac{21}{\ldots} = \frac{7}{9}$$

13 ▶ Simplifier les fractions suivantes :

$$\frac{20}{35} \qquad \frac{28}{49} \qquad \frac{72}{45}$$

- Pour savoir si un nombre entier est divisible par 2, on regarde son chiffre des unités : si celui-ci est 0 ; 2 ; 4 ; 6 ou 8, alors ce nombre est divisible par 2, sinon il ne l'est pas.
- Pour savoir si un nombre entier est divisible par 5, on regarde son chiffre des unités : si celui-ci est 0 ou 5, alors ce nombre est divisible par 5, sinon il ne l'est pas.
- Pour savoir si un nombre entier est divisible par 10, on regarde son chiffre des unités : si c'est 0, alors ce nombre est divisible par 10, sinon il ne l'est pas.
- Pour savoir si un nombre entier est divisible par 4, on regarde ses deux derniers chiffres : si c'est un multiple de 4, alors ce nombre est divisible par 4, sinon il ne l'est pas.
- Pour savoir si un nombre entier est divisible par 3, on *calcule la somme* de ses chiffres. Si cette somme est un multiple de 3, alors ce nombre est divisible par 3 ; sinon il ne n'est pas.
- Pour savoir si un nombre entier est divisible par 9, on *calcule la somme* de ses chiffres. Si cette somme est un multiple de 9, alors ce nombre est divisible par 9 ; sinon il ne n'est pas.

14 ▶ En utilisant les critères de divisibilité, simplifier les fractions suivantes :

$$\frac{15}{105} \qquad \frac{51}{57} \qquad \frac{102}{144} \qquad \frac{350}{490} \qquad \frac{512}{1\,024}$$

> Deux nombres entiers sont *premiers entre eux* lorsqu'ils n'ont qu'un seul diviseur commun : 1.

15 ▶ On considère les nombres 18 et 30.

(a) Quels sont les diviseurs de 18 ?

(b) Quels sont les diviseurs de 30 ?

(c) Quels sont les diviseurs communs à 18 et à 30 ?

(d) Les nombres 18 et 30 sont-ils premiers entre eux ?

16 ▶ Déterminer si les nombres suivants sont premiers entre eux.

(a) $a = 24$ et $b = 30$

(b) $a = 18$ et $b = 25$

(c) $a = 50$ et $b = 75$

(d) $a = 42$ et $b = 70$

> On considère deux nombres entiers a et b, avec b non nul.
> Dire que la fraction $\frac{a}{b}$ est *irréductible*, cela signifie que les nombres a et b sont premiers entre eux.

17 ▶ Dire si les fractions suivantes sont irréductibles. Justifier.

(a) $\frac{18}{30}$ (b) $\frac{70}{42}$ (c) $\frac{25}{16}$ (d) $\frac{36}{55}$

18 ▶ On considère un nombre entier n supérieur à 6 et on pose :

$$F = \frac{n+9}{n-6}.$$

Déterminer la forme irréductible de F pour $n = 25$ et $n = 46$.

19 ▶ Rendre irréductible la fraction $\frac{720}{1\,512}$.

20 ▶ On considère un nombre entier a non nul.

Prouver que la fraction $\frac{aaa}{37}$ n'est pas irréductible.

21 ▶ On considère deux nombres entiers a et b non nuls.

Prouver que la fraction $\frac{abab}{101}$ n'est pas irréductible.

Compétence 4
Connaître la notion de nombre premier

Dire qu'un nombre entier, supérieur ou égal à 2, est un nombre *premier*, cela signifie que ce nombre ne possède que deux diviseurs : 1 et lui-même.

La liste des nombres premiers commence par 2 ; 3 ; 5 ; 7 ; 11...

1 n'est pas un nombre premier...

22 ▶ Parmi les nombres ci-dessous, quels sont les nombres premiers ?

41   42   43   44   45

23 ▶ Les nombres 245 ; 578 ; 963 sont-ils des nombres premiers ? Justifier.

24 ▶ 97 est-il un nombre premier ? Justifier.

25 ▶ Voici plusieurs affirmations. Sont-elles vraies ou fausses ? Justifier.

(a) 57 n'est pas un nombre premier.

(b) Le produit 8×25 est un nombre premier.

(c) La somme $8 + 9$ est un nombre premier.

(d) Le quotient $93 \div 3$ est un nombre premier.

26 ▶ Lorsqu'il effectue les calculs, Jérémy remarque que les nombres

$$2 \times 3 - 1;$$
$$3 \times 4 - 1;$$
$$4 \times 5 - 1$$

sont des nombres premiers.

(a) Vérifier que les trois nombres proposés par Jérémy sont bien des nombres premiers.

(b) Jérémy pense que tous les nombres construits de la même façon que les précédents sont des nombres premiers ? Êtes-vous d'accord avec lui ? Le raisonnement sera expliqué.

27 ► Le script suivant, sous Scratch©, devait permettre de savoir si un nombre entier est premier. Malheureusement, il ne fonctionne pas ! Retrouver l'erreur et la corriger.

```
quand [drapeau] est cliqué                        %Créer trois variables : a, b et n
demander [Quel est le nombre à tester ?] et attendre
mettre [a] à (réponse)                            %Le nombre entier à tester
mettre [b] à [2]                                  %L'éventuel diviseur
mettre [n] à [1]                                  %Le nombre de diviseur
répéter jusqu'à < (b) < (a) >
    si < ((a) modulo (b)) = [0] > alors
        ajouter à [n] (1)
    ajouter à [b] (1)
si < (n) = [2] > alors
    dire [le nombre proposé est un nombre premier]
sinon
    dire [le nombre proposé n'est pas un nombre premier]
```

Compétence 5

Utiliser la notion de nombre premier pour décomposer un nombre entier

Si un nombre entier est supérieur ou égal à 2, alors il peut être décomposé *de manière unique* sous la forme d'un produit de plusieurs nombres premiers.

$70 = 2 \times 5 \times 7$; $36 = 2^2 \times 3^2$; $72 = 2^3 \times 3^2$

28 ▶ Prouver les égalités suivantes :

$75 = 3 \times 5^2$ $\qquad$ $100 = 2^2 \times 5^2$ $\qquad$ $420 = 2^2 \times 3 \times 5 \times 7$

29 ▶ Compléter le diagramme ci-dessous.

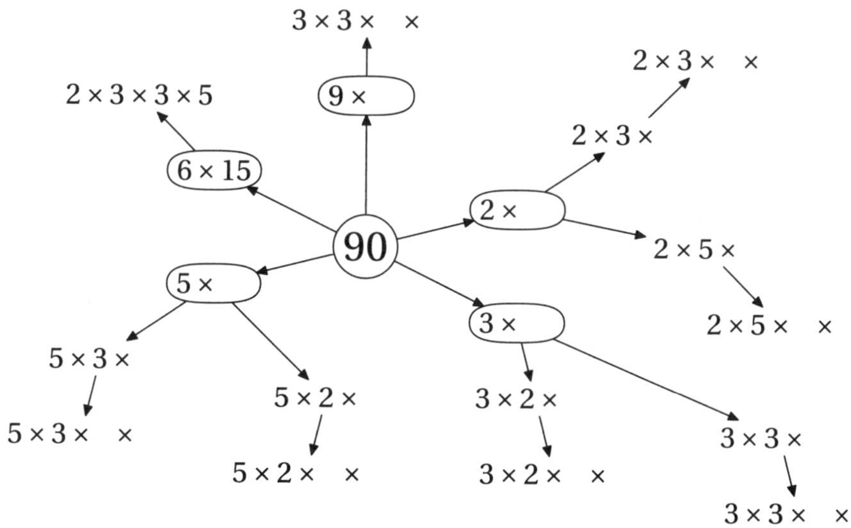

30 ▶ Compléter le diagramme ci-dessous.

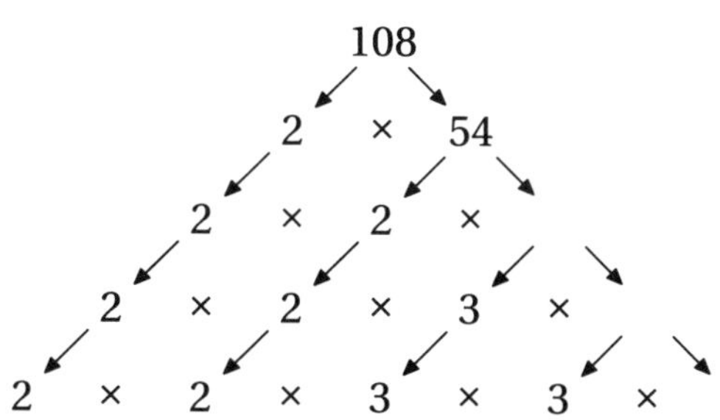

31 ▶ Décomposer les nombres suivants sous la forme d'un produit de nombres premiers.

96 120 375

32 ▶ Rendre irréductible la fraction $\frac{96}{120}$.

33 ▶ L'objectif de cet exercice est de trouver le Plus Petit Commun Multiple (P.P.C.M.) aux nombres 135 et 165.

(a) Décomposer 135 sous la forme d'un produit de facteurs premiers.

(b) Décomposer 165 sous la forme d'un produit de facteurs premiers.

(c) Déduire des questions précédentes le P.P.C.M. des nombres 135 et 165.

34 ▶ On dispose de plusieurs engrenages comme le montrent les figures ci-dessous. Dans chacun des cas, déterminer le nombre de tours nécessaires aux deux roues pour qu'elles se retrouvent dans la position de départ.

(a)

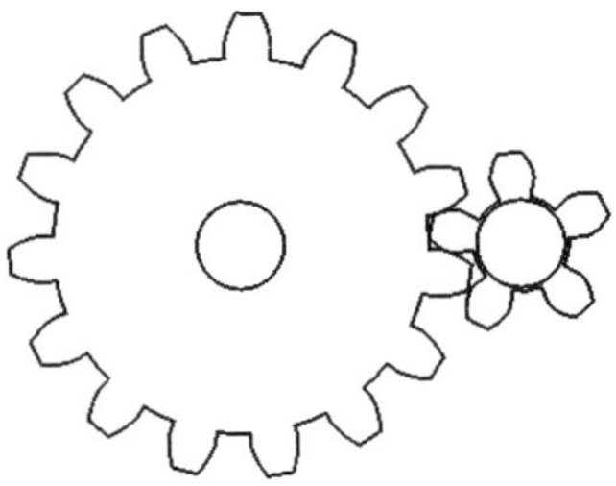

(b)

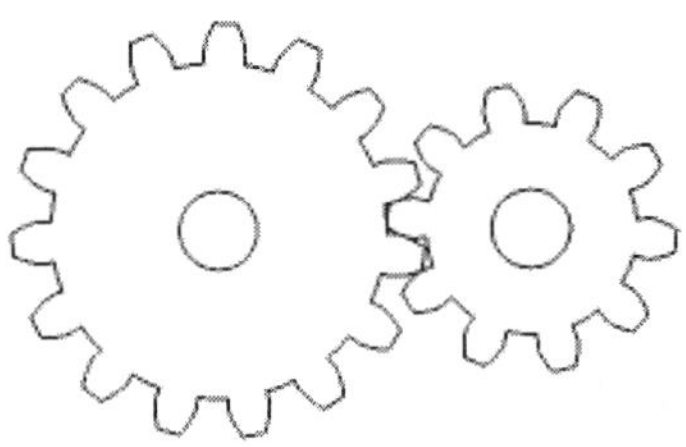

(c)

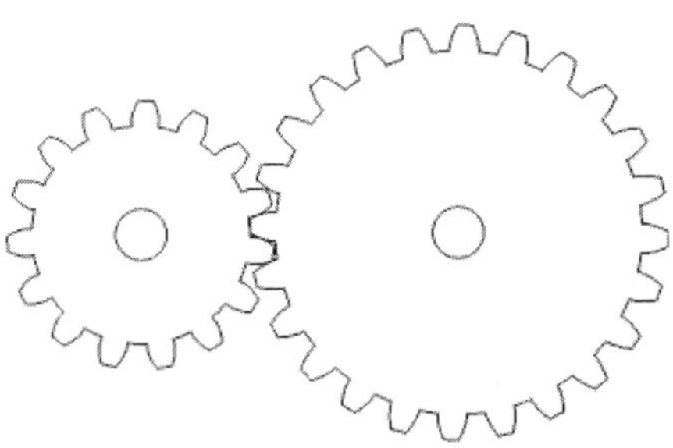

35 ▶ L'objectif de cet exercice est de calculer le Plus Grand Diviseur Commun (P.G.C.D. [1]) des nombres 825 et 1 320.

(a) Décomposer 825 sous la forme d'un produit de facteurs premiers.

(b) Décomposer 1 320 sous la forme d'un produit de facteurs premiers.

(c) Déduire des questions précédentes le P.G.C.D. des nombres 825 et 1 320.

1. Pour garder l'analogie avec la notation anglaise G.C.D. (Greatest Common Divisor).

Compétence 6
Utiliser la notion de nombre premier pour résoudre des problèmes

36 ▶ Joe, célèbre bandit du Far West, est à la tête de trente hors-la-loi.

(a) Lors d'une première attaque de diligence, le butin s'élève à 388 pièces d'or. Le chef dit à ses trente compagnons : « Partagez ces pièces d'or entre vous de façon égale. Je prendrai le reste ».

Quelle est la part de chacun des bandits ? Quelle est la part de Joe ?

(b) Joe sera-t-il toujours celui qui aura le plus grand nombre de pièces ? Expliquer.

37 ▶ Je suis un nombre entier compris entre 400 et 450.
Que l'on me divise par 3, par 4 ou par 5, le reste est toujours 1.
Qui suis-je ?

38 ▶ Un nombre entier est un multiple de 42 et de 30. Est-il un multiple de 42×30 ?

39 ▶ On considère un nombre premier n. Il est appelé *nombre premier de Sophie Germain*[2] si le nombre $2n + 1$ est aussi un nombre premier.

(a) Expliquer pourquoi 2 est un nombre premier de Sophie Germain.

(b) 3 est-il un nombre premier de Sophie Germain ?

(c) Trouver tous les nombres premiers de Sophie Germain entre 1 et 30.

40 ▶ Trois signaux différents sont émis par un phare :
— le premier toutes les 16 secondes ;
— le second toutes les 45 secondes ;
— le troisième toutes les 2 minutes et 30 secondes.
On considère que ces trois signaux sont émis simultanément à minuit.

(a) À quels intervalles de temps sont émis *simultanément* deux de ces signaux ? On envisagera tous les cas (premier et deuxième, ou premier et troisième, ou deuxième et troisième).

(b) À quels intervalles de temps les trois signaux sont-ils émis *simultanément* ?

---

2. Sophie Germain (1776-1831) est une mathématicienne, physicienne et philosophe française.

41 ▶ Un pavé droit a les dimensions suivantes : 3 cm en profondeur, 8 cm en longueur et 8 cm en hauteur.

(a) Prouver que son volume est 192 cm^3 et que sa surface totale est 224 cm^2.

(b) Est-il possible de trouver d'autres pavés droits dont les arêtes sont des nombres entiers et ayant un volume et une surface totale identiques à ceux du pavé droit de la première question ?

Justifier le raisonnement utilisé.

Compétence 7
Connaître les nombres décimaux

> Un nombre *décimal* est un nombre qui peut s'écrire sous la forme d'une fraction décimale ou sous la forme d'une somme d'un nombre entier et de fractions décimales.

> Depuis le XVIIe siècle, on écrit $1+\frac{2}{10}+\frac{7}{100}$ sous la forme $1+\frac{27}{100}$ puis sous la forme 1,27.
> C'est ce qu'on appelle *l'écriture décimale* d'un nombre décimal.

42 ▶ On donne les nombres décimaux ci-dessous :

- $23+\frac{4}{10}$
- $25+\frac{9}{100}$
- $\frac{35}{100}$
- $2+\frac{7}{100}+\frac{1}{10}$
- $82+\frac{6}{10}+\frac{7}{1\,000}$
- $\frac{8}{10}+\frac{52}{100}$
- $7+\frac{6}{10}+\frac{75}{100}$

(a) Donner une écriture décimale de chaque nombre.

(b) À l'aide de ces nombres décimaux, construire un tableau du type :

Nombre décimal	Partie entière	Partie décimale

43 ▶ *Les questions peuvent être traitées séparément.*

(a) On considère le nombre 147,285.
Que représente le chiffre 5 ? le chiffre 4 ? le chiffre 2 ? le chiffre 1 ?

(b) On considère le nombre 6 498,703. Quel est le chiffre des dizaines ? des centièmes ? des unités ? des dixièmes ?

(c) Que représente le chiffre 3 pour le nombre 12,453 ? pour le nombre 300,8 ? pour le nombre 77,32 ? pour le nombre 883,009 ?

44 ▶ L'enseignant a écrit au tableau le nombre 304,651 que les élèves doivent recopier sur leur cahier.

Marion, Baptiste, Sonia et Romain se sont trompés chacun sur un chiffre en recopiant ce nombre.

Sonia a écrit 304,751. Elle a changé le chiffre des ....

Marion a écrit 314,651. Elle a changé le chiffre des ....

Baptiste a écrit 304,681. Il a changé le chiffre des ....

Romain a écrit 9 comme chiffre des dixièmes. Au lieu de 304,651 il a écrit ....

45 ▶ Je suis un nombre décimal qui s'écrit avec deux chiffres après la virgule :
— mon nombre d'unités est le double de celui du nombre 68,543 ;
— mon chiffre des centièmes est le même que celui du nombre 375,091 ;
— mon chiffre des dixièmes est le même que celui du nombre 192,685.
Écrire ce nombre en écriture décimale. Donner ensuite une décomposition de ce nombre à l'aide des fractions décimales.

46 ▶ *Les deux premières questions sont indépendantes.*

(a) Je suis un nombre décimal à trois chiffres. Mon chiffre des unités est 3 et mon chiffre des dixièmes est le double de mon chiffre des centièmes. Qui suis-je ? (Attention, il y a plusieurs solutions.)

(b) Je suis un nombre décimal à trois chiffres. Mon chiffre des centièmes est 5, mon chiffre des unités est plus petit que mon chiffre des dixièmes. Lorsqu'on ajoute tous les chiffres qui me composent, on obtient 10. Qui suis-je ? (Attention, il y a plusieurs solutions.)

(c) Reprendre la question précédente avec cette fois-ci, un nombre décimal à quatre chiffres. Cela donne-t-il davantage de solutions ?

Compétence 8

Calculer avec les nombres décimaux (somme, différence, produit, quotient)

Dans une addition, les nombres s'appellent *les termes* et le résultat s'appelle *la somme*.

$$\begin{array}{r} {}^{1} \\ 73,45 \\ +\ 94,73 \\ \hline 168,18 \end{array}$$

$$\underbrace{73,45}_{\text{terme}} + \underbrace{94,73}_{\text{terme}} = \underbrace{168,18}_{\text{somme}}$$

7 345 centièmes + 9 473 centièmes = 16 818 centièmes

La somme de 73,45 et de 94,73 est 168,18.

Soit m et n deux nombres tels que m soit supérieur à n.
Pour trouver le nombre que l'on doit ajouter à n pour obtenir m, on effectue *la différence* $m - n$.

$$n + ? = m$$
$$? = m - n$$

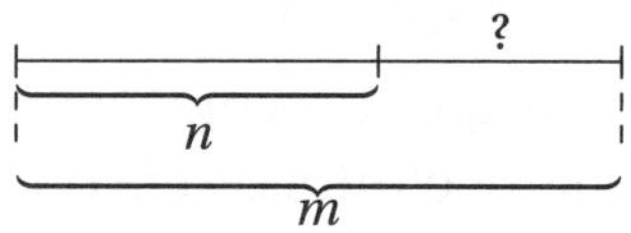

$$\begin{array}{r} 7,{}_{1}5\,{}_{1}0 \\ -\ {}_{1}5,{}_{1}9\ 7 \\ \hline 1,5\ 3 \end{array}$$

$$\underbrace{750 \text{ centièmes}}_{\text{terme}} - \underbrace{597 \text{ centièmes}}_{\text{terme}} = \underbrace{153 \text{ centièmes}}_{\text{différence}}$$

La différence entre 7,50 et 5,97 est 1,53.

Les nombres qui composent une multiplication s'appellent *les facteurs*. Le résultat d'une multiplication s'appelle *le produit*.

$$\begin{array}{r} 17,59 \\ \times\ \ 37,8 \\ \hline 14072 \\ 12313 \\ 5277 \\ \hline 664,902 \end{array}$$

$$\underbrace{17,59}_{\text{facteur}} \times \underbrace{37,8}_{\text{facteur}} = \underbrace{664,902}_{\text{produit}}$$

Le produit de 17,59 par 37,8 est 664,902.

Soit a un nombre *entier* et b un nombre *entier non nul*.
La division euclidienne de a par b permet de trouver le nombre *entier* q de fois que l'on peut mettre la quantité b dans la quantité a et s'il existe éventuellement un reste r.

$$a = b \times q + r \qquad (r < b)$$

Le nombre q s'appelle *le quotient entier* de a par b.

$172 = 9 \times 19 + 1$ et $9 \times 19 < 172 < 9 \times 20$

47 ▶ Calculer les sommes suivantes en regroupant astucieusement les nombres :

(a) $8,17+6,7+6,83+3,3$

(b) $3,4+0,88+1,6+0,12$

(c) $6,8+5,7+4,3+3,2$

(d) $12,1+12,4+12,9+12,6$

48 ▶ Recopier et compléter les additions suivantes :

$$\begin{array}{r} {\scriptstyle 1} \\ 1\ \bullet\ 8,0\ 3 \\ +\ 2\ 1\ \bullet,2 \\ \hline \bullet\ 6\ 2,2\ 3 \end{array} \qquad \begin{array}{r} 3\ 4\ 5,6 \\ +\quad 7,\bullet\ \bullet \\ \hline \bullet\ 5\ 2,8\ 5 \end{array} \qquad \begin{array}{r} \bullet,\bullet\ \bullet\ \bullet \\ +\ 9\ 8,6\ 1 \\ \hline 9\ 9,8\ 6\ 6 \end{array}$$

49 ▶ Compléter les égalités suivantes :

(a) $23,7+\ldots=35$

(b) $15,2+\ldots=25,2$

(c) $36,2+\ldots=55,4$

(d) $\ldots+7=58,7$

(e) $43,7-\ldots=35$

(f) $35,2-\ldots=25,2$

(g) $436,2-\ldots=56,2$

(h) $\ldots-7=58,7$

50 ▶ Recopier et compléter les multiplications suivantes :

$$\begin{array}{r} 2\ 3 \\ \times\ 4,5 \\ \hline \bullet\ \bullet\ \bullet \\ \bullet\ \bullet\ \cdot \\ \hline \bullet\ \bullet\ \bullet,\bullet \end{array} \qquad \begin{array}{r} 3\ 4 \\ \times\ 3,5\ 9 \\ \hline \bullet\ \bullet\ \bullet \\ \bullet\ \bullet\ \bullet\ \cdot \\ \bullet\ \bullet\ \bullet\ \cdot\ \cdot \\ \hline \bullet\ \bullet\ \bullet,\bullet\ \bullet \end{array} \qquad \begin{array}{r} 7\ 8 \\ \times\ 8,9 \\ \hline \bullet\ \bullet\ \bullet \\ \bullet\ \bullet\ \bullet\ \cdot \\ \hline \bullet\ \bullet\ \bullet,\bullet \end{array} \qquad \begin{array}{r} 8\ 9 \\ \times\ 5,1\ 7 \\ \hline \bullet\ \bullet\ \bullet \\ \bullet\ \bullet\ \cdot \\ \bullet\ \bullet\ \bullet\ \cdot\ \cdot \\ \hline \bullet\ \bullet\ \bullet,\bullet\ \bullet \end{array}$$

51 ▶ Recopier et compléter les multiplications suivantes :

$$\begin{array}{r} 1,2\ 5 \\ \times\quad 5,1 \\ \hline \bullet\ \bullet\ \bullet \\ \bullet\ \bullet\ \bullet\ \cdot \\ \hline \bullet,\bullet\ \bullet\ \bullet \end{array} \qquad \begin{array}{r} 2\ 5,2 \\ \times\quad 7,9 \\ \hline \bullet\ \bullet\ \bullet\ \bullet \\ \bullet\ \bullet\ \bullet\ \bullet\ \cdot \\ \hline \bullet\ \bullet\ \bullet,\bullet\ \bullet \end{array} \qquad \begin{array}{r} 7,9 \\ \times\ 8,7\ 8 \\ \hline \bullet\ \bullet\ \bullet \\ \bullet\ \bullet\ \bullet\ \cdot \\ \bullet\ \bullet\ \bullet\ \cdot\ \cdot \\ \hline \bullet\ \bullet,\bullet\ \bullet\ \bullet \end{array} \qquad \begin{array}{r} 3\ 5,1\ 2 \\ \times\quad 7,1\ 9 \\ \hline \bullet\ \bullet\ \bullet\ \bullet\ \bullet \\ \bullet\ \bullet\ \bullet\ \bullet\ \cdot \\ \bullet\ \bullet\ \bullet\ \bullet\ \bullet\ \bullet\ \cdot\ \cdot \\ \hline \bullet\ \bullet\ \bullet,\bullet\ \bullet\ \bullet\ \bullet \end{array}$$

52 ▶ Voici plusieurs divisions effectuées par des élèves. Certaines sont fausses. Lesquelles ?

```
                1025 | 9          2587 | 24
               -  9  |-----      - 24  |-----
  317 | 7        12  | 113         18  | 177                986 | 15
 - 28 |----    -  9  |           -  0  |                   - 90 |----
   37 | 45       35  |            187  |                     86 | 65
 - 35 |        - 27  |          - 168  |                   - 75 |
    8 |           8  |             19  |                     11 |
```

53 ▶ Poser et effectuer les divisions suivantes jusqu'à ce que le reste soit égal à 0 :

(a) $72{,}9 \div 9$ (b) $31{,}92 \div 7$

54 ▶ Pour la fête du club de basket, Manu a organisé un concours qui consiste à évaluer la masse d'un filet garni en le soupesant.
Manu a placé dans ce filet un paquet de biscuits de 245 g, un sachet de bonbons de 985 g, une bouteille de jus de fruits qui pèse 1,530 kg, un paquet de nouilles de 253 g et un jambon de 3,120 kg.
Aider Manu à connaître la masse exacte du filet.

55 ▶ Ludovic achète un disque et un livre. Le disque coûte 19,78 € tandis que le livre coûte 3,79 € de moins que le disque.
Il donne 40 € pour payer. Le caissier lui demande encore 0,77 € puis lui rend de l'argent.
Combien lui rend-t-il ?

56 ▶ Le tableau donné ci-dessous indique les unités de longueur anglo-saxonnes. Elles sont utilisées dans des pays tels que les États-Unis, le Canada, l'Angleterre…

ligne	*line*	2,117 mm
pouce	*inch* (pluriel : *inches*)	12 *lines*
pied	*foot* (pluriel : *feet*)	12 *inches*
	yard	3 *feet*
	mile	1 760 *yard*

En informatique, on parle de cédéroms d'un diamètre de 4,7 pouces. Calculer cette dimension en millimètres. On arrondira à l'unité près.

57 ▶ Au rayon charcuterie, un client achète 0,300 kg de mousse de canard à 12,50 € le kg ; 0,280 kg de pâté de campagne à 11 € le kg ; 0,250 kg de rillettes à 13,56 € le kg et 3 pâtés impériaux à 1,80 € l'un. Avec 15,24 €, aura-t-il assez d'argent pour payer ? Expliquer.

58 ▶ Norbert commande une platine laser coûtant 372,90 €.

(a) Quel sera le montant, en euros, d'un versement s'il paie en trois fois sans frais ?

(b) Norbert préfère payer en six fois, mais le prix de la platine se trouve alors augmenté de 18 €.
Quel sera alors le montant, en euros, de chaque versement ?

> Pour indiquer un calcul *prioritaire*, on utilise des parenthèses.
>
> $$3 \times \underbrace{(4+2)}_{\text{premier calcul}}$$

> Lorsqu'une expression numérique n'a pas de parenthèses comportant des calculs, on effectue, ***de gauche à droite*** et *dans cet ordre*, les multiplications et les divisions, puis ensuite les additions et les soustractions.

$$A = \underbrace{8 \times 5}_{①} + \underbrace{9 \times 7}_{①} \qquad B = \underbrace{4 \times 5}_{①} + \underbrace{16 \div 8}_{①}$$

$$A = 40 + 63 \qquad B = 20 + 2$$

$$A = 103 \qquad B = 22$$

59 ▶ Calculer en écrivant les étapes intermédiaires :

$$A = 6 \times 3 + 7 \qquad B = 9 \times 14 - 5 \times 12$$

$$C = 17 - 3 \times 4 \qquad D = 1 + 50 \div 5 \times 2$$

> Lorsqu'une expression numérique a des parenthèses *comportant* des calculs, on effectue les calculs à l'intérieur de ces parenthèses en respectant la propriété précédente, puis on termine les calculs.

$$A = 8 \times \left(\underbrace{5+9}_{①}\right) \times 7 \qquad B = \left(\underbrace{20+3}_{①}\right) \times \left(16 - \underbrace{4 \times 3}_{①}\right)$$

$$A = 8 \times 14 \times 7 \qquad B = 23 \times \left(\underbrace{16 - 12}_{②}\right)$$

$$A = 784 \qquad B = 23 \times 4$$

$$B = 92$$

60 ▶ Calculer en écrivant les étapes intermédiaires :

$E = 6 \times (3+7)$ $\quad F = (13-7) \div 2$

$G = (3+5) \times (9-7)$ $\quad H = (3+5\times 7) \div 2 + 1$

61 ▶ Effectuer les calculs suivants en détaillant les étapes :

$A = 2\times 3 + 3 \times 5$ $\quad B = 3 + 3\times 3 + 3$

$C = 10 - \Big(5 - \big(4 - (3 - (2-1))\big)\Big)$ $\quad D = 2 + 3 \times (4 + 5\times 6)$

$E = 17 + 70 \div 5 \times 3$ $\quad F = (3 + 5 \times 7) \div 2 + 1$

62 ▶ Calculer les expressions suivantes :

$A = 150 - [200 - 4 \times (19 + 5 \times 3) + 22 \div 2]$

$B = 7 \times [(134 - 48 \div 2 - 5) + 1]$

$C = 82 - [15 \times 3 - 4 \times (9 + 2)]$

$D = 325 - [27 + (23 - 9 \times 2) \times 3] \times 5$

Compétence 9

Connaître et utiliser les nombres décimaux relatifs

Pour que la soustraction soit *toujours* possible, on a créé les nombres *négatifs*. -15 est un nombre négatif : c'est le résultat de la soustraction $0-15$.

63 ▶ Quels sont les résultats des soustractions suivantes ?

(a) $0-8$;
(b) $0-12$;
(c) $1-2$;
(d) $2-1$;
(e) $0-6$;
(f) $7-3$;
(g) $3-7$;
(h) $6-8$;
(i) $0-5$;
(j) $15-12$;
(k) $12-15$;
(l) $4{,}5-6$.

Un nombre *relatif* est un nombre positif ou un nombre négatif.

On note les nombres positifs sous la forme 2 ou $+2$ et les nombres négatifs sous la forme -21.

Une *droite graduée* est une droite sur laquelle on reporte régulièrement la même unité de longueur à partir d'un point appelé *origine*.

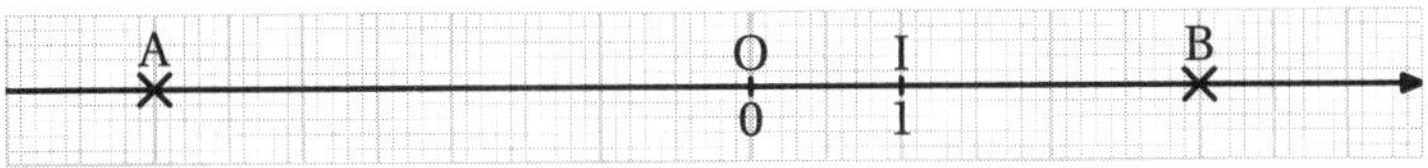

On repère les nombres relatifs en prenant une droite graduée : chaque point M de la droite représente un nombre appelé *abscisse* du point M.

Sur la droite graduée ci-dessus, l'abscisse du point A est -4 ; celle du point B est 3.

Parfois, on note l'abscisse d'un point M sous la forme x_M.

64 ▶ À l'aide de la droite graduée ci-dessous, déterminer l'abscisse de chacun des points A, B, C, D.

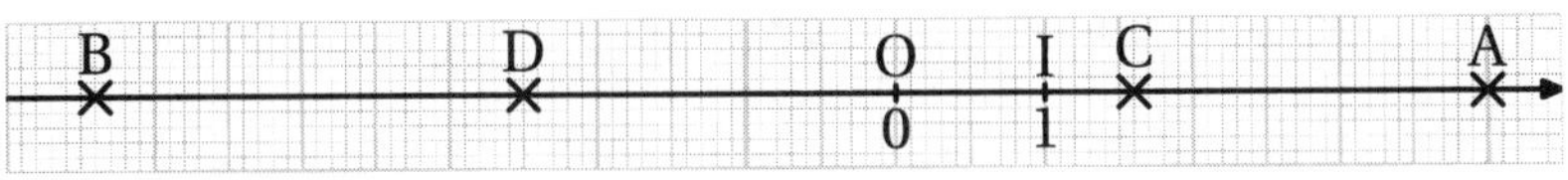

65 ▶ On considère la droite graduée ci-dessous :

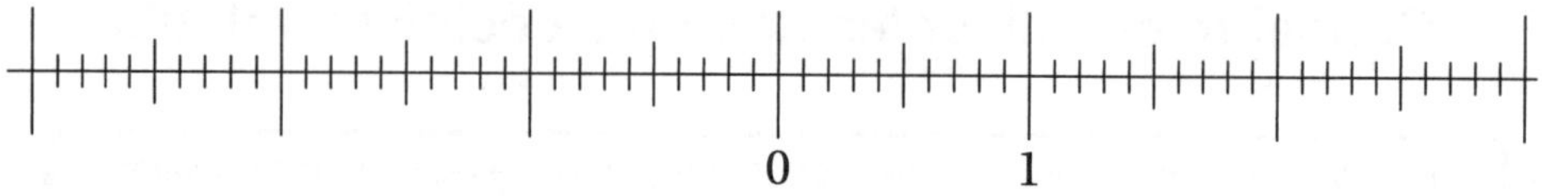

(a) Sur cette droite graduée, placer les points :

- ⋆ A d'abscisse 1,7 ;
- ⋆ E d'abscisse $-1,9$;
- ⋆ F d'abscisse $-2,5$;
- ⋆ M d'abscisse 0,8 ;
- ⋆ R d'abscisse $-0,4$;
- ⋆ T d'abscisse 2,9.

(b) Si les points sont bien placés, on peut lire le nom d'un mathématicien français célèbre. Qui est-ce ?

> Lorsqu'un point A est placé sur une droite graduée d'origine O, alors la longueur OA, mesurée dans l'unité de longueur de la droite graduée, s'appelle *la distance à zéro* du point A.

Sur la droite graduée ci-dessous, la distance à zéro du point A est 5 ; la distance à zéro du point B est 2.

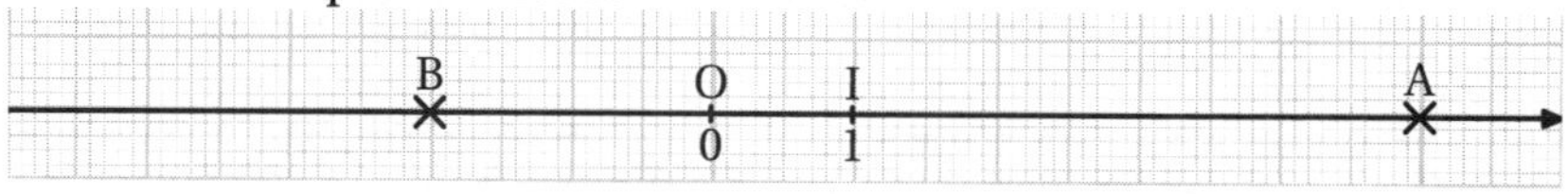

66 ▶ Quelle est la distance à zéro de chacun des points A, B et C placés sur la droite graduée ci-dessous ?

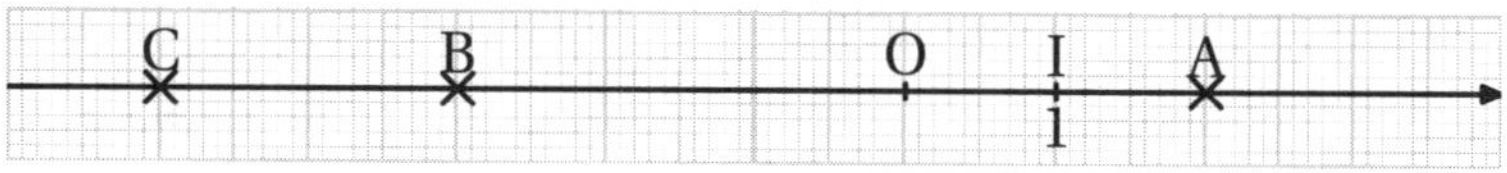

> Un *repère* du plan est la donnée de deux droites graduées de même origine et distinctes. L'origine commune des deux droites graduées s'appelle *l'origine* du repère. Le premier axe s'appelle *l'axe des abscisses* ; le deuxième s'appelle *l'axe des ordonnées*.

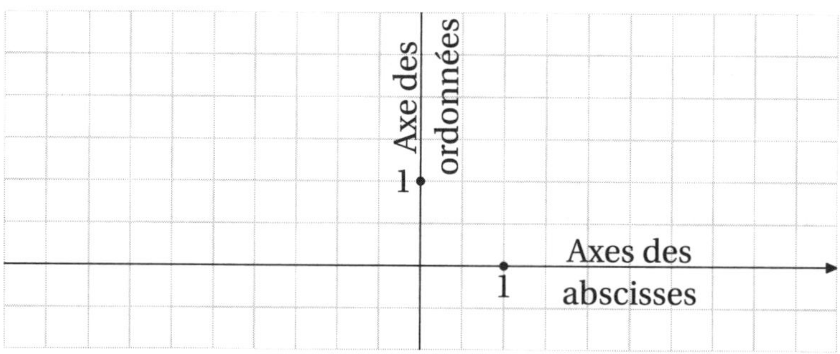

Les unités de longueur sur les deux axes gradués ne sont pas forcément les mêmes. Par contre, au collège, on utilisera toujours des axes perpendiculaires. Dans ce cas, on dira que le repère est *orthogonal.*

Grâce aux nombres relatifs, on peut repérer des points du plan par *leurs coordonnées* : *l'abscisse* du point et *l'ordonnée* du point.

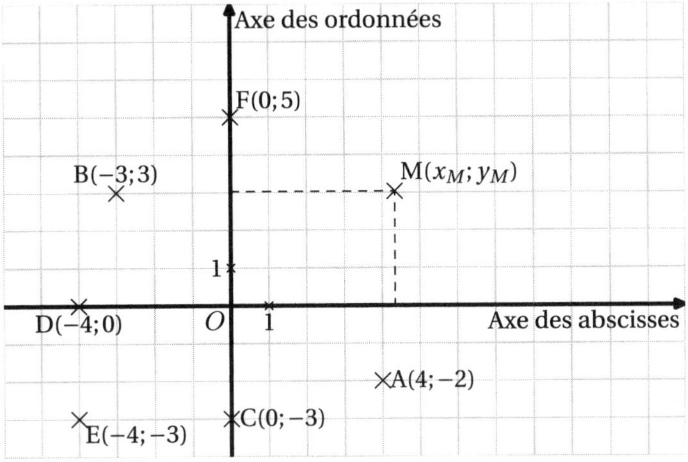

Les coordonnées d'un point sont toujours dans l'ordre suivant :
(abscisse;ordonnée).

67 ▶

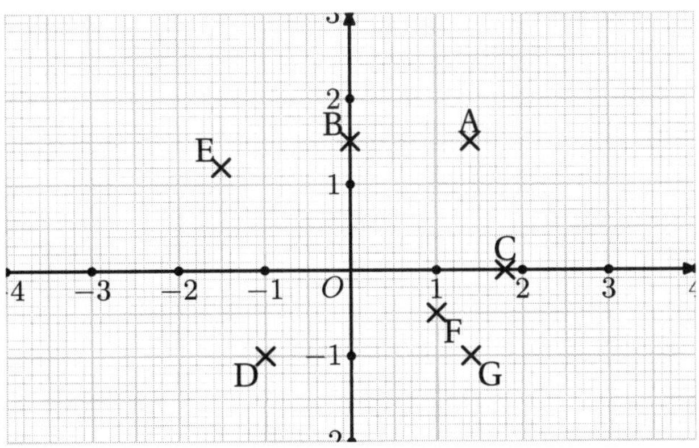

(a) Lire et écrire les coordonnées des points *A*, *B*, *C*, *D*, *E*, *F* et *G* de la figure.

(b) Quels sont ceux qui ont :

(a) une abscisse négative ?

(b) une ordonnée négative ?

(c) une abscisse positive et une ordonnée négative ?

Compétence 10

Connaître et utiliser la notion d'opposé d'un nombre relatif

Sur une droite graduée, dire que deux nombres relatifs différents ont la même distance à zéro signifie que ces deux nombres sont des nombres *opposés*.

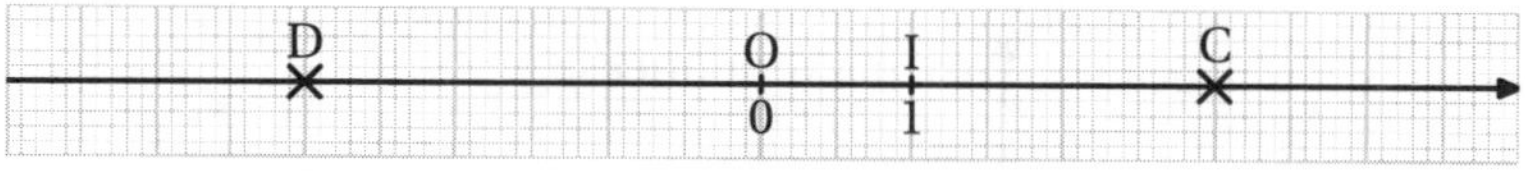

Sur la droite graduée ci-dessus, les points C et D ont pour abscisses respectives 3 et −3. Cela représente la même distance à zéro : 3. Dans ce cas, les nombres 3 et −3 sont *opposés*.

68 ▶ On considère la droite graduée ci-dessous :

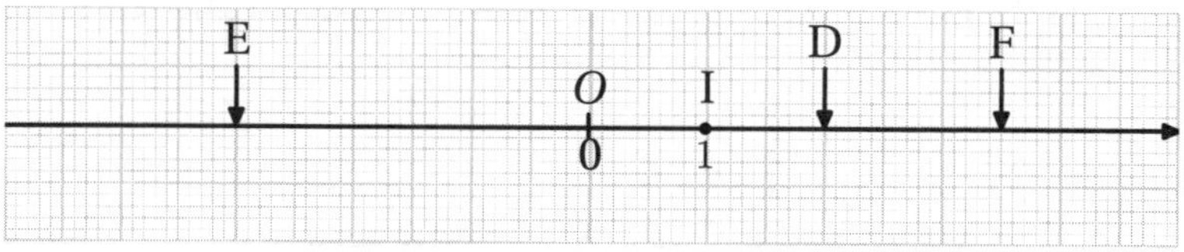

(a) Placer sur la droite graduée ci-dessus les points A, B et C d'abscisses respectives $x_A = -2$; $x_B = 4$ et $x_C = 1,5$.

(b) Donner l'abscisse des points D, E et F.

(c) Quels sont les points d'abscisses opposées ?

(d) Quelle est la distance à zéro du point E ?

69 ▶ On considère la droite graduée ci-dessous :

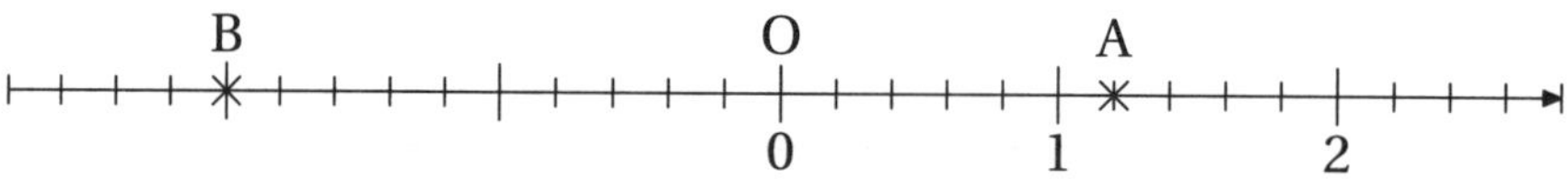

(a) Donner les abscisses des points A et B.

(b) Placer sur la droite ci-dessus, le point C dont l'abscisse est l'opposée de l'abscisse de A.

(c) Que peut-on dire des points A et C ?

(d) Quelle est la distance à zéro du point B ?

70 ▶ Déterminer les opposés des nombres suivants : 5 ; −7 ; 2,3 ; −6,25.

Dire que deux nombres relatifs sont des nombres *opposés* signifie que leur somme est nulle.

Comme $(-7)+7=0$, alors (-7) et 7 sont des nombres opposés. On dit également que 7 est l'opposé de (-7) ou que (-7) est l'opposé de 7.

71 ▶ Donner l'opposé de 8 ; (-10) ; $3{,}2$; $(-7{,}8)$.

72 ▶ Compléter les égalités ci-dessous :

$-5+5=\ldots$	$-2+\ldots=0$	$6+\ldots=0$
$-2{,}5+\ldots=0$	$0{,}7-\ldots=0$	$-6+\ldots=0$

Compétence 11

Savoir additionner des nombres décimaux relatifs

- La somme de deux nombres négatifs est négative. Sa distance à zéro s'obtient en additionnant les distances à zéro des deux nombres.

$$(-5) + (-7) = (-12)$$

- La somme de deux nombres relatifs de signes différents a le même signe que le nombre le plus « éloigné » de zéro. Sa distance à zéro est la *différence* entre la plus grande des distances à zéro et la plus petite.

$$(-5) + 7 = (+2) \qquad 5 + (-7) = (-2)$$

73 ▶ Effectuer les calculs suivants :

$A = (-2) + (-4)$	$E = 5 + (-5)$	$I = 4 + (-7)$
$B = (-7) + (-2)$	$F = (-5) + (-5)$	$J = (-7) + 10$
$C = (-4) + (-3)$	$G = (-7) + (-10)$	$K = (-4) + 3$
$D = (-2) + 4$	$H = (-5) + 9$	$L = 5 + (-9)$

74 ▶ Reproduire et compléter le tableau ci-dessous en traduisant par un nombre relatif la variation de température de 12 h à 16 h :

Température à 12 h	24 °C	15 °C	6,2 °C	−2 °C	−2 °C	4 °C	6 °C
Température à 16 h	28 °C	10 °C	1,8 °C	0 °C	8 °C	4 °C	−3 °C
Variation en °C	(+4)	(−5)	(−4,6)	(+2)	(+10)	0	(−9)

75 ▶ Recopier puis compléter la pyramide ci-dessous en sachant que chaque case contient la somme des nombres contenus dans les deux cases d'en dessous.

	−8		
	−1	−7	
−9	8	−13	
−21	12	−4	−9

76 ▶ Calculer les sommes suivantes en détaillant les étapes :

$$A = (+14) + (-12) + (-13) + (+11)$$
$$B = (+14{,}1) + (-12{,}1) + (-13{,}5) + (+11{,}5)$$
$$C = (-14) + (-12) + (+13) + (-1)$$
$$D = (+15{,}7) + (-12{,}1) + (-20) + (-7{,}8)$$

Compétence 12

Savoir soustraire des nombres décimaux relatifs

Soustraire un nombre, c'est ajouter son opposé.

$7-(-5)=7+5=12$

$5-8=5+(-8)=-3$

$(-6)-7=(-6)+(-7)=(-13)$

$(-3)-(-4)=(-3)+4=1$

77 ▶ Calculer les différences suivantes. On détaillera l'étape intermédiaire.

$a=(-3)-(-5)$ $\quad b=(+7)-(+13)$ $\quad c=(-5)-(+6)$

$d=(+18)-(+5)$ $\quad e=(-12)-(-8)$ $\quad f=(+9)-(-3)$

$g=(-5)-2$ $\quad h=-8-3{,}5$ $\quad i=(-11{,}3)-15{,}4$

$j=3-(-12)$ $\quad k=(-12)-38$

78 ▶ Recopier puis compléter la pyramide ci-dessous en sachant que chaque case contient la différence des nombres contenus dans les deux cases d'en dessous.

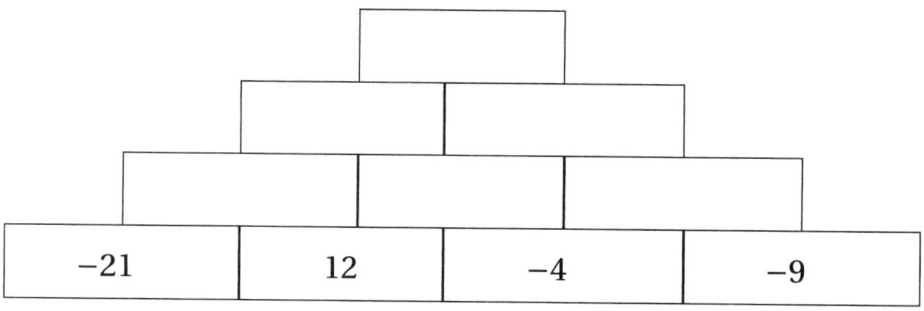

79 ▶ *On détaillera les calculs.*

(a) Effectuer les calculs suivants :

$A=(-2)+(-4)$ $\quad C=4+(-3)$ $\quad E=-7-(-10)$

$B=(-7)+(+2)$ $\quad D=(-5)-(-5)$ $\quad F=5+(-9)$

(b) Ranger les résultats obtenus par ordre décroissant.

(c) Placer les résultats obtenus sur une droite graduée (unité : 5 mm).

Compétence 13

Savoir multiplier des nombres décimaux relatifs

> Le produit de deux nombres relatifs de même signe est POSITIF.
> Le produit de deux nombres relatifs de signes différents est NÉGATIF.

80 ▶ Compléter :

$(-4)\times(-1)=\ldots$	$3\times(-2)=\ldots$	$(-1)\times 7=\ldots$
$(-1)\times(-7)=\ldots$	$4\times(-5)=\ldots$	$(-3)\times(-7)=\ldots$
$(-3)\times(-8)=\ldots$	$6\times(-4)=\ldots$	$(-4)\times(-2)=\ldots$
$(-3)\times(+9)=\ldots$	$4\times(-9)=\ldots$	$(-7)\times(+9)=\ldots$
$(-3)\times(-5)=\ldots$	$(-6)\times(-4)=\ldots$	$(-0,01)\times(-100)=\ldots$
$(-8)\times(-7)=\ldots$	$5\times(-9)=\ldots$	$(-2,5)\times(-4)=\ldots$

81 ▶ On sait que $53\times 29 = 1\,537$. Calculer les produits suivants :

$(-5,3)\times 29=\ldots\ldots$	$0,53\times(-2,9)=\ldots\ldots$
$(-5,3)\times(-2,9)=\ldots\ldots$	$(-0,53)\times(-0,29)=\ldots\ldots$

82 ▶ [D'après une idée de l'IREM Paris Nord]

Dans les hexagrilles ci-dessous, la flèche indique *le produit* des nombres relatifs qui composent la rangée correspondante à la flèche. On a indiqué un exemple sur la première hexagrille. Compléter les hexagrilles.

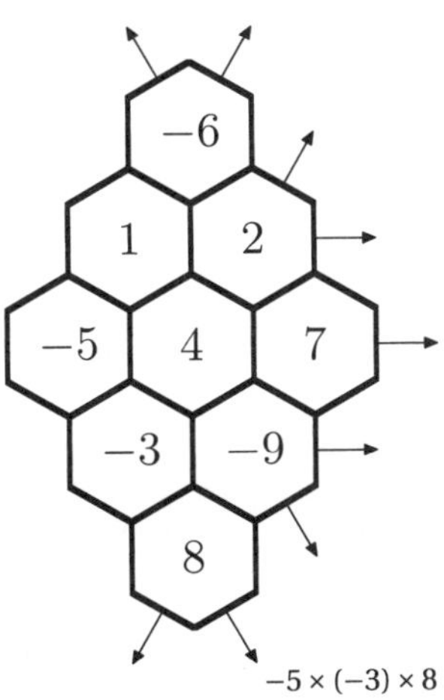

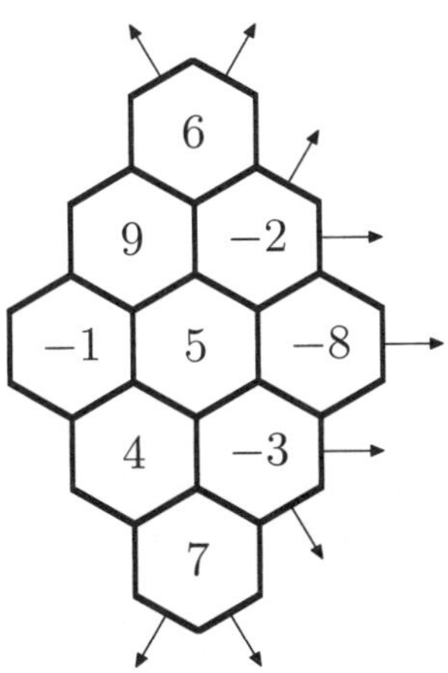

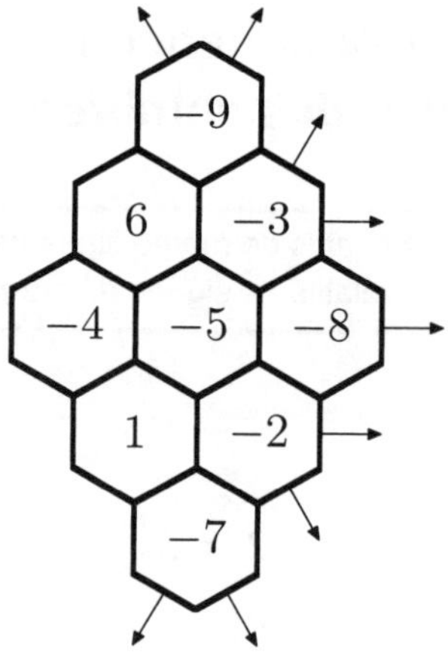

83 ▶ Compléter les calculs suivants à l'aide d'une opération (+, −, ×).

$(-3)\ldots(-4) = 12$ $\quad$ $2\ldots3 = 5$ $\quad$ $(-9)\ldots3 = -12$

$(-4)\ldots(-2) = -2$ $\quad$ $(-1)\ldots(-7) = 7$ $\quad$ $7\ldots(-1) = -7$

$0{,}25\ldots(-4) = -1$ $\quad$ $(-2)\ldots(-2) = 4$ $\quad$ $0{,}1\ldots1{,}1 = -1$

84 ▶ Calculer, en respectant les règles de priorité. *On détaillera les calculs.*

$$A = 7 - (-4) \times 9$$
$$B = (-2) \times 5 + (-6) \times (-3)$$
$$C = 12 + (-6) \times (-7)$$

Compétence 14

Savoir diviser des nombres décimaux relatifs

> Le quotient de deux nombres relatifs *non nuls* de même signe est POSITIF.
> Le quotient de deux nombres relatifs *non nuls* de signes différents est NÉGATIF.

85 ▶ Effectuer les calculs suivants :

$(-12) \div 3 = \ldots$ $\quad 14 \div (-7) = \ldots$ $\quad (-25) \div (-5) = \ldots$

$36 \div (-9) = \ldots$ $\quad (-48) \div (-8) = \ldots$ $\quad (-54) \div 6 = \ldots$

86 ▶ Recopier et compléter le tableau suivant :

a	b	$a+b$	$a-b$	ab	$a \div b$
3	5				
−1	2				
4	−8				
−5	−4				
−6	−3				
−3	5				

87 ▶ Effectuer les calculs suivants :

$$A = \frac{2+3\times 6}{-4} \qquad B = \frac{15}{-2\times 3+1}$$

88 ▶ Effectuer les opérations proposées en détaillant les calculs.

$A = 3 \times [(-5)+(-30)] \div 5$ $\qquad B = 36 \div (-9) + 2 \times 5 - 2$

$C = 8 \times [(-5)+8] \div 4$ $\qquad D = \left(-2 \times 10 + 2\right) \div \left((-12) \div (-6) + 7\right)$

89 ▶ Déterminer la valeur des expressions suivantes en indiquant les différentes étapes du calcul. On respectera les priorités opératoires.

$$C = \frac{-7+7\times(-3)-3}{-8\times 5-3\times(-3)} \qquad D = \frac{7\times(-8)-24\div(-4)}{-27\div(-3)+(-2)\times 4}$$

On considère un nombre relatif n, non nul. Alors *l'inverse* du nombre n est le nombre dont le produit par n est 1.

$$n \times ? = 1$$

L'inverse du nombre n est donc le quotient de 1 par n et il se note $\frac{1}{n}$ ou n^{-1}.

90 ▶ Déterminer les inverses des nombres suivants :

$$-1 \qquad 9 \qquad 17 \qquad -6 \qquad 2+\pi$$

Il ne faut pas confondre *inverse* d'un nombre et *opposé* d'un nombre.

Diviser par un nombre relatif non nul, cela revient à multiplier par l'inverse de ce nombre.

$$\frac{a}{b} = a \times \frac{1}{b} \qquad (b \neq 0)$$

91 ▶ Recopier et compléter :

(a) $7 \div 4 = 7 \times \frac{\cdots}{\cdots}$

(b) $9 \div 13 = 9 \times \frac{\cdots}{\cdots}$

(c) $\frac{\cdots}{\cdots} = 14 \times \frac{1}{25}$

(d) $\frac{15}{-7} = 15 \times \frac{\cdots}{\cdots}$

(e) $-10 \times \frac{\cdots}{\cdots} = \frac{10}{7}$

(f) $25 \times \frac{\cdots}{\cdots} = \frac{25}{18}$.

Compétence 15
Connaître et utiliser le vocabulaire des fractions

> On prend a et b deux nombres entiers différents de 0.
> La *fraction* $\frac{a}{b}$ indique comment « une unité » a été partagée :
> — le *dénominateur* b indique en combien de parts on a divisé ;
> — et le *numérateur* a indique combien de parts on a pris.
>
> $$\frac{a}{b} \qquad \frac{\text{numérateur}}{\text{dénominateur}}$$

92 ▶ Pour chacun des cas, quelle est la fraction d'éprouvette qui est remplie ?

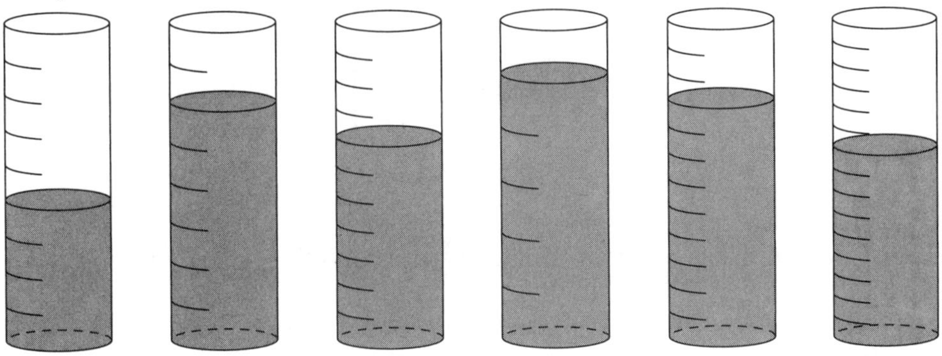

93 ▶ Pour chacune des figures ci-dessous, indiquer quelle fraction de l'aire de la figure représente la partie hachurée.

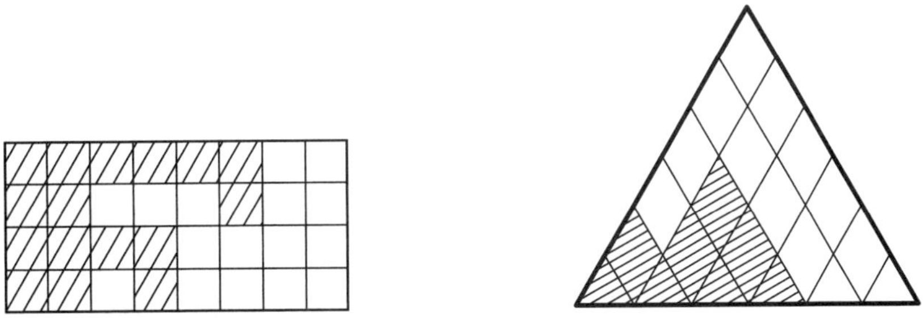

94 ▶ Les segments suivants ont tous été découpés en parts égales. Dans chacun des cas, quelle fraction de la longueur AB représente la longueur AM ? On répondra par une phrase écrite sur le modèle :

la longueur AM représente ...... de la longueur AB.

(a) 

(b) 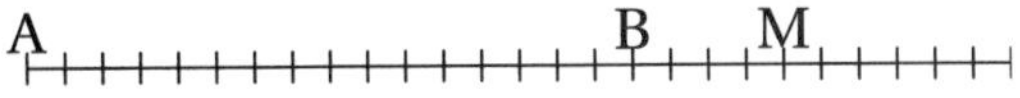

(c) 

(d) 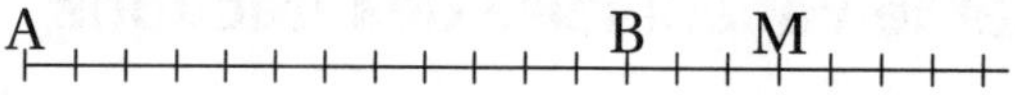

(e) 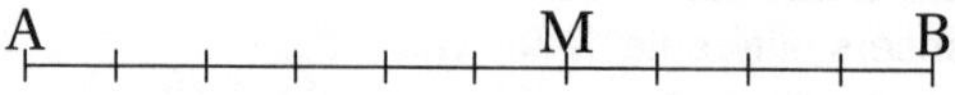

(f) 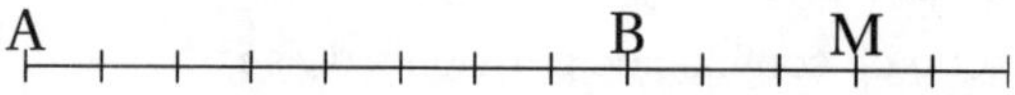

On considère deux nombres entiers a et b avec b un nombre différent de 0.

La fraction $\frac{a}{b}$ est le quotient de a par b.

$$\frac{a}{b} = a \div b$$

$$\frac{1}{5} \times 5 = 1 \qquad \frac{12}{7} \times 7 = 12 \qquad \frac{4}{9} \times 9 = 4$$

$$6 = \frac{6}{7} \times 7 \qquad 6 = \frac{6}{13} \times 13 \qquad 6 = \frac{6}{25} \times 25$$

95 ▶ Compléter les égalités suivantes pour qu'elles soient vraies :

(a) $\frac{5}{6} \times 6 = \ldots$

(b) $\frac{7}{4} \times \ldots = 7$

(c) $\frac{9}{\ldots} \times 8 = 9$

(d) $\ldots \times 6 = 11$

(e) $\ldots \times 8 = 7$

(f) $\frac{11}{7} \times 7 = \ldots$

(g) $\ldots \times 5 = 3$

(h) $\ldots \times 6 = 1$

(i) $\ldots \times 7 = 5$

Compétence 16

Écrire une fraction sous la forme irréductible

Deux nombres entiers sont *premiers entre eux* lorsqu'ils n'ont qu'un seul diviseur commun : 1.

On considère deux nombres entiers a et b, avec b non nul.
Dire que la fraction $\frac{a}{b}$ est *irréductible*, cela signifie que les nombres a et b sont premiers entre eux.

Si un nombre entier est supérieur ou égal à 2, alors il peut être décomposé *de manière unique* sous la forme d'un produit de plusieurs nombres premiers.

D'autres méthodes (diviseurs communs, critères de divisibilité) sont disponibles à la page 13.

96 ▶ On considère la fraction $\frac{68}{153}$.

(a) Décomposer le nombre 68 à l'aide des nombres premiers.

(b) Décomposer le nombre 153 à l'aide des nombres premiers.

(c) À l'aide des deux questions précédentes, écrire la fraction $\frac{68}{153}$ sous la forme irréductible.

97 ▶ Rendre irréductible la fraction $\frac{288}{192}$.

98 ▶ Sur la demi-droite graduée ci-dessous, placer le point A d'abscisse $\frac{210}{168}$.

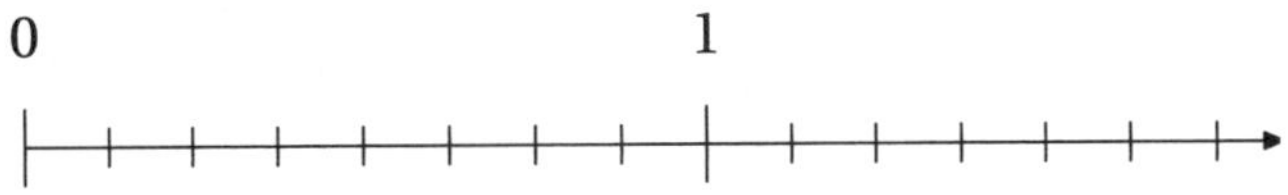

Compétence 17
Savoir reconnaître deux fractions égales

> Pour comparer des nombres en écriture fractionnaire, on les écrit avec le même dénominateur.

99 ▶ Comparer les fractions suivantes :

(a) $\frac{2}{7}$ et $\frac{4}{7}$ (b) $\frac{7}{5}$ et $\frac{3}{5}$ (c) $\frac{7}{9}$ et $\frac{8}{9}$ (d) $\frac{53}{17}$ et $\frac{51}{17}$.

100 ▶ Comparer les écritures fractionnaires suivantes :

(a) $\frac{-2}{3}$ et $\frac{4}{3}$

(b) $\frac{5}{-7}$ et $\frac{8}{-7}$

(c) $\frac{-7}{-9}$ et $\frac{-8}{-9}$

(d) $\frac{-35}{3}$ et $\frac{-32}{3}$.

> On considère deux nombres relatifs a et b. On prend un nombre relatif *non nul* c. Alors on a l'égalité :
> $$\frac{a}{b} = \frac{a \times c}{b \times c} \quad (c \neq 0).$$

101 ▶ Comparer les fractions suivantes :

(a) $\frac{2}{5}$ et $\frac{4}{15}$ (b) $\frac{7}{6}$ et $\frac{25}{24}$ (c) $\frac{33}{15}$ et $\frac{7}{3}$ (d) $\frac{6}{7}$ et $\frac{17}{21}$.

102 ▶ Comparer les écritures fractionnaires suivantes :

(a) $\frac{-2}{3}$ et $\frac{4}{-6}$ (b) $\frac{6}{-7}$ et $\frac{-8}{14}$ (c) $\frac{-17}{-9}$ et $\frac{-93}{-45}$ (d) $\frac{-5}{6}$ et $\frac{-17}{18}$.

> On prend a, b, c et d, quatre nombres relatifs non nuls.
>
> Si je sais que $a \times d = b \times c$, alors $\frac{a}{b} = \frac{c}{d}$.

103 ▶ Comparer les écritures fractionnaires suivantes :

(a) $\frac{1\,758}{412}$ et $\frac{392}{19}$;

(b) $\frac{1\,728}{280}$ et $\frac{3\,672}{595}$.

Compétence 18

Savoir additionner ou soustraire deux nombres relatifs en écritures fractionnaires

> Pour additionner (ou soustraire) deux nombres relatifs en écritures fractionnaires de même dénominateur, on additionne (ou on soustrait) les numérateurs et on garde le même dénominateur.
>
> $$\frac{a}{k}+\frac{b}{k}=\frac{a+b}{k} \qquad \frac{a}{k}-\frac{b}{k}=\frac{a-b}{k} \qquad (k \neq 0)$$
>
> $$\frac{-7}{3}+\frac{2}{3}=\frac{-7+2}{3}=\frac{-5}{3}=-\frac{5}{3} \qquad \frac{1}{5}-\frac{3}{5}=\frac{1-3}{5}=\frac{-2}{5}=-\frac{2}{5}$$

104 ▶ Effectuer les calculs suivants :

$$\frac{7}{3}+\frac{-8}{3} \qquad \frac{5}{4}-\frac{11}{4} \qquad \frac{-8}{5}+\frac{4}{5}$$

> Pour additionner (ou soustraire) deux nombres relatifs en écritures fractionnaires de dénominateurs différents, on écrit les deux nombres relatifs avec le même dénominateur et on applique la règle précédente.

105 ▶ Recopier et compléter les égalités de quotients suivantes :

(a) $\frac{5}{3}=\frac{20}{\dots}$; (c) $\frac{-7}{4}=\frac{28}{\dots}$; (e) $\frac{-10}{15}=\frac{2}{\dots}$;

(b) $\frac{-2}{5}=\frac{\dots}{15}$; (d) $\frac{21}{14}=\frac{\dots}{2}$; (f) $\frac{16}{-24}=\frac{\dots}{6}$.

106 ▶ Effectuer les sommes et différences suivantes :

$$A=\frac{-5}{8}+\frac{13}{16} \qquad B=\frac{10}{-9}+\frac{5}{18} \qquad C=\frac{1}{8}+\frac{-11}{24}$$

$$D=\frac{11}{16}-\frac{-5}{2} \qquad E=\frac{-13}{15}+\frac{34}{45} \qquad F=\frac{1}{4}+\frac{-11}{20}$$

107 ▶ Effectuer les sommes et différences suivantes :

$$A=\frac{3}{5}+\frac{2}{7} \qquad B=\frac{1}{4}-\frac{5}{6} \qquad C=\frac{5}{9}-\frac{7}{12}$$

Compétence 19

Savoir multiplier deux nombres relatifs en écritures fractionnaires

Pour multiplier deux nombres relatifs en écriture fractionnaire, on multiplie les numérateurs entre eux et les dénominateurs entre eux.

$$\frac{a}{b} \times \frac{c}{d} = \frac{a \times c}{b \times d} \qquad (b \neq 0\,;\, d \neq 0)$$

$$\frac{3}{5} \times \frac{-2}{7} = \frac{3 \times (-2)}{5 \times 7} = \frac{-6}{35} \qquad 4 \times \frac{9}{5} = \frac{4}{1} \times \frac{9}{5} = \frac{4 \times 9}{1 \times 5} = \frac{36}{5}.$$

108 ▶ Effectuer les calculs suivants :

(a) $\dfrac{-2}{5} \times \dfrac{3}{-7} =$ ....

(b) $\dfrac{7}{2} \times \dfrac{-5}{-2} =$ ....

(c) $\dfrac{-2}{-31} \times \dfrac{-11}{-3} =$ ....

(d) $\dfrac{-8}{-7} \times \dfrac{-3}{5} =$ ....

(e) $\dfrac{0,5}{-7} \times \dfrac{13}{-100} =$ ....

(f) $\dfrac{21}{4} \times \dfrac{3}{-5} =$ ....

109 ▶ On donne

$$a = \frac{2}{3} \qquad b = -3 \qquad \text{et} \qquad c = -\frac{3}{4}$$

Exprimer sous forme fractionnaire : *ab*, *ac*, *bc* et *abc*.

110 ▶ Écrire les expressions suivantes sous la forme d'une fraction la plus simple possible :

$$A = \frac{1}{2} + \frac{1}{3} \times \frac{1}{4} \qquad B = \left(\frac{3}{5} + \frac{1}{10}\right) \times \frac{2}{3}$$

Compétence 20

Savoir diviser deux nombres relatifs en écritures fractionnaires

Diviser par un nombre relatif en écriture fractionnaire $\frac{a}{b}$ (avec a et b des nombres relatifs *non nuls*) revient à multiplier par le nombre relatif $\frac{b}{a}$.

$$\frac{3}{4} \div \frac{7}{5} = \frac{3}{4} \times \frac{5}{7} = \frac{3 \times 5}{4 \times 7} = \frac{15}{28}$$

$$\frac{4}{3} \div 9 = \frac{4}{3} \div \frac{9}{1} = \frac{4}{3} \times \frac{1}{9} = \frac{4}{27}.$$

En effet, l'inverse du nombre relatif $\frac{a}{b}$ est le nombre $\frac{b}{a}$.

$$\frac{a}{b} \times \frac{b}{a} = \frac{a \times b}{b \times a} = 1$$

111 ▶ Calculer les quotients ci-dessous :

$$A = \frac{1}{3} \div \frac{5}{4} \qquad B = \frac{4}{7} \div \frac{9}{5} \qquad C = \frac{-2}{3} \div \frac{5}{6} \qquad D = \frac{3}{4} \div \frac{-5}{8}.$$

112 ▶ Effectuer les calculs suivants :

$$A = \frac{1}{3} \times \frac{5}{4} \qquad B = \frac{4}{7} + \frac{9}{5} \qquad C = \frac{-2}{3} - \frac{5}{6} \qquad D = \frac{4}{7} \div \frac{5}{-6}.$$

113 ▶ En multipliant une fraction par $\frac{15}{13}$, on obtient $\frac{25}{9}$. Retrouver cette fraction.

114 ▶ Effectuer les calculs suivants :

$$A = \frac{1}{3} - \frac{-2}{5} \div \frac{4}{7} \qquad\qquad B = \left(\frac{1}{3} - \frac{-2}{5}\right) \div \frac{4}{7}.$$

115 ▶ Calculer

$$A = \frac{\frac{1}{2} + \frac{3}{4}}{\frac{2}{5} + \frac{3}{10}}.$$

Compétence 21

Savoir comparer deux nombres rationnels

> Dire qu'un nombre est rationnel, cela signifie que ce nombre peut s'écrire sous la forme d'une fraction.

> Pour comparer des nombres en écriture fractionnaire, on les écrit avec le même dénominateur.

116 ▶ Comparer les fractions suivantes :

(a) $\frac{1}{2}$ et $\frac{3}{2}$

(b) $\frac{17}{11}$ et $\frac{15}{11}$

(c) $\frac{3}{5}$ et $\frac{7}{10}$

(d) $\frac{23}{45}$ et $\frac{5}{9}$

117 ▶ Comparer les écritures fractionnaires suivantes :

(a) $\frac{1}{2{,}5}$ et $\frac{0{,}4}{2{,}5}$

(b) $\frac{1{,}4}{9}$ et $\frac{1{,}3}{9}$

(c) $\frac{3}{5{,}5}$ et $\frac{8}{11}$

(d) $\frac{5}{14}$ et $\frac{2}{3{,}5}$

118 ▶ Ranger les nombres suivants dans l'ordre croissant :

$$\frac{5}{36} \quad \frac{35}{36} \quad \frac{4{,}2}{36} \quad \frac{1}{36} \quad \frac{49}{36} \quad \frac{23}{36}$$

119 ▶ Ranger les nombres suivants dans l'ordre décroissant :

$$\frac{7}{12} \quad \frac{5}{6} \quad \frac{11}{4} \quad \frac{5}{2} \quad \frac{2}{3}$$

120 ▶ Dans une classe, on a relevé les renseignements suivants :

- $\frac{2}{3}$ des élèves jouent au foot ;
- $\frac{3}{4}$ des élèves jouent au basket ;
- $\frac{7}{12}$ des élèves jouent au tennis.

Quel est le sport le plus pratiqué ? Quel est le sport le moins pratiqué ?

121 ▶ Dans un collège, les classes de 4e ont le choix entre allemand, espagnol et italien comme deuxième langue vivante. Deux cinquièmes des élèves de 4e ont choisi allemand, 36 % ont choisi italien et le reste pratique la langue espagnole.
Quelle deuxième langue vivante est la plus représentée ? Justifier.

122 ▶ On considère la figure ci-dessous.
La longueur AB représente trois cinquièmes du segment $[AD]$.

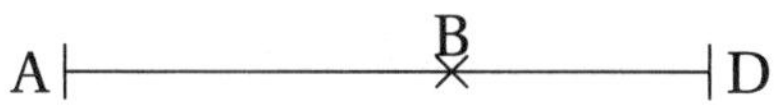

On souhaite placer le point C pour que la longueur AC représente $\frac{11}{20}$ du segment $[AD]$.
Sans faire de construction, sur quel segment sera placé le point C : le segment $[AB]$ ou le segment $[BD]$? Expliquer.

123 ▶ Un agriculteur a utilisé les trois cinquièmes de ses champs pour planter du colza, les $\frac{7}{45}$ de ses champs pour planter du maïs. La dernière parcelle de terrain, destinée au blé, est-elle la plus grande ? Justifier.

Compétence 22

Savoir repérer et placer un nombre rationnel sur une droite graduée

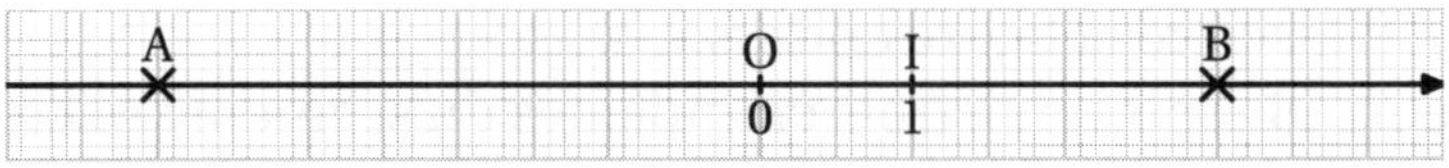

Sur une droite graduée, chaque point M représente un nombre appelé *abscisse* du point M.

124 ▶ Sur la droite graduée ci-dessous, on a placé les points A, B et C. Quels sont les nombres rationnels repérés par ces points ?

125 ▶ Sur la droite graduée ci-dessous, on a placé les points A, B et C. Quels sont les nombres rationnels repérés par ces points ?

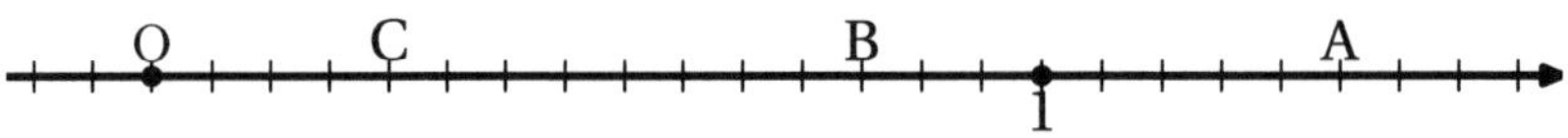

126 ▶ Sur la droite graduée ci-dessous, placer cinq points A, B, C, D et E d'abscisses respectives 4 ; $\frac{1}{4}$; $\frac{5}{4}$; $\frac{12}{4}$, $\frac{20}{8}$.

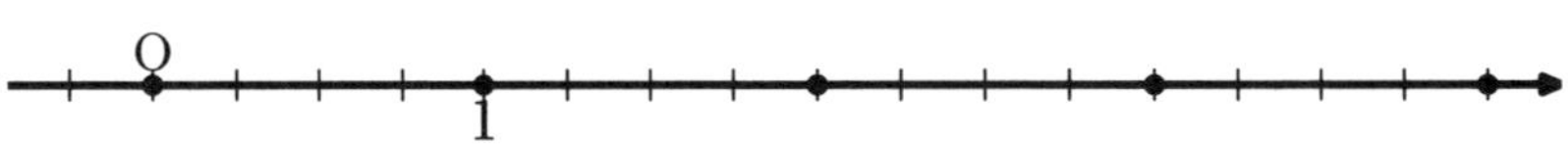

127 ▶ Voici une partie d'une droite graduée.

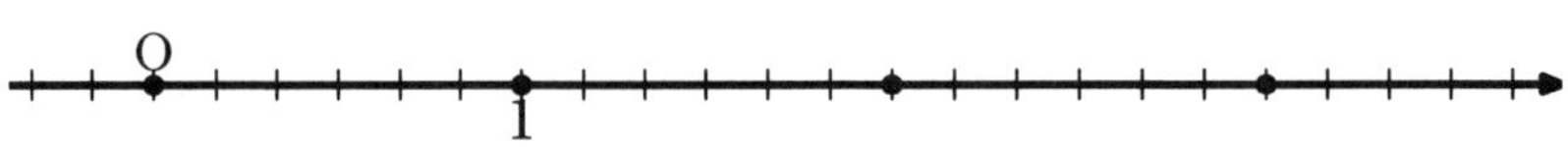

Marquer les points correspondants aux fractions suivantes : $\frac{1}{2}$; $\frac{1}{3}$; $\frac{5}{2}$; $\frac{13}{6}$; $\frac{7}{3}$; $\frac{12}{6}$; $\frac{10}{3}$.

128 ▶ Sur la droite graduée ci-dessous, on a placé les points A, B et C.
Quels sont les nombres rationnels repérés par ces points ?

129 ▶ Voici une partie d'une droite graduée.

Marquer les points correspondants aux fractions suivantes : $\frac{1}{4}$; $\frac{-1}{6}$; $\frac{5}{12}$; $\frac{-13}{12}$; $\frac{7}{6}$; $\frac{12}{4}$; $\frac{-10}{12}$.

Compétence 23

Connaître et utiliser la définition de la racine carrée d'un nombre positif

> On appelle *racine carrée* d'un nombre positif n, le nombre positif, noté $\sqrt{n}$, tel que son carré soit égal à n.
>
> $$(\sqrt{n})^2 = n$$

Certaines racines carrées de nombres entiers positifs ne nécessitent pas de calculatrice pour être déterminées :

n	1	4	9	16	25	36	49	64	81	100
$\sqrt{n}$	1	2	3	4	5	6	7	8	9	10

130 ▶ Compléter le tableau suivant à l'aide d'une calculatrice.

n	625	4 000	56,25	16 641	23,04
$\sqrt{n}$					

131 ▶ Compléter le tableau suivant à l'aide calculatrice. *On donnera, si nécessaire, la valeur approchée au dixième près par défaut.*

n	7	42	150	380	1 000
$\sqrt{n}$					

132 ▶ Un nombre entier positif est-il proportionnel à sa racine carrée ? Justifier.

133 ▶ *On justifiera chaque réponse.*

(a) Soit ABC un triangle rectangle en A. On sait que $AB = 17{,}6$ cm et $BC = 22$ cm. Calculer la longueur AC.

(b) Soit DEF un triangle rectangle en D. On sait que $DE = 5{,}4$ cm et $EF = 9$ cm. Calculer la longueur DF.

(c) Soit IJK un triangle rectangle en J. On sait que $IK = 44{,}9$ cm et $JK = 28$ cm. Calculer la longueur IJ.

(d) Soit LMN un triangle rectangle en L. On sait que $LM = 6{,}36$ cm et $MN = 6{,}89$ cm. Calculer la longueur LN.

134 ▶ *La figure ci-dessous est donnée à titre indicatif.*

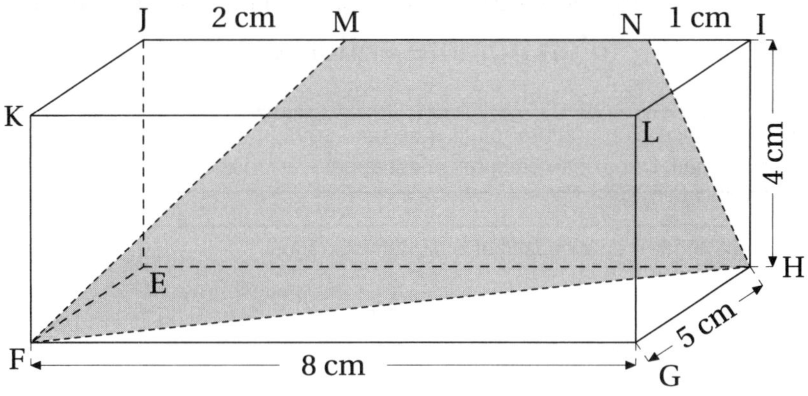

Dans le pavé droit ci-dessus, les points M et N appartiennent à l'arête $[IJ]$.

Calculer les longueurs HN, KM et FM.

135 ▶ Déterminer la valeur de l'expression $E = 2x^2 - 3y^2$ lorsque $x = \sqrt{3}$ et $y = \sqrt{2}$.

136 ▶ Simplifier l'écriture de $\dfrac{4}{\sqrt{2}}$.

Compétence 24

Connaître et utiliser la notion de puissance d'un nombre entier relatif

Une puissance d'un nombre relatif a se note sous la forme a^m où m est un nombre relatif. Dans cette écriture, m est appelé *l'exposant*.

Soit n un nombre entier positif et a un nombre relatif.

$$a^0 = 1 \qquad a^1 = a$$

À partir de $n = 2$: $a^n = \underbrace{a \times a \times a \times \cdots \times a}_{n \text{ facteurs}}$

$$a^{-n} = \frac{1}{a^n} \qquad (a \neq 0).$$

137 ▶ Calculer

$3^4 = \ldots\ldots\ldots\ldots = \ldots$ $\qquad$ $5^4 = \ldots\ldots\ldots\ldots = \ldots$

$10^6 = \ldots\ldots\ldots\ldots = \ldots$ $\qquad$ $0^{19} = \ldots$

$1^8 = \ldots\ldots\ldots\ldots = \ldots$ $\qquad$ $2{,}3^5 = \ldots\ldots\ldots\ldots = \ldots$

$(-2)^4 = \ldots\ldots\ldots\ldots = \ldots$ $\qquad$ $(-1)^9 = \ldots\ldots\ldots\ldots = \ldots$

138 ▶ Écrire sous la forme d'une puissance d'un nombre relatif :

$2 \times 2 \times 2 = \ldots$

$(-5) \times (-5) \times (-5) \times (-5) \times (-5) = \ldots$

$0{,}76 \times 0{,}76 \times 0{,}76 \times 0{,}76 = \ldots$

$(-31) \times (-31) \times (-31) \times (-31) \times (-31) \times (-31) = \ldots$

$\frac{1}{3} \times \frac{1}{3} \times \frac{1}{3} \times \frac{1}{3} = \ldots$

$3{,}2 \times 3{,}2 \times 3{,}2 \times 3{,}2 = \ldots$

139 ▶ Calculer

$-4^2 = \ldots\ldots\ldots\ldots = \ldots$ $\qquad$ $(-4)^2 = \ldots\ldots\ldots\ldots = \ldots$

$(-6)^3 = \ldots\ldots\ldots\ldots = \ldots$ $\qquad$ $-6^3 = \ldots\ldots\ldots\ldots = \ldots$

140 ▶ Calculer

$5^{-4} = \dots\dots\dots\dots$ $2^{-3} = \dots\dots\dots\dots$

$10^{-2} = \dots\dots\dots\dots$ $1^{-19} = \dots\dots\dots\dots$

$3{,}2^{-3} = \dots\dots\dots\dots$ $0{,}9^{-4} = \dots\dots\dots\dots$

$(-4)^{-3} = \dots\dots\dots\dots$ $(-5)^{-2} = \dots\dots\dots\dots$

Compétence 25

Savoir effectuer des calculs impliquant des puissances

141 ▶ Sans effectuer de calcul, écrire les produits suivants sous la forme d'une seule puissance :

$$A = 2^3 \times 2^5 \qquad B = 3^4 \times 3^7 \qquad C = (-2)^4 \times (-2)^3$$

142 ▶ Sans effectuer de calcul, utiliser une seule puissance pour écrire les quotients suivants :

$$A = \frac{2^5}{2^3} \qquad B = \frac{3^4}{3^7} \qquad C = \frac{(-2)^4}{(-2)^3}$$

143 ▶ Sans effectuer de calcul, écrire les produits suivants sous la forme d'une seule puissance :

$$A = 2^5 \times 3^5 \qquad B = 3^4 \times 5^4 \qquad C = (-2)^3 \times (-5)^3$$

144 ▶ Sans effectuer de calcul, écrire les puissances suivantes sous la forme d'une seule puissance :

$$A = \left(3^{-2}\right)^3 \qquad B = \left((-5)^{-4}\right)^{-1} \qquad C = \left((-0,6)^3\right)^{-3}$$

145 ▶ Écrire les nombres suivants sous la forme d'une puissance d'un seul nombre :

$$A = 2^3 \times 2^{-6} \qquad B = \frac{2^3}{2^{-6}} \qquad C = 4^3 \times 4^{-8} \times 4^5$$

$$D = \frac{3^6}{3^5} \qquad E = 6^{-2} \times 6^{-5} \qquad F = \frac{(-2)^3 \times (-2)^5}{(-2)^4}$$

146 ▶ Calculer et donner le résultat sous la forme d'une puissance de 10.

(a) $10^3 \times 10^2$ (c) $10^4 \times 10^4$ (e) $10^{-2} \times 10^5$ (g) $10^{-1} \times 10^{-2}$

(b) $10^2 \times 10^1$ (d) $10^5 \times 10^3$ (f) $10^4 \times 10^{-1}$ (h) $10^{-3} \times 10^3$

147 ▶ Calculer et donner le résultat sous la forme d'une puissance de 10.

(a) $\dfrac{10^5}{10^2}$ (c) $\dfrac{10^{-2}}{10^2}$ (e) $\dfrac{10^3}{10^4}$

(b) $\dfrac{10^7}{10^9}$ (d) $\dfrac{10^{-7}}{10^{-5}}$ (f) $\dfrac{10^5}{10^7}$

148 ▶ Calculer et donner le résultat sous la forme d'une puissance de 10.

(a) $\left(10^2\right)^3$ (c) $\left(10^4\right)^{-2}$ (e) $\left(10^{-2}\right)^{-1}$

(b) $\left(10^3\right)^2$ (d) $\left(10^{-2}\right)^2$ (f) $\left(10^{-3}\right)^{-2}$

149 ▶ Recopier et compléter les égalités :

(a) $10^5 \times 10^{\cdots} = 10^8$; $10^{\cdots} \times 10^7 = 10^4$; $10^7 \times 10^{\cdots} = 10^7$.

(b) $10^{-7} \times 10^{\cdots} = 10^{-9}$; $10^{\cdots} \times 10^{-8} = 10^{-3}$; $10^{-3} \times 10^{\cdots} = 10^3$.

(c) $10^4 \times 10^{\cdots} = 10^{-3}$; $10^{-4} \times 10^{\cdots} = 10^7$; $10^{\cdots} \times 10^{-5} = 10^3$.

150 ▶ Écrire sous la forme 10^n avec n un nombre entier relatif :

$A = 10^3 \times 10^5$ $B = \dfrac{10^7}{10^{-3}}$ $C = \dfrac{10^2 \times 10^4}{10^3}$

$D = \dfrac{100 \times 10^3}{10^{-2}}$ $E = 10 \times \left(10^2\right)^5$

151 ▶ Effectuer les calculs suivants :

$E = 5,5 \times 10^7 \times 0,4 \times 10^{-9}$ $F = \dfrac{4 \times 10^{12} \times 9 \times 10^{-4}}{1,2 \times 10^3}$

Compétence 26

Connaître et utiliser la notion d'écriture scientifique d'un nombre décimal

> Multiplier un nombre décimal par une puissance de 10 revient à décaler la virgule d'autant de rangs que l'exposant :
> — vers la gauche si l'exposant est négatif ;
> — vers la droite si l'exposant est positif.

152 ▶ Donner l'écriture décimale des nombres suivants :

$A = 4 \times 10^3$ $\quad B = 51,6 \times 10^4$ $\quad C = -0,6 \times 10^{-2}$

$D = 453,59 \times 10^{-4}$ $\quad E = 0,45 \times 10^5$ $\quad F = 3,45 \times 10^2$

$G = 4,4 \times 10^{-4}$ $\quad H = -2,5 \times 10^{-4}$ $\quad I = 4\ 156,67 \times 10^2$

153 ▶ Compléter avec des exposants entiers pour que les égalités soient correctes :

$$71\ 389,24 = 713,892\ 4 \times 10^{\cdots}$$
$$71\ 389,24 = 0,713\ 892\ 4 \times 10^{\cdots}$$
$$71\ 389,24 = 71\ 389\ 240 \times 10^{\cdots}$$
$$71\ 389,24 = 713\ 892,4 \times 10^{\cdots}$$
$$71\ 389,24 = 7,138\ 924 \times 10^{\cdots}$$

154 ▶ Effectuer le calcul suivant en faisant apparaître toutes les étapes intermédiaires afin d'écrire G sous sa forme décimale :

$$G = 6,5 \times 10^3 + 5 \times 10^{-2}$$

155 ▶ Donner l'écriture décimale de l'expression D en précisant les différentes étapes de calcul :

$$D = \frac{3 \times 10^2 \times 5 \times 10^4}{12 \times \left(10^3\right)^3}$$

> Lorsqu'on écrit un nombre décimal en *écriture scientifique*, on l'écrit sous la forme d'un produit d'un nombre décimal compris entre 1 et 10 (exclu) et d'une puissance de 10.

156 ▶ Cocher l'écriture scientifique de chaque nombre :

6 500	☐ 65×10^2	☐ $6{,}5 \times 10^3$	☐ $6{,}5 \times 10^2$
78,4	☐ 784×10^{-2}	☐ $7{,}84 \times 10^1$	☐ $0{,}784 \times 10^2$
0,003 51	☐ $3{,}51 \times 10^{-3}$	☐ $3{,}51 \times 10^{-2}$	☐ $3{,}51 \times 10^3$
53 000 000 000	☐ 53×10^9	☐ $5{,}3 \times 10^{10}$	☐ $5{,}3 \times 10^{11}$
0,000 000 048 1	☐ $4{,}81 \times 10^{-8}$	☐ $4{,}81 \times 10^{-9}$	☐ $48{,}1 \times 10^{-10}$
−0,073 9	☐ $7{,}39 \times 10^{-2}$	☐ $-7{,}39 \times 10^{-1}$	☐ $-7{,}39 \times 10^{-2}$
8,214	☐ $8{,}214 \times 10^{-1}$	☐ $8{,}214 \times 10^0$	☐ $8{,}214 \times 10^1$

157 ▶ Écrire sous la forme $a \times 10^p$ (a et p sont des nombres relatifs) les expressions suivantes. Ensuite, donner les résultats en écriture scientifique.

$$A = 2{,}5 \times 10^2 \times 4 \times 10^5 \qquad B = \frac{21 \times 10^3}{0{,}7 \times 10^{-7}} \qquad C = 4 \times 10^5 + 6 \times 10^3$$

158 ▶ Comparer la distance Soleil-Jupiter au rayon de cette planète. Pour cela, on donne les informations suivantes :

— la distance moyenne de Jupiter au Soleil est d'environ 778,5 millions de kilomètres ;

— le diamètre de Jupiter est de 142 800 kilomètres.

159 ▶ Voici les distances du Soleil à trois éléments astronomiques :

Soleil - Alpha du centaure	: $40{,}7 \times 10^{12}$ km
Soleil - Proxima du Centaure	: 404×10^{11} km
Soleil - Procyon	: $10{,}61 \times 10^{13}$ km

Parmi ces trois éléments astronomiques, quel est celui qui est le plus proche du Soleil ? Justifier.

Compétence 27

Connaître et utiliser les préfixes de *nano* à *giga*

Préfixe	téra	giga	méga	kilo	hecto	déca
Multiplication	$\times 10^{12}$	$\times 10^{9}$	$\times 10^{6}$	$\times 10^{3}$	$\times 10^{2}$	$\times 10^{1}$

Préfixe	déci	centi	milli	micro	nano	pico
Multiplication	$\times 10^{-1}$	$\times 10^{-2}$	$\times 10^{-3}$	$\times 10^{-6}$	$\times 10^{-9}$	$\times 10^{-12}$

160 ▶ Convertir les expressions suivantes sous la forme d'un produit. Par exemple, 2 térakg s'écrit 2×10^{12} kg.

a) 6 mégaoctets
b) 3 nanolitres
c) 17,3 picomètres
d) 25 térawatts
e) 0,17 millimètres
f) 421,17 kilogrammes

161 ▶ Convertir les produits suivants en utilisant le préfixe correct.

a) $45,2 \times 10^{12}$ L
b) $2,17 \times 10^{-9}$ m
c) $157,23 \times 10^{9}$ \$
d) $9,57 \times 10^{-6}$ g
e) $37,1 \times 10^{3}$ €
f) $45,57 \times 10^{-2}$ V

162 ▶ Effectuer les conversions suivantes :

a) 25 nanomètres en mètres
b) 17 mégatonnes en tonnes
c) 150 kilohertz en hertz
d) 6,23 picolitres en litres
e) 2,17 microgrammes en grammes

163 ▶ Effectuer les conversions suivantes :

a) 47 nanogrammes en milligrammes
b) 15 mégahertz en kilohertz
c) 0,17 micromètres en nanomètres
d) 1,19 kilolitres en mégalitres
e) 0,03 gigatonnes en tératonnes

164 ▶ La taille d'un virus est de 105 nanomètres et celle d'un globule rouge humain de 7 micromètres.

a) Convertir ces deux dimensions en mètres. Écrire la réponse sous la forme d'un produit.

b) Donner l'écriture scientifique de ces deux dimensions exprimées en mètres.

c) Calculer le rapport de la taille d'un globule rouge humain par rapport à la taille du virus. Interpréter le résultat.

165 ▶ *On prendra soin de répondre à l'intégralité des questions.*

a) La distance moyenne d de la Terre au Soleil est d'environ 149,5 millions de kilomètres. Écrire cette donnée à l'aide d'un préfixe puis sous la forme d'un produit puis en écriture scientifique.

b) Le rayon R de la Terre mesure approximativement 6 400 kilomètres. Écrire cette donnée à l'aide d'un préfixe puis sous la forme d'un produit puis en écriture scientifique.

c) Calculer, à une unité près, le quotient $\frac{d}{R}$. Interpréter le résultat.

Compétence 28

Savoir développer des expressions littérales avec la simple distributivité

Si k, a et b sont trois nombres quelconques, alors :

$$k \times (a + b) = k \times a + k \times b$$

La « lecture »

$$k \times (a + b) = k \times a + k \times b$$

transforme un produit en une somme : on dit qu'on a *développé* l'expression $k \times (a + b)$.

166 ▶ Développer les expressions suivantes :

$A = 3(n+5)$ $B = 4(p+3)$ $C = 5(a+4)$ $D = 2(3s+1)$

167 ▶ Développer les expressions suivantes :

$A = 3(n-5)$ $B = 5(2t-1)$ $C = -4(2-3p)$

168 ▶ Développer les expressions suivantes :

$G = 4(x+3)$ $H = 2(5x-4)$ $I = x(x-1)$ $J = -3(x+2)$

Réduire une expression littérale, c'est l'écrire de la manière la plus simple possible.

$3a + 2a = 5a$ $2 + 3b - 7 = 3b - 5$ $6n + 3p - 2n + 4p = 4n + 7p$

169 ▶ *On détaillera les calculs.*

(a) Développer les expressions suivantes :

$E = 2(3c-5)$ $F = 6(4c+3)$ $G = 5(-4c+2)$ $H = 2(3c-4)$

(b) En utilisant les résultats obtenus, réduire les expressions suivantes :

$I = E + F$ $J = G + H$ $K = E + G$ $L = F - H$

Compétence 29

Savoir développer des expressions littérales avec la double distributivité

> Si a, b, c et d sont quatre expressions mathématiques, alors :
>
> $$(a+b)\times(c+d) = a\times c + a\times d + b\times c + b\times d$$

170 ▶ Développer et réduire les expressions suivantes :

$G = (x+3)(x+4)$ $\quad$ $H = (p+11)(3p+5)$ $\quad$ $I = (3n+1)(2n+4)$

171 ▶ Développer et réduire les expressions suivantes :

$A = (x+2)(2x-5)$ $\quad$ $B = (3x-4)(2x+3)$ $\quad$ $C = (2x-1)(3x-4)$

172 ▶ *On détaillera les calculs.*

(a) Développer et réduire les expressions suivantes :

$$A = (3x+1)(2x-3) \qquad B = (2-x)(3+x)$$

(b) En utilisant les résultats précédents, réduire les expressions :

$$C = A+B \qquad D = A-B$$

173 ▶ Appliquer le programme de calcul ci-dessous en prenant 5, puis 9 et -2 comme nombre de départ. Quelle observation peut-on faire ? Cette observation est-elle valable pour tous les nombres que l'on peut choisir ? Justifier.

Programme de calcul

- Choisir un nombre entier relatif.
- Calculer le produit de son suivant immédiat par son précédent immédiat.
- Ajouter 1.
- Retrancher le carré du nombre de départ.
- Annoncer le résultat.

174 ▶ Développer et réduire les expressions suivantes :

$$A = (2x+3)(x+1) + (3-x)(2+x)$$
$$B = (3t-1)(2-t) - (t+4)(t-4)$$

Compétence 30

Savoir développer des expressions littérales avec les égalités remarquables

Quelles que soient les expressions a et b, on peut écrire :

Carré d'une somme de deux termes

$$(a+b)^2 = \underbrace{a^2}_{\text{carré du 1}^{\text{er}}\text{ terme}} + \underbrace{2 \times a \times b}_{\text{double produit des deux termes}} + \underbrace{b^2}_{\text{carré du 2}^{\text{e}}\text{ terme}}$$

Carré d'une différence de deux termes

$$(a-b)^2 = \underbrace{a^2}_{\text{carré du 1}^{\text{er}}\text{ terme}} - \underbrace{2 \times a \times b}_{\text{double produit des deux termes}} + \underbrace{b^2}_{\text{carré du 2}^{\text{e}}\text{ terme}}$$

Produit de la somme de deux termes par leur différence

$$(a+b)(a-b) = \underbrace{a^2}_{\text{carré du 1}^{\text{er}}\text{ terme}} - \underbrace{b^2}_{\text{carré du 2}^{\text{e}}\text{ terme}}$$

175 ▶ Développer les expressions suivantes à l'aide de la 1re égalité remarquable :

$$A = (x+2)^2 \quad B = (x+5)^2 \quad C = (7+x)^2$$
$$D = (2x+3)^2 \quad E = (3x+1)^2 \quad F = (4x+2)^2$$

176 ▶ Développer les expressions suivantes à l'aide de la 2e égalité remarquable :

$$G = (x-1)^2 \quad H = (x-2)^2 \quad I = (5-x)^2$$
$$J = (2x-1)^2 \quad K = (5-3x)^2 \quad L = (2x-5)^2$$

177 ▶ Développer les expressions suivantes à l'aide de la 3e égalité remarquable :

$$M = (x-1)(x+1) \quad N = (x-2)(x+2)$$
$$O = (x+3)(x-3) \quad P = (2x-3)(2x+3)$$
$$Q = (2-3x)(2+3x) \quad R = (1-4x)(1+4x)$$

178 ▶ Développer les expressions suivantes :

$$S = (x+4)(x-4) \qquad T = (3+x)^2$$

$$U = (x-3)^2 \qquad V = (2x+5)^2$$

$$W = (3-4x)(3+4x) \qquad X = (4-3x)^2$$

Compétence 31

Savoir factoriser des expressions littérales avec la simple distributivité

> Si k, a et b sont trois nombres quelconques, alors :
>
> $$k \times a + k \times b = k \times (a+b)$$

> La « lecture »
>
> $$k \times a + k \times b = k \times (a+b)$$
>
> transforme une somme en un produit : on dit qu'on a *factorisé* l'expression $k \times a + k \times b$.
>
> Dans ce cas, on a utilisé le *facteur commun* k pour effectuer la factorisation.

179 ▶ Factoriser les expressions suivantes :

(a) $2x+3x$

(b) $zt+st$

(c) $4x+12$

(d) $9t-18u$;

(e) $3x+21y$;

(f) $24x-24$;

(g) n^2+4n

(h) $5x^2+10x$;

180 ▶ [D'après Olympiade belge.]

Quel que soit le nombre entier n, le nombre

$$2^n \times 3^n \times 5^n + 2^n \times 15^n \times 14 + 3^n \times 10^n \times 2$$

est divisible par :

(A) 7 (B) 11 (C) 13 (D) 17 (E) 19

181 ▶ Factoriser les expressions suivantes :

$$A = (x+1)(x+2) + (x+1)(2x-3)$$
$$B = (3x-1)(x+2) + (3x-1)(3x+1)$$
$$C = (1-2x)(2x+3) + (1-2x)(3x+2)$$
$$D = (2x+3)(2x-3) - (4-5x)(2x-3)$$
$$E = (3x+1)(x+3) - (3x+1)(2x-1)$$
$$F = (2x+3)(2x-1) - (3x+4)(2x-1)$$

Compétence 32

Savoir factoriser des expressions littérales avec la double distributivité

Si a, b, c et d sont quatre expressions mathématiques, alors :

$$a \times c + a \times d + b \times c + b \times d = (a + b) \times (c + d)$$

Lorsqu'une expression s'écrit sous la forme $(a - b) \times (c + d)$, on la réécrit sous la forme $(a + (-b)) \times (c + d)$. Par conséquent, on écrira :

$$a \times c + a \times d + (-b) \times c + (-b) \times d = (a - b) \times (c + d)$$

182 ▶ Compléter les égalités suivantes :

$$x^2 + 3x + 2 = x^2 + \ldots x + 1x + \ldots \times 1$$
$$x^2 + 3x + 2 = (x + \ldots) \times (x + \ldots)$$

$$n^2 + 5n + 4 = n^2 + \ldots n + 1n + \ldots \times 1$$
$$n^2 + 5n + 4 = (n + \ldots) \times (n + \ldots)$$

$$t^2 + 8t + 15 = t^2 + \ldots t + \ldots t + \ldots \times 3$$
$$t^2 + 8t + 15 = (t + \ldots) \times (t + \ldots)$$

183 ▶ Compléter les égalités suivantes :

$$x^2 + 1x - 2 = x^2 + \ldots x + (-1) \times x + \ldots \times (-1)$$
$$x^2 + 1x - 2 = (x + \ldots) \times (x + \ldots)$$
$$x^2 + 1x - 2 = (x + \ldots) \times (x - \ldots)$$

$$n^2 - 3n - 10 = n^2 + \ldots n + 2n + \ldots \times 2$$
$$n^2 - 3n - 10 = (n + \ldots) \times (n + \ldots)$$
$$n^2 - 3n - 10 = (n - \ldots) \times (n + \ldots)$$

$$t^2 + 2t - 24 = t^2 + 6t + \ldots t + 6 \times \ldots$$
$$t^2 + 2t - 24 = (t + \ldots) \times (t + \ldots)$$
$$t^2 + 2t - 24 = (t + \ldots) \times (t - \ldots)$$

184 ▶ Compléter les égalités suivantes :

$$x^2 - 5x + 4 = x^2 + \ldots x + (-1) \times x + \ldots \times (-1)$$
$$x^2 - 5x + 4 = (x + \ldots) \times (x + \ldots)$$
$$x^2 - 5x + 4 = (x - \ldots) \times (x - \ldots)$$

$$n^2 - 12n + 32 = n^2 + \ldots n + (-8) \times n + \ldots \times (-8)$$
$$n^2 - 12n + 32 = (n + \ldots) \times (n + \ldots)$$
$$n^2 - 12n + 32 = (n - \ldots) \times (n - \ldots)$$

$$t^2 - 25t + 150 = t^2 + (-15) \times t + \ldots n + (-15) \times \ldots$$
$$t^2 - 25t + 150 = (t + \ldots) \times (t + \ldots)$$
$$t^2 - 25t + 150 = (t - \ldots) \times (t - \ldots)$$

Compétence 33

Savoir factoriser des expressions littérales grâce à l'égalité remarquable $a^2 - b^2 = (a-b)(a+b)$

185 ▶ Factoriser les expressions suivantes à l'aide de cette égalité remarquable :

$4 - t^2 =$ ....

$36 - n^2 =$ ....

$p^2 - 49 =$ ....

$a^2 - 25 =$ ....

186 ▶ Factoriser les expressions suivantes à l'aide de cette égalité remarquable :

$4x^2 - 25 =$ ....

$16 - 9t^2 =$ ....

$81x^2 - 16 =$ ....

$25z^2 - 1 =$ ....

$-49 + 36x^2 =$ ....

$16p^2 - 25a^2 =$ ....

187 ▶ Factoriser à l'aide d'un facteur commun puis utiliser l'égalité remarquable pour poursuivre la factorisation.

$3x^2 - 75 =$ ....

$2 - 72x^2 =$ ....

$4a^2 - 36 =$ ....

$xt^2 - 16x =$ ....

188 ▶ Vérifier l'égalité $4x^2 + 12x = (2x+3)^2 - 9$. En déduire une factorisation de $K = 4x^2 + 12x + 5$.

189 ▶ Factoriser les expressions suivantes :

$G = (2x+1)^2 - (x+2)^2 \qquad H = (x+2)^2 - (3x+2)^2$

$I = (3x-1)^2 - (2x+3)^2 \qquad J = (1-5x)^2 - (2-3x)^2$

Compétence 34
Savoir utiliser le calcul littéral pour prouver un résultat général

190 ▶ On considère le programme de calcul suivant :

— Choisir un nombre et lui ajouter 1.
— Multiplier le résultat par 2, ensuite soustraire 2 au nombre obtenu.
— Enfin, soustraire le nombre de départ au résultat précédent.

(a) Effectuer ce programme de calcul en prenant 8 comme nombre de départ.

(b) Effectuer ce programme de calcul en prenant 11,2 comme nombre de départ.

(c) Effectuer ce programme de calcul en prenant -1 comme nombre de départ.

(d) Quelle remarque peut-on faire ?

(e) Prouver que cette remarque est toujours vraie.

191 ▶ *On détaillera le raisonnement.*

(a) Prouver les égalités suivantes :

$$2 \times 0 - 1^2 = -1$$
$$3 \times 1 - 2^2 = -1$$
$$4 \times 2 - 3^2 = -1$$
$$5 \times 3 - 4^2 = -1$$

(b) Écrire trois autres égalités construites de la même façon. Sont-elles encore vraies ?

(c) Quelle conjecture peut-on faire ? Est-elle vraie ? Justifier.

192 ▶ On considère une sphère et on souhaite dérouler deux fils :

— le premier, un fil rouge, qui fait le tour d'un grand cercle de cette sphère ;
— le deuxième, un fil vert, situé à un mètre au-dessus du fil rouge.

(a) Faire un schéma représentant la situation.

(b) Si le rayon de la sphère vaut 1 m, quelles sont les longueurs des deux fils ? Quelle est la différence des deux longueurs ?

(c) Si le rayon de la sphère vaut 1 hm, quelles sont les longueurs des deux fils ? Quelle est la différence des deux longueurs ?

(d) Quelle conjecture peut-on faire ?

(e) Prouver cette conjecture.

Compétence 35
Savoir utiliser le calcul littéral pour valider ou réfuter une conjecture

193 ▶ Voici un programme de calcul :

① Choisir un nombre entier.

② Multiplier ce nombre par lui-même.

③ Ajouter 11.

④ Retrancher six fois le nombre du départ.

⑤ Multiplier le résultat obtenu par le nombre du départ.

(a) Appliquer ce programme de calcul en choisissant le nombre 1, puis les nombres 2 et 3.

(b) Quelle conjecture peut-on faire ?

(c) Cette conjecture est-elle toujours vraie ?

194 ▶ Lorsqu'on effectue la somme de quatre nombres entiers consécutifs, obtient-on un multiple de 4 ? Justifier.

195 ▶ La somme de cinq nombres entiers consécutifs est-elle un multiple de 5 ? Justifier.

196 ▶ Dans une classe, les élèves ont effectué, à l'aide de leur calculatrice, le calcul suivant :

$$12\,345\,678 \times 12\,345\,679 - 12\,345\,677 \times 12\,345\,680$$

Les résultats obtenus sont

$0 \qquad 1{,}253\,684\,968\,9 \times 10^{15} \qquad 4$

(a) Quel est le résultat affiché par votre calculatrice ?

(b) Comment déterminer la bonne réponse ?

Exercices Bilan du thème A

197 ▶ On considère le programme de calcul suivant :

— choisir un nombre ;
— ajouter 4 ;
— multiplier le résultat par 3 ;
— soustraire 12 au nombre obtenu ;
— enfin soustraire le double du nombre de départ.

(a) Appliquer ce programme en prenant 8 comme nombre de départ.

(b) Appliquer ce programme en prenant 11 comme nombre de départ.

(c) Appliquer ce programme en prenant 14 comme nombre de départ.

(d) Quelle conjecture peut-on faire ?
Tester la en prenant 15 comme nombre de départ.

(e) La conjecture est-elle vraie ? Expliquer.

198 ▶

(a) On considère les nombres entiers 7 et 11. Sont-ils des multiples de 3 ? Leur produit est-il un multiple de 3 ?

(b) On considère les nombres entiers 8 et 16. Sont-ils des multiples de 3 ? Leur produit est-il un multiple de 3 ?

(c) Quelle conjecture peut-on faire ? Démontrer cette conjecture.

199 ▶ *On portera une attention particulière au raisonnement.*

(a) Vérifier que pour tous nombres b et c :

$$(b+c)^2+(b-c)^2=2(b^2+c^2)$$

(b) Soit ABC un triangle rectangle en A tel que $AC + AB = 14$ cm et $AC - AB = 2$ cm.
Sans calculer AC et AB, déduire de la question précédente la longueur BC.

200 ▶ Un pâtissier dispose de fraises et de framboises.

(a) Il veut mettre 4 fraises et 6 framboises sur chaque tartelette. Combien lui faut-il de fraises et de framboises pour confectionner 50 tartelettes ? Pour confectionner 125 tartelettes ?

(b) Il achète les fraises et les framboises par paquet de 1 kg. D'après les fournisseurs, cela correspond à environ 411 fraises et environ 685 framboises.

  (a) Il désire répartir ces fruits en les utilisant tous et en obtenant le maximum de tartelettes identiques. Si ces nombres (411 et 685) sont corrects, calculer le nombre de tartelettes ainsi que le nombre de framboises et de fraises dans chaque tartelette.

  (b) Fiers de ses calculs, le pâtissier commence à réaliser toutes les tartelettes et s'aperçoit qu'il lui reste 2 fraises mais qu'il lui manque 3 framboises pour faire la dernière. Que s'est-il passé ?

201 ▶ On donne :

$$A = (x+y+z)^2 - (-x+y+z)^2$$
$$B = (x+y-z)^2 - (x-y+z)^2$$

(a) Factoriser les expressions A et B.

(b) Factoriser l'expression $C = A - B$.

202 ▶ **[D'après Brevet des collèges]**
Le tableau ci-dessous donne le rayon (en m) et la masse (en kg) de différents atomes : H (hydrogène), C (carbone) et O (oxygène).

Atome	Rayon	Masse
H	53×10^{-12}	$1,673 \times 10^{-27}$
C	$0,7 \times 10^{-10}$	$0,199 \times 10^{-25}$
O	600×10^{-13}	266×10^{-28}

Parmi ces trois atomes, qui a le plus grand rayon ? Quel est le plus lourd ?

203 ▶ Les atomes d'or sont arrangés en réseau cubique à face centrée : huit atomes (en gris foncé) formant un cube et six autres atomes se trouvant au centre de chacune des faces du cube. L'arête du cube ainsi formé est $a = 0,408$ nm (nanomètre).

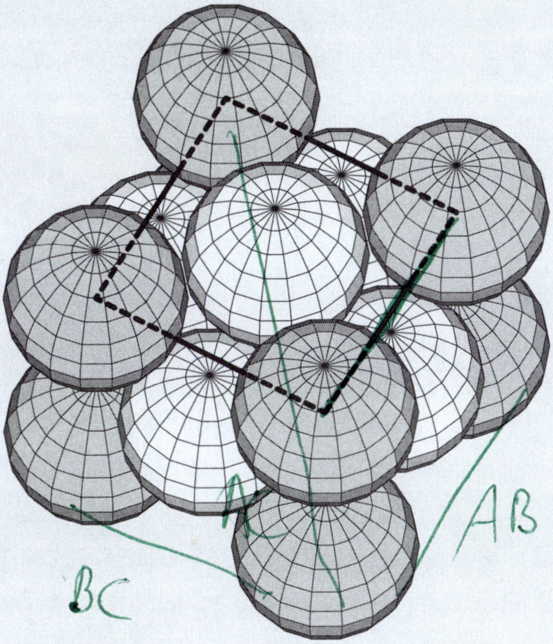

(a) Quelle est la longueur d de la diagonale du carré ?

(b) En déduire le rayon r de l'atome d'or.

Thème B

Organisation et gestion de données

—

Fonctions

Table des compétences du thème B

Compétence 36
Recueillir et organiser des données

204 ▶ La liste ci-dessous représente les notes obtenues au cours du premier devoir par une classe de 25 élèves :

7 ; 9 ; 9 ; 10 ; 11 ; 11 ; 11 ; 13 ; 13 ; 8 ; 8 ; 9 ;
11 ; 12 ; 12 ; 12 ; 13 ; 5 ; 5 ; 6 ; 7 ; 16 ; 16 ; 17 ; 18.

Pierre pense à utiliser un graphique pour représenter ces données. Est-ce un bon choix ? Justifier.

205 ▶ Pour étudier le gabarit des Français, on téléphone à 1 000 personnes pour leur demander leur taille.
Quelle représentation choisir pour organiser ces données ? Justifier.

206 ▶ Sur un tronçon de route limité à 90 km par heure, les gendarmes ont relevé les vitesses suivantes :

85 – 96 – 87 – 90 – 86 – 103 – 102 – 84 – 101 – 91 – 76 – 92 – 100 – 99 – 81 – 89 – 95 – 97 – 89 – 92 – 105 – 88 – 90 – 103 – 78 – 81 – 95 – 100 – 89 – 94 – 100 – 92.

(a) Corentin a commencé le tableau suivant :

Vitesse	76	77	…
Nombre de voitures			

Que peut-on lui conseiller ?

(b) Construire une présentation plus adaptée de ces résultats.
Il y a plusieurs possibilités.

207 ▶ Lors d'une enquête scolaire, on a étudié le temps passé le soir pour effectuer les devoirs. Les résultats sont les suivants :

En 6ᵉ : 14 élèves passent moins de 15 min ; 32 passent entre 15 min et 30 min ; 34 passent entre 30 min et 45 min ; 21 passent entre 45 min et 1 h ; 5 passent 1 h et plus ;

En 5ᵉ : 17 élèves passent moins de 15 min ; 39 passent entre 15 min et 30 min ; 31 passent entre 30 min et 45 min ; 16 passent entre 45 min et 1 h ; 4 passent 1 h et plus ;

En 4ᵉ : 12 élèves passent moins de 15 min ; 45 passent entre 15 min et 30 min ; 21 passent entre 30 min et 45 min ; 7 passent entre 45 min et 1 h ; 6 passent 1 h et plus ;

En 3e : 4 élèves passent moins de 15 min ; 38 passent entre 15 min et 30 min ; 29 passent entre 30 min et 45 min ; 31 passent entre 45 min et 1 h ; 6 passent 1 h et plus.

(a) Quel est le nombre d'élèves en 6e ?

(b) Présenter ces résultats sous une forme plus succincte.
Attention de ne pas oublier des informations.

(c) Dans ce collège, combien d'élèves ont un temps de travail le soir compris entre 30 min et 60 min ?

208 ▶ Dans un carton, il y a trente tee-shirts. Certains sont à manches courtes, d'autres à manches longues. Ils sont de couleur bleue, rouge ou jaune.
On sait qu'il y a :

- 12 tee-shirts bleus ;
- 10 tee-shirts à manches courtes ;
- 5 tee-shirts jaunes à manches longues ;
- 2 tee-shirts bleus à manches courtes ;
- 8 tee-shirts jaunes.

Quelle est la répartition *exacte* (type de manches et couleur) des tee-shirts ? Expliquer la méthode.

Compétence 37

Lire des données sous forme de données brutes, de tableaux, de graphiques

209 ▶ On a effectué un sondage auprès des élèves d'une même classe pour connaître leur animal préféré. Les résultats sont illustrés dans le graphique ci-dessous :

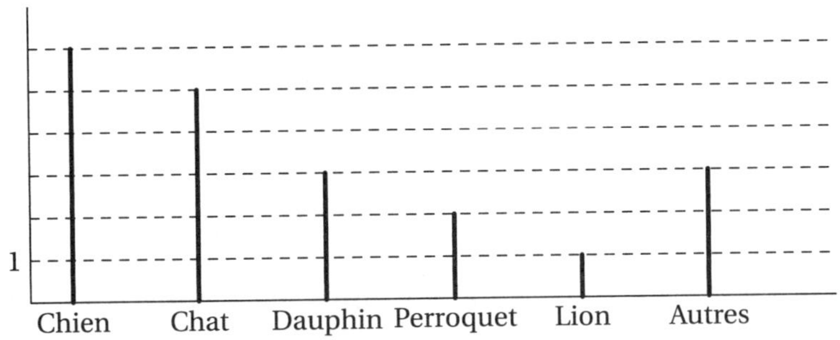

(a) Combien d'élèves préfèrent les chats ?

(b) Combien d'élèves préfèrent les perroquets ?

(c) Combien y a-t-il d'élèves dans cette classe ?

210 ▶ Voici les notes de mathématiques, dans l'ordre chronologique, d'une élève d'une classe de troisième :

5 ; 20 ; 7 ; 3 ; 11 ; 12 ; 16 ; 4 ; 14 ; 6 ; 12 ; 19 ; 17 ; 15 ; 14 ; 12 ; 11 ; 7 ; 6 ; 4 ; 3 ; 2.

(a) Combien cette élève a-t-elle obtenu de notes ?

(b) Combien de fois a-t-elle obtenu une note supérieure ou égale à 12 ?

(c) Combien de fois a-t-elle obtenu une note inférieure à 10 ?

211 ▶ Un vétérinaire a observé la répartition des chiens et des chats parmi les animaux de compagnie de ses clients. Il a obtenu le tableau ci-dessous.

		Chien	
		OUI	NON
Chat	OUI	56	344
	NON	405	165

(a) Combien de clients possèdent un chien mais pas de chat ?

(b) Combien de clients possèdent un chat mais pas de chien ?

(c) Combien de clients ont un chien et un chat ?

(d) Combien de clients ont un chien ?

212 ▶ Une enquête a été réalisée auprès de 170 élèves d'un collège sur l'utilisation du téléphone portable. La question posée était : « quel abonnement utilisez-vous ? ».
Les réponses des 125 élèves ayant un téléphone portable sont représentées dans le diagramme ci-dessous :

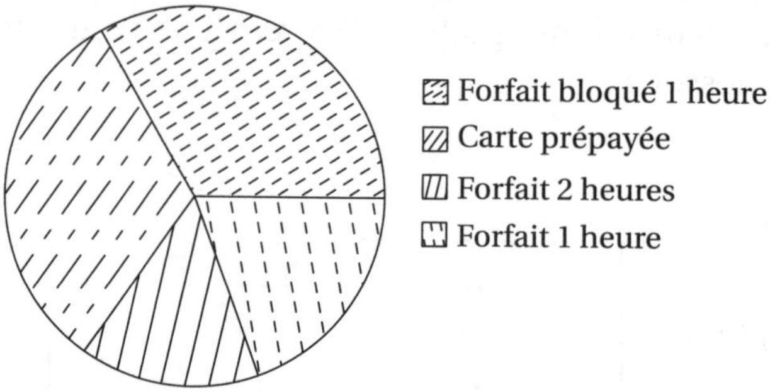

(a) Dans ce collège, quel est le nombre d'élèves qui n'ont pas de téléphone portable ?

(b) Quel est l'abonnement le plus utilisé ? Le moins utilisé ?

213 ▶ Voici des données météorologiques pour la ville d'Alexandrie :

Mois	Température (°C)	Pluie (mm)
Janvier	14,6	41
Février	15	24
Mars	16,8	5
Avril	18,8	2
Mai	21,6	3
Juin	24,1	0
Juillet	25,8	0
Août	25,5	0
Septembre	25,6	0
Octobre	24,2	4
Novembre	20,7	28
Décembre	16,5	42

(a) Pendant combien de mois n'y a-t-il pas eu de pluie à Alexandrie ?

(b) Quel est l'écart maximal de température ?

(c) Pendant combien de mois la température dépasse-t-elle 24 °C ?

214 ▶ Le tableau donné indique le temps des élèves pour se rendre au collège :

	6^e	5^e	4^e	3^e
moins de 15 min	13	16	9	14
entre 15 min et 30 min	37	42	43	39
entre 30 min et 45 min	19	23	18	17
entre 45 min et 1 h	15	14	9	18
une heure et plus	3	5	4	2

(a) Combien d'élèves de 6e ont un trajet de moins d'une demi-heure ?

(b) Combien d'élèves de 6e ont un trajet d'au moins une demi-heure ?

(c) Combien d'élèves ont un trajet de plus d'une heure ?

(d) Combien y a-t-il d'élèves en 5e ?

(e) Dans ce collège, combien d'élèves ont un temps de trajet compris entre 15 et 45 minutes ?

215 ▶ [D'après Brevet des collèges - 2008]

Le *thon Germon* est une variété de thon blanc. Le graphique ci-dessous représente la taille du thon Germon en fonction de sa masse.

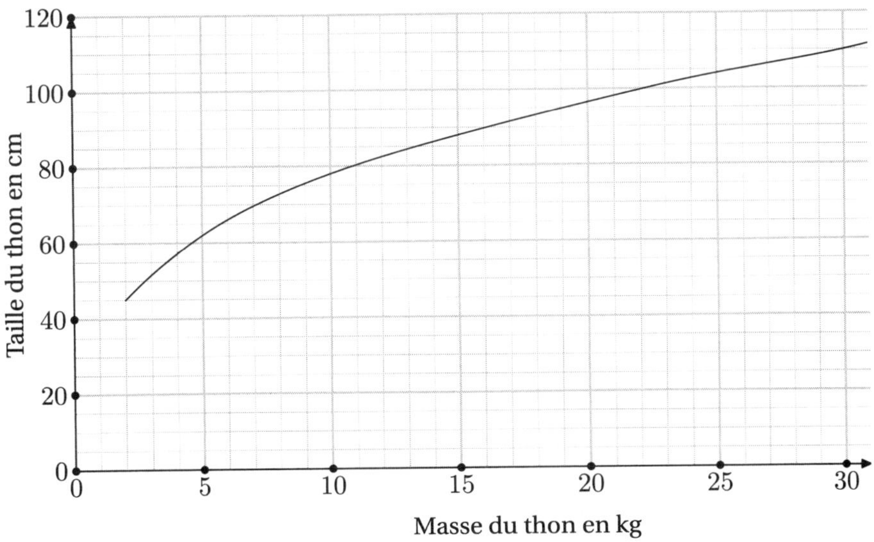

(a) Est-ce que la taille du thon Germon est proportionnelle à sa masse ? Justifier.

(b) On a capturé un thon Germon de 22 kg. Déterminer graphiquement sa taille. *On laissera apparents les traits de construction.*

(c) On a pêché un thon Germon de 70 cm. Déterminer graphiquement sa masse. *On laissera apparents les traits de construction.*

216 ▶ [D'après Brevet des collèges - 2008]

À un concours de pêche au large, les prises sont constituées de thons, d'espadons, de thazards et de mahi-mahi. On a réparti les différentes prises à l'aide d'un diagramme circulaire :

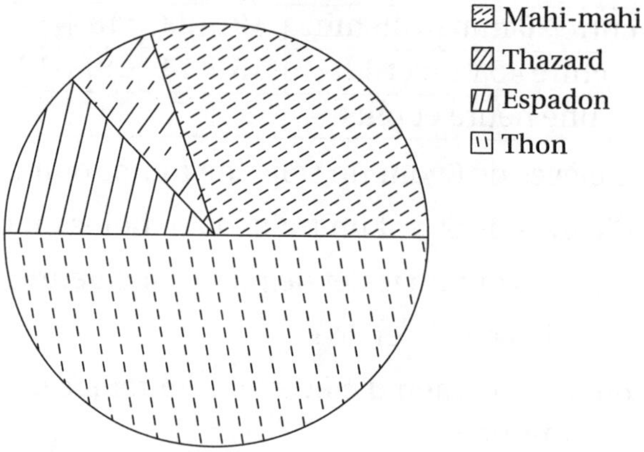

Pour ce concours, estimer la proportion de chacune des espèces.

Compétence 38
Calculer des effectifs, des fréquences

> En statistiques, on appelle *effectif d'une valeur* le nombre de données associées à cette valeur.
> Lorsqu'on ajoute les effectifs de toutes les valeurs prises par une étude statistique, on obtient alors *l'effectif total* de l'étude statistique.

217 ▶ Le tableau ci-dessous indique la répartition des notes dans une classe. Sachant que tous les élèves de cette classe étaient présents, quel est l'effectif total de cette classe ?

Note	08	09	10	11	12	13	14	15	16	17
Effectifs	2	3	1	3	5	4	1	3	2	1

218 ▶ Ce tableau donne la répartition des élèves d'un collège.

	6^{e}	5^{e}	4^{e}	3^{e}	Totaux
Filles	75	84		87	
Garçons		68	95		
Totaux	159		182		657

Déterminer les effectifs manquants dans ce tableau.

219 ▶ Dans un restaurant, le gérant relève le nombre de clients en fonction des menus qu'ils ont commandés.
Au moment de faire les comptes du service du midi, il renverse son café !
Le temps d'éponger, le tableau est illisible !

Prix des repas (€)	9	10	12	13,5	16
Nombre de clients	12			21	14

Il se rappelle que 101 clients sont venus ! De plus, il se souvient que ceux qui ont pris le menu à 10 € étaient deux fois plus nombreux que ceux qui ont pris le menu à 12 €.
Cela suffit-il à remplir le tableau ? Si oui, quelles sont les valeurs manquantes ?

En statistiques, la *fréquence* f d'une valeur est le rapport de l'effectif de cette valeur à l'effectif total.

$$f_{\text{valeur}} = \frac{\text{effectif de la valeur}}{\text{effectif total}}$$

Valeur	0	5	10	15	20
Effectif	6	6	5	7	3
Fréquence f	$\frac{6}{27}$	$\frac{6}{27}$	$\frac{5}{27}$	$\frac{7}{27}$	$\frac{3}{27}$

La fréquence d'une valeur est un nombre compris entre 0 et 1.

Pour obtenir la fréquence en pourcentage, on effectue le calcul $f \times 100$.

220 ▶ Zoé a lancé 23 fois une pièce de monnaie. Cette pièce est tombée 15 fois du côté « *pile* ».

(a) Quelle est la fréquence du tirage « *pile* » ?

(b) Quelle est la fréquence du tirage « *face* » ?

221 ▶ On a compté les véhicules passant un péage d'autoroute pendant une heure : 112 autocars, 336 voitures, 84 motos et 168 camions. Calculer la fréquence de passage pour chaque type de véhicule. On donnera la réponse en pourcentage.

222 ▶ Pour agrémenter la cour d'un collège, on a planté des arbustes à l'automne 2013.

(a) Durant l'hiver, 20 % des arbustes qui avaient été plantés sont morts. Au printemps, il reste 76 arbustes. Combien en avait-on planté à l'automne 2013 ?

(b) On a mesuré la taille de ces arbustes (voir le tableau). Recopier et compléter le tableau en indiquant les fréquences en pourcentage, arrondies à 1 % près.

TAILLE	1,30 m	1,40 m	1,50 m	1,60 m
EFFECTIF	12	32	23	9
FRÉQUENCE				

Compétence 39

Calculer et interpréter la moyenne d'une série statistique

> Pour calculer la moyenne d'une série statistique, on effectue la somme de *toutes* les données de cette série statistique puis on la divise par l'effectif total de la série statistique.

223 ▶ Calculer la moyenne de la série statistique suivante :

7   10   12   14   13   15   18   9   4   4   1   8   2   1

224 ▶ La carte météorologique ci-dessous représente les températures relevées un matin d'hiver dans le Nord et le Pas-de-Calais. Quelle est la température moyenne relevée ?

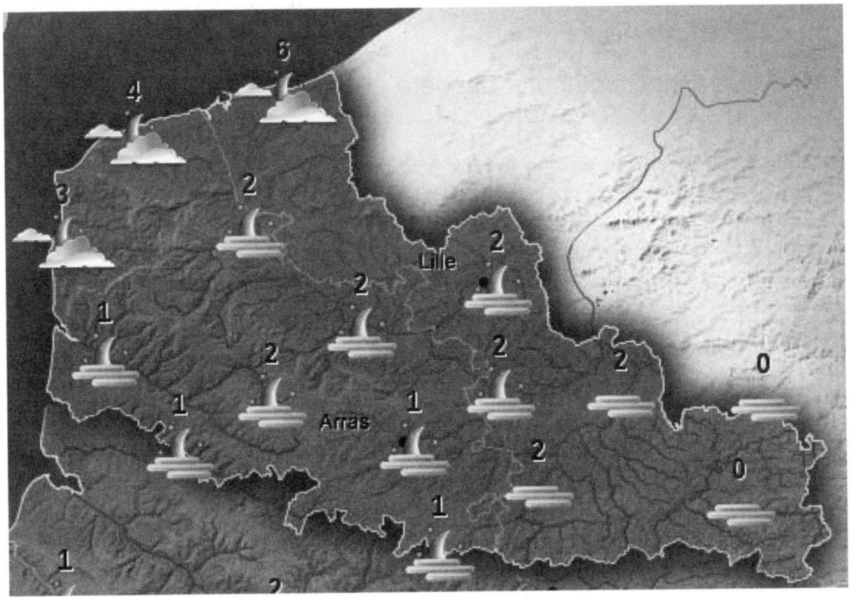

225 ▶ Dans la première partie du premier trimestre, Marie a obtenu les notes suivantes en Histoire-Géographie : 9 ; 12 ; 10 ; 9 ; 13 ; 13.

(a) Calculer la moyenne m_1 des notes de Marie.

(b) Dans la deuxième partie du premier trimestre, Marie a eu les notes suivantes : 9 ; 7 ; 11 ; 8.
Calculer la moyenne m_2 de ces quatre notes.

(c) Marie pense qu'elle n'aura finalement pas 10 de moyenne lors de ce premier trimestre. A-t-elle raison ? Justifier.

226 ▸ Un professeur de mathématiques a choisi de représenter les résultats d'un contrôle par le tableau suivant :

Notes sur 20	2	6	7	8	10	11	12	14	16	17	19
Nombre d'élèves	1	2	1	3	4	2	5	3	1	2	1

(a) Sachant qu'il n'y avait pas d'élève absent lors de ce contrôle, combien y a-t-il d'élèves dans cette classe ?

(b) Quelle est la moyenne de la classe à ce contrôle ?

227 ▸ Pour vérifier la bonne marche des machines de son atelier, un entrepreneur commande une étude auprès d'un organisme agréé. L'entrepreneur souhaite connaître le diamètre moyen des boulons de 8 mm que ses machines fabriquent.

Après avoir effectué les tests nécessaires, l'organisme remet le document suivant à l'entrepreneur :

Voici les résultats de notre enquête :

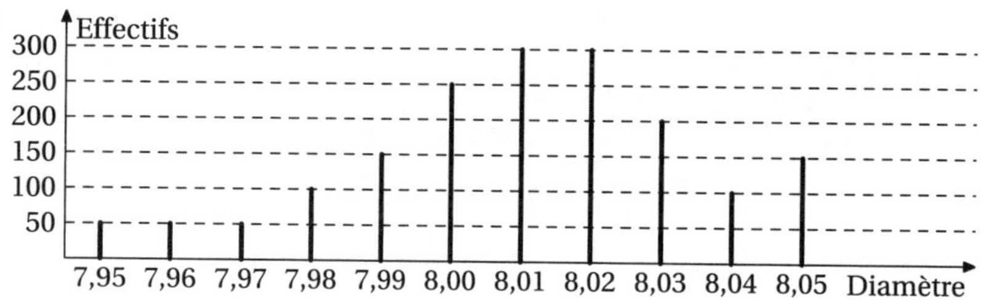

Grâce à cette étude, nous pouvons affirmer que le diamètre moyen des boulons est de 8,01 mm.

L'entrepreneur souhaite néanmoins vérifier si cette moyenne est correcte. Comment va-t-il faire ? Justifier.

228 ▸ Il y avait cinq perroquets dans une cage et leur prix moyen était de 5 000 €.

Un jour, durant le nettoyage de la cage, le plus beau des perroquets s'est envolé. Le prix moyen des quatre perroquets restants est maintenant de 4 000 €.

Combien coûtait le perroquet qui s'est échappé ? Expliquer.

Compétence 40

Calculer et interpréter la médiane d'une série statistique

> La *médiane* $\mathcal{M}$ d'une série statistique, rangée par ordre croissant, est un nombre qui partage cette série statistique en deux sous-groupes de même effectif, chacun tels que :
> — toutes les données du 1er groupe soient inférieures ou égales à $\mathcal{M}$;
> — toutes les données du 2e groupe soient supérieures ou égales à $\mathcal{M}$.

229 ▶ Déterminer la médiane de la série statistique suivante :

15 17 20 25 26 27 28 31 35 37 47

230 ▶ Voici une série de notes, rangées par ordre croissant :

2 2 4 5 5 5 7 7 7 7 8 8 8 8 8
9 10 10 10 11 11 11 12 12 12 12 14 14 17 19

Déterminer la note médiane.

231 ▶ Sur une population de 75 feuilles de platane, on a relevé la longueur, en millimètres, de la grande nervure. On obtient le tableau statistique suivant :

Longueur	102	112	122	132	142	152	162	172
Effectif	1	6	6	10	15	19	10	8

Déterminer la médiane de cette série statistique.

232 ▶ Lors d'une enquête, on a demandé à des passants la durée de leur repas du midi. Voici les résultats :

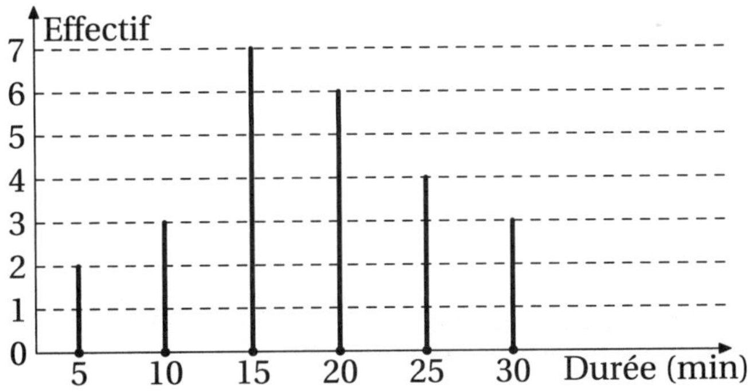

Pour cette enquête, déterminer la durée médiane d'un repas.

233 ▶ Déterminer la médiane $\mathscr{M}$ de la série statistique :

valeur	7	10	12	13	14	15	18
effectif	9	4	4	8	1	2	1

234 ▶ Calculer la médiane $\mathscr{M}$ de la série statistique suivante :

19	5	25	23	36	2	10	11	5	27
17	9	28	14	35	30	5	1	12	19

235 ▶ Les valeurs du tableau ci-dessous[3] ont été calculées à partir de données arrêtées fin 2016.
Interpréter ce tableau.

Année	Âge moyen			Âge médian		
	Homme	Femme	Ensemble	Homme	Femme	Ensemble
01/01/2017	39,8	42,6	41,2	38,8	41,8	40,4

3. Il a été obtenu à partir de la page :

`https://www.insee.fr/fr/statistiques/2381476`

Compétence 41
Calculer et interpréter l'étendue d'une série statistique

> *L'étendue* d'une série statistique est égale à la différence entre la plus grande et la plus petite donnée de cette série. Elle mesure la « dispersion » de cette série.

236 ▶ Calculer l'étendue de chacune des séries de notes suivantes :

Liam : 5 ; 20 ; 7 ; 3 ; 11 ; 12 ; 16 ; 4 ; 14 ; 6 ; 12

Cécile : 19 ; 17 ; 15 ; 14 ; 12 ; 11 ; 7 ; 6 ; 4 ; 3 ; 2

Franck : 9 ; 8 ; 11 ; 11 ; 11 ; 9 ; 9 ; 11 ; 11 ; 12 ; 8

Lætitia : 1 ; 4 ; 5 ; 6 ; 9 ; 11 ; 11 ; 13 ; 15 ; 17 ; 18

237 ▶ Calculer l'étendue de la série statistique :

valeur	07	10	12	13	14	15	18
effectif	9	4	4	8	1	2	1

238 ▶ La conservation des aliments nécessite un environnement sain et une température constante. On étudie alors la température à l'intérieur d'un réfrigérateur et pour cela, on la relève toutes les 5 minutes pendant une heure. Les résultats, en degrés Celsius, sont indiqués ci-dessous :

$$4;\quad 4,1;\quad 3,9;\quad 4,5;\quad 4,3;\quad 4,1;\quad 3,9;\quad 3,9;\quad 4;\quad 4,1;\quad 4;\quad 4,1.$$

(a) La température relevée est-elle constante ?

(b) Quelle est l'étendue de cette série statistique ?

(c) À votre avis, que s'est-il passé à partir de la 15e minute ? Expliquer.

Compétence 42
Connaître et utiliser la notion de probabilité

> Une expérience est *aléatoire* lorsqu'elle a plusieurs résultats (ou *issues*) possibles et que l'on ne peut pas prévoir, *a priori*, quel sera le résultat de cette expérience.

> Lors d'une expérience aléatoire, on peut étudier la réalisation (ou non) d'un résultat particulier, appelé *évènement*.

> On considère une expérience aléatoire. Alors la probabilité p d'un évènement est « la chance » de voir cet évènement se réaliser.

239 ▶ On lance un dé, *non truqué* et *équilibré*,[4] à douze faces numérotées de 1 à 12.

(a) Quelle est la probabilité d'obtenir 7 ?

(b) Quelle est la probabilité d'obtenir 0 ?

(c) Quelle est la probabilité d'obtenir 5 ou 8 ?

(d) Quelle est la probabilité d'obtenir 5 et 8 ?

(e) Quelle est la probabilité d'obtenir un nombre pair ?

(f) Quelle est la probabilité d'obtenir un multiple de trois ?

240 ▶ On considère un jeu de 32 cartes. Toutes les cartes sont indiscernables au toucher.

7♡	8♡	9♡	10♡	V♡	D♡	R♡	A♡
7♠	8♠	9♠	10♠	V♠	D♠	R♠	A♠
7♣	8♣	9♣	10♣	V♣	D♣	R♣	A♣
7♢	8♢	9♢	10♢	V♢	D♢	R♢	A♢

(a) Quelle est la probabilité de l'évènement A « obtenir un roi » ?

(b) Quelle est la probabilité de l'évènement B « obtenir un valet ou un carreau » ?

(c) Quelle est la probabilité de l'évènement C « ne pas obtenir un 10 » ?

(d) Quelle est la probabilité de l'évènement D « obtenir une dame et un 9 » ?

4. C'est un dé où toutes les faces ont la même probabilité d'apparaître lors d'un lancer.

241 ▶ Voici un script Scratch©.

(a) Quel est l'objectif de ce script ?

(b) Quelle est la probabilité que le lutin associé à ce script annonce « Entre 1 et 6, j'ai choisi 5 » ?

242 ▶ Pour Noël, un chocolatier décide de faire des boîtes « surprise ». Il a mélangé, dans chaque boîte, 25 chocolats noirs et 15 chocolats blancs.

(a) Quelle est la probabilité que le premier chocolat pris dans la boîte soit un chocolat blanc ?

(b) Si le premier chocolat pris est un chocolat blanc, quelle est la probabilité que le deuxième chocolat pris soit un chocolat noir ?

Compétence 43

Connaître et utiliser le vocabulaire des probabilités

Pour les définitions des mots « expérience aléatoire », « issue », « évènement », on se rendra à la page 92.

Lors d'une expérience aléatoire, si un évènement ne se réalise jamais, alors c'est *évènement impossible*.
La probabilité d'un évènement impossible est 0.

Lors d'une expérience aléatoire, si un évènement se réalise toujours, alors c'est *évènement certain*.
La probabilité d'un évènement certain est 1.

On considère une expérience aléatoire et un évènement E. Alors *l'évènement contraire* de E est l'évènement qui est réalisé lorsque E ne l'est pas.

Lors d'une expérience aléatoire, si deux évènements ne peuvent se réaliser en même temps, alors ce sont des *évènements incompatibles*.

243 ▶ On place, dans un chapeau, dix papiers identiques sur lesquels sont écrits les chiffres de 0 à 9.
On prend un papier au hasard et on observe le chiffre obtenu.

(a) Préciser les différentes issues de cette expérience.

(b) Proposer un évènement certain.

(c) Proposer un évènement impossible.

(d) Proposer deux évènements incompatibles.

(e) Citer l'évènement contraire de l'évènement « obtenir un nombre qui soit un multiple de 3 ».

244 ▶ Sur les faces d'un dé équilibré à huit faces sont écrites les lettres A, B, C, D, E, F, G et H.
On lance ce dé et on observe la lettre obtenue. Préciser la nature des évènements suivants :

(a) l'évènement « Obtenir une lettre du mot RUPIN » ;

(b) l'évènement « Obtenir une lettre du mot BACHE » ;

(c) les évènements « Obtenir une lettre du mot BAG » et « Obtenir une lettre du mot CHEF ».

245 ▶ Avec Scratch©, on a créé la liste **Lettres** qui contient les huit lettres du mot SCRABBLE.
Le script suivant a été produit pour que le logiciel puisse choisir une lettre aléatoirement dans la liste **Lettres**.

```
quand drapeau est cliqué  %Créer une variable alea
mettre alea à (nombre aléatoire entre (1) et (8))
dire (regroupe [J'ai choisi la lettre] (élément (alea) de Lettres)) pendant (2) seconde(s)
```

(a) Déterminer les issues possibles de cette expérience aléatoire.

(b) Déterminer un évènement certain.

(c) Les évènements « Obtenir une lettre du mot ARCS » et « Obtenir une lettre du mot BLE » sont-ils des évènements contraires ? Justifier.

Compétence 44

Calculer des probabilités pour une expérience aléatoire à une épreuve

On prend une expérience aléatoire. Alors, la probabilité p d'un évènement est

$$p = \frac{\text{nombre d'issues favorables à cet évènement}}{\text{nombre total d'issues}}.$$

Une probabilité est un nombre compris entre 0 et 1.

246 ▶ Une urne contient des boules indiscernables au toucher :

— cinq blanches, numérotées de 1 à 5 ;
— huit noires, numérotées de 1 à 8 ;
— dix grises, numérotées de 1 à 10.

On tire une boule au hasard. Quelle est la probabilité de l'évènement :

(a) « Tirer une boule blanche » ?

(b) « Tirer une boule noire » ?

(c) « Tirer une boule qui porte le numéro 4 » ?

(d) « Tirer une boule qui porte le numéro 9 » ?

247 ▶ Dans un sac, on place cent jetons, indiscernables au toucher et numérotés de 00 à 99. On tire un jeton et on observe le numéro. Quelle est la probabilité de tirer :

(a) un jeton portant un numéro strictement supérieur à 60 ?

(b) un jeton contenant au moins un zéro ?

(c) un jeton ne contenant pas de zéro ?

248 ▶ On tire une carte dans un jeu classique composé des trente-deux cartes usuelles (voir page 92).

(a) Donner les probabilités de chacun des évènements suivants :
— « Obtenir un carreau. »
— « Obtenir un valet. »
— « Obtenir un valet de carreau. »

(b) On ajoute deux jokers à ce jeu. Les probabilités précédentes vont-elles augmenter si un joker peut remplacer une des cartes souhaitées ? Expliquer.

249 ▶ On considère un rayon lumineux qui tire aléatoirement sur la cible ci-dessous en l'atteignant *toujours.*

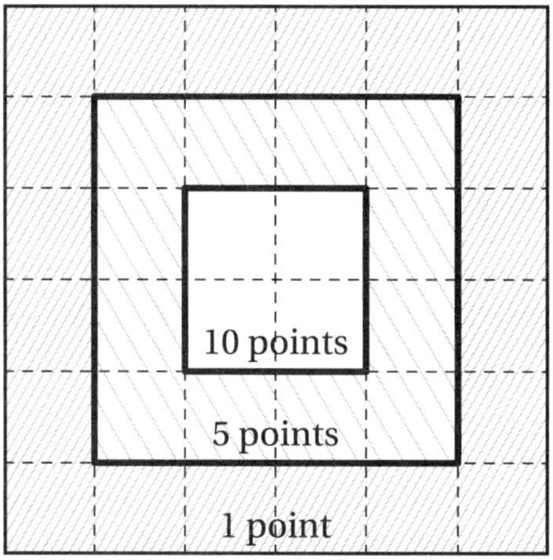

(a) Quelle est la probabilité d'obtenir au moins 1 point ?

(b) Quelle est la probabilité de marquer 1 point ?

(c) Quelle est la probabilité de marquer 5 points ?

250 ▶ Un jeu de construction est composé de cinq cubes bleus, quatre cubes rouges, dix cubes verts et six cubes blancs. Tous les cubes sont indiscernables au toucher. On place les cubes dans une urne et on prend un cube.

Entourer l'unique bonne réponse.			
Question	**Réponse A**	**Réponse B**	**Réponse C**
1/ La probabilité d'obtenir un cube vert est	0,05	0,4	0,2
2/ La probabilité d'obtenir un cylindre est	1	0,5	0
3/ La probabilité d'obtenir un cube rouge ou vert est	0,6	0,5	0,56
4/ La probabilité d'obtenir un cube rouge et blanc est	0	0,5	1
5/ La probabilité d'obtenir un cube dont la couleur est aussi une couleur du drapeau français est	0,6	0,7	0,8

Compétence 45

Calculer des probabilités pour une expérience aléatoire à deux épreuves

> Lorsqu'on enchaîne deux expériences aléatoires à une épreuve, alors on dit qu'on a effectué une expérience aléatoire à deux épreuves.

> Un arbre des possibles est une représentation schématique d'une expérience aléatoire à deux épreuves. Sur chaque « branche », on écrit la probabilité d'obtenir le cas correspondant à cette branche.

251 ▶ Un restaurateur, préférant la qualité à la quantité, ne propose que deux plats (poisson ou viande) et deux accompagnements (salade composée ou riz aromatique). Utilisant seulement des produits frais, aujourd'hui, il a deux fois plus de viande que de poisson et trois fois plus de salade composée que de riz aromatique.
Compléter l'arbre des possibles ci-dessous en indiquant les probabilités manquantes.

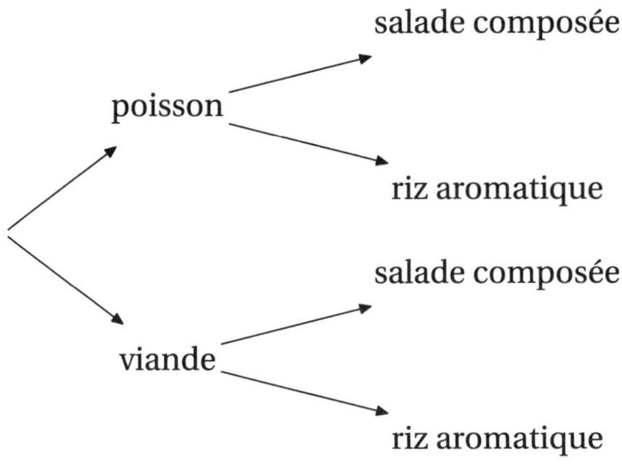

> Dans un arbre des possibles, la probabilité d'une issue à laquelle conduit un chemin est égale au produit des probabilités rencontrées le long de ce chemin.

252 ▶ On reprend l'exercice précédent. Le restaurateur a composé tous les plats possibles. Si on choisit un plat au hasard, quelle est la probabilité de choisir un « viande - salade composée » ?

253 ▶ On considère une urne contenant quatre boules rouges et une boule jaune. Ces boules sont indiscernables au toucher.

(a) On tire au hasard une boule de l'urne et on note sa couleur. Quelle est la probabilité de l'évènement E : « tirer une boule de couleur rouge » ?

(b) On tire au hasard une boule de l'urne et on note sa couleur ; on la remet dans l'urne, puis on tire une seconde boule de l'urne.

1/ La première boule tirée étant une jaune, quelle est la probabilité que la seconde boule soit rouge ? Soit jaune ?

2/ Quelle est la probabilité de tirer deux boules jaunes ?

(c) On tire au hasard une boule de l'urne et on note sa couleur ; on ne la remet pas dans l'urne, puis on tire une seconde boule de l'urne.

1/ La première boule tirée étant une rouge, quelle est la probabilité que la seconde boule soit rouge ? Soit jaune ?

2/ La première boule tirée étant une jaune, quelle est la probabilité que la seconde boule soit rouge ? Soit jaune ?

3/ Quelle est la probabilité de prendre deux boules de couleurs différentes ?

254 ▶ On considère une urne contenant 7 boules blanches et 5 boules rouges. Elles sont indiscernables au toucher.
On tire une boule, on note sa couleur. Puis, on la remet *ainsi qu'une boule de l'autre couleur* dans l'urne. On tire ensuite une deuxième boule et on note sa couleur.

(a) Calculer la probabilité de l'évènement « Prendre une boule rouge au 1er tirage ».

(b) Sachant que la première boule tirée est de couleur rouge, déterminer la probabilité de l'évènement « la deuxième boule prise est blanche ».

(c) Construire un arbre des possibles de cette expérience aléatoire. Justifier les probabilités inscrites.

(d) Déterminer la probabilité de l'évènement « les deux boules tirées sont de la même couleur ».

Compétence 46

Connaître et utiliser le lien entre fréquence et probabilité

> Lorsqu'une expérience aléatoire est répétée « un grand nombre » de fois, la fréquence d'apparition d'une issue se rapproche de la probabilité théorique de cette issue.

255 ▶ Pour tester les dés à jouer des casinos, on lance 1 000 fois chaque dé et on construit le graphique des fréquences d'apparitions des faces. Les graphiques obtenus pour deux dés sont donnés ci-dessous.
Le casino sélectionnera-t-il les deux dés ? Justifier.

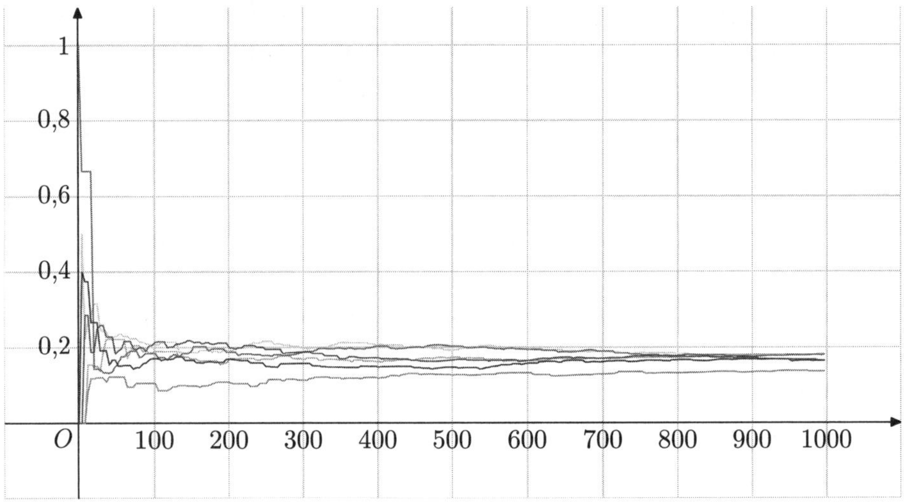

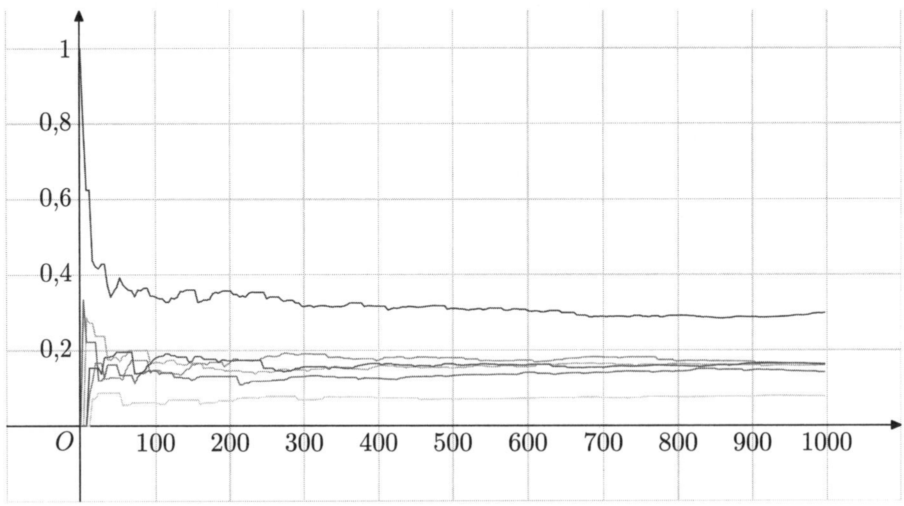

256 ▶

On a lancé 100 fois une pièce équilibrée et on a noté le nombre d'apparition de chacune des faces de la pièce.
Interpréter le graphique en expliquant la différence entre le côté « pile » et le côté « face ».

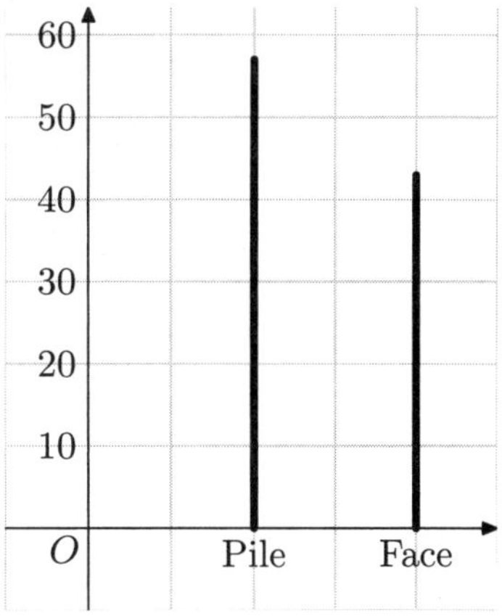

257 ▶ **[D'après Brevet 2014]**
On considère un sac contenant quatre types de jetons : jaune, bleu, vert et rouge. Il y a 20 jetons et ils sont indiscernables au toucher.
Afin de déterminer la composition du sac, on a simulé l'expérience aléatoire consistant à prendre un jeton. À l'aide du graphique ci-dessous, déterminer la composition du sac. Justifier.

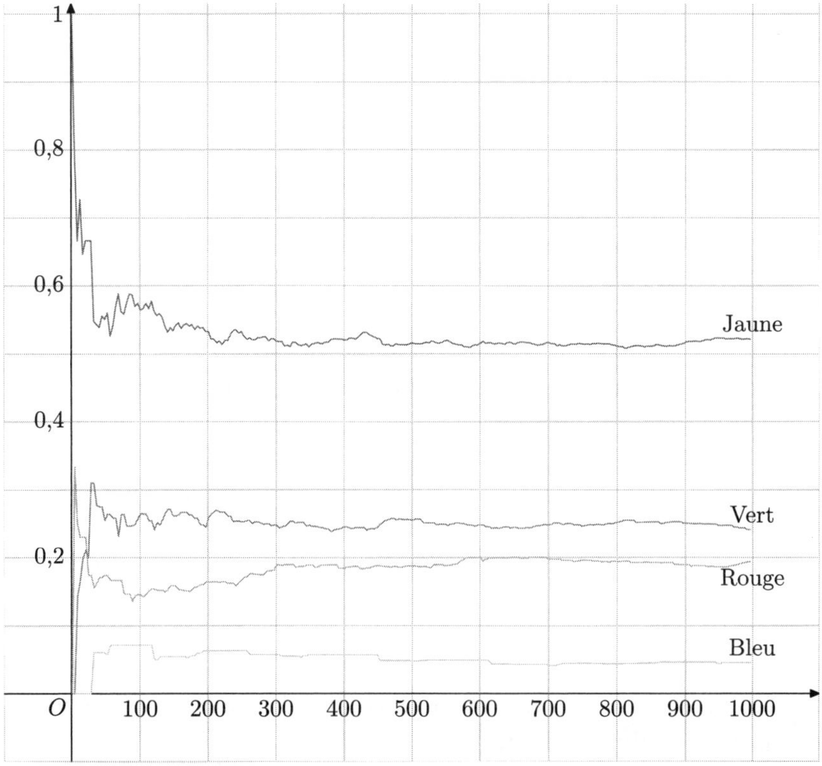

Compétence 47

Reconnaître une situation de proportionnalité

> Deux grandeurs sont *proportionnelles* si, en multipliant (ou en divisant) l'une des grandeurs par un nombre différent de zéro, alors l'autre est également multipliée (ou divisée) par le même nombre.

258 ▶ Lors d'un orage, on a mesuré la quantité de pluie tombée :

Temps (s)	8	16	32	64
Hauteur de pluie (mm)	1	2	4	8

La hauteur de pluie est-elle proportionnelle au temps écoulé ? Justifier.

259 ▶ Voici une offre trouvée sur un panneau publicitaire :

> **Une offre qui tient la route !**
>
> **1** pneu acheté, le **2e à -50 % !**
> **3** pneus achetés, le **4e offert !**

Le prix payé est-il proportionnel au nombre de pneus achetés ? Justifier.

> Dans un tableau, si on obtient les nombres de la deuxième ligne en multipliant ceux de la première ligne par un même nombre non nul k, alors le tableau est *un tableau de proportionnalité*. Le nombre *non nul* k est *le coefficient* de proportionnalité du tableau.

260 ▶ On lance une fusée à eau verticalement et on mesure la hauteur du lancer en fonction du temps de vol. On a obtenu le tableau suivant :

Temps (s)	2	2,5	3	3,5	4
Hauteur (m)	1,92	4,69	8,07	12,07	16,68

La hauteur du lancer est-elle proportionnelle au temps de vol ? Expliquer.

261 ▶ Afin de promouvoir l'exercice physique, des chercheurs ont étudié la perte de calories lorsqu'on regarde la télévision. Les résultats sont donnés dans le tableau suivant :

Durée (h)	1	2	3	4	5
Dépense calorique (kcal)	51	102	153	204	255

La dépense calorique est-elle proportionnelle au temps passé devant la télévision ? Si oui, combien de temps faut-il regarder les émissions télévisuelles pour « éliminer » un repas de 1 470 kcal ?

> Lorsqu'on représente graphiquement une situation étudiée, si *tous* les points sont alignés avec l'origine du repère, alors il s'agit d'une situation de proportionnalité.

262 ▶ Il existe une autre façon d'apprécier les températures en utilisant *le degré Réaumur*. Voici le tableau de correspondance :

Degrés Celsius	0	10	20	30	40	50	60
Degrés Réaumur	0	8	16	24	32	40	48

(a) Faire une représentation graphique à partir du tableau.

(b) Quelle conclusion peut-on tirer ?

263 ▶ Le volume d'eau (en litre) débité par un robinet en fonction du temps (en minute) est donné par le graphique ci-dessous.

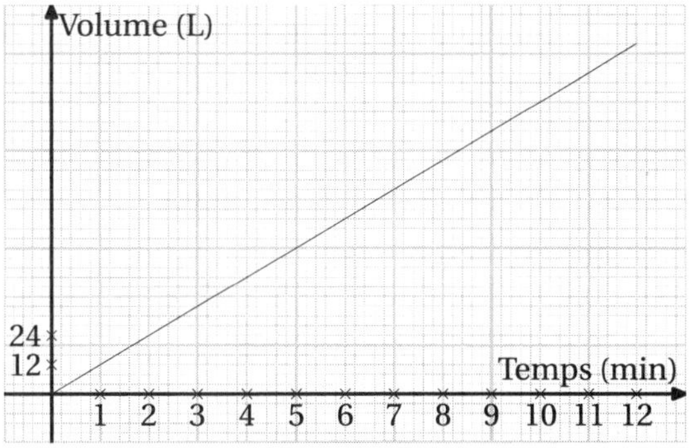

(a) Le volume d'eau est-il proportionnel au temps écoulé ? Justifier la réponse.

(b) Si le robinet est ouvert pendant 5 minutes, quelle quantité d'eau s'est écoulée ?

(c) Quel est le temps nécessaire pour remplir une baignoire de 120 litres ?

Compétence 48
Résoudre des problèmes de proportionnalité

Toutes les situations proposées ci-dessous sont des situations de proportionnalité.

Utiliser le principe de proportionnalité

(×2, ×9, ÷2)

Quantité (L)	4	8	36	2
Prix (€)	26			

(×2, ×9, ÷2)

Passer par l'unité

Nombre de bouteilles	Prix (en €)
6	4,14
÷6 ↓	↓ ÷6
1	0,69
×11 ↓	↓ ×11
11	7,59

Autre méthode

Œufs	6	7	8	9	10	11	12
Prix (€)	1,62	1,89	2,16	2,43	2,70	2,97	3,24

Puisque $17 = 10+7$, le prix de 17 œufs est égal à la somme du prix de 10 œufs et du prix de 7 œufs. Le prix pour 17 œufs est 4,59 €.

Utiliser un quotient

$\times \frac{11}{7{,}50}$

Prix payé (€)	7,50	11
Masse de viande (g)	300	?

La masse à acheter sera $300 \text{ g} \times \dfrac{11}{7{,}50} = \dfrac{300 \text{ g} \times 11}{7{,}50} = \dfrac{3\,300 \text{ g}}{7{,}50} = 440 \text{ g}$.

Utiliser le coefficient de proportionnalité

On sait que le volume de glace est proportionnel au volume d'eau liquide.

Volume d'eau liquide (L)	0,5	1,5	2	2,5
Volume de glace (L)			2,16	

(×1,08)

On passe de 2 L d'eau liquide à 2,16 L de glace. Il y a donc une multiplication par 1,08 qui est le coefficient de proportionnalité. Ensuite, on utilise ce coefficient de proportionnalité :

$$0{,}5 \text{ L d'eau liquide} \times 1{,}08 = 0{,}54 \text{ L de glace.}$$

264 ▶ Dans les tableaux de proportionnalité suivants, déterminer la valeur manquante :

(a)

8	5
32	

(b)

	5
4,5	2,5

(c)

7,3	4,2
	6,51

(d)

3,4	
2,4	1,5

265 ▶ Avec 100 kg de blé, on fait 80 kg de farine.

(a) Quelle quantité de farine obtient-on avec 330 kg de blé ?

(b) Quelle quantité de blé faut-il pour obtenir 185 kg de farine ?

266 ▶ On fait 130 kg de pain avec 100 kg de farine.

(a) Quelle masse de pain peut-on faire avec 22 kg de farine ?

(b) Quelle masse de farine faut-il pour faire 91 kg de pain ?

267 ▶ Observer le tableau ci-dessous qui indique le prix en euros d'un trajet SNCF :

Distance (en km)	40	80	240
Tarif (en €)	6,50	13	39

(a) Y a-t-il proportionnalité entre le tarif SNCF et la distance parcourue ? Expliquer la réponse.

(b) Compléter alors le tableau avec les prix correspondant à des distances de 100 km, 390 km et 720 km.

268 ▶ « Allô, j'aimerais vous commander 231 mètres de gros fil électrique. Pouvez-vous me dire combien cela coûtera ? »

« Hélas, j'ai oublié le prix d'un mètre de ce fil mais ce matin, j'en ai vendu 35 mètres pour 12 € ».

Calculer le prix des 231 mètres de fil.

269 ▶ Dans les immeubles, les habitants paient des frais qui sont proportionnels à la surface de l'appartement occupé. Par exemple, dans un immeuble, le locataire d'un appartement de 61,2 m^2 paie 189,72 € de frais.

Dans ce même immeuble :

(a) quels sont les frais pour un appartement de 57,3 m^2 ?

(b) quelle est la surface de l'appartement dont les frais correspondent à 124,31 € ?

On prend a, b, c et d, quatre nombres relatifs non nuls.

Si je sais que $\frac{a}{b} = \frac{c}{d}$, alors $a \times d = b \times c$.

270 ▶ Compléter les égalités suivantes où n est un nombre relatif non nul :

(a) si $\frac{2}{5} = \frac{5}{n}$, alors $2n = \ldots$;

(b) si $\frac{n}{3} = \frac{-5}{4}$, alors $4n = \ldots$;

(c) si $\frac{6}{n} = \frac{7}{2}$, alors $12 = \ldots$;

(d) si $\frac{5}{7} = \frac{n}{3}$, alors $15 = \ldots$.

Utiliser l'égalité des produits en croix

Débit d'une rivière (en m^3)	27	39
Durée (en s)	5	$? = \frac{5 \times 39}{27}$

271 ▶ Un véhicule automobile consomme en moyenne 5,5 litres de carburant pour faire 100 km.

(a) Compléter le tableau de proportionnalité suivant :

Nombre de kilomètres	100	120	450	325	1 000	
Nombre de litres	5,5					44

(b) Un litre de carburant coûte 1,29 €. Quel budget doit-on prévoir pour parcourir 1 225 km ?

272 ▶ Sur un paquet de céréales est inscrit :

> Pour 30 g de céréales
> 9 g de protides ; 2,8 g de glucides ; 0,6 g de lipides

Calculer les quantités respectives de protides, glucides et lipides contenues dans 80 g de ces céréales.

Si l'échelle d'une carte est de 1/2 500 000, cela signifie que les longueurs sur la carte sont *proportionnelles* aux longueurs réelles et que 1 cm sur le dessin représente 2 500 000 cm en réalité.

273 ▶ Compléter le tableau suivant :

Distance réelle	Échelle	Distance sur la carte
30 m	$\frac{1}{500}$	
80 dam+5 m	$\frac{1}{10\,000}$	
15 km	$\frac{1}{1\,000\,000}$	
12 m	$\frac{1}{1\,250}$	
42 hm	$\frac{1}{100\,000}$	

274 ▶ Trouver l'échelle des cartes et des plans sur lesquels

(a) 1 cm représente 1 m ;

(b) 1 mm représente 5 m ;

(c) 1 mm représente 20 m ;

(d) 3 mm représentent 75 m.

275 ▶ Sur une carte à l'échelle 1 : 80 000, la grande rue de Fleurville est représentée par un segment de 1,3 cm.

(a) Quelle serait la longueur de cette rue :

1/ sur une carte à l'échelle 1 : 50 000 ?

2/ sur une carte à l'échelle 1 : 200 000 ?

(b) Sur le plan cadastral, cette rue est représentée par un segment de longueur 41,6 cm.

Calculer l'échelle de ce plan.

276 ▶ Pour construire un hangar, un architecte a mesuré les dimensions d'un terrain.
Ce terrain est un rectangle de longueur 35 m et de largeur 21 m.
Peut-on choisir l'échelle 1 : 7 000 pour construire une représentation de ce hangar ? Justifier.

277 ▶ On considère la carte ci-dessous. Quelques villes des départements du Haut-Rhin et du Bas-Rhin y sont indiquées. Elle est à l'échelle 1 : 1 400 000.

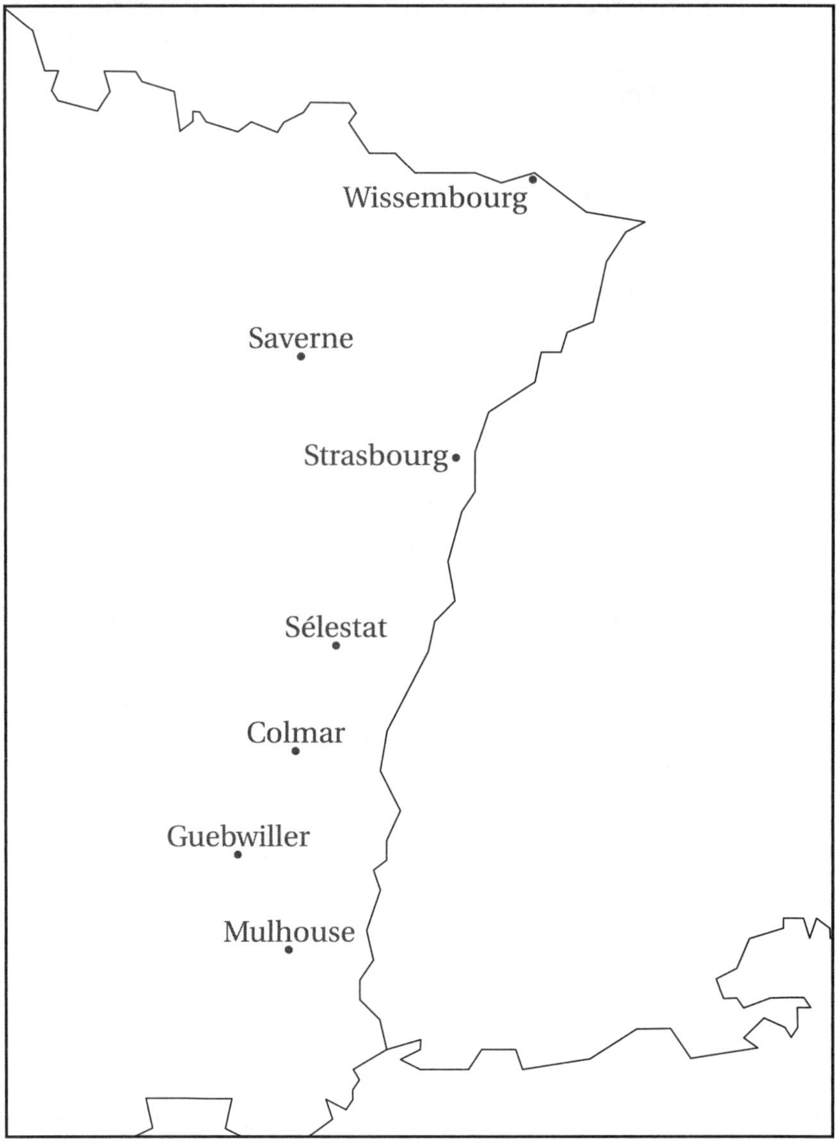

Toutes les distances à calculer seront les distances à vol d'oiseau.

(a) Quelle est la distance réelle entre Strasbourg et Colmar ?

(b) Souhaitant découvrir les deux départements, un vacancier se prépare l'itinéraire suivant : Mulhouse - Guebwiller - Sélestat - Saverne - Wissembourg.
Donner une estimation de la longueur de cet itinéraire.

> Lorsqu'un objet parcourt une distance d pendant un temps t, alors sa vitesse moyenne v se calcule par
> $$v = \frac{d}{t}.$$

L'unité *classiquement* utilisée est le kilomètre par heure (notée km/h ou km.h^{-1}). Mais on peut également utiliser le mètre par seconde (noté m/s ou m.s^{-1}), le kilomètre par seconde (noté km/s ou km.s^{-1})... Il faut faire attention aux unités utilisées dans l'énoncé.

278 ▶ Un routier quitte son entreprise à 7 h 45 min ; son compteur kilométrique indique 53 845 km. Il arrive chez son client à 9 h 15 min ; son compteur kilométrique indique 53 965 km. Calculer sa vitesse moyenne en km/h.

279 ▶ Un routier part à 9 h 45 min et arrive à la centrale d'achats à 12 h. Sa vitesse moyenne sur ce trajet est de 60 km/h. Quelle est la distance parcourue par le routier ?

280 ▶ Un routier se met au volant à 14 h 15 min. Son client est à 112 km du dépôt de camion. Le trajet s'effectue à la vitesse moyenne de 70 km/h. Déterminer l'heure à laquelle le routier arrive chez son client.

281 ▶ *On détaillera les calculs.*

(a) Un automobiliste part pour une ville située à 93 km de son domicile. Il part à 9 h 15 et roule à 62 km/h. En cours de route, il s'arrête 15 min. Quelle est l'heure d'arrivée en ville ?

(b) Le soir, il repart à 17 h 40. À quelle vitesse doit-il rouler pour être rentré à 19 h 20 ?

282 ▶ Un train relie deux villes A et C en passant par une troisième ville B. La vitesse moyenne du train entre les villes A et B est de 190 km/h. Le temps nécessaire à ce parcours est de 2 h 30 min. La distance entre les villes B et C est de 195 km. Le temps mis sur cette portion du trajet est de 1 h 30 min.

(a) Quelle distance sépare les villes A et B ?

(b) Quelle est la vitesse moyenne réalisée par le train entre les villes B et C ?

(c) Quelle est la distance totale parcourue par le train ?

(d) Quelle est la vitesse moyenne du train sur l'ensemble du trajet ?

Compétence 49
Appliquer un pourcentage

> ℹ Calculer t % d'une quantité, cela revient à multiplier cette quantité par $\frac{t}{100}$.

283 ▶ Il y a environ 66 millions d'habitants en France. 53 % des Français partent en vacances en France. Combien sont-ils ?

284 ▶ Dans une ville, un musée a enregistré 25 425 entrées payantes. 16 % des visiteurs étaient des touristes étrangers. Combien de touristes étrangers ont visité ce musée ?

285 ▶ Un commerçant qui fait des soldes avec des remises de 20 % doit calculer le montant des remises à effectuer et le prix soldé. Afin de l'aider, compléter le tableau suivant :

Prix en € avant les soldes	150 €	420 €	…… €	…… €
Montant de la remise en €	…… €	…… €	12 €	32 €
Prix en € après la remise	…… €	…… €	…… €	…… €

286 ▶ On considère un rectangle de longueur 5 cm et de largeur 4 cm. On augmente de 10 % sa longueur et de 15 % sa largeur. L'aire du rectangle a-t-elle augmenté de 25 % ? Expliquer.

287 ▶ Fabrice perçoit un salaire de 1 500 € en 2011.

(a) Son salaire a augmenté de 4 % entre 2011 et 2012. Quel était son salaire en 2012 ?

(b) Son salaire a encore augmenté entre 2012 et 2013, mais cette fois-ci de 3 %. Quel était son salaire en 2013 ?

(c) Fabrice pense que son salaire a augmenté de 7 % entre 2011 et 2013 ? Qu'en pensez-vous ?
Si ce n'est pas exact, de quel pourcentage son salaire a-t-il augmenté entre 2011 et 2013 ?

Augmentation en pourcentage Augmenter une quantité de t %, c'est multiplier cette quantité par $1 + \frac{t}{100}$.

Diminution en pourcentage Diminuer une quantité de t %, c'est multiplier cette quantité par $1 - \frac{t}{100}$.

288 ▶ Un article qui coûtait 125 € a augmenté de 20 %. Quel est son nouveau prix ?

289 ▶ Le script proposé ci-dessous doit permettre de calculer directement le prix final d'un article qui subit une réduction en pourcentage.

```
1 quand [drapeau] est cliqué   %Créer les variables Prix, Pourcentage, Prix final.
2 demander [Quel est le prix de départ ?] et attendre
3 mettre [Prix ▾] à (réponse)
4 demander [Quel est le pourcentage de réduction ?] et attendre
5 mettre [Pourcentage ▾] à (réponse)
6 mettre [Prix final ▾] à (                              )
7 dire [Le prix final est...] pendant (2) seconde(s)
8 dire (regroupe (Prix final) [euros]) pendant (2) seconde(s)
```

Cependant, Maxence hésite sur le calcul correct à placer à la ligne 6.
En le justifiant, proposer, à Maxence, votre choix parmi les propositions ci-dessous.

(a) ((Prix) × (1)) − ((Pourcentage) ÷ (100))

(b) ((Prix) × ((1) − (Pourcentage))) ÷ (100)

(c) (Prix) × ((1) − ((Pourcentage) ÷ (100)))

Compétence 50
Calculer un pourcentage

> ℹ Pour calculer un pourcentage, il faut écrire une proportion ayant 100 comme « référence ».

290 ▶ Lors du Téléthon, deux élèves décident de faire un don.

(a) Isabelle a 200 € dans sa tirelire. Elle décide de faire don de 30 €. Quel pourcentage du montant de sa tirelire représente ce don ?

(b) Charles a 250 € dans sa tirelire. Il donne 35 €. Charles a-t-il fait un plus gros effort de générosité qu'Isabelle ?

291 ▶ Dans tous les collèges d'un même département, on a fait une enquête sur l'apprentissage des langues étrangères en classe de 5e et on a relevé les résultats suivants :

> Sur 3 600 élèves, 1 980 élèves étudient l'anglais, 720 élèves étudient l'allemand, 630 élèves étudient l'espagnol, et les autres étudient l'italien.

Calculer le pourcentage que représente chaque langue étudiée.

292 ▶ Un pantalon qui coûtait 60 € ne coûte plus que 48 €.
Calculer le montant, en %, de la remise effectuée.

293 ▶ On s'intéresse à la durée d'un cours dans un collège expérimental.

(a) La durée d'un cours est passée de 50 min à 40 min. Calculer le pourcentage de diminution.

(b) Après les vacances, la durée repassera de 40 min à 50 min. Calculer le pourcentage d'augmentation.

294 ▶ Quel est le pourcentage d'augmentation lorsqu'un automobiliste passe de 80 km/h à 120 km/h ?

295 ▶ Quel est le pourcentage de baisse lorsqu'un automobiliste passe de 120 km/h à 80 km/h ?

296 ▶ D'après le site `www.meteofrance.com`, les résultats des précipitations normales sur la station de Lille sont les suivants :

janvier : 60 mm   février : 47 mm

Quel est le pourcentage de baisse des précipitations entre les mois de janvier et février ?

297 ▶ Pour l'Euro 2016 de football, certains stades ont été rénovés. La capacité du stade « Bollaert - Delelis » de Lens est passée de 41 233 spectateurs à 35 233.
Quel est le pourcentage de baisse de la capacité de ce stade ?

298 ▶ Sur une publicité d'un supermarché, on découvre qu'en achetant un certain produit à 3,50 € l'unité, on reçoit 0,90 € sur la carte de fidélité.
Quel pourcentage du prix représente le montant reçu sur la carte fidélité ?

299 ▶ On considère un disque de rayon 5 cm. Ce rayon augmente de 30 % de sa longueur.
Quel est le pourcentage d'augmentation de l'aire de ce disque ?

300 ▶ La population d'un village de 1 500 habitants a baissé en un an pour atteindre 1 275 habitants.
À quel pourcentage de baisse cela correspond-t-il ?

301 ▶ On considère une plaque carrée de côté 32 cm. On multiplie le côté de ce carré par 1,5.

(a) Quelle est la longueur du nouveau côté ? De quel pourcentage a-t-elle été augmentée ?

(b) Le périmètre a-t-il été augmenté du même pourcentage ? Si non, de quel pourcentage a-t-il été augmenté ?

(c) L'aire a-t-elle été augmentée du même pourcentage ? Si non, de quel pourcentage a-t-elle été augmentée ?

Compétence 51
Résoudre des problèmes de pourcentage

302 ▶ Dans une classe de 24 élèves, il y a 25 % de filles. Dans une autre classe, sur 16 élèves, il y a 75 % de filles. Si on réunit les deux classes, Pierre affirme qu'il y aura 50 % de filles. Qu'en pensez-vous ? Justifier.

303 ▶ Les citoyens de deux villes, qui appartiennent à la même circonscription, ont voté dans le cadre des élections législatives. Les résultats sont dans les tableaux ci-dessous :

Ville A
2 000 suffrages exprimés

Candidat X	17 %
Candidat Y	28 %

Ville B
1 500 suffrages exprimés

Candidat X	35 %
Candidat Y	21 %

Qui obtient le plus grand nombre de voix : le candidat X ou le candidat Y ? Justifier.

304 ▶ Dans un laboratoire A de 30 chercheurs, il y a 30 % de chercheurs de moins de 40 ans.
Dans un laboratoire B de 20 chercheurs, on compte 60 % de chercheurs de moins de 40 ans.
Dans les deux laboratoires réunis, quel est le pourcentage de chercheurs de moins de 40 ans ?

305 ▶ Dans une classe de 40 élèves, il y a 40 % de garçons. On sépare cette classe en deux groupes. Dans le groupe A de 25 élèves, il y a 28 % de garçons.
Quel est le pourcentage de garçons dans le groupe B ? Justifier.

306 ▶ Un couple souhaite s'équiper d'un sèche-linge et d'une machine à laver. Il décide d'acheter un sèche-linge à 390 € et une machine à laver à 490 €. Le vendeur applique une réduction de 30 % sur la machine à laver et une de 20 % sur le sèche-linge. Fier, il indique aux clients que cela représente une réduction de 25 % sur le total de leur achat.
La conclusion du vendeur est-elle à corriger ? Justifier.

Compétence 52

Connaître et utiliser le vocabulaire des fonctions

Le procédé qui permet d'associer à un nombre variable n la valeur d'une expression t s'appelle *une fonction*.

t est *l'image* de n par la fonction.

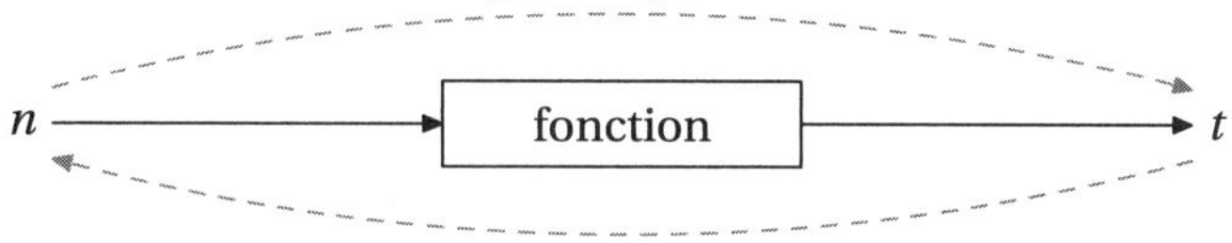

n est *un antécédent* de t par la fonction.

307 ▶ Suite à une expérience en sciences-physiques, on a obtenu le tableau suivant :

	A	B	C
1	Variable	Image	
2	10^{-2}	12	
3	$0,5 \times 10^{-2}$	11,7	
4	$0,25 \times 10^{-2}$	11,4	
5	10^{-3}	11	
6	$0,5 \times 10^{-3}$	10,7	
7	$0,25 \times 10^{-3}$	10,4	
8	10^{-4}	10	
9			

(a) Quelle est l'image de 10^{-4} par cette fonction ?

(b) Quelle est l'image de $0,25 \times 10^{-2}$ par cette fonction ?

(c) Quel nombre a pour image 10,7 par cette fonction ?

(d) Quel est l'antécédent de 12 par cette fonction ?

308 ▶ Voici un tableau de valeurs correspondant à une fonction :

Variable	-4	-3	-2	-1	0	1	2	3	4
Image	5	2	1	-3	-4	5	3	4	-4

(a) Quelle est l'image de 3 par la fonction ?

(b) Quel nombre a pour image -3 par la fonction ?

(c) Quel est l'antécédent de 4 par la fonction ?

(d) Quels sont les antécédents de -4 par la fonction ?

Compétence 53

Connaître et utiliser les notations $f(x)$ et $f : x \mapsto f(x)$

Une fonction peut être notée par une lettre (f, g...) et dans ce cas, on écrit

$$f : n \mapsto t$$

qui se lit « la fonction f qui, à la variable n *associe* la valeur t ».
Dans ce cas, l'image de n par la fonction f se note $f(n)$ qui se lit « f de n » et on a, ici, $f(n) = t$.

309 ▶ On sait que l'aire $\mathscr{A}$ d'un disque est une fonction de r, rayon du disque. La fonction f qui, au rayon du disque, associe l'aire de ce disque est :

$$f : r \mapsto \pi \times r^2$$

(a) Compléter le calcul suivant :

$$f : 5 \mapsto \pi \times \ldots\ldots\ldots\ldots\ldots\ldots\ldots\ldots$$
$$f : 5 \mapsto \ldots\ldots\ldots\ldots\ldots\ldots\ldots\ldots$$

(b) Quelle est l'image de 7 par cette fonction ?

(c) Déterminer $f(3{,}5)$.

310 ▶ On considère la fonction g définie par $g : x \mapsto 4x^2 - 5x + 3$.
Calculer l'image des nombres suivants par la fonction g.

(a) 2 (b) -3 (c) $\dfrac{2}{3}$ (d) 0

311 ▶ On considère la fonction h définie par $h : n \mapsto 4n^2 - 20n + 25$.
Est-ce que 5 est un antécédent de 25 par cette fonction h ? Justifier.

312 ▶ La fonction f est définie par $f : t \mapsto t^3 - 4t^2 - 11t + 30$.

(a) Calculer $f(3)$.

(b) Est-ce que $f(-4) = -54$? Justifier.

(c) Afin d'avoir des résultats plus rapidement, on décide d'utiliser un tableur.

	A	B	C
1	t	f(t)	
2	-5		
3			

Quelle formule va-t-on inscrire dans la cellule `B2` ?

Un *repère* du plan est la donnée de deux droites graduées de même origine et distinctes.
Lorsque les axes sont perpendiculaires, on dit que le repère est *orthogonal*.
Lorsque le repère est orthogonal et que les unités de longueurs sont les mêmes sur les deux axes gradués, on dit que le repère est *orthonormé*.

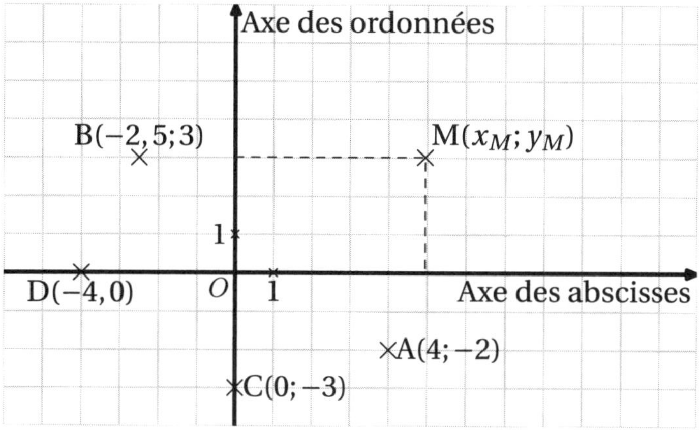

313 ▶ On considère un repère orthonormé.

(a) Placer deux points A et B de coordonnées respectives $(4;-1)$ et $(-2;5)$.

(b) Placer le milieu du segment $[AB]$: c'est le point M. Lire les coordonnées du point M.

(c) Placer le symétrique du point B par rapport à l'axe des ordonnées : c'est le point N. Lire ses coordonnées.

(d) Placer le symétrique du point A par rapport à l'origine du repère : c'est le point P. Lire ses coordonnées.

Dans un repère, la *représentation graphique* d'une fonction f est constituée de *tous* les points de coordonnées $(x; f(x))$.

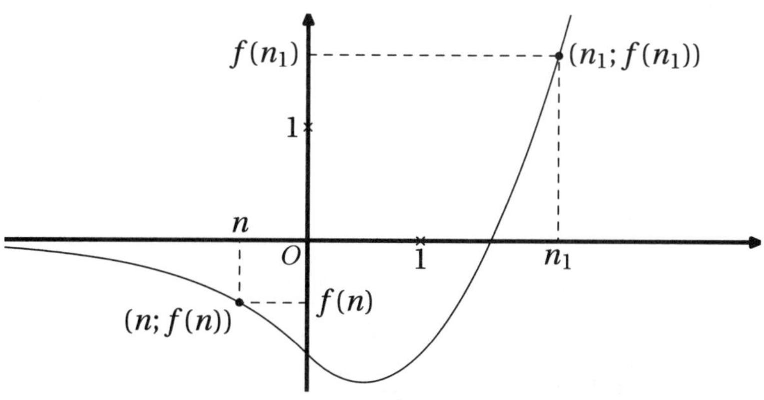

314 ▶ Voici la représentation graphique de la fonction

$$g : x \mapsto x^2 - 5x + 3.$$

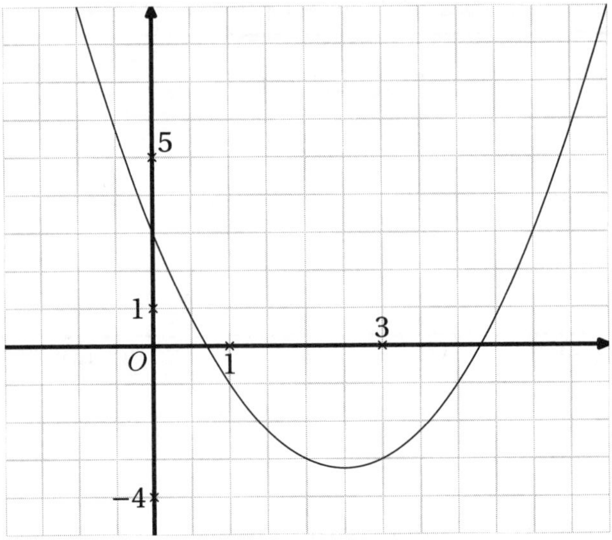

Grâce à cette courbe, déterminer par *lecture graphique* :

(a) l'image de 3 par la fonction g ;

(b) les antécédents de 5 par la fonction g ;

(c) si -4 a un antécédent ou pas par la fonction g.

315 ▶ Ci-dessous, on a représenté graphiquement une fonction f. Répondre aux questions suivantes *par lecture graphique.*

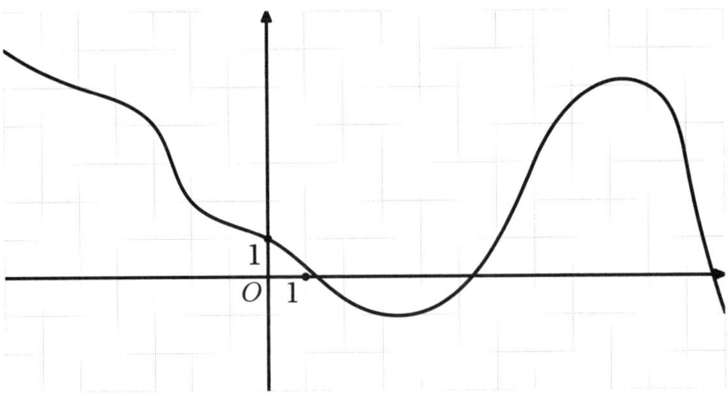

(a) Quelle est l'image de 3 par cette fonction f ?

(b) Que vaut $f(-3)$? $f(0)$? $f(-2)$? $f(10)$? $f(-5)$? $f(11)$?

(c) Quels nombres ont pour image 5 ?

(d) Quels sont les antécédents de 2 par la fonction f ?

(e) Quels sont les antécédents de 7 par la fonction f ?

316 ▶ Écrire un script Scratch© qui permet de calculer des images par la fonction

$$f : x \mapsto (2x+1)^2.$$

Compétence 54

Connaître le cas particulier d'une fonction linéaire

Soit a un nombre quelconque « fixe ».
Lorsqu'on associe à un nombre x, variable, le nombre $a \times x$, alors on définit *une fonction linéaire*.
Si cette fonction se note f, par exemple, alors on écrit :

$$f : x \mapsto ax \quad \text{ou} \quad f(x) = ax.$$

On dit que a est le *coefficient* de la fonction linéaire f. L'image de la variable x s'obtient en la multipliant par un nombre fixe : c'est la définition de proportionnalité.
Une fonction linéaire représente une situation de proportionnalité.

317 ▶ Parmi les fonctions suivantes, quelles sont celles qui sont des fonctions affines ?

$f : x \mapsto 4x$ $\quad$ $g : t \mapsto 4t^3$ $\quad$ $h : y \mapsto 3(p-2)+6$

$k : n \mapsto -3n$ $\quad$ $\ell : x \mapsto 2^x$

318 ▶ On considère la fonction linéaire $f : n \mapsto 4n$.

(a) Calculer l'image de 5 par la fonction f.

(b) Déterminer l'antécédent de 3 par la fonction f.

319 ▶ *Les questions sont indépendantes.*

(a) Déterminer l'image de -2 par la fonction $f : x \mapsto -5x$.

(b) Déterminer l'antécédent de -4 par la fonction g définie par

$$g : t \mapsto 4t.$$

(c) 11 est-il un antécédent de 5 par la fonction h définie par

$$h : m \mapsto 3m \; ?$$

320 ▶ La fonction f est la fonction linéaire telle que $f(4) = 5$. Déterminer la fonction f.

321 ▶ On considère un triangle équilatéral de côté 2 cm. On augmente la longueur des côtés de ce triangle de x cm.
Exprimer le nouveau périmètre $p(x)$ en fonction de x. Est-ce une fonction linéaire ? Justifier.

322 ▶ Un éditeur vend des livres de trois façons :

— un abonnement de 60 € plus 5 € par livre acheté ;
— un abonnement de 30 € plus 10 € par livre acheté ;
— pas d'abonnement mais 20 € par livre acheté.

(a) Dans chacun des cas, déterminer la fonction qui, au nombre n de livres achetés, associe le prix payé.

(b) Parmi les fonctions obtenues, y a-t-il des fonctions linéaires ?

Compétence 55

Représenter graphiquement une fonction linéaire

La représentation graphique d'une fonction linéaire est une droite *passant par l'origine du repère.*

Il ne faudra donc trouver qu'un seul point (autre que l'origine) appartenant à la représentation graphique pour tracer une fonction linéaire.

323 ▶ Représenter graphiquement la fonction linéaire $f : x \mapsto 3x$.

324 ▶ Sur la figure ci-dessous, on a représenté une fonction linéaire de coefficient a.

$f(x) = ax$

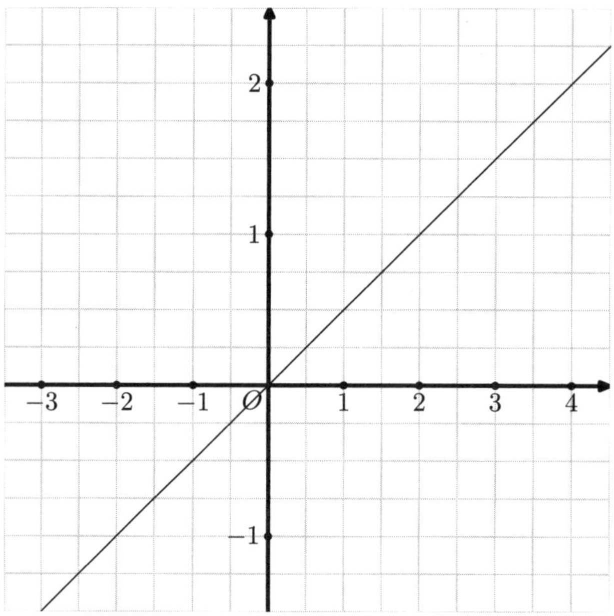

(a) À l'aide de ce graphique, compléter le tableau suivant :

$f(4) = \ldots$	$f(-3) = \ldots$	$f(-2) = \ldots$
$f(\ldots) = 1$	$f(\ldots) = \frac{3}{2}$	$f(\ldots) = -\frac{5}{4}$

(b) Déterminer la valeur du coefficient a de cette fonction linéaire.

Compétence 56

Connaître le cas particulier d'une fonction affine

> Soit a et b deux nombres quelconques « fixes ».
> Lorsqu'on associe à un nombre x, variable, le nombre $a \times x + b$, alors on définit *une fonction affine.*
> Si cette fonction se note f, par exemple, alors on écrit :
>
> $f : x \mapsto ax + b$ ou $f(x) = ax + b$.

Il y a deux cas particuliers :

- Si $b = 0$ alors $f : x \mapsto ax$: on dit que f est une fonction *linéaire.*
- Si $a = 0$ alors $f : x \mapsto b$; toutes les images valent b : on dit que f est une fonction *constante.*

325 ▶ Parmi les fonctions suivantes, quelles sont celles qui sont des fonctions affines ?

$f : x \mapsto 4x - 1$ $g : t \mapsto 3t^2$ $h : y \mapsto 5(y-2) + 10$

$k : x \mapsto 2^x$ $\ell : n \mapsto -3n$

326 ▶ On considère la fonction affine $g : n \mapsto 3n + 1$.

(a) Calculer l'image de 5 par la fonction g.

(b) Déterminer l'antécédent de 3 par la fonction g.

327 ▶ *Les questions sont indépendantes.*

(a) Déterminer l'image de -2 par la fonction $f : x \mapsto -2x - 5$.

(b) Déterminer l'antécédent de -5 par la fonction g définie par

$$g : t \mapsto 4t + 2.$$

(c) 11 est-il un antécédent de 5 par la fonction h définie par

$$h : m \mapsto 3m - 4 \ ?$$

328 ▶ Déterminer la fonction affine f en sachant que

$$f(0) = 5 \text{ et } f(3) = 7.$$

329 ▶ Un rectangle a pour longueur 7 cm et pour largeur x cm.

(a) Exprimer le périmètre $p(x)$, en cm, et l'aire $a(x)$, en cm^2, de ce rectangle en fonction de x.

(b) Les fonctions p et a sont-elles linéaires ? Sont-elles affines ?

Compétence 57

Représenter graphiquement une fonction affine

> Dans un repère, la représentation graphique d'une fonction affine est une droite.

Donc, pour tracer la représentation graphique d'une fonction affine, il faut déterminer deux points (et deux seulement) de cette représentation graphique.

330 ▶ Représenter graphiquement la fonction affine :

$$f : x \mapsto 2x - 5.$$

331 ▶ *On utilisera un seul repère.*

(a) Représenter graphiquement les fonctions affines :

$$f : x \mapsto 3x - 2 \qquad g : x \mapsto -2x + 3.$$

(b) Par lecture graphique, déterminer les coordonnées du point d'intersection des deux droites.

> Soit (d) la droite qui représente, dans un repère, la fonction affine f définie par $f : x \mapsto ax + b$.
> On dit alors que a est *le coefficient directeur de la droite* (d) et que b est *l'ordonnée à l'origine*.
> De plus, $y = ax + b$ est *une équation* de la droite (d).

332 ▶ Ci-dessous, on a représenté une fonction affine f. Déterminer, graphiquement, le coefficient directeur de la droite et l'ordonnée à l'origine.

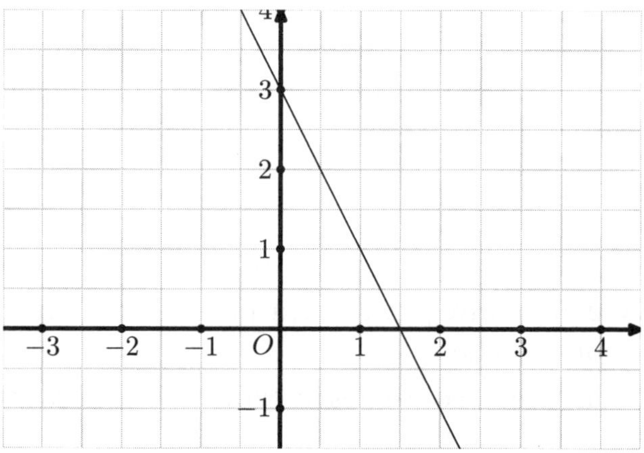

> Soit f une fonction affine définie par $f : x \mapsto ax + b$.
> Si x varie (c'est-à-dire augmente ou diminue) d'un nombre h, alors son image $f(x)$ varie de $a \times h$.
> $$f(x+h) = f(x) + a \times h$$

333 ▶ Soit deux points $A(1;4)$ et $B(6;14)$ dans un repère orthonormé. Déterminer la fonction affine f dont la droite (AB) est la représentation graphique.

334 ▶ Soit deux points $A(-5;2)$ et $B(3;-4)$ dans un repère orthonormé. Déterminer la fonction affine f dont la droite (AB) est la représentation graphique.

Compétence 58

Résoudre une équation du 1er degré à une inconnue

> *Une équation* est une égalité dans laquelle on cherche un nombre inconnu, le plus souvent représenté par une lettre.

> Une *solution* d'une équation est une valeur de l'inconnue pour laquelle l'égalité est vraie.

335 ▶ Est-ce que 4 est une solution des équations suivantes ?

(a) $-x+1=0$ (b) $3x+4=6x-8$ (c) $x(3x-2)=0$

336 ▶ Reprendre l'exercice précédent avec la valeur $\frac{2}{3}$.

> *Résoudre une équation* du premier degré à une inconnue, c'est trouver la valeur du nombre inconnu qui vérifie l'égalité.

> On ne change pas une égalité si on ajoute (ou on soustrait) le même nombre aux deux membres de l'égalité.
>
> Si $a=b$ alors $a+c=b+c$.
> Si $a=b$ alors $a-d=b-d$.

337 ▶ Résoudre les équations suivantes :

(a) $7x=5$ (b) $2x+7=3$ (c) $3x-2=6x+8$

338 ▶ Résoudre les équations suivantes :

$4x-19=x-10$ $12x+3=75-6x$ $6x-21=8x+19$

$2x-1=7x+10$ $2x+5=7+5x$ $4x-2=7x+1$

339 ▶ Résoudre les équations suivantes :

$4x+3=2(x+3)-1$ $(2x+1)(x-2)=2x^2+3$ $\frac{x+1}{3}=\frac{-3x+2}{2}$

340 ▶ Déterminer, si possible, deux nombres entiers consécutifs tels que leur somme soit 237.

341 ▶ Une mère, âgée de 42 ans, a deux enfants de 18 et 16 ans. Dans combien d'années, la somme des âges des deux sœurs sera-t-elle égale à l'âge de leur mère ?

342 ▶ J'ai acheté 3 livres et 5 cahiers pour un montant de 15,60 €. Le prix d'un cahier est moins cher de 2 € que le prix d'un livre.
Déterminer le prix d'un livre et le prix d'un cahier.

343 ▶ Trouver, si possible, trois nombres entiers consécutifs tels que le produit du premier et du troisième soit égal au carré de deuxième.

344 ▶ Le script Scratch© suivant correspond à un programme de calcul. Marie doit trouver le nombre lui permettant d'obtenir 31 mais elle n'y arrive pas. À vous de l'aider !

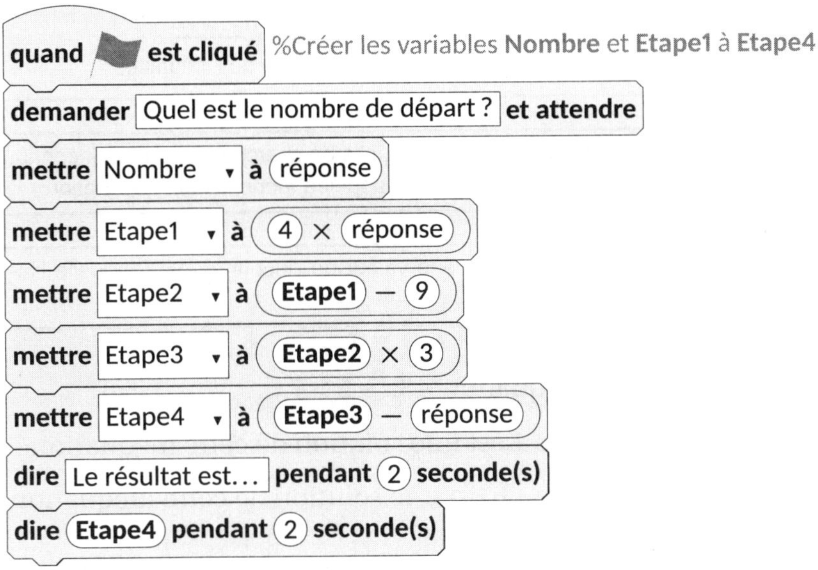

Si un produit est nul, alors l'un *au moins* de ses facteurs est nul.

Si $a \times b = 0$, alors $a = 0$ ou $b = 0$.

Pour résoudre l'équation $(-x+7) \times (5x-1) = 0$, on écrira alors :

C'est un produit nul donc $-x+7=0$ ou $5x-1=0$

$7 = x \qquad 5x = 1$

$x = \frac{1}{5}$

Les solutions de l'équation sont $x = 7$ et $x = \frac{1}{5}$.
Il faut penser à vérifier si ces deux valeurs sont bien des solutions.

345 ▶ Résoudre les équations suivantes :

$(2x+1)(3x-2)=0 \qquad (-2x+5)(x-8)=0$

Compétence 59

Résoudre une inéquation du 1er degré à une inconnue

Lorsque deux expressions A et B sont différentes, cela se traduit par *une inégalité*.

$A < B$ A est strictement inférieure à B

$A \leqslant B$ A est inférieure ou égale à B

$A > B$ A est strictement supérieure à B

$A \geqslant B$ A est supérieure ou égale à B

$$\underbrace{\ldots\ldots\ldots\ldots}_{\text{1er membre de l'inégalité}} \leqslant \underbrace{\ldots\ldots\ldots\ldots}_{\text{2e membre de l'inégalité}}$$

Une *inéquation* est une inégalité dans laquelle on cherche un nombre inconnu, représenté le plus souvent par une lettre, appelée *inconnue* de l'inéquation.

Une *solution* d'une inéquation est une valeur de l'inconnue pour laquelle l'inégalité est vraie.

346 ▶ On considère l'inéquation $-3x-5>7x$.

(a) Est-ce que le nombre 4 est une solution de cette inéquation ?

(b) Est-ce que le nombre -6 est une solution de cette inéquation ?

347 ▶ Dire si le nombre proposé est une solution de l'inéquation indiquée.

(a) $x=-4$ pour $x+4>0$

(b) $x=4$ pour $x-4 \geqslant 0$

(c) $x=-2$ pour $3x+4 \leqslant -3$

(d) $x=-1$ pour $2x+3>x+1$

Résoudre une inéquation, c'est trouver toutes les solutions de l'inéquation.
C'est trouver *toutes* les solutions ; n'en trouver qu'une seule ne suffit pas.

Règle 1 On ne change pas le sens d'une inégalité en *ajoutant (ou en retranchant) un même nombre aux deux membres* de l'inégalité.

Règle 2 On ne change pas le sens d'une inégalité en *multipliant (ou en divisant) les deux membres* de l'inégalité *par un même nombre strictement positif.*

Règle 3 On *change* le sens d'une inégalité en *multipliant (ou en divisant) les deux membres* de l'inégalité *par un même nombre strictement négatif.*

348 ▶ Résoudre l'inéquation du 1er degré d'inconnue p

$$-p-7 \leqslant 5+2p.$$

349 ▶ Résoudre les inéquations suivantes :

$$2t+3 \leqslant 4t-7 \qquad\qquad -5p+2 > 3-4p.$$

350 ▶ On étudie la proposition tarifaire de téléchargement *légal* de musique suivante :

Offre A Avec un accès gratuit au site ; 1,20 € par morceau téléchargé.

Offre B Moyennant un abonnement annuel de 35 € ; 0,50 € par morceau téléchargé.

Comment faire pour comparer ces deux offres ? Laquelle choisir en fonction du nombre de titres téléchargés ?

351 ▶ Pour la vente de ses boîtes de confiseries à des grandes surfaces, un marchand de confiserie propose deux tarifs :

Tarif A 2 € la boîte, port compris ;

Tarif B 300 € de port, quel que soit le nombre de boîtes, et 1,50 € la boîte.

À partir de combien de boîtes le tarif B est-il le plus avantageux ?

352 ▶ Sur la figure ci-dessous, on sait que B est un point du segment $[ED]$, $AC = 4$, $ED = 10$, $AE = 3$ (toutes les mesures sont exprimées dans la même unité).

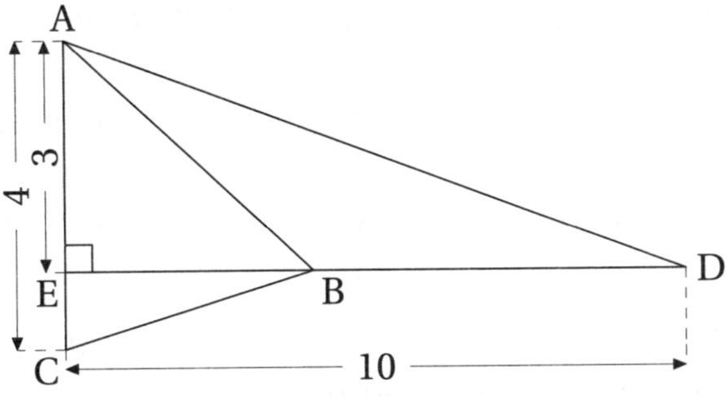

Où placer le point B pour que l'aire du triangle ABC soit inférieure à l'aire du triangle ABD ?

Compétence 60

Résoudre des problèmes modélisés par des fonctions

353 ▶ Afin d'étudier la qualité d'un four de cuisson, on a analysé la montée en température du four. On a obtenu les relevés ci-dessous :

Temps (minutes)	1	2	3	4	5	6	7
Température (° C)	25	50	70	90	108	125	140

Temps (minutes)	8	9	10	11	12	13	14
Température (° C)	150	155	152	150	147	146	150

(a) Représenter graphiquement le relevé des températures en fonction du temps.

(b) Peut-on utiliser une fonction affine pour modéliser la température en fonction du temps ? Justifier et déterminer, si possible, la fonction affine correspondante.

354 ▶ Après les vacances d'été, il est nécessaire de faire l'entretien des piscines. Pour cela, un maire décide de faire vider les $\frac{4}{5}$ des 70 000 L d'eau de la piscine municipale.
Pour ce travail, les techniciens utilisent une pompe pour aspirer l'eau et réalisent cette tâche en 50 heures.
Décrire la quantité d'eau dans la piscine en fonction du temps.

355 ▶ Maxence est vendeur chez un concessionnaire automobile. Il reçoit un salaire de base plus une commission (exprimée en pourcentage) sur ses ventes.
Un certain mois, ses ventes s'élevaient à 125 800 € et il a reçu un salaire mensuel de 2 137 €.
Le mois suivant, il a vendu pour 111 000 € et il a reçu un salaire mensuel de 1 915 €.
Décrire l'évolution du salaire de Maxence en fonction du montant de ses ventes.

356 ▶ Alexandre veut clôturer une surface rectangulaire de son jardin. Pour cela, il dispose de 30 m de clôture.
Quelle est l'aire maximale que peut avoir cette surface rectangulaire ? Expliquer.

Exercices Bilan du thème B

357 ▶ Sur le site

`www.insee.fr/fr/statistiques/`,

on peut lire le texte suivant :

> Au 1er janvier 2017, la France compte 66 991 000 habitants. Au cours de l'année 2016, la population a augmenté de 265 000 personnes, soit une hausse de 0,4 %. Comme les années précédentes, cette progression est principalement due au solde naturel, différence entre le nombre de naissances et de décès.
>
> En 2016, 785 000 bébés sont nés en France. Pour la deuxième année consécutive, le nombre de naissances diminue (−14 000). L'indicateur conjoncturel de fécondité s'établit à 1,93 enfant par femme en 2016, en baisse par rapport à 2015. Il reste cependant le plus élevé d'Europe.
>
> Le nombre de décès atteint 587 000 en 2016. Après avoir beaucoup augmenté en 2015, il baisse légèrement en 2016 (−7 000). Les espérances de vie à la naissance, qui avaient diminué en 2015, retrouvent leur niveau de 2014 (85,4 ans pour les femmes et 79,3 ans pour les hommes).

(a) Combien la France comptait-elle d'habitants au 1er janvier 2016 ? Le pourcentage annoncé (0,4 %) est-il correct ?

(b) Par rapport à 2015, quel est le pourcentage de baisse du nombre de naissances en 2016 ?

(c) Par rapport à 2015, quel est le pourcentage de baisse du nombre de décès en 2016 ?

358 ▶ Dans un groupe de 50 élèves :

— 20 sont inscrits au club d'échecs ;

— 24 au club de lecture ;

— 8 sont inscrits aux deux.

Quelle est la probabilité qu'un élève, choisi au hasard dans ce groupe, ne participe à aucun des deux clubs ?
Justifier la réponse.

359 ▶ On étudie l'utilisation des sols en France métropolitaine. Les résultats obtenus sont présentés dans la feuille de tableur ci-dessous. L'unité utilisée est le millier d'hectares.

	A	B	C	D
1	Année	1990	2000	2015
2				
3	Total	54 919	54 919	54 919
4	Sols bâtis	858	825	931
5	Sols revêtus ou stabilisés	1 440	1 684	2 479
6	Autres sols artificialisés	1 077	1 577	1 751
7	Sols cultivés	22 866	19 268	19 748
8	Sols boisés	15 554	16 833	17 041
9	Landes, friches, maquis, garrigues	2 603	2 320	2 779
10	Surfaces toujours en herbe	8 552	10 462	8 251
11	Sols nus naturels	895	849	961
12	Zones humides et sous les eaux	934	976	910
13	Zones interdites	140	125	68
14				

Source : I.N.S.E.E.

(a) Quel était, en hectares, la surface des sols cultivés en 1990 ?

(b) On souhaite vérifier si le total annoncé est vrai. Quelle formule va-t-on écrire dans la cellule B14 pour effectuer cette vérification ?

(c) En 2015, quel est le pourcentage des sols que représentent les sols bâtis ?

(d) Pour chaque année, quelle est la surface moyenne de ces différentes catégories de sols ?

(e) Pour chaque année, quelle est la surface médiane de ces différentes catégories de sols ?

BILAN

360 ▶ Sur la planche ci-dessous, composée de clous régulièrement espacés, on lâche une boule en haut : elle tombe en rebondissant sur les clous et on regarde la case dans laquelle elle tombe. Après 10 000 lancers, on a obtenu les résultats suivants :

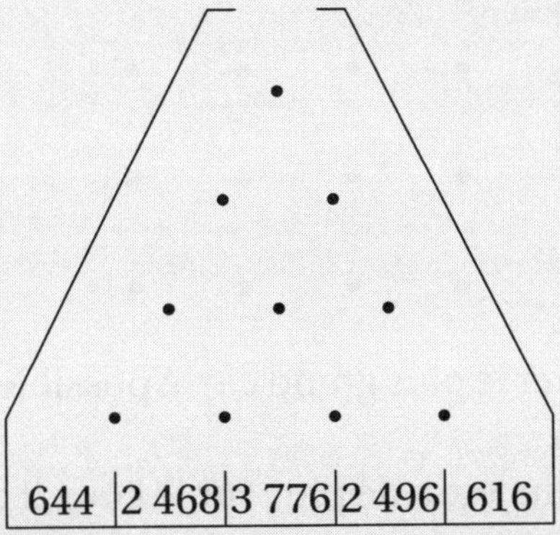

Les résultats obtenus sont-ils cohérents ? Justifier.

361 ▶ On considère une urne contenant huit boules blanches et sept boules rouges. Elles sont indiscernables au toucher.
On tire une boule, on note sa couleur. Sans remettre la première, on place *une boule de l'autre couleur* dans l'urne. On tire ensuite une deuxième boule et on note sa couleur.
Déterminer la probabilité de l'évènement « les deux boules tirées sont de la même couleur ».

362 ▶ Une entreprise fabrique 500 pneus par jour. Elle produit deux types de pneus, les uns vendus à 15 € pièce, les autres 40 € pièce.
L'entreprise souhaite que le montant des ventes soit strictement supérieur à 12 000 € par jour et elle veut fabriquer plus de pneus à 15 € que de pneus à 40 €.
Combien doit-elle fabriquer de pneus à 15 € par jour ?

363 ▶ On dispose de jetons que l'on veut disposer en carré comme l'indique la figure ci-dessous qui montre un carré de côté « 4 jetons » construit à partir de 16 jetons.

En essayant de former le plus grand carré possible, on constate qu'il y a 10 jetons de trop.
En réessayant avec un jeton de plus sur le côté, il manque 17 jetons.
Combien y a-t-il de jetons en tout ?

364 ▶ Sur la figure ci-dessous, le triangle ABC est rectangle isocèle en A.
On donne $BC = 10$ cm. Le point M appartient au segment $[BC]$ et peut se déplacer sur ce segment. Le quadrilatère $MNPQ$ est un rectangle.

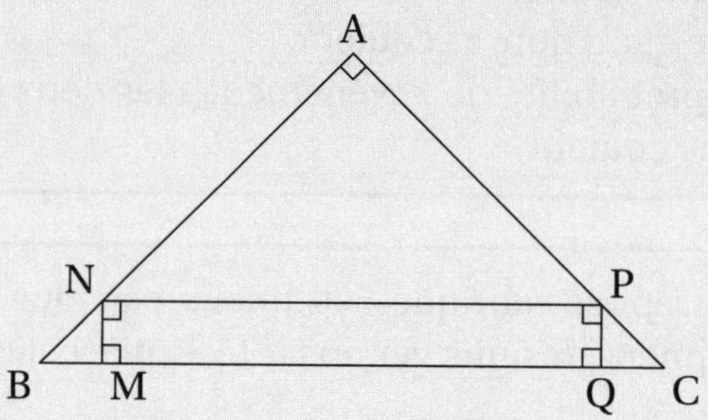

Où placer le point M pour que l'aire du rectangle $MNPQ$ soit maximale ? *Tout élément de recherche sera proposé.*

365 ▶ Dans le célèbre jeu vidéo Minecraft, les êtres vivants sont nombreux. Le joueur peut se servir d'eux à toutes fins utiles. Par exemple, il peut faire un élevage de vaches.

En effet, en donnant du blé à deux vaches (il n'y a pas différentiation mâle/femelle dans le jeu), il y aura la naissance d'un « bébé vache ». Il faudra attendre 20 minutes pour qu'une nouvelle naissance ait lieu, temps au bout duquel le « bébé vache » devient une vache adulte en âge de se reproduire.
Le joueur décide de commencer son élevage avec deux vaches. On peut lire, sur internet, qu'au bout de 24 heures, il y aura 11 608 742 626 668 vaches dans l'enclos du joueur !
Qu'en pensez-vous ? *Tout élément de recherche sera indiqué.*

Thème C

Grandeurs et mesures

Table des compétences du thème C

Compétence 61
Notion de grandeur produit

> Lorsqu'on effectue le produit de deux grandeurs, on obtient une grandeur-produit.

366 ▶ Calculer l'aire d'un rectangle de longueur 53 cm et de largeur 290 mm.

367 ▶ Calculer le volume d'un pavé droit de largeur 5 dm, de hauteur 0,36 m et de profondeur 27,5 cm.

368 ▶ En électricité, l'énergie consommée E se calcule par la formule

$$E = P \times t$$

où P est la puissance (en watt, noté W) et t le temps (en heure).
Dans chacun des cas, calculer l'énergie consommée par

(a) une lampe de 75 W allumée pendant 2 heures ;

(b) un aspirateur de 1 200 W utilisé pendant 30 minutes ;

(c) un téléviseur de 130 W allumé pendant 3 h 15 min.

369 ▶ Pour son prochain achat de téléviseur, Sylvie étudie différents modèles et compare les consommations en mode « marche » et en mode « attente ». Voici ce qu'elle a relevé concernant un téléviseur :

Consommation électrique en mode « marche »	51 watts
Consommation électrique en mode « attente »	0,5 watt

Sylvie estime qu'elle va regarder la télévision environ 3 h 30 min par jour. Quel est le pourcentage que représente la consommation journalière en mode « attente » par rapport au mode « marche » de ce téléviseur ?

370 ▶ Lorsqu'un objet s'élève, son poids s'oppose à son déplacement et « son travail » W (en joule) se calcule par la formule :

$$W = 9,81 \times m \times (h_A - h_B) \quad \text{où} \begin{cases} m \text{ est la masse de l'objet (kg)} \\ h_A \text{ l'altitude de départ (m)} \\ h_B \text{ l'altitude d'arrivée (m)} \end{cases}$$

Quel est « le travail » effectué par le poids d'une personne pesant 80 kg et voulant monter sur un muret de hauteur 50 cm ?

Compétence 62
Notion de grandeur quotient

> Lorsqu'on effectue le quotient de deux grandeurs, on obtient une grandeur-quotient.

371 ▶ Une voiture a effectué un trajet de 120 km en 2 h.

(a) Quelle est sa vitesse moyenne ?

(b) Cette même voiture a effectué le trajet retour en 1 h 30 min. Quelle est sa vitesse moyenne ?

(c) Peut-elle effectuer ce trajet en 1 h 15 min sachant que la limitation de vitesse est de 90 km/h ?

372 ▶ *On détaillera les calculs.*

(a) Une voiture roule à 85 km/h. Donner sa vitesse en mètres par seconde (m/s).

(b) Le débit d'une rivière est 27 m^3 par seconde (m^3/s). Comment s'exprime ce débit en litres par minute ?

(c) Un cycliste parcourt 13 km en 16 min. Donner sa vitesse en km/h.

373 ▶ La vitesse de la lumière est d'environ 300 000 km/s. La distance entre la Terre et la Lune est d'environ 380 000 km.

(a) Calculer la vitesse de la lumière en km/h et donner la réponse en écriture scientifique.

(b) Calculer le temps nécessaire à la lumière pour effectuer le trajet aller-retour entre la Terre et la Lune.

(c) Calculer le temps nécessaire à un vaisseau spatial se déplaçant à la vitesse de 10 000 km/h pour effectuer ce même trajet.

374 ▶ Le célèbre papier CANSON© se décline sous plusieurs formes. Parmi celles-ci, le papier à dessin blanc est certainement le plus connu. Il pèse 180 g/m^2 et les feuilles sont au format 24 cm × 32 cm.
Combien pèse une pochette de 12 de ces feuilles (on ne comptera pas la pochette servant d'emballage) ? Expliquer la démarche utilisée.

375 ▶ Chloé et Juliette veulent passer la journée ensemble. Elles décident de se rejoindre sur la route. Elles habitent à 60 km l'une de l'autre. Elles partent toutes les deux à 10 heures de leur domicile respectif.
Chloé roule à la vitesse moyenne de 72 km/h tandis que Juliette se déplace à la vitesse moyenne de 48 km/h.

(a) Après 25 minutes, quelle distance y aura-t-il entre Chloé et Juliette ?

(b) À quelle heure vont-elles se rejoindre ?

376 ▶ Écrire un algorithme Scratch© permettant d'effectuer la conversion en m/s d'une vitesse donnée en km/h.

373

a) 1080000000 km/h

$1,08 \times 10^9$

b) 1,267 lumière aller

2,533 aller-retour

c) 38 h

Compétence 63
Calculer le volume d'une pyramide

Une pyramide est un solide délimité par une face polygonale (*la base*) et des faces *triangulaires* qui ont un sommet commun (*le sommet* de la pyramide).
Les faces triangulaires sont appelées *faces latérales*.

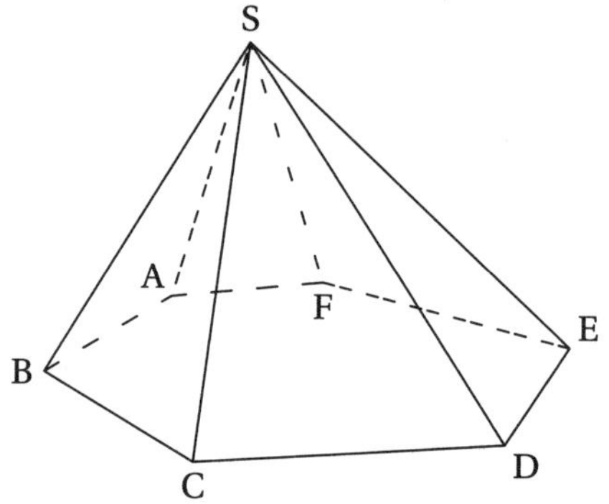

La droite qui passe par le sommet de la pyramide et qui est perpendiculaire à la base est appelée *hauteur* de la pyramide.

377 ▶ Compléter la figure suivante avec le vocabulaire approprié :

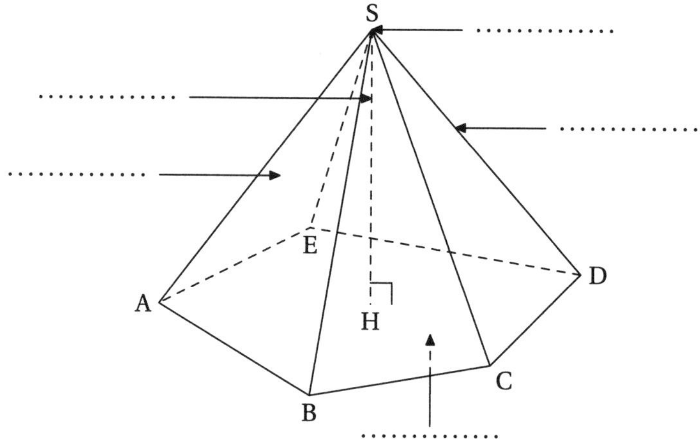

378 ▶ On considère la figure ci-après sur laquelle le solide $ABCDEF$ est composé de faces triangulaires et rectangulaires.

(a) Déterminer la hauteur de la pyramide $ABCFE$.

(b) Déterminer *une hauteur* de la pyramide $FADE$.

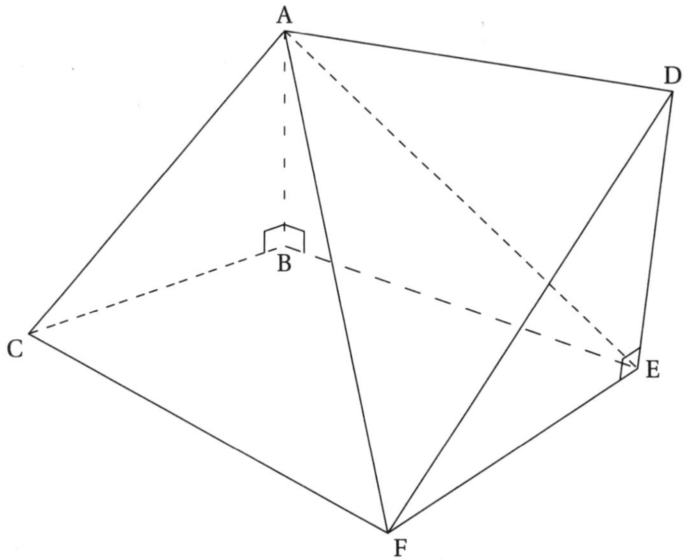

Le volume $\mathcal{V}$ d'une pyramide se calcule par la formule :

$$\mathcal{V} = \frac{\text{Aire de la base de la pyramide} \times \text{hauteur de la pyramide}}{3}$$

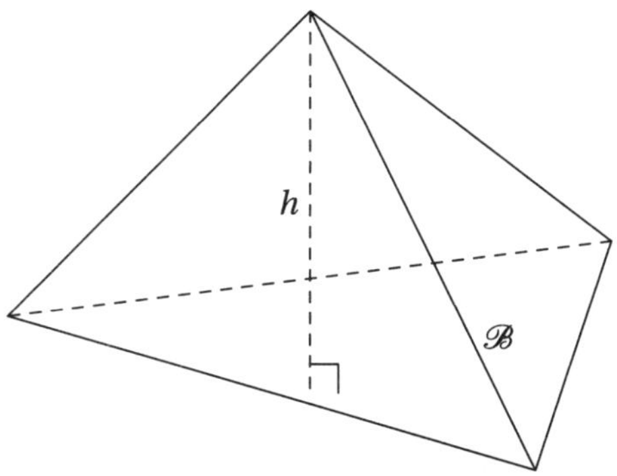

$$\mathcal{V} = \frac{\mathcal{A}_{\mathcal{B}} \times h}{3}$$

379 ▶ Calculer le volume des pyramides suivantes :

(a) la pyramide a pour hauteur 10 cm et sa base est un carré de 9 cm de côté ;

(b) la pyramide a pour hauteur 17 dm et sa base est un triangle ABC rectangle en A avec $AB = 3$ dm et $AC = 4$ dm ;

(c) la pyramide a pour hauteur 12 m et sa base est un losange dont les diagonales mesurent 7 et 5 m.

Compétence 64
Calculer le volume d'un cylindre de révolution

Un *cylindre de révolution* est un solide créé lorsqu'on fait tourner un rectangle autour de l'un de ses côtés (ou de l'un de ses axes de symétrie).

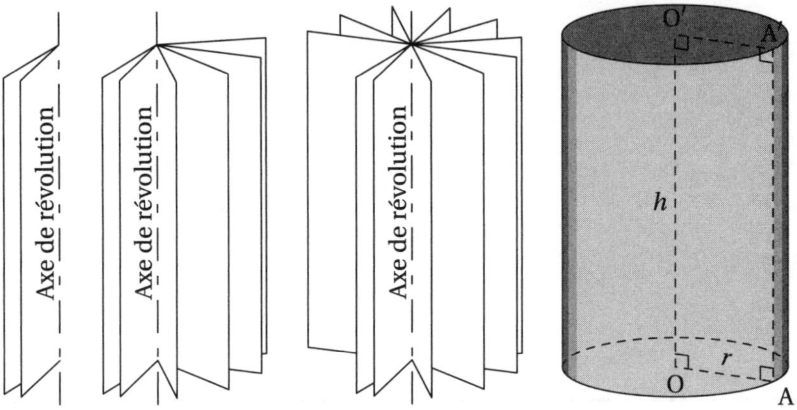

Le disque de centre O, de rayon OA est *une base* du cylindre ; l'autre étant le disque de centre O', de rayon OA'.
La longueur OA (ou $O'A'$) s'appelle le *rayon* du cylindre.
La longueur OO' (ou AA') s'appelle la *hauteur* du cylindre.

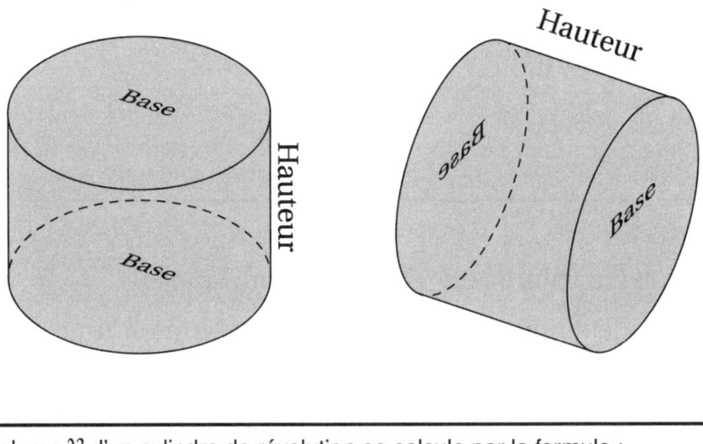

Le volume $\mathcal{V}$ d'un cylindre de révolution se calcule par la formule :

$$\mathcal{V} = \text{Aire de la base du cylindre} \times \text{hauteur du cylindre}$$

Lorsque le rayon du cylindre de révolution est r et la hauteur h, alors son volume $\mathcal{V}$ est :

$$\mathcal{V} = \pi \times r^2 \times h.$$

380 ▶ On considère un cylindre de rayon r, de hauteur h et de volume $\mathcal{V}$. Recopier et compléter le tableau ci-après.

rayon r	hauteur h	volume exact $\mathcal{V}$ ($\ldots \times \pi$)
3 cm	4 cm	
4,5 dm	4,5 cm	
1,25 m	5,64 m	
0,305 dam	0,4 dam	

381 ▶ On considère un cylindre de rayon r, de hauteur h et de volume $\mathcal{V}$. Recopier et compléter le tableau ci-dessous.

	rayon r	hauteur h	volume exact $\mathcal{V}$
①	2 cm		18π cm^3
②	5 dm		50π dm^3
③		5 m	45π m^3

382 ▶ Durant ces dernières années, plusieurs marques ont changé le format des canettes de boissons pour passer de la version « normale » à la version « slim ».

Voici les caractéristiques de ces deux versions :

Version « normale » : diamètre 66 mm ; hauteur 115 mm.

Version « slim » : diamètre 58 mm ; hauteur 145 mm.

(a) Ont-elles le même volume ? Justifier la réponse.

(b) Les fabricants affirment que chacune des canettes, quelle que soit la version, contient 330 mL. Est-ce vrai ? Justifier.

Compétence 65

Calculer le volume d'un cône de révolution

Un cône de révolution de sommet S est le solide créé lorsqu'on fait tourner un triangle SOM rectangle en O, autour de la droite (SO).
Le disque de centre O et de rayon OM est *la base* de ce cône.

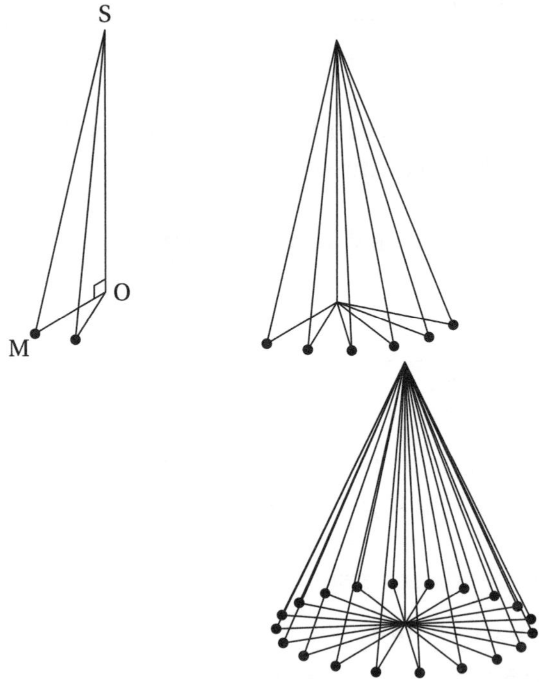

La hauteur du cône ci-dessous est le segment $[SO]$ (la hauteur désigne aussi la longueur SO).
Le segment $[SO]$ est perpendiculaire au plan de la base.

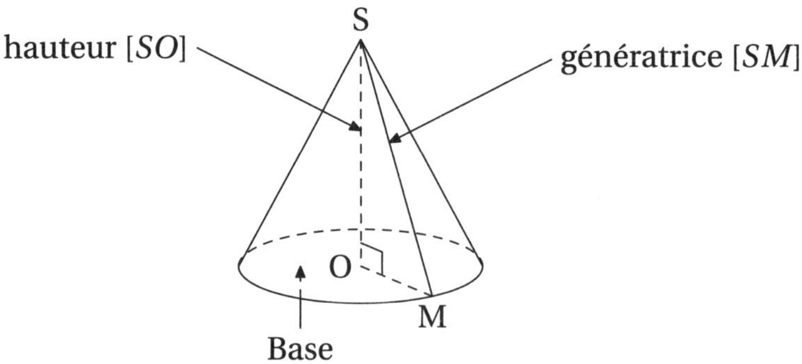

383 ▶ On considère la figure ci-dessus. Calculer la longueur de la génératrice $[SM]$ sachant que $SO = 6$ cm et $OM = 4,5$ cm.

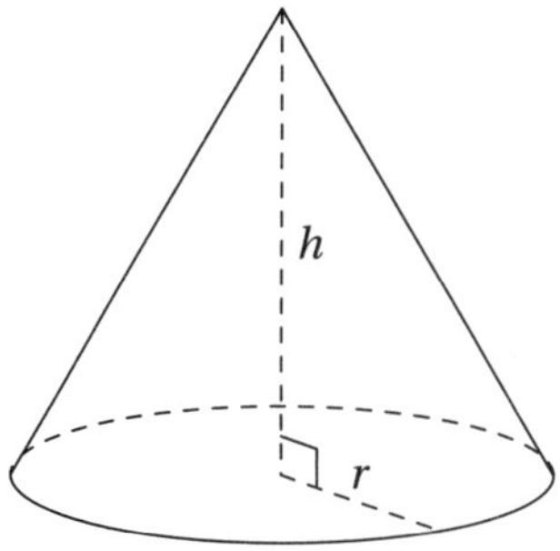

On considère un cône de révolution de rayon r et de hauteur h. Le volume de ce cône de révolution se calcule par la formule :

$$\mathcal{V} = \frac{\pi \times r^2 \times h}{3}.$$

384 ▶ Calculer le volume des cônes de révolution suivants :

(a) le cône de révolution a un rayon de 6 cm et une hauteur de 9 cm ;

(b) le cône de révolution a un diamètre de 15 dm et une hauteur de 5 dm.

385 ▶ Un réservoir d'eau est constitué d'une partie cylindrique et d'une partie conique comme l'indique la figure ci-dessous.
Ce réservoir peut-il contenir 1 000 L ? Expliquer le raisonnement.

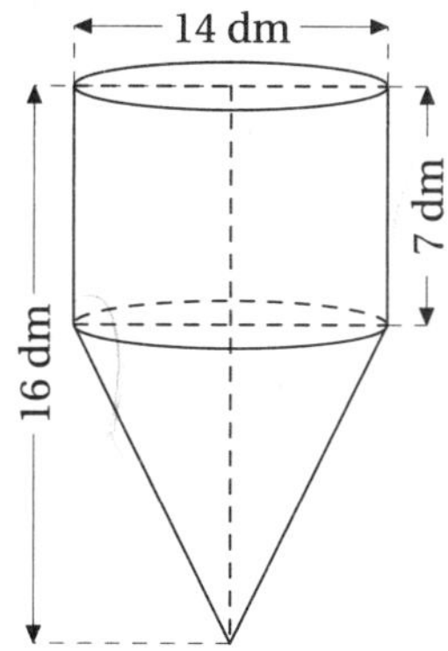

386 ▶ *La figure donnée n'est pas aux dimensions réelles.*
On considère une bougie conique représentée ci-dessous. Son rayon OA est 2,5 cm ; sa hauteur SO est 6 cm. Combien peut-on fabriquer de ces bougies avec 10 L de cire fondue ? Expliquer le raisonnement.

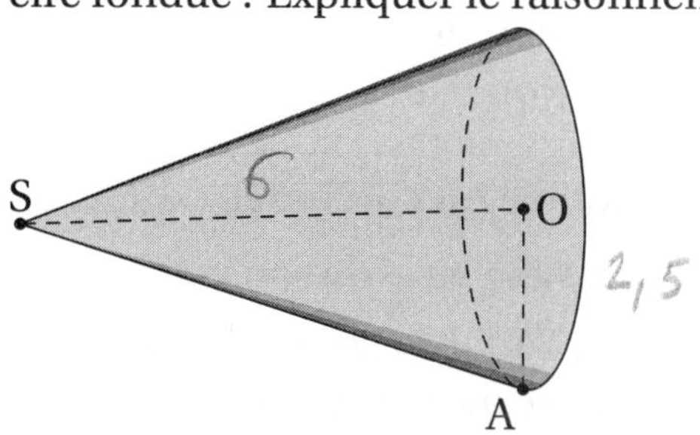

Compétence 66

Calculer le volume d'une boule

On considère O un point de l'espace et r un nombre positif donné.

- La *sphère* de centre O et de rayon r est l'ensemble des points de l'espace situés à une distance de O égale à r.
- La *boule* de centre O et de rayon r est l'ensemble des points de l'espace situés à une distance de O inférieure ou égale à r.

La boule est un solide. Ce mot désigne à la fois la surface et l'intérieur du solide. La sphère est la surface de ce solide.

Un *grand cercle* d'une sphère de centre O et de rayon r est un cercle de centre O et de rayon r.

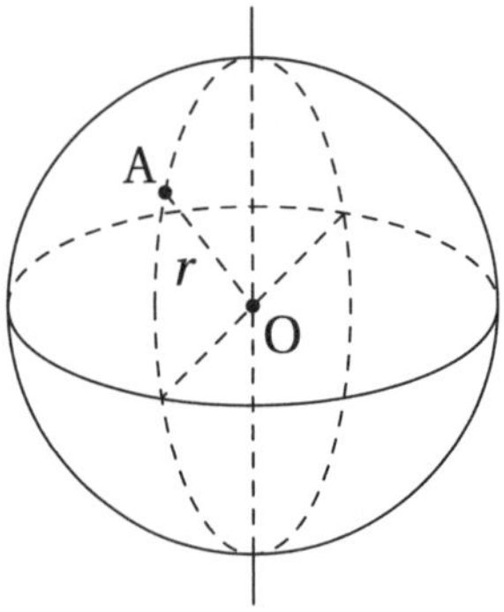

- Le point A appartient à la sphère de centre O et de rayon r mais pas le point O.
- Les points A et O appartiennent à la boule de centre O et de rayon r.
- Le point O appartient à la boule de centre O et de rayon $\frac{r}{2}$ mais pas le point A.
- Le cercle de centre O et de rayon OA est un grand cercle.

- L'aire d'une sphère de rayon r est $4\pi r^2$.
- Le volume d'une boule de rayon r est $\frac{4\pi r^3}{3}$.

387 ▶ *Les questions sont indépendantes.*

(a) Calculer l'aire d'une sphère de rayon 4 cm, puis l'aire d'une sphère de diamètre 4 dm.

(b) Calculer le volume d'une boule de diamètre 5 m, puis le volume d'une boule de rayon 5 hm.

388 ▶ Une pièce montée est composée de 250 choux. Chaque chou est rempli de crème pâtissière au $\frac{3}{4}$ de son volume.
Le pâtissier chargé de la fabrication souhaite connaître la quantité de crème nécessaire à la création de ce dessert.

En assimilant un chou à une sphère de rayon 2 cm, aider le pâtissier en lui donnant la réponse au demi-litre supérieur.

389 ▶ Une boule de laiton mesure 10 cm de diamètre. Le laiton est un alliage constitué de 40 % de zinc et de 60 % de cuivre.
Déterminer la masse de cette boule sachant que la masse volumique du cuivre est 8,94 g/cm^3 et que la masse volumique du zinc est 7,1 g/cm^3.
On détaillera le raisonnement.

Compétence 67

Comprendre l'effet d'un déplacement sur les longueurs, les aires, les volumes ou les angles

Le pliage suivant une droite (d) s'appelle *la symétrie axiale d'axe* (d) ou *symétrie par rapport à la droite* (d).

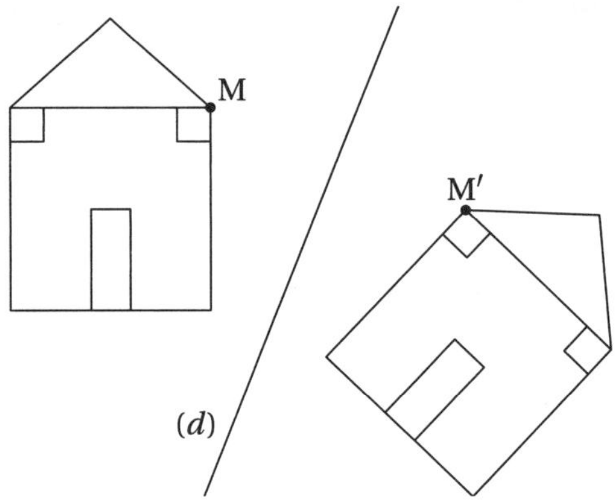

M' est l'image de M par la symétrie d'axe (d) ou M' est le symétrique de M par rapport à la droite (d).

390 ▶ Quel cas correspond à une symétrie axiale ?

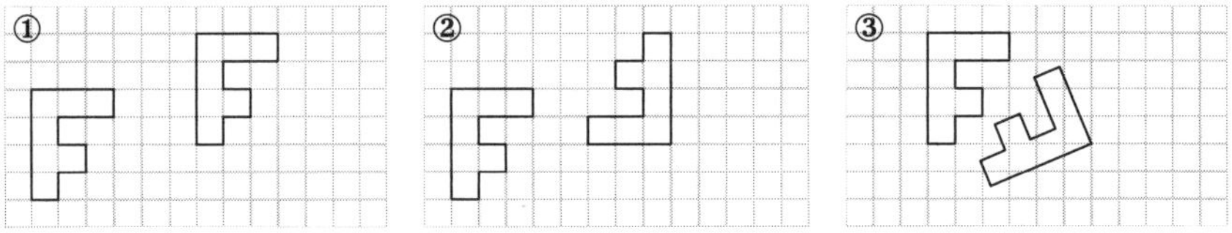

La construction du symétrique d'un point M par rapport à une droite (d) se fait en trois étapes :

① Construire la droite (d_1), perpendiculaire à la droite (d) et passant par le point M ;

② la droite (d_1) coupe la droite (d) en un point H ;

③ « tracer » le cercle de centre H qui passe par le point M. Ce cercle coupe la droite (d_1) en M'.

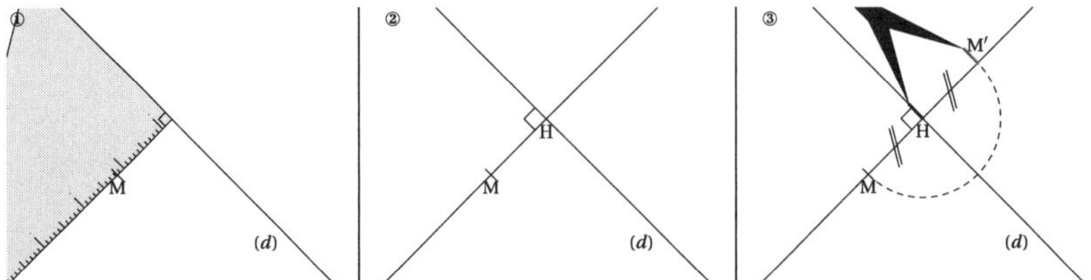

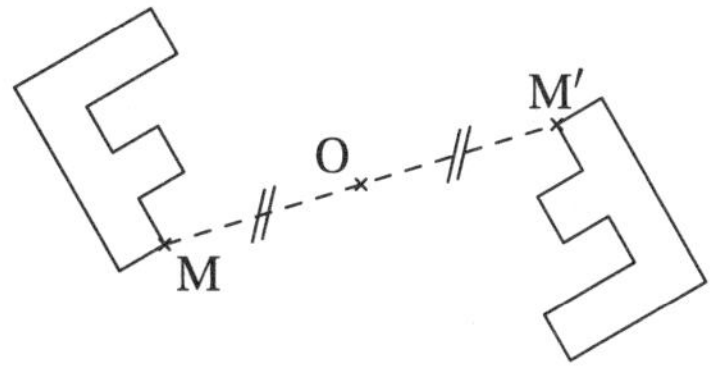

Le demi-tour par rapport à un point O s'appelle *la symétrie centrale de centre* O ou *symétrie par rapport* au point O.

M' est l'image de M par la symétrie centrale de centre O ou M' est le symétrique de M par rapport au point O.

391 ▶ Quel cas correspond à une symétrie centrale ?

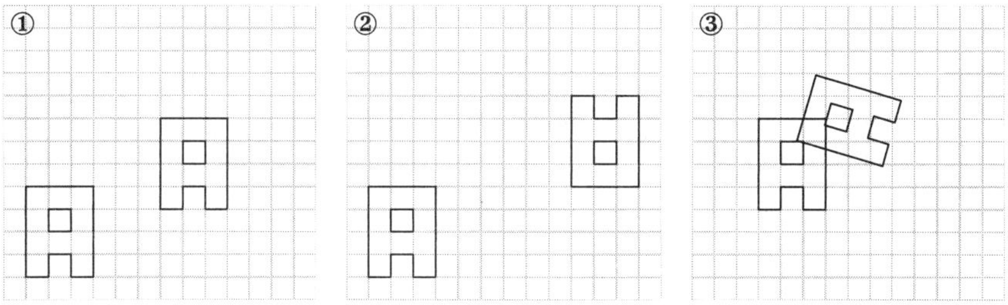

La construction du symétrique d'un point M par rapport à un point O se fait en deux étapes :

① on trace la demi-droite $[MO)$;

② puis le cercle de centre O et de rayon OM recoupe cette demi-droite en un point M'.

Le point M' est le symétrique du point M par rapport au point O.

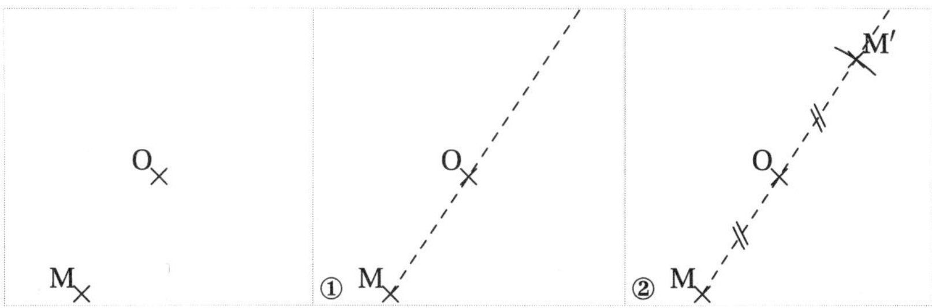

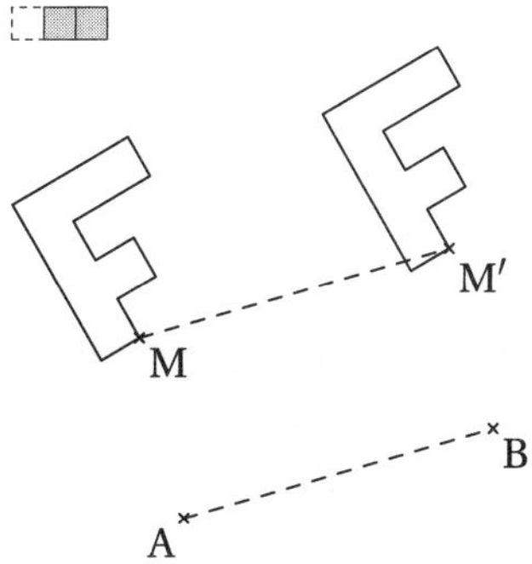

Le glissement rectiligne tel que celui du point A au point B s'appelle *la translation* qui transforme A et B.
M' est l'image de M par la translation qui transforme A en B.

392 ▶ Quel cas correspond à une translation ?

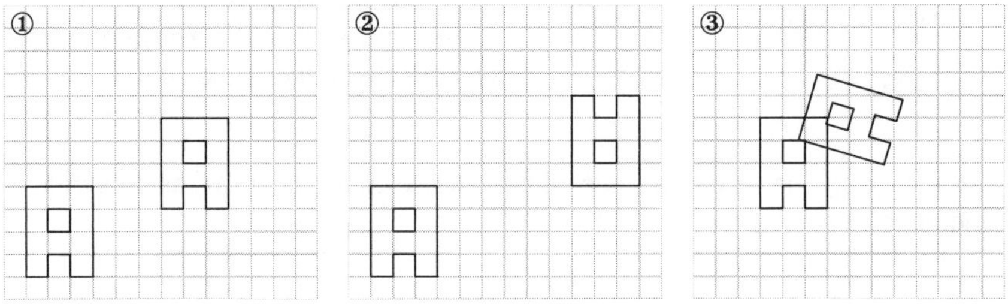

La construction de l'image d'un point M par la translation qui transforme A en B se fait en deux étapes :

① on trace la parallèle à la droite (AB) passant par M ;

② puis on reporte, à partir de M, dans le sens de A vers B, la longueur AB.

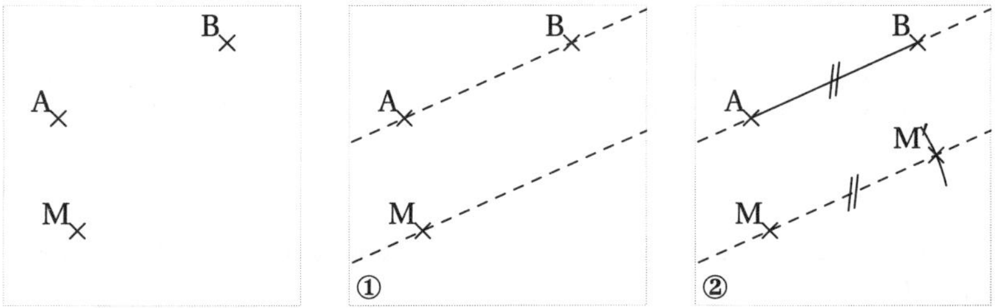

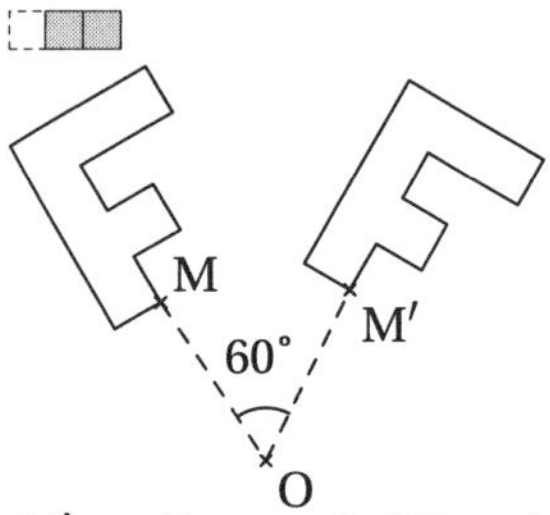

La figure ci-contre a effectué la rotation de centre O, d'angle 60° dans le sens des aiguilles d'une montre.

M' est l'image de M par la rotation de centre O, d'angle 60° dans le sens des aiguilles d'une montre.

393 ▶ Quel cas correspond à une rotation ?

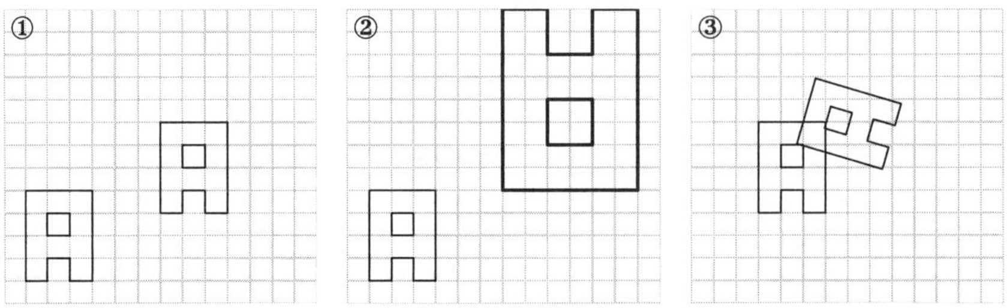

La construction de l'image d'un point M par la rotation de centre B, d'angle 45° dans le sens contraire des aiguilles d'une montre se fait en deux étapes :

① on trace un angle $\widehat{MBx}$ de 45° dans le sens contraire des aiguilles d'une montre ;

② puis on reporte, à partir de B, la longueur BM.

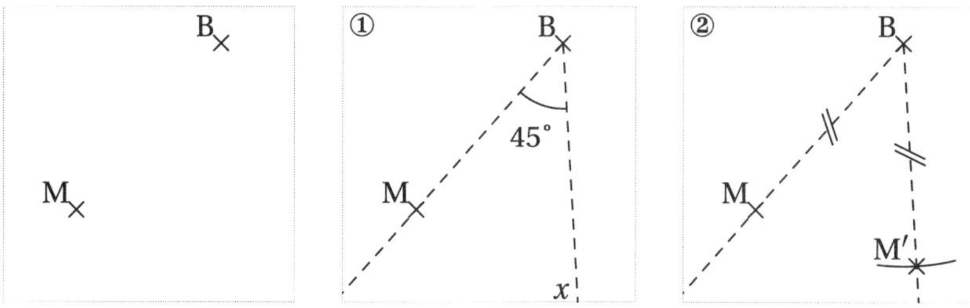

Par une symétrie axiale (ou une symétrie centrale ou une translation ou une rotation) :

— l'image d'une droite est une droite ;
— l'image d'un segment est un segment de même longueur ;
— l'image d'un angle est un angle de même mesure ;
— l'image d'un cercle est un cercle de même rayon.

394 ▶ Construire un triangle ABC tel que $\widehat{BAC} = 60°$; $AB = 4$ cm et $AC = 6$ cm. Placer le point M qui est le symétrique du point B par rapport à la droite (AC).

(a) Quelle est la mesure, en degrés, de l'angle $\widehat{MAC}$?

(b) Quelle est la longueur du segment $[AM]$?

395 ▶ *On utilisera une feuille non quadrillée.*

(a) Construire un triangle ABC tel que $AC = 3{,}5$ cm ; $BC = 8$ cm et $\widehat{BCA} = 36°$.

Tracer la droite (d), perpendiculaire à la droite (BC) passant par A. Cette droite (d) coupe le segment $[BC]$ au point H.

(b) Construire les points D, E et F, symétriques respectifs de B, H et C par rapport à A.

(c) Prouver que les points D, E et F sont alignés.

(d) Prouver que $\widehat{AED} = 90°$.

396 ▶ DEF est un triangle isocèle en E. Par la translation qui transforme D en F, le point E a pour image G et le point F a pour image H. Démontrer que le triangle EFG est un triangle isocèle.

Compétence 68

Comprendre l'effet d'un agrandissement sur les longueurs, les aires, les volumes ou les angles

> Lorsqu'on multiplie *toutes* les longueurs d'un objet par un même nombre positif k, supérieur à 1, alors on est dans une situation d'agrandissement de l'objet de coefficient (ou rapport) k.

397 ▶ *L'unité de longueur est le centimètre.*
Justifier que le triangle ABC est un agrandissement du triangle IGH. Déterminer le coefficient d'agrandissement.

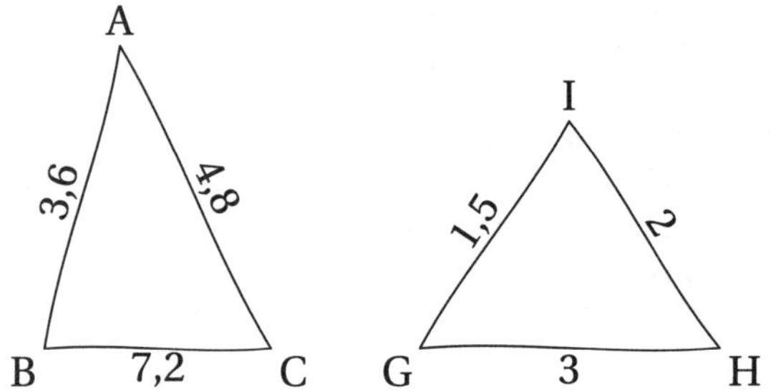

398 ▶ *L'unité de longueur est le centimètre.* On considère un triangle ABC tel que $AB = 9{,}6$; $AC = 2{,}8$ et $BC = 10$.
Expliquer si le triangle $A_1B_1C_1$ tel que $A_1B_1 = 19{,}2$; $B_1C_1 = 20$; $A_1C_1 = 4$ est un agrandissement ou non du triangle ABC.

399 ▶ Sur la figure ci-dessous (donnée à titre indicatif), les droites (EH) et (FG) sont sécantes en I. L'unité de longueur est le centimètre et on donne les longueurs suivantes : IE=6 ; IF=4,8 et IH=10. Justifier que le triangle IGH est un agrandissement de IFE. Donner le coefficient d'agrandissement k.

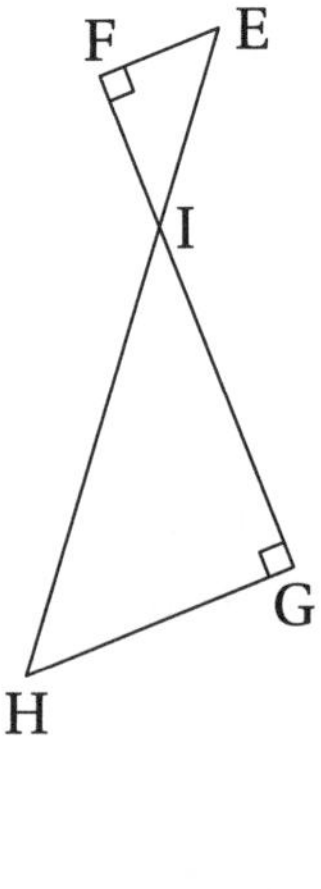

Dans un agrandissement, les mesures des angles ne sont pas modifiées.

Dans un agrandissement de coefficient k, les deux objets, $\mathscr{F}$ et son agrandissement $\mathscr{F}_1$, sont liés :

— le périmètre de $\mathscr{F}_1$ est égal à celui de $\mathscr{F}$ multiplié par k ;
— l'aire de $\mathscr{F}_1$ est égale à celle de $\mathscr{F}$ multipliée par k^2 ;
— et si l'objet $\mathscr{F}$ est un solide, alors le volume de $\mathscr{F}_1$ est égal à celui de $\mathscr{F}$ multiplié par k^3.

400 ▶ La figure ci-dessous représente un cube $\mathscr{F}$ ayant subi un agrandissement de coefficient 1,75.

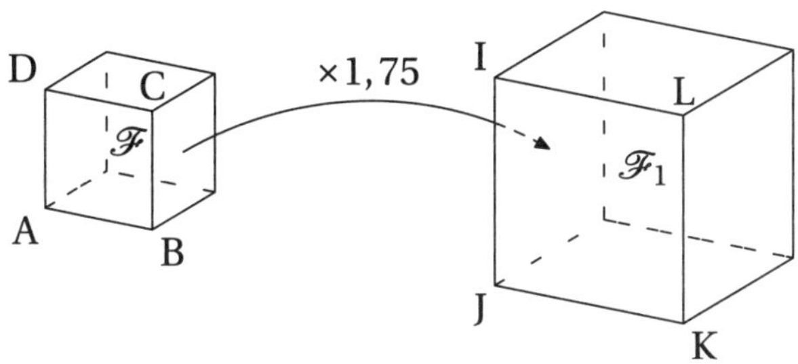

Que peut-on dire du périmètre du polygone $IJKL$?
Que peut-on dire de l'aire du polygone $IJKL$?
Que peut-on dire du volume du cube $\mathscr{F}_1$?

Compétence 69

Comprendre l'effet d'une réduction sur les longueurs, les aires, les volumes ou les angles

> Lorsqu'on multiplie *toutes* les longueurs d'un objet par un même nombre positif k, compris entre 0 et 1, alors on est dans une situation de réduction de l'objet de coefficient (ou rapport) k.

401 ▶ *L'unité de longueur est le centimètre.*
On considère un triangle ABC tel que $AB = 9,6$; $AC = 2,8$ et $BC = 10$.
Le triangle $A_1B_1C_1$ tel que $A_1B_1 = 7,2$; $B_1C_1 = 7,5$; $A_1C_1 = 2,1$ est-il une réduction du triangle ABC ? Justifier.

> Dans une réduction, les mesures des angles ne sont pas modifiées.

> Dans une réduction de coefficient k, les deux objets, $\mathscr{F}$ et sa réduction $\mathscr{F}_1$, sont liés :
> — le périmètre de $\mathscr{F}_1$ est égal à celui de $\mathscr{F}$ multiplié par k ;
> — l'aire de $\mathscr{F}_1$ est égale à celle de $\mathscr{F}$ multipliée par k^2 ;
> — et si l'objet $\mathscr{F}$ est un solide, alors le volume de $\mathscr{F}_1$ est égal à celui de $\mathscr{F}$ multiplié par k^3.

402 ▶ La figure ci-dessous représente un cube $\mathscr{F}$ ayant subi une réduction de coefficient 0,8.

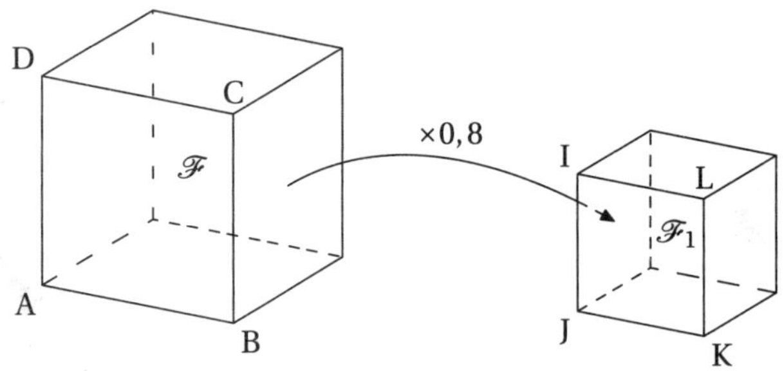

Que peut-on dire du périmètre du polygone $IJKL$?
Que peut-on dire de l'aire du polygone $IJKL$?
Que peut-on dire du volume du cube $\mathscr{F}_1$?

Exercices Bilan du thème C

403 ▶ Pour un assemblage métallique, on a besoin de construire la pièce ci-dessous. L'unité de longueur utilisée est le millimètre.

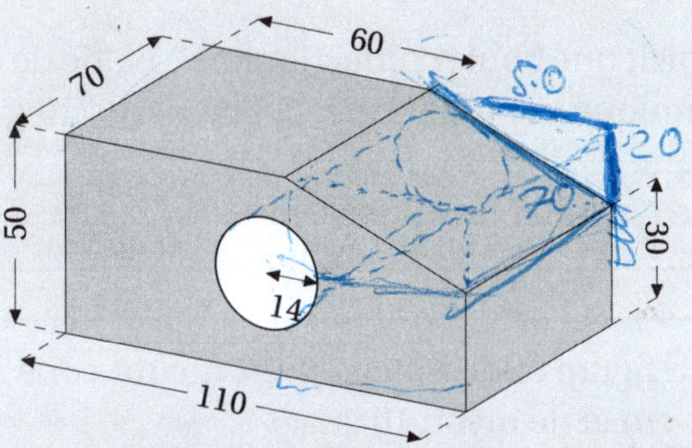

Calculer le volume de métal nécessaire pour la construction de 500 exemplaires de cette pièce. *Le volume d'un prisme droit est égal au produit de l'aire de sa base par sa hauteur.*

404 ▶ Dans un verre, ayant la forme d'un cône, on laisse fondre cinq glaçons sphériques.

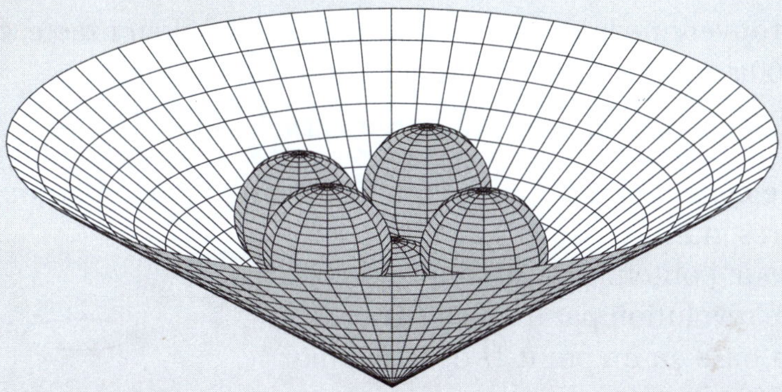

Après la fusion de la glace, quelle est la hauteur d'eau présente dans le verre ?

Information 1 Le diamètre des glaçons est 2 cm.

Information 2 Le rayon du verre est 6 cm et sa hauteur 4 cm.

Information 3 En fondant, le volume d'eau produit est obtenu en multipliant par 0,9 celui de la glace.

BILAN

405 ▶ D'après le site `www.obut.com`, le choix de l'acier utilisé pour les boules de pétanque est une étape importante. Par exemple, l'acier au carbone revêtu « apporte au joueur un toucher plus rugueux et permet une meilleure longévité » que l'acier inoxydable.
Un joueur choisit une boule confectionnée à l'aide de cet acier dont la masse volumique est 7 700 kg/m^3. Elle pèse 710 g pour un diamètre de 72 mm.
Est-elle creuse ? Justifier la réponse.

406 ▶ La figure ci-dessous représente un cône de révolution de hauteur 21 cm et de rayon 10 cm.

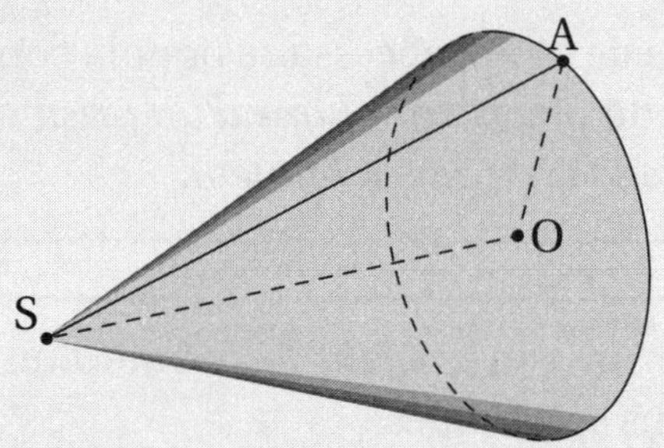

(a) Prouver que le volume de ce cône est, en valeur exacte, égal à 700π cm^3. Donner une valeur approchée au cm^3 près.

(b) Calculer la longueur SA. Donner la valeur exacte.

(c) Ce cône de révolution est en fait le corps d'un abat-jour, représenté ci-dessous.
Pour l'obtenir, on a coupé le cône de révolution par un plan parallèle à sa base en un point H de la hauteur $[SO]$ tel que

$$\frac{SH}{SO} = \frac{2}{5}.$$

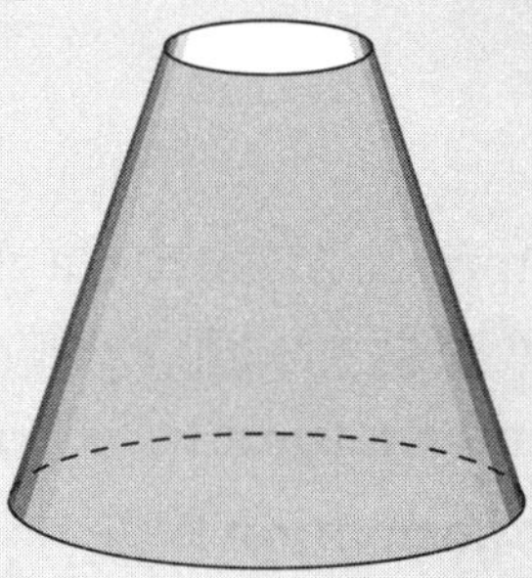

Déterminer le volume de cet abat-jour, en valeur exacte puis en valeur approchée au cm^3 près.

407 ▶ Une famille décide de faire construire une véranda de jardin. Elle choisit le modèle ci-dessous où la hauteur totale de la construction est 3,20 m.

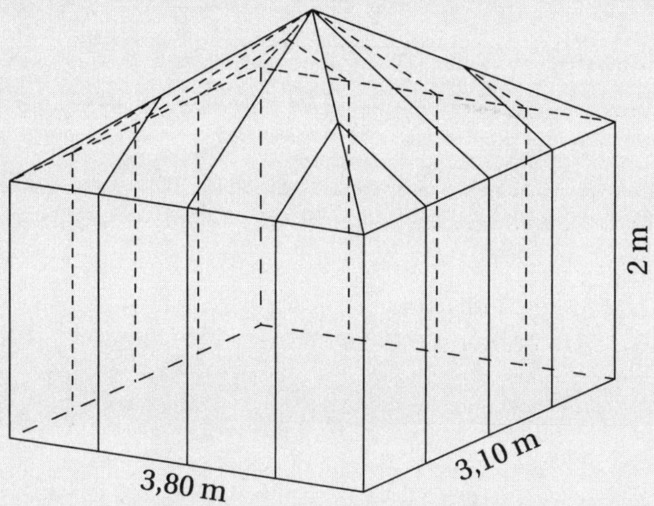

Le vendeur lui propose un chauffage d'appoint dont le volume maximal de chauffage est 35 m^3. Est-il adapté au modèle de véranda choisi ? Justifier.

Thème D

Espace et géométrie

Table des compétences du thème D

Compétence 70

Mettre en œuvre un programme de construction d'une figure géométrique

408 ▶ Construire un triangle ABC tel que $AB = 7$ cm ; $AC = 6$ cm et $BC = 5$ cm. On appelle M et N les milieux respectifs des segments $[BC]$ et $[BA]$.

409 ▶ Tracer un triangle quelconque ABC et une droite (d) qui coupe les droites (AB), (AC) et (BC) respectivement en I, J et K.
La perpendiculaire à la droite (d) passant par A coupe la droite (d) en A_1. Placer le point A_1.
La perpendiculaire à la droite (d) passant par B coupe la droite (d) en B_1. Placer le point B_1.
La perpendiculaire à la droite (d) passant par C coupe la droite (d) en C_1. Placer le point C_1.

410 ▶ Soit un cercle $(\mathscr{C})$ de centre O et de rayon 3 cm. Soit $[AB]$ un diamètre de ce cercle.

(a) Faire la figure en vraie grandeur.

(b) Tracer la perpendiculaire à la droite (AB) passant par B. Elle s'appelle la droite (d).

(c) Sur la droite (d), placer le point D tel que $BD = 4,5$ cm et le point E tel que $BE = 8$ cm et B appartenant au segment $[DE]$.

(d) Placer le point M, point d'intersection de la droite (AD) avec le cercle $(\mathscr{C})$.

411 ▶ On considère un trapèze $ABCD$ dont les côtés parallèles sont (AB) et (CD). O est le point d'intersection des diagonales. La parallèle à la droite (BC) passant par A : elle coupe la droite (BD) en M. La parallèle à la droite (AD) passant par B coupe la droite (AC) en N.
Faire une figure correspondant à cet énoncé.

Compétence 71
Écrire un programme de construction d'une figure géométrique

412 ▶ Écrire un programme de construction pour la figure suivante :

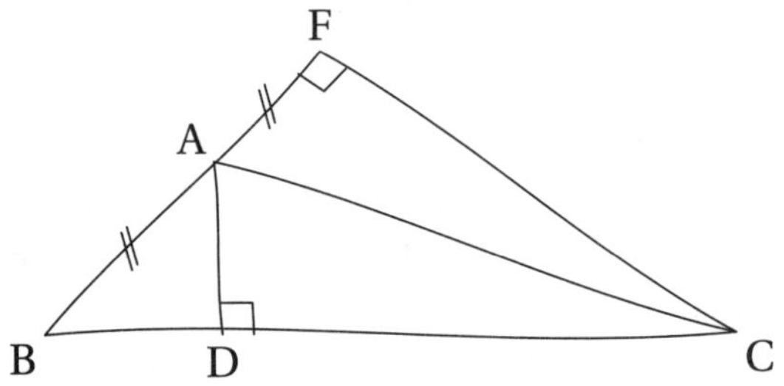

413 ▶ [D'après Brevet des collèges 2017]
On souhaite construire avec le logiciel Scratch© la figure correspondant au schéma ci-dessous.

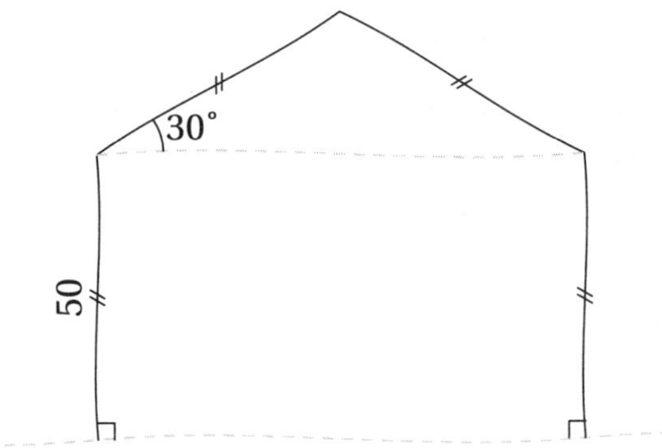

Créer un algorithme permettant de construire la figure.

414 ▶ Sachant que le quadrilatère $ABCD$ est un carré, écrire un programme de construction pour le schéma ci-dessous.

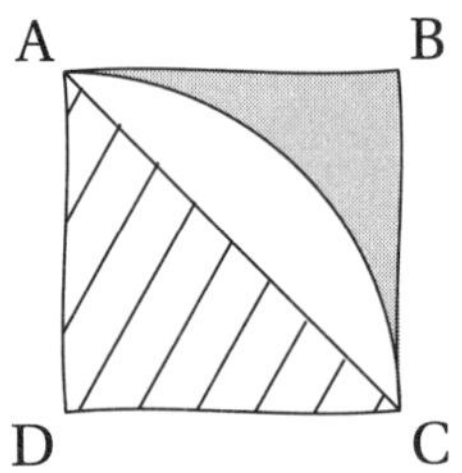

415 ▶ Écrire un programme de construction pour la figure suivante :

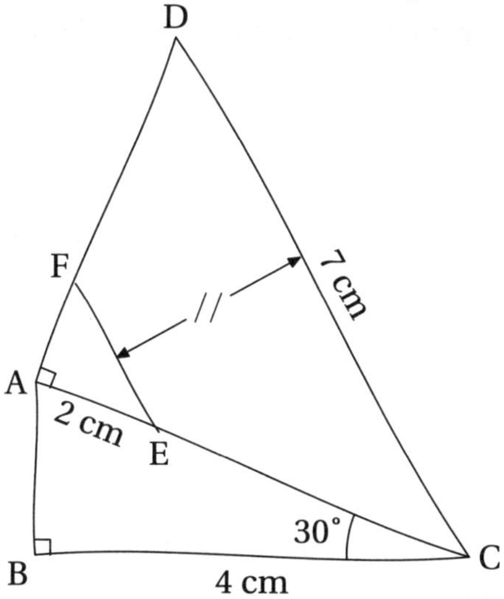

Compétence 72

Comprendre l'effet d'une translation sur une figure

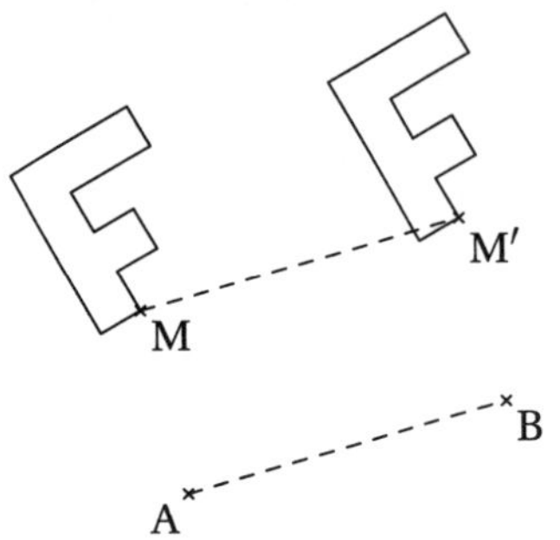

Le glissement rectiligne tel que celui du point A au point B s'appelle *la translation* qui transforme A et B.

M' est l'image de M par la translation qui transforme A en B.

416 ▶ Sur la figure ci-dessous, parmi les fantômes, quel est celui qui est l'image du fantôme grisé par une translation ?

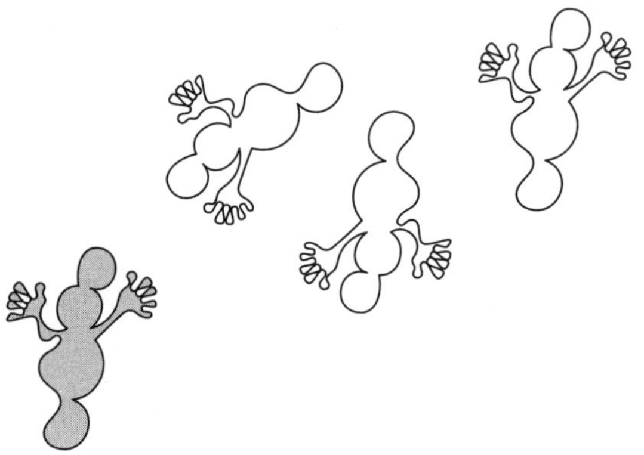

417 ▶ On dispose du document suivant :

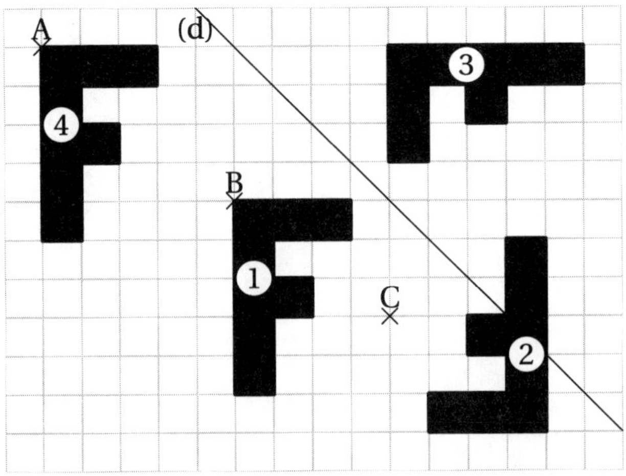

En utilisant des transformations dont on précisera les éléments caractéristiques, recopier et compléter les phrases suivantes :

— La figure 2 est l'image de la figure 1 par ....

— La figure 3 est l'image de la figure 1 par ....

— La figure 4 est l'image de la figure 1 par ....

418 ▶ Reproduire et compléter le dessin sur une feuille quadrillée.

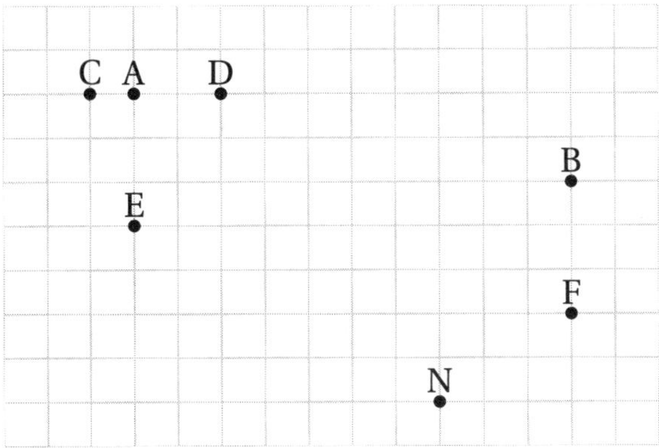

(a) Par la translation qui transforme B en E, F se transforme en O. Placer le point O.

(b) Par la translation qui transforme F en N, M se transforme en O et B se transforme en H. Placer les points M et H.

(c) Par la translation qui transforme C en D, H se transforme en Z, M se transforme en G et N se transforme en J. Placer les points Z, G et J.

419 ▶ Détailler la construction de la frise ci-dessous à partir du motif ①.

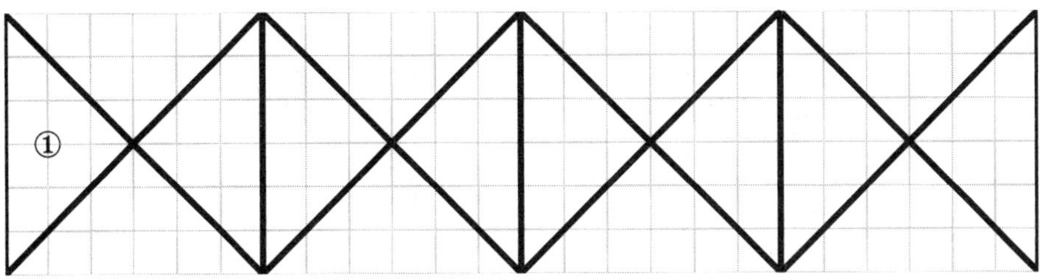

Compétence 73

Comprendre l'effet d'une symétrie axiale sur une figure

Le pliage suivant une droite (d) s'appelle *la symétrie axiale d'axe* (d) ou *symétrie par rapport à la droite* (d).

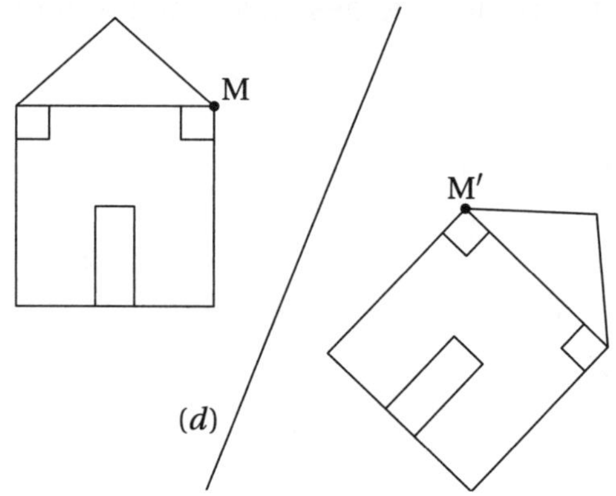

M' est l'image de M par la symétrie d'axe (d) ou M' est le symétrique de M par rapport à la droite (d).

420 ▶ À l'aide de la figure ci-dessous, retrouver les situations de symétrie axiale.

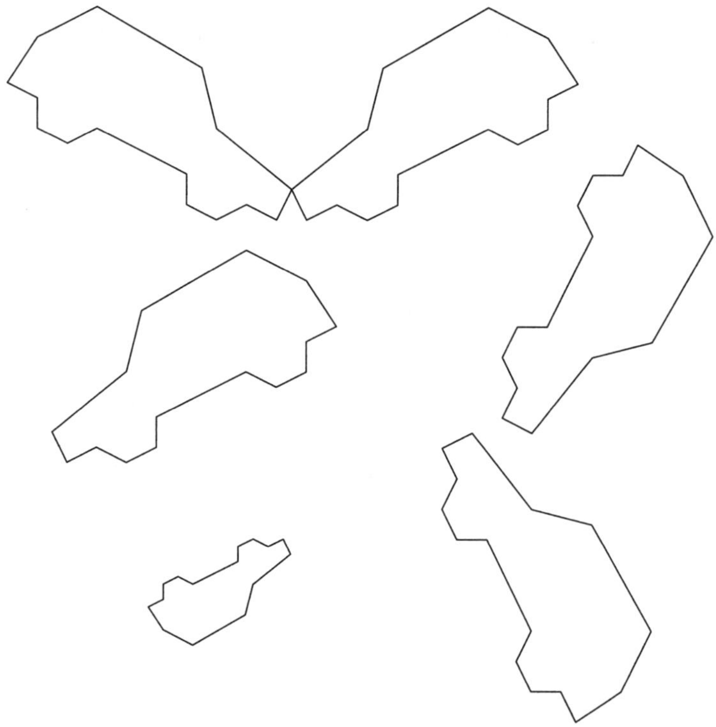

421 ▶ En utilisant le quadrillage, construire les symétriques des points M, N, P et Q par rapport à la droite (d). Ils seront nommés respectivement M_1, N_1, P_1 et Q_1.

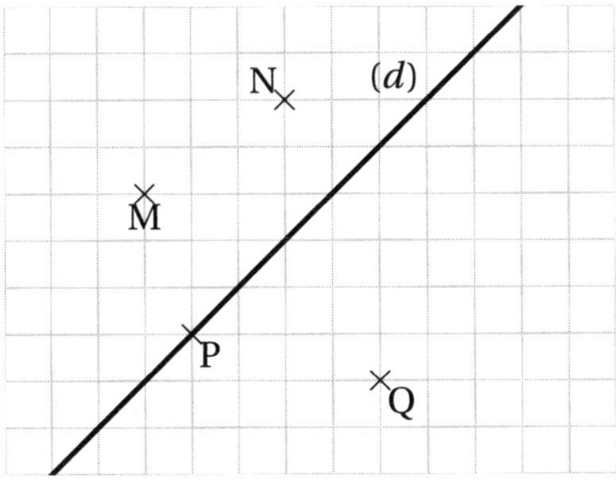

422 ▶ On a commencé à tracer l'image de la figure $\mathscr{F}$ par la symétrie d'axe (d). Terminer la construction.

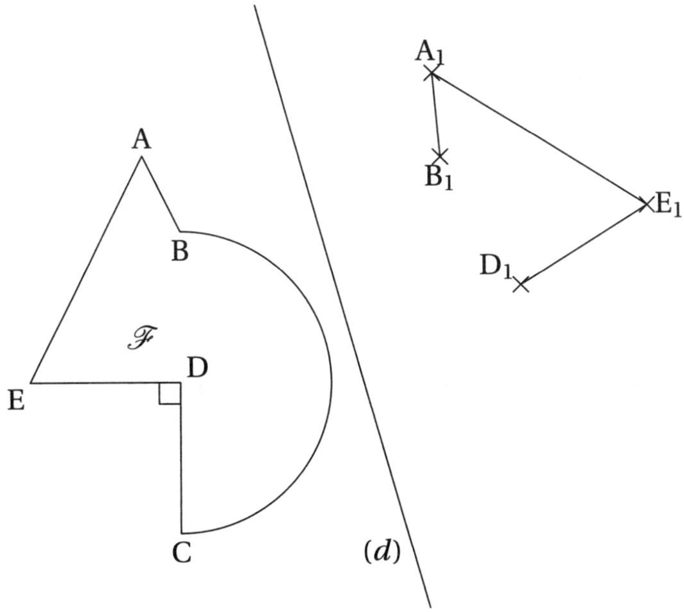

Compétence 74

Comprendre l'effet d'une symétrie centrale sur une figure

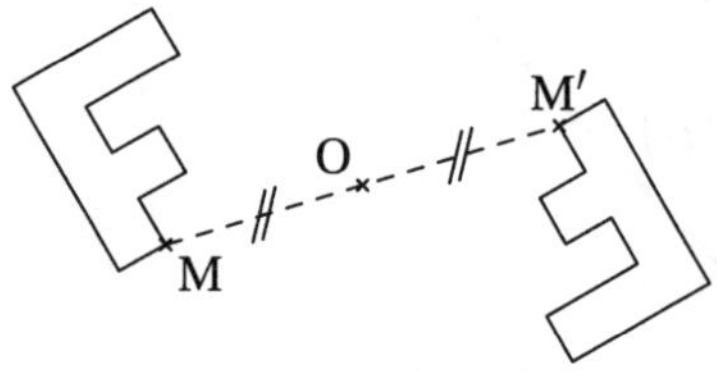

Le demi-tour par rapport à un point O s'appelle *la symétrie centrale de centre O* ou *symétrie par rapport* au point O.

M' est l'image de M par la symétrie centrale de centre O ou M' est le symétrique de M par rapport au point O.

423 ▶ À l'aide de la figure ci-dessous, retrouver les situations de symétrie centrale.

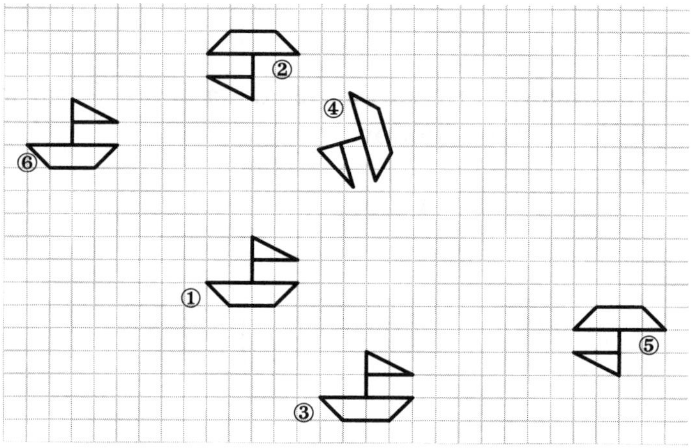

424 ▶ Reproduire et compléter le dessin sur une feuille quadrillée.

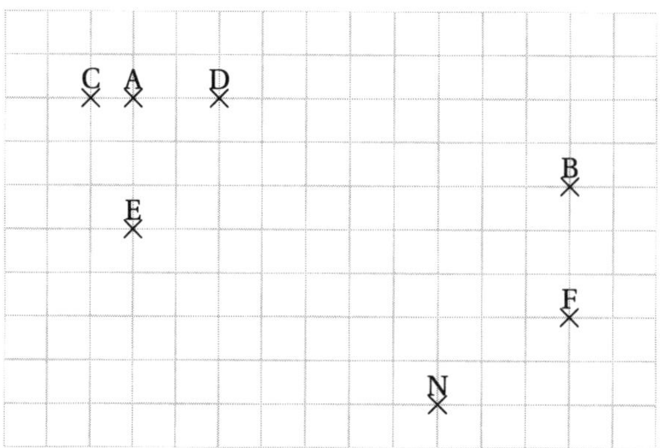

(a) M est l'image de A par la symétrie de centre D. Placer le point M.

(b) P est l'image de C par la symétrie de centre E. Placer le point P.

(c) Par la symétrie de centre O, N est l'image de D et K est l'image de B. Placer les points O et K.

425 ▶ Détailler la construction de la frise ci-dessous à partir du motif ①.

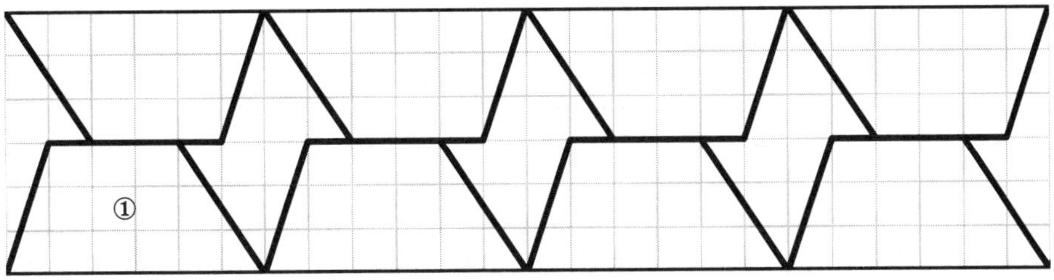

Compétence 75

Comprendre l'effet d'une rotation sur une figure

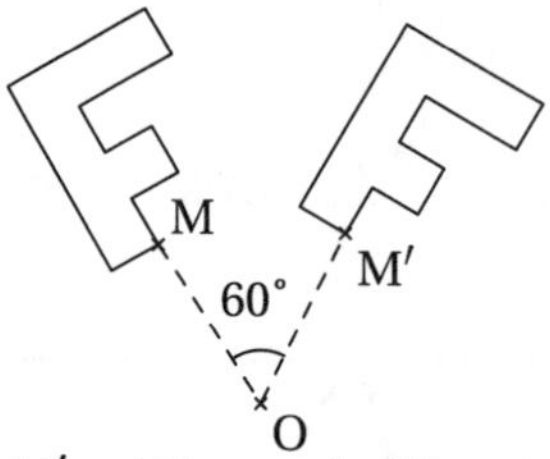

La figure ci-contre a effectué la rotation de centre O, d'angle 60° dans le sens des aiguilles d'une montre.

M' est l'image de M par la rotation de centre O, d'angle 60° dans le sens des aiguilles d'une montre.

426 ▶ Sur la figure ci-dessous, colorier le fantôme qui est l'image du fantôme grisé par une rotation de centre O.

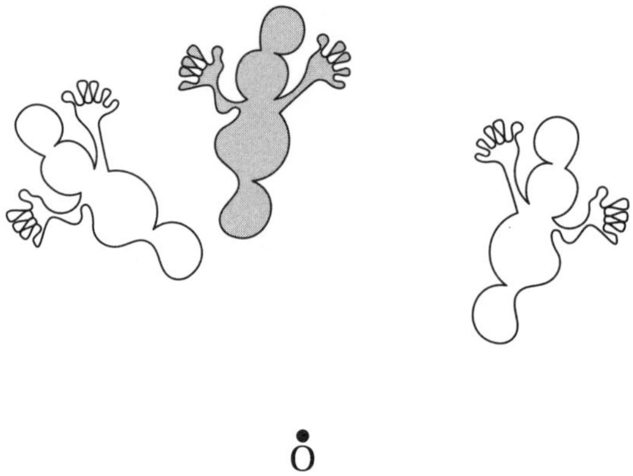

427 ▶ Dans la figure ci-dessous, retrouver les situations de rotation à partir du motif ①.

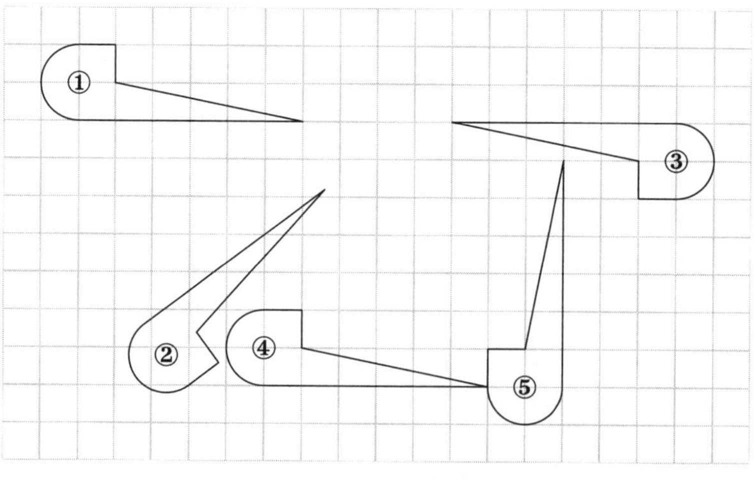

428 ▸ Sur la figure ci-dessous, terminer la construction de l'image de la figure ① par la rotation de centre J, d'angle 53° dans le sens des aiguilles d'une montre.

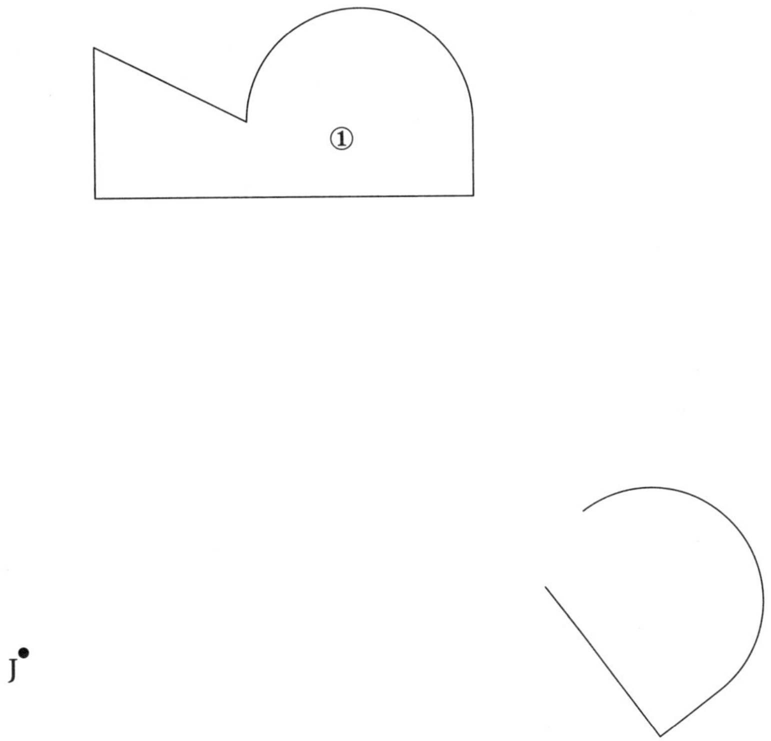

Compétence 76

Comprendre l'effet d'une homothétie sur une figure

On considère un nombre positif k non nul et un point O.
L'homothétie de centre O et de rapport k transforme la figure $\mathscr{F}$ en $\mathscr{F}_1$ tel que le point M_1 appartienne à la demi-droite $[OM)$ et $OM_1 = k \times OM$.

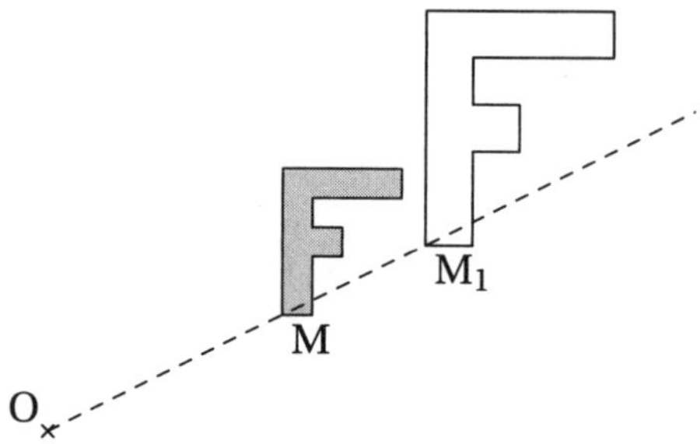

On considère un nombre positif k non nul et un point O.
L'homothétie de centre O et de rapport $-k$ transforme la figure $\mathscr{F}$ en $\mathscr{F}_1$ tel que le point M_1 appartienne à la demi-droite $[MO)$ et $OM_1 = k \times OM$.

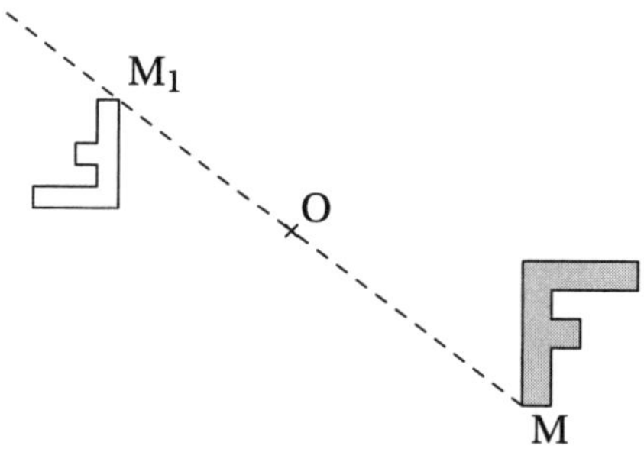

429 ▶ La figure $\mathcal{F}_1$ est l'image de la figure $\mathcal{F}$ par une homothétie de centre O. Quel est le rapport de l'homothétie ?

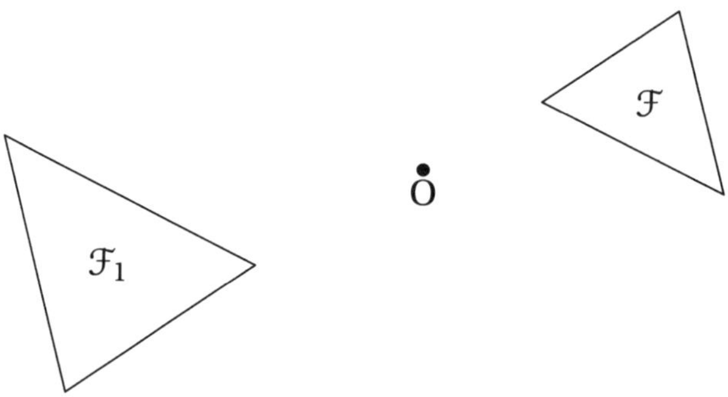

430 ▶ Quel est le cas représentant une homothétie ? Expliquer.

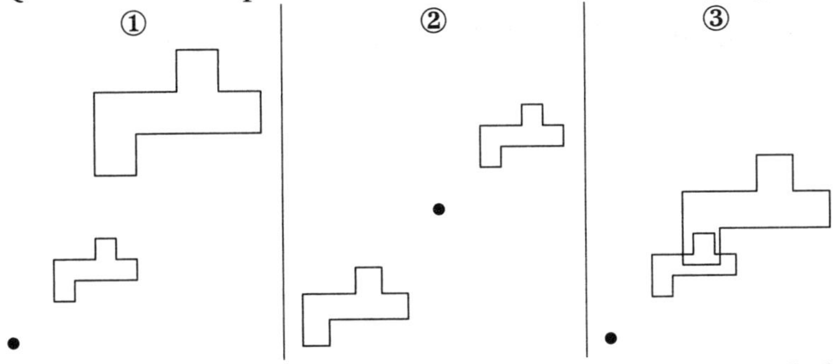

431 ▶ Reproduire la figure ci-dessous et construire l'image de la figure par l'homothétie de centre O et de rapport 3.

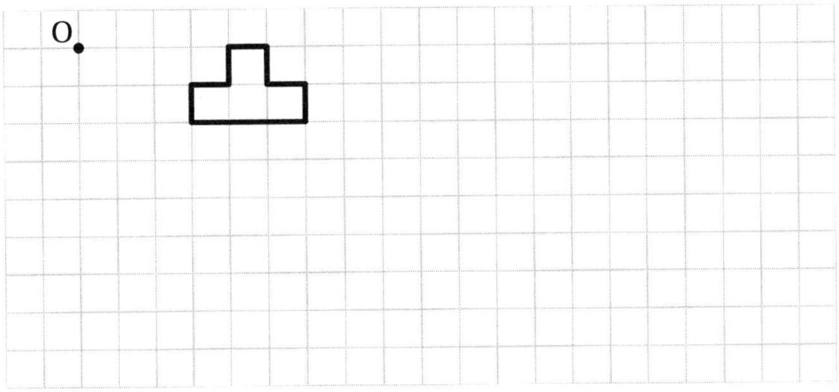

432 ▶ On a commencé la construction de l'image de la figure $\mathscr{F}$ par l'homothétie de centre A et de rapport -3. Terminer la construction.

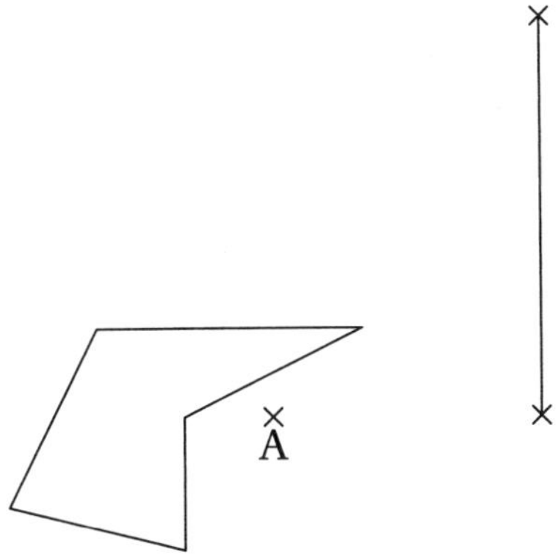

433 ▶ Dans chaque cas, indiquer si les carrés sont en situation d'homothétie ou non.

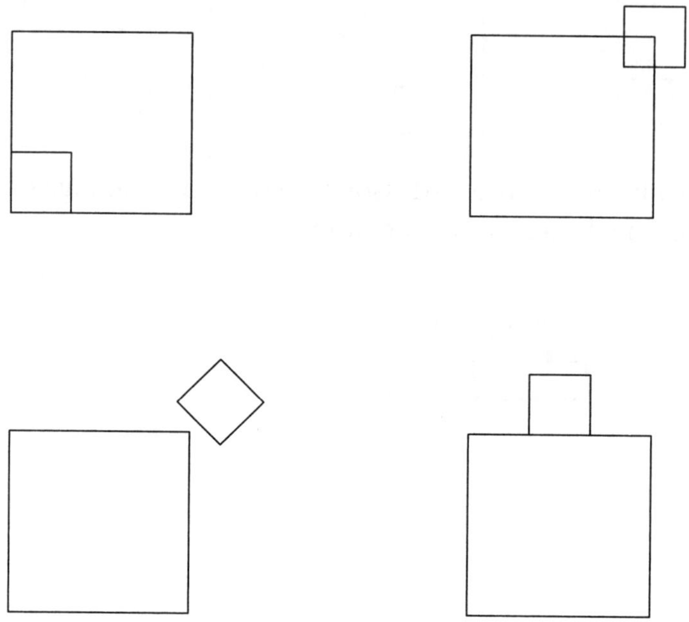

Compétence 77
Étudier la position relative de deux droites dans le plan

Dans le plan, deux droites peuvent être :

— sécantes (les droites (AB) et (CD) sont sécantes en E) ;

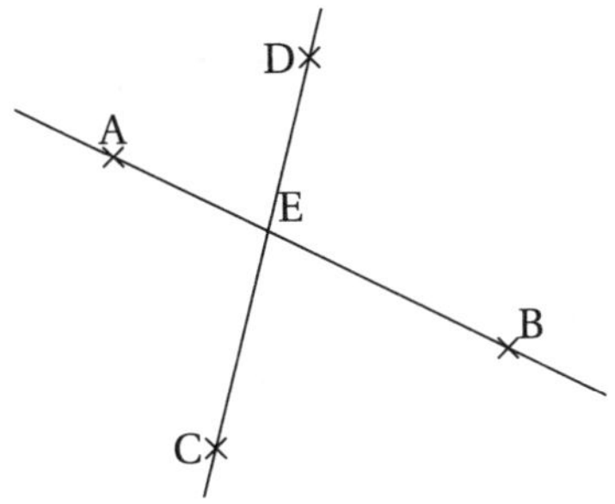

— perpendiculaires (les droites (d_1) et (d_2) sont perpendiculaires) ;

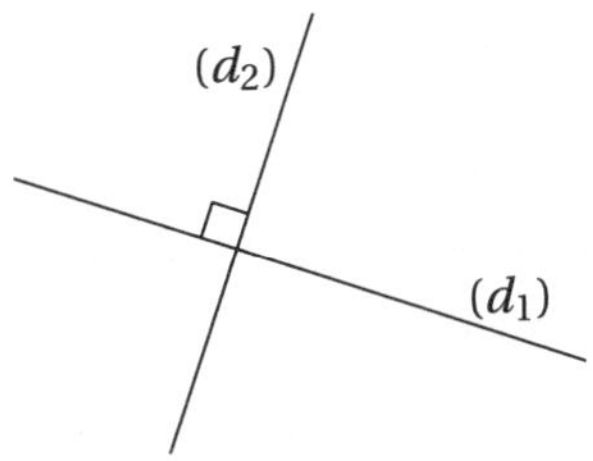

— parallèles (les droites (d_1) et (d_2) sont parallèles).

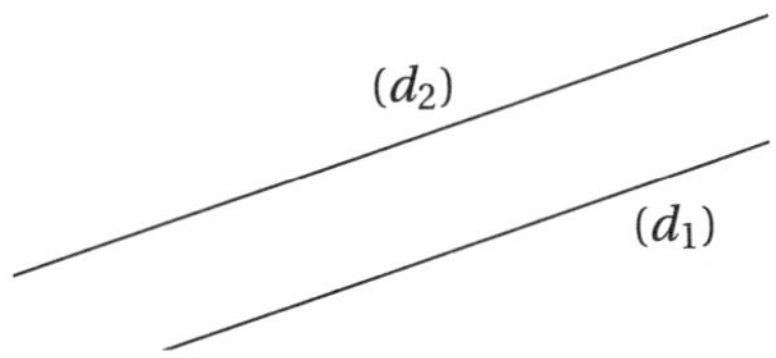

Si on sait que les droites (d_1) et (d_2) sont parallèles et si on sait également que les droites (d_3) et (d_2) sont parallèles, alors on peut conclure que les droites (d_1) et (d_3) sont parallèles.

$$\left.\begin{array}{l}(d_1)//(d_2)\\(d_3)//(d_2)\end{array}\right\}(d_1)//(d_3)$$

Si on sait que les droites (d_1) et (d_2) sont perpendiculaires et si on sait également que les droites (d_3) et (d_2) sont perpendiculaires, alors on peut conclure que les droites (d_1) et (d_3) sont parallèles.

$$\left.\begin{array}{l}(d_1)\perp(d_2)\\(d_3)\perp(d_2)\end{array}\right\}(d_1)//(d_3)$$

Si on sait que les droites (d_1) et (d_2) sont parallèles et si on sait également que les droites (d_3) et (d_2) sont perpendiculaires, alors on peut conclure que les droites (d_1) et (d_3) sont perpendiculaires.

$$\left.\begin{array}{l}(d_1)//(d_2)\\(d_3)\perp(d_2)\end{array}\right\}(d_1)\perp(d_3)$$

434 ▶ Tracer deux droites (CF) et (AD) parallèles. Tracer une droite (IJ) parallèle à la droite (CF). Que peut-on dire des droites (IJ) et (AD) ? Justifier la réponse.

435 ▶ Tracer deux droites (CF) et (AD) perpendiculaires. Tracer une droite (IJ) perpendiculaire à la droite (CF). Que peut-on dire des droites (IJ) et (AD) ? Justifier la réponse.

436 ▶ Tracer deux droites (CF) et (AD) perpendiculaires. Tracer une droite (IJ) parallèle à la droite (CF). Que peut-on dire des droites (IJ) et (AD) ? Justifier la réponse.

437 ▶ *On complétera la figure au fur et à mesure.*

(a) Construire un rectangle $RSTU$ tel que $RS = 8$ cm et $ST = 6$ cm. Tracer la diagonale $[SU]$.

(b) Tracer la parallèle à la droite (SU) passant par T. On appelle cette droite (d).

(c) Tracer la parallèle à la droite (SU) passant par R. On appelle cette droite (d_1).

(d) Démontrer que les droites (d) et (d_1) sont parallèles.

438 ▶ *On fera une figure le plus soigneusement possible.*

(a) Placer deux points E et F distincts. Tracer la droite (EF).

(b) Tracer une droite (d) sécante avec la droite (EF) au point E.

(c) Tracer la droite perpendiculaire à la droite (d) passant par le point F. Soit G le point d'intersection de cette dernière droite avec la droite (d).

(d) Tracer la droite (d_1) perpendiculaire à la droite (FG) passant par F. Que peut-on dire des droites (d) et (d_1) ? Justifier la réponse.

Compétence 78

Connaître et utiliser les propriétés relatives aux angles formés par deux parallèles et une sécante ainsi que leurs réciproques

i

À l'aide de la figure ci-dessous :
- les angles ② et ③ sont *des angles opposés par leur sommet*;
- les angles ① et ④ sont *des angles supplémentaires* : la somme de leur mesure vaut 180° ;
- les angles ① et ② sont *des angles correspondants* : ils sont définis par deux droites (AB) et (EF) et une droite (GC) sécante aux deux premières ;
- les angles ① et ③ sont *des angles alternes-internes* : ils sont définis par deux droites (AB) et (EF) et une droite (GC) sécante aux deux premières.

i

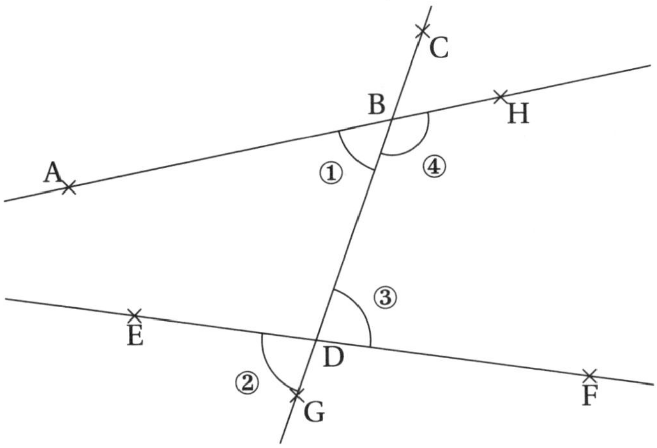

439 ▸ Sur la figure précédente, nommer deux angles alternes-internes et deux angles correspondants.

i

Si deux angles correspondants (ou alternes-internes) sont formés par deux droites parallèles (d) et (d_1) avec la sécante (d_2), alors ces angles ont la même mesure.

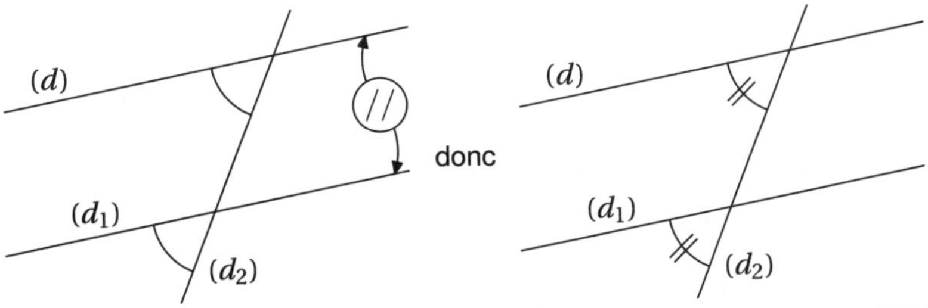

i

440 ▶ On considère la figure ci-dessous. Les trois droites (d), (d_1) et (d_2) sont parallèles. De plus, on sait que $\widehat{g} = 60°$ et $\widehat{h} = 110°$.
Donner, en justifiant, la mesure des angles $\widehat{a}$, $\widehat{b}$, $\widehat{c}$, $\widehat{d}$, $\widehat{e}$, $\widehat{f}$.

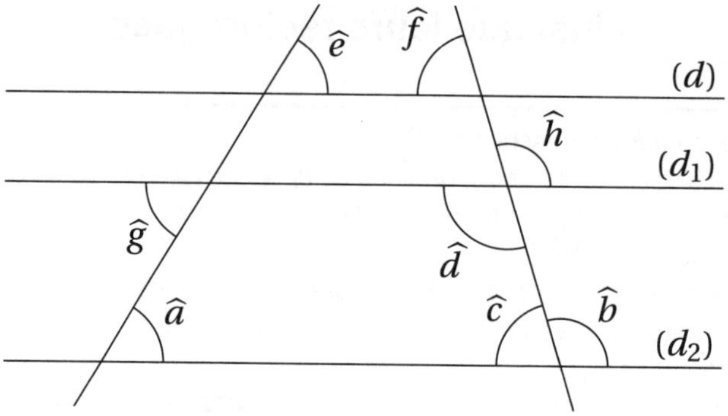

441 ▶ Sur la figure donnée ci-après, le triangle ABC est isocèle en A. La droite (MP) est parallèle à la droite (BC). La droite (MN) est parallèle à la droite (AC). L'angle $\widehat{ACB}$ mesure 65°.

(a) Expliquer pourquoi $\widehat{APM} = 65°$.

(b) Expliquer pourquoi $\widehat{PMN} = 65°$.

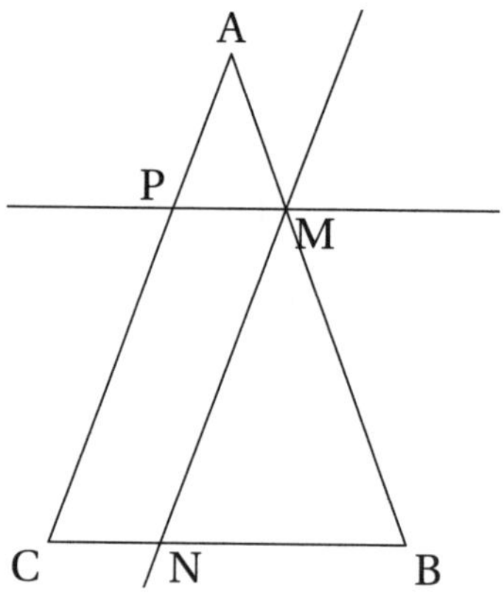

Si deux droites (d) et (d_1) forment des angles correspondants (ou alternes-internes) de même mesure avec la sécante (d_2), alors les droites (d) et (d_1) sont parallèles.

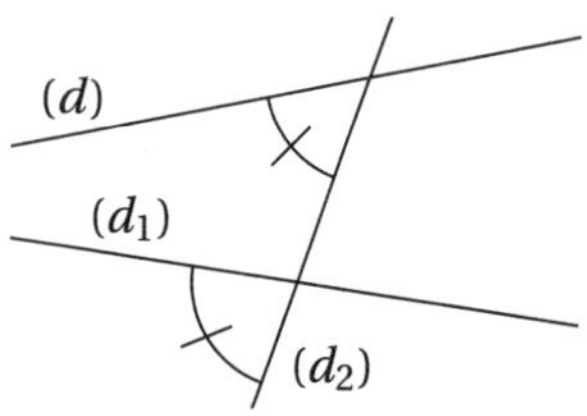

donc

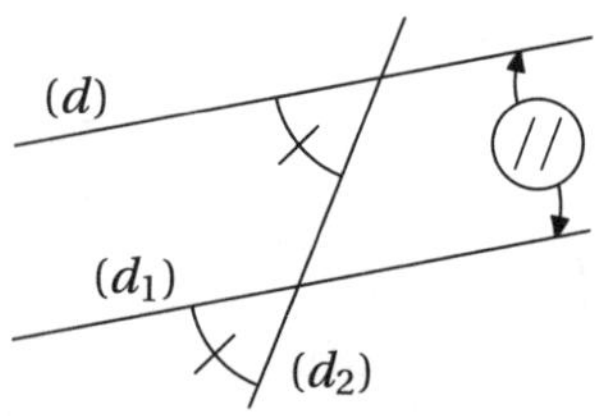

442 ▶ On considère la figure suivante :

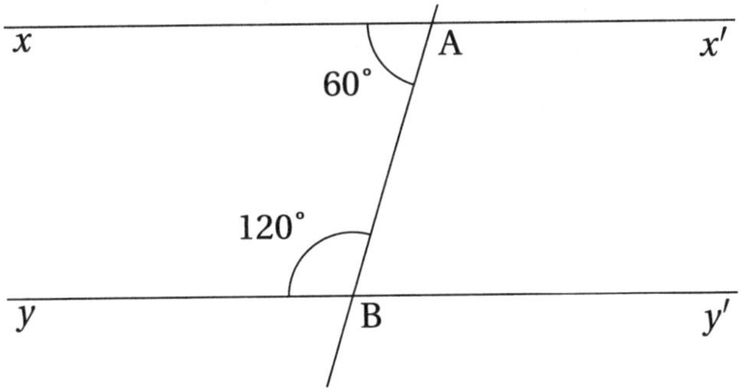

Expliquer pourquoi les droites (xx') et (yy') de la figure ci-dessus sont parallèles.

443 ▶ On considère la figure suivante :

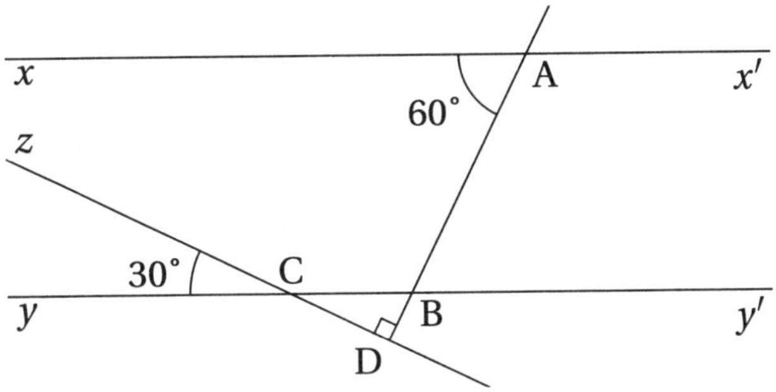

Expliquer pourquoi les droites (xx') et (yy') de la figure ci-dessus sont parallèles.

Compétence 79

Connaître et utiliser la définition de la médiatrice ainsi que la caractérisation de ses points par la propriété d'équidistance

La médiatrice d'un segment est un axe de symétrie de ce segment.
C'est la droite qui est perpendiculaire au segment et qui passe par le milieu du segment.

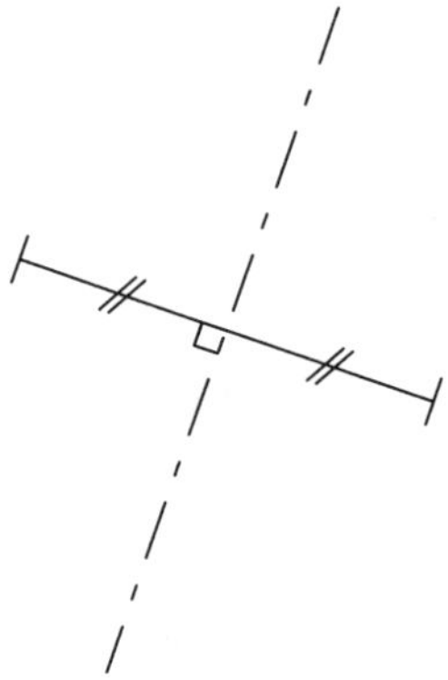

444 ▶ Construire la médiatrice de chacun des segments suivants :

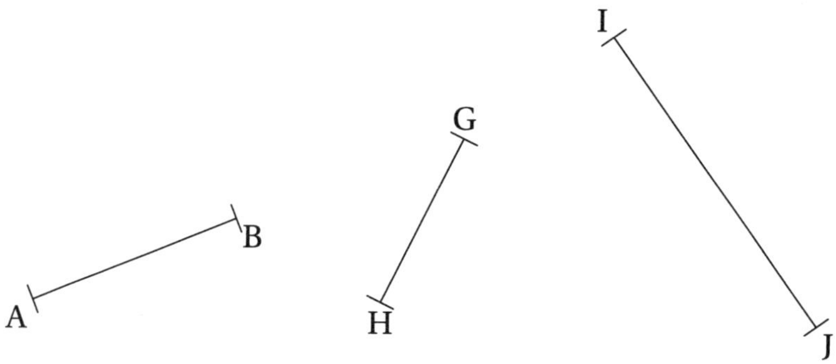

445 ▶ Sur une droite (d), placer trois points A, B, C.

(a) Construire les médiatrices des segments $[AB]$ et $[BC]$.

(b) Que peut-on dire de ces médiatrices ? Justifier la réponse.

Si un point est sur la médiatrice d'un segment $[AB]$, alors ce point est à égale distance des extrémités A et B du segment $[AB]$.

Si un point est à égale distance des extrémités A et B d'un segment $[AB]$, alors ce point appartient à la médiatrice du segment $[AB]$.

On utilise ces propriétés pour obtenir une nouvelle construction de la médiatrice d'un segment :

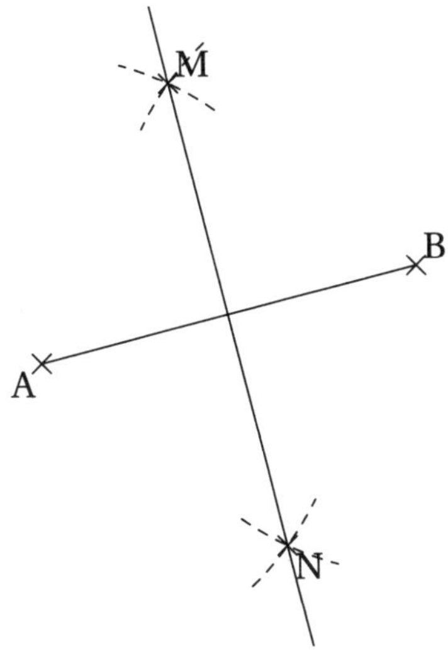

1/ Tracer un arc de cercle de centre A et un arc de cercle de centre B *de même rayon* qui se coupent en M.

2/ Tracer un arc de cercle de centre A et un arc de cercle de centre B *de même rayon* qui se coupent en N.

3/ Tracer la droite (MN) : c'est *la médiatrice* du segment $[AB]$.

446 ▶ Tracer un segment $[IJ]$.
Avec un compas et une règle, construire la médiatrice du segment $[IJ]$.

447 ▶ *Effectuer la figure sur une feuille non quadrillée.*

(a) Tracer un triangle ABC sachant que $BC = 4{,}2$ cm ; $\widehat{ABC} = 44°$ et $\widehat{ACB} = 59°$.

(b) Construire les droites (d_1) et (d_2), médiatrices respectives des côtés $[AB]$ et $[BC]$ du triangle ABC. Ces deux droites se coupent en un point K.

(c) Expliquer pourquoi le point K appartient à la droite (d_3), médiatrice du segment $[AC]$.

Compétence 80

Connaître et utiliser, dans une situation donnée, le résultat sur la somme des angles d'un triangle

La somme des angles d'un triangle est égale à 180°.

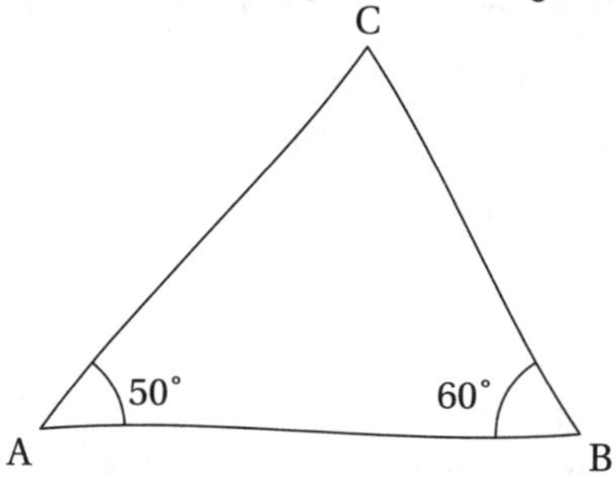

Dans le triangle ABC, on a :

$$\widehat{CAB} + \widehat{ABC} + \widehat{BCA} = 180^\circ$$
$$50^\circ + 60^\circ + \widehat{BCA} = 180^\circ$$
$$110^\circ + \widehat{BCA} = 180^\circ$$
$$\widehat{BCA} = 70^\circ$$

448 ▶ En effectuant *mentalement* les calculs, compléter le tableau suivant qui concerne cinq triangles RST.

$\widehat{SRT}$	30°	53°	...°	69°	54°
$\widehat{RST}$	40°	...°	102°	51°	...°
$\widehat{STR}$	...°	27°	49°	...°	36°

449 ▶ Déterminer la mesure du troisième angle de chacun des triangles suivants :

(a) ABC un triangle tel que $BC = 5$ cm ; $\widehat{ABC} = 50^\circ$ et $\widehat{ACB} = 60^\circ$;

(b) MAC un triangle tel que $\widehat{MCA} = 115^\circ$, $\widehat{AMC} = 35^\circ$ et $MC = 6$ cm ;

(c) IJK un triangle $JK = 5{,}2$ cm, $\widehat{IJK} = 44^\circ$ et $\widehat{IKJ} = 59^\circ$.

450 ▶ On considère un triangle DAE tel que $DA = 10$ cm, $\widehat{EDA} = 52^\circ$ et $\widehat{DAE} = 38^\circ$.
Que peut-on affirmer concernant le triangle DAE ? Expliquer.

451 ▶ On souhaite construire un triangle isocèle ABC tel que

$$\widehat{BAC} + \widehat{ABC} = 150^\circ \text{ et } AB = 6 \text{ cm}.$$

(a) Déterminer les angles du triangle dans tous les cas possibles.

(b) Réaliser les constructions correspondantes.

Compétence 81

Connaître et utiliser l'inégalité triangulaire

> Si trois points A, B et C ne sont pas alignés, alors :
>
> $$AC < AB + BC.$$

On peut voir cette propriété sous la forme « Pour aller d'un point A à un point C, le plus court chemin est la ligne droite ».

Lorsqu'on prouve que $AC = AB + BC$, cela signifie que les points A, B et C sont alignés et que le point B appartient au segment $[AC]$.

Cette propriété permet de savoir si trois points forment un triangle ou pas. En effet, si on prouve que $AC > AB + BC$, alors les points A, B et C ne forment pas un triangle puisque l'inégalité triangulaire n'est pas vérifiée.

452 ▶ Dans chacun des cas suivants, dire, en justifiant, si les trois points donnés sont :

— soit les sommets d'un triangle,
— soit trois points alignés,
— soit sont associés à un triangle non constructible.

(a) T, O et C sont trois points tels que $TO = 4,2$ dam ; $OC = 11$ dam et $TC = 5,8$ dam.

(b) B, A et S sont trois points tels que $AS = 13,2$ cm ; $BS = 52$ mm et $AB = 75$ mm.

(c) V, I et F sont trois points tels que $FI = 8,5$ cm ; $FV = 6,8$ cm et $VI = 14,3$ cm.

453 ▶ Un triangle ABC est tel que $AB = 3,4$ cm ; $BC = 5,6$ cm et AC est *un nombre entier de centimètres.*

On cherche à déterminer des valeurs possibles de la longueur AC pour que le triangle ABC soit constructible.

(a) Peut-on avoir $AC = 3,8$ cm ? Expliquer la réponse.

(b) Peut-on avoir $AC = 10$ cm ? Expliquer la réponse.

(c) Peut-on avoir $AC = 7$ cm ? Expliquer la réponse.

(d) Donner, en justifiant, trois longueurs possibles pour la longueur AC.

Compétence 82
Cas d'égalité des triangles

Dire que deux triangles sont égaux, cela signifie qu'ils sont superposables.

1er cas d'égalité
On considère deux triangles ABC et DEF tels que $AB = DE$, $BC = EF$ et $\widehat{ABC} = \widehat{DEF}$. Alors ces deux triangles sont superposables.

2e cas d'égalité
On considère deux triangles ABC et DEF tels que $AB = DE$, $\widehat{ABC} = \widehat{DEF}$ et $\widehat{BAC} = \widehat{EDF}$. Alors ces deux triangles sont superposables.

3e cas d'égalité
On considère deux triangles ABC et DEF tels que $AB = DE$, $BC = EF$ et $AC = DF$. Alors ces deux triangles sont superposables.

454 ▶ Sur la figure ci-dessous, on sait que les triangles MAX et POU sont égaux.

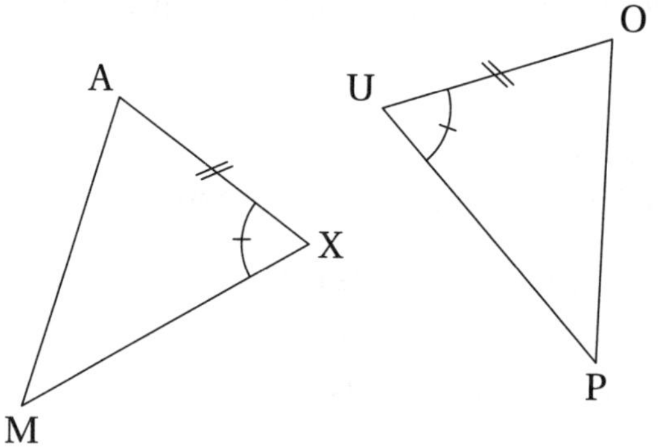

Dans le triangle POU,

(a) Quel est le côté de même longueur que AM ?

(b) Quel est le côté de même longueur que MX ?

(c) Quel est l'angle de même mesure que l'angle $\widehat{XAM}$?

(d) Quel est l'angle de même mesure que l'angle $\widehat{XMA}$?

455 ▶ Les deux triangles ci-dessous sont-ils égaux ? Justifier.

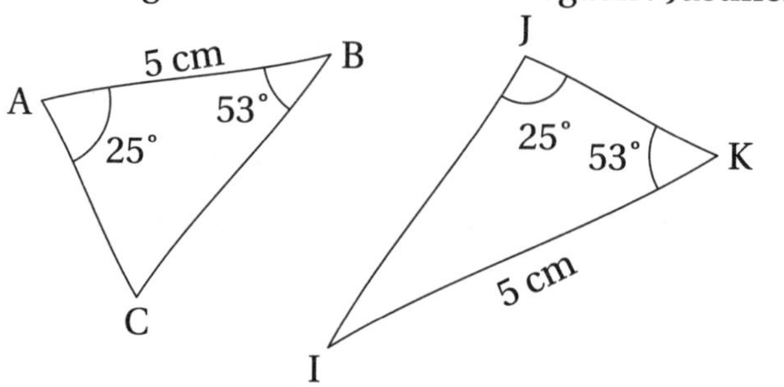

456 ▶ On considère le triangle ABC et le segment $[DE]$ ci-dessous.

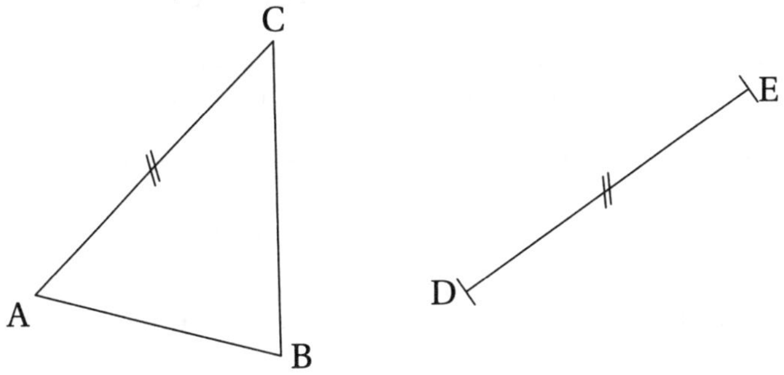

Construire un triangle DEF tel que les triangles ABC et DEF soient égaux. Y a-t-il plusieurs possibilités ?

Compétence 83
Les triangles semblables

> Dire que deux triangles sont semblables, cela signifie que les deux triangles ont les mêmes angles.

Par conséquent, des triangles égaux sont des triangles semblables.

Lors d'une situation de Thalès, les triangles utilisés sont semblables.

457 ▶ On considère les deux triangles ci-dessous. Sont-ils des triangles semblables ? Justifier.

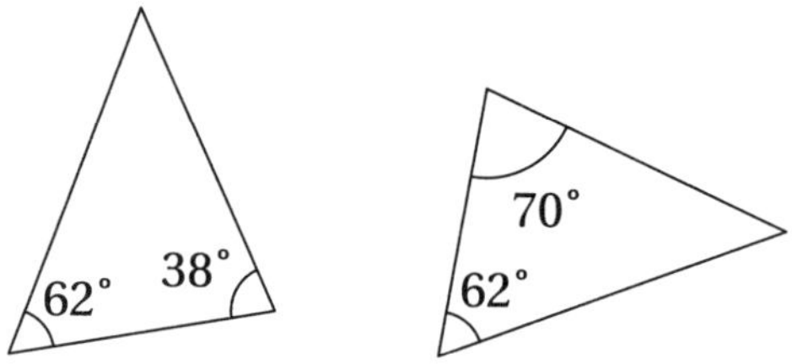

458 ▶ On considère les deux triangles ci-dessous. Sont-ils des triangles semblables ? Justifier.

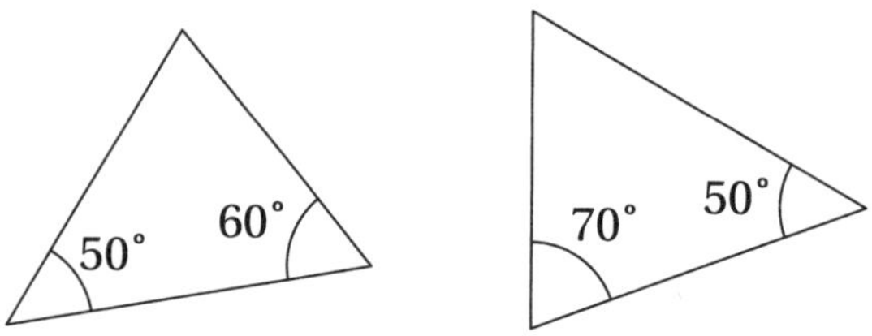

459 ▶ On considère un triangle ABC rectangle en A tel que $\widehat{ACB} = 35^\circ$.

(a) Construire une figure aux instruments.

(b) Compléter la figure en traçant la hauteur issue de A. Elle coupe le segment $[BC]$ en H.

(c) Les triangles ACH et ABH sont-ils semblables ? Justifier.

460 ▶ On considère un triangle ABC tel que $AB = 6$ cm, $\widehat{ABC} = 42^\circ$ et $\widehat{BAC} = 71^\circ$. Construire un triangle EGL, semblable au triangle ABC, tel que $EG = 4$ cm.

Lorsque deux triangles sont semblables, les côtés opposés à un même angle sont appelés des côtés *correspondants*.

461 ▶ On reprend l'exercice précédent. Nommer les côtés correspondants.

Si deux triangles sont semblables, alors il y a proportionnalité entre les côtés correspondants des deux triangles.

462 ▶ Sachant que les triangles ABC et IJK de la figure ci-dessous sont semblables, quel tableau de proportionnalité peut-on écrire ?

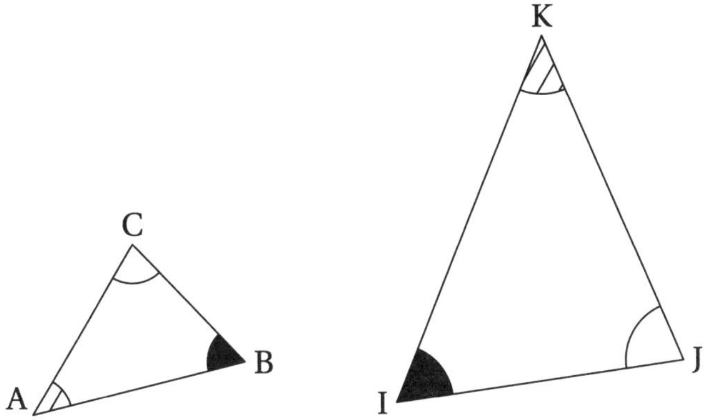

463 ▶ On considère un triangle RST tel que $RS = 5$ cm ; $ST = 10$ cm et $TR = 8$ cm. Construire un triangle ABC, semblable au triangle RST, tel que $BC = 12$ cm.

Compétence 84

Connaître et utiliser la définition d'une hauteur d'un triangle

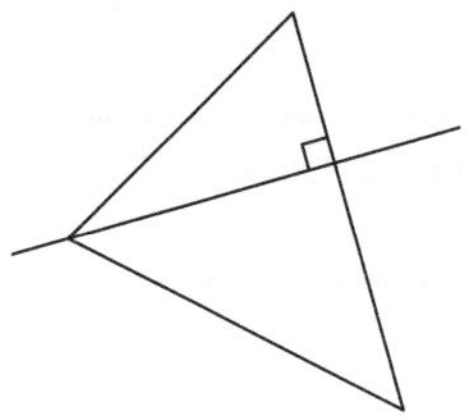

Dans un triangle, une *hauteur* est une droite passant par un sommet et perpendiculaire au côté opposé à ce sommet.

Dans le cas ci-contre, on dit que la hauteur (CL) est relative au côté $[IJ]$.
On dit également que L est *le pied* de la hauteur issue de C.

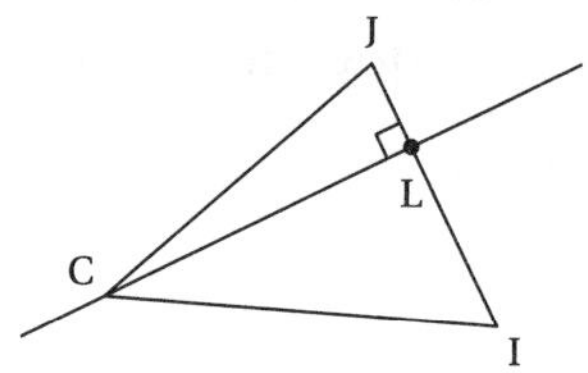

Dans un triangle, il y a donc trois hauteurs et certaines peuvent être « à l'extérieur » du triangle.

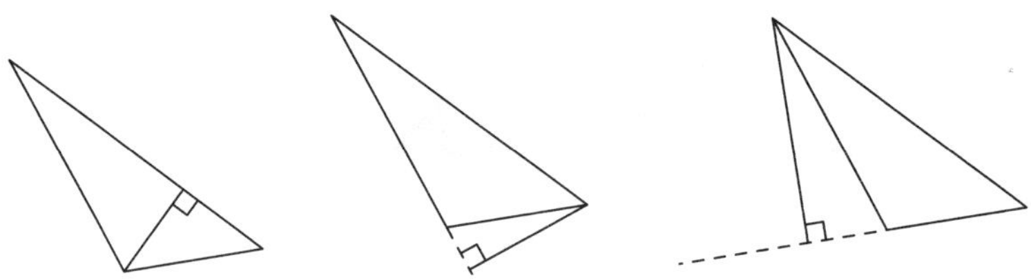

L'aire d'un triangle se calcule par : $\dfrac{\text{Côté} \times \text{Hauteur relative au côté}}{2}$.

464 ▶ Construire un triangle ABC sachant que $AB = 8$ cm ; $AC = 7$ cm et $BC = 9,5$ cm. Tracer les hauteurs de ce triangle.

465 ▶ Tracer un triangle ABC rectangle en A sachant que $AB = 6$ cm et $AC = 4,5$ cm. *On complétera la figure au fur et à mesure des questions.*

(a) Dans le triangle ABC, N est le pied de la hauteur issue de A.
Dans le triangle ABN, K est le pied de la hauteur issue de N.
Placer les points N et K.

(b) Que peut-on dire des droites (AC) et (NK) ? Justifier.

466 ▶ On considère une droite (d) et un point A n'appartenant pas à la droite (d). Tracer un triangle ABC tel que la droite (d) soit la hauteur issue de B dans le triangle ABC.

Compétence 85

Connaître et utiliser la définition du cosinus d'un angle aigu

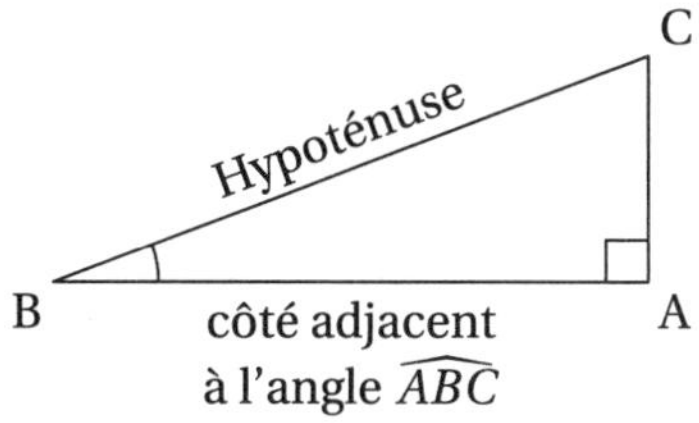

Si ABC est un triangle rectangle en A, alors $[BA]$ est le *côté adjacent* à l'angle $\widehat{ABC}$.

467 ▶ Dans chacun des cas suivants, indiquer le côté adjacent à l'angle aigu donné ainsi que l'hypoténuse du triangle rectangle concerné.

①

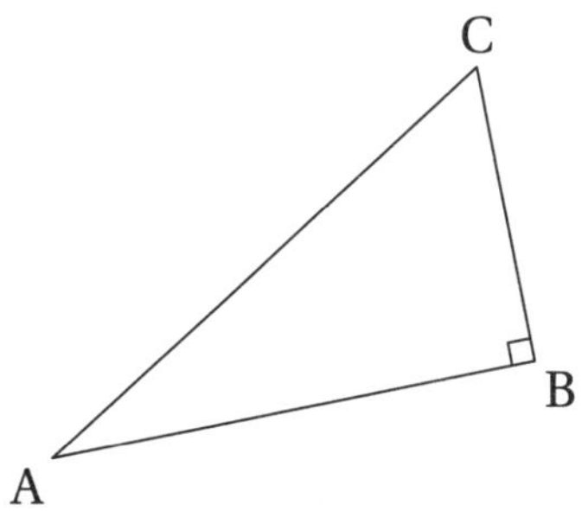

Triangle rectangle : ABC
Angle : $\widehat{ACB}$
Côté adjacent : ....
Hypoténuse : ....

②

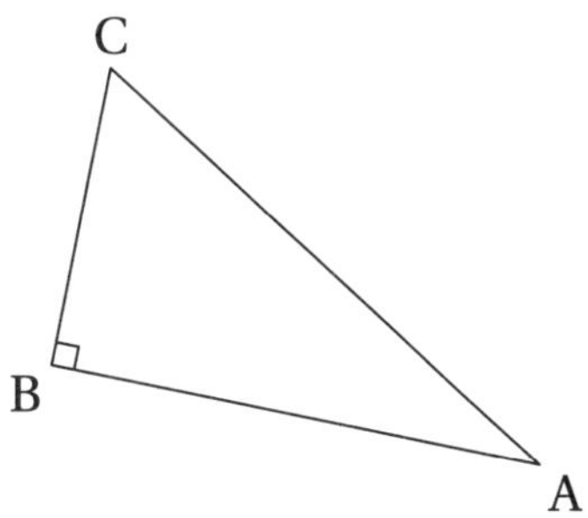

Triangle rectangle : ABC
Angle : $\widehat{CAB}$
Côté adjacent : ....
Hypoténuse : ....

③

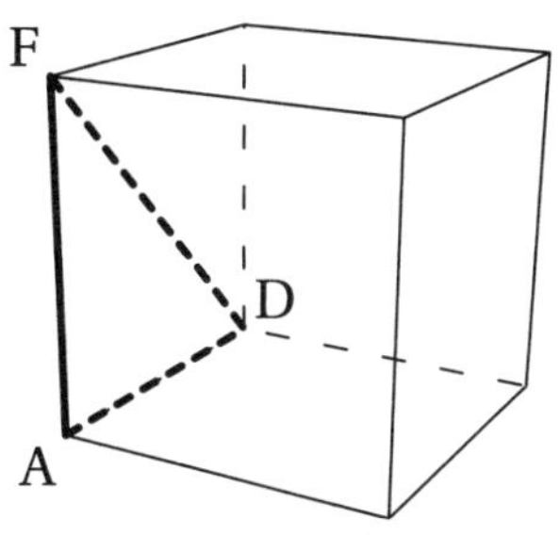

Triangle rectangle : ADF
Angle : $\widehat{ADF}$
Côté adjacent : ....
Hypoténuse : ....

④

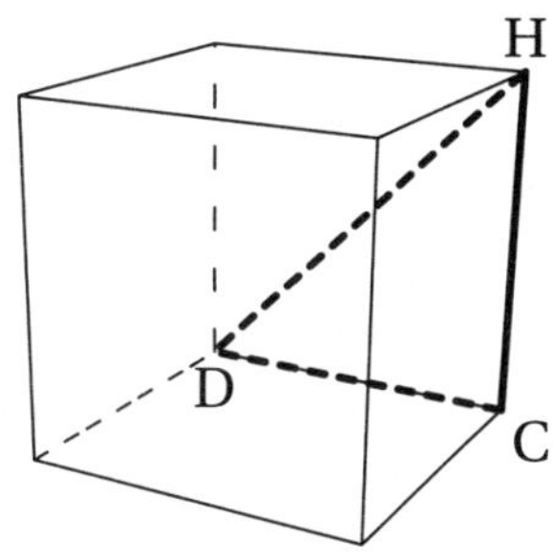

Triangle rectangle : DCH
Angle : $\widehat{DHC}$
Côté adjacent : ....
Hypoténuse : ....

Si un triangle appartient à la famille des triangles rectangles ayant un angle aigu de mesure a, alors la longueur du côté adjacent à cet angle s'obtient en multipliant la longueur de l'hypoténuse par un nombre qui ne dépend que de la mesure de l'angle.
Ce nombre s'appelle *le cosinus de l'angle* et se note $\cos(a)$.

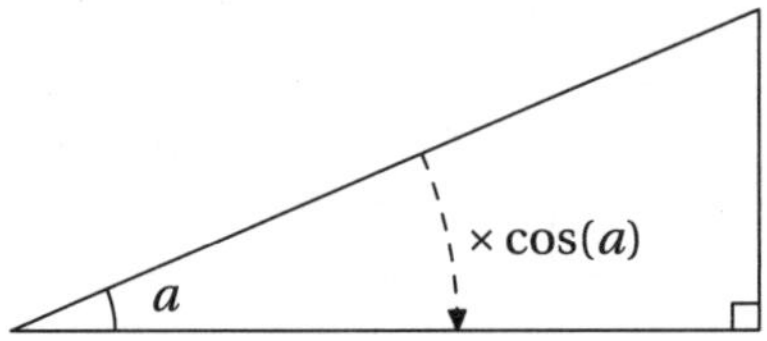

468 ▶ On reprend l'exercice précédent. Donner la définition du cosinus de l'angle concerné pour chacun des triangles rectangles.

469 ▶ RST est un triangle rectangle en S. On sait que $RS = 4,5$ cm et $RT = 7,5$ cm.

(a) Calculer la longueur ST.

(b) Déterminer le cosinus des angles $\widehat{SRT}$ et $\widehat{STR}$.

Pour les calculs, il faut penser à vérifier que la calculatrice est en mode « degré ».

470 ▶ Recopier et compléter, à l'aide d'une calculatrice, le tableau ci-dessous par un arrondi au centième près.

$\widehat{ABC}$	0°	10°	20°	30°	45°	52°	60°	72°	85°
$\cos\left(\widehat{ABC}\right)$									

471 ▶ IJK est un triangle rectangle en I. On sait que $JK = 12$ cm et $\widehat{IJK} = 50°$. Calculer la longueur IJ.

472 ▶ *On détaillera les calculs.*

(a) LMN est un triangle rectangle en N. On sait que $LM = 7$ cm et $\widehat{LMN} = 14°$. Calculer la longueur MN.

(b) PQR est un triangle rectangle en R. On sait que $PR = 34$ cm et $\widehat{QPR} = 43°$. Calculer la longueur PQ.

(c) STU est un triangle rectangle en U. On sait que $US = 14,8$ cm et $\widehat{UST} = 35°$. Calculer la longueur ST.

473 ▶ Durant une tempête hivernale, un arbre s'est brisé en B.
Son extrémité E est tombée à 12 m des racines R en faisant un angle de 30° avec le tronc (qui est resté perpendiculaire au sol).
Quelle était la hauteur de l'arbre ?

474 ▶ À l'aide des indications portées sur le schéma ci-dessous, calculer la longueur RS. *On utilisera les valeurs exactes.*

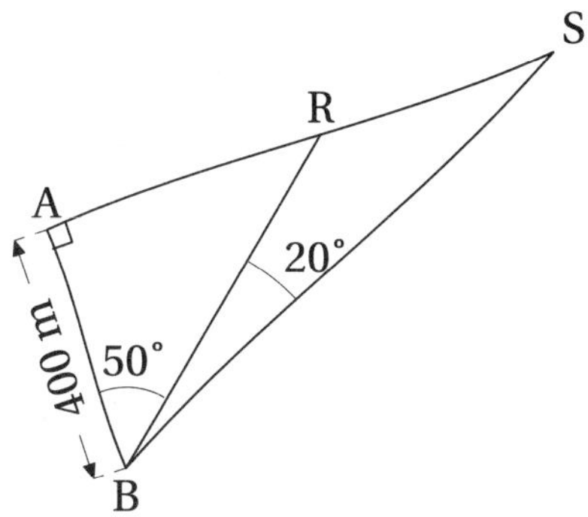

475 ▶ Recopier et compléter, à l'aide de la calculatrice, le tableau ci-dessous par une valeur arrondie au dixième de degré près.

$\widehat{ABC}$								
$\cos\left(\widehat{ABC}\right)$	0,2	0,25	0,32	0,5	0,55	0,7	0,75	0,95

476 ▶ FVN est un triangle rectangle en V. On sait que $FV = 5$ cm et $NF = 8$ cm.
Écrire l'expression du cosinus de l'angle $\widehat{VFN}$ puis calculer une mesure, arrondie au degré, de l'angle $\widehat{VFN}$.

477 ▶ RST est un triangle rectangle en S.
On sait que $RS = 4$ cm et $RT = 8$ cm.
Déterminer les angles de ce triangle rectangle.

478 ▶ La figure ci-dessous représente un pavé droit.
Calculer une valeur approchée des mesures des angles $\widehat{CFG}$ et $\widehat{GHF}$.

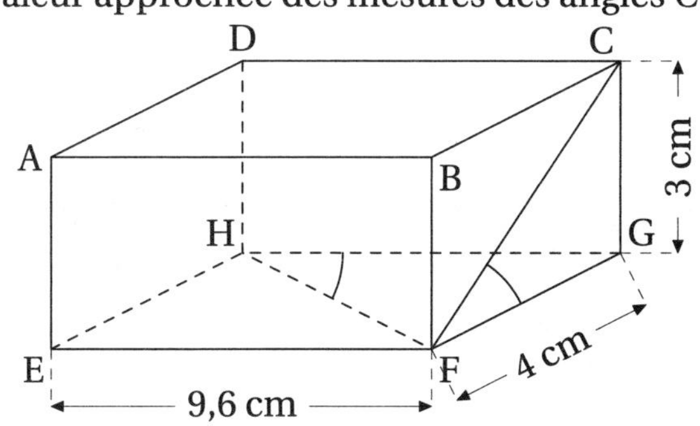

479 ▶ Sur la figure ci-dessous, le point A est le pied de la hauteur issue de R dans le triangle TRI. Les longueurs connues sont indiquées.

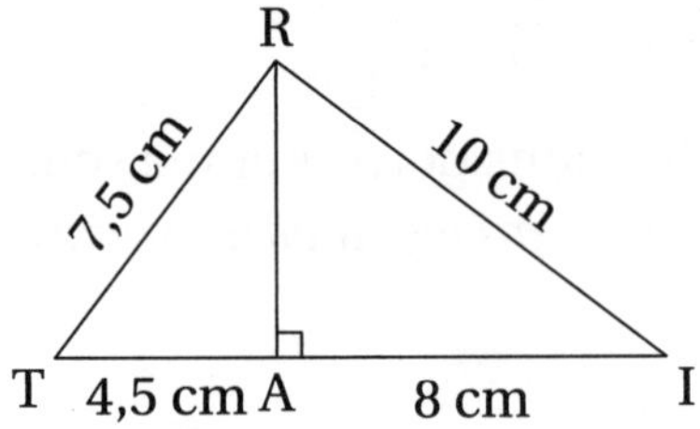

(a) Calculer l'arrondi à 0,1° près des angles $\widehat{RTA}$ et $\widehat{RIA}$.

(b) Le triangle RTI est-il rectangle ? Justifier.

Compétence 86

Connaître et utiliser la définition du sinus d'un angle aigu

Si ABC est un triangle rectangle en A, alors $[CA]$ est le *côté opposé* à l'angle $\widehat{ABC}$.

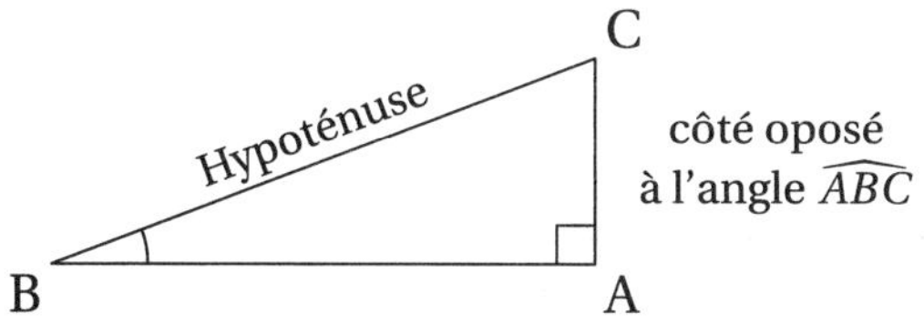

480 ▶ Dans chacun des cas suivants, indiquer le côté opposé à l'angle aigu donné ainsi que l'hypoténuse du triangle rectangle concerné.

①

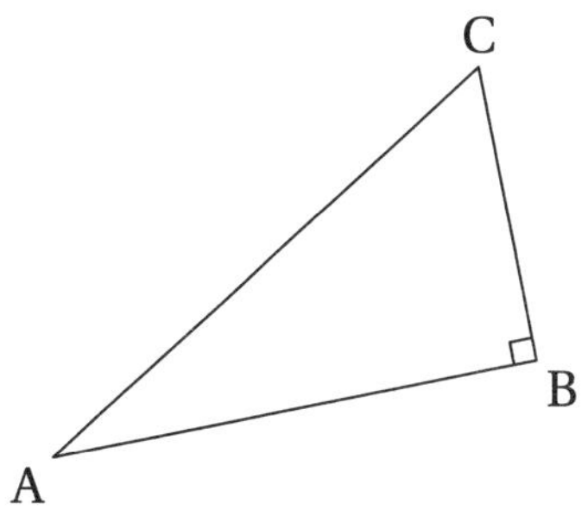

Triangle rectangle : ABC
Angle : $\widehat{ACB}$
Côté opposé : ....
Hypoténuse : ....

②

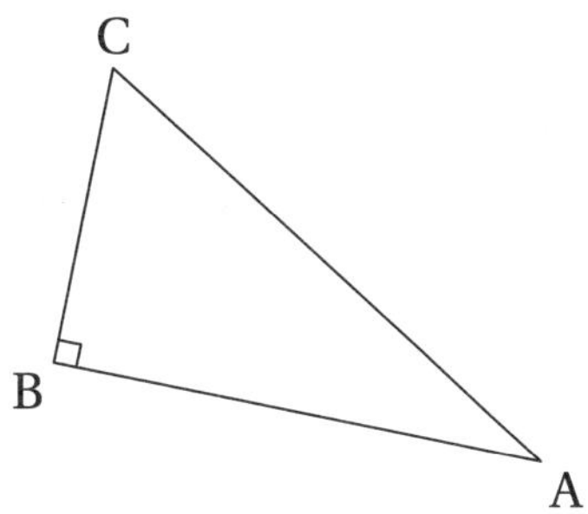

Triangle rectangle : ABC
Angle : $\widehat{CAB}$
Côté opposé : ....
Hypoténuse : ....

③

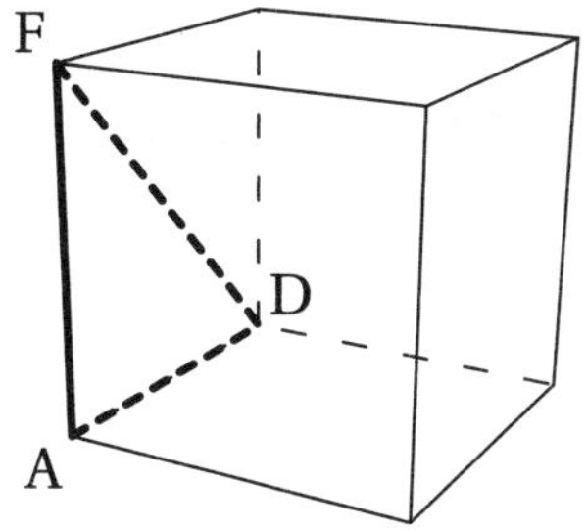

Triangle rectangle : ADF
Angle : $\widehat{ADF}$
Côté opposé : ....
Hypoténuse : ....

④

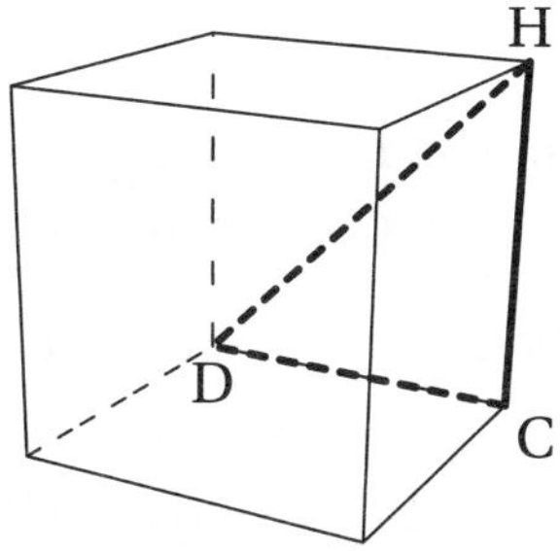

Triangle rectangle : DCH
Angle : $\widehat{DHC}$
Côté opposé : ....
Hypoténuse : ....

Si un triangle appartient à la famille des triangles rectangles ayant un angle aigu de mesure a, alors la longueur du côté opposé à cet angle s'obtient en multipliant la longueur de l'hypoténuse par un nombre qui ne dépend que de la mesure de l'angle.
Ce nombre s'appelle *le sinus de l'angle* et se note $\sin(a)$.

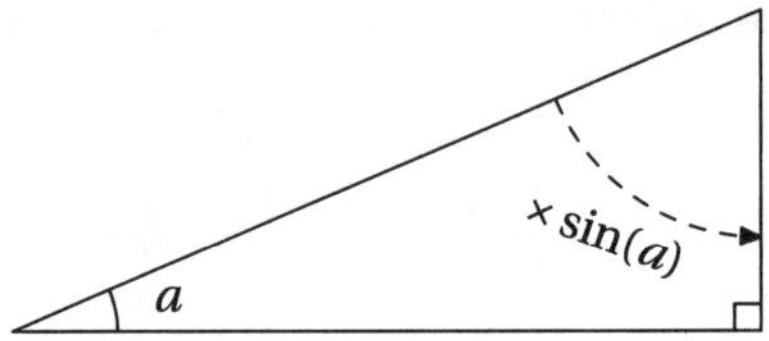

481 ▶ On reprend l'exercice précédent.
Donner la définition du sinus de l'angle concerné pour chacun des triangles rectangles.

482 ▶ IJK est un triangle rectangle en K.
On sait que $IK = 5$ cm et $KJ = 12$ cm.

(a) Calculer la longueur IJ.

(b) Déterminer le sinus des angles $\widehat{IJK}$ et $\widehat{JIK}$.

Pour les calculs, il faut penser à vérifier que la calculatrice est en mode « degré ».

483 ▶ Recopier et compléter, à l'aide d'une calculatrice, le tableau ci-dessous par un arrondi au centième près.

$\widehat{ABC}$	0°	10°	20°	30°	45°	52°	60°	72°	80°
$\sin\left(\widehat{ABC}\right)$									

484 ▶ RST est un triangle rectangle en S. On sait que $RT = 7$ cm et $\widehat{TRS} = 35°$. Calculer la longueur TS.

485 ▶ *On détaillera les calculs.*

(a) LMN est un triangle rectangle en N. On sait que $LM = 7$ cm et $\widehat{LMN} = 14°$. Calculer la longueur LN.

(b) PQR est un triangle rectangle en R. On sait que $PR = 34$ cm et $\widehat{PQR} = 43°$. Calculer la longueur QP.

(c) STU est un triangle rectangle en U. On sait que $US = 14{,}8$ cm et $\widehat{STU} = 35°$. Calculer la longueur ST.

486 ▶ [D'après Brevet des collèges] Simon (S) joue avec son cerf-volant (C) au bord de la plage. La ficelle $[SC]$ est déroulée au maximum et tendue. Elle mesure 40 m.

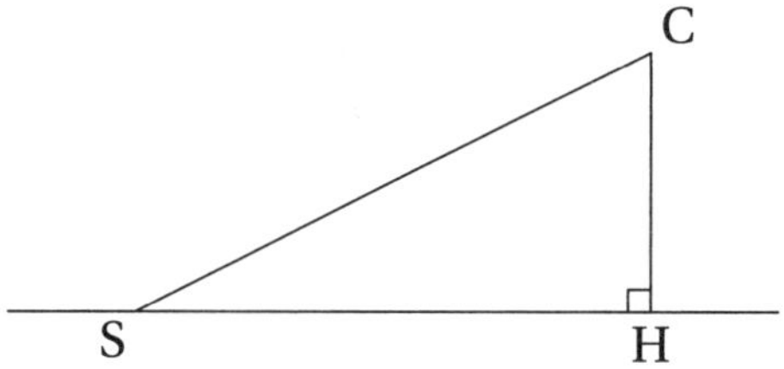

(a) La ficelle fait avec l'horizontale un angle $\widehat{CSH}$ qui mesure 40°. Calculer la hauteur à laquelle vole le cerf-volant, c'est-à-dire CH. On donnera la réponse arrondie au mètre.

(b) Lorsque la ficelle fait avec l'horizontale un angle de 20°, la distance CH est-elle la moitié de celle calculée à la question précédente ? Justifier la réponse.

487 ▶ Recopier et compléter, à l'aide de la calculatrice, le tableau ci-dessous par une valeur arrondie au dixième de degré près.

$\widehat{ABC}$								
$\sin\left(\widehat{ABC}\right)$	0,2	0,25	0,32	0,5	0,55	0,7	0,75	0,95

488 ▶ FVN est un triangle rectangle en V. On sait que $FV = 5$ cm et $NF = 8$ cm.
Écrire l'expression du sinus de l'angle $\widehat{FNV}$ puis calculer une mesure, arrondie au degré près, de l'angle $\widehat{FNV}$.

489 ▶ Lorsqu'un rayon lumineux passe « d'un milieu » à un autre, il est dévié. L'exemple, le plus connu, est celui du passage de la lumière de l'air à l'eau représenté par la figure suivante :

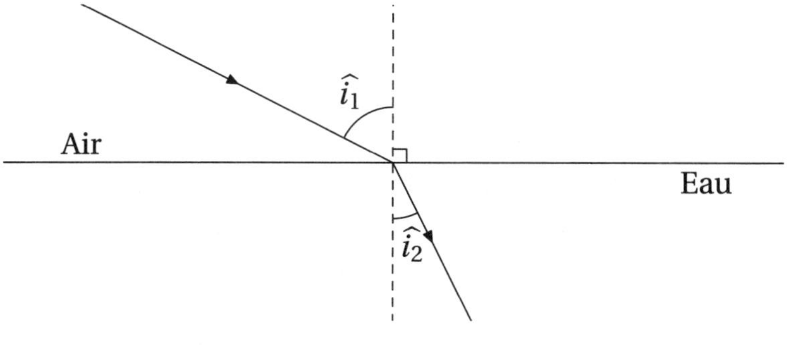

La loi de Snell-Descartes explique cela par la formule

$$n_1 \times \sin\left(\widehat{i_1}\right) = n_2 \times \sin\left(\widehat{i_2}\right)$$

$$\text{où} \begin{cases} n_1 \text{ est l'indice du premier milieu ;} \\ n_2 \text{ est l'indice du deuxième milieu ;} \\ \widehat{i_1} \text{ l'angle d'incidence ;} \\ \widehat{i_2} \text{ l'angle de réfraction.} \end{cases}$$

Déterminer l'angle $\widehat{i_2}$ lorsque $n_1 = 1$ (Air), $n_2 = 1{,}33$ (Eau) et $\widehat{i_1} = 30°$. *On donnera une réponse arrondie au degré près.*

Compétence 87

Connaître et utiliser la définition de la tangente d'un angle aigu

Si un triangle appartient à la famille des triangles rectangles ayant un angle aigu de mesure a, alors la longueur du côté opposé à cet angle s'obtient en multipliant la longueur du côté adjacent à cet angle par un nombre qui ne dépend que de la mesure de l'angle.
Ce nombre s'appelle *la tangente de l'angle* et se note $\tan(a)$.

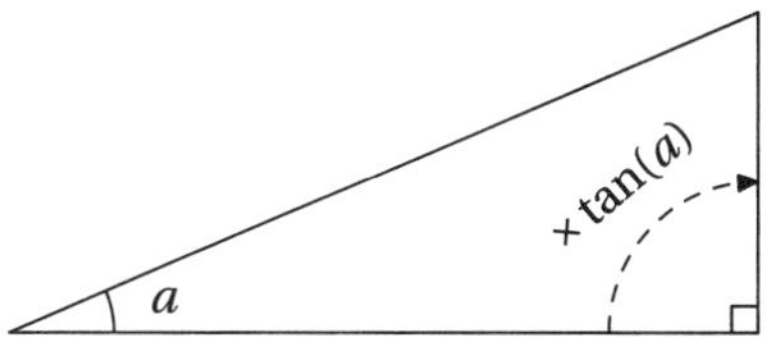

490 ▶ Donner la définition de la tangente de l'angle concerné pour chacun des triangles rectangles.

①

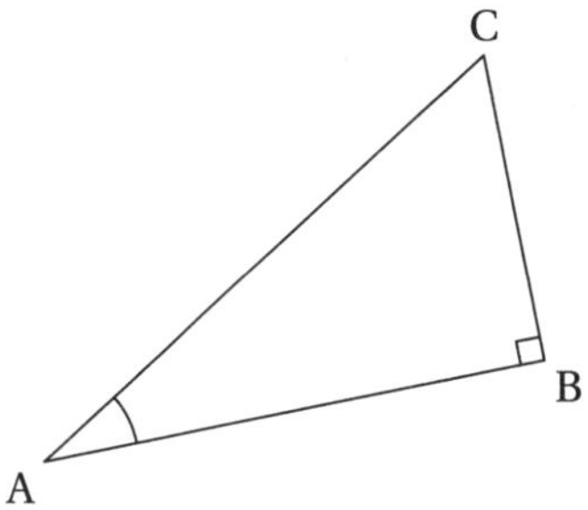

②

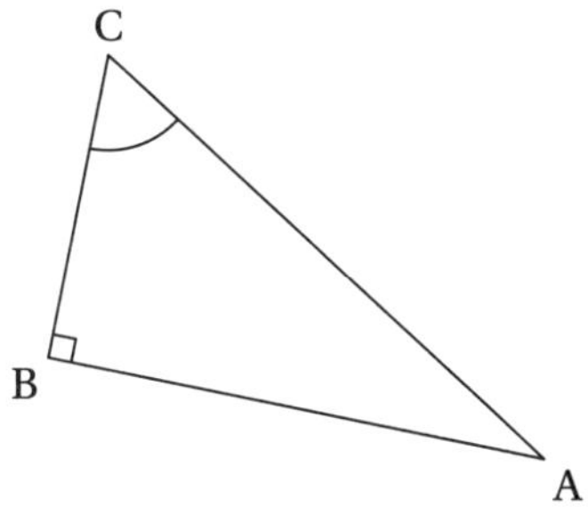

③

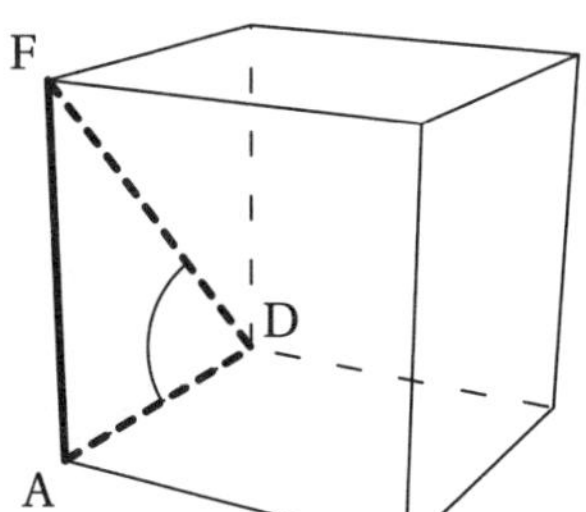

④

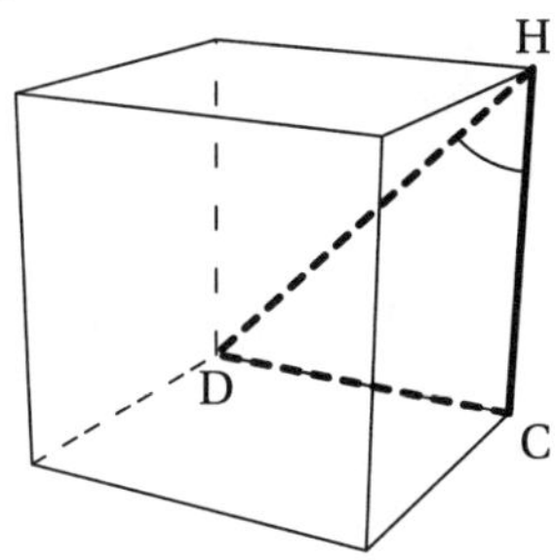

491 ▶ On considère un triangle IJK rectangle en K.
On sait que $IK = 8$ cm et $IJ = 17$ cm.

(a) Calculer la longueur JK.

(b) Déterminer la tangente des angles $\widehat{IJK}$ et $\widehat{JIK}$.

Pour les calculs, il faut penser à vérifier que la calculatrice est en mode « degré ».

492 ▶ *On utilisera une calculatrice.*
Recopier et compléter le tableau ci-dessous par un arrondi au centième près.

$\widehat{ABC}$	0°	10°	20°	30°	45°	52°	60°	72°	80°
$\tan\left(\widehat{ABC}\right)$									

493 ▶ RST est un triangle rectangle en S. On sait que $RS = 7$ cm et $\widehat{TRS} = 40°$. Calculer la longueur TS.

494 ▶ *On détaillera les calculs.*

(a) LMN est un triangle rectangle en L. On sait que $LM = 7$ cm et $\widehat{LMN} = 14°$. Calculer la longueur LN.

(b) PQR est un triangle rectangle en Q. Sachant que $RQ = 8$ cm et $\widehat{QPR} = 43°$, calculer la longueur QP.

(c) STU est un triangle rectangle en U. On sait que $US = 18$ cm et $\widehat{STU} = 35°$. Calculer la longueur UT.

495 ▶ Dans le livre II de « La géométrie pratique » d'Allain Manesson-Mallet (1702), on peut observer l'illustration suivante :

Déterminer la longueur BD sachant que $CD = 30$ m et $\widehat{BCD} = 38°$. On donnera une valeur approchée au centimètre près.

496 ▶ Recopier et compléter, à l'aide de la calculatrice, le tableau ci-dessous par une valeur arrondie au dixième de degré près.

$\widehat{ABC}$								
$\tan\left(\widehat{ABC}\right)$	0,2	0,25	0,32	0,5	0,55	0,7	1,5	2,5

497 ▶ FVN est un triangle rectangle en V. On sait que $FV = 5$ cm et $NV = 8$ cm.
Écrire l'expression de la tangente de l'angle $\widehat{FNV}$ puis déterminer une mesure arrondie au degré de l'angle $\widehat{FNV}$.

Compétence 88

Connaître et utiliser une définition et les propriétés (relatives aux côtés, aux diagonales et aux angles) du parallélogramme

> Un *parallélogramme* est un quadrilatère qui a ses côtés opposés parallèles deux à deux.

498 ▶ *La figure est à faire sur une feuille non quadrillée.*
Construire un parallélogramme $ABCD$ tel que $AB = 4{,}2$ cm ; $AD = 3$ cm ; et $\widehat{BAD} = 43°$.

> Les parallélogrammes ont un centre de symétrie qui est le point d'intersection de leurs diagonales.
>
> 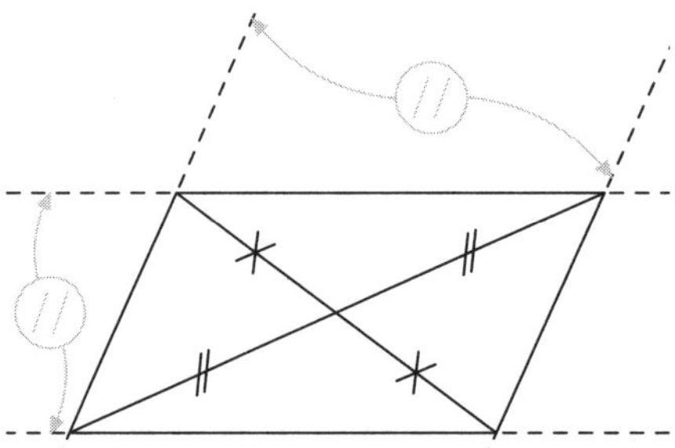

499 ▶ *La figure est à faire sur une feuille non quadrillée.*
Construire un parallélogramme $PLAN$ de centre O tel que $NL = 8$ cm ; $PA = 7$ cm et $\widehat{NOA} = 125°$.

> • Si un quadrilatère est un parallélogramme, alors ses diagonales ont le même milieu.
> • Si un quadrilatère est un parallélogramme, alors ses côtés opposés ont la même longueur.
> • Si un quadrilatère est un parallélogramme, alors ses angles opposés ont la même mesure.
> • Si un quadrilatère est un parallélogramme, alors deux angles consécutifs de ce parallélogramme sont supplémentaires.

500 ▶ *Effectuer la construction sur une feuille non quadrillée.*

(a) Construire un parallélogramme $PLRG$ sachant que $PR = 5{,}4$ cm ; $\widehat{PRL} = 40°$ et $RL = 3{,}2$ cm. Placer O le milieu de $[PR]$.

(b) Démontrer que O est le milieu du segment $[GL]$.

501 ▶ *On effectuera la figure sur une feuille non quadrillée.*

(a) Construire un parallélogramme $ABCD$ sachant que $AB = 5$ cm ; $BC = 3$ cm et $\widehat{ABC} = 65°$.

(b) Soit I le point du segment $[AB]$ tel que $AI = 3$ cm. La droite (d) est la parallèle à la droite (BC) passant par I. Elle coupe la droite (CD) en J. Compléter la figure.

(c) Démontrer que les droites (AJ) et (DI) sont perpendiculaires.

Une fois qu'un quadrilatère est un parallélogramme, on peut, en fonction de l'exercice, utiliser les propriétés suivantes :

— si un parallélogramme possède des diagonales de même longueur, alors c'est un rectangle ;

— si un parallélogramme possède un angle droit, alors c'est un rectangle ;

— si un parallélogramme possède des diagonales perpendiculaires, alors c'est un losange ;

— si un parallélogramme possède deux côtés consécutifs de même longueur, alors c'est un losange.

Compétence 89

Connaître et utiliser le théorème de Thalès

Soit (d) et (d') deux droites sécantes en A.
B et M sont deux points de la droite (d), distincts de A.
C et N sont deux points de la droite (d'), distincts de A.
Si les droites (BC) et (MN) sont parallèles, alors les côtés du triangle AMN sont *proportionnels* aux côtés correspondants du triangle ABC.
Cela signifie que le tableau

AM	AN	MN	⟵ côtés du triangle AMN
AB	AC	BC	⟵ côtés *correspondants* du triangle ABC

est un tableau de proportionnalité.

Configurations de Thalès

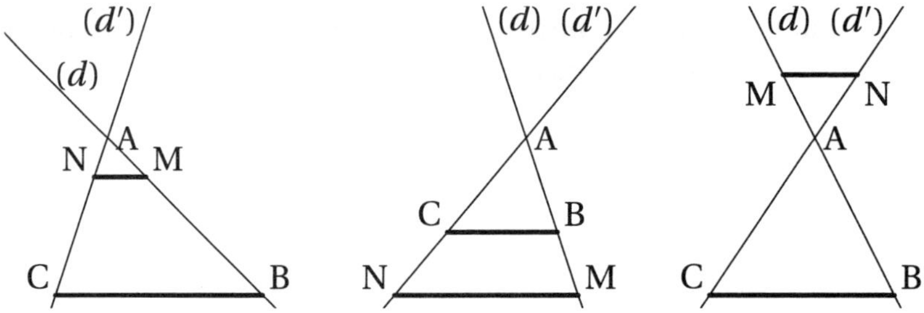

502 ▶ Soit EFG un triangle tel que $EF = 4$ cm, $EG = 8$ cm et $\widehat{FEG} = 60°$.
Placer le point M sur le segment $[EF]$ tel que $EM = 1$ cm.

Construire ensuite la parallèle à la droite (FG) passant par le point M.
Elle coupe la droite (EG) en N.

Calculer la longueur EN.

503 ▶ *L'unité de longueur est le centimètre.*

Sur la figure ci-dessous, les droites (BC) et (DE) sont parallèles.
On sait que $AC = 4,2$; $AD = DE = 3,5$ et $AB = 3$.

Calculer les longueurs BC et AE.

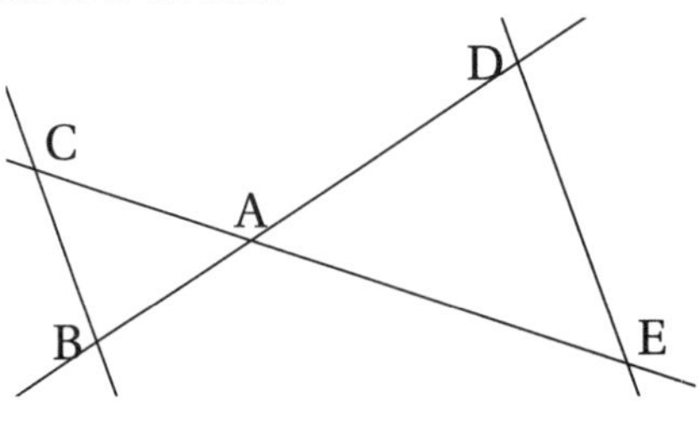

504 ▶

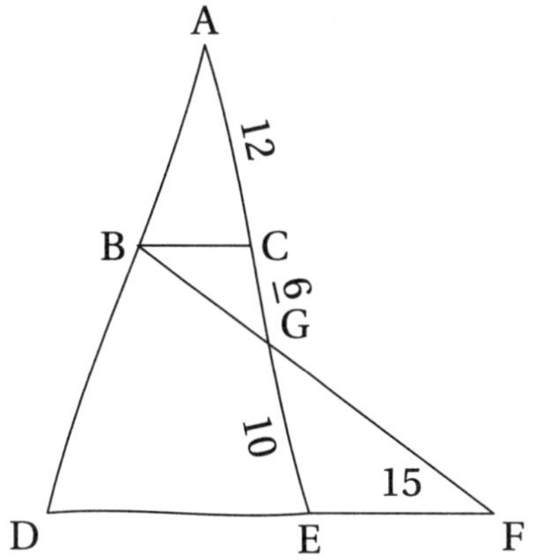

L'unité de longueur est le centimètre et la figure n'est donnée qu'à titre indicatif. Sachant que les droites (BC) et (DF) sont parallèles, calculer la longueur DE.

505 ▶ On considère un triangle ABC, et D le milieu du segment $[BC]$. On place un point P sur le segment $[BD]$ puis on trace la parallèle à la droite (AD) passant par P. Elle coupe respectivement les droites (AB) en M et (AC) en N.

(a) Faire une figure aux instruments.

(b) Démontrer que : $PN = \dfrac{AD \times CP}{CD}$.

(c) Démontrer que : $PM = \dfrac{AD \times BP}{BD}$.

(d) Démontrer que : $PM + PN = 2 \times AD$.

Compétence 90

Connaître et utiliser la réciproque du théorème de Thalès

Soit (d) et (d') deux droites sécantes en A.
B et M sont deux points de la droite (d), distincts de A.
C et N sont deux points de la droite (d'), distincts de A.
Si le tableau

AM	AN
AB	AC

est un tableau de proportionnalité <u>et</u> si les points A, M, B sont alignés dans le même ordre que les points A, N, C, alors les droites (MN) et (BC) sont parallèles.

Attention à bien vérifier l'alignement des points dans *le bon* ordre. C'est une condition essentielle pour appliquer la réciproque du théorème de Thalès.

506 ▶ $[AN]$ et $[BM]$ sont deux segments qui se coupent en O. On sait que $AN = 6$ cm ; $OA = 1,5$ cm ; $BO = 2,5$ cm ; $BM = 10$ cm.

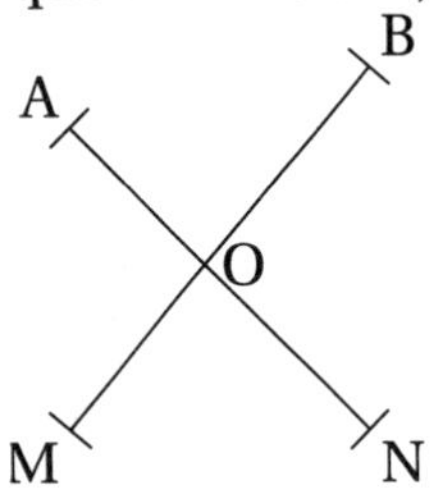

Attention, la figure ci-contre n'a pas été réalisée en vraie grandeur. Démontrer que les droites (AB) et (MN) sont parallèles ; justifier la réponse en citant avec précision le théorème utilisé.

507 ▶ À l'aide de la figure ci-dessous, démontrer que les droites (AE) et (BF) sont parallèles.

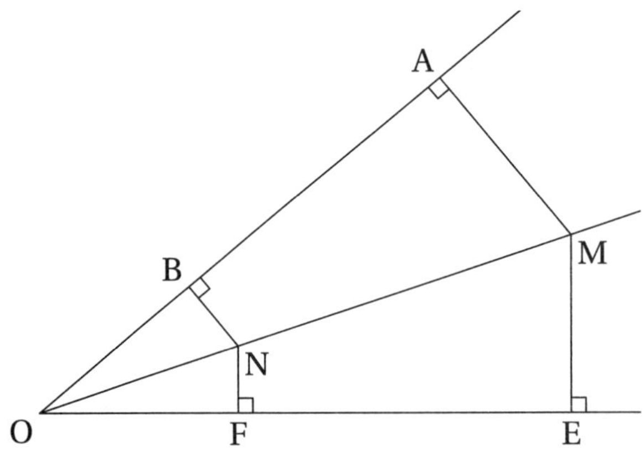

Compétence 91

Connaître et utiliser le théorème de Pythagore

> Si un triangle est rectangle, alors l'aire du carré construit sur l'hypoténuse est égale à la somme des aires des carrés construits sur les deux côtés de l'angle droit. Si un triangle ABC est rectangle en A, alors
>
> $$BC^2 = AC^2 + AB^2.$$

On utilise aussi l'expression « l'égalité de Pythagore ».

508 ▶ Construire un triangle ABC rectangle en A tel que $AB = 4,8$ cm et $AC = 6,4$ cm. Calculer ensuite la longueur BC.

509 ▶ *Pour chaque question, on détaillera les calculs.*

(a) ABC est un triangle rectangle en A.
On sait que $AB = 6$ cm et $BC = 10$ cm.
Calculer la longueur AC.

(b) Soit DEF un triangle rectangle en F.
On sait que $DE = 17$ cm et $EF = 15$ cm.
Calculer la longueur DF.

510 ▶ $MATH$ est un losange de centre O. On sait que $AH = 12$ cm et $MA = 7,5$ cm.

(a) Faire une figure à main levée.

(b) Calculer la longueur de la diagonale $[MT]$.

(c) Faire une figure en vraie grandeur.

511 ▶ La figure ci-dessous représente un pavé droit.

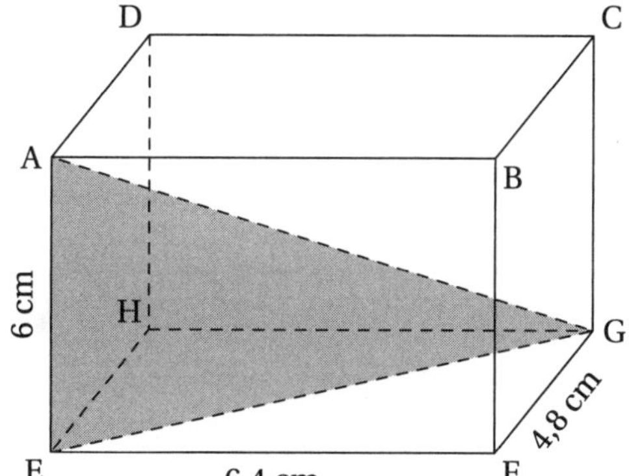

(a) Quelle est, dans la réalité, la nature du triangle EFG ?
Justifier la réponse.

(b) Calculer la longueur EG.

(c) Calculer la longueur de la diagonale $[AG]$ du pavé droit.

512 ▶ *On justifiera chaque réponse.*

(a) Soit ABC un triangle rectangle en A. On sait que $AB = 7{,}2$ cm et $BC = 15{,}3$ cm. Calculer la longueur AC.

(b) Soit DEF un triangle rectangle en D. On sait que $DE = 16{,}8$ cm et $EF = 23{,}2$ cm. Calculer la longueur DF.

(c) Soit IJK un triangle rectangle en J. On sait que $IK = 44{,}9$ cm et $JK = 35{,}1$ cm. Calculer la longueur IJ.

(d) Soit LMN un triangle rectangle en L. On sait que $LM = 6{,}8$ cm et $MN = 6{,}89$ cm. Calculer la longueur LN.

513 ▶ *La figure ci-dessous est donnée à titre indicatif.*

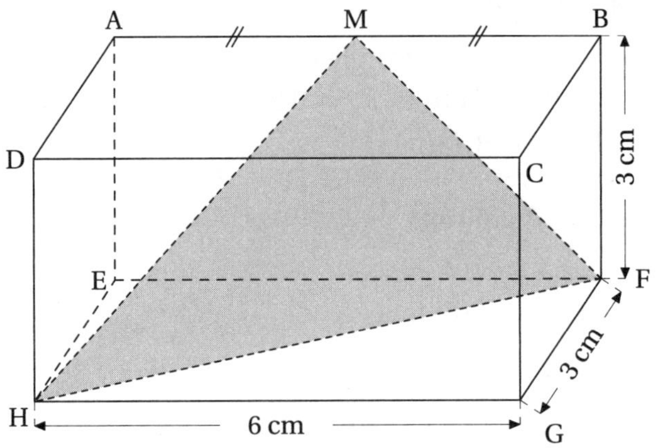

Dans le pavé droit ci-dessus, le point M est le milieu de l'arête $[AB]$.
Calculer les longueurs DM, MF et HM.

Compétence 92

Connaître et utiliser la réciproque du théorème de Pythagore

> On considère un triangle ABC dont $[BC]$ est le plus grand côté.
> Si $BC^2 = AC^2 + AB^2$, alors le triangle ABC est rectangle en A.

514 ▶ *L'unité est le centimètre.*
Les longueurs des côtés du triangle sont indiquées sur la figure.

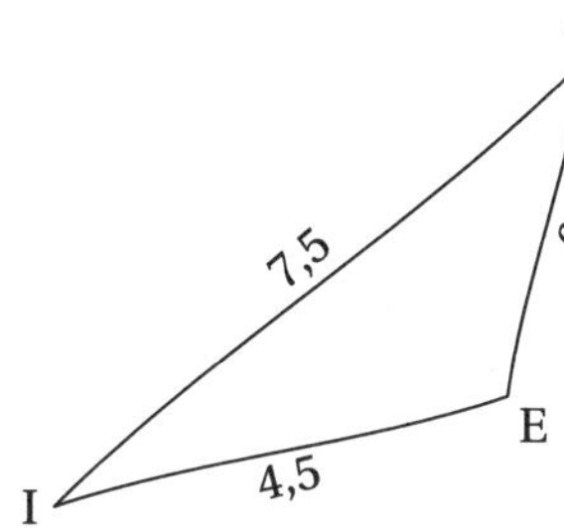

Ce triangle est-il rectangle ? Justifier la réponse par un calcul.

515 ▶ Dans un triangle ABC, on sait que $AB = 4{,}5$ cm ; $AC = 2{,}7$ cm ; $BC = 3{,}6$ cm. Démontrer que le triangle ABC est un triangle rectangle.

516 ▶ Dans un triangle IJK, on sait que $IJ = 17{,}3$ cm ; $IK = 26{,}8$ cm ; $JK = 31{,}4$ cm. Ce triangle est-il rectangle ?

517 ▶ Dans un triangle ABC, on sait que $AB = 32$ cm ; $AC = 40$ cm ; $BC = 24$ cm. Démontrer que la droite (BC) est perpendiculaire à la droite (AB).

518 ▶ *Sur la figure ci-dessous, les longueurs sont données en centimètres.*
Quelle est la nature du triangle ACE ? Justifier.

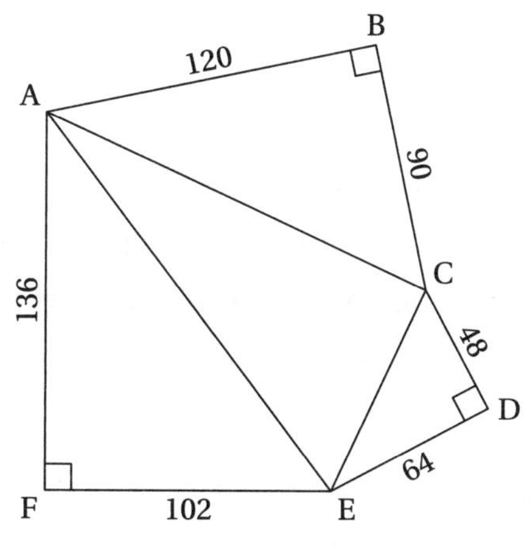

Compétence 93

Sur une droite graduée, lire l'abscisse d'un point et placer un point dont l'abscisse est donnée

Une *droite graduée* est une droite sur laquelle on reporte régulièrement la même unité de longueur à partir d'un point appelé *origine*.

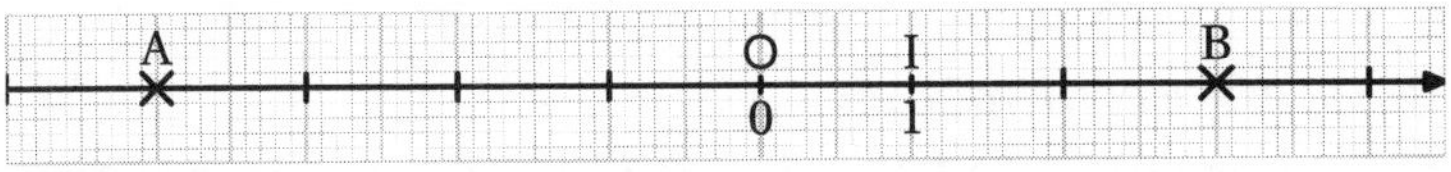

On repère les nombres relatifs en prenant une droite graduée : chaque point M de la droite représente un nombre appelé *abscisse* du point M.

Parfois, on note l'abscisse du point M sous la forme x_M.

Sur la droite graduée ci-dessus, l'abscisse du point A est -4 ; celle du point B est 3.

519 ▶ On considère la droite graduée ci-dessous :

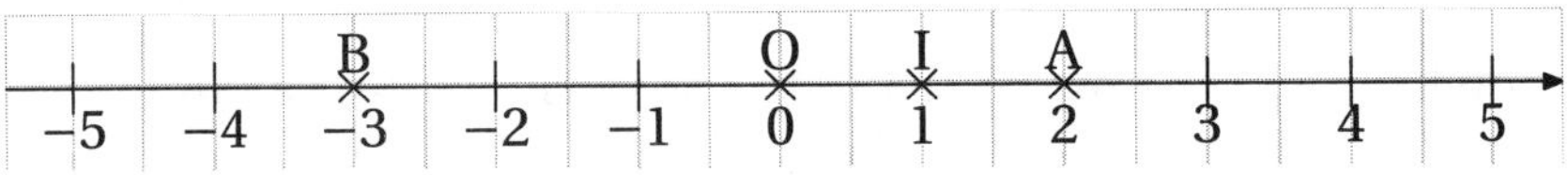

(a) Quelles sont les abscisses des points A et B ? *Répondre par une phrase.*

(b) Placer les points C et D d'abscisses respectives $1,5$ et -5.

(c) Ranger les abscisses des quatre points des questions précédentes dans l'ordre croissant.

520 ▶ On considère la droite graduée ci-dessous :

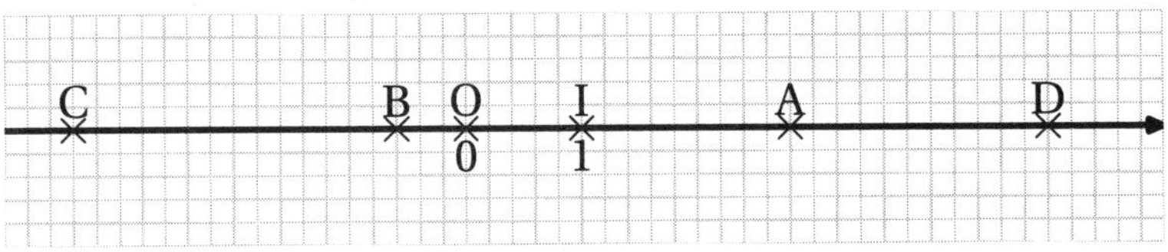

(a) Lire les abscisses des points A, B, C et D.

(b) Placer les points M et N d'abscisses respectives $-2,4$ et $-1,2$.

(c) Ranger les abscisses des points A, B, C, D, M et N par ordre croissant.

Compétence 94
Dans un repère, lire les coordonnées d'un point et placer un point de coordonnées données

Un *repère* du plan est la donnée de deux droites graduées de même origine et distinctes.
L'origine commune des deux droites graduées s'appelle *l'origine* du repère.
Le premier axe s'appelle *l'axe des abscisses*; le deuxième s'appelle *l'axe des ordonnées*.

Les unités de longueur sur les deux axes gradués ne sont pas forcément les mêmes. Par contre, au collège, on utilisera toujours des axes perpendiculaires et on dira que le repère est *orthogonal.*
De plus, si les unités de longueur sont les mêmes sur les deux axes, on parlera d'un repère *orthonormé.*

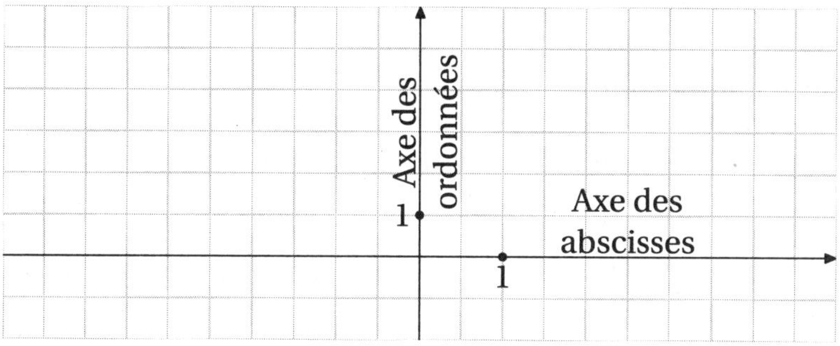

Grâce aux nombres relatifs, on peut repérer des points du plan par *leurs coordonnées* : *l'abscisse* du point et *l'ordonnée* du point.

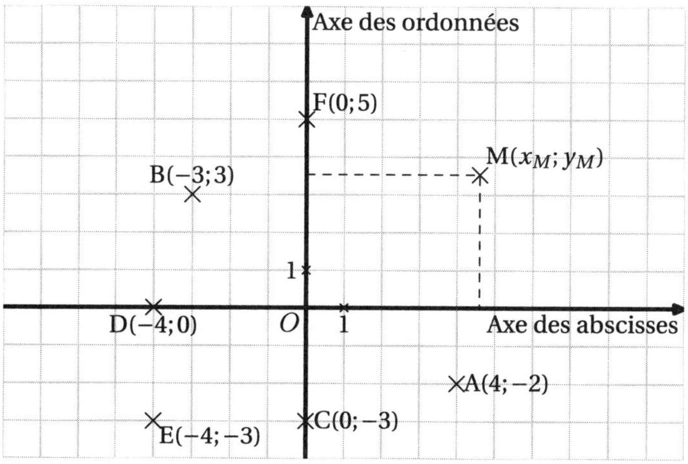

Les coordonnées d'un point sont toujours dans l'ordre (abscisse ; ordonnée).

521 ▶ Placer les points suivants sur un repère orthogonal du plan :

• $A(-3;+1)$ • $B(+4;-1)$ • $C(0;+1)$
• $D(-1;0)$ • $E(-3;-4)$ • $F(+2;+5)$

522 ▶ Dans un repère orthogonal d'origine O, placer les points H et K de coordonnées respectives $(3;4)$ et $(-3;-3,6)$.
Ces deux points sont-ils symétriques par rapport au point O ? Expliquer.

523 ▶ On considère un repère orthonormé d'unité 5 mm.

(a) Placer les points $A(-6;3)$ et $C(6;-3)$.

(b) Placer deux points B et D de coordonnées entières tels que le quadrilatère $ABCD$ soit un rectangle.
Donner leurs coordonnées.

524 ▶ On considère un repère orthonormé d'unité 5 mm.

(a) Placer les points $A(-4;3)$, $B(-4;1)$ et $C(4;1)$. Tracer le triangle ABC.

(b) Placer le point $D(0;2)$ et vérifier qu'il est bien le centre du cercle passant par les points A, B et C.

(c) Placer le point E dont les coordonnées sont opposées à celle du point A.

Compétence 95

Se repérer dans un parallélépipède rectangle

Grâce à un pavé droit, on peut créer un *repère de l'espace* formé par :

— un sommet du pavé droit, appelé *origine du repère* ;

— et de trois demi-droites graduées, construites sur les arêtes et ayant pour origine commune l'origine du repère.
Ces demi-droites sont appelées *axes du repère*.

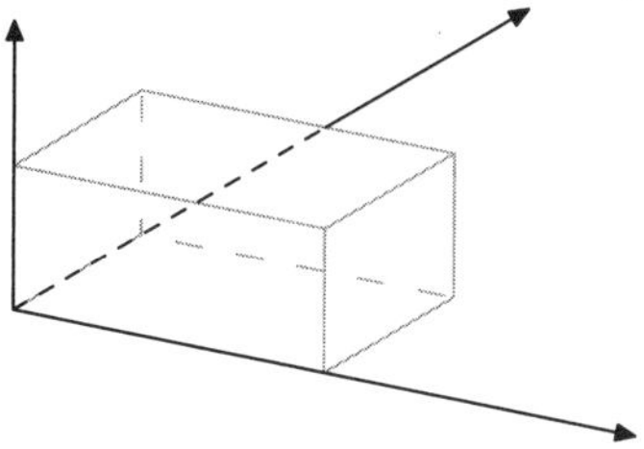

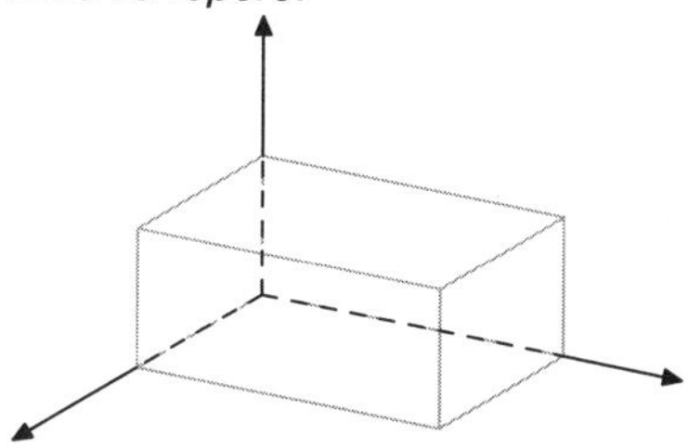

On considère un repère $(O; I; J; K)$ associé à un pavé droit. L'origine du repère est O. L'axe $[OI)$ s'appelle *l'axe des abscisses*. L'axe $[OJ)$ s'appelle *l'axe des ordonnées*. L'axe $[OK)$ s'appelle *l'axe des altitudes*.
Grâce à ce repère, tout point M de l'espace peut-être repéré par trois nombres : son abscisse ; son ordonnée ; son altitude. Ce sont *les coordonnées* du point M. Elles se notent $(x_M; y_M; z_M)$.

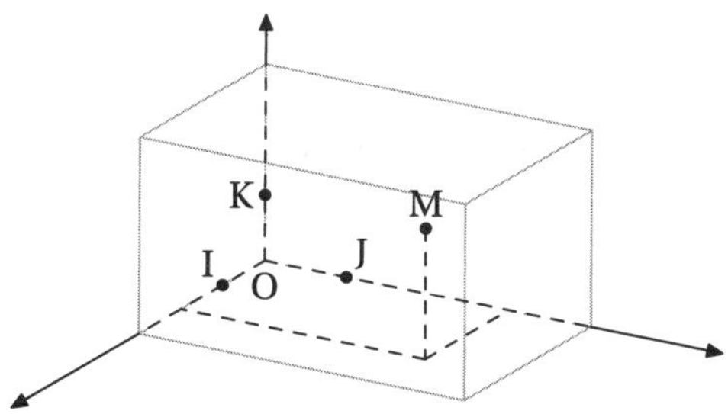

525 ▶ Déterminer les coordonnées des points O ; I ; J ; K ; A ; B ; C ; E ; F ; G et H dans le repère $(O; I; J; K)$.

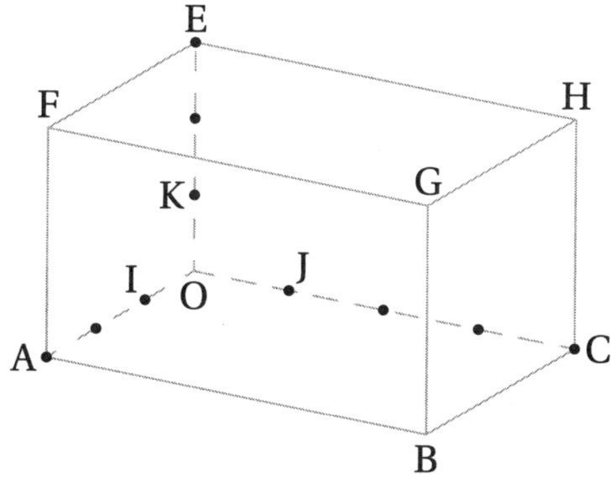

526 ▶ Dans le repère $(O; I; J; K)$ de l'exercice précédent, déterminer les coordonnées :

— du point R, milieu du segment $[AB]$;
— du point S, milieu du segment $[FG]$;
— du point T, milieu du segment $[HE]$;
— du point U, milieu du segment $[ST]$.

527 ▶ Quelles sont les coordonnées des points A, B, C, D, E, F, G et H dans le repère $(A; B; D; F)$?

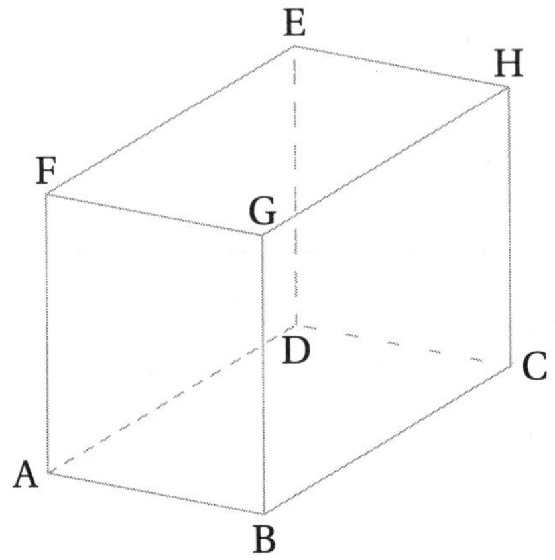

528 ▶ Dans le repère $(A; B; D; F)$ de l'exercice précédent, déterminer les coordonnées du centre de chacune des faces du pavé droit.

Compétence 96

Se repérer sur une sphère

On considère O un point de l'espace et r un nombre positif donné.

• La *sphère* de centre O et de rayon r est l'ensemble des points de l'espace situés à une distance de O égale à r.

• La *boule* de centre O et de rayon r est l'ensemble des points de l'espace situés à une distance de O inférieure ou égale à r.

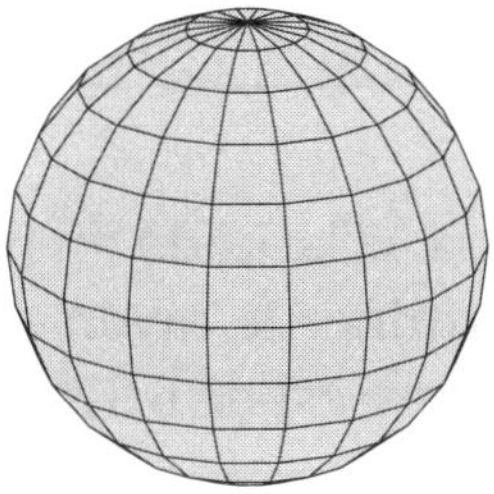

La planète Terre peut-être assimilée à une boule ; une balle de tennis peut-être assimilée à une sphère.

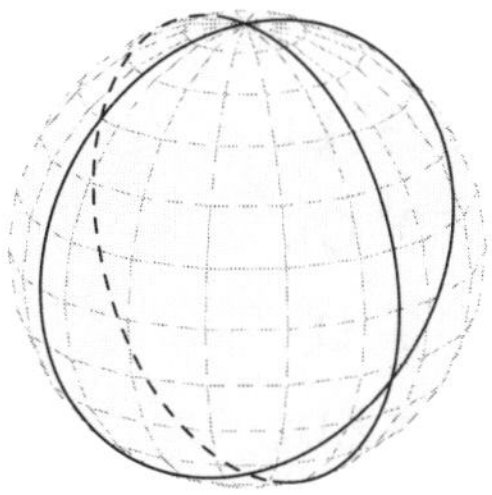

Un *grand cercle* d'une sphère de centre O et de rayon r est un cercle de centre O et de rayon r.

• Un *méridien* est un demi-cercle de la sphère qui joint les pôles Nord et Sud.

• La *longitude* d'un point M d'une sphère est la mesure de l'angle entre le méridien de Greenwich (longitude 0°) et le méridien passant par le point M. Elle varie entre 180° Ouest et 180° Est.

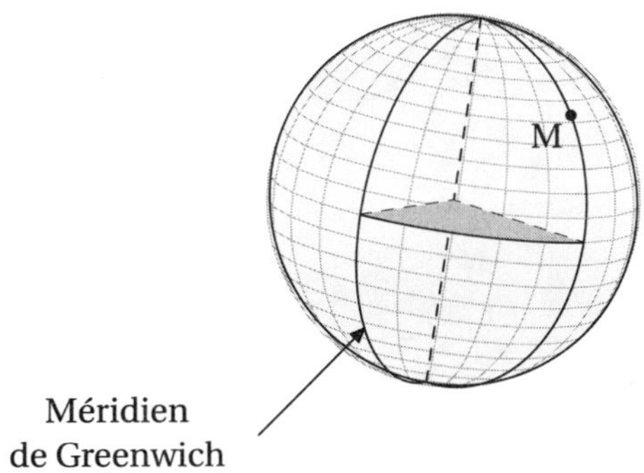

• Sur une sphère, un *parallèle* est un cercle parallèle à l'Équateur.
• La *latitude* d'un point M d'une sphère est la mesure de l'angle entre l'Équateur (latitude 0°) et le parallèle passant par le point M. Elle varie entre 90° Sud et 90° Nord.

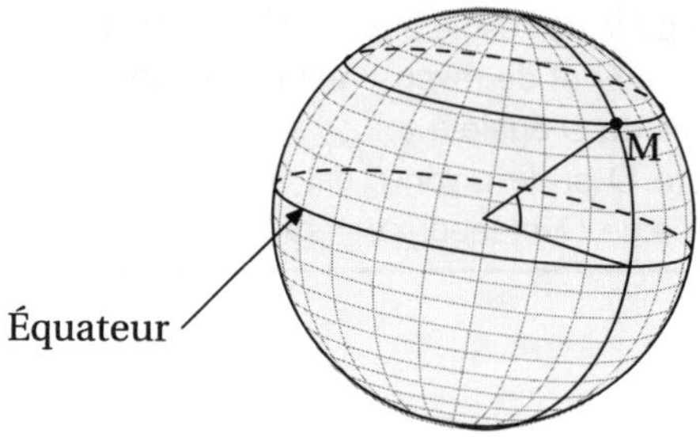

529 ▶ Sur la figure ci-dessus, la latitude du point M est 40°. En utilisant un triangle rectangle, déterminer le rayon du parallèle passant par M sachant que le rayon de la Terre est de 6 370 km.

Sur une sphère, chaque point est repéré par deux nombres :
— la latitude du point ;
— la longitude du point.

530 ▶ On a placé plusieurs points sur une sphère.

(a) Nommer M le point de coordonnées (30° N ; 25° E).

(b) Nommer N le point de coordonnées (45° S ; 50° O).

(c) Nommer P le point de coordonnées (50° N ; 10° O).

(d) Nommer R le point de coordonnées (25° S ; 35° E).

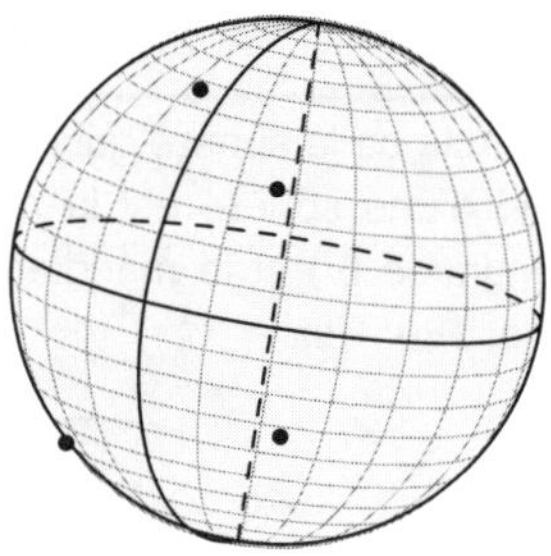

Compétence 97

Utiliser des représentations de solides et de situations spatiales

531 ▶ On considère le solide ci-dessous. On se place à la verticale de ce solide. Quelle forme observe-t-on ?

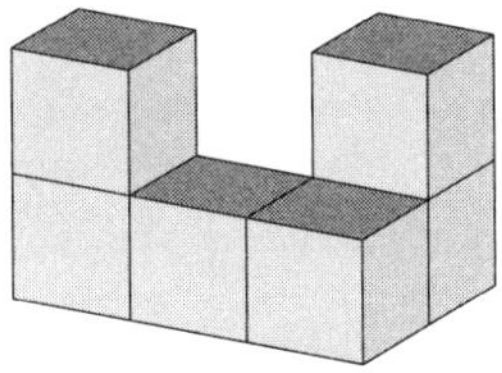

532 ▶ On considère le solide ci-dessous. On le regarde en suivant la flèche indiquée. Quelle forme observe-t-on ?

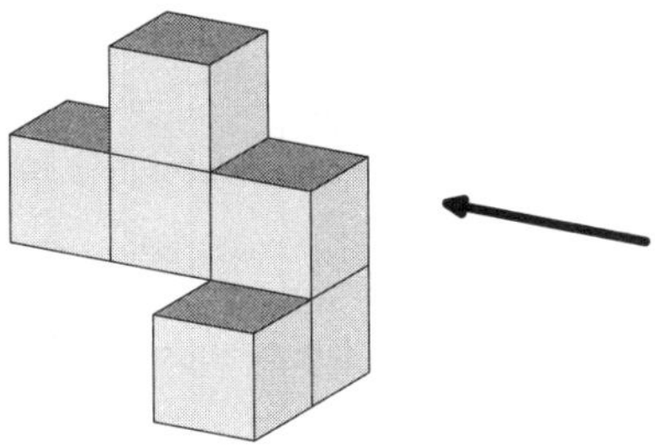

> Un *prisme droit* est un solide composé :
>
> - de deux faces parallèles superposables et polygonales (triangle, quadrilatère...) appelées *les bases*,
> - et de *faces latérales* rectangulaires et perpendiculaires aux bases.

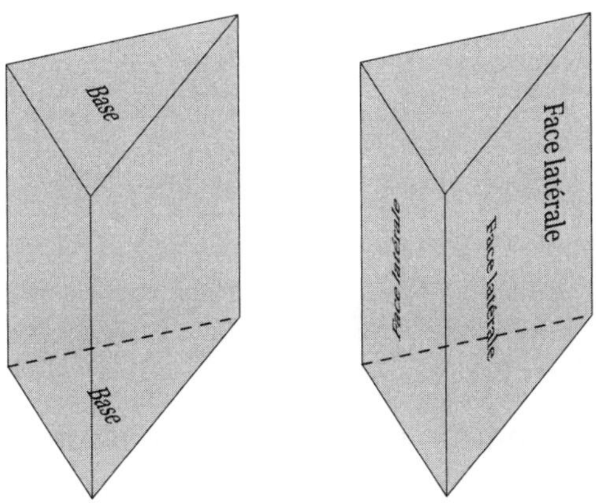

533 ▶ Construire un patron de ce prisme droit.

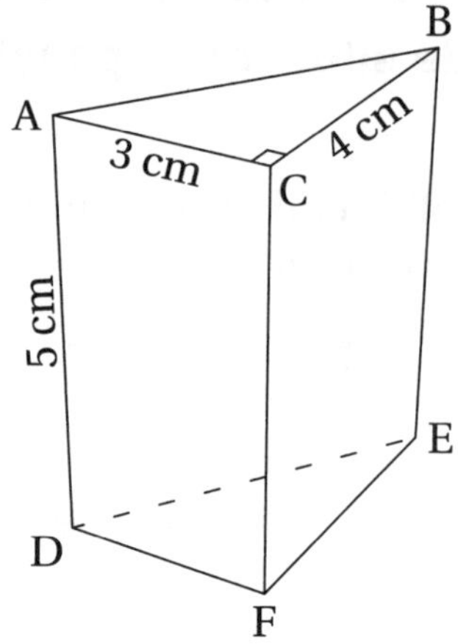

Un *cylindre de révolution* est un solide créé lorsqu'on fait tourner un rectangle autour d'un de ses côtés (ou de l'un de ses axes de symétrie).

Le disque de centre O, de rayon OA est *une base* du cylindre ; l'autre étant le disque de centre O', de rayon OA'.
La longueur OA (ou $O'A'$) s'appelle le *rayon* du cylindre.
La longueur OO' (ou AA') s'appelle la *hauteur* du cylindre.

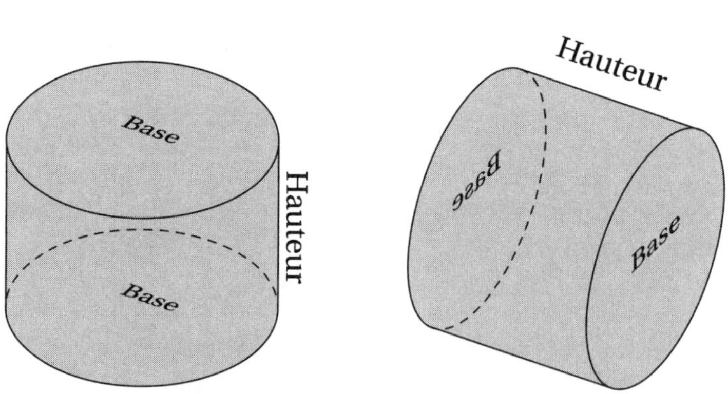

534 ▶ Construire un patron d'un cylindre de hauteur 4 cm et de rayon 3 cm.

> Une pyramide est un solide délimité par une face polygonale (*la base*) et des faces *triangulaires* qui ont un sommet commun (*le sommet* de la pyramide).

Les faces triangulaires sont appelées *faces latérales.*

Une pyramide constituée uniquement de faces triangulaires s'appelle un *tétraèdre.*

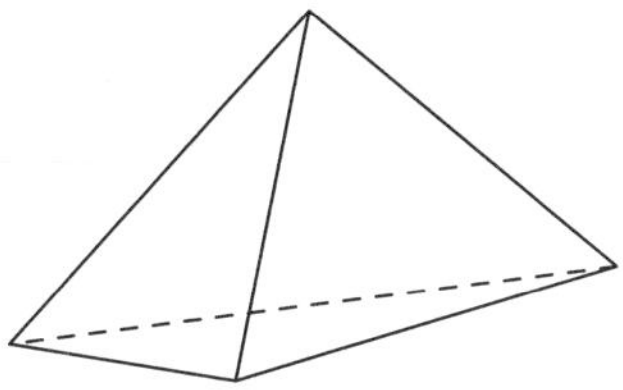

535 ▶ Décrire les faces de la pyramide $BEFGH$ de sommet H qui est construite à l'intérieur d'un cube d'arête 4 cm.

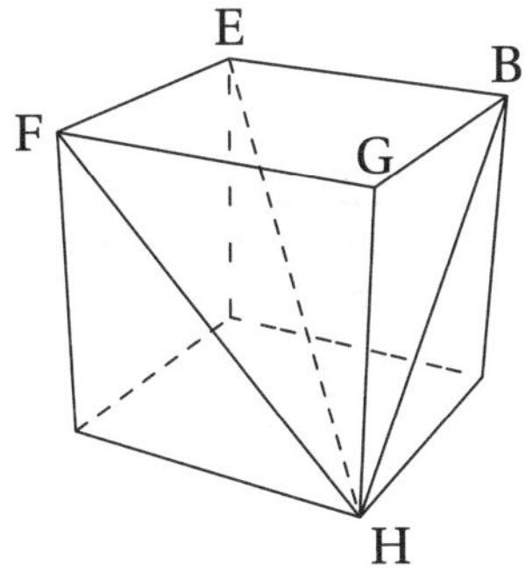

> La droite qui passe par le sommet de la pyramide et qui est perpendiculaire à la base est appelée *hauteur* de la pyramide.
> La longueur SH est aussi appelée hauteur de la pyramide.

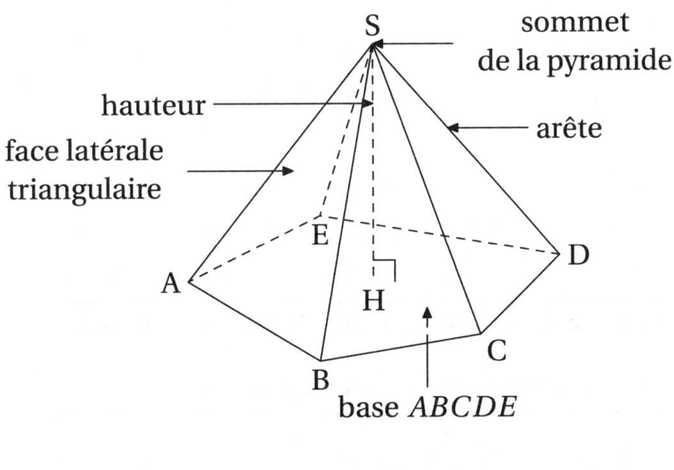

Il ne faut pas confondre la hauteur de la pyramide et une hauteur d'une face latérale.

536 ▶ Déterminer les longueurs des arêtes de la pyramide $KBDE$ ci-dessous. Elle est construite à l'intérieur de deux mêmes cubes empilés de 6 cm d'arête.

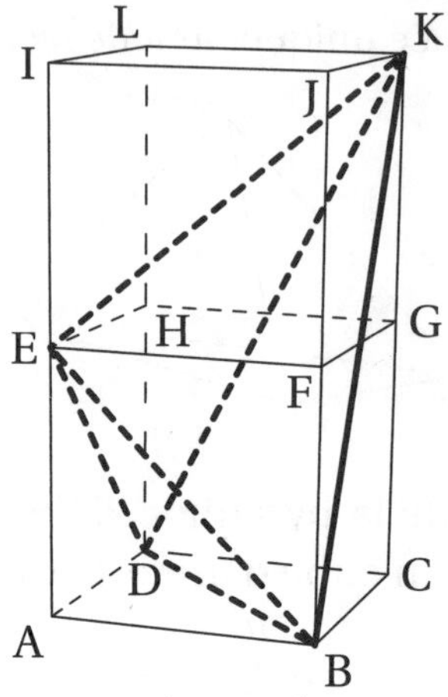

> Un cône de révolution de sommet S est le solide créé lorsqu'on fait tourner un triangle SOM rectangle en O, autour de la droite (SO).
> Le disque de centre O et de rayon OM est *la base* de ce cône.

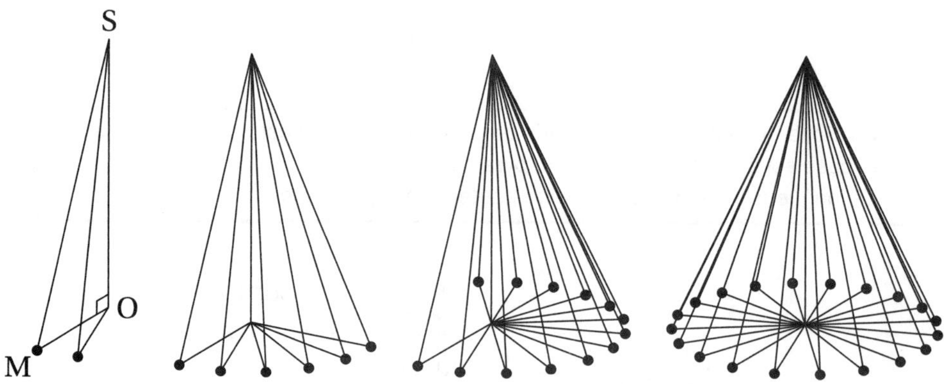

On peut également faire tourner le triangle rectangle autour de la droite (OM). Mais si on le fait tourner autour de l'hypoténuse, on obtient… deux cônes de révolution !

> La hauteur de ce cône est le segment $[SO]$ (la hauteur désigne aussi la longueur SO).
> Le segment $[SO]$ est perpendiculaire au plan de la base.

537 ▶ Voici un cône de révolution où B et C sont symétriques par rapport au point T.

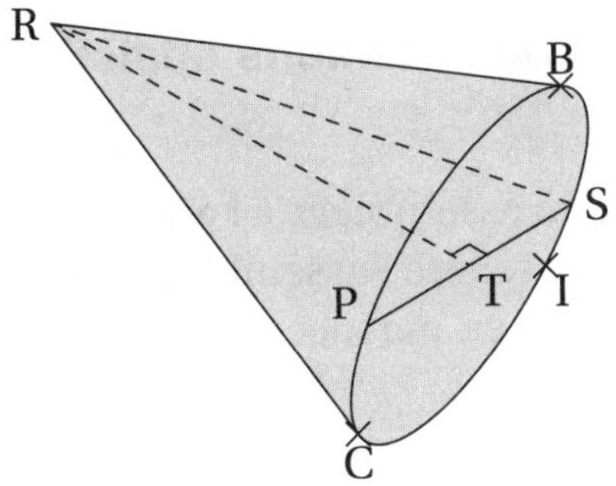

(a) Décrire ce cône de révolution.

(b) Déterminer la nature du triangle RTI.

(c) Que peut-on affirmer sur la nature du quadrilatère $PBSC$? Expliquer.

Compétence 98
Produire des représentations de solides et de situations spatiales

538 ▶ On a construit un assemblage à l'aide d'un cube et d'un cylindre. La figure ci-dessous représente l'assemblage observé de face. Représenter l'assemblage en perspective. *Il y a plusieurs possibilités.*

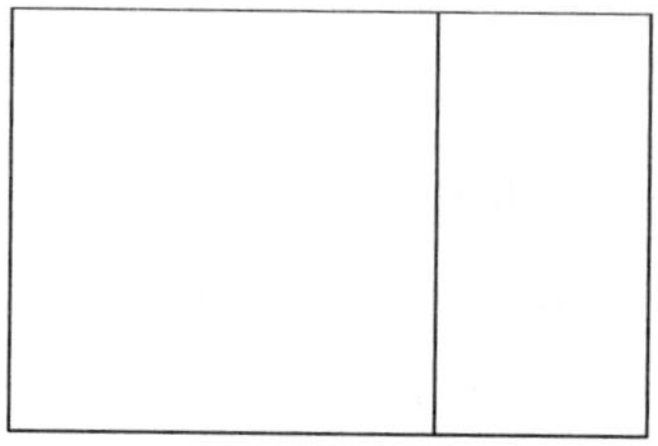

539 ▶ Un solide composé uniquement de cubes a été observé de face, de gauche et de dessus.

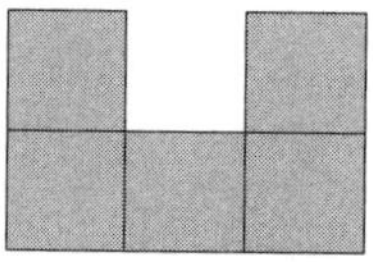

Vue de face

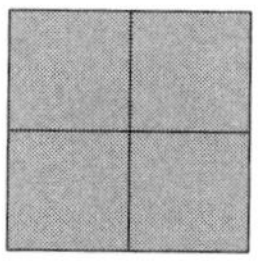

Vue de gauche

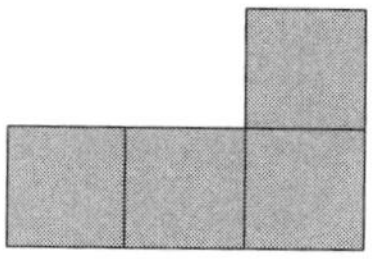

Vue de dessus

Parmi les solides ci-dessous, quel est celui qui correspond aux trois vues ci-dessus ?

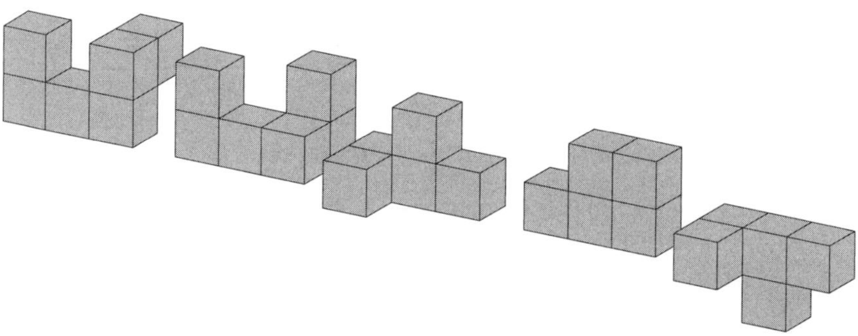

540 ▶ Un solide composé uniquement de cubes a été observé de face, de gauche et de dessus.

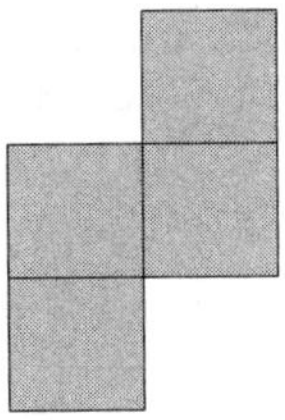
Vue de face

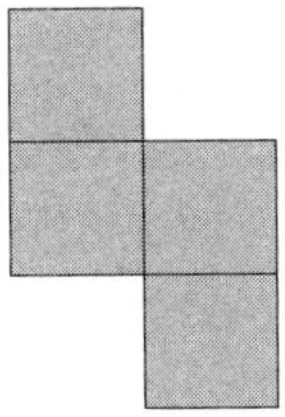
Vue de gauche

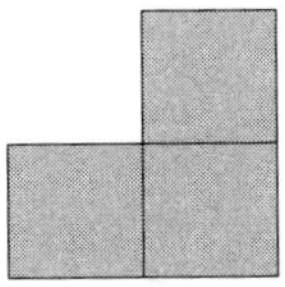
Vue de dessus

Dessiner ci-dessous le solide correspondant à ces trois vues.

Compétence 99

Connaître et utiliser des sections de solides usuels

Lorsqu'on coupe un solide par un plan, on crée deux nouveaux solides sur lesquels le plan a laissé une « trace » commune : *la section* du solide par le plan.

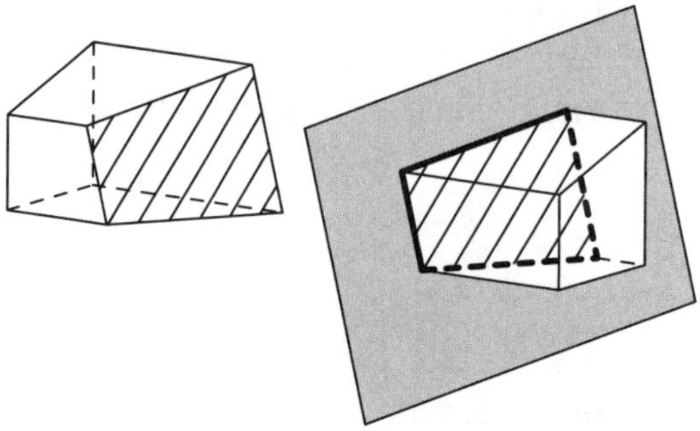

Lorsqu'elle existe, la section d'un parallélépipède rectangle par un plan parallèle à une face (ou à une arête) est un rectangle.

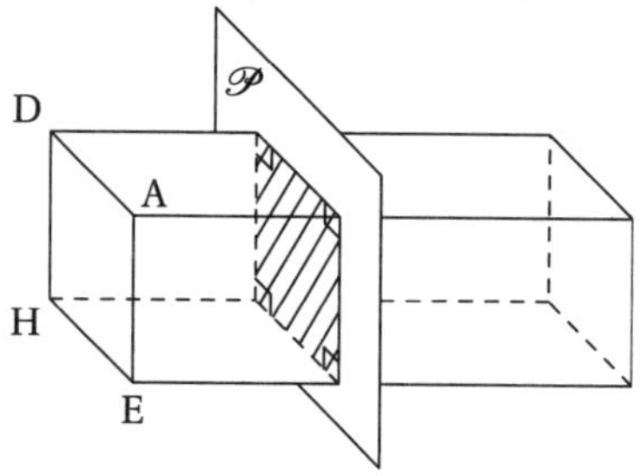

Le plan 𝒫 est parallèle à la face *ADHE*.

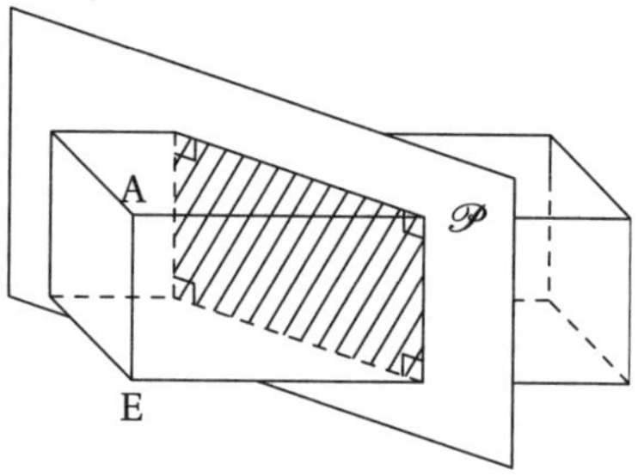

Le plan 𝒫 est parallèle à l'arête [*AE*].

541 ▶

La figure ci-contre est un pavé droit nommé *ABCDEFGH*.
Représenter la section de ce pavé par le plan passant par *I* et parallèle à la face *ABGF*.

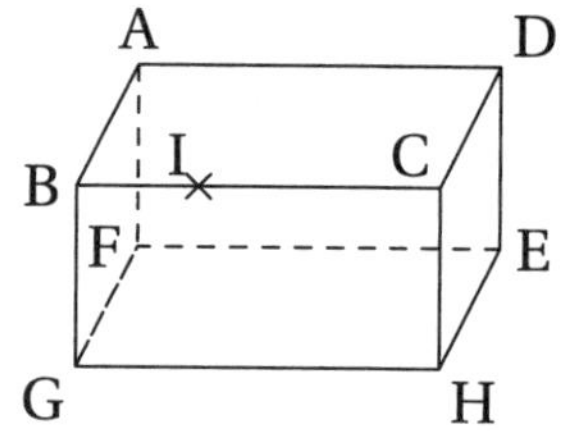

542 ▶

La figure ci-contre est un pavé droit nommé *ABCDEFGH*.
Représenter la section de ce pavé par le plan passant par *B* et *D* et parallèle à l'arête (*CH*).

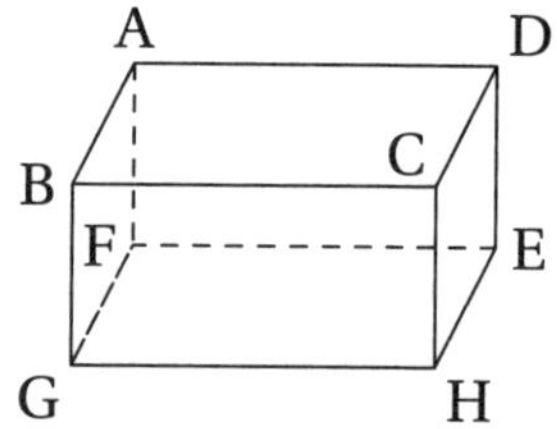

Lorsqu'elle existe, la section d'un cylindre de révolution par :

— un plan perpendiculaire à l'axe de révolution est un disque ;

— un plan parallèle à l'axe de révolution est un rectangle.

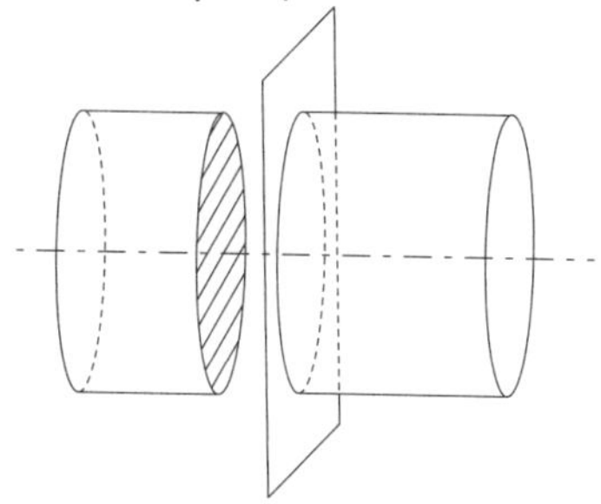

Le plan $\mathscr{P}$ est perpendiculaire à l'axe de révolution.

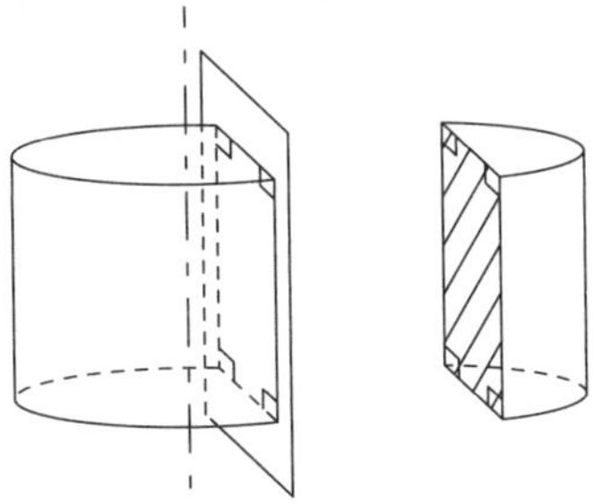

Le plan $\mathscr{P}$ est parallèle à l'axe de révolution.

543 ▶ Un cylindre de révolution d'axe (OO') a pour rayon 4 cm et pour hauteur 6 cm.

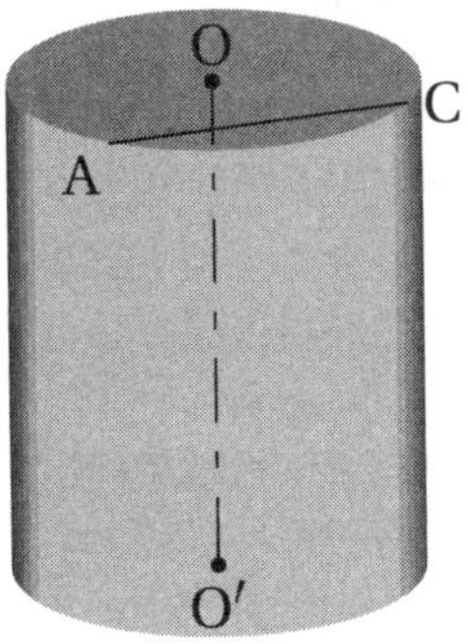

Les points A et C sont sur le même cercle de base tels que $AC = 3$ cm. On coupe ce cylindre par un plan parallèle à l'axe (OO') et passant par A et C.
Quelle est la nature de la section obtenue ? Justifier.
Tracer en vraie grandeur cette section et déterminer son aire.

Lorsqu'elle existe, la section d'une pyramide (ou d'un cône de révolution) par un plan parallèle à la base est une figure géométrique de même nature que la base.

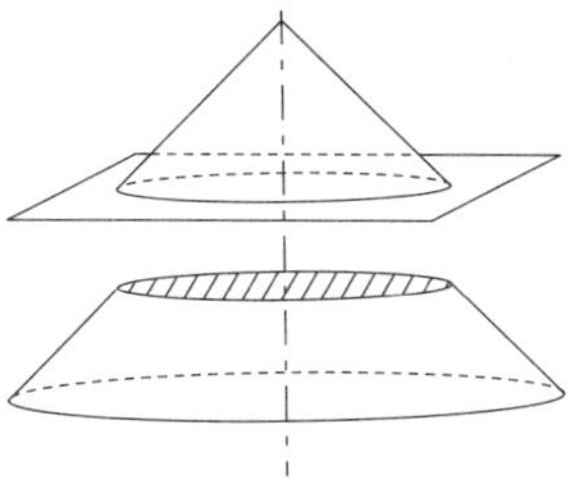

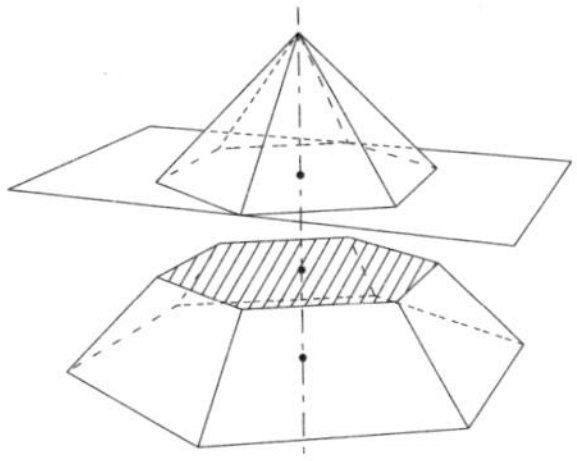

Le plan $\mathscr{P}$ est parallèle à la base.

544 ▶ $SABC$ est une pyramide. Sa base est un triangle ABC rectangle en A. On la coupe par un plan parallèle à sa base : on obtient les points B' sur l'arête $[SB]$, A' sur $[SA]$ et C' sur $[SC]$.

(a) Quelle est la nature du triangle $A'B'C'$? Justifier.

(b) La pyramide $SA'B'C'$ est une réduction de rapport k de la pyramide $SABC$. Exprimer le volume de $SA'B'C'$ en fonction de celui de $SABC$.

---

i Lorsqu'elle existe, la section d'une sphère par un plan est un cercle. **i**

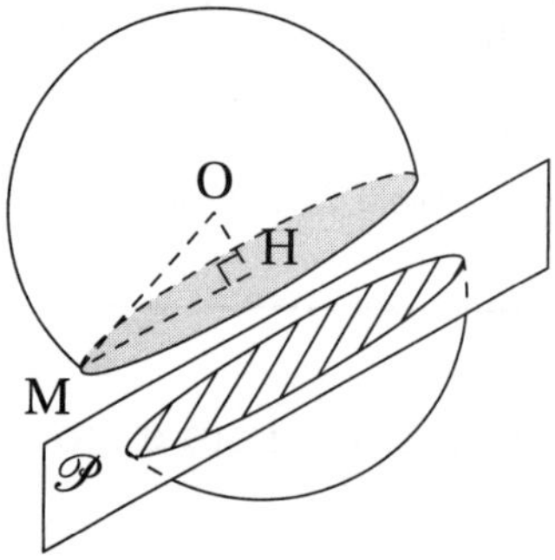

Le plan $\mathscr{P}$ coupe la sphère de centre O et de rayon r : la section obtenue est un cercle de centre H et de rayon MH que l'on calcule à l'aide de l'égalité de Pythagore dans le triangle OMH rectangle en H.

545 ▶ Voici une sphère de centre O et de rayon 5 cm. Elle est coupée par un plan. On sait que $OR = 4$ cm.
Quelle figure géométrique obtient-on ? La dessiner en vraie grandeur.

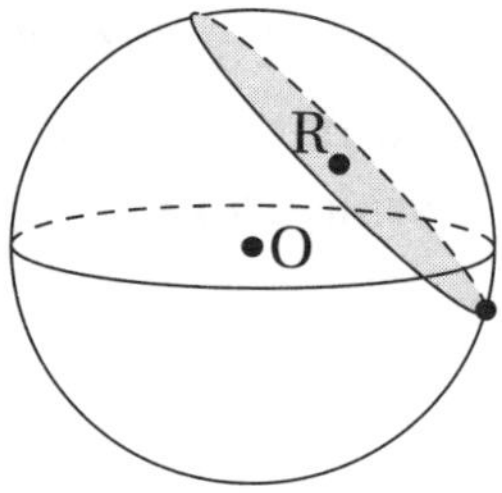

546 ▶ On souhaite remplir une sphère, vide au départ de l'expérience, et on étudie le volume d'eau utilisé en fonction de la hauteur d'eau. Quel graphique correspond à cette situation ? Justifier le choix effectué.

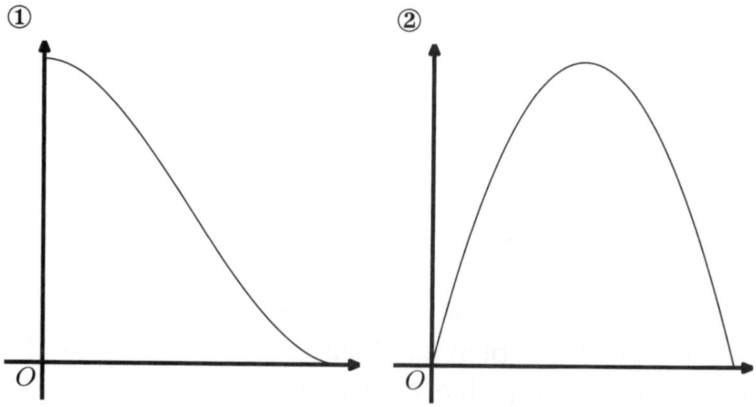

③

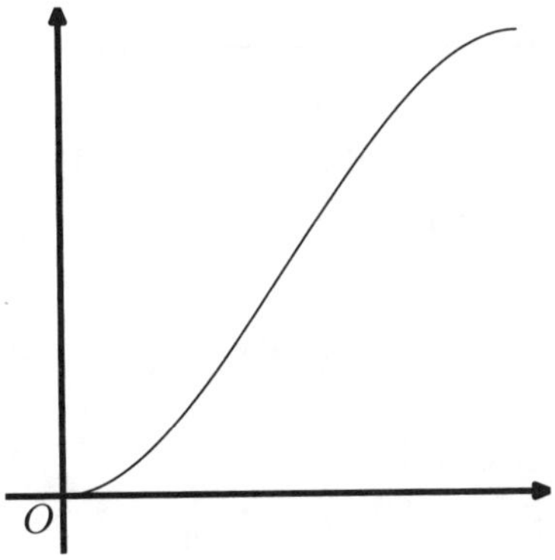

④

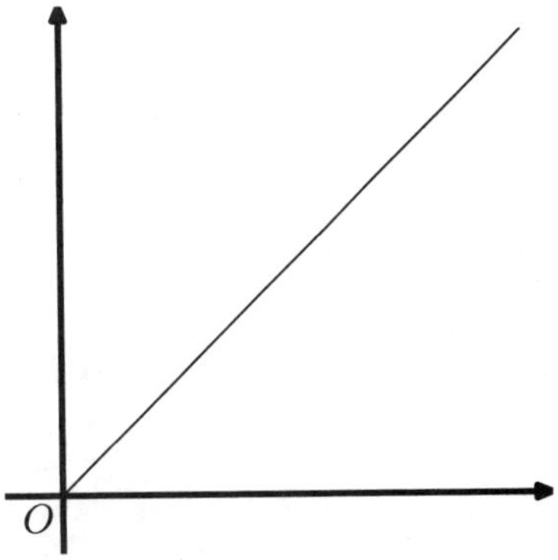

Exercices Bilan du thème D

547 ▶ Lors des travaux pour la construction d'un nouveau tramway, on a mis à jour un site archéologique datant du néolithique. Durant les fouilles qui ont suivi, on a trouvé des poteries cassées telles que celle-ci :

Des archéologues ont retrouvé un morceau de poterie circulaire qui est dessiné ici à l'échelle $\frac{1}{5}$.

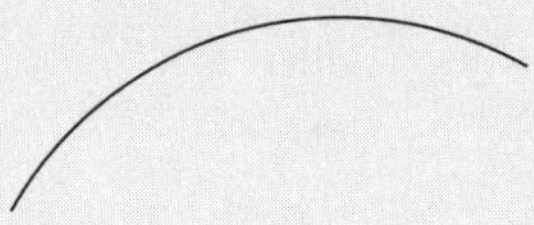

Estimer le *diamètre réel* de la poterie circulaire. Expliquer le raisonnement.

548 ▶ Pour la figure ci-dessous, on précise que la droite (AB) est la médiatrice du segment $[IJ]$ et que $\widehat{KIJ} = 48°$.

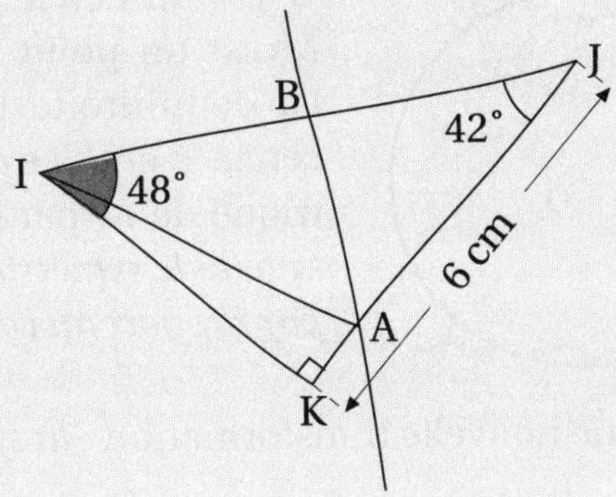

(a) Quelle est la nature du triangle AIJ ? Justifier.

(b) Calculer l'angle $\widehat{IAK}$.

549 ▶ Soit ABC un triangle tel que $BC = 6$ cm. Soit I le milieu du segment $[BC]$ et P le point du segment $[BC]$ tel que $BP = 1$ cm.
La parallèle à la droite (AI) passant par P coupe la droite (AC) en N et la droite (AB) en M.

(a) Faire une figure en vraie grandeur.

(b) Démontrer que $AI = 3 \times PM$.

(c) Démontrer que $\dfrac{AI}{PN} = \dfrac{3}{5}$.

(d) En déduire que $PN = 5 \times PM$.

550 ▶ On considère un triangle équilatéral ABC de côté 4 cm.

(a) Déterminer la valeur de $\cos(60°)$ puis celle de $\cos(30°)$. *On travaillera en valeur exacte.*

(b) Déterminer la valeur de $\sin(60°)$ puis celle de $\sin(30°)$. *On travaillera en valeur exacte.*

(c) Déterminer la valeur de $\tan(60°)$ puis celle de $\tan(30°)$. *On travaillera en valeur exacte.*

551 ▶ Symétrie par rapport à un cercle.

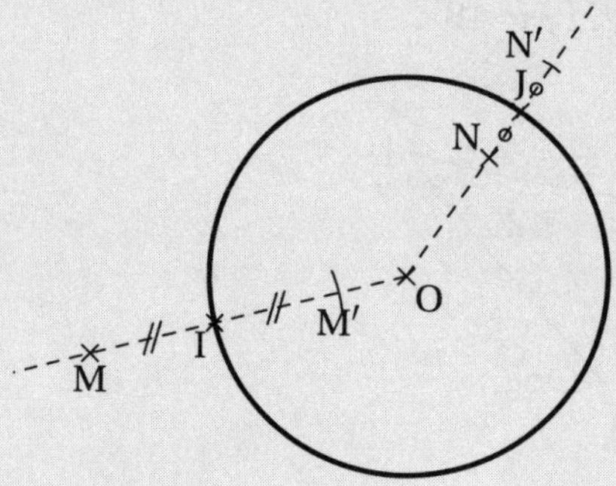

$\mathscr{C}$ est un cercle de centre O et M est un point différent de O. La demi-droite $[OM)$ coupe le cercle $\mathscr{C}$ en I. Le point M', symétrique de M par rapport à I, est appelé *le symétrique du point M par rapport au cercle.*

On obtient alors une nouvelle transformation : *la symétrie par rapport à un cercle.*

(a) Sur la figure ci-dessous, construire les symétriques des points $M_1, \ldots M_{10}$ par rapport au cercle.

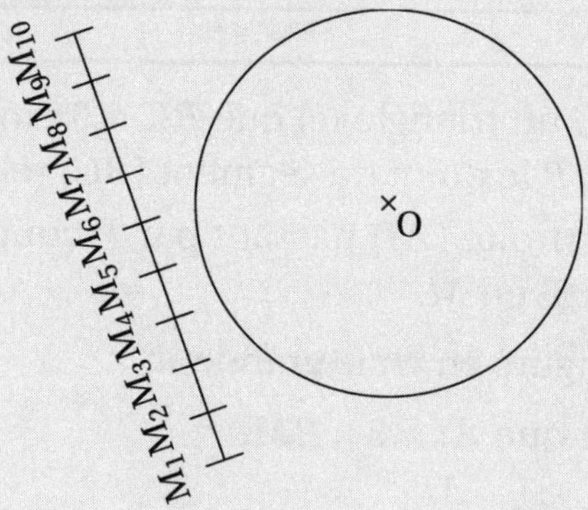

(b) Sur la figure ci-dessous, construire les symétriques des points $M_1, \ldots M_{10}$ par rapport au cercle.

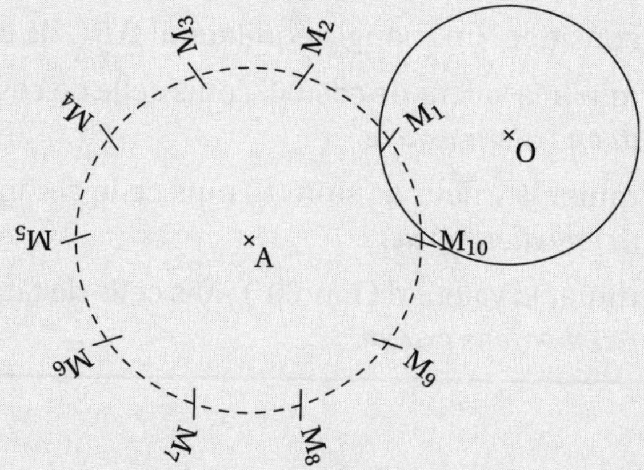

BILAN

552 ▶ Au water-polo, Patrice doit tirer un penalty.

(a) Voici les schémas qui représentent la trajectoire de deux tirs possibles :

— le premier, en bas à droite du gardien ;

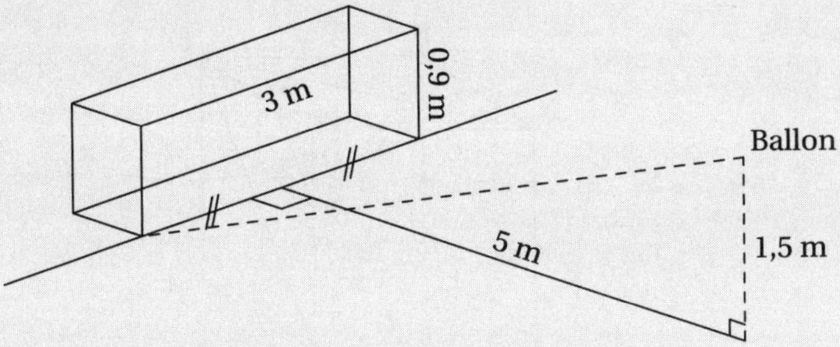

— le deuxième, en lucarne à gauche du gardien.

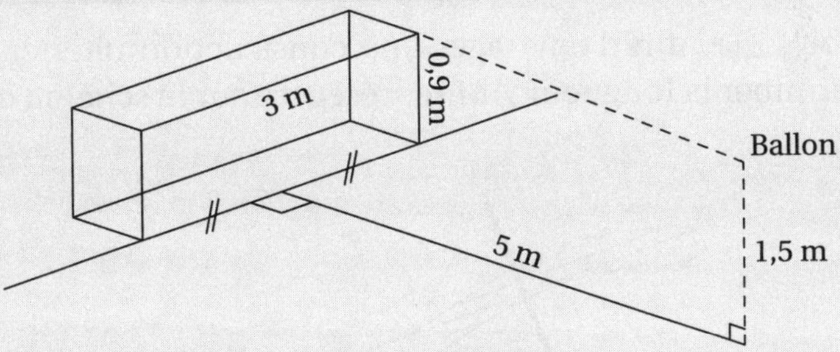

Pour chacun de ces deux tirs, calculer la longueur parcourue par le ballon (valeur exacte puis arrondie au cm). *On ne tient pas compte des dimensions du ballon.*

(b) Pour rendre le tir plus difficile à arrêter, Patrice peut effectuer un tir à rebond.

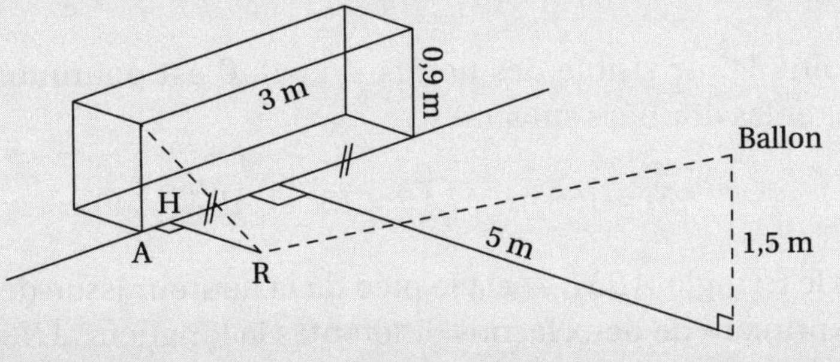

Dans ce cas, quelle est la longueur de la trajectoire du ballon sachant que $AH = 0,6$ m et $HR = 1$ m ?

553 ▶ Soit un cube $ABCDEFGH$. Par un point R du segment $[AB]$, on mène la parallèle à la droite (AF) ; elle coupe le segment $[BF]$ en T. Par le point T, on mène la parallèle à la droite (FC) ; elle coupe le segment $[BC]$ en S.
Démontrer que les droites (RS) et (AC) sont parallèles.

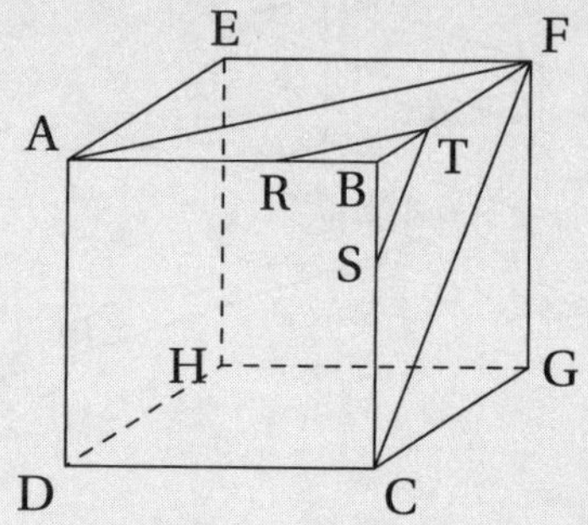

554 ▶ Afin d'envisager une construction ultérieure, on doit déterminer la longueur AM représentée sur le schéma ci-dessous.

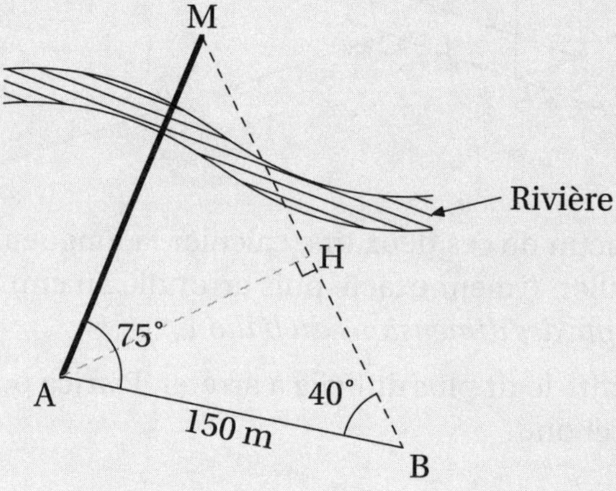

Le point M est visible des points A et B. C'est pourquoi on a pu mesurer les données suivantes :

$$AM = 150 \text{ m} ; \widehat{MAB} = 75^\circ \text{ et } \widehat{ABM} = 40^\circ.$$

Dans le triangle ABM, H est le pied de la hauteur issue de A.
En exprimant de deux façons différentes la longueur AH, déterminer la longueur AM.

Thème E

Algorithmique et programmation

Table des compétences du thème E

Compétence 100
Décomposer un problème en sous-problèmes afin de structurer un programme

555 ▶ On souhaite créer un algorithme permettant de souhaiter quotidiennement les anniversaires, lorsqu'il y en a, des élèves d'un collège. La proposition suivante affirme décomposer le problème posé :

- comparer la date du jour avec les anniversaires des élèves ;
- afficher les personnes correspondantes.

Est-ce suffisant ? Justifier.

556 ▶ Pour déterminer si un nombre entier, choisi aléatoirement entre 1 000 et 10 000, est un multiple de 7, on décompose le problème en deux étapes.

(a) Quelles sont-elles ?

(b) Proposer un algorithme répondant au problème posé.

557 ▶ Déterminer la somme des vingt-cinq premiers nombres pairs.

558 ▶ Utiliser Scratch© pour tracer la figure ci-dessous.

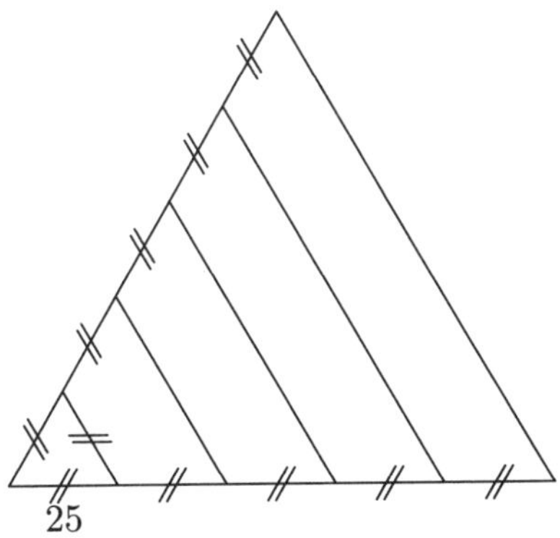

559 ▶ On souhaite utiliser Scratch© pour créer un exercice de remédiation sur la double distributivité. Il consisterait à proposer aléatoirement un exemple (du type $(2x+3)\times(4x+1)$) à l'utilisateur pour que celui-ci puisse proposer une réponse. Comme il s'agit d'un exercice de remédiation, l'ordinateur doit pouvoir proposer un rappel sur la formule et corriger, si besoin, la proposition de l'élève.

Déterminer une décomposition possible de ce projet.

Compétence 101
Reconnaître des schémas afin de structurer un programme

560 ▶ Avec le logiciel Scratch©, on a créé un bloc **Dents de Scie** permettant au lutin (lorsqu'il est orienté vers la droite) de tracer la figure suivante :

Si le lutin est orienté vers la droite au début de la construction, comment utiliser ce bloc pour lui faire tracer la figure ci-dessous ?

561 ▶ Construire un algorithme permettant de construire la figure ci-dessous qui doit servir de décor pour un jeu vidéo.
On demande des carrés de côté 50 et des rectangles de longueur 100.

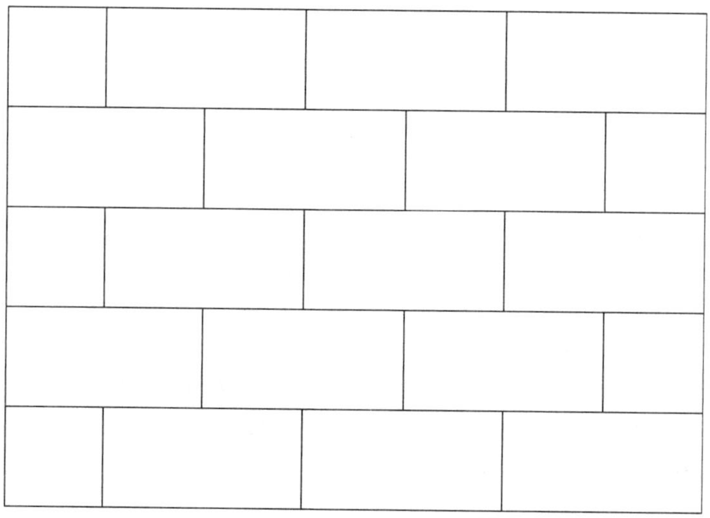

562 ▶ Créer un algorithme permettant de construire la mosaïque ci-dessous.
Elle sera construite à partir de triangles équilatéraux de côté 60.

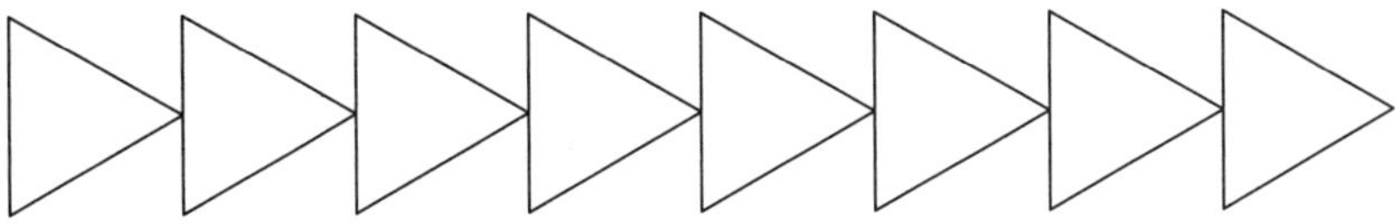

563 ▶ Créer un algorithme permettant de construire la mosaïque ci-dessous. Elle sera construite à partir d'un même carré de côté 40.

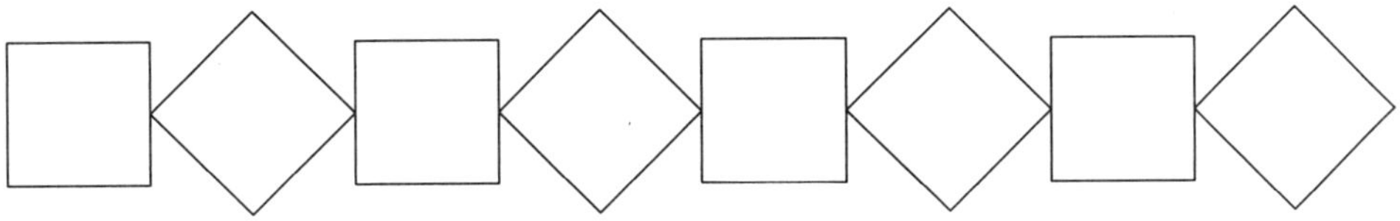

Compétence 102

Tester et corriger un programme créé en réponse à un problème donné

564 ▶ Le programme Scratch© suivant devait permettre de construire la figure ci-dessous, composée à partir d'un même losange. Pourtant, il ne fonctionne pas. Retrouver l'erreur et corriger le programme.

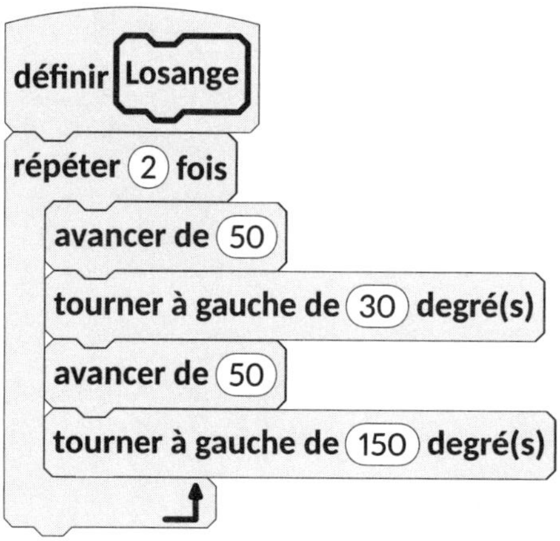

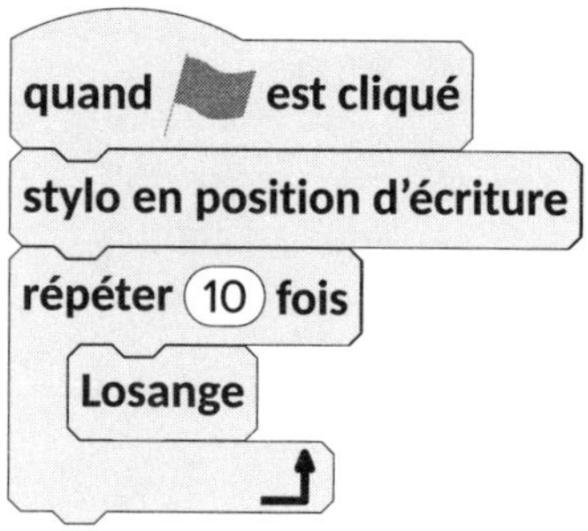

565 ▶ Le programme Scratch© de la page suivants devait permettre de faire la figure ci-dessous. Pourtant, il ne fonctionne pas.
Retrouver l'erreur et corriger le programme.

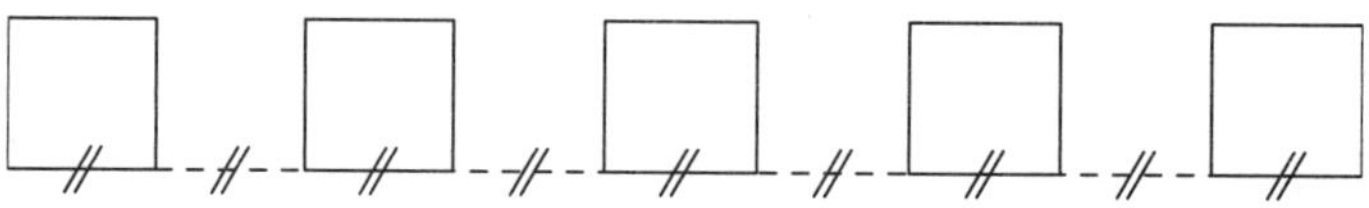

```
définir carré
répéter (4) fois
    avancer de (50)
    tourner à droite de (90) degré(s)
```

```
quand [drapeau] est cliqué
stylo en position d'écriture
répéter (5) fois
    carré
    avancer de (50)
```

566 ▶ Patrice a produit le script Scratch© ci-dessous pour obtenir les diviseurs d'un nombre donné par l'utilisateur.

(( ) modulo ( )) permet d'obtenir le reste d'une division euclidienne (voir page 9). Par exemple, ((22) modulo (6)) affichera 4 car $22 = 6 \times 3 + 4$.

```
quand [drapeau] est cliqué          %Une variable i a été créée
demander [Donne moi un nombre] et attendre
mettre [i] à [1]
répéter (réponse) fois
    si <((réponse) modulo (i)) = [0]> alors
        dire (i) pendant (2) seconde(s)
```

Cependant, le script ne fonctionne pas. Patrice compte sur vous pour le corriger.

567 ▶ On considère la fonction affine $f : x \mapsto 3x - 1$. Le programme suivant se propose de calculer l'image d'un nombre par la fonction f :

```
quand [drapeau] est cliqué
demander [Calcul de l'image du nombre ?] et attendre
dire (regroupe [L'image est :] (3 × ((réponse) + (1)))) pendant (2) seconde(s)
```

Tester ce programme pour $x = 1$; $x = -2$. Doit-on le corriger ?

Compétence 103
Écrire un programme dans lequel des actions sont déclenchées par des évènements extérieurs

568 ▶ Écrire un programme Scratch© qui déplace le lutin choisi à l'aide des flèches « gauche » et « droite » du clavier et qui dit « J'ai mal ! » lorsqu'il touche le bord de la zone.

569 ▶ Afin de corser le jeu qu'il vient de créer, Maxence veut ajouter « une pression » à l'utilisateur. Pour cela, il souhaite régler le temps de jeu à 5 minutes maximum. Indiquer comment il peut intégrer ce nouveau réglage.

570 ▶ À l'aide de Scratch©, écrire un algorithme permettant de savoir si une année, donnée par l'utilisateur, est bissextile.
On rappelle qu'une année est bissextile :
— si cette année est divisible par 4 et non divisible par 100,
— ou si cette année est divisible par 400.
On utilisera le bloc

(( ) **modulo** ( ))

qui permet d'avoir le reste d'une division euclidienne (voir page 9).
Par exemple, ((22) **modulo** (6)) affichera 4 car $22 = 6 \times 3 + 4$.

571 ▶ Écrire un programme Scratch© qui calcule la somme des chiffres d'un nombre choisi par l'utilisateur.

572 ▶ On souhaite concevoir un fond d'écran dans lequel un objet se déplace aléatoirement. Lorsque le pointeur de la souris s'approche trop près, alors cet objet disparaît, change de position et réapparaît.
La touche espace doit permettre d'arrêter le fond d'écran.
Écrire un programme Scratch© répondant à ces conditions.

Compétence 104
Programmer des scripts se déroulant en parallèles

573 ▶ Deux lutins distincts, « Ball-Soccer »[5] et « Lutin1 »[6] doivent se déplacer « seuls » et aléatoirement dans la fenêtre graphique. Ils rebondissent sur les murs. Lorsqu'ils se rencontrent, ils changent de direction aléatoirement.
Écrire un script permettant de réaliser ce projet.

574 ▶ Pour construire un jeu de tir, on dispose de trois objets :
— un ballon de football qui se déplace sans s'arrêter de droite à gauche et de gauche à droite ;
— un tireur « fixe » représenté par « Lutin1 »[6] ;
— un éclair[5] qui servira à représenter le projectile devant toucher la cible.
Le tir se déclenche par un appui sur la touche espace. Le nombre de tirs est illimité. Lorsque le ballon est touché, le tireur effectue un déplacement horizontal aléatoire.
Proposer une réalisation de ce jeu à l'aide de Scratch©.

575 ▶ Mettre en place un script Scratch© permettant à deux lutins de jouer à deviner un nombre caché : un des lutins choisit un nombre aléatoire entre 1 et 100 et l'autre doit le trouver *sans aucune intervention de l'utilisateur.*

---

5. Il est disponible dans le logiciel Scratch© en utilisant Choisir un lutin dans la bibliothèque.
6. C'est le nom du lutin utilisé par défaut par Scratch©.

Exercices Bilan du thème E

576 ▶ Les médecins utilisent l'indice de masse corporelle (ou IMC) pour *estimer* la quantité de masse grasse de l'organisme à partir de la masse et de la taille. Il se calcule par la formule

$$I = \frac{m}{T^2} \qquad \text{où} \begin{cases} I \text{ est l'IMC ;} \\ m \text{ la masse du patient en kilogrammes ;} \\ T \text{ la taille du patient en mètres.} \end{cases}$$

L'interprétation de cette formule est valable chez l'adulte de 18 à 65 ans. Elle n'est valable ni chez l'enfant, ni chez la femme enceinte ni chez les personnes âgées.
Une fois le résultat obtenu, on utilise le tableau suivant pour conseiller le patient :

Diagnostique	IMC
Maigreur	< 18,5
Normal	18,5 à 24,9
Surpoids	25 à 29,9
Obésité	30 à 39,9
Obésité massive	> 40

Afin d'aider les médecins à faire les calculs, construire un programme Scratch© permettant de calculer l'IMC d'un patient.

577 ▶ Le projet est de construire un programme Scratch© permettant, à partir de trois nombres donnés par l'utilisateur, de déterminer la nature du triangle associé à ces trois longueurs.

Il faut envisager toutes les possibilités.

578 ▶ Le projet consiste en l'élaboration d'un programme Scratch© permettant de simplifier *au maximum* une fraction proposée par l'utilisateur.

On utilisera le bloc

( ) **modulo** ( )

qui permet d'avoir le reste d'une division euclidienne (voir page 9).

579 ▶ [Brevet Métropole 2017]

On donne le programme ci-dessous qui permet de tracer plusieurs triangles équilatéraux de tailles différentes.

Ce programme comporte une variable nommée (côté). Les longueurs sont données en pixels.

On rappelle que l'instruction [s'orienter à (90▾)] signifie que l'on se dirige vers la droite.

```
1 quand [drapeau] est cliqué
2 effacer tout
3 aller à x : (−200) y : (−100)
4 s'orienter à (90▾)
5 mettre [côté ▾] à (100)
6 répéter (5) fois
7     triangle
8     avancer de (côté)
9     ajouter à [côté ▾] (−20)
```

```
définir Triangle
stylo en position d'écriture
répéter (3) fois
    avancer de (côté)
    tourner à gauche de (120) degré(s)
relever le stylo
```

(a) Quelles sont les coordonnées du point de départ du tracé ?

(b) Combien de triangles sont dessinés par le script ?

(c) 1/ Quelle est la longueur (en pixels) du côté du deuxième triangle tracé ?

2/ Tracer à main levée l'allure de la figure obtenue quand on exécute ce script.

(d) On modifie le script initial pour obtenir la figure ci-contre.
Indiquer le numéro d'une instruction du script **après laquelle** on peut placer l'instruction

[tourner à droite de (60) degré(s)]

pour obtenir cette nouvelle figure.

Correction des exercices

C1 **Corrigé de l'exercice 1 – page 9.**

(a) $238 = 42 \times 5 + 28$. Dans les 2e et 3e calculs, le reste est supérieur ou égal au diviseur.

(b)

2 3 8	4 2
2 8	5

(c) 238 s'appelle le dividende.

Corrigé de l'exercice 2 – page 9.

(a) $16 \times 7 = 112$ et $17 \times 7 = 119$ donc $16 \times 7 < 117 < 17 \times 7$.
En effectuant la division euclidienne de 117 par 7, le quotient est 16 et le reste 5.

(b) $13 \times 15 = 195$ et $14 \times 15 = 210$ donc $13 \times 15 < 196 < 14 \times 15$.
En effectuant la division euclidienne de 196 par 15, le quotient est 13 et le reste 1.

Corrigé de l'exercice 3 – page 9.

8 2 8	4 9
− 4 9	1 6
3 3 8	
− 2 9 4	
4 4	

Corrigé de l'exercice 4 – page 9.
Dans une division euclidienne, le reste est inférieur au diviseur. Pour que le quotient soit exact, il faut que le reste soit égal à 0.
Il faut augmenter le dividende de 3 (et dans ce cas, le quotient augmentera de 1) ou le diminuer de 14.

Corrigé de l'exercice 5 – page 10.
Le programme sert à calculer le quotient obtenu par la division euclidienne des deux nombres proposés par l'utilisateur.

C2 **Corrigé de l'exercice 6 – page 11.**

(a) $404 = 400 + 4$. Comme 400 et 4 sont divisibles par 4, alors 404 aussi.

(b) $357 = 350 + 7$. Comme 350 et 7 sont des multiples de 7, alors 357 aussi.

(c) 612 est un multiple de 6 (c'est $600 + 12$). Par conséquent, 613 n'est pas un multiple de 6.

(d) $441 = 450 - 9$. Comme 450 et 9 sont divisibles par 9, alors 441 l'est aussi. *On pouvait également utiliser le critère de divisibilité par 9.*

Corrigé de l'exercice 7 – page 11.
Le nombre de dizaines a deux chiffres, c'est un multiple de 9 se terminant par 7 : 27.
Un nombre impair multiple de 5 se termine par 5. Donc le nombre cherché est 275.

Corrigé de l'exercice 8 – page 11.

(a) On utilise le critère de divisibilité par 3.

(b) On utilise le critère de divisibilité par 5.

(c) Parmi les réponses à la question a, on repère les nombres pairs.

Corrigé de l'exercice 9 – page 11.

Entre 70 et 90, les multiples de 6 sont 72 ; 78 et 84.
Si on choisit 72 pour l'âge de la grand-mère, elle aura 73 ans l'année prochaine.
Si on choisit 78 pour l'âge de la grand-mère, elle aura 79 ans l'année prochaine.
Si on choisit 84 pour l'âge de la grand-mère, elle aura 85 ans l'année prochaine.
Donc la seule réponse possible pour être un multiple de 5 l'année prochaine est 84.

Corrigé de l'exercice 10 – page 12.

Les deux derniers chiffres forment un multiple de 5 et de 11 : il s'agit de 55.
Le nombre des centaines étant un multiple de 10, le nombre cherché s'écrit $\star055$.
Pour qu'il soit un multiple de 9, il faut que $\star+0+5+5$ soit un multiple de 9. Alors $\star = 8$.
Le nombre cherché est 8 055.

Corrigé de l'exercice 11 – page 12.

(a) $6 \times 18 = 108$ œufs. Il a récupéré 108 œufs ce matin.

(b) $108 \div 12 = 9$. Donc on peut faire 9 boîtes de 12 œufs pleines.

(c) Pour que les boîtes soient pleines, il faut qu'elles puissent contenir un diviseur de 108.

Les diviseurs de 108 sont :

- 1 et 108 : $1 \times 108 = 108$;
- 2 et 54 : $2 \times 54 = 108$;
- 3 et 36 : $3 \times 36 = 108$;
- 4 et 27 : $4 \times 27 = 108$;
- 6 et 18 : $6 \times 18 = 108$;
- 9 et 12 : $9 \times 12 = 108$.

On peut donc inventer des boîtes permettant de contenir 1 ou 2 ou 3 ou 4 ou 6 ou 9 ou 12 ou 18 ou 27 ou 36 ou 54 ou 108 œufs.

C3 **Corrigé de l'exercice 12 – page 13.**

$$\frac{7}{3} = \frac{14}{6} \qquad \frac{15}{12} = \frac{5}{4} \qquad \frac{6}{5} = \frac{30}{25} \qquad \frac{21}{27} = \frac{7}{9}$$

Corrigé de l'exercice 13 – page 13.

$$\frac{20}{35} = \frac{4 \times 5}{7 \times 5} = \frac{4}{7} \qquad \frac{28}{49} = \frac{4 \times 7}{7 \times 7} = \frac{4}{7} \qquad \frac{72}{45} = \frac{8 \times 9}{5 \times 9} = \frac{8}{5}$$

Corrigé de l'exercice 14 – page 13.

$$\frac{15}{105}=\frac{3}{21}=\frac{1}{7}$$
$$\frac{51}{57}=\frac{3\times 17}{3\times 19}=\frac{17}{19}$$
$$\frac{102}{144}=\frac{51}{72}=\frac{3\times 17}{3\times 24}=\frac{17}{24}$$
$$\frac{350}{490}=\frac{35}{49}=\frac{5}{7}$$
$$\frac{512}{1\,024}=\frac{1}{2}$$

Corrigé de l'exercice 15 – page 14.

(a) Les diviseurs de 18 sont : 1 ; 2 ; 3 ; 6 ; 9 et 18.

(b) Les diviseurs de 30 sont : 1 ; 2 ; 3 ; 5 ; 6 ; 10 ; 15 et 30.

(c) Les diviseurs communs à 18 et 30 sont 1 ; 2 ; 3 et 6.

(d) Comme il y a 4 diviseurs communs à 18 et 30, alors ils ne sont pas premiers entre eux.

Corrigé de l'exercice 16 – page 14.

(a) Comme les nombres 24 et 30 sont pairs (2 est un de leurs diviseurs communs), alors ils ne sont pas premiers entre eux.

(b) Les diviseurs de 18 sont : 1 ; 2 ; 3 ; 6 ; 9 ; 18. Les diviseurs de 25 sont : 1 ; 5 ; 25. Il n'y a pas de diviseur commun. Donc 18 et 25 sont premiers entre eux.

(c) Comme les nombres 50 et 75 ont 25 comme diviseur commun, alors ils ne sont pas premiers entre eux.

(d) Comme les nombres 42 et 70 ont 7 comme diviseur commun, alors ils ne sont pas premiers entre eux.

Corrigé de l'exercice 17 – page 14.

(a) Comme 18 et 30 sont des nombres pairs (2 est un de leurs diviseurs communs), alors la fraction $\frac{18}{30}$ n'est pas irréductible.

(b) Comme 70 et 42 ont 7 comme diviseur commun, alors la fraction $\frac{70}{42}$ n'est pas irréductible.

(c) Les diviseurs de 25 sont 1 ; 5 et 25. Les diviseurs de 16 sont : 1 ; 2 ; 4 ; 8 et 16. Il n'y a pas de diviseur commun.

Comme 25 et 16 sont des nombres premiers entre eux, alors la fraction $\frac{25}{16}$ est irréductible.

(d) Les diviseurs de 36 sont 1 ; 2 ; 3 ; 4 ; 6 ; 9 ; 12 ; 18 et 36. Les diviseurs de 55 sont : 1 ; 5 ; 11 et 55. Il n'y a pas de diviseur commun.

Comme 36 et 55 sont des nombres premiers entre eux, alors la fraction $\frac{36}{55}$ est irréductible.

Corrigé de l'exercice 18 – page 14.

$n = 25$ $\qquad\qquad$ $n = 46$

$$F = \frac{25+9}{25-6} \qquad F = \frac{46+9}{46-6}$$

$$F = \frac{34}{19} \qquad F = \frac{55}{40}$$

$$F = \frac{11}{8}$$

Corrigé de l'exercice 19 – page 14.

$$\frac{720}{1\,512} = \frac{360\times 2}{756\times 2} = \frac{360}{756}$$
$$\frac{360}{756} = \frac{180\times 2}{378\times 2} = \frac{180}{378}$$
$$\frac{180}{378} = \frac{90\times 2}{189\times 2} = \frac{90}{189}$$
$$\frac{90}{189} = \frac{3\times 30}{3\times 63} = \frac{30}{63}$$
$$\frac{30}{63} = \frac{3\times 10}{3\times 21} = \frac{10}{21}$$

Comme 10 et 21 n'ont qu'un seul diviseur commun (1), alors la fraction $\frac{10}{21}$ est une fraction irréductible et $\frac{720}{1\,512} = \frac{10}{21}$.

Corrigé de l'exercice 20 – page 14.

Appelons n le nombre aaa. Alors, on peut écrire :

$$n = a\times 100 + a\times 10 + a\times 1$$
$$n = a\times 101$$
$$n = a\times 3\times 37$$

Par conséquent,

$$\frac{aaa}{37} = \frac{3\times 37\times a}{37} = 3a$$

Corrigé de l'exercice 21 – page 14.

Appelons n le nombre $abab$. Alors, on peut écrire :

$$n = a\times 1\,000 + b\times 100 + a\times 10 + b\times 1$$
$$n = a\times 1\,010 + b\times 101$$
$$n = a\times 10\times 101 + b\times 101$$
$$n = 101\times(a\times 10 + b)$$

Par conséquent,

$$\frac{abab}{101} = \frac{101\times(a\times 10+b)}{101} = a\times 10 + b$$

Corrigé de l'exercice 22 – page 15.
42 ; 44 et 45 ne sont pas des nombres premiers. Pour 41 :

$$1 \times 41 = 41$$
$$2 \times 20 = 40 \text{ et } 2 \times 21 = 42$$
$$3 \times 13 = 39 \text{ et } 3 \times 14 = 42$$
$$4 \times 10 = 40 \text{ et } 4 \times 11 = 44$$
$$5 \times 8 = 40 \text{ et } 5 \times 9 = 45$$
$$6 \times 6 = 36 \text{ et } 6 \times 7 = 42$$
$$7 \times 5 = 35 \text{ et } 7 \times 6 = 42$$
$$8 \times 5 = 40 \text{ et } 8 \times 6 = 48$$
$$9 \times 4 = 36 \text{ et } 9 \times 5 = 45$$

En poursuivant ainsi, on prouve que 41 est un nombre premier. On effectue le même raisonnement pour 43.

Corrigé de l'exercice 23 – page 15.
• Comme 245 est un multiple de 5, alors il a au moins trois diviseurs (1 ; 5 et 245). Ce n'est pas un nombre premier.
• Comme 578 est un nombre pair, alors il a au moins trois diviseurs (1 ; 2 et 578). Ce n'est pas un nombre premier.
• Comme 963 est un multiple de 3 ($9+6+3=18$), alors il a au moins trois diviseurs (1 ; 3 et 963). Ce n'est pas un nombre premier.

Corrigé de l'exercice 24 – page 15.
Si on trouve un diviseur de 97, alors 97 ne sera pas un nombre premier.
2 ; 3 ; 5 ; 9 ; 10 ne sont pas des diviseurs de 97. Il faut tester d'autres valeurs :

$$97 = 26 \times 4 + 3 \qquad 97 = 16 \times 6 + 1 \qquad 97 = 13 \times 7 + 6 \qquad 97 = 12 \times 8 + 1$$

On s'arrête car si un diviseur b de 97 était supérieur à 10, alors on aurait $97 = b \times a$ avec a un nombre entier inférieur à 10. C'est impossible car on l'aurait déjà trouvé.
Il n'y a pas d'autres diviseurs de 97 que 1 et 97. Par conséquent, 97 est un nombre premier.

Corrigé de l'exercice 25 – page 15.

(a) $5+7=12$. Comme 57 est un multiple de 3, alors 57 n'est pas un nombre premier. VRAI

(b) Par définition, le nombre 8×25 n'est pas un nombre premier. FAUX

(c) $8+9=17$. C'est un nombre premier. VRAI

(d) $93 \div 3 = 31$. C'est bien un nombre premier. VRAI

Corrigé de l'exercice 26 – page 15.

(a)

$$2 \times 3 - 1 = 6 - 1 = 5$$
$$3 \times 4 - 1 = 12 - 1 = 11$$
$$4 \times 5 - 1 = 20 - 1 = 19$$

Ce sont bien des nombres premiers.

(b) Testons les égalités construites de la même façon :

$$5 \times 6 - 1 = 30 - 1 = 29$$
$$6 \times 7 - 1 = 42 - 1 = 41$$
$$7 \times 8 - 1 = 56 - 1 = 55 = 5 \times 11$$

Ce ne sont pas toujours des nombres premiers.

Corrigé de l'exercice 27 – page 16.

L'erreur se situe au niveau de l'instruction **répéter jusqu'à** ⟨ (b) < (a) ⟩.

Il faut écrire **répéter jusqu'à** ⟨ (b) = (a) ⟩ car il faut tester le nombre a lui-même.

C5 **Corrigé de l'exercice 28 – page 17.**

$$3 \times 5^2 = 3 \times 25 = 75$$
$$2^2 \times 5^2 = 4 \times 25 = 100$$
$$2^2 \times 3 \times 5 \times 7 = 4 \times 3 \times 5 \times 7 = 12 \times 35 = 420$$

Corrigé de l'exercice 29 – page 17.

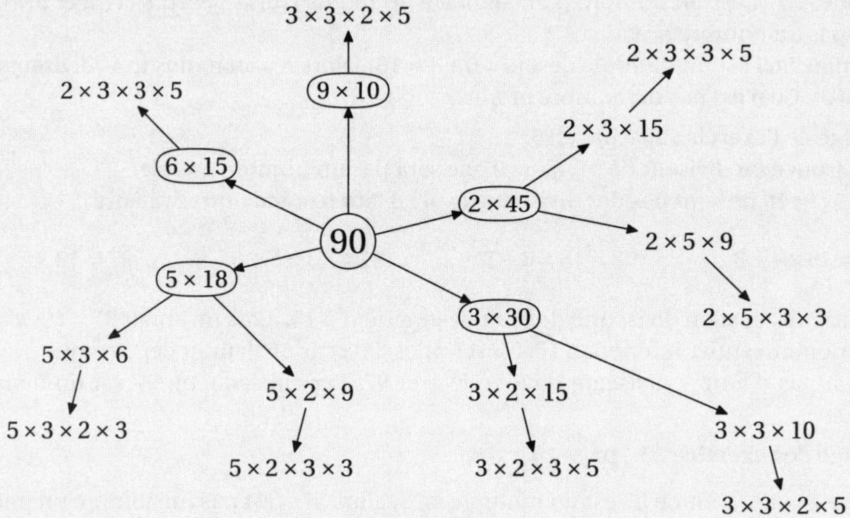

Corrigé de l'exercice 30 – page 17.

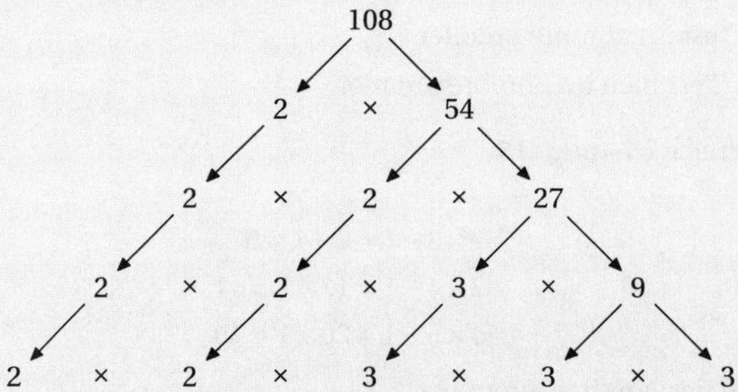

Corrigé de l'exercice 31 – page 18.

$96 = 2 \times 48$	$120 = 2 \times 60$	$375 = 5 \times 75$
$96 = 2 \times 6 \times 8$	$120 = 2 \times 4 \times 15$	$375 = 5 \times 3 \times 25$
$96 = 2 \times 2 \times 3 \times 2^3$	$120 = 2 \times 2^2 \times 3 \times 5$	$375 = 5 \times 3 \times 5^2$
$96 = 2^5 \times 3$	$120 = 2^3 \times 3 \times 5$	$375 = 3 \times 5^3$

Corrigé de l'exercice 32 – page 18.
D'après l'exercice précédent, on a :

$$\frac{96}{120} = \frac{2^5 \times 3}{2^3 \times 3 \times 5}$$
$$\frac{96}{120} = \frac{2^2}{5}$$
$$\frac{96}{120} = \frac{4}{5}$$

Corrigé de l'exercice 33 – page 18.

(a) $135 = 27 \times 5 = 9 \times 3 \times 5 = 3^3 \times 5.$

(b) $165 = 5 \times 33 = 5 \times 3 \times 11.$

(c) Comme $135 = 3^2 \times 3 \times 5$, alors on a :

$$135 \times 11 = 3^2 \times \underbrace{3 \times 5 \times 11}_{165} = 3^2 \times 165 = 9 \times 165$$

et par conséquent, le P.P.C.M. de 135 et 165 est :

$$135 \times 11 = 9 \times 165 = 1\,485.$$

Corrigé de l'exercice 34 – page 18.

(a) La grande roue a 15 dents, la petite en a 5.
Comme $5 \times 3 = 15 \times 1$, il faut 3 tours à la petite roue et 1 pour la grande.

(b) La grande roue a 15 dents, la petite en a 10.
Comme $10 \times 3 = 15 \times 2$, il faut 3 tours à la petite roue et 2 pour la grande.

(c) La grande roue a 24 dents, la petite en a 15.
Comme $24 = 8 \times 3 = 2^3 \times 3$ et $15 = 3 \times 5$, alors $24 \times 5 = 15 \times 8$.
Par conséquent, il faut 8 tours à la petite roue et 5 pour la grande.

Corrigé de l'exercice 35 – page 19.

(a) $825 = 5 \times 165 = 5 \times 3 \times 55 = 5 \times 3 \times 5 \times 11 = 3 \times 5^2 \times 11.$

(b) $1\,320 = 2 \times 660 = 2 \times 2 \times 330 = 2 \times 2 \times 33 \times 10 = 2 \times 2 \times 3 \times 11 \times 2 \times 5 = 2^3 \times 3 \times 5 \times 11.$

(c) Il faut donc trouver tous les facteurs communs des deux décompositions. Il s'agit donc de $3 \times 5 \times 11 = 165$. Le P.G.C.D. de 825 et 1 320 est 165.

Corrigé de l'exercice 36 – page 20.

(a)

$$\begin{array}{r|l} 388 & 30 \\ \cline{2-2} 88 & 12 \\ 28 & \end{array}$$

Chaque bandit aura 12 pièces d'or et Joe en aura 28.

(b) Si le reste de la division euclidienne du nombre de pièces par 30 est inférieur au quotient, Joe aura une part moins importante que ses hors-la-loi. Il devra donc adapter la règle de partage en fonction du nombre de pièces constituant le butin.

Corrigé de l'exercice 37 – page 20.

Si on enlève 1 au nombre cherché, c'est un multiple de 3, de 4 et de 5. Par conséquent, en lui enlevant 1, le nombre cherché est un multiple de $3 \times 4 \times 5 = 60$. Entre 400 et 450, le seul multiple de 60 est 420.

Donc le nombre cherché est 421.

$$\begin{array}{r|l} 421 & 3 \\ \cline{2-2} 12 & 140 \\ 1 & \end{array} \qquad \begin{array}{r|l} 421 & 4 \\ \cline{2-2} 021 & 105 \\ 1 & \end{array} \qquad \begin{array}{r|l} 421 & 5 \\ \cline{2-2} 21 & 84 \\ 1 & \end{array}$$

Corrigé de l'exercice 38 – page 20.

On sait que $42 = 2 \times 3 \times 7$ et $30 = 2 \times 3 \times 5$.

Donc $2 \times 3 \times 5 \times 7 = 210$ est un multiple de 30 et de 42.

Pourtant, ce n'est pas un multiple de $42 \times 30 = 1\,260$.

Donc un multiple de 42 et de 30 n'est pas un multiple de $42 \times 30 = 1\,260$.

Corrigé de l'exercice 39 – page 20.

(a) Si $n = 2$, alors $2n+1 = 2\times2+1 = 4+1 = 5$ qui est un nombre premier. Donc 2 est un nombre premier de Sophie Germain.

(b) Si $n = 3$, alors $2n+1 = 2\times3+1 = 6+1 = 7$ qui est un nombre premier. Donc 3 est un nombre premier de Sophie Germain.

(c)

Nombre premier n	2n+1	Nombre premier de Sophie Germain ?
2	$2\times2+1=5$	oui
3	$2\times3+1=7$	oui
5	$2\times5+1=11$	oui
7	$2\times7+1=15$	non ($15 = 5 \times 3$)
11	$2\times11+1=23$	oui
13	$2\times13+1=27$	non ($27 = 9 \times 3$)
17	$2\times17+1=35$	non ($35 = 5 \times 7$)
19	$2\times19+1=39$	non ($39 = 13 \times 3$)
23	$2\times23+1=47$	oui
29	$2\times29+1=59$	oui

Corrigé de l'exercice 40 – page 20.

(a) **1 et 2** On cherche le plus petit multiple commun à 45 et 16 : il s'agit de

$$45 \times 16 = 720.$$

Il faut 720 secondes pour retrouver simultanément le 1er et le 2e signal.

2 et 3 On cherche le plus petit multiple commun à 45 et 150 : il s'agit de

$$45 \times 10 = 150 \times 3 = 450.$$

Il faut 450 secondes pour retrouver simultanément le 2e et le 3e signal.

1 et 3 On cherche le plus petit multiple commun à 16 et 150 : il s'agit de

$$16 \times 75 = 150 \times 8 = 1\,200.$$

Il faut 1 200 secondes pour retrouver simultanément le 1er et le 3e signal.

(b) Il faut trouver le plus petit multiple commun à 16 ; 45 et 150. Il s'agit de

$$720 \times 5 = 450 \times 8 = 1\,200 \times 3 = 3\,600.$$

Les trois signaux sont émis simultanément toutes les heures.

Corrigé de l'exercice 41 – page 21.

(a) Le volume du pavé droit est $3 \times 8 \times 8 = 192$ cm^3.
Pour calculer son aire, on effectue la somme des aires des six faces le composant :

$$3 \times 8 + 3 \times 8 + 8 \times 8 + 8 \times 8 + 3 \times 8 + 3 \times 8 = 24 + 24 + 64 + 64 + 24 + 24 = 224 \text{ cm}^2$$

(b) On cherche à déterminer toutes les dimensions possibles pour obtenir le même volume. On remarque que $192 = 3 \times 8 \times 8 = 3 \times 2 \times 2 \times 2 \times 2 \times 2 \times 2$.
On va donc décomposer 192 cm^3 sous différentes formes et tester si l'aire du pavé droit correspondant est égale ou non à 224 cm^2.

Dimensions (cm)			Volume (cm^3)	Aire (cm^2)
1	1	192	$1 \times 1 \times 192 = 192$	$2 \times 1 \times 1 + 2 \times 1 \times 192 + 2 \times 1 \times 192 = 770$
1	2	96	$1 \times 2 \times 96 = 192$	$2 \times 1 \times 2 + 2 \times 1 \times 96 + 2 \times 2 \times 96 = 580$
1	3	64	$1 \times 3 \times 64 = 192$	$2 \times 1 \times 3 + 2 \times 1 \times 64 + 2 \times 3 \times 64 = 518$
1	4	48	$1 \times 4 \times 48 = 192$	$2 \times 1 \times 4 + 2 \times 1 \times 48 + 2 \times 4 \times 48 = 488$
1	6	32	$1 \times 6 \times 32 = 192$	$2 \times 1 \times 6 + 2 \times 1 \times 32 + 2 \times 6 \times 32 = 460$
1	8	24	$1 \times 8 \times 24 = 192$	$2 \times 1 \times 8 + 2 \times 1 \times 24 + 2 \times 8 \times 24 = 448$
1	12	16	$1 \times 12 \times 16 = 192$	$2 \times 1 \times 12 + 2 \times 1 \times 16 + 2 \times 12 \times 16 = 440$
2	2	48	$2 \times 2 \times 48 = 192$	$2 \times 2 \times 2 + 2 \times 2 \times 48 + 2 \times 2 \times 48 = 392$
2	3	32	$2 \times 3 \times 32 = 192$	$2 \times 2 \times 3 + 2 \times 2 \times 32 + 2 \times 3 \times 32 = 332$
2	4	24	$2 \times 4 \times 24 = 192$	$2 \times 2 \times 4 + 2 \times 2 \times 24 + 2 \times 4 \times 24 = 304$
2	6	16	$2 \times 6 \times 16 = 192$	$2 \times 2 \times 6 + 2 \times 2 \times 16 + 2 \times 6 \times 16 = 280$
2	8	12	$2 \times 8 \times 12 = 192$	$2 \times 2 \times 8 + 2 \times 2 \times 12 + 2 \times 8 \times 12 = 272$
3	4	16	$3 \times 4 \times 16 = 192$	$2 \times 3 \times 4 + 2 \times 3 \times 16 + 2 \times 4 \times 16 = 248$
3	8	8	$3 \times 8 \times 8 = 192$	$2 \times 3 \times 8 + 2 \times 3 \times 8 + 2 \times 8 \times 8 = 224$
4	4	12	$4 \times 4 \times 12 = 192$	$2 \times 4 \times 4 + 2 \times 4 \times 12 + 2 \times 4 \times 12 = 224$
4	6	8	$4 \times 6 \times 8 = 192$	$2 \times 4 \times 6 + 2 \times 4 \times 8 + 2 \times 6 \times 8 = 208$

Le pavé droit dont les dimensions sont 4 cm en profondeur, 4 cm en longueur et 12 cm en hauteur a le même volume et la même aire totale que le pavé droit de l'énoncé.

C7 **Corrigé de l'exercice 42 – page 22.**

$$\frac{8}{10}+\frac{52}{100}=\frac{80}{100}+\frac{52}{100}=\frac{132}{100}=1,32$$

$$7+\frac{6}{10}+\frac{75}{100}=\frac{700}{100}+\frac{60}{100}+\frac{75}{100}=\frac{835}{100}=8,35.$$

Nombre décimal	Écriture décimale	Partie entière	Partie décimale
$23+\frac{4}{10}$	23,4	23	0,4
$25+\frac{9}{100}$	25,09	25	0,09
$\frac{35}{100}$	0,35	0	0,35
$2+\frac{7}{100}+\frac{1}{10}$	2,17	2	0,17
$\frac{8}{10}+\frac{52}{100}$	1,32	1	0,32
$7+\frac{6}{10}+\frac{75}{100}$	8,35	8	0,35

Corrigé de l'exercice 43 – page 22.

(a) 5 est le chiffre des millièmes. 4 est le chiffre des dizaines. 2 représente le chiffre des dixièmes. 1 représente le chiffre des centaines.

(b) 9 est le chiffre des dizaines. 0 est le chiffre des centièmes. 8 est le chiffre des unités. 7 est le chiffre des dixièmes.

(c) Pour le nombre 12,453, le chiffre 3 représente le chiffre des millièmes.
Pour le nombre 300,8, le chiffre 3 représente le chiffre des centaines.
Pour le nombre 77,32, le chiffre 3 représente le chiffre des dixièmes.
Pour le nombre 883,009, le chiffre 3 représente le chiffre des unités.

Corrigé de l'exercice 44 – page 22.

Sonia a écrit 304,751. Elle a changé le chiffre des *dixièmes.*
Marion a écrit 314,651. Elle a changé le chiffre des *dizaines.*
Baptiste a écrit 304,681. Il a changé le chiffre des *centièmes.*
Romain a écrit 9 comme chiffre des dixièmes. Au lieu de 304,651 il a écrit 304,951.

Corrigé de l'exercice 45 – page 23.

• *Mon nombre d'unités est le double de celui du nombre 68,543* : 68 × 2 = 136.
• *Mon chiffre des centièmes est le même que celui du nombre 375,091* : c'est donc 9.
• *Mon chiffre des dixièmes est le même que celui du nombre 192,685* : c'est donc 6.

Le nombre à trouver est donc 136,69. On peut l'écrire $136+\frac{69}{100}$.

Corrigé de l'exercice 46 – page 23.

(a) Il y a 3,00 ; 3,21 ; 3,42 ; 3,63 et 3,84.

(b) Il y a 0,55 ; 1,45 et 2,35.

(c) Il y a 0,154 ; 0,253 ; 0,352 ; 0,451 ; 1,252 ; 1,351 ; 10,45 ; 11,35... Cela donne davantage de solutions.

C8 **Corrigé de l'exercice 47 – page 25.**

(a) $8,17+6,7+6,83+3,3=15+10=25.$

(b) $3,4+0,88+1,6+0,12=5+1=6.$

(c) $6,8+5,7+4,3+3,2=10+10=20.$

(d) $12,1+12,4+12,9+12,6=24,5+25,5=50$

Corrigé de l'exercice 48 – page 25.

$$\begin{array}{r} {\scriptstyle 1} \\ 148,03 \\ +\ 214,2 \\ \hline 362,23 \end{array} \qquad \begin{array}{r} {\scriptstyle 1} \\ 345,6 \\ +\ \ \ 7,25 \\ \hline 352,85 \end{array} \qquad \begin{array}{r} 1,256 \\ +\ 98,61 \\ \hline 99,866 \end{array}$$

Corrigé de l'exercice 49 – page 25.

(a) $23,7+11,3=35$

(b) $15,2+10=25,2$

(c) $36,2+19,2=55,4$

(d) $51,7+7=58,7$

(e) $43,7-8,7=35$

(f) $35,2-10=25,2$

(g) $436,2-380=56,2$

(h) $65,7-7=58,7$

Corrigé de l'exercice 50 – page 25.

$$\begin{array}{r} 23 \\ \times\ 4,5 \\ \hline 115 \\ 92 \\ \hline 103,5 \end{array} \qquad \begin{array}{r} 34 \\ \times\ 3,59 \\ \hline 306 \\ 170 \\ 102 \\ \hline 122,06 \end{array} \qquad \begin{array}{r} 78 \\ \times\ 8,9 \\ \hline 702 \\ 624 \\ \hline 694,2 \end{array} \qquad \begin{array}{r} 89 \\ \times\ 5,17 \\ \hline 623 \\ 89 \\ 445 \\ \hline 460,13 \end{array}$$

Corrigé de l'exercice 51 – page 25.

$$\begin{array}{r} 1,25 \\ \times\ \ 5,1 \\ \hline 125 \\ 625 \\ \hline 6,375 \end{array} \qquad \begin{array}{r} 25,2 \\ \times\ \ 7,9 \\ \hline 2268 \\ 1764 \\ \hline 199,08 \end{array} \qquad \begin{array}{r} 7,9 \\ \times\ 8,78 \\ \hline 632 \\ 553 \\ 632 \\ \hline 69,362 \end{array} \qquad \begin{array}{r} 35,12 \\ \times\ \ 7,19 \\ \hline 31608 \\ 3512 \\ 24584 \\ \hline 252,5128 \end{array}$$

Corrigé de l'exercice 52 – page 25.

$$\begin{array}{r|l} 317 & 7 \\ \cline{2-2} -\ 28 & 45 \\ \cline{1-1} 37 & \\ -\ 35 & \\ \cline{1-1} 2 & \end{array} \qquad\qquad \begin{array}{r|l} 2587 & 24 \\ \cline{2-2} -\ 24 & 107 \\ \cline{1-1} 18 & \\ -\ \ 0 & \\ \cline{1-1} 187 & \\ -\ 168 & \\ \cline{1-1} 19 & \end{array}$$

Corrigé de l'exercice 53 – page 26.

(a)

```
 729 | 90
  90 | 8,1
   0 |
```

(b)

```
3192   | 700
 3920  | 4,56
  4200 |
     0 |
```

Corrigé de l'exercice 54 – page 26.

Le jus de fruit pèse 1 530 g et le jambon 3 120 g.

```
   1 1
   2 4 5        1 2 3 0        2 7 6 0        3 0 1 3
+  9 8 5      + 1 5 3 0      +   2 5 3      + 3 1 2 0
---------     ---------      ---------      ---------
 1 2 3 0        2 7 6 0        3 0 1 3        6 1 3 3
```

La masse totale du filet est 6 133 g ou 6,133 kg.

Corrigé de l'exercice 55 – page 26.

```
  1 9,7 8
-   3,7 9
---------
  1 5,9 9
```

Le prix d'un livre est 15,99 €.

```
  1 1 1
  1 9,7 8
+ 1 5,9 9
---------
  3 5,7 7
```

Le total des achats est 35,77 €.

```
  4 0,7 7
- 3 5,7 7
---------
    5
```

Le caissier lui rend 5 €.

Corrigé de l'exercice 56 – page 26.

CD-ROM : $4,7 \times 12 \times 2,117 \approx 119$ mm.

Corrigé de l'exercice 57 – page 26.

```
                                0,2 5
    0,3                     × 1 3,5 6
× 1 2,5       0,2 8         ---------
-------                         1 5 0         3
    1 5     ×   1 1           1 2 5       × 1,8
  0 6       -------         0 7 5         -----
  3             2 8         2 5             2 4
-------       2 8           ---------       3
  3,7 5     -------         3,3 9 0 0     -----
              3,0 8                         5,4
```

Ce qui représente un total de 15,62 €.

Donc, le client ne dispose pas d'assez d'argent.

Corrigé de l'exercice 58 – page 27.

(a)

```
3729 | 30
 72  | 124,3
 129 |
   90|
    0|
```

Chaque versement vaudra 124,30 €.

(b) Dans ce cas, le montant de la platine laser sera

$$372,90\text{ €} + 18\text{ €} = 390,90\text{ €}$$

3 9 0 9	6 0
3 0 9	6 5,1 5
9 0	
3 0 0	
0	

Chaque versement vaudra 65,15 €.

Corrigé de l'exercice 59 – page 27.

$A = 6 \times 3 + 7$	$B = 9 \times 14 - 5 \times 12$	$C = 17 - 3 \times 4$	$D = 1 + 50 \div 5 \times 2$
$A = 18 + 7$	$B = 126 - 60$	$C = 17 - 12$	$D = 1 + 10 \times 2$
$A = 25$	$B = 66$	$C = 5$	$D = 1 + 20$
			$D = 21$

Corrigé de l'exercice 60 – page 28.

$E = 6 \times (3 + 7)$	$F = (13 - 7) \div 2$	$G = (3 + 5) \times (9 - 7)$	$H = (3 + 5 \times 7) \div 2 + 1$
$E = 6 \times 10$	$F = 6 \div 2$	$G = 8 \times 2$	$H = (3 + 35) \div 2 + 1$
$E = 60$	$F = 3$	$G = 16$	$H = 38 \div 2 + 1$
			$H = 19 + 1$
			$H = 20$

Corrigé de l'exercice 61 – page 28.

$A = 2 \times 3 + 3 \times 5$	$B = 3 + 3 \times 3 + 3$
$A = 6 + 15$	$B = 3 + 9 + 3$
$A = 21$	$B = 15$

$C = 10 - (5 - (4 - (3 - (2 - 1))))$	$D = 2 + 3 \times (4 + 5 \times 6)$
$C = 10 - (5 - (4 - (3 - 1)))$	$D = 2 + 3 \times (4 + 30)$
$C = 10 - (5 - (4 - 2))$	$D = 2 + 3 \times 34$
$C = 10 - (5 - 2)$	$D = 2 + 132$
$C = 10 - 3$	$D = 134$
$C = 7$	

$E = 17 + 70 \div 5 \times 3$	$F = (3 + 5 \times 7) \div 2 + 1$
$E = 17 + 14 \times 3$	$F = (3 + 35) \div 2 + 1$
$E = 17 + 42$	$F = 38 \div 2 + 1$
$E = 59$	$F = 19 + 1$
	$F = 20$

Corrigé de l'exercice 62 – page 28.

$A = 150 - [200 - 4 \times (19 + 5 \times 3) + 22 \div 2]$
$A = 150 - [200 - 4 \times (19 + 15) + 22 \div 2]$
$A = 150 - [200 - 4 \times 34 + 22 \div 2]$
$A = 150 - [200 - 132 + 11]$
$A = 150 - 79$
$A = 71$

$B = 7 \times [(134 - 48 \div 2 - 5) + 1]$
$B = 7 \times [(134 - 24 - 5) + 1]$
$B = 7 \times [105 + 1]$
$B = 7 \times 106$
$B = 742$

$C = 82 - [15 \times 3 - 4 \times (9 + 2)]$
$C = 82 - [15 \times 3 - 4 \times 11]$
$C = 82 - [45 - 44]$
$C = 82 - 1$
$C = 81$

$D = 325 - [27 + (23 - 9 \times 2) \times 3] \times 5$
$D = 325 - [27 + (23 - 18) \times 3] \times 5$
$D = 325 - [27 + 5 \times 3] \times 5$
$D = 325 - [27 + 15] \times 5$
$D = 325 - 42 \times 5$
$D = 325 - 210$
$D = 115$

C9 **Corrigé de l'exercice 63 – page 29.**

(a) $0 - 8 = -8$;
(b) $0 - 12 = -12$;
(c) $1 - 2 = \underbrace{1 - 1}_{=0} - 1 = -1$;
(d) $2 - 1 = 1$;
(e) $0 - 6 = -6$;
(f) $7 - 3 = 4$;
(g) $3 - 7 = \underbrace{3 - 3}_{=0} - 4 = -4$;
(h) $6 - 8 = \underbrace{6 - 6}_{=0} - 2$;
(i) $0 - 5 = -5$;
(j) $15 - 12 = 3$;
(k) $12 - 15 = \underbrace{12 - 12}_{=0} - 3 = -3$;
(l) $4,5 - 6 = \underbrace{4,5 - 4,5}_{=0} - 1,5 = -1,5$.

Corrigé de l'exercice 64 – page 29.
Les coordonnées de A sont $(4;0)$. Les coordonnées de B sont $(-5,4;0)$. Les coordonnées de C sont $(1,6;0)$. Les coordonnées de D sont $(-2,5;0)$.

Corrigé de l'exercice 65 – page 30.

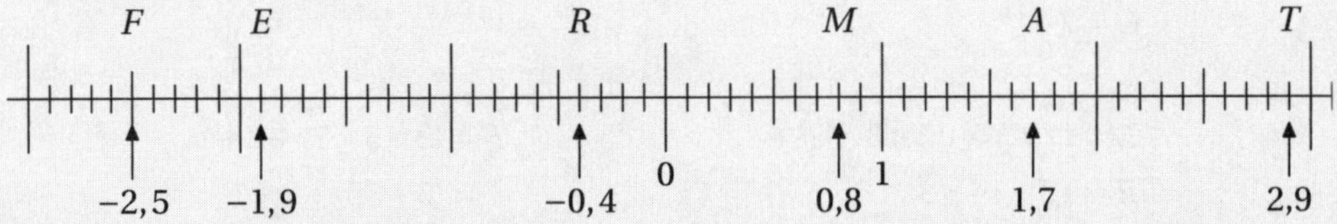

On lit le nom de Pierre de Fermat (1601-1665).

Corrigé de l'exercice 66 – page 30.
La distance à zéro du point A est 2 ; celle du point B est 3 ; celle du point C est 5.

Corrigé de l'exercice 67 – page 31.

(a) Les coordonnées de A sont $(1,4;1,5)$. Les coordonnées de B sont $(0;1,5)$. Les coordonnées de C sont $(1,8;0)$. Les coordonnées de D sont $(-1;-1)$. Les coordonnées de E sont $(-1,5;1,2)$. Les coordonnées de F sont $(1;-0,5)$. Les coordonnées de G sont $(1,4;-1)$.

(b)
  (a) Ceux qui ont une abscisse négative sont D et E.
  (b) Ceux qui ont une ordonnée négative sont D ; F et G.
  (c) Ceux qui ont une abscisse positive et une ordonnée négative sont F et G.

C 10 **Corrigé de l'exercice 68 – page 32.**

(a)

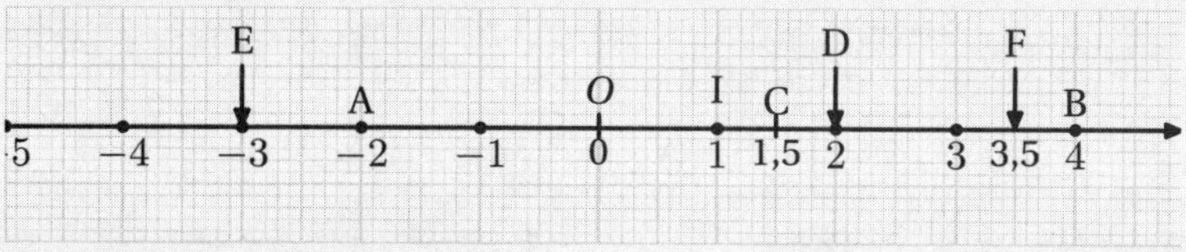

(b) $x_D = 2$, $x_E = -3$ et $x_F = 3,5$.

(c) Ce sont les points A et D.

(d) Elle vaut 3.

Corrigé de l'exercice 69 – page 32.

(a) L'abscisse de A est 1,2. Celle de B est −2.

(b)

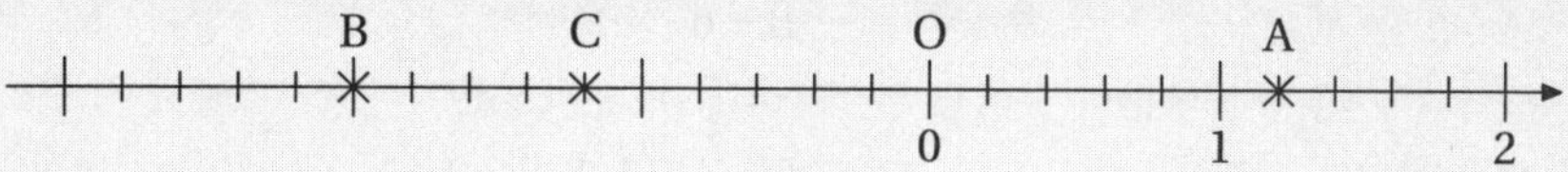

(c) Les points A et C sont symétriques par rapport au point O.

(d) La distance à zéro du point B est 2.

Corrigé de l'exercice 70 – page 32.

L'opposé de 5 est −5. L'opposé de −7 est 7. L'opposé de 2,3 est −2,3 et l'opposé de −6,25 est 6,25.

Corrigé de l'exercice 71 – page 33.

$8 + (-8) = 0$ donc l'opposé de 8 est −8.
$(-10) + 10 = 0$ donc l'opposé de (-10) est 10.
$3,2 + (-3,2) = 0$ donc l'opposé de 3,2 est $(-3,2)$.
$(-7,8) + 7,8 = 0$ donc l'opposé de $(-7,8)$ est 7,8.

Corrigé de l'exercice 72 – page 33.

$-5+5=0$	$-2+2=0$	$6+(-6)=0$
$-2,5+2,5=0$	$0,7-0,7=0$	$-6+6=0$

C 11 **Corrigé de l'exercice 73 – page 34.**

$A=(-2)+(-4)=(-6)$	$E=5+(-5)=0$	$I=4+(-7)=(-3)$
$B=(-7)+(-2)=(-9)$	$F=(-5)+(-5)=(-10)$	$J=(-7)+10=3$
$C=(-4)+(-3)=(-7)$	$G=(-7)+(-10)=(-17)$	$K=(-4)+3=(-1)$
$D=(-2)+4=2$	$H=(-5)+9=4$	$L=5+(-9)=(-4)$

Corrigé de l'exercice 74 – page 34.

Température à 12 h	24 °C	15 °C	6,2 °C	-2 °C	-2 °C	4 °C	6 °C
Température à 16 h	28 °C	10 °C	1,8 °C	0 °C	8 °C	4 °C	-3 °C
Variation en °C	(+4)	(−5)	4,4	2	10	0	(−9)

Corrigé de l'exercice 75 – page 34.

-6

-1 | -5

-9 | 8 | -13

-21 | 12 | -4 | -9

Corrigé de l'exercice 76 – page 35.

$A = (+14) + (-12) + (-13) + (+11)$
$A = 2 + (-13) + (+11)$
$A = (-11) + (+11)$
$A = 0$

$B = (+14,1) + (-12,1) + (-13,5) + (+11,5)$
$B = (+2) + (-13,5) + (+11,5)$
$B = (-11,5) + (+11,5)$
$B = 0$

$C = (-14) + (-12) + (+13) + (-1)$
$C = (-26) + (+13) + (-1)$
$C = (-13) + (-1)$
$C = (-14)$

$D = (+15,7) + (-12,1) + (-20) + (-7,8)$
$D = (+3,6) + (-20) + (-7,8)$
$D = (-16,4) + (-7,8)$
$D = (-24,2)$

C12 **Corrigé de l'exercice 77 – page 36.**

$a = (-3) - (-5)$
$a = (-3) + 5$
$a = 2$

$b = (+7) - (+13)$
$b = (+7) + (-13)$
$b = -6$

$c = (-5) - (+6)$
$c = (-5) + (-6)$
$c = -11$

$d = (+18) - (+5)$
$d = (+18) + (-5)$
$d = 13$

$e = (-12) - (-8)$
$e = (-12) + 8$
$e = -4$

$f = (+9) - (-3)$
$f = (+9) + (+3)$
$f = 12$

$g = (-5) - 2$
$g = (-5) + (-2)$
$g = -7$

$h = -8 - 3,5$
$h = -8 + (-3,5)$
$h = -11,5$

$i = (-11,3) - 15,4$
$i = (-11,3) + (-15,4)$
$i = -26,7$

$j = 3 - (-12)$
$j = 3 + 12$
$j = 15$

$k = (-12) - 38$
$k = (-12) + (-38)$
$k = -50$

Corrigé de l'exercice 78 – page 36.

−60			
−49	11		
−33	16	5	
−21	12	−4	−9

Corrigé de l'exercice 79 – page 36.

(a)

$A = (-2) + (-4)$
$A = -6$

$B = (-7) + (+2)$
$B = -5$

$C = 4 + (-3)$
$C = 1$

$D = (-5) - (-5)$
$D = (-5) + 5$
$D = 0$

$E = -7 - (-10)$
$E = -7 + 10$
$E = 3$

$F = 5 + (-9)$
$F = -4$

(b) $3 > 1 > 0 > -4 > -5 > -6$

(c)

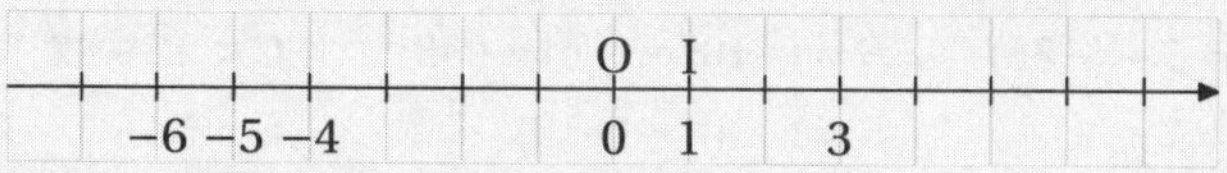

C13 **Corrigé de l'exercice 80 – page 37.**

$(-4) \times (-1) = 4$
$(-1) \times (-7) = 7$
$(-3) \times (-8) = 24$
$(-3) \times (+9) = -27$
$(-3) \times (-5) = 15$
$(-8) \times (-7) = 56$

$3 \times (-2) = -6$
$4 \times (-5) = -20$
$6 \times (-4) = -24$
$4 \times (-9) = -36$
$(-6) \times (-4) = 24$
$5 \times (-9) = -45$

$(-1) \times 7 = -7$
$(-3) \times (-7) = 21$
$(-4) \times (-2) = 8$
$(-7) \times (+9) = -63$
$(-0,01) \times (-100) = 1$
$(-2,5) \times (-4) = 10$

Corrigé de l'exercice 81 – page 37.
On ne fait aucun nouveau calcul !
On applique la règle sur la multiplication des nombres décimaux...

$(-5,3) \times 29 = -153,7$
$(-5,3) \times (-2,9) = 15,37$

$0,53 \times (-2,9) = -1,537$
$(-0,53) \times (-0,29) = 0,153\,7$

Corrigé de l'exercice 82 – page 37.

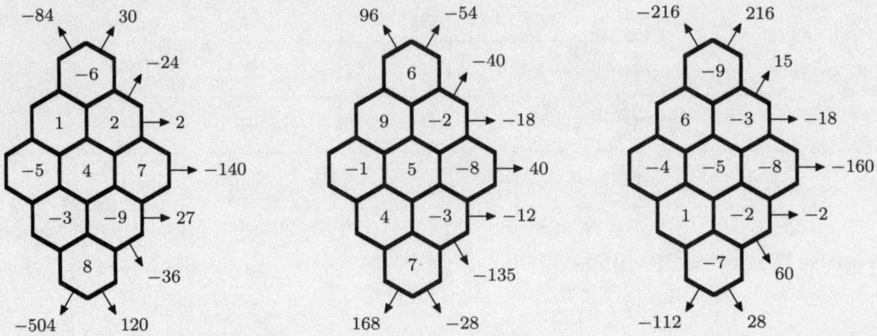

Corrigé de l'exercice 83 – page 38.

$(-3)\times(-4)=12$ $2+3=5$ $(-9)-3=-12$

$(-4)-(-2)=-2$ $(-1)\times(-7)=7$ $7\times(-1)=-7$

$0,25\times(-4)=-1$ $(-2)\times(-2)=4$ $0,1-1,1=-1$

Corrigé de l'exercice 84 – page 38.

$A=7-(-4)\times 9$
$A=7-(-36)$
$A=7+36$
$A=43$

$B=(-2)\times 5+(-6)\times(-3)$
$B=(-10)+(-6)\times(-3)$
$B=(-10)+(+18)$
$B=8$

$C=12+(-6)\times(-7)$
$C=12+42$
$C=54$

C 14 **Corrigé de l'exercice 85 – page 39.**

$(-12)\div 3=-4$ $14\div(-7)=-2$ $(-25)\div(-5)=5$

$36\div(-9)=-4$ $(-48)\div(-8)=6$ $(-54)\div 6=-9$

Corrigé de l'exercice 86 – page 39.

a	b	$a+b$	$a-b$	ab	$a\div b$
3	5	8	−2	15	0,6
−1	2	1	−3	−2	−0,5
4	−8	−4	12	−32	−0,5
−5	−4	−9	−1	20	1,25
−6	−3	−9	−3	18	2
−3	5	2	−8	−15	−0,6

Corrigé de l'exercice 87 – page 39.

$$A=\frac{2+3\times6}{-4} \qquad B=\frac{15}{-2\times3+1}$$
$$A=\frac{2+18}{-4} \qquad B=\frac{15}{-6+1}$$
$$A=\frac{20}{-4} \qquad B=\frac{15}{-5}$$
$$A=-5 \qquad B=-3$$

Corrigé de l'exercice 88 – page 39.

$$A=3\times[(-5)+(-30)]\div5 \qquad B=36\div(-9)+2\times5-2$$
$$A=3\times(-35)\div5 \qquad B=-4+10-2$$
$$A=-105\div5 \qquad B=6-2$$
$$A=-21 \qquad B=4$$

$$C=8\times[(-5)+8]\div4 \qquad D=\left(-2\times10+2\right)\div\left((-12)\div(-6)+7\right)$$
$$C=8\times3\div4 \qquad D=\left(-20+2\right)\div\left(2+7\right)$$
$$C=24\div4 \qquad D=(-18)\div9$$
$$C=6 \qquad D=-2$$

Corrigé de l'exercice 89 – page 39.

$$C=\frac{-7+7\times(-3)-3}{-8\times5-3\times(-3)} \qquad D=\frac{7\times(-8)-24\div(-4)}{-27\div(-3)+(-2)\times4}$$
$$C=\frac{-7+(-21)-3}{-40-(-9)} \qquad D=\frac{-56-(-6)}{9+(-8)}$$
$$C=\frac{-31}{-40+9} \qquad D=\frac{-56+6}{1}$$
$$C=\frac{-31}{-31} \qquad D=\frac{-50}{1}$$
$$C=1 \qquad D=-50$$

Corrigé de l'exercice 90 – page 40.

L'inverse de -1 est $\frac{1}{-1}=-1$.

L'inverse de 9 est $\frac{1}{9}$.

L'inverse de 17 est $\frac{1}{17}$.

L'inverse de -6 est $\frac{1}{-6}$.

L'inverse de $2+\pi$ est $\frac{1}{2+\pi}$.

Corrigé de l'exercice 91 – page 40.

(a) $7\div4=7\times\frac{1}{4}$

(b) $9\div13=9\times\frac{1}{13}$

(c) $\frac{14}{25}=14\times\frac{1}{25}$

(d) $\frac{15}{-7}=15\times\frac{1}{-7}$

(e) $-10\times\frac{-1}{7}=\frac{10}{7}$ ou $-10\times\frac{1}{-7}=\frac{10}{7}$

(f) $25\times\frac{1}{18}=\frac{25}{18}$.

C 15 Corrigé de l'exercice 92 – page 41.

Éprouvette	n° 1	n° 2	n° 3	n° 4	n° 5	n° 6
Fraction	$\frac{4}{9}$	$\frac{6}{8}$	$\frac{7}{11}$	$\frac{5}{6}$	$\frac{9}{12}$	$\frac{9}{15}$

Corrigé de l'exercice 93 – page 41.

Sur la 1re figure, on a colorié $\frac{16}{32}$ et sur la 2e figure, on a colorié $\frac{6}{18}$.

Corrigé de l'exercice 94 – page 41.

La longueur AM représente...

(a) $\frac{1}{3}$ de la longueur AB. (b) $\frac{20}{16}$ de la longueur AB. (c) $\frac{4}{5}$ de la longueur AB.

(d) $\frac{15}{12}$ de la longueur AB. (e) $\frac{6}{10}$ de la longueur AB. (f) $\frac{11}{8}$ de la longueur AB.

Corrigé de l'exercice 95 – page 42.

(a) $\frac{5}{6} \times 6 = 5$ (d) $\frac{11}{6} \times 6 = 11$ (g) $\frac{3}{5} \times 5 = 3$

(b) $\frac{7}{4} \times 4 = 7$ (e) $\frac{7}{8} \times 8 = 7$ (h) $\frac{1}{6} \times 6 = 1$

(c) $\frac{9}{8} \times 8 = 9$ (f) $\frac{11}{7} \times 7 = 11$ (i) $\frac{5}{7} \times 7 = 5$

C 16 Corrigé de l'exercice 96 – page 43.

(a) $68 = 2 \times 34 = 2 \times 2 \times 17$.

(b) $153 = 3 \times 51 = 3 \times 3 \times 17$.

(c)

$$\frac{68}{153} = \frac{2^2 \times 17}{3^2 \times 17} = \frac{2^2}{3^2} = \frac{4}{9}$$

Corrigé de l'exercice 97 – page 43.

On décompose le numérateur et le dénominateur à l'aide d'un produit de nombres premiers.

$288 = 2 \times 144$ $192 = 2 \times 96$

$288 = 2 \times 2 \times 72$ $192 = 2 \times 2 \times 48$

$288 = 2 \times 2 \times 8 \times 9$ $192 = 2 \times 2 \times 6 \times 8$

$288 = 2 \times 2 \times 2 \times 2 \times 2 \times 3 \times 3$ $192 = 2 \times 2 \times 2 \times 3 \times 2 \times 2 \times 2$

$$\frac{288}{192} = \frac{2 \times 2 \times 2 \times 2 \times 2 \times 3 \times 3}{2 \times 2 \times 2 \times 3 \times 2 \times 2 \times 2}$$

$$\frac{288}{192} = \frac{3}{2}$$

Corrigé de l'exercice 98 – page 43.

On simplifie l'écriture de la fraction $\frac{210}{168}$.

$$210 = 21 \times 10 \qquad 168 = 2 \times 84$$
$$210 = 7 \times 3 \times 2 \times 5 \qquad 168 = 2 \times 2 \times 42$$
$$168 = 2 \times 2 \times 7 \times 6$$
$$168 = 2 \times 2 \times 7 \times 2 \times 3$$

$$\frac{210}{168} = \frac{7 \times 3 \times 2 \times 5}{2 \times 2 \times 7 \times 2 \times 3}$$
$$\frac{210}{168} = \frac{5}{2 \times 2}$$
$$\frac{210}{168} = \frac{5}{4}$$

Donc on place le point A d'abscisse $\frac{5}{4}$.

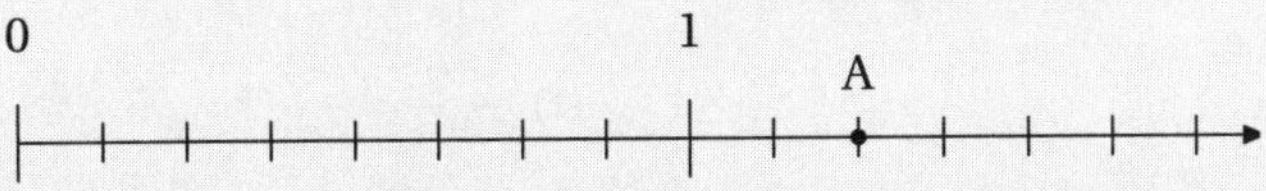

C 17 **Corrigé de l'exercice 99 – page 44.**

(a) $\frac{2}{7} < \frac{4}{7}$

(b) $\frac{7}{5} > \frac{3}{5}$

(c) $\frac{7}{9} < \frac{8}{9}$

(d) $\frac{53}{17} < \frac{51}{17}$.

Corrigé de l'exercice 100 – page 44.

(a) $\frac{-2}{3} < \frac{4}{3}$

(b) $\frac{5}{-7} > \frac{8}{-7}$

(c) $\frac{-7}{-9} < \frac{-8}{-9}$

(d) $\frac{-35}{3} < \frac{-32}{3}$.

Corrigé de l'exercice 101 – page 44.

(a) $\frac{2_{\times 3}}{5_{\times 3}} = \frac{6}{15}$. Donc $\frac{2}{5} > \frac{4}{15}$.

(b) $\frac{7_{\times 4}}{6_{\times 4}} = \frac{28}{25}$. Donc $\frac{7}{6} > \frac{25}{24}$.

(c) $\frac{7_{\times 5}}{3_{\times 5}} = \frac{35}{15}$. Donc $\frac{33}{15} < \frac{7}{3}$.

(d) $\frac{6_{\times 3}}{7_{\times 3}} = \frac{18}{21}$. Donc $\frac{6}{7} > \frac{17}{21}$.

Corrigé de l'exercice 102 – page 44.

(a) $\frac{-2_{\times(-2)}}{3_{\times(-2)}} = \frac{4}{-6}$.

(b) $\frac{6_{\times(-2)}}{-7_{\times(-2)}} = \frac{-12}{14}$. Donc $\frac{6}{-7} < \frac{-8}{14}$.

(c) $\frac{-17_{\times 5}}{-9_{\times 5}} = \frac{-85}{-45}$. Donc $\frac{-17}{-9} < \frac{-93}{-45}$.

(d) $\frac{-5_{\times 3}}{6_{\times(-3)}} = \frac{-15}{18}$. Donc $\frac{-5}{6} > \frac{-17}{18}$.

Corrigé de l'exercice 103 – page 44.

(a) $\left.\begin{array}{l} 1\,758 \times 19 = 33\,402 \\ 392 \times 412 = 161\,504 \end{array}\right\}$ $33\,402 \neq 162\,504$. Donc $\dfrac{1\,758}{412} \neq \dfrac{392}{19}$.

On a même $\dfrac{1\,758}{412} < \dfrac{392}{19}$.

(b) $\left.\begin{array}{l} 1\,728 \times 595 = 1\,028\,160 \\ 3\,672 \times 280 = 1\,028\,160 \end{array}\right\}$ $1\,028\,160 = 1\,028\,160$. Donc $\dfrac{1\,728}{280} = \dfrac{3\,672}{595}$.

C 18

Corrigé de l'exercice 104 – page 45.

$$\frac{7}{3} + \frac{-8}{3} = \frac{7+(-8)}{3} = \frac{-1}{3} = -\frac{1}{3}$$

$$\frac{5}{4} - \frac{11}{4} = \frac{5-11}{4} = \frac{-6}{4} = \frac{-3}{2} = -\frac{3}{2}$$

$$\frac{-8}{5} + \frac{4}{5} = \frac{-8+4}{5} = \frac{-4}{5} = -\frac{4}{5}$$

Corrigé de l'exercice 105 – page 45.

(a) $\dfrac{5}{3} = \dfrac{20}{12}$;

(b) $\dfrac{-2}{5} = \dfrac{-6}{15}$;

(c) $\dfrac{-7}{4} = \dfrac{28}{-16}$;

(d) $\dfrac{21}{14} = \dfrac{3}{2}$;

(e) $\dfrac{-10}{15} = \dfrac{2}{-3}$;

(f) $\dfrac{16}{-24} = \dfrac{-4}{6}$.

Corrigé de l'exercice 106 – page 45.

$$A = \frac{-5_{\times 2}}{8_{\times 2}} + \frac{13}{16} \qquad A = \frac{-10}{16} + \frac{13}{16} \qquad A = \frac{3}{16}$$

$$B = \frac{10_{\times(-2)}}{-9_{\times(-2)}} + \frac{5}{18} \qquad B = \frac{-20}{18} + \frac{5}{18} \qquad B = \frac{-15_{\div 3}}{18_{\div 3}} \qquad B = \frac{-5}{6}$$

$$C = \frac{1_{\times 3}}{8_{\times 3}} + \frac{-11}{24} \qquad C = \frac{3}{24} + \frac{-11}{24} \qquad C = \frac{-8_{\div 8}}{24_{\div 8}} \qquad C = \frac{-1}{3}$$

$$D = \frac{11}{16} - \frac{-5_{\times 8}}{2_{\times 8}} \qquad D = \frac{11}{16} - \frac{-40}{16} \qquad D = \frac{11-(-40)}{16} \qquad D = \frac{51}{16}$$

$$E = \frac{-13_{\times 3}}{15_{\times 3}} + \frac{34}{45} \qquad E = \frac{-39}{45} + \frac{34}{45} \qquad E = \frac{-5_{\div 5}}{45_{\div 5}} \qquad E = \frac{-1}{9}$$

$$F = \frac{1_{\times 5}}{4_{\times 5}} + \frac{-11}{20} \qquad F = \frac{5}{20} + \frac{-11}{20} \qquad F = \frac{-6_{\div 2}}{20_{\div 2}} \qquad F = \frac{-3}{10}$$

Corrigé de l'exercice 107 – page 45.

$$A = \frac{3_{\times 7}}{5_{\times 7}} + \frac{2_{\times 5}}{7_{\times 5}} \qquad A = \frac{21}{35} + \frac{10}{35} \qquad A = \frac{31}{35}$$

$$B = \frac{1_{\times 3}}{4_{\times 3}} - \frac{5_{\times 2}}{6_{\times 2}} \qquad B = \frac{3}{12} - \frac{10}{12} \qquad B = \frac{-7}{12}$$

$$C = \frac{5_{\times 4}}{9_{\times 4}} - \frac{7_{\times 3}}{12_{\times 3}} \qquad C = \frac{20}{36} - \frac{21}{36} \qquad C = \frac{-1}{36}$$

C 19 **Corrigé de l'exercice 108 – page 46.**

(a) $\frac{-2}{5} \times \frac{3}{7} = \frac{-2 \times 3}{5 \times 7} = \frac{-6}{35}$

(b) $\frac{7}{2} \times \frac{-5}{-2} = \frac{7 \times (-5)}{2 \times (-2)} = \frac{-35}{-4} = \frac{35}{4}$

(c) $\frac{-2}{-31} \times \frac{-11}{-3} = \frac{-2 \times (-11)}{-31 \times (-3)} = \frac{22}{93}$

(d) $\frac{-8}{-7} \times \frac{-3}{5} = \frac{-8 \times (-3)}{-7 \times 5} = \frac{24}{-35}$

(e) $\frac{0,5}{-7} \times \frac{13}{-100} = \frac{0,5 \times 13}{-7 \times (-100)} = \frac{6,5}{700}$

(f) $\frac{21}{4} \times \frac{3}{-5} = \frac{21 \times 3}{4 \times (-5)} = \frac{63}{-20}$

Corrigé de l'exercice 109 – page 46.

$$ab = a \times b$$
$$ab = \frac{2}{3} \times (-3)$$
$$ab = \frac{2 \times (-3)}{3}$$
$$ab = \frac{-6}{3}$$
$$ab = -2$$

$$ac = a \times c$$
$$ac = \frac{2}{3} \times \left(-\frac{3}{4}\right)$$
$$ac = \frac{2 \times (-3)}{3 \times 4}$$
$$ac = \frac{-6}{12}$$
$$ac = \frac{-1}{2} = -\frac{1}{2}$$

$$bc = b \times c$$
$$bc = -3 \times \left(-\frac{3}{4}\right)$$
$$bc = \frac{(-3) \times (-3)}{4}$$
$$bc = \frac{9}{4}$$

Pour le calcul du produit *abc*, plusieurs choix sont possibles :

$$abc = ab \times c$$
$$abc = -2 \times \left(-\frac{3}{4}\right)$$
$$abc = 2 \times \frac{3}{4}$$
$$abc = \frac{6}{4} = \frac{3}{2}$$

$$abc = a \times bc$$
$$abc = \frac{2}{3} \times \frac{9}{4}$$
$$abc = \frac{18}{12}$$
$$abc = \frac{3 \times 6}{2 \times 6} = \frac{3}{2}$$

$$abc = b \times ac$$
$$abc = -3 \times \left(-\frac{1}{2}\right)$$
$$abc = 3 \times \frac{1}{2} = \frac{3}{2}$$

Mais on obtient bien le même résultat !

Corrigé de l'exercice 110 – page 46.

$$A = \frac{1}{2} + \frac{1}{3} \times \frac{1}{4}$$
$$A = \frac{1_{\times 6}}{2_{\times 6}} + \frac{1}{12}$$
$$A = \frac{6}{12} + \frac{1}{12}$$
$$A = \frac{7}{12}$$

$$B = \left(\frac{3_{\times 2}}{5_{\times 2}} + \frac{1}{10}\right) \times \frac{2}{3}$$
$$B = \left(\frac{6}{10} + \frac{1}{10}\right) \times \frac{2}{3}$$
$$B = \frac{7}{10} \times \frac{2}{3}$$
$$B = \frac{7 \times 2}{2 \times 5 \times 3}$$
$$B = \frac{7}{15}$$

Corrigé de l'exercice 111 – page 47.

$$A = \frac{1}{3} \div \frac{5}{4} \qquad B = \frac{4}{7} \div \frac{9}{5} \qquad C = \frac{-2}{3} \div \frac{5}{6} \qquad D = \frac{3}{4} \div \frac{-5}{8}$$
$$A = \frac{1}{3} \times \frac{4}{5} \qquad B = \frac{4}{7} \times \frac{5}{9} \qquad C = \frac{-2}{3} \times \frac{6}{5} \qquad D = \frac{3}{4} \times \frac{8}{-5}$$
$$A = \frac{4}{15} \qquad B = \frac{20}{63} \qquad C = \frac{-12}{15} \qquad D = \frac{24}{-20}$$
$$C = \frac{-4}{5} \qquad D = \frac{6}{-5}$$

Corrigé de l'exercice 112 – page 47.

$$A = \frac{1}{3} \times \frac{5}{4} \qquad B = \frac{4_{\times 5}}{7_{\times 5}} + \frac{9_{\times 7}}{5_{\times 7}} \qquad C = \frac{-2_{\times 2}}{3_{\times 2}} - \frac{5}{6} \qquad D = \frac{4}{7} \div \frac{5}{-6}$$
$$A = \frac{5}{12} \qquad B = \frac{20}{35} + \frac{63}{35} \qquad C = \frac{-4}{6} - \frac{5}{6} \qquad D = \frac{4}{7} \times \frac{-6}{5}$$
$$B = \frac{83}{35} \qquad C = \frac{-9_{\div 3}}{6_{\div 3}} \qquad D = \frac{-24}{35}$$
$$C = \frac{-3}{2}$$

Corrigé de l'exercice 113 – page 47.
Soit z la fraction que l'on cherche. On a alors :

$$z \times \frac{15}{13} = \frac{25}{9}$$
$$\text{donc } z = \frac{25}{9} \div \frac{15}{13}$$
$$z = \frac{25}{9} \times \frac{13}{15}$$
$$z = \frac{25 \times 13}{9 \times 15}$$
$$z = \frac{5 \times 5 \times 13}{9 \times 3 \times 5}$$
$$z = \frac{65}{27}$$

Corrigé de l'exercice 114 – page 47.

$$A = \frac{1}{3} - \frac{-2}{5} \div \frac{4}{7} \qquad B = \left(\frac{1_{\times 5}}{3_{\times 5}} - \frac{-2_{\times 3}}{5_{\times 3}}\right) \div \frac{4}{7}$$
$$A = \frac{1}{3} - \frac{-2}{5} \times \frac{7}{4} \qquad B = \left(\frac{5}{15} - \frac{-6}{15}\right) \div \frac{4}{7}$$
$$A = \frac{1}{3} - \frac{-14_{\div 2}}{20_{\div 2}} \qquad B = \frac{5-(-6)}{15} \div \frac{4}{7}$$
$$A = \frac{1_{\times 10}}{3_{\times 10}} - \frac{-7_{\times 3}}{10_{\times 3}} \qquad B = \frac{11}{15} \div \frac{4}{7}$$

$$A = \frac{10}{30} - \frac{-21}{30} \qquad B = \frac{11}{15} \times \frac{7}{4}$$

$$A = \frac{10-(-21)}{30} \qquad B = \frac{77}{60}$$

$$A = \frac{31}{30}$$

Corrigé de l'exercice 115 – page 47.

On transforme le calcul sous la forme $A = \left(\frac{1}{2} + \frac{3}{4}\right) \div \left(\frac{2}{5} + \frac{3}{10}\right)$. On obtient alors :

$$A = \left(\frac{1_{\times 2}}{2_{\times 2}} + \frac{3}{4}\right) \div \left(\frac{2_{\times 2}}{5_{\times 2}} + \frac{3}{10}\right)$$

$$A = \left(\frac{2}{4} + \frac{3}{4}\right) \div \left(\frac{4}{10} + \frac{3}{10}\right)$$

$$A = \frac{5}{4} \div \frac{7}{10}$$

$$A = \frac{5}{4} \times \frac{10}{7}$$

$$A = \frac{50_{\div 2}}{28_{\div 2}}$$

$$A = \frac{25}{14}$$

C21 **Corrigé de l'exercice 116 – page 48.**

(a) $\frac{1}{2} < \frac{3}{2}$

(b) $\frac{17}{11} > \frac{15}{11}$

(c) $\frac{3}{5} = \frac{6}{10}$ donc $\frac{3}{5} < \frac{7}{10}$

(d) $\frac{5}{9} = \frac{25}{45}$ donc $\frac{23}{45} < \frac{5}{9}$

Corrigé de l'exercice 117 – page 48.

(a) $\frac{1}{2,5} > \frac{0,4}{2,5}$

(b) $\frac{1,4}{9} > \frac{1,3}{9}$

(c) $\frac{3}{5,5} = \frac{6}{11}$ donc $\frac{3}{5,5} < \frac{8}{11}$

(d) $\frac{2}{3,5} = \frac{4}{7} = \frac{8}{14}$ donc $\frac{5}{14} < \frac{2}{3,5}$

Corrigé de l'exercice 118 – page 48.

$$\frac{1}{36} < \frac{4,2}{36} < \frac{5}{36} < \frac{23}{36} < \frac{35}{36} < \frac{49}{36}$$

Corrigé de l'exercice 119 – page 48.

Les dénominateurs sont différents : 2 ; 3 ; 4 ; 6 et 12. On remarque que 12 est dans les tables de multiplications de 2 ; 3 ; 4 et 6.

Par conséquent, on choisit 12 comme dénominateur commun à toutes ces fractions.

$$\frac{7}{12} \qquad \frac{5}{6} = \frac{10}{12} \qquad \frac{11}{4} = \frac{33}{12} \qquad \frac{5}{2} = \frac{30}{12} \qquad \frac{2}{3} = \frac{8}{12}$$

Le rangement par ordre décroissant est donc le suivant :

$$\frac{11}{4} > \frac{5}{2} > \frac{5}{6} > \frac{2}{3} > \frac{7}{12}.$$

Corrigé de l'exercice 120 – page 48.

Les dénominateurs sont 3 ; 4 et 12. On choisit 12 comme dénominateur commun.

$$\frac{2}{3} = \frac{8}{12} \qquad \frac{3}{4} = \frac{9}{12} \qquad \frac{7}{12}$$

Le sport le plus pratiqué est le basket. Le sport le moins pratiqué est le tennis.

Corrigé de l'exercice 121 – page 49.

L'allemand représente $\frac{2}{5} = \frac{40}{100}$. L'italien représente $\frac{36}{100}$.

L'espagnol représente alors $\frac{100}{100} - \frac{40}{100} - \frac{76}{100} = \frac{24}{100}$.

L'allemand est donc la deuxième langue la plus représentée.

Corrigé de l'exercice 122 – page 49.

$\frac{3}{5} = \frac{12}{20}$. Donc le point C sera sur le segment $[AB]$.

Corrigé de l'exercice 123 – page 49.

$\frac{3}{5} = \frac{27}{45}$ pour le colza ; $\frac{7}{45}$ pour le maïs. Il reste

$$\frac{45}{45} - \frac{27}{45} - \frac{7}{45} = \frac{11}{45}$$

pour le blé. Ce ne sera pas la plus grande parcelle.

C22 **Corrigé de l'exercice 124 – page 50.**

Le point A repère le nombre $\frac{2}{3}$. Le point B repère le nombre $\frac{5}{3}$. Le point C repère le nombre $\frac{7}{3}$.

Corrigé de l'exercice 125 – page 50.

Le point A repère le nombre $\frac{20}{15}$ ou $\frac{4}{3}$. Le point B repère le nombre $\frac{12}{15}$ ou $\frac{4}{5}$. Le point C repère le nombre $\frac{4}{15}$.

Corrigé de l'exercice 126 – page 50.

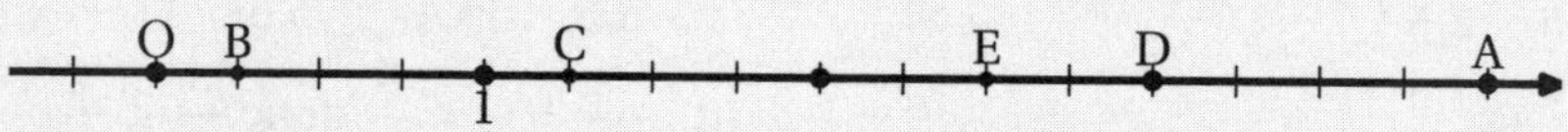

Corrigé de l'exercice 127 – page 50.

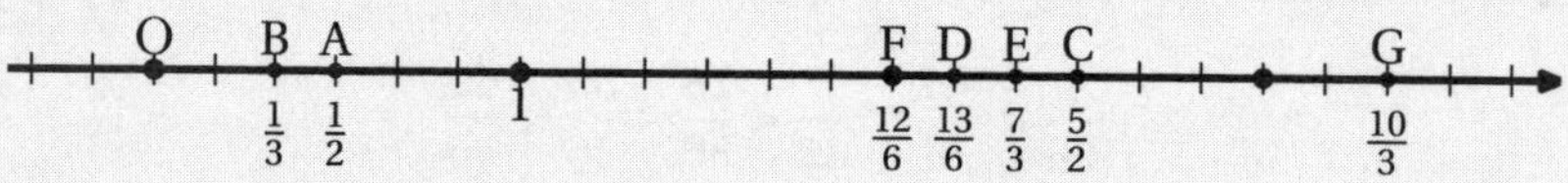

Corrigé de l'exercice 128 – page 51.

Le point A repère le nombre $\frac{5}{6}$. Le point B repère le nombre $\frac{-7}{6}$. Le point C repère le nombre $\frac{-10}{6}$.

Corrigé de l'exercice 129 – page 51.

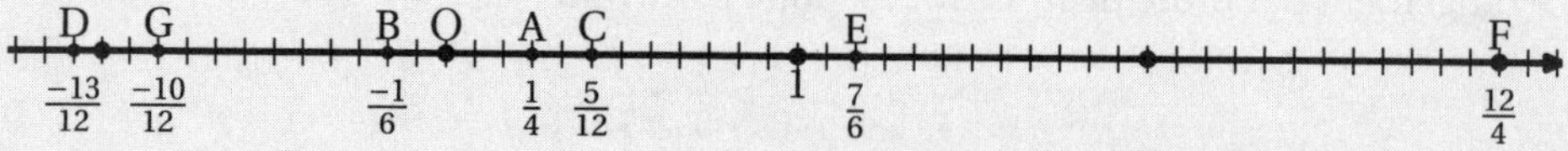

C23 **Corrigé de l'exercice 130 – page 52.**

n	625	40 000	56,25	16 641	23,04
$\sqrt{n}$	25	200	7,5	129	4,8

Corrigé de l'exercice 131 – page 52.

n	7	42	150	380	1 000
$\sqrt{n}$	2,6	6,4	12,2	19,4	31,6

Corrigé de l'exercice 132 – page 52.

On sait que $\sqrt{4} = 2$ et que $\sqrt{16} = 4$. Comme $4 \times 4 = 16$ et $2 \times 4 \neq 4$, alors il n'y a pas proportionnalité entre un nombre entier positif et sa racine carrée.

Corrigé de l'exercice 133 – page 52.

Toutes les réponses sont données en centimètres.

(a) Le triangle CAB est rectangle en A, donc l'égalité de Pythagore est vérifiée :

$$\begin{aligned} CB^2 &= CA^2 + AB^2 \\ 22^2 &= CA^2 + 17{,}6^2 \\ 484 &= CA^2 + 309{,}76 \\ CA^2 &= 484 - 309{,}76 \\ CA^2 &= 174{,}24 \\ CA &= \sqrt{174{,}24} \\ CA &= 13{,}2 \end{aligned}$$

(b) Le triangle FDE est rectangle en D, donc l'égalité de Pythagore est vérifiée :

$$\begin{aligned} FE^2 &= FD^2 + DE^2 \\ 9^2 &= FD^2 + 5{,}4^2 \\ 81 &= FD^2 + 29{,}16 \\ FD^2 &= 81 - 29{,}16 \\ FD^2 &= 51{,}84 \\ FD &= \sqrt{51{,}84} \\ FD &= 7{,}2 \end{aligned}$$

(c) Le triangle KJI est rectangle en J, donc l'égalité de Pythagore est vérifiée :

$$\begin{aligned} KI^2 &= KJ^2 + JI^2 \\ 44{,}9^2 &= KJ^2 + 28^2 \\ 2\,016{,}01 &= KJ^2 + 784 \\ KJ^2 &= 2\,016{,}01 - 784 \\ KJ^2 &= 1\,232{,}01 \\ KJ &= \sqrt{1\,232{,}01} \\ KJ &= 35{,}1 \end{aligned}$$

(d) Le triangle NLM est rectangle en L, donc l'égalité de Pythagore est vérifiée :

$$\begin{aligned}NM^2 &= NL^2 + LM^2\\ 6{,}89^2 &= NL^2 + 6{,}36^2\\ 47{,}472\,1 &= NL^2 + 40{,}449\,6\\ NL^2 &= 47{,}472\,1 - 40{,}449\,6\\ NL^2 &= 7{,}022\,5\\ NL &= \sqrt{7{,}022\,5}\\ NL &= 2{,}65\end{aligned}$$

Corrigé de l'exercice 134 – page 53.

• Comme le triangle HIN est rectangle en I, alors l'égalité de Pythagore est vérifiée :

$$\begin{aligned}HN^2 &= HI^2 + IN^2\\ HN^2 &= 4^2 + 1^2\\ HN^2 &= 16 + 1\\ HN^2 &= 17\\ HN &= \sqrt{17}\\ HN &\approx 4{,}1 \text{ cm}\end{aligned}$$

• Comme le triangle KJM est rectangle en J, alors l'égalité de Pythagore est vérifiée :

$$\begin{aligned}KM^2 &= KJ^2 + JM^2\\ KM^2 &= 5^2 + 2^2\\ KM^2 &= 25 + 4\\ KM^2 &= 29\\ KM &= \sqrt{29}\\ KM &\approx 5{,}4 \text{ cm}\end{aligned}$$

• Comme le triangle FKM est rectangle en K, alors l'égalité de Pythagore est vérifiée :

$$\begin{aligned}FM^2 &= FK^2 + KM^2\\ FM^2 &= 4^2 + 29\\ FM^2 &= 16 + 29\\ FM^2 &= 45\\ FM &= \sqrt{45}\\ FM &\approx 6,7 \text{ cm}\end{aligned}$$

Corrigé de l'exercice 135 – page 53.

$$\begin{aligned}E &= 2x^2 - 3y^2\\ E &= 2 \times \sqrt{3}^2 - 3 \times \sqrt{2}^2\\ E &= 2 \times 3 - 3 \times 2\\ E &= 6 - 6\\ E &= 0\end{aligned}$$

Corrigé de l'exercice 136 – page 53.

$$\frac{4}{\sqrt{2}} = \frac{2\times 2}{\sqrt{2}} = \frac{2\times\sqrt{2}\times\sqrt{2}}{\sqrt{2}} = 2\sqrt{2}$$

C24 **Corrigé de l'exercice 137 – page 54.**

$3^4 = 3\times 3\times 3\times 3 = 81$ $\quad$ $5^4 = 5\times 5\times 5\times 5 = 625$

$10^6 = 10\times 10\times 10\times 10\times 10\times 10 = 1\,000\,000$ $\quad$ $0^{19} = 0$

$1^8 = 1$

$2,3^5 = 2,3\times 2,3\times 2,3\times 2,3\times 2,3 = 64,363\,43$

$(-2)^4 = (-2)\times(-2)\times(-2)\times(-2) = 16$

$(-1)^9 = (-1)\times(-1)\times(-1)\times(-1)\times(-1)\times(-1)\times(-1)\times(-1)\times(-1) = -1$

Corrigé de l'exercice 138 – page 54.

$2\times 2\times 2 = 2^3$

$(-5)\times(-5)\times(-5)\times(-5)\times(-5) = (-5)^5$

$0,76\times 0,76\times 0,76\times 0,76 = 0,76^4$

$(-31)\times(-31)\times(-31)\times(-31)\times(-31)\times(-31) = (-31)^6$

$\frac{1}{3}\times\frac{1}{3}\times\frac{1}{3}\times\frac{1}{3} = \left(\frac{1}{3}\right)^4$

$3,2\times 3,2\times 3,2\times 3,2 = 3,2^4$

Corrigé de l'exercice 139 – page 54.

$-4^2 = -4\times 4 = -16$ $\quad$ $(-4)^2 = (-4)\times(-4) = 16$

$(-6)^3 = (-6)\times(-6)\times(-6) = -216$ $\quad$ $-6^3 = -6\times 6\times 6 = -216$

Corrigé de l'exercice 140 – page 55.

$5^{-4} = \frac{1}{5^4} = \frac{1}{625}$ $\quad$ $2^{-3} = \frac{1}{2^3} = \frac{1}{8}$ $\quad$ $10^{-2} = \frac{1}{10^2} = \frac{1}{100}$

$1^{-19} = \frac{1}{1^{19}} = 1$ $\quad$ $3,2^{-3} = \frac{1}{3,2^3} = \frac{1}{32,768}$ $\quad$ $0,9^{-4} = \frac{1}{0,9^4} = \frac{1}{0,656\,1}$

$(-4)^{-3} = \frac{1}{(-4)^3} = \frac{1}{-64}$ $\quad$ $(-5)^{-2} = \frac{1}{(-5)^2} = \frac{1}{25}$

C25 **Corrigé de l'exercice 141 – page 56.**

$$A = 2^3 \times 2^5$$
$$A = 2 \times 2 \times 2 \times 2 \times 2 \times 2 \times 2 \times 2$$
$$A = 2^8$$

$$B = 3^4 \times 3^7$$
$$B = 3 \times 3 \times 3 \times 3 \times 3 \times 3 \times 3 \times 3 \times 3 \times 3 \times 3$$
$$B = 3^{11}$$

$$C = (-2)^4 \times (-2)^3$$
$$C = (-2) \times (-2) \times (-2) \times (-2) \times (-2) \times (-2) \times (-2)$$
$$C = (-2)^7$$

Corrigé de l'exercice 142 – page 56.

$$A = \frac{2^5}{2^3}$$
$$A = \frac{2 \times 2 \times 2 \times 2 \times 2}{2 \times 2 \times 2}$$
$$A = 2 \times 2$$
$$A = 2^2$$

$$B = \frac{3^4}{3^7}$$
$$B = \frac{3 \times 3 \times 3 \times 3}{3 \times 3 \times 3 \times 3 \times 3 \times 3 \times 3}$$
$$B = \frac{1}{3 \times 3 \times 3}$$
$$B = \frac{1}{3^3}$$
$$B = 3^{-3}$$

$$C = \frac{(-2)^4}{(-2)^3}$$
$$C = \frac{(-2) \times (-2) \times (-2) \times (-2)}{(-2) \times (-2) \times (-2)}$$
$$C = (-2)$$

Corrigé de l'exercice 143 – page 56.

$$A = 2^5 \times 3^5$$
$$A = 2 \times 2 \times 2 \times 2 \times 2 \times 3 \times 3 \times 3 \times 3 \times 3$$
$$A = 2 \times 3 \times 2 \times 3 \times 2 \times 3 \times 2 \times 3 \times 2 \times 3$$
$$A = 6 \times 6 \times 6 \times 6 \times 6$$
$$A = 6^5$$

$$B = 3^4 \times 5^4$$
$$B = 3 \times 3 \times 3 \times 3 \times 5 \times 5 \times 5 \times 5$$
$$B = 3 \times 5 \times 3 \times 5 \times 3 \times 5 \times 3 \times 5$$
$$B = 15 \times 15 \times 15 \times 15$$
$$B = 15^4$$

$$C = (-2)^3 \times (-5)^3$$
$$C = (-2) \times (-2) \times (-2) \times (-5) \times (-5) \times (-5)$$
$$C = (-2) \times (-5) \times (-2) \times (-5) \times (-2) \times (-5)$$
$$C = 10 \times 10 \times 10$$
$$C = 10^3$$

Corrigé de l'exercice 144 – page 56.

$A = \left(3^{-2}\right)^3$

$A = 3^{-2} \times 3^{-2} \times 3^{-2}$

$A = \dfrac{1}{3^2} \times \dfrac{1}{3^2} \times \dfrac{1}{3^2}$

$A = \dfrac{1}{3^2 \times 3^2 \times 3^2}$

$A = \dfrac{1}{3 \times 3 \times 3 \times 3 \times 3 \times 3}$

$A = \dfrac{1}{3^6}$

$A = 3^{-6}$

$B = \left((-5)^{-4}\right)^{-1}$

$B = \dfrac{1}{(-5)^{-4}}$

$B = \dfrac{1}{\dfrac{1}{(-5)^4}}$

$B = 1 \times \dfrac{(-5)^4}{1}$

$B = (-5)^4$

$C = \left((-0,6)^3\right)^{-3}$

$C = \dfrac{1}{\left((-0,6)^3\right)^3}$

$C = \dfrac{1}{(-0,6)^3 \times (-0,6)^3 \times (-0,6)^3}$

$C = \dfrac{1}{(-0,6)^9}$

$C = (-0,6)^{-9}$

Corrigé de l'exercice 145 – page 56.

$A = 2^3 \times 2^{-6}$

$A = 2 \times 2 \times 2 \times \dfrac{1}{2^6}$

$A = 2 \times 2 \times 2 \times \dfrac{1}{2 \times 2 \times 2 \times 2 \times 2 \times 2}$

$A = \dfrac{2 \times 2 \times 2}{2 \times 2 \times 2 \times 2 \times 2 \times 2}$

$A = \dfrac{1}{2 \times 2 \times 2}$

$A = \dfrac{1}{2^3}$

$A = 2^{-3}$

$B = \dfrac{2^3}{2^{-6}}$

$B = 2^3 \times \dfrac{1}{2^{-6}}$

$B = 2^3 \times 2^6$

$B = 2^9$

$C = 4^3 \times 4^{-8} \times 4^5$

$C = 4^3 \times 4^5 \times 4^{-8}$

$C = 4^8 \times 4^{-8}$

$C = 4^8 \times \dfrac{1}{4^8}$

$C = \dfrac{4^8}{4^8} = 1$

$D = \dfrac{3^6}{3^5}$

$D = \dfrac{3 \times 3 \times 3 \times 3 \times 3 \times 3}{3 \times 3 \times 3 \times 3 \times 3}$

$D = 3$

$E = 6^{-2} \times 6^{-5}$

$E = \dfrac{1}{6^2} \times \dfrac{1}{6^5}$

$E = \dfrac{1}{6^2 \times 6^5}$

$E = \dfrac{1}{6^7} = 6^{-7}$

$F = \dfrac{(-2)^3 \times (-2)^5}{(-2)^4}$

$F = \dfrac{(-2)^8}{(-2)^4}$

$F = (-2)^4$

Corrigé de l'exercice 146 – page 56.

(a) $10^3 \times 10^2 = 10 \times 10 \times 10 \times 10 \times 10 = 10^5$

(b) $10^2 \times 10^1 = 10 \times 10 \times 10 = 10^3$

(c) $10^4 \times 10^4 = 10 \times 10 \times 10 \times 10 \times 10 \times 10 \times 10 \times 10 = 10^8$

(d) $10^5 \times 10^3 = 10 \times 10 \times 10 \times 10 \times 10 \times 10 \times 10 \times 10 = 10^8$

(e) $10^{-2} \times 10^5 = \dfrac{1}{10^2} \times 10^5 = \dfrac{10^5}{10^2} = \dfrac{10 \times 10 \times 10 \times 10 \times 10}{10 \times 10} = 10 \times 10 \times 10 = 10^3$

(f) $10^4 \times 10^{-1} = 10^4 \times \dfrac{1}{10^1} = \dfrac{10^4}{10^1} = \dfrac{10 \times 10 \times 10 \times 10}{10} = 10 \times 10 \times 10 = 10^3$

(g) $10^{-1} \times 10^{-2} = \dfrac{1}{10^1} \times \dfrac{1}{10^2} = \dfrac{1}{10^1 \times 10^2} = \dfrac{1}{10 \times 10 \times 10} = \dfrac{1}{10^3} = 10^{-3}$

(h) $10^{-3} \times 10^3 = \dfrac{1}{10^3} \times 10^3 = \dfrac{10^3}{10^3} = 1 = 10^0$

Corrigé de l'exercice 147 – page 57.

(a) $\dfrac{10^5}{10^2} = \dfrac{10 \times 10 \times 10 \times 10 \times 10}{10 \times 10} = 10 \times 10 \times 10 = 10^3$

(b) $\dfrac{10^7}{10^9} = \dfrac{10 \times 10 \times 10 \times 10 \times 10 \times 10 \times 10}{10 \times 10 \times 10 \times 10 \times 10 \times 10 \times 10 \times 10 \times 10} = \dfrac{1}{10 \times 10} = \dfrac{1}{10^2} = 10^{-2}$

(c) $\dfrac{10^{-2}}{10^2} = 10^{-2} \times \dfrac{1}{10^2} = \dfrac{1}{10^2} \times \dfrac{1}{10^2} = \dfrac{1}{10^2 \times 10^2} = \dfrac{1}{10^4} = 10^{-4}$

(d) $\dfrac{10^{-7}}{10^{-5}} = 10^{-7} \times \dfrac{1}{10^{-5}} = \dfrac{1}{10^7} \times \dfrac{1}{10^{-5}} = \dfrac{1}{10^7} \times 10^5 = \dfrac{10^5}{10^7}$

Ce qui donne $\dfrac{10^5}{10^7} = \dfrac{10 \times 10 \times 10 \times 10 \times 10}{10 \times 10 \times 10 \times 10 \times 10 \times 10 \times 10} = \dfrac{1}{10 \times 10} = \dfrac{1}{10^2} = 10^{-2}$

(e) $\dfrac{10^3}{10^4} = \dfrac{10 \times 10 \times 10}{10 \times 10 \times 10 \times 10} = \dfrac{1}{10} = 10^{-1}$

(f) $\dfrac{10^5}{10^7} = \dfrac{10 \times 10 \times 10 \times 10 \times 10}{10 \times 10 \times 10 \times 10 \times 10 \times 10 \times 10} = \dfrac{1}{10 \times 10} = \dfrac{1}{10^2} = 10^{-2}$

Corrigé de l'exercice 148 – page 57.

(a) $\left(10^2\right)^3 = 10^2 \times 10^2 \times 10^2 = 10^6$

(b) $\left(10^3\right)^2 = 10^3 \times 10^3 = 10^6$

(c) $\left(10^4\right)^{-2} = \dfrac{1}{\left(10^4\right)^2} = \dfrac{1}{10^4 \times 10^4} = \dfrac{1}{10^8} = 10^{-8}$

(d) $\left(10^{-2}\right)^2 = \left(\dfrac{1}{10^2}\right)^2 = \dfrac{1}{10^2} \times \dfrac{1}{10^2} = \dfrac{1}{10^2 \times 10^2} = \dfrac{1}{10^4} = 10^{-4}$

(e) $\left(10^{-2}\right)^{-1} = \dfrac{1}{10^{-2}} = 10^2$

(f) $\left(10^{-3}\right)^{-2} = \dfrac{1}{\left(10^{-3}\right)^2} = \left(\dfrac{1}{10^{-3}}\right)^2 = \left(10^3\right)^2 = 10^3 \times 10^3 = 10^6$

Corrigé de l'exercice 149 – page 57.

(a) $10^5 \times 10^3 = 10^8$; $10^{-3} \times 10^7 = 10^4$; $10^7 \times 10^0 = 10^7$.

(b) $10^{-7} \times 10^{-2} = 10^{-9}$; $10^5 \times 10^{-8} = 10^{-3}$; $10^{-3} \times 10^6 = 10^3$.

(c) $10^4 \times 10^{-7} = 10^{-3}$; $10^{-4} \times 10^{11} = 10^7$; $10^8 \times 10^{-5} = 10^3$.

Corrigé de l'exercice 150 – page 57.

$A = 10^3 \times 10^5$ $\quad B = \dfrac{10^7}{10^{-3}}$ $\quad C = \dfrac{10^2 \times 10^4}{10^3}$

$A = 10^8$ $\quad B = 10^{10}$ $\quad C = \dfrac{10^6}{10^3} = 10^3$

$D = \dfrac{100 \times 10^3}{10^{-2}}$ $\quad E = 10 \times \left(10^2\right)^5$

$D = \dfrac{10^5}{10^{-2}} = 10^7$ $\quad E = 10 \times 10^{10} = 10^{11}$

Corrigé de l'exercice 151 – page 57.

$E = 5,5 \times 10^7 \times 0,4 \times 10^{-9}$

$E = 5,5 \times 0,4 \times 10^7 \times 10^{-9}$

$E = 2,2 \times 10^{-2}$

$E = 0,022$

$F = \dfrac{4 \times 10^{12} \times 9 \times 10^{-4}}{1,2 \times 10^3}$

$F = \dfrac{4 \times 9 \times 10^{12} \times 10^{-4}}{1,2 \times 10^3}$

$F = \dfrac{36 \times 10^8}{1,2 \times 10^3}$

$F = 30 \times 10^5$

$F = 3\,000\,000$

C26 **Corrigé de l'exercice 152 – page 58.**

$A = 4 \times 10^3 = 4\,000$ $\quad B = 51,6 \times 10^4 = 516\,000$

$C = -0,6 \times 10^{-2} = -0,006$ $\quad D = 453,59 \times 10^{-4} = 0,045\,359$

$E = 0,45 \times 10^5 = 45\,000$ $\quad F = 3,45 \times 10^2 = 345$

$G = 4,4 \times 10^{-4} = 0,000\,44$ $\quad H = -2,5 \times 10^{-4} = -0,000\,25$

$I = 4\,156,67 \times 10^2 = 415\,667$

Corrigé de l'exercice 153 – page 58.

$71\,389,24 = 713,892\,4 \times 10^2$

$71\,389,24 = 0,713\,892\,4 \times 10^5$

$71\,389,24 = 71\,389\,240 \times 10^{-3}$

$71\,389,24 = 713\,892,4 \times 10^{-1}$

$71\,389,24 = 7,138\,924 \times 10^4$

Corrigé de l'exercice 154 – page 58.

$G = 6,5 \times 10^3 + 5 \times 10^{-2}$

$G = 6\,500 + 0,05$

$G = 6\,500,05$

Corrigé de l'exercice 155 – page 58.

Méthode 1

$$D = \frac{3 \times 10^2 \times 5 \times 10^4}{12 \times \left(10^3\right)^3}$$
$$D = \frac{300 \times 50\,000}{12 \times 1\,000 \times 1\,000 \times 1\,000}$$
$$D = \frac{15\,000\,000}{12\,000\,000\,000}$$
$$D = \frac{15}{12\,000}$$
$$D = 0{,}001\,25$$

Méthode 2

$$D = \frac{3 \times 10^2 \times 5 \times 10^4}{12 \times \left(10^3\right)^3}$$
$$D = \frac{3 \times 5 \times 10^2 \times 10^4}{12 \times 10^3 \times 10^3 \times 10^3}$$
$$D = \frac{15 \times 10^4}{12 \times 10^9}$$
$$D = \frac{15}{12} \times \frac{10^4}{10^9}$$
$$D = 1{,}25 \times 10^{-5}$$
$$D = 0{,}001\,25$$

Corrigé de l'exercice 156 – page 59.

$$6\,500 = 6{,}5 \times 10^3$$
$$78{,}4 = 7{,}84 \times 10^1$$
$$0{,}003\,51 = 3{,}51 \times 10^{-3}$$
$$53\,000\,000\,000 = 5{,}3 \times 10^{10}$$
$$0{,}000\,000\,048\,1 = 4{,}81 \times 10^{-8}$$
$$-0{,}0739 = -7{,}39 \times 10^{-2}$$
$$8{,}214 = 8{,}214 \times 10^0$$

Corrigé de l'exercice 157 – page 59.

$$A = 2{,}5 \times 10^2 \times 4 \times 10^5$$
$$A = 2{,}5 \times 4 \times 10^2 \times 10^5$$
$$A = 10 \times 10^7$$
$$A = 10^8$$

$$B = \frac{21 \times 10^3}{0{,}7 \times 10^{-7}}$$
$$B = \frac{21}{0{,}7} \times \frac{10^3}{10^{-7}}$$
$$B = 30 \times 10^{10}$$
$$B = 3 \times 10^{11}$$

$$C = 4 \times 10^5 + 6 \times 10^3$$
$$C = 400\,000 + 6\,000$$
$$C = 406\,000$$
$$C = 4{,}06 \times 10^5$$

Corrigé de l'exercice 158 – page 59.
La distance Soleil-Jupiter est environ 778 500 000 km soit $7{,}785 \times 10^8$ km.
Le rayon de Jupiter vaut environ $142\,800 \div 2 = 71\,400$ soit $7{,}14 \times 10^4$ km.
Pour effectuer la comparaison demandée, on va étudier le rapport entre les deux distances :

$$\frac{7{,}785 \times 10^8}{7{,}14 \times 10^4} = \frac{7{,}785}{7{,}14} \times \frac{10^8}{10^4} = \frac{7{,}785}{7{,}14} \times \frac{10 \times 10 \times 10 \times 10 \times 10 \times 10 \times 10 \times 10}{10 \times 10 \times 10 \times 10} \approx 1{,}09 \times 10^4$$

La distance Soleil-Jupiter est environ 10 900 fois plus grande que le rayon de cette planète.

Corrigé de l'exercice 159 – page 59.

Soleil - Alpha du centaure	: $4,07 \times 10^{13}$ km
Soleil - Proxima du Centaure	: $4,04 \times 10^{13}$ km
Soleil - Procyon	:$10,61 \times 10^{13}$ km

Proxima du Centaure est la plus proche du Soleil.

C27 **Corrigé de l'exercice 160 – page 60.**

a) 6 mégaoctets s'écrit 6×10^{6} octets.

b) 3 nanolitres s'écrit 3×10^{-9} litres.

c) 17,3 picomètres s'écrit $17,3 \times 10^{-12}$ mètres.

d) 25 térawatts s'écrit 25×10^{12} watts.

e) 0,17 millimètres s'écrit $0,17 \times 10^{-3}$ mètres.

f) 421,17 kilogrammes s'écrit $421,17 \times 10^{3}$ grammes.

Corrigé de l'exercice 161 – page 60.

a) $45,2 \times 10^{12}$ L s'écrit 45,2 téralitres.

b) $2,17 \times 10^{-9}$ m s'écrit 2,17 nanomètres.

c) $157,23 \times 10^{9}$ \$ s'écrit 157,23 gigadollars.

d) $9,57 \times 10^{-6}$ g s'écrit 9,57 microgrammes.

e) $37,1 \times 10^{3}$ € s'écrit 37,1 kiloeuros.

f) $45,57 \times 10^{-2}$ V s'écrit $455,7 \times 10^{-3}$ V soit 455,7 millivolts.

Corrigé de l'exercice 162 – page 60.

a) 25 nanomètres, c'est 25×10^{-9} mètres.

b) 17 mégatonnes, c'est 17×10^{6} tonnes.

c) 150 kilohertz, c'est 150×10^{3} hertz.

d) 6,23 picolitres, c'est $6,23 \times 10^{-12}$ litres.

e) 2,17 microgrammes, c'est $2,17 \times 10^{-6}$ grammes.

Corrigé de l'exercice 163 – page 60.

a) 47 nanogrammes : $47 \times 10^{-9} = 47 \times \underbrace{10^{-6} \times 10^{-3}} = 47 \times 10^{-6}$ milligrammes.

b) 15 mégahertz : $15 \times 10^{6} = 15 \times \underbrace{10^{3} \times 10^{3}} = 15 \times 10^{3}$ kilohertz.

c) 0,17 micromètres : $0,17 \times 10^{-6} = 0,17 \times \underbrace{10^{3} \times 10^{-9}} = 170 \times 10^{-9} = 170$ nanomètres.

d) 1,19 kilolitres : $1,19 \times 10^{3} = 1,19 \times \underbrace{10^{-3} \times 10^{6}} = 1,19 \times 10^{-3}$ mégalitres.

e) 0,03 gigatonnes : $0,03 \times 10^{9} = 0,03 \times \underbrace{10^{-3} \times 10^{12}} = 0,03 \times 10^{-3}$ gigatonnes.

Corrigé de l'exercice 164 – page 61.

(a) 105 nanomètres s'écrit 105×10^{-9} m.
7 micromètres s'écrit 7×10^{-6} m.

(b) En écriture scientifique, 105 nanomètres s'écrit $1,05 \times 10^{-7}$ m.
En écriture scientifique, 7 micromètres s'écrit 7×10^{-6} m.

(c)

$$\frac{7 \times 10^{-6}}{1,05 \times 10^{-7}} = \frac{7}{1,05} \times \frac{10^{-6}}{10^{-7}} \approx 6,7 \times 10^{1} \approx 67$$

Un globule rouge est environ 67 fois plus gros qu'un virus.

Corrigé de l'exercice 165 – page 61.

(a) 149,5 millions de kilomètres s'écrit 149,5 mégakilomètres.
149,5 millions de kilomètres s'écrit $149,5 \times 10^{6}$ km.
149,5 millions de kilomètres s'écrit $1,495 \times 10^{8}$ km.

(b) 6 400 kilomètres s'écrit 6,4 mégamètres.
6 400 kilomètres s'écrit $6,4 \times 10^{3}$ km qui est déjà son écriture scientifique.

(c)

$$\frac{d}{R} = \frac{1,495 \times 10^{8}}{6,4 \times 10^{3}} = \frac{1,495}{6,4} \times \frac{10^{8}}{10^{3}} \approx 0,23 \times 10^{5} \approx 2,3 \times 10^{4}$$

La distance moyenne entre la Terre et le Soleil représente environ 23 000 fois le rayon de la Terre.

C28

Corrigé de l'exercice 166 – page 62.

$A = 3(n+5)$
$A = 3 \times n + 3 \times 5$
$A = 3n + 15$

$B = 4(p+3)$
$B = 4 \times p + 4 \times 3$
$B = 4p + 12$

$C = 5(a+4)$
$C = 5 \times a + 5 \times 4$
$C = 5a + 20$

$D = 2(3s+1)$
$D = 2 \times 3s + 2 \times 1$
$D = 2 \times 3 \times s + 2$
$D = 6s + 2$

Corrigé de l'exercice 167 – page 62.

$A = 3(n-5)$
$A = 3(n + (-5))$
$A = 3 \times n + 3 \times (-5)$
$A = 3n + (-15)$
$A = 3n - 15$

$B = 5(2t-1)$
$B = 5(2t + (-1))$
$B = 5 \times 2t + 5 \times (-1)$
$B = 10t + (-5)$
$B = 10t - 5$

$C = -4(2-3p)$
$C = -4(2 + (-3p))$
$C = -4 \times 2 + (-4) \times (-3p)$
$C = -8 + 12p$

Corrigé de l'exercice 168 – page 62.

$G = 4(x+3)$
$G = 4 \times x + 4 \times 3$
$G = 4x + 12$

$H = 2(5x-4)$
$H = 2 \times 5x + 2 \times (-4)$
$H = 10x + (-8)$

$I = x(x-1)$
$I = x \times x + x \times (-1)$
$I = x^2 + (-1x)$

$J = -3(x+2)$
$J = -3 \times x + (-3) \times 2$
$J = -3x + (-6)$

Corrigé de l'exercice 169 – page 62.

(a)

$E = 2(3c-5)$
$E = 2\times 3c + 2\times(-5)$
$E = 6c + (-10)$

$F = 6(4c+3)$
$F = 6\times 4c + 6\times 3$
$F = 24c + 18$

$G = 5(-4c+2)$
$G = 5\times(-4c) + 5\times 2$
$G = -20c + 10$

$H = 2(3c-4)$
$H = 2\times 3c + 2\times(-4)$
$H = 6c + (-8)$

(b)

$I = E + F$
$I = 6c + (-10) + 24c + 18$
$I = 30c + 8$

$J = G + H$
$J = -20c + 10 + 6c + (-8)$
$J = -14c + 2$

$K = E + G$
$K = 6c + (-10) + (-20c) + 10$
$K = -14c$

$L = F - H$
$L = 24c + 18 - (6c + (-8))$
$L = 24c + 18 - 6c + 8$
$L = 18c + 26$

C29 **Corrigé de l'exercice 170 – page 63.**

$G = (x+3)(x+4)$
$G = x\times x + x\times 4 + 3\times x + 3\times 4$
$G = x^2 + 4x + 3x + 12$
$G = x^2 + 7x + 12$

$H = (p+11)(3p+5)$
$H = p\times 3p + p\times 5 + 11\times 3p + 11\times 5$
$H = 3\times p\times p + 5p + 33p + 55$
$H = 3\times p^2 + 38p + 55$
$H = 3p^2 + 38p + 55$

$I = (3n+1)(2n+4)$
$I = 3n\times 2n + 3n\times 4 + 1\times 2n + 1\times 4$
$I = 3\times n\times 2\times n + 12n + 2n + 4$
$I = 3\times 2\times n\times n + 14n + 4$
$I = 6\times n^2 + 14n + 4$
$I = 6n^2 + 14n + 4$

Corrigé de l'exercice 171 – page 63.

$A = (x+2)(2x-5)$
$A = (x+2)\times(2x+(-5))$
$A = x\times 2x + x\times(-5) + 2\times 2x + 2\times(-5)$
$A = 2x^2 + (-5x) + 4x + (-10)$
$A = 2x^2 + (-1x) + (-10)$

$$B = (3x-4)(2x+3)$$
$$B = (3x+(-4)) \times (2x+3)$$
$$B = 3x \times 2x + 3x \times 3 + (-4) \times 2x + (-4) \times 3$$
$$B = 6x^2 + 9x + (-8x) + (-12)$$
$$B = 6x^2 + x + (-12)$$

$$C = (2x-1)(3x-4)$$
$$C = (2x+(-1)) \times (3x+(-4))$$
$$C = 2x \times 3x + 2x \times (-4) + (-1) \times 3x + (-1) \times (-4)$$
$$C = 6x^2 + (-8x) + (-3x) + 4$$
$$C = 6x^2 + (-11x) + 4$$

Corrigé de l'exercice 172 – page 63.

(a)

$$A = (3x+1)(2x-3)$$
$$A = 3x \times 2x + 3x \times (-3) + 1 \times 2x + 1 \times (-3)$$
$$A = 6x^2 + (-9x) + 2x + (-3)$$
$$A = 6x^2 + (-7x) + (-3)$$
$$A = 6x^2 - 7x - 3$$

$$B = (2-x)(3+x)$$
$$B = 2 \times 3 + 2 \times x + (-x) \times 3 + (-x) \times x$$
$$B = 6 + 2x + (-3x) + (-x^2)$$
$$B = 6 - 1x - x^2$$

(b)

$$C = A + B$$
$$C = (6x^2 - 7x - 3) + (6 - 1x - x^2)$$
$$C = 6x^2 - 7x - 3 + 6 - 1x - x^2$$
$$C = 5x^2 - 8x + 3$$

$$D = A - B$$
$$D = (6x^2 - 7x - 3) - (6 - 1x - x^2)$$
$$D = 6x^2 - 7x - 3 - 6 + 1x + x^2$$
$$D = 7x^2 - 6x - 9$$

Corrigé de l'exercice 173 – page 63.

- Pour 5, on obtient $6 \times 4 + 1 - 5^2 = 24 + 1 - 25 = 0$.
- Pour 9, on obtient $10 \times 8 + 1 - 9^2 = 80 + 1 - 81 = 0$.
- Pour -2, on obtient $(-1) \times (-3) + 1 - (-2)^2 = 3 + 1 - 4 = 0$.

Il semble que le programme de calcul donne 0 comme résultat.

- Appelons n le nombre entier relatif choisi au départ. Son suivant est $n+1$, son précédent est $n-1$. On doit donc calculer

$$(n+1) \times (n-1) + 1 - n^2$$
$$n \times n + n \times (-1) + 1 \times n + 1 \times (-1) + 1 - n^2$$
$$n^2 + (-n) + n + (-1) + 1 - n^2$$
$$0$$

Le programme de calcul donne toujours 0 comme résultat.

Corrigé de l'exercice 174 – page 63.

$A=(2x+3)(x+1)+(3-x)(2+x)$

$A=2x\times x+2x\times 1+3\times x+3\times 1+3\times 2+3\times x+(-x)\times 2+(-x)\times x$

$A=2x^2+2x+3x+3+6+3x+(-2x)+(-x^2)$

$A=x^2+6x+9$

$B=(3t-1)(2-t)-(t+4)(t-4)$

$B=3t\times 2+3t\times(-t)+(-1)\times 2+(-1)\times(-t)-(t\times t+t\times(-4)+4\times t+4\times(-4))$

$B=6t+(-3t^2)+(-2)+t-\left(t^2+(-4t)+4t+(-16)\right)$

$B=(-3t^2)+7t+(-2)-\left(t^2+(-16)\right)$

$B=(-3t^2)+7t+(-2)-t^2+16$

$B=-4t^2+7t+14$

C30 **Corrigé de l'exercice 175 – page 64.**

$A=(x+2)^2$	$B=(x+5)^2$	$C=(7+x)^2$
$A=x^2+2\times x\times 2+2^2$	$B=x^2+2\times x\times 5+5^2$	$C=7^2+2\times 7\times x+x^2$
$A=x^2+4x+4$	$B=x^2+10x+25$	$C=49+14x+x^2$
$D=(2x+3)^2$	$E=(3x+1)^2$	$F=(4x+2)^2$
$D=(2x)^2+2\times 2x\times 3+3^2$	$E=(3x)^2+2\times 3x\times 1+1^2$	$F=(4x)^2+2\times 4x\times 2+2^2$
$D=4x^2+12x+9$	$E=9x^2+6x+1$	$F=16x^2+16x+4$

Corrigé de l'exercice 176 – page 64.

$G=(x-1)^2$	$H=(x-2)^2$	$I=(5-x)^2$
$G=x^2-2\times x\times 1+1^2$	$H=x^2-2\times x\times 2+2^2$	$I=5^2-2\times 5\times x+x^2$
$G=x^2-2x+1$	$H=x^2-4x+4$	$I=25-10x+x^2$
$J=(2x-1)^2$	$K=(5-3x)^2$	$L=(2x-5)^2$
$J=(2x)^2-2\times 2x\times 1+1^2$	$K=5^2-2\times 5\times 3x+(3x)^2$	$L=(2x)^2-2\times 2x\times 5+5^2$
$J=4x^2-4x+1$	$K=25-30x+9x^2$	$L=4x^2-20x+25$

Corrigé de l'exercice 177 – page 64.

$M=(x-1)(x+1)$	$N=(x-2)(x+2)$	$O=(x+3)(x-3)$
$M=x^2-1^2$	$N=x^2-2^2$	$O=x^2-3^2$
$M=x^2-1$	$N=x^2-4$	$O=x^2-9$
$P=(2x-3)(2x+3)$	$Q=(2-3x)(2+3x)$	$R=(1-4x)(1+4x)$
$P=(2x)^2-3^2$	$Q=2^2-(3x)^2$	$R=1^2-(4x)^2$
$P=4x^2-9$	$Q=4-9x^2$	$R=1-16x^2$

Corrigé de l'exercice 178 – page 65.

$S = (x+4)(x-4)$

$S = x^2 - 4^2$

$S = x^2 - 16$

$T = (3+x)^2$

$T = 3^2 + 2 \times 3 \times x + x^2$

$T = 9 + 6x + x^2$

$U = (x-3)^2$

$U = x^2 - 2 \times x \times 3 + 3^2$

$U = x^2 - 6x + 9$

$V = (2x+5)^2$

$V = (2x)^2 + 2 \times 2x \times 5 + 5^2$

$V = 4x^2 + 20x + 25$

$W = (3-4x)(3+4x)$

$W = 3^2 - (4x)^2$

$W = 9 - 16x^2$

$X = (4-3x)^2$

$X = 4^2 - 2 \times 4 \times 3x + (3x)^2$

$X = 16 - 24x + 9x^2$

C31 **Corrigé de l'exercice 179 – page 66.**

(a) $2x + 3x = 2 \times x + 3 \times x = x \times (2+3) = 5x$

(b) $zt + st = z \times t + s \times t = t \times (z+s)$

(c) $4x + 12 = 4 \times x + 4 \times 3 = 4 \times (x+3)$

(d) $9t - 18u = 9 \times t - 9 \times 2u = 9(t-2u)$

(e) $3x + 21y = 3 \times x + 3 \times 7y = 3(x+7y)$

(f) $24x - 24 = 24 \times x - 24 \times 1 = 24 \times (x-1)$

(g) $n^2 + 4n = n \times n + 4 \times n = n \times (n+4)$

(h) $5x^2 + 10x = 5x \times x + 5x \times 2 = 5x \times (x+2)$

Corrigé de l'exercice 180 – page 66.

$$A = 2^n \times 3^n \times 5^n + 2^n \times 15^n \times 14 + 3^n \times 10^n \times 2$$

$$A = 30^n + 30^n \times 14 + 30^n \times 2$$

$$A = 30^n \times 1 + 30^n \times 14 + 30^n \times 2$$

$$A = \underline{30^n} \times (1 + 14 + 2)$$

$$A = \underline{30^n} \times 17$$

Il est donc divisible par 17.

Corrigé de l'exercice 181 – page 66.

$A = (x+1)(x+2) + (x+1)(2x-3)$

$A = (x+1) \times ((x+2) + (2x-3))$

$A = (x+1)(3x-1)$

$B = (3x-1)(x+2) + (3x-1)(3x+1)$

$B = (3x-1) \times ((x+2) + (3x+1))$

$B = (3x-1)(4x+3)$

$C = (1-2x)(2x+3) + (1-2x)(3x+2)$

$C = (1-2x) \times ((2x+3) + (3x+2))$

$C = (1-2x)(5x+5)$

$D = (2x+3)(2x-3) - (4-5x)(2x-3)$

$D = (2x-3) \times ((2x+3) - (4-5x))$

$D = (2x-3) \times (2x+3-4+5x)$

$D = (2x-3)(7x-1)$

$E = (3x+1)(x+3) - (3x+1)(2x-1)$

$E = (3x+1) \times ((x+3) - (2x-1))$

$E = (3x+1) \times (x+3-2x+1)$

$E = (3x+1)(-x+4)$

$F = (2x+3)(2x-1) - (3x+4)(2x-1)$

$F = (2x-1) \times ((2x+3) - (3x+4))$

$F = (2x-1) \times (2x+3-3x-4)$

$F = (2x-1)(-x-1)$

C32 **Corrigé de l'exercice 182 – page 67.**

$$x^2+3x+2 = x^2+2x+1x+2\times1 = (x+2)\times(x+1)$$
$$n^2+5n+4 = n^2+4n+1n+4\times1 = (n+4)\times(n+1)$$
$$t^2+8t+15 = t^2+5t+3t+5\times3 = (t+5)\times(t+3)$$

Corrigé de l'exercice 183 – page 67.

$$x^2+1x-2 = x^2+2x+(-1)\times x+2\times(-1) = (x+2)\times(x+(-1)) = (x+2)\times(x-1)$$
$$n^2-3n-10 = n^2+(-5)\times n+2n+(-5)\times2 = (n+(-5))\times(n+2) = (n-5)\times(n+2)$$
$$t^2+2t-24 = t^2+6t+(-4)\times t+6\times(-4) = (t+6)\times(t+(-4)) = (t+6)\times(t-4)$$

Corrigé de l'exercice 184 – page 68.

$$x^2-5x+4 = x^2+(-4)\times x+(-1)\times x+(-4)\times(-1)$$
$$x^2-5x+4 = (x+(-4))\times(x+(-1))$$
$$x^2-5x+4 = (x-4)\times(x-1)$$

$$n^2-12n+32 = n^2+(-4)\times n+(-8)\times n+(-4)\times(-8)$$
$$n^2-12n+32 = (n+(-4))\times(n+(-8))$$
$$n^2-12n+32 = (n-4)\times(n-8)$$

$$t^2-25t+150 = t^2+(-15)\times t+(-10)\times n+(-15)\times(-10)$$
$$t^2-25t+150 = (t+(-15))\times(t+(-10))$$
$$t^2-25t+150 = (t-15)\times(t-10)$$

C33 **Corrigé de l'exercice 185 – page 69.**

$$4-t^2 = 2^2-t^2 = (2+t)(2-t)$$
$$36-n^2 = 6^2-n^2 = (6+n)(6-n)$$
$$p^2-49 = p^2-7^2 = (p-7)(p+7)$$
$$a^2-25 = a^2-5^2 = (a+5)(a-5)$$

Corrigé de l'exercice 186 – page 69.

$$4x^2-25 = (2x)^2-5^2 = (2x+5)(2x-5)$$
$$16-9t^2 = 4^2-(3t)^2 = (4-3t)(4+3t)$$
$$81x^2-16 = (9x)^2-4^2 = (9x-4)(9x+4)$$
$$25z^2-1 = (5z)^2-1^2 = (5z-1)(5z+1)$$
$$-49+36x^2 = 36x^2-49 = (6x)^2-7^2 = (6x-7)(6x+7)$$
$$16p^2-25a^2 = (4p)^2-(5a)^2 = (4p-5a)(4p+5a)$$

Corrigé de l'exercice 187 – page 69.

$$3x^2-75=3\times(x^2-25)=3\times(x^2-5^2)=3\times(x-5)\times(x+5)$$
$$2-72x^2=2\times(1-36x^2)=2\times\left(1-(6x)^2\right)=2\times\left(1^2-(6x)^2\right)=2\times(1-6x)\times(1+6x)$$
$$4a^2-36=4\times(a^2-9)=4\times(a^2-3^2)=4\times(a+3)\times(a-3)$$
$$xt^2-16x=x\times(t^2-16)=x\times(t^2-4^2)=x\times(t-4)\times(t+4)$$

Corrigé de l'exercice 188 – page 69.

(a) $(2x+3)^2-9=(2x)^2+2\times 2x\times 3+3^2-9=4x^2+12x+9-9=4x^2+12x.$

(b)

$$K=4x^2+12x+5$$
$$K=(2x+3)^2-9+5$$
$$K=(2x+3)^2-4$$
$$K=(2x+3)^2-2^2$$
$$K=[(2x+3)-2]\times[(2x+3)+2]$$
$$K=[2x+3-2]\times[2x+3+2]$$
$$K=[2x+1]\,[2x+5]$$

Corrigé de l'exercice 189 – page 69.

$$G=(2x+1)^2-(x+2)^2$$
$$G=[(2x+1)-(x+2)]\times[(2x+1)+(x+2)]$$
$$G=(2x+1-x-2)\times(2x+1+x+2)$$
$$G=(x-1)(3x+3)$$

$$H=(x+2)^2-(3x+2)^2$$
$$H=[(x+2)-(3x+2)]\times[(x+2)+(3x+2)]$$
$$H=(x+2-3x-2)\times(x+2+3x+2)$$
$$H=-2x(4x+4)$$

$$I=(3x-1)^2-(2x+3)^2$$
$$I=[(3x-1)-(2x+3)]\times[(3x-1)+(2x+3)]$$
$$I=(3x-1-2x-3)\times(3x-1+2x+3)$$
$$I=(x-4)(5x+2)$$

$$J=(1-5x)^2-(2-3x)^2$$
$$J=[(1-5x)-(2-3x)]\times[(1-5x)+(2-3x)]$$
$$J=(1-5x-2+3x)\times(1-5x+2-3x)$$
$$J=(-1-2x)(3-8x)$$

Corrigé de l'exercice 190 – page 70.

(a) $8 \xrightarrow{+1} 9 \xrightarrow{\times 2} 18 \xrightarrow{-2} 16 \xrightarrow{-8} 8$

(b) $11{,}2 \xrightarrow{+1} 12{,}2 \xrightarrow{\times 2} 24{,}4 \xrightarrow{-2} 22{,}4 \xrightarrow{-11{,}2} 11{,}2$

(c) $-1 \xrightarrow{+1} 0 \xrightarrow{\times 2} 0 \xrightarrow{-2} -2 \xrightarrow{-(-1)} -1$

(d) Le programme de calcul semble avoir le nombre de départ comme résultat.

(e) Appelons n le nombre choisi au départ.

$$\begin{aligned} n \xrightarrow{+1} n+1 \xrightarrow{\times 2} & 2 \times (n+1) \\ & 2 \times n + 2 \times 1 \\ & 2n+2 \xrightarrow{-2} 2n \xrightarrow{-n} n \end{aligned}$$

Quel que soit le nombre choisi au départ, on l'obtient comme résultat du programme de calcul.

Corrigé de l'exercice 191 – page 70.

(a)

$$\begin{aligned} 2 \times 0 - 1^2 &= 0 - 1 = -1 \\ 3 \times 1 - 2^2 &= 3 - 4 = -1 \\ 4 \times 2 - 3^2 &= 8 - 9 = -1 \\ 5 \times 3 - 4^2 &= 15 - 16 = -1 \end{aligned}$$

(b)

$$\begin{aligned} 6 \times 4 - 5^2 &= 24 - 25 = -1 \\ 7 \times 5 - 6^2 &= 35 - 36 = -1 \\ 8 \times 6 - 7^2 &= 48 - 49 = -1 \end{aligned}$$

(c) Lorsqu'on construit une telle égalité, le résultat semble être égal à -1.
Appelons n un nombre entier et écrivons l'égalité sous la forme $(n+1) \times (n-1) - n^2$.
Par conséquent,

$$\begin{aligned} & (n+1) \times (n-1) - n^2 \\ & n \times n + n \times (-1) + 1 \times n + 1 \times (-1) - n^2 \\ & n^2 + \underbrace{(-1n) + 1n}_{=0} + (-1) - n^2 \\ & n^2 - n^2 + (-1) \\ & -1 \end{aligned}$$

La conjecture proposée est donc toujours vraie.

Corrigé de l'exercice 192 – page 70.

(a)

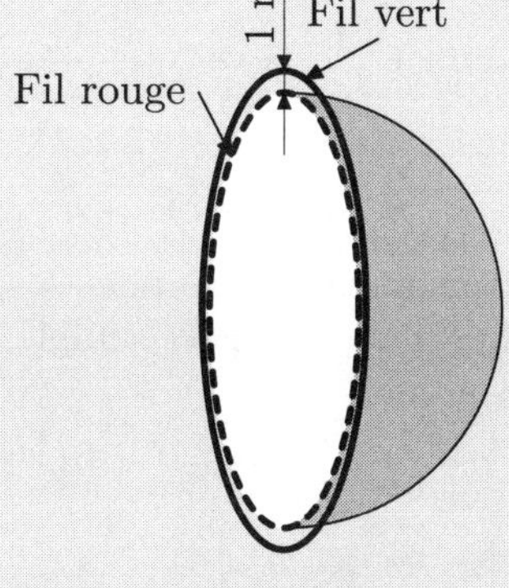

(b) Pour le fil rouge : $L_1 = 2 \times \pi \times 1 = 2 \times \pi$ mètres.
Pour le fil vert : $L_2 = 2 \times \pi \times (1+1) = 2 \times \pi \times 2 = 4 \times \pi$ mètres.
La différence de longueur est $4\pi - 2\pi = 2\pi$ mètres.

(c) Pour le fil rouge : $L_1 = 2 \times \pi \times 100 = 200 \times \pi$ mètres.
Pour le fil vert : $L_2 = 2 \times \pi \times (100+1) = 2 \times \pi \times 101 = 201 \times \pi$ mètres.
La différence de longueur est $202\pi - 200\pi = 2\pi$ mètres.

(d) Il semble que la différence entre les deux longueurs soit égale à 2π mètres.

(e) Appelons r le rayon, en mètres, de la sphère considérée.
Pour le fil rouge : $L_1 = 2 \times \pi \times r = 2\pi \times r$ mètres.
Pour le fil vert : $L_2 = 2 \times \pi \times (r+1) = 2\pi \times (r+1) = 2\pi \times r + 2\pi$ mètres.
La différence de longueur est $2\pi \times r + 2\pi - 2\pi \times r = 2\pi$ mètres.
La conjecture est vraie.

C35 **Corrigé de l'exercice 193 – page 72.**

(a)

$$1 \xrightarrow{\times 1} 1 \xrightarrow{+11} 12 \xrightarrow{-6\times 1} 6 \xrightarrow{\times 1} 6$$

$$2 \xrightarrow{\times 2} 4 \xrightarrow{+11} 15 \xrightarrow{-6\times 2} 3 \xrightarrow{\times 2} 6$$

$$3 \xrightarrow{\times 3} 9 \xrightarrow{+11} 20 \xrightarrow{-6\times 3} 2 \xrightarrow{\times 3} 6$$

(b) Il semble que ce programme de calcul donne toujours 6 comme résultat.

(c) Faisons un test supplémentaire.

$$4 \xrightarrow{\times 4} 16 \xrightarrow{+11} 27 \xrightarrow{-6\times 4} 3 \xrightarrow{\times 4} 12 \neq 6$$

La conjecture est fausse.

Corrigé de l'exercice 194 – page 72.

1 ; 2 ; 3 et 4 sont quatre nombres entiers consécutifs.

$$1+2+3+4=10$$

Comme 10 n'est pas un multiple de 4, l'affirmation est fausse.

Corrigé de l'exercice 195 – page 72.

$$1+2+3+4+5=15$$

$$2+3+4+5+6=20$$

$$3+4+5+6+7=25$$

$$9+10+11+12+13=55$$

Il semble que l'affirmation soit vraie.
Appelons n le nombre entier « du milieu ». Alors, les cinq nombres consécutifs sont

$$n-2 \qquad n-1 \qquad n \qquad n+1 \qquad n+2$$

On calcule leur somme :

$$n-2+n-1+n+n+1+n+2=5n.$$

C'est un multiple de 5. L'affirmation est bien vraie.

Le choix du rôle de n est essentiel. Par exemple, si nous appelons n le premier nombre, nous obtenons la somme :

$$n+n+1+n+2+n+3+n+4=5n+10=5\times(n+2).$$

C'est un multiple de 5.

Corrigé de l'exercice 196 – page 72.

(b) Soit $n = 12\,345\,678$. Le calcul à effectuer est donc :

$$\begin{aligned}&n \times (n+1) - (n-1) \times (n+2)\\&n^2 + n - \left(n^2 + 2n - n - 2\right)\\&n^2 + n - \left(n^2 + n - 2\right)\\&n^2 + n - n^2 - n + 2\\&2\end{aligned}$$

Par conséquent, $12\,345\,678 \times 12\,345\,679 - 12\,345\,677 \times 12\,345\,680 = 2$.

Bilan

Corrigé de l'exercice 197 – page 73.

(a)

$$8 \xrightarrow{+4} 12 \xrightarrow{\times 3} 36 \xrightarrow{-12} 24 \xrightarrow{-2\times 8} 8$$

(b)

$$11 \xrightarrow{+4} 15 \xrightarrow{\times 3} 45 \xrightarrow{-12} 33 \xrightarrow{-2\times 11} 11$$

(c)

$$14 \xrightarrow{+4} 18 \xrightarrow{\times 3} 54 \xrightarrow{-12} 42 \xrightarrow{-2\times 14} 14$$

(d) Il semble que le résultat donné par le programme de calcul soit égal au nombre choisi au départ.

$$15 \xrightarrow{+4} 19 \xrightarrow{\times 3} 57 \xrightarrow{-12} 45 \xrightarrow{-2\times 15} 15$$

(e) On appelle n le nombre choisi au départ.

$$\begin{aligned}n \xrightarrow{+4} n+4 \xrightarrow{\times 3} &(n+4) \times 3\\&n \times 3 + 4 \times 3\\&3n + 12 \xrightarrow{-12} 3n \xrightarrow{-2n} n\end{aligned}$$

La conjecture énoncée à la question précédente est vraie.

Corrigé de l'exercice 198 – page 73.

(a) 7 et 11 ne sont pas des multiples de 3 ; $7 \times 11 = 77$ non plus.

(b) 8 et 16 ne sont pas des multiples de 3 ; $8 \times 16 = 128$ non plus ($1+2+8 = 11$ qui n'est pas un multiple de 3).

(c) Il semble que « si deux nombres entiers naturels ne sont pas multiples de 3, alors leur produit n'est pas multiple de 3 ».
Appelons a et b les deux nombres choisis.
Comme a n'est pas un multiple de 3, alors on peut l'écrire $a = 3p+1$ ou $a = 3p+2$.
Comme b n'est pas un multiple de 3, alors on peut l'écrire $b = 3r+1$ ou $b = 3r+2$.
Par conséquent,

$$\begin{aligned}&a \times b && \textit{ou} \quad a \times b\\&(3p+1)(3r+1) && \quad\ (3p+1)(3r+2)\\&\underbrace{9pr + 3p + 3r}_{\text{multiple de 3}} + 1 && \quad\ \underbrace{9pr + 6p + 3r}_{\text{multiple de 3}} + 2\end{aligned}$$

$$
\begin{array}{lcl}
a \times b & ou & a \times b \\
(3p+2)(3r+1) & & (3p+2)(3r+2) \\
\underbrace{9pr+3p+6r}_{\text{multiple de 3}}+2 & & \underbrace{9pr+6p+6r}_{\text{multiple de 3}}+4
\end{array}
$$

Comme ni 1, ni 2, ni 4 ne sont des multiples de 3, alors la conjecture est vraie.

Corrigé de l'exercice 199 – page 73.

(a) Il faut développer le 1er membre de l'égalité pour obtenir le 2e membre.

$$
\begin{aligned}
a &= (b+c)^2 + (b-c)^2 \\
a &= b^2 + 2 \times b \times c + c^2 + b^2 - 2 \times b \times c + c^2 \\
a &= b^2 + 2bc + c^2 + b^2 - 2bc + c^2 \\
a &= 2b^2 + 2c^2 \\
a &= 2(b^2 + c^2)
\end{aligned}
$$

(b) Comme le triangle ABC est rectangle en A, alors l'égalité de Pythagore est vérifiée :

$$BC^2 = AC^2 + AB^2$$

D'où

$$2BC^2 = 2(AC^2 + AB^2)$$

On utilise alors la question précédente pour obtenir :

$$
\begin{aligned}
2BC^2 &= (AC + AB)^2 + (AC - AB)^2 \\
2BC^2 &= 14^2 + 2^2 \\
2BC^2 &= 196 + 4 \\
2BC^2 &= 200 \\
BC^2 &= 100 \\
BC &= 10 \text{ cm}
\end{aligned}
$$

Corrigé de l'exercice 200 – page 74.

(a) Pour 50 tartelettes, il faut 200 fraises et 300 framboises. Pour 125 tartelettes, il faut 500 fraises et 750 framboises.

(b) (a) Il faut chercher le plus grand des diviseurs communs à 411 et 685.

$$411 = 3 \times 137 \qquad 685 = 5 \times 137$$

Le pâtissier peut donc faire 137 tartelettes avec 3 fraises ($411 \div 137$) et 5 framboises ($685 \div 137$).

(b) Il y a eu plus de fraises que prévu mais moins de framboises. Les masses données par les fournisseurs sont approximatives.

Corrigé de l'exercice 201 – page 74.

(a)

$$A=(x+y+z)^2-(-x+y+z)^2$$
$$A=\left[(x+y+z)-(-x+y+z)\right]\times\left[(x+y+z)+(-x+y+z)\right]$$
$$A=(x+y+z+x-y-z)\times(x+y+z-x+y+z)$$
$$A=2x\times(2y+2z)$$

$$B=(x+y-z)^2-(x-y+z)^2$$
$$B=\left[(x+y-z)-(x-y+z)\right]\times\left[(x+y-z)+(x-y+z)\right]$$
$$B=(x+y-z-x+y-z)\times(x+y-z+x-y+z)$$
$$B=(2y-2z)\times 2x$$

(b)

$$C=A-B$$
$$C=2x(2y+2z)-2x(2y-2z)$$
$$C=2x\times\left[(2y+2z)-(2y-2z)\right]$$
$$C=2x\times(2y+2z-2y+2z)$$
$$C=2x\times 4z$$
$$C=8xz$$

Corrigé de l'exercice 202 – page 74.

On va écrire les données en utilisant une même puissance de 10.

Le rayon

H 53×10^{-12} m

C 70×10^{-12} m

O 60×10^{-12} m

C'est l'atome de carbone qui a le plus grand rayon.

La masse

H $0{,}016\,73\times10^{-25}$ kg

C $0{,}199\times10^{-25}$ kg

O $0{,}266\times10^{-25}$ kg

C'est l'atome d'oxygène qui est le plus lourd.

Corrigé de l'exercice 203 – page 75.

(a) On choisit un des triangles rectangles de la face supérieure pour appliquer l'égalité de Pythagore :

$$d^2=a^2+a^2$$
$$d^2=0{,}408^2+0{,}408^2$$
$$d^2=0{,}166\,464+0{,}166\,464$$
$$d^2=0{,}332\,928$$
$$d=\sqrt{0{,}332\,928}$$
$$d\approx0{,}577\text{ nm}$$

(b) On a $4r=d$ donc $r=\dfrac{d}{4}\approx0{,}144$ nm.

C36 **Corrigé de l'exercice 204 – page 79.**

Pour produire un graphique représentant les notes, il va falloir construire un tableau regroupant les notes. Le graphique n'est donc pas un bon choix car ce n'est pas le plus immédiat.

Cependant, pour un journal quotidien, le graphique sera peut-être plus parlant pour les lecteurs.

Corrigé de l'exercice 205 – page 79.

On peut construire un tableau en regroupant les tailles par intervalle de 5 cm (106 à 110 - 111 à 115...) ou 10 cm (101 à 110 - 111 à 120...). Cela sera plus parlant qu'un tableau regroupant les tailles par intervalle de 1 cm.

Corrigé de l'exercice 206 – page 79.

(a) Le tableau va être « très grand » à construire.

(b)

Vitesse	76-80	81-85	...
Nombre de voitures			

On aurait également pu prendre 76-85 ; 86-95...

Corrigé de l'exercice 207 – page 79.

(a) $14+32+34+21+5=106$ élèves en classe de 6e.

(b) Le tableau ci-dessous indique le temps de travail.

	6^{e}	5^{e}	4^{e}	3^{e}
moins de 15 min	14	17	12	4
entre 15 min et 30 min	32	39	45	38
entre 30 min et 45 min	34	31	21	29
entre 45 min et 1 h	21	16	7	31
1 h et plus	5	4	6	6

(c) $34+31+21+29+21+16+7+31=190$. Dans ce collège, 190 élèves ont un temps de devoir compris entre 30 et 60 minutes.

Corrigé de l'exercice 208 – page 80.

On va construire un tableau pour y placer les informations. Celles en gras sont celles données par l'énoncé.

	Manches courtes	Manches longues	Total
Bleu	**2**	10	**12**
Rouge	5	5	10
Jaune	3	**5**	**8**
Total	**10**	20	**30**

C37 **Corrigé de l'exercice 209 – page 81.**

(a) 5 élèves préfèrent les chats.

(b) 2 élèves préfèrent les perroquets.

(c) $6+5+3+2+1+3=20$. Il y a 20 élèves dans cette classe.

Corrigé de l'exercice 210 – page 81.

(a) Cette élève a obtenu 22 notes.

(b) Elle a obtenu 10 fois une note supérieure ou égale à 12.

(c) Elle a obtenu 10 fois une note inférieure à 10.

Corrigé de l'exercice 211 – page 81.

(a) 405 clients possèdent un chien mais pas de chat.

(b) 344 clients possèdent un chat mais pas de chien.

(c) 56 clients ont un chien et un chat.

(d) $405 + 56 = 461$ clients ont un chien.

Corrigé de l'exercice 212 – page 82.

(a) Il y a $170 - 125 = 45$ élèves qui n'ont pas de téléphone portable.

(b) L'abonnement le plus utilisé est le « forfait bloqué 1 h ».
L'abonnement le moins utilisé est la « carte prépayée ».

Corrigé de l'exercice 213 – page 82.

(a) Pendant 4 mois, il n'y a pas eu de pluie : de Juin (inclus) à Septembre (inclus).

(b) La température maximale est 25,8 °C et la minimale est 14,6 °C. Donc l'écart maximal de température est $25,8\ ^\circ\text{C} - 14,6\ ^\circ\text{C} = 11,2\ ^\circ\text{C}$.

(c) Pendant 5 mois, la température dépasse 24 °C : de Juin (inclus) à Octobre (inclus).

Corrigé de l'exercice 214 – page 83.

(a) $13 + 37 = 50$ élèves de 6e ont un trajet de moins d'une demi-heure.

(b) $19 + 15 + 3 = 37$ élèves de 6e ont un trajet d'au moins d'une demi-heure.

(c) $3 + 5 + 4 + 2 = 14$ élèves ont un trajet de plus d'une heure.

(d) En 5e, il y a $16 + 42 + 23 + 14 + 5 = 100$ élèves.

(e) $37+42+43+39+19+23+18+17 = 238$ élèves ont un temps de trajet compris entre 15 et 45 minutes.

Corrigé de l'exercice 215 – page 83.

(a) Pour 2 kg, on obtient une taille de 45 cm. Pour 4 kg, la taille n'est pas de 90 cm. Par conséquent, la taille n'est pas proportionnelle à la masse.

(b) Pour 22 kg, on obtient une taille de 100 cm.

(c) Pour 70 cm, on obtient une masse d'environ 7 kg.

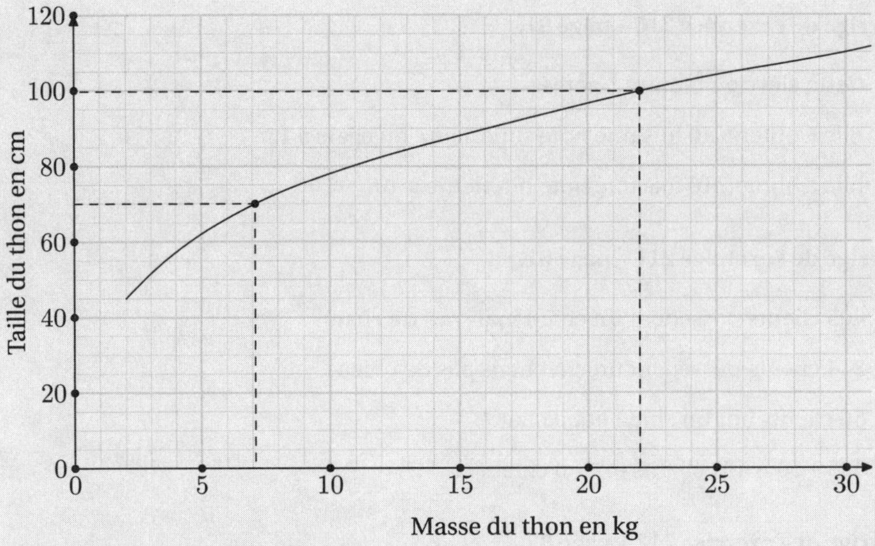

Corrigé de l'exercice 216 – page 84.
On mesure les angles de chacune des parties qui représentent les différentes espèces. Et on compare à 360°.

Par exemple, pour le thon, on mesure 180° et la proportion associée est de $\frac{180}{360} = \frac{1}{2}$.

C38 **Corrigé de l'exercice 217 – page 85.**
$2+3+1+3+5+4+1+3+2+1=25$.
Il y a 25 élèves dans cette classe.

Corrigé de l'exercice 218 – page 85.

- $84+68=152$ élèves en 5e.
- $159-75=84$ garçons en 6e.
- $182-95=87$ filles en 4e.
- $657-182-159-152=164$ élèves en 3e.
- $164-87=77$ garçons en 3e.
- $75+84+87+87=333$ filles dans ce collège.
- $657-333=324$ garçons dans ce collège.

Corrigé de l'exercice 219 – page 85.
il y a déjà $12+21+14=47$ clients. Il en reste donc 54 $(101-47)$ à répartir dans les deux prix manquants.
Comme ils sont deux fois plus nombreux à avoir pris le menu à 10 € que celui à 12 €, cela fait trois fois le même nombre pour les deux prix.
Comme $54 \div 3 = 18$, il y a 36 personnes qui ont pris le menu à 10 € et 18 personnes qui ont pris le menu à 12 €.

Corrigé de l'exercice 220 – page 86.
⚠ Attention à ne pas répondre « 1 sur 2 » !

(a) La fréquence du tirage « *pile* » est $\frac{15}{23}$.

(b) Celle du tirage « *face* » est $\frac{8}{23}$.

Corrigé de l'exercice 221 – page 86.

Il y a eu $112+336+84+168=700$ véhicules qui sont passés.
Calculons les fréquences en simplifiant les écritures successives.

	Autocars	Voitures	Motos	Camions
fréquence	$\frac{112}{700}$ soit $\frac{56}{350}$ soit $\frac{8}{50}$ soit 16 %	$\frac{336}{700}$ soit $\frac{168}{350}$ soit $\frac{24}{50}$ soit 48 %	$\frac{84}{700}$ soit $\frac{42}{350}$ soit $\frac{6}{50}$ soit 12 %	$\frac{168}{700}$ soit $\frac{84}{350}$ soit $\frac{12}{50}$ soit 24 %

Corrigé de l'exercice 222 – page 86.

(a) Les 76 arbustes représentent 80 % des arbustes plantés. 80 %, c'est 80 arbustes restants sur 100 plantés, ou 1 arbuste restant sur $100 \div 80 = 1,25$ plantés.
Par conséquent, il y a eu $76 \times 1,25 = 95$ arbustes plantés durant l'automne 2013.

(b) Voici le tableau complété :

Taille	1,30 m	1,40 m	1,50 m	1,60 m
Effectif	12	32	23	9
Fréquence	$\frac{12}{76} \times 100$	$\frac{32}{76} \times 100$	$\frac{23}{76} \times 100$	$\frac{9}{76} \times 100$
	16 %	42 %	30 %	12 %

C 39 **Corrigé de l'exercice 223 – page 87.**

Somme des données $7+10+12+14+13+15+18+9+4+4+1+8+2+1=118$

Effectif total 14

Moyenne $118 \div 14 \approx 8,4$

Corrigé de l'exercice 224 – page 87.

Somme des données $6+4+3+2+2+2+1+1+2+1+2+2+0+0+2+1=31$

Effectif total 16

Moyenne $31 \div 16 \approx 2$. La température moyenne relevée ce jour est d'environ 2 °C.

Corrigé de l'exercice 225 – page 87.

(a) $m_1 = \frac{9+12+10+9+13+13}{6} = \frac{66}{6} = 11.$

(b) $m_2 = \frac{9+7+11+8}{4} = \frac{35}{4} = 8,75.$

(c) $m = \frac{9+12+10+9+13+13+9+7+11+8}{6+4} = \frac{101}{10} = 10,1.$
Marie aura tout de même plus de 10 de moyenne.

Thème B

Corrigé de l'exercice 226 – page 88.

(a) Il y a $1+2+1+3+4+2+5+3+1+2+1=25$ élèves dans cette classe.

(b) On calcule la moyenne du contrôle.

Somme des données $1\times 2+2\times 6+1\times 7+3\times 8+4\times 10+2\times 11+5\times 12$
$+3\times 14+1\times 16+2\times 17+1\times 19=278$

Effectif total 25

Moyenne $278\div 25=11,12$.

Corrigé de l'exercice 227 – page 88.

Somme des données $50\times 7,95+50\times 7,96+50\times 7,97+100\times 7,98+150\times 7,99$
$+250\times 8+300\times 8,01+300\times 8,02+200\times 8,03+100\times 8,04+150\times 8,05$ soit 13 617.

Effectif total $50+50+50+100+150+250+300+300+200+100+150=1\,700$

Moyenne $13\,617\div 1\,700=8,01$ mm.

Le calcul effectué par l'organisme agréé est bon.

Corrigé de l'exercice 228 – page 88.
Avec les cinq perroquets, le prix total était de $5\times 5\,000=25\,000$ €.
Avec les quatre perroquets, le prix total est de $4\times 4\,000=16\,000$ €.
Le perroquet qui s'est échappé coûtait donc 9 000 €.

C 40 **Corrigé de l'exercice 229 – page 89.**
La série comporte 11 données et elle est déjà rangée par ordre croissant.
Comme $11=5+1+5$, la médiane sera la 6e donnée de la série statistique, c'est-à-dire 27.

Corrigé de l'exercice 230 – page 89.
L'effectif total est 30 : il faut trouver les deux sous-groupes de même effectif :

$$\underbrace{\underbrace{1^{re}\ 2^{e}\ldots 15^{e}}_{15\text{ données}}\quad \overset{\text{médiane}}{|}\quad \underbrace{16^{e}\ 17^{e}\ldots 30^{e}}_{15\text{ données}}}_{30\text{ données}}$$

Il n'y a pas de donnée de la série statistique qui représente *directement* la médiane. Il faut donc trouver la 15e et la 16e donnée de cette série : 8 et 9. La médiane se situe entre 8 et 9 ; on prend donc 8,5 pour médiane.

Corrigé de l'exercice 231 – page 89.
L'effectif total (75) est à partager en deux sous-groupes de même effectif.

$$\underbrace{\underbrace{1^{re}\ 2^{e}\ldots 37^{e}}_{37\text{ données}}\quad \overset{\text{médiane}}{38^{e}}\quad \underbrace{39^{e}\ 40^{e}\ldots 75^{e}}_{37\text{ données}}}_{75\text{ données}}$$

La 38e donnée partage cette série statistique en deux sous-groupes de même effectif. Cette 38e donnée est la médiane recherchée. La médiane est donc de 142 mm.

Longueur	102	112	122	132	142	152	162	172
Effectif	1	6	6	10	15	19	10	8

$\longrightarrow$ 7 données
$\longrightarrow$ 13 données
$\longrightarrow$ 23 données
$\longrightarrow$ 38 données

Corrigé de l'exercice 232 – page 89.

L'effectif total est $2+3+7+6+4+3=25$. Comme $25=12+1+12$, il faut trouver la 13e donnée. Il s'agit de 20 minutes. La durée médiane d'un repas est 20 min.

Corrigé de l'exercice 233 – page 90.

Les données sont déjà rangées par ordre croissant. L'effectif total est de 29. Il faut donc trouver la 15e donnée (car $29=14+1+14$). Il s'agit de 12 : $\mathcal{M}=12$.

Corrigé de l'exercice 234 – page 90.

Il faut ranger la série par ordre croissant : 1 / 2 / 5 / 5 / 5 / 9 / 10 / 11 / 12 / 14 / 17 / 19 / 19 / 23 / 25 / 27 / 28 / 30 / 35 / 36. L'effectif total est 20 : la médiane est entre la 10e donnée (14) et la 11e (17) : $\mathcal{M}=15,5$.

Corrigé de l'exercice 235 – page 90.

En 2017, en France, l'âge moyen des hommes était de 39,8 ans ; celui des femmes 42,6 ans. L'âge moyen des femmes était plus élevé que celui des hommes.
En 2017, en France, l'âge médian des hommes était de 38,8 ans : 50 % des hommes avaient un âge supérieur ou égal à 38,8 ans. L'âge médian des femmes françaises était 41,8 ans : 50 % des femmes françaises avaient un âge supérieur ou égal à 41,8 ans.
En 2017, 50 % de l'ensemble des français avaient un âge supérieur ou égal à 40,4 ans.

Il y a d'autres interprétations possibles.

C41 **Corrigé de l'exercice 236 – page 91.**

Liam $20-3=17$. **Cécile** $19-2=17$. **Franck** $12-8=4$. **Lætitia** $18-1=17$.

Corrigé de l'exercice 237 – page 91.

L'étendue est égale à $18-7=11$.

Corrigé de l'exercice 238 – page 91.

(a) Non, car la température varie légèrement.

(b) L'étendue est égale à $4,5\ °C-3,9\ °C=0,6\ °C$.

(c) On a dû mettre un élément assez chaud dans le réfrigérateur.

C42 **Corrigé de l'exercice 239 – page 92.**

(a) Il y a une face numérotée 7 sur les douze. Donc la probabilité vaut $\frac{1}{12}$.

(b) Il n'y a aucune face numérotée 0. Donc la probabilité vaut 0.

(c) Deux faces portent les numéros 5 et 8. Donc la probabilité vaut $\frac{2}{12}=\frac{1}{6}$.

(d) Il n'y a *aucune face* numérotée à la fois 5 et 8. Donc la probabilité vaut 0.

(e) 6 nombres pairs : 2 ; 4 ; 6 ; 8 ; 10 ; 12. Donc la probabilité vaut $\frac{6}{12}=\frac{1}{2}$.

(f) Les multiples de 3 sont 3 ; 6 ; 9 et 12. Donc la probabilité vaut $\frac{4}{12}=\frac{1}{3}$.

Corrigé de l'exercice 240 – page 92.

(a) Il y a 4 rois sur les 32 cartes : $p(A)=\frac{4}{32}=\frac{1}{8}=0,125=12,5\ \%$.

(b) Il y a donc 11 cas favorables : $p(B)=\frac{11}{32}$.

(c) Comme il y a quatre cartes « 10 » sur les 32, il y a donc 28 cartes qui ne sont pas des « 10 » : $p(C)=\frac{28}{32}=\frac{7}{8}=0,875=87,5\ \%$.

(d) Aucune carte n'est à la fois une dame et un neuf. Donc $p(D)=0$.

Thème B

Corrigé de l'exercice 241 – page 93.

(a) Ce script détermine aléatoirement un nombre entier entre 1 et 6.

(b) La probabilité cherchée est égale à $\frac{1}{6}$.

Corrigé de l'exercice 242 – page 93.

(a) Il y a 15 chocolats blancs sur les $25+15=40$ chocolats dans la boîte. La probabilité cherchée est $\frac{15}{40}=\frac{3}{8}$.

(b) Après le premier chocolat blanc pris, il reste 14 chocolats blancs et 25 chocolats noirs. Donc la probabilité cherchée est $\frac{25}{14+25}=\frac{25}{39}$.

C43 **Corrigé de l'exercice 243 – page 94.**

(a) Il y a 10 issues : 0 ; 1 ; 2 ; 3 ; 4 ; 5 ; 6 ; 7 ; 8 ; 9.

(b) « Prendre un papier numéroté entre 0 et 9 » est un évènement certain.

(c) « Prendre un papier numéroté 10 » est un évènement impossible.

(d) Les évènements « Prendre un chiffre pair » et « Prendre un chiffre impair » sont des évènements incompatibles.

(e) C'est l'évènement « obtenir un nombre qui ne soit pas un multiple de 3 ».

Corrigé de l'exercice 244 – page 94.

(a) C'est un évènement impossible.

(b) C'est un évènement qui n'est ni certain ni impossible.

(c) Ce sont des évènements incompatibles.

Corrigé de l'exercice 245 – page 95.

(a) Il y a sept issues : S, C, R, A, B, L, E.

(b) « Obtenir une lettre du mot SCRABBLE » est un évènement certain.

(c) Oui, car lorsqu'on prend une lettre du mot ARCS, alors on ne prend pas une lettre du mot BLE.

C44 **Corrigé de l'exercice 246 – page 96.**

Il y a $5+8+10=23$ boules au total.

(a) Il y a 5 boules blanches sur les 23, donc la probabilité cherchée est $\frac{5}{23}$.

(b) Il y a 8 boules noires sur les 23, donc la probabilité cherchée est $\frac{8}{23}$.

(c) Il y a 3 boules « 4 » sur les 23, donc la probabilité cherchée est $\frac{3}{23}$.

(d) Il y a 1 boule « 9 » sur les 23, donc la probabilité cherchée est $\frac{1}{23}$.

Corrigé de l'exercice 247 – page 96.

(a) Ce sont les jetons numérotés de 61 à 99. Il y en a trente-neuf. Donc la probabilité cherchée est $\frac{39}{100}$.

(b) Ce sont les jetons 00 à 09 et 10 / 20 / 30 / 40 / 50 / 60 / 70 / 80 / 90. Il y en a 19. Donc la probabilité cherchée est $\frac{19}{100}$.

(c) Ce sont tous les jetons qui ne sont pas utilisés dans la question précédente. Par conséquent, il y a 81 jetons possibles. Donc la probabilité cherchée est $\frac{81}{100}$.

Corrigé de l'exercice 248 – page 96.

(a) — Il y a 8 cartes de carreau sur les 32, donc la probabilité cherchée est $\frac{8}{32} = \frac{1}{4}$.

— Il y a 4 cartes « valet » sur les 32, donc la probabilité cherchée est $\frac{4}{32} = \frac{1}{8}$.

— Il y a 1 carte « valet de carreau » sur les 32, donc la probabilité cherchée est $\frac{1}{32}$.

(b) — Il y a 10 cartes de carreau sur les 34, donc la probabilité cherchée est $\frac{10}{34} = \frac{5}{17}$.

Or,

$$\left.\begin{aligned} \frac{1}{4} &= \frac{1 \times 17}{4 \times 17} = \frac{17}{68} \\ \frac{5}{17} &= \frac{5 \times 4}{17 \times 4} = \frac{20}{68} \end{aligned}\right\} \frac{5}{17} > \frac{1}{4}$$

— Il y a 6 cartes « valet » sur les 34, donc la probabilité cherchée est $\frac{6}{34}$.

$$\left.\begin{aligned} \frac{1}{8} &= \frac{1 \times 17}{8 \times 17} = \frac{17}{136} \\ \frac{6}{34} &= \frac{6 \times 4}{34 \times 4} = \frac{24}{136} \end{aligned}\right\} \frac{6}{34} > \frac{1}{8}$$

— Il y a 3 cartes « valet de carreau » sur les 34, donc la probabilité cherchée est $\frac{3}{34}$.

$$\left.\begin{aligned} \frac{1}{32} &= \frac{1 \times 17}{32 \times 17} = \frac{17}{544} \\ \frac{3}{34} &= \frac{2 \times 16}{34 \times 16} = \frac{32}{544} \end{aligned}\right\} \frac{3}{34} > \frac{1}{32}$$

Corrigé de l'exercice 249 – page 97.

(a) Comme le plus petit nombre de point à marquer est 1, alors la probabilité cherchée est 1 (évènement certain).

(b) Il y a 36 carrés composant la cible. Comme il y a 20 carrés qui peuvent rapporter un point, alors la probabilité cherchée est $\frac{20}{36} = \frac{5}{9}$.

(c) Il y a 36 carrés composant la cible. Comme il y a 12 carrés qui peuvent rapporter 5 points, alors la probabilité cherchée est $\frac{12}{36} = \frac{1}{3}$.

Corrigé de l'exercice 250 – page 97.

Il y a $5 + 4 + 10 + 6 = 25$ cubes au total.

1/ Comme il y a 10 cubes verts, alors la probabilité cherchée est $\frac{10}{25} = \frac{40}{100} = 0,4$.

2/ Comme il n'y a pas de cylindre dans l'urne, alors la probabilité cherchée est 0.

3/ Comme il y a 14 cubes rouges ou verts, alors la probabilité cherchée est $\frac{14}{25} = \frac{56}{100}$ soit 0,56.

4/ Comme il n'y a pas de cube rouge et blanc, alors la probabilité cherchée est 0.

5/ Comme il y a 15 cubes bleus ou blancs ou rouges, alors la probabilité cherchée est $\frac{15}{25} = \frac{60}{100} = 0,6$.

C45 **Corrigé de l'exercice 251 – page 98.**

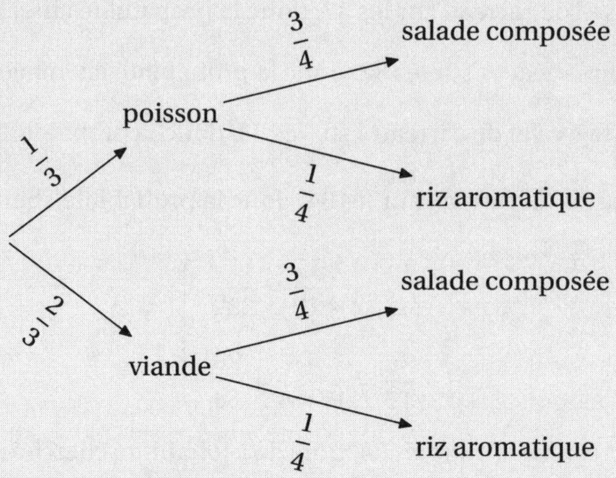

Corrigé de l'exercice 252 – page 98.
La probabilité cherchée p est :

$$p = \frac{2}{3} \times \frac{3}{4}$$
$$p = \frac{2 \times 3}{3 \times 4}$$
$$p = \frac{2}{4}$$
$$p = \frac{1}{2}$$

Corrigé de l'exercice 253 – page 98.

(a) Il y a 5 boules au total. Comme il y a 4 boules rouges, la probabilité cherchée est $\frac{4}{5}$.

(b) 1/ On a remis la première boule tirée, donc les probabilités ne changent pas : $\frac{4}{5}$ pour une boule rouge et $\frac{1}{5}$ pour une boule jaune.

2/

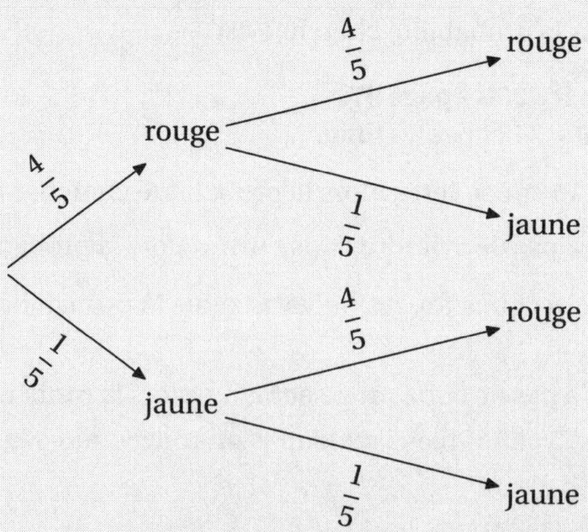

La probabilité p de tirer deux boules jaunes est :

$$p = \frac{1}{5} \times \frac{1}{5}$$
$$p = \frac{1}{25}$$

(c) 1/ Il reste 3 boules rouges et une boule jaune. Donc :

— la probabilité de prendre une boule rouge est $\frac{3}{4}$;

— la probabilité de prendre une boule jaune est $\frac{1}{4}$.

2/ Il reste 4 boules rouges. Donc :

— la probabilité de prendre une boule rouge est 1 ;

— la probabilité de prendre une boule jaune est 0.

3/

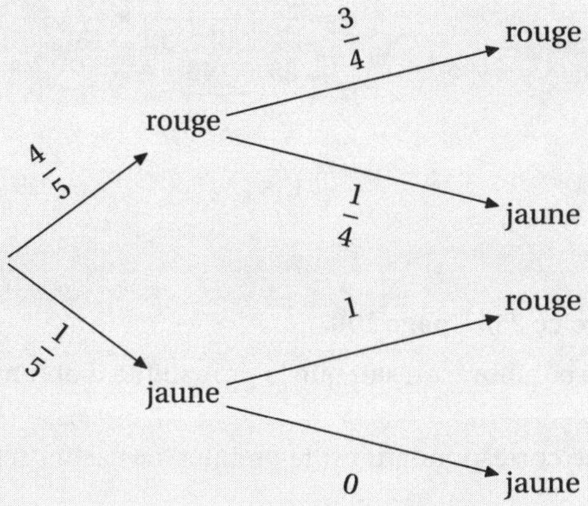

La probabilité p de tirer deux boules de couleurs différentes est :

$$p = \frac{4}{5} \times \frac{1}{4} + \frac{1}{5} \times 1$$
$$p = \frac{1}{5} + \frac{1}{5}$$
$$p = \frac{2}{5}$$

Corrigé de l'exercice 254 – page 99.

(a) Il y a $7 + 5 = 12$ boules au total. Comme il y a 5 boules rouges, alors la probabilité cherchée est $\frac{5}{12}$.

(b) Comme on a pris une boule rouge au premier tirage, alors on l'a remise et on a ajouté une boule blanche. Il y a donc 8 boules blanches, 5 boules rouges soit 13 boules au total. Donc la probabilité cherchée est $\frac{8}{13}$.

(c) On utilise le raisonnement de la question précédente pour déterminer les probabilités manquantes.

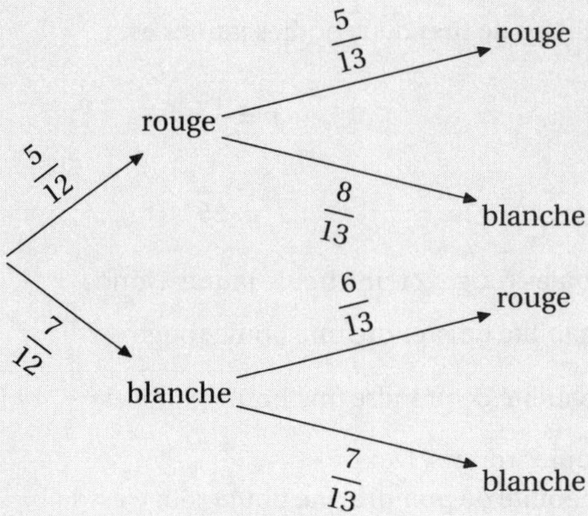

(d) La probabilité p cherchée est :

$$p = \frac{5}{12} \times \frac{5}{13} + \frac{7}{12} \times \frac{7}{13}$$
$$p = \frac{25}{156} + \frac{49}{156}$$
$$p = \frac{74}{156}$$
$$p = \frac{37}{78}$$

C46 **Corrigé de l'exercice 255 – page 100.**

En lançant un dé équilibré, on sait que la probabilité d'obtenir chaque face est $\frac{1}{6}$ (environ 0,17).

Le seul graphique correspondant est le premier. Le casino sélectionnera uniquement le premier dé.

Corrigé de l'exercice 256 – page 101.

Effectuer 100 lancers, c'est trop peu pour que la fréquence d'apparition se rapproche de la probabilité théorique.

Corrigé de l'exercice 257 – page 101.

• D'après le graphique, la fréquence d'apparition d'un jeton jaune est proche de 0,5. On a donc une chance sur deux de prendre un jeton jaune.

Par conséquent, comme il y a 20 jetons dans le sac, il y a 10 jetons jaunes.

• D'après le graphique, la fréquence d'apparition d'un jeton rouge est proche de 0,2 soit $\frac{1}{5}$. On a donc une chance sur cinq de prendre un jeton rouge.

Par conséquent, comme il a 20 jetons dans le sac, il y a 4 jetons rouges.

• D'après le graphique, la fréquence d'apparition d'un jeton vert est proche de 0,25 soit $\frac{1}{4}$. On a donc une chance sur quatre de prendre un jeton vert. Par conséquent, comme il y a 20 jetons dans le sac, il y a 5 jetons verts.

• Sur les 20 jetons, il y en a déjà $10 + 4 + 5 = 19$. Il reste alors 1 seul jeton bleu.

Pour la couleur bleu, on aurait pu utiliser la même méthode que les trois autres couleurs. En effet, d'après le graphique, la fréquence d'apparition d'un jeton bleu est proche de 0,05 soit $\frac{5}{100}$ ou $\frac{1}{20}$. On a donc une chance sur vingt de prendre un jeton bleu. Comme il a 20 jetons dans le sac, il y a 1 jeton bleu.

Corrigé de l'exercice 258 – page 102.

Temps (s)	8	16	32	64
Hauteur de pluie (mm)	1	2	4	8

(×2, ×4, ×8)

La hauteur de pluie est donc proportionnelle au temps écoulé.

Corrigé de l'exercice 259 – page 102.

Le prix ne change pas entre le 3e et le 4e pneu. Alors il n'y a pas proportionnalité entre le prix et le nombre de pneus achetés.

Corrigé de l'exercice 260 – page 102.

On remarque que si on multiplie le temps par 2 ($2 \times 2 = 4$), les hauteurs correspondantes ne sont pas multipliées par 2 ($1{,}92 \times 2 \neq 16{,}68$). Par conséquent, la hauteur du lancer n'est pas proportionnelle au temps de vol.

Corrigé de l'exercice 261 – page 102.

On passe de la 1re ligne à la 2e ligne en multipliant par 51 : c'est donc une situation de proportionnalité.

Pour éliminer 1 470 kcal, il faut donc regarder la télévision pendant $1\,470 \div 51 \approx 29$ h !

Il vaut mieux faire de l'exercice !

Corrigé de l'exercice 262 – page 103.

(a)

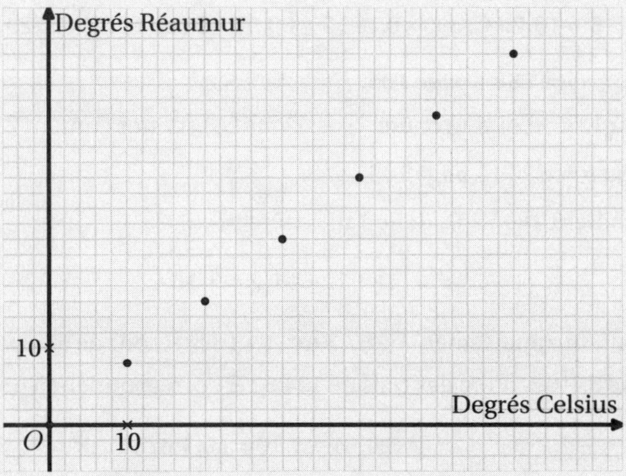

(b) Comme tous les points du graphique sont alignés avec l'origine du repère, alors les degrés Réaumur sont proportionnels aux degrés Celsius.

Corrigé de l'exercice 263 – page 103.

(a) Comme les points sont alignés avec l'origine du repère, alors il s'agit d'une situation de proportionnalité.

(b) Il s'est écoulé 60 L au bout de 5 min.

(c) 120 L, c'est le double de 60 L. Comme c'est une situation de proportionnalité, alors il faudra le double de 5 min, soit 10 min.

Corrigé de l'exercice 264 – page 105.

(a) $8 \times \mathbf{4} = 32$ donc $5 \times 4 = \mathbf{20}$.

(b) $5 \div \mathbf{2} = 2,5$ donc $4,5 \times 2 = \mathbf{9}$.

(c) $4,2 \times \dfrac{\mathbf{6,51}}{\mathbf{4,2}} = 6,51$ donc $7,3 \times \dfrac{6,51}{4,2} = 11,315$.

(d) $2,4 \times \dfrac{\mathbf{1,5}}{\mathbf{2,4}} = 1,5$ donc $3,4 \times \dfrac{1,5}{2,4} = \mathbf{2,125}$.

Corrigé de l'exercice 265 – page 105.

(a) Comme $100 \times \mathbf{3,3} = 330$ kg, alors on obtiendra $80 \times 3,3 = \mathbf{264}$ kg de farine.

(b) Comme $80 \times \dfrac{\mathbf{185}}{\mathbf{80}} = 185$, alors il faut $100 \times \dfrac{185}{80} = 231,25$ kg de blé.

Corrigé de l'exercice 266 – page 105.

(a) Comme $100 \times \mathbf{0,22} = 22$, alors on fera $130 \times 0,22 = \mathbf{28,6}$ kg de pain.

(b) Comme $130 \div 1,3 = 100$, alors il faudra $91 \div 1,3 = 70$ kg de farine.

Corrigé de l'exercice 267 – page 105.

(a) $6,50 \div 40 = 0,162\,5$. Et on a

$$80 \times 0,162\,5 = 13 \qquad 240 \times 0,162\,5 = 39$$

Le tarif est proportionnel à la distance parcourue.

(b) $100 \times 0,162\,5 = 16,25$ €. $390 \times 0,162\,5 = 63,375$ € soit 63,38 €. $720 \times 0,162\,5 = 117$ €.

Corrigé de l'exercice 268 – page 105.

35 mètres pour 12 €, d'où 1 m coûte $\dfrac{12}{35}$ €. Donc 231 mètres coûtent $231 \times \dfrac{12}{35} = 79,20$ €.

Corrigé de l'exercice 269 – page 105.

(a) 61,2 m^2 coûtent 189,72 €, donc 1 m^2 coûte

$$189,72 \div 61,2 = 3,10 \text{ €}.$$

Donc, pour un appartement de 57,3 m^2, les frais seront de $57,3 \times 3,10 = 177,63$ €.

(b) 1 m^2 coûte 3,10 €, donc des frais de 124,32 € correspondent à un appartement de

$$124,31 \div 3,10 = 40,1 \text{ m}^2.$$

Corrigé de l'exercice 270 – page 106.

(a) si $\dfrac{2}{5} = \dfrac{5}{n}$, alors $2n = 25$;

(b) si $\dfrac{n}{3} = \dfrac{-5}{4}$, alors $4n = -15$;

(c) si $\dfrac{6}{n} = \dfrac{7}{2}$, alors $12 = 7n$.

(d) si $\dfrac{5}{7} = \dfrac{n}{3}$, alors $15 = 7n$.

Corrigé de l'exercice 271 – page 106.

(a) On adopte les notations suivantes :

Nombre de kilomètres	100	120	450	325	1 000	d
Nombres de litres	5,5	ℓ_1	ℓ_2	ℓ_3	ℓ_4	44

On a $\ell_4 = 55$ L.
Comme $100 \times 1,2 = 120$, alors $\ell_1 = 5,5 \times 1,2 = 6$ L.
Comme $100 \times 4,5 = 450$, alors $\ell_2 = 5,5 \times 4,5 = 24,75$ L.
Comme $100 \times 3,25 = 325$, alors $\ell_3 = 5,5 \times 3,25 = 17,875$ L.
Pour le calcul de d, on utilise l'égalité des produits en croix :

$$100 \times 44 = 5,5 \times d$$
$$4\,400 = 5,5 \times d$$
$$\frac{4\,400}{5,5} = d$$
$$800 = d$$

(b) Comme $100 \times 12,25 = 1\,225$, alors il faut $5,5 \times 12,25 = 67,375$ L pour effectuer le trajet. Soit un prix de $67,375 \times 1,29 = 86,913\,75$ soit 86,91 €.

Corrigé de l'exercice 272 – page 106.
On obtient ces trois tableaux de proportionnalité :

Protides (g)	9	p
Céréales (g)	30	80

Lipides (g)	0,6	ℓ
Céréales (g)	30	80

Glucides (g)	2,8	g
Céréales (g)	30	80

$30 \times p = 9 \times 80$
$30 \times p = 720$
$p = 720 \div 30$
$p = 24$

$30 \times \ell = 0,6 \times 80$
$30 \times \ell = 48$
$\ell = 48 \div 30$
$\ell = 1,6$

$30 \times g = 2,8 \times 80$
$30 \times g = 224$
$g = 224 \div 30$
$g \approx 7,5$

Corrigé de l'exercice 273 – page 107.

— Une échelle à 1 : 500 représente 500 m réels par 1 m. Donc 10 m réels sont représentés par $1 \div 50 = 0,02$ m soit 2 cm. Par conséquent, 30 m sont représentés par 6 cm.

— 80 dam, c'est 800 m. L'échelle 1 : 10 000 représente 10 000 m par 1 m ; soit 100 m par 0,01 m ou 1 cm. Comme $100 \times 8,05 = 805$, alors 805 m seront représentés par 8,05 cm.

— L'échelle $\frac{1}{1\,000\,000}$ représente 1 000 000 km par 1 km ; soit 1 000 000 km par 1 000 000 mm ou 1 km par 1 mm. Par conséquent, 15 km seront représentés par 15 mm.

— L'échelle 1 : 1 250 représente 1 250 m réels par 1 m, ou 1 250 m réels représentés par 1 000 mm. Donc 1 m sera représenté par $1\,000 \div 1\,250 = 0,8$ mm. Par conséquent, 12 m seront représentés par $12 \times 0,8$ mm $= 9,6$ mm.

— L'échelle 1 : 100 000 représente 100 000 hm réels par 1 hm ou 100 000 hm réels par 100 000 mm. Comme 1 hm réel sera représenté par 1 mm, alors 42 hm réels seront représentés par 42 mm.

Corrigé de l'exercice 274 – page 107.

(a) 1 cm représente 1 m, cela signifie que 1 cm représente 100 cm. L'échelle est donc de 1 : 100.

(b) 1 mm représente 5 m, cela signifie que 1 mm représente 5 000 mm. L'échelle est donc de 1 : 5 000.

(c) 1 mm représente 20 m, cela signifie que 1 mm représente 20 000 mm. L'échelle est donc de 1 : 20 000.

(d) 3 mm représente 75 m, cela signifie que 1 mm représente 25 m soit 1 mm représentant 25 000 mm. L'échelle est donc de 1 : 25 000.

Corrigé de l'exercice 275 – page 107.

(a) 1/ 1 cm représente 80 000 cm. Donc 1,3 cm représente $1,3 \times 80\,000 = 104\,000$ cm. La longueur réelle de cette rue est 1 040 m.
À l'échelle 1 : 50 000, 1 m représente 50 000 m réels soit 1 mm pour 50 m réels ou 2 mm pour 100 m réels. Comme $10,4 \times 100 = 1\,040$, alors la rue sera représentée par une longueur de 20,8 mm.

2/ 200 000 est 4 fois plus grand que 50 000. Par conséquent, la rue sera représentée par un segment 4 fois moins long : $20,8 \text{ mm} \div 4 = 5,2$ mm.

(b) Sur le cadastre, 41,6 cm représente 1 040 m soit 104 000 cm. Donc 1 cm représente $104\,000 \div 41,6 = 2\,500$. L'échelle est égale à 1 : 2 500.

Corrigé de l'exercice 276 – page 107.

Comme l'échelle est 1 : 7 000, alors 7 000 mm réels sont représentés par 1 mm soit 7 m réels représentés par 1 mm. Donc le rectangle à dessiner a pour dimension 5 mm de longueur et 3 mm de largeur. Par conséquent, l'échelle est mal choisie.

Corrigé de l'exercice 277 – page 108.

(a) L'échelle de la carte est 1 : 1 400 000. Cela signifie que 1 cm sur le dessin représente 1 400 000 cm réels soit 14 km.
Après avoir mesuré la distance Strasbourg-Colmar sur la carte, on multiplie par 14 pour obtenir la distance réelle en kilomètres.

(b) Mesurée sur la carte, la longueur de cet itinéraire sera multipliée par 14 pour obtenir la distance réelle en kilomètres.

Corrigé de l'exercice 278 – page 109.

Le routier a roulé 1 h 30 min, soit 1,5 h. La distance parcourue est de 120 km. Sa vitesse moyenne est donc

$$v = \frac{120}{1,5} = 80 \text{ km/h}.$$

Corrigé de l'exercice 279 – page 109.

Si $v = \dfrac{d}{t}$ alors $d = v \times t$.

Le routier a roulé 2 h 15 min, soit 2,25 h. Donc la distance parcourue par le routier est $d = 60 \times 2,25 = 135$ km.

Corrigé de l'exercice 280 – page 109.

Si $v = \dfrac{d}{t}$ alors $t = \dfrac{d}{v}$.

Donc le temps de trajet t est $t = \dfrac{112}{70} = 1,6 \text{ h} = 1 \text{ h } 36 \text{ min}$.

Le routier arrive à 15 h 51 min.

! $1,6 \text{ h} = 1,6 \times 60 \text{ min} = 96 \text{ min} = 1 \text{ h } 36 \text{ min}$.

Corrigé de l'exercice 281 – page 109.

(a) Si $v = \dfrac{d}{t}$, alors $t = \dfrac{d}{v}$.

Donc le trajet a duré $t = \dfrac{93}{62} = 1,5$ h soit 1 h 30 min.
L'automobiliste arrivera 1 h 45 min plus tard, soit à 11 h.

(b) La durée de son trajet doit être de 1 h 40 min, soit 100 min.
Sa vitesse doit donc être égale à :

$$v = \frac{93}{100} = 0,93 \text{ km/min} = 55,8 \text{ km/h}.$$

⚠ 0,93 km/min signifie « 0,93 km en 1 min ». Donc en 1 h, il y aura 0,93 km × 60 = 55,8 km.

Corrigé de l'exercice 282 – page 109.

(a) Si $v = \dfrac{d}{t}$, alors $d = v \times t$.

La distance séparant les villes A et B est égale à :

$$190 \text{ km/h} \times 2,5 \text{ h} = 475 \text{ km}.$$

(b) $v = \dfrac{d}{t} = \dfrac{195 \text{ km/h}}{1,5 \text{ h}} = 130 \text{ km/h}$.

(c) L'ensemble du trajet a une longueur de 475 km + 195 km = 670 km.

(d) Le trajet a duré 4 heures. Donc

$$v_1 = \frac{d}{t} = \frac{670 \text{ km}}{4 \text{ h}} = 167,5 \text{ km/h}.$$

C 49 **Corrigé de l'exercice 283 – page 110.**

53 % de 66 millions se calcule par

$$\frac{53}{100} \times 66 = 0,53 \times 66 = 34,98 \text{ millions}$$

de Français qui partent en vacances.

Corrigé de l'exercice 284 – page 110.

16 % de 25 425, cela représente

$$\frac{16}{100} \times 25\,425 = 0,16 \times 25\,425 = 4\,068$$

touristes étrangers.

Corrigé de l'exercice 285 – page 110.

⚠ Quand les pourcentages donnés sont « simples », on peut utiliser *directement* la définition d'un pourcentage.

1er prix 20 %, cela représente 20 € pour 100 € ou 10 € pour 50 €. Donc pour 150 €, la remise sera de 30 € et le nouveau prix sera de 120 €.

2e prix 20 %, cela représente 20 € pour 100 € ou 80 € pour 400 € et 2 € pour 10 €. Donc pour 420 €, la remise sera de 84 € et le nouveau prix de 346 €.

3e prix 20 %, cela représente 20 € pour 100 € ou 4 € pour 20 €. Les 12 € de remise correspondent donc à un prix de départ de 60 €. Le nouveau prix est donc de 48 €.

4e prix 20 %, cela représente 20 € pour 100 € ou 12 € pour 60 €. Donc 32 € de remise correspond à un prix de 160 €. Le prix de départ était de 160 € ; le prix soldé est de 128 €.

Corrigé de l'exercice 286 – page 110.

La longueur du rectangle augmente de 10 % de 5 cm, soit 0,5 cm. La nouvelle longueur est 5,5 cm.

La largeur du rectangle augmente de 15 % de 4 cm, soit $\frac{15}{100} \times 4 = 0,15 \times 4 = 0,6$ cm. La nouvelle largeur est de 4,6 cm.

L'aire était de 5 cm × 4 cm = 20 cm^2. Elle devient $5,5$ cm × $4,6$ cm = $25,3$ cm^2.

Or, 25 % de 20 cm^2, cela représente 5 cm^2. L'aire du rectangle n'a donc pas augmenté de 25 %.

Corrigé de l'exercice 287 – page 110.

(a) 4 %, cela représente 4 € pour 100 €, donc 15 × 4 € pour 1 500 €. L'augmentation est donc de 60 € et son nouveau salaire est de 1 560 € en 2012.

(b) 3 %, cela représente 3 € pour 100 €, donc $15,6 \times 3$ € pour 1 560 €. L'augmentation est donc de 46,80 € et son nouveau salaire est de 1 606,80 €.

(c) 7 %, cela représente 7 € pour 100 €, donc 15 × 7 € pour 1 500 €. L'augmentation serait donc de 105 € et son nouveau salaire serait de 1 605 €.
Par conséquent, ce salarié n'a pas eu une augmentation de 7 % sur les deux ans.
• Calculons le pourcentage d'augmentation.
Il a eu 106,80 € d'augmentation pour 1 500 €, soit $106,80 \div 15$ € pour 100 €. Ce qui donne un pourcentage d'augmentation égal à 7,12 %.

Corrigé de l'exercice 288 – page 111.

Son nouveau prix est

$$125\,€ \times \left(1 + \frac{20}{100}\right) = 125\,€ \times (1 + 0,2) = 125\,€ \times 1,2 = 150\,€.$$

Cet exercice est également abordable en classe de 5e. Mais il faudra le résoudre en deux étapes :
— calculer le montant de l'augmentation ;
— calculer le nouveau prix.

Corrigé de l'exercice 289 – page 111.

On sait que lorsqu'un objet subit une réduction de t %, alors son prix final est obtenu en multipliant le prix initial par $1 - \frac{t}{100}$.

(a) ((Prix) × (1)) − ((Pourcentage) ÷ (100)) correspond au calcul

(Prix) × 1 − (Pourcentage)/100

(b) ((Prix) × ((1) − (Pourcentage))) ÷ (100) correspond au calcul

(Prix) × (1 − (Pourcentage))/100

(c) $\boxed{\boxed{\text{Prix}} \times \boxed{\boxed{1} - \boxed{\boxed{\text{Pourcentage}} \div \boxed{100}}}}$ correspond au calcul

$$\boxed{\text{Prix}} \times \left(1 - \frac{\boxed{\text{Pourcentage}}}{100}\right)$$

La bonne réponse est donc

$$\boxed{\boxed{\text{Prix}} \times \boxed{\boxed{1} - \boxed{\boxed{\text{Pourcentage}} \div \boxed{100}}}}$$

C50 **Corrigé de l'exercice 290 – page 112.**

(a) 30 € pour 200 €, cela représente 15 € pour 100 €, soit 15 %.

(b) 35 € pour 250 €, cela représente 7 € pour 50 € ou 14 € pour 100 €, soit 14 %. Charles fait un plus petit effort qu'Isabelle.

Corrigé de l'exercice 291 – page 112.

anglais Il y a 1 980 élèves sur 3 600 qui étudient l'anglais. Sur 100, il faut diviser par 36 : cela représente donc 1 980 ÷ 36 = 55. Sur ce département, il y a 55 % des élèves de 5e qui étudient l'anglais.

allemand 720 ÷ 36 = 20. Il y a 20 % des élèves de 5e qui étudient l'allemand.

espagnol 630 ÷ 36 = 17,5. Il y a 17,5 % des élèves de 5e qui étudient l'espagnol.

italien Il reste 100 − 55 − 20 − 17,5 = 7,5 % des élèves de 5e qui étudient l'italien.

Corrigé de l'exercice 292 – page 112.
Il y a eu 12 € de remise pour 60 €.

Remise	Montant
12 €	60 €
4 €	20 €
20 €	100 €

Il y a eu une remise de 20 %.

Corrigé de l'exercice 293 – page 112.

(a) Il y a eu 10 min de diminution pour 50 min. Cela représente 20 min pour 100 min, soit 20 %. La durée des cours a donc diminué de 20 %.

(b) Il y a eu 10 min d'augmentation pour 40 min, soit le quart. Cela représente donc 25 %. La durée des cours augmentera de 25 %.

Corrigé de l'exercice 294 – page 112.
Il y a une augmentation de 40 km/h pour 80 km/h, soit une augmentation de 50 km/h pour 100 km/h. L'augmentation est donc de 50 %.

Corrigé de l'exercice 295 – page 112.
Il y a eu une diminution de 40 km/h pour 120 km/h, soit une diminution de 400 km/h pour 1 200 km/h. Ce qui donne une diminution de $400 \div 12 \approx 33,3$ km/h de baisse pour 100 km/h. La diminution est donc d'environ 33,3 %.

Corrigé de l'exercice 296 – page 112.
Entre janvier et février, il y a eu une baisse de 13 mm pour 60 mm. Soit 130 mm pour 600 mm ou encore $130 \div 6 \approx 21,7$ mm de baisse pour 100 mm.
Il y a donc un pourcentage de baisse d'environ 21,7 %.

Corrigé de l'exercice 297 – page 113.
Comme $41\,233 = 412,33 \times 100$, alors s'il y avait 100 places avant la rénovation, il y en a maintenant $35\,233 \div 412,33 \approx 85,45$. Soit une baisse de 14,55 places pour 100 places, soit 14,55 %.

Corrigé de l'exercice 298 – page 113.
il y a 0,90 € pour 3,50 €. Combien y aurait-il pour 100 € ?
On passe de 3,50 à 100 en multipliant par $\dfrac{100}{3,50}$. Donc si le prix était de 100 €, il y aurait $0,90 \times \dfrac{100}{3,50} \approx 25,71$ € sur la carte fidélité. Ce dernier représente donc environ 25,71 % du prix.

Corrigé de l'exercice 299 – page 113.
Pour calculer l'aire d'un disque, on utilise la formule $\pi \times r \times r$ où r est le rayon du disque.
Avant l'augmentation, l'aire est de $\pi \times 5 \text{ cm} \times 5 \text{ cm} = \pi \times 25 \text{ cm}^2$.
Le rayon augmente de 30 % de sa longueur : $\dfrac{30}{100} \times 5 \text{ cm} = 1,5$ cm. Le nouveau rayon est donc égal à 6,5 cm.
La nouvelle aire est $\pi \times 6,5 \text{ cm} \times 6,5 \text{ cm} = \pi \times 42,25 \text{ cm}^2$.
Pour passer de $\pi \times 25$ à $\pi \times 42,25$, on multiplie par $\dfrac{42,25}{25} = 1,69$. Donc si l'aire de départ était 100 cm^2, la nouvelle aire serait égale à $100 \times 1,69 = 169 \text{ cm}^2$.
Ce qui donne une augmentation de 69 cm^2 pour 100 cm^2, soit une augmentation de 69 %.

Corrigé de l'exercice 300 – page 113.

$$1\,500 \xrightarrow[\times\left(1-\frac{t}{100}\right)]{-t\,\%} 1\,275$$

Or, $1\,275 \div 1\,500 = 0,85 = 1 - 0,15 = 1 - \dfrac{15}{100}$. Donc la population a baissé de 15 % sur un an.

Corrigé de l'exercice 301 – page 113.

(a) La longueur du côté devient $32 \times 1,5 = 48$ cm.
On a ajouté la moitié de 32 : il s'agit donc d'une augmentation de 50 %.

(b) L'ancien périmètre était de $4 \times 32 \text{ cm} = 128$ cm et le nouveau périmètre est égal à $4 \times 48 \text{ cm} = 192$ cm. Or, $192 - 128 = 64$ qui est la moitié de 128. Le périmètre a donc également augmenté de 50 %.

(c) L'ancienne aire était de $32 \text{ cm} \times 32 \text{ cm} = 1\,024 \text{ cm}^2$.
La nouvelle aire est de $48 \text{ cm} \times 48 \text{ cm} = 2\,304 \text{ cm}^2$.
L'aire a augmenté de $1\,280 \text{ cm}^2$; ce qui n'est pas la moitié de $1\,024 \text{ cm}^2$.
1 280 pour 1 024, cela représente $1\,280 \div 10,24$ pour 100.
Comme $1\,280 \div 10,24 = 125$, alors l'aire a augmenté de 125 %.

C51 **Corrigé de l'exercice 302 – page 114.**

Dans la première classe, 25 % de 24 élèves représentent 6 filles.

Dans la deuxième classe, 75 % de 16 élèves représentent 12 filles.

En réunissant les deux classes, il y a 18 filles sur 40 élèves, soit 9 filles sur 20, soit 45 filles sur 100. Pierre se trompe.

Corrigé de l'exercice 303 – page 114.

Dans la ville A, le candidat X obtient 17 % des 2 000 suffrages, soit 340 voix. Le candidat Y y obtient 28 % des 2 000 suffrages, soit 560 voix.

Dans la ville B, le candidat X obtient 35 % des 1 500 suffrages, soit 525 voix. Le candidat Y y obtient 21 % des 2 000 suffrages, soit 315 voix.

Sur l'ensemble des suffrages exprimés, le candidat X obtient 865 voix et le candidat Y obtient 875 voix. C'est donc le candidat Y qui a obtenu le plus grand nombre de voix.

Corrigé de l'exercice 304 – page 114.

Dans le laboratoire A, il y 30 % de 30, soit 9 chercheurs de moins de 40 ans.

Dans le laboratoire B, il y 60 % de 20, soit 12 chercheurs de moins de 40 ans.

En réunissant les deux laboratoires, il y aura 21 chercheurs de moins de 40 ans pour un total de 50 chercheurs. Soit un pourcentage de 42 %.

Corrigé de l'exercice 305 – page 114.

Dans la classe, 40 % des 40 élèves sont des garçons, soit 16 élèves qui sont des garçons.

Dans le groupe A, 25 % des 28 élèves sont des garçons, soit 7 élèves.

Dans le groupe B de 12 élèves, il y a donc 9 garçons. Cela représente une proportion de $\frac{9}{12}$ ou $\frac{3}{4}$, soit 75 %.

Corrigé de l'exercice 306 – page 114.

• La réduction sur la machine à laver est de 30 % de 490 € :

$$\frac{30}{100} \times 490\text{ €} = 0,3 \times 490\text{ €} = 147\text{ €}.$$

La machine à laver va donc coûter 490 € – 147 € = 343 €.

• La réduction sur le sèche-linge est de 20 % de 390 € :

$$\frac{20}{100} \times 390\text{ €} = 0,2 \times 390\text{ €} = 78\text{ €}.$$

Le sèche-linge va donc coûter 390 € – 78 € = 312 €.

• Cela va coûter 343 € + 312 € = 655 € au lieu de 490 € + 390 € = 880 €.

La réduction est donc de 880 € – 655 € = 225 € pour 880 €.

Soit une réduction de $225 \div 8,8 = 25,56$ € pour 100 € c'est-à-dire 25,56 % de réduction.

La remarque du vendeur n'est pas précise, il a sous-estimé la remise consentie.

C52 **Corrigé de l'exercice 307 – page 115.**

(a) L'image de 10^{-4} est 10.

(b) L'image de $0,25 \times 10^{-2}$ est 11,4.

(c) $0,5 \times 10^{-3}$ est le nombre qui a pour image 10,7.

(d) L'antécédent de 12 par la fonction est 10^{-2}.

Corrigé de l'exercice 308 – page 115.

(a) L'image de 3 par la fonction est 4.

(b) -1 a pour image -3 par la fonction.

(c) L'antécédent de 4 par la fonction est 3.

(d) -4 a deux antécédents par la fonction : 0 et 4.

C53 **Corrigé de l'exercice 309 – page 116.**

(a)

$$f: 5 \mapsto \pi \times 5^2$$
$$f: 5 \mapsto \pi \times 25$$

(b)

$$f: 7 \mapsto \pi \times 7^2$$
$$f: 7 \mapsto \pi \times 49$$

(c)

$$f: 3,5 \mapsto \pi \times 3,5^2$$
$$f: 3,5 \mapsto \pi \times 12,25$$

Corrigé de l'exercice 310 – page 116.

(a) $g(2) = 4 \times 2^2 - 5 \times 2 + 3 = 4 \times 4 - 10 + 3 = 16 - 10 + 3 = 9.$

(b) $g(-3) = 4 \times (-3)^2 - 5 \times (-3) + 3 = 4 \times 9 - (-15) + 3 = 36 + 15 + 3 = 54.$

(c) $g\left(\frac{2}{3}\right) = 4 \times \left(\frac{2}{3}\right)^2 - 5 \times \frac{2}{3} + 3 = 4 \times \frac{4}{9} - \frac{10}{3} + 3 = \frac{16}{9} - \frac{30}{9} + \frac{27}{9} = \frac{13}{9}.$

(d) $g(0) = 4 \times 0^2 - 5 \times 0 + 3 = 4 \times 0 - 0 + 3 = 0 - 0 + 3 = 3.$

Corrigé de l'exercice 311 – page 116.
$h(5) = 4 \times 5^2 - 20 \times 5 + 25 = 4 \times 25 - 100 + 25 = 100 - 100 + 25 = 25.$
5 est bien un antécédent de 25 par la fonction h.

Corrigé de l'exercice 312 – page 116.

(a)

$$f: t \mapsto t^3 - 4t^2 - 11t + 30$$
$$f: 3 \mapsto 3^3 - 4 \times 3^2 - 11 \times 3 + 30$$
$$f: 3 \mapsto 27 - 4 \times 9 - 33 + 30$$
$$f: 3 \mapsto 27 - 36 - 33 + 30$$
$$f: 3 \mapsto -12$$

(b)

$$f: t \mapsto t^3 - 4t^2 - 11t + 30$$
$$f: -4 \mapsto (-4)^3 - 4 \times (-4)^2 - 11 \times (-4) + 30$$
$$f: -4 \mapsto -64 - 4 \times 16 + 44 + 30$$
$$f: -4 \mapsto -64 - 64 + 44 + 30$$
$$f: -4 \mapsto -54$$

On a donc bien $f(-4) = -54$.

(c) La formule à inscrire est :

=A2*A2*A2-4*A2*A2-11*A2+30

Corrigé de l'exercice 313 – page 117.

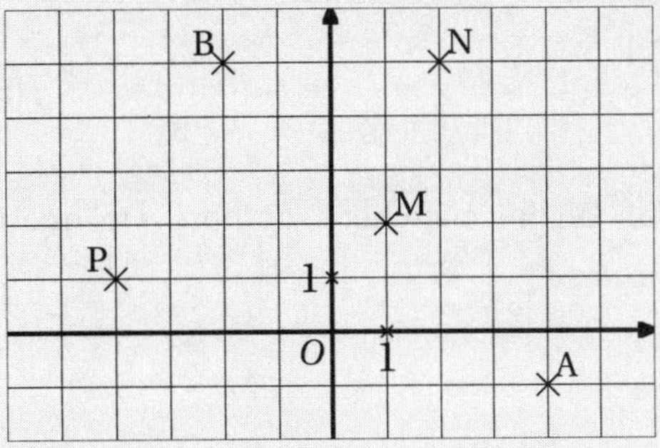

(a) Voir ci-contre.

(b) $M(1;2)$.

(c) $N(2;5)$.

(d) $P(-4;1)$.

Corrigé de l'exercice 314 – page 118.

(a) L'image de 3 par la fonction g est -3 : $g(3) = -3$.

(b) Les antécédents de 5 par la fonction g : environ $-0,4$ et environ $5,6$.

(c) -4 n'a aucun antécédent par la fonction g.

Corrigé de l'exercice 315 – page 118.

(a) $f(3) = -1$.

(b) $f(-3) = 4$; $f(0) = 1$; $f(-2) = 2$; $f(10) = 5$; $f(-5) = 5$; $f(11) = 3$.

(c) 3 ; 10 et environ 8,5 ont pour image 5 par la fonction f.

(d) Par la fonction f, 2 a pour antécédents -2 ; environ 6,5 et environ 11,2.

(e) Il n'y a pas d'antécédents de 7 par la fonction f.

Corrigé de l'exercice 316 – page 119.

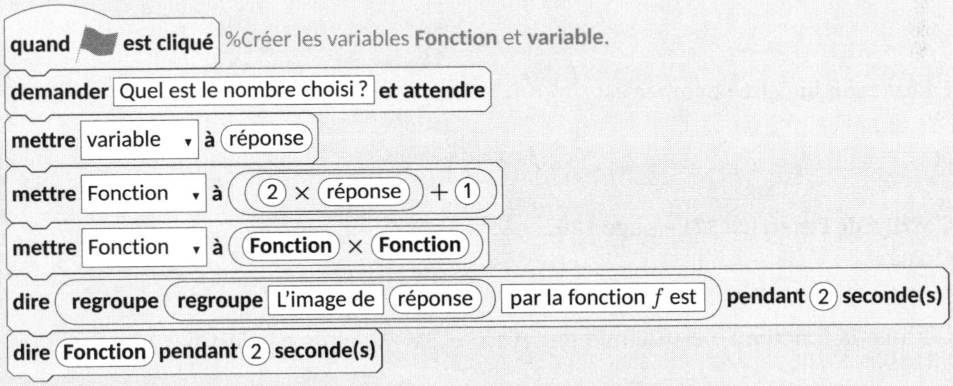

C54

Corrigé de l'exercice 317 – page 120.

f et k sont clairement des fonctions linéaires. g et ℓ ne sont pas des fonctions linéaires. Que dire de la fonction h ?

$$3(p-2)+6 = 39-6+6 = 3p$$

h est une fonction linéaire.

Corrigé de l'exercice 318 – page 120.

(a)

$$f(5) = 4 \times 5$$
$$f(5) = 20$$

(b) On doit chercher le nombre n tel que $f(n) = 3$. Alors

$$4n = 3$$
$$n = \frac{3}{4}$$

L'antécédent de 3 par la fonction f est $\frac{3}{4}$.

Corrigé de l'exercice 319 – page 120.

(a) $f(-2) = -5 \times (-2) = -10$.

(b)

$$g(t) = -4$$
$$4t = -4$$
$$t = -1$$

(c) $h(11) = 3 \times 11 = 33 \neq 5$. Donc 11 n'est pas un antécédent de 5 par la fonction h.

On aurait pu faire comme à la question précédente pour trouver l'antécédent de 5 qui est $\frac{5}{3}$.

Corrigé de l'exercice 320 – page 120.

On sait qu'une fonction linéaire s'écrit sous la forme $x \mapsto ax$ où a est un nombre.
Or, $f(4) = 5$. Donc

$$a \times 4 = 5$$
$$a = \frac{5}{4}$$

La fonction linéaire cherchée est :

$$f : x \mapsto \frac{5}{4}x.$$

Corrigé de l'exercice 321 – page 120.

On a :

$$p(x) = 3 \times (2 + x) = 6 + 3x$$

Comme la fonction p est définie par $p : x \mapsto 3x + 6$, alors ce n'est pas une fonction linéaire.

Corrigé de l'exercice 322 – page 121.

(a) On a :

$$p_1(n) = 60 + 5 \times n$$
$$p_2(n) = 30 + 10 \times n$$
$$p_3(n) = 20 \times n$$

(b) Seule p_3 est une fonction linéaire.

C55 **Corrigé de l'exercice 323 – page 122.**

• Comme f est une fonction linéaire, alors sa représentation graphique est une droite passant par l'origine du repère.

• En prenant $x = 2$, on a $f(2) = 3 \times 2 = 6$. On place le point de coordonnées $(2;6)$.

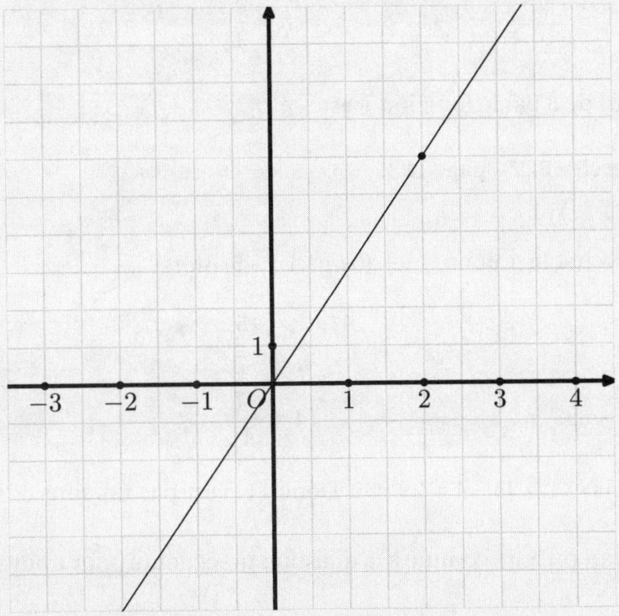

Corrigé de l'exercice 324 – page 122.

(a)

$f(4) = 2$	$f(-3) = -1,5$	$f(-2) = -1$
$f(2) = 1$	$f(3) = \frac{3}{2}$	$f(-2,5) = -\frac{5}{4}$

(b) Par lecture graphique, on sait que $f(1) = 0,5$. Par conséquent, la fonction linéaire f est :

$$f : x \mapsto 0,5x.$$

C56 **Corrigé de l'exercice 325 – page 123.**

f et ℓ sont clairement des fonctions affines ; ℓ étant, pour sa part, une fonction linéaire. g et k ne sont pas des fonctions affines. Que dire de la fonction h ?

$$5(y-2)+10 = 5y - 10 + 10 = 5y$$

h est une fonction linéaire donc une fonction affine.

Corrigé de l'exercice 326 – page 123.

(a)

$$g(5) = 3 \times 5 + 1$$
$$g(5) = 15 + 1$$
$$g(5) = 16$$

(b) On doit chercher le nombre n tel que $g(n) = 3$. Alors

$$\begin{aligned} 3n+1 &= 3 \\ 3n &= 2 \\ n &= \frac{2}{3} \end{aligned}$$

L'antécédent de 3 par la fonction g est $\frac{2}{3}$.

Corrigé de l'exercice 327 – page 123.

(a) $f(-2) = -2 \times (-2) - 5 = 4 - 5 = -1$.

(b) On doit chercher le nombre t tel que $g(t) = -5$. Alors

$$\begin{aligned} 4t+2 &= -5 \\ 4t &= -7 \\ t &= \frac{-7}{4} \end{aligned}$$

(c) $h(11) = 3 \times 11 - 4 = 33 - 4 = 29 \neq 5$. Donc 11 n'est pas un antécédent de 5 par la fonction h.

On aurait pu faire comme à la question précédente pour trouver l'antécédent de 5 qui est 3.

Corrigé de l'exercice 328 – page 123.

On sait qu'une fonction affine s'écrit sous la forme $f : x \mapsto ax + b$ où a et b sont des nombres.

• Or, $f(0) = 5$ donc

$$0 \mapsto a \times 0 + b$$

$$0 \mapsto b$$

et

$$0 \mapsto 5$$

Donc $b = 5$.

• En sachant que $f(3) = 7$ et que $b = 5$, on peut écrire

$$3 \mapsto a \times 3 + 5$$

$$3 \mapsto 3a + 5$$

et

$$3 \mapsto 7$$

alors

$$\begin{aligned} 3a+5 &= 7 \\ 3a &= 2 \\ a &= \frac{2}{3} \end{aligned}$$

La fonction affine recherchée est $x \mapsto \frac{2}{3}x + 5$.

Corrigé de l'exercice 329 – page 123.

(a)

$p(x) = 7 + x + 7 + x$ $\qquad a(x) = 7 \times x$

$p(x) = 2x + 14$ $\qquad a(x) = 7x$

(b) Ce sont toutes les deux des fonctions affines. Seule la fonction a est une fonction linéaire.

C57 **Corrigé de l'exercice 330 – page 124.**

Comme f est une fonction affine, alors sa représentation graphique est une droite. On calcule les images de 1 et 3 par la fonction f :

$f(1) = 2 \times 1 - 5$ $\qquad f(3) = 2 \times 3 - 5$

$f(1) = 2 - 5$ $\qquad f(3) = 6 - 5$

$f(1) = -3$ $\qquad f(3) = 1$

On place les points $(1;-3)$ et $(3;1)$.

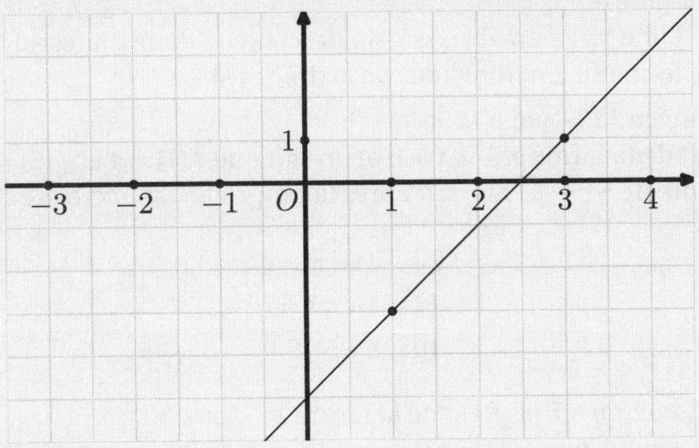

Corrigé de l'exercice 331 – page 124.

(a) • f est une fonction affine, donc sa représentation graphique est une droite. On calcule les images de -1 et 2 par la fonction f :

$f(-1) = 3 \times (-1) - 2$ $\qquad f(2) = 3 \times 2 - 2$

$f(-1) = -3 - 2$ $\qquad f(2) = 6 - 2$

$f(-1) = -5$ $\qquad f(2) = 4$

On place les points $(-1;-5)$ et $(2;4)$.

• g est une fonction affine, donc sa représentation graphique est une droite. On calcule les images de -1 et 2 par la fonction g :

$g(-1) = -2 \times (-1) + 3$ $\qquad g(2) = -2 \times 2 + 3$

$g(-1) = 2 + 3$ $\qquad g(2) = -4 + 3$

$g(-1) = 5$ $\qquad g(2) = -1$

On place les points $(-1;5)$ et $(2;-1)$.

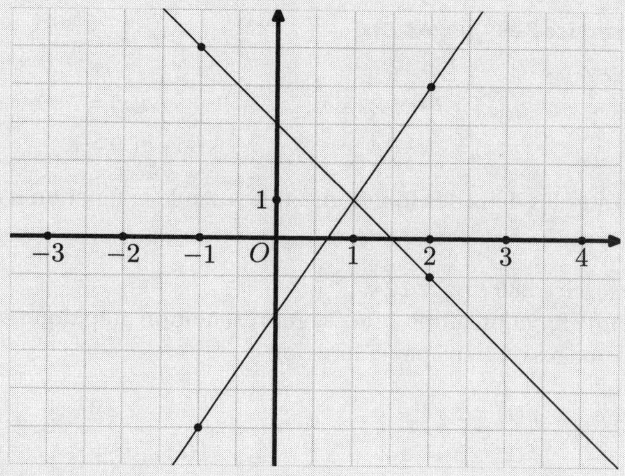

(b) Les coordonnées du point d'intersection sont (1; 1).

Corrigé de l'exercice 332 – page 124.
L'ordonnée à l'origine est 3.
En « avançant » d'une unité en abscisse, on descend de deux unités sur les ordonnées. Par conséquent, le coefficient directeur de la droite est −2.

Corrigé de l'exercice 333 – page 125.
La fonction f est de la forme $x \mapsto ax+b$ et on sait que $f(1)=4$ et $f(6)=14$. Comme la variable augmente de 5 (6 − 1) alors, d'après la propriété des accroissements, on a :

$$f(6) = f(1) + a\times 5$$
$$14 = 4 + a\times 5$$
$$10 = a\times 5$$

D'où $a=2$ et la fonction affine f est de la forme $x \mapsto 2x+b$.
Or, $f(1) = 2\times 1 + b = 2+b$ et $f(1)=4$.
D'où $4 = 2+b$ ou $b=2$. La fonction affine f cherchée est $x \mapsto 2x+2$.

Corrigé de l'exercice 334 – page 125.

La fonction affine f cherchée est de la forme $x \mapsto ax+b$.
On a $f(-5)=2$ et $f(3)=-4$. Comme la variable augmente de 8 (3 − (−5)) alors, d'après la propriété des accroissements, on a :

$$f(3) = f(-5) + a\times 8$$
$$-4 = 2 + a\times 8$$
$$-6 = a\times 8$$
$$\frac{-6}{8} = a$$
$$\frac{-3}{4} = a$$

D'où f est de la forme $x \mapsto \frac{-3}{4}x + b$.

Or, $f(-5) = \frac{-3}{4}\times(-5)+b$ et $f(-5)=2$. D'où

$$\frac{-3}{4}\times(-5)+b = 2$$
$$\frac{15}{4}+b = 2$$
$$b = 2 - \frac{15}{4}$$
$$b = \frac{8}{4} - \frac{15}{4} = \frac{-7}{4}$$

La fonction affine f cherchée est :

$$x \mapsto \frac{-3}{4}x + \frac{-7}{4}.$$

Corrigé de l'exercice 335 – page 126.

(a) Pour l'équation $-x+1=0$, on a $-4+1=-3\neq 0$. Donc 4 n'est pas une solution de l'équation $-x+1=0$.

(b) Pour l'équation $3x+4=6x-8$, on a :

$3\times 4+4$	$6\times 4-8$
$12+4$	$24-8$
16	16

Donc 4 est une solution de l'équation $3x+4=6x-8$.

(c) Pour l'équation $x(3x-2)=0$, on a $4\times(3\times 4-2)=4\times(12-2)=4\times 10=40\neq 0$. Donc 4 n'est pas une solution de l'équation $-x+1=0$.

Corrigé de l'exercice 336 – page 126.

(a) Pour l'équation $-x+1=0$, on a $\frac{2}{3}+1=\frac{2}{3}+\frac{3}{3}=\frac{5}{3}\neq 0$. Donc $\frac{2}{3}$ n'est pas une solution de l'équation $-x+1=0$.

(b) Pour l'équation $3x+4=6x-8$, on a :

$3\times\frac{2}{3}+4$	$6\times\frac{2}{3}-8$
$2+4$	$\frac{12}{3}-8$
6	$4-8$
	-4

Comme $6\neq -4$, alors $\frac{2}{3}$ n'est pas une solution de l'équation $3x+4=6x-8$.

(c) Pour l'équation $x(3x-2)=0$, on a $\frac{2}{3}\times\left(3\times\frac{2}{3}-2\right)=\frac{2}{3}\times(2-2)=\frac{2}{3}\times 0=0$. Donc $\frac{2}{3}$ est une solution de l'équation $x(3x-2)=0$.

Corrigé de l'exercice 337 – page 126.

(a)

$$7x=5$$
$$x=\frac{5}{7}$$

La solution de l'équation est $x=\frac{5}{7}$.

(b)

$$2x+7=3$$
$$2x+7-7=3-7$$
$$2x=-4$$
$$x=-2$$

La solution de l'équation est $x=-2$.

(c)

$$3x-2=6x+8$$
$$3x-2=3x+3x+8$$
$$-2=3x+8$$
$$-2-8=3x+8-8$$
$$-10=3x$$
$$\frac{-10}{3}=x$$

La solution de l'équation est $x=\frac{-10}{3}$.

Thème B

Corrigé de l'exercice 338 – page 126.

- $$\begin{aligned} 4x-19&=x-10\\ 4x-x-19&=x-x-10\\ 3x-19&=-10\\ 3x-19+19&=-10+19\\ 3x&=9\\ x&=3 \end{aligned}$$

La solution de l'équation est $x=3$.

- $$\begin{aligned} 12x+3&=75-6x\\ 12x+6x+3&=75-6x+6x\\ 18x+3&=75\\ 18x+3-3&=75-3\\ 18x&=72\\ x&=4 \end{aligned}$$

La solution de l'équation est $x=4$.

- $$\begin{aligned} 6x-21&=8x+19\\ 6x-6x-21&=8x-6x+19\\ -21&=2x+19\\ -21-19&=2x+19-19\\ -40&=2x\\ -20&=x \end{aligned}$$

La solution de l'équation est $x=-20$.

- $$\begin{aligned} 2x-1&=7x+10\\ 2x-1&=5x+2x+10\\ -1&=5x+10\\ -11&=5x\\ \frac{-11}{5}&=x \end{aligned}$$

La solution de l'équation est $x=\frac{-11}{5}$.

- $$\begin{aligned} 2x+5&=7+5x\\ 2x+5&=7+2x+3x\\ 5&=7+3x\\ -2&=3x\\ \frac{-2}{3}&=x \end{aligned}$$

La solution de l'équation est $x=\frac{-2}{3}$.

- $$\begin{aligned} 4x-2&=7x+1\\ 4x-2&=3x+4x+1\\ -2&=3x+1\\ -3&=3x\\ -1&=x \end{aligned}$$

La solution de l'équation est $x=-1$.

Corrigé de l'exercice 339 – page 126.

- $$\begin{aligned} 4x+3&=2(x+3)-1\\ 4x+3&=2\times x+2\times 3-1\\ 4x+3&=2x+6-1\\ 4x+3&=2x+5\\ 2x+2x+3&=2x+5\\ 2x+3&=5\\ 2x&=2\\ x&=1 \end{aligned}$$

 La solution de l'équation est $x=1$.

•

$$(2x+1)(x-2) = 2x^2+3$$
$$2x \times x + 2x \times (-2) + 1 \times x + 1 \times (-2) = 2x^2+3$$
$$2x^2 + (-4x) + x + (-2) = 2x^2+3$$
$$2x^2 - 3x - 2 = 2x^2+3$$
$$-3x-2 = 3$$
$$-3x-2 = 5-2$$
$$-3x = 5$$
$$x = \frac{5}{-3}$$

La solution de l'équation est $x = \dfrac{5}{-3}$.

On peut aussi écrire la solution de l'équation sous la forme $\dfrac{-5}{3}$ ou $-\dfrac{5}{3}$.

•

$$\frac{x+1}{3} = \frac{-3x+2}{2}$$ on utilise l'égalité des produits en croix.

$$2 \times (x+1) = 3 \times (-3x+2)$$
$$2 \times x + 2 \times 1 = 3 \times (-3x) + 3 \times 2$$
$$2x+2 = -9x+6$$
$$11x - 9x + 2 = -9x+6$$
$$11x+2 = 6$$
$$11x = 4$$
$$x = \frac{4}{11}$$

La solution de l'équation est $x = \dfrac{4}{11}$.

Corrigé de l'exercice 340 – page 126.

On appelle n le premier nombre entier. Le deuxième est donc $n+1$.
Par conséquent, on a :

$$n+n+1 = 237$$
$$2n+1 = 237$$
$$2n+1-1 = 237-1$$
$$2n = 236$$
$$n = 118$$

Vérification : $118+119 = 237$.
Les nombres cherchés sont 118 et 119.

Corrigé de l'exercice 341 – page 126.

On appelle n le nombre cherché d'années. Dans ce cas :

- l'âge de la mère sera $42+n$;
- l'âge de la première fille sera $18+n$;
- l'âge de la deuxième fille sera $16+n$.

Par conséquent, on cherche à résoudre l'équation :

$$42 + n = 18 + n + 16 + n$$
$$42 + n = 34 + 2n$$
$$42 + n - n = 34 + 2n - n$$
$$42 = 34 + n$$
$$8 = n$$

Vérification : dans 8 ans, la mère aura 50 ans, les enfants auront 26 et 24 ans dont la somme des âges fait bien 50.
Le nombre cherché d'années est bien 8.

Corrigé de l'exercice 342 – page 127.
On appelle p le prix d'un cahier. Alors le prix d'un livre est $p + 2$.
Comme on a acheté 5 cahiers, ils ont coûté $5 \times p$.
Comme on a acheté 3 livres, ils ont coûté $3 \times (p + 2)$ soit $3p + 6$.
Le total étant de 15,60 €, on peut écrire l'équation :

$$15,60 = 5p + 3p + 6$$

que l'on résout en écrivant :

$$15,60 = 5p + 3p + 6$$
$$15,60 = 8p + 6$$
$$15,60 - 6 = 8p + 6 - 6$$
$$9,60 = 8p$$
$$\frac{9,60}{8} = p$$
$$1,20 = p$$

Un cahier coûte 1,20 € et un livre coûte 3,20 €.

Corrigé de l'exercice 343 – page 127.
On appelle n le deuxième nombre entier. Alors :
- le premier nombre entier est $(n - 1)$;
- le troisième nombre entier est $(n + 1)$.

On doit donc avoir :

$$(n - 1) \times (n + 1) = n^2$$
$$n \times n + n \times 1 + (-1) \times n + (-1) \times 1 = n^2$$
$$n^2 + 1n + (-1n) + (-1) = n^2$$
$$n^2 + (-1) = n^2$$
$$n^2 - n^2 + (-1) = n^2 - n^2$$
$$(-1) = 0$$

C'est impossible !

Corrigé de l'exercice 344 – page 127.
Le programme de calcul est donc le suivant :

Penser à un nombre, multiplier par 4, soustraire 9, multiplier le résultat par 3 et enlever le nombre du départ.

Si on appelle n le nombre de départ, alors on a :

$$n \xrightarrow{\times 4} 4n \xrightarrow{-9} 4n-9 \xrightarrow{\times 3} 3\times(4n-9) \xrightarrow{-n} 3\times(4n-9)-n$$

Or,

$$3\times(4n-9) = 3\times 4n + 3\times(-9) = 12n + (-27) = 12n - 27$$

Par conséquent, on doit résoudre l'équation :

$$12n - 27 - n = 31$$
$$11n - 27 = 31$$
$$11n - 27 + 27 = 31 + 27$$
$$11n = 58$$
$$n = \frac{58}{11}$$

Vérification :

— multiplier par 4 : $4 \times \frac{58}{11} = \frac{232}{11}$;

— soustraire 9 : $\frac{232}{11} - 9 = \frac{232}{11} - \frac{99}{11} = \frac{133}{11}$;

— multiplier le résultat par 3 : $3 \times \frac{133}{11} = \frac{399}{11}$;

— et enlever le nombre du départ : $\frac{399}{11} - \frac{58}{11} = \frac{341}{11} = 31$.

Le nombre cherché est bien $\frac{58}{11}$.

Corrigé de l'exercice 345 – page 127.

•On doit résoudre l'équation $(2x+1)\times(3x-2) = 0$.
C'est un produit nul donc :

$$2x+1=0 \quad \text{ou} \quad 3x-2=0$$
$$2x=-1 \qquad\qquad 3x=2$$
$$x=\frac{-1}{2} \qquad\qquad x=\frac{2}{3}$$

L'équation admet deux solutions : $x = \frac{-1}{2}$ et $x = \frac{2}{3}$.

•On doit résoudre l'équation $(-2x+5)\times(x-8) = 0$.
C'est un produit nul donc :

$$-2x+5=0 \quad \text{ou} \quad x-8=0$$
$$-2x=-5 \qquad\qquad x=8$$
$$x=\frac{-5}{-2}$$

L'équation admet deux solutions : $x = \frac{-5}{-2}$ et $x = 8$.

Thème B

C59 **Corrigé de l'exercice 346 – page 128.**

(a) En remplaçant l'inconnue x par 4, on a :

$$\left.\begin{array}{l}(-3)\times 4-5=-12-5=-17\\ 7\times 4=28\end{array}\right\}-17 \not> 28.$$

L'inégalité n'est pas vérifiée ; 4 n'est pas une solution de l'inéquation $-3x-5>7x$.

(b) En remplaçant l'inconnue x par -6, on a :

$$\left.\begin{array}{l}(-3)\times(-6)-5=18-5=13\\ 7\times(-6)=-42\end{array}\right\}13>-42.$$

L'inégalité est donc vérifiée ; -6 est alors une solution de l'inéquation $-3x-5>7x$.

Corrigé de l'exercice 347 – page 128.

(a) $\boxed{x=-4}$: $x+4=-4+4=0\not>0$. Donc -4 n'est pas une solution de $x+4>0$.

(b) $\boxed{x=4}$: $x-4=4-4=0\geqslant 0$. Donc 4 est une solution de $x-4\geqslant 0$.

(c) $\boxed{x=-2}$: $3x+4=3\times(-2)+4=-6+4=-2\not\leqslant -3$.
Donc -2 n'est pas une solution de $3x+4\leqslant -3$.

(d) $\boxed{x=-1}$: $\left.\begin{array}{l}2x+3=2\times(-1)+3=-2+3=1\\ x+1=(-1)+1=0\end{array}\right\}1>0$

Donc -1 est une solution de $2x+3>x+1$.

Corrigé de l'exercice 348 – page 129.

$$-p-7\leqslant 5+2p$$

$$-p-7-2p\leqslant 5+2p-2p \quad \text{Règle 1 : soustraire } 2p \text{ aux deux membres.}$$

$$-3p-7\leqslant 5$$

$$-3p-7+7\leqslant 5+7 \quad \text{Règle 1 : ajouter 7 aux deux membres.}$$

$$-3p\leqslant 12$$

$$p\geqslant \frac{12}{-3} \quad \text{Règle 3 : diviser par un nombre négatif.}$$

$$p\geqslant -4$$

Les solutions de l'inéquation sont tous les nombres supérieurs ou égaux à -4.

Corrigé de l'exercice 349 – page 129.

Pour les exercices suivants, il ne sera pas indiqué, à chaque étape de la résolution, quelle est la règle utilisée.

$$2t+3\leqslant 4t-7$$

$$2t-2t+3\leqslant 4t-7-2t$$

$$3\leqslant 2t-7$$

$$3+7\leqslant 2t-7+7$$

$$10\leqslant 2t$$

$$5\leqslant t$$

Les solutions de l'inéquation sont tous les nombres supérieurs ou égaux à 5.

$$-5p+2>3-4p$$

$$-5p+5p+2>3-4p+5p$$

$$2>3+p$$

$$2-3>3+p-3$$

$$-1>p$$

Les solutions de l'inéquation sont tous les nombres strictement inférieurs à -1.

Corrigé de l'exercice 350 – page 129.

Choix de l'inconnue : Appelons n le nombre de titres téléchargés.

Écriture de l'inéquation : *C'est la traduction de l'énoncé sous une forme mathématique. C'est cela qui va conditionner ou pas la réalisation de l'exercice.*
Pour n titres téléchargés, avec l'offre A, cela coûtera $1,20n$ €.
Pour n titres téléchargés, avec l'offre B, cela coûtera $35 + 0,50n$ €.
Si l'offre B est plus avantageuse, alors elle est la moins chère : $35 + 0,50n < 1,20n$.

Résolution de l'inéquation : *C'est la partie purement mathématique du travail.*

$$35 + 0,50n < 1,20n$$
$$35 + 0,50n - 0,50n < 1,20n - 0,50n$$
$$35 < 0,70n$$
$$35 \div 0,70 < n$$
$$50 < n$$

Conclusion : Pour un nombre de titres téléchargés strictement supérieur à 50, l'offre B est la plus avantageuse.

Corrigé de l'exercice 351 – page 129.

Choix de l'inconnue : Soit n le nombre de boîtes à vendre.

Écriture de l'inéquation : Pour n boîtes, avec le tarif A, cela coûtera $2n$ € et avec le tarif B, cela coûtera $300 + 1,50n$ €. Si le tarif B est plus avantageux, alors il est le moins cher : $300 + 1,50n < 2n$.

Résolution de l'inéquation :

$$300 + 1,50n < 2n$$
$$300 + 1,50n - 1,50n < 2n - 1,50n$$
$$300 < 0,50n$$
$$300 \div 0,50 < n \qquad \text{soit } 600 < n$$

Conclusion : À partir de 601 boîtes, le tarif B est le plus avantageux.

Corrigé de l'exercice 352 – page 129.

Notons ℓ la longueur EB. ℓ est compris entre 0 et 10. L'aire du triangle ABC est :

$$\mathscr{A}_1 = \frac{AC \times BE}{2}$$
$$\mathscr{A}_1 = \frac{4 \times \ell}{2} = 2\ell$$

L'aire du triangle ABD est :

$$\mathscr{A}_2 = \frac{BD \times AE}{2}$$
$$\mathscr{A}_2 = \frac{(10 - \ell) \times 3}{2}$$
$$\mathscr{A}_2 = (10 - \ell) \times 1,5 = 15 - 1,5\ell$$

Donc on a $\mathscr{A}_1 \leqslant \mathscr{A}_2$ lorsque

$$2\ell \leqslant 15 - 1,5\ell$$
$$3,5\ell \leqslant 15$$
$$\ell \leqslant \frac{15_{\times 2}}{3,5_{\times 2}}$$
$$\ell \leqslant \frac{30}{7}$$

L'aire du triangle ABC est inférieure à celle du triangle ABD lorsque ℓ est compris entre 0 et $\frac{30}{7}$.

C 60 **Corrigé de l'exercice 353 – page 130.**

(a)

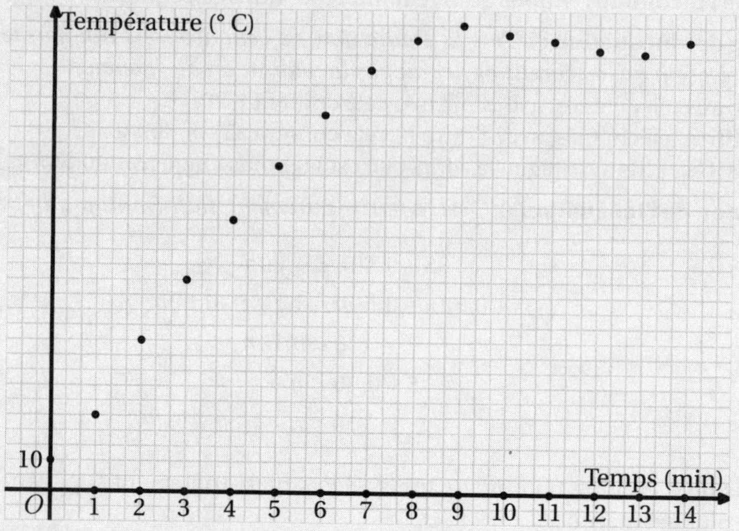

(b) Les points n'étant pas alignés, une fonction affine ne modélise pas la situation.

Corrigé de l'exercice 354 – page 130.

À l'aide de la pompe, il faut effectuer la vidange de $\frac{4}{5} \times 70\,000$ L = 56 000 L.

Cela s'est effectué en 50 heures, donc la pompe aspire 56 000 L ÷ 50 h = 1 120 L/h.

Par conséquent, en appelant t le nombre d'heures, alors la quantité d'eau Q dans la piscine est $Q : t \mapsto 70\,000 - 1\,120 \times t$.

Corrigé de l'exercice 355 – page 130.

Pour une différence de ventes de 125 800 € – 111 000 € = 14 800 €, la différence de salaire s'élève à 2 137 € – 1 915 € = 222 €. Comme 222 € ÷ 14 800 € = 0,015, alors Maxence a 1,5 % de commission sur ses ventes. Comme 0,015 × 125 800 € = 1 887 €, alors la part fixe du salaire de Maxence est 2 137 € – 1 887 € = 250 €.

Par conséquent, le salaire S de Maxence en fonction du montant des ventes v s'écrit sous la forme $S : v \mapsto 250 + 0{,}015v$.

Corrigé de l'exercice 356 – page 130.

On appelle L la longueur de la surface rectangulaire et ℓ la largeur. On a donc $L + \ell = 15$ soit $\ell = 15 - L$. Par conséquent, l'aire $\mathcal{A}$ du rectangle s'écrit, en fonction de la longueur L, sous la forme : $\mathcal{A} : L \mapsto L \times (15 - L)$. On construit alors le tableau de valeurs suivant :

L	0	0,5	1	1,5	2	2,5	3	3,5	4	4,5	5
$\mathcal{A}$	0	7,25	7	6,75	6,5	6,25	6	5,75	5,5	5,25	5

L	5,5	6	6,5	7	7,5	8	8,5	9	9,5	10
$\mathcal{A}$	52,25	49,5	46,75	44	41,25	38,5	35,75	33	30,25	27,5

L	10,5	11	11,5	12	12,5	13	13,5	14	14,5	15
$\mathcal{A}$	47,25	42	36,75	31,5	26,25	21	15,75	10,5	5,25	0

à partir duquel on construit le graphique ci-après. Par lecture graphique, l'aire sera maximale (environ 56 m^2) lorsque $L \approx 7{,}5$ m.

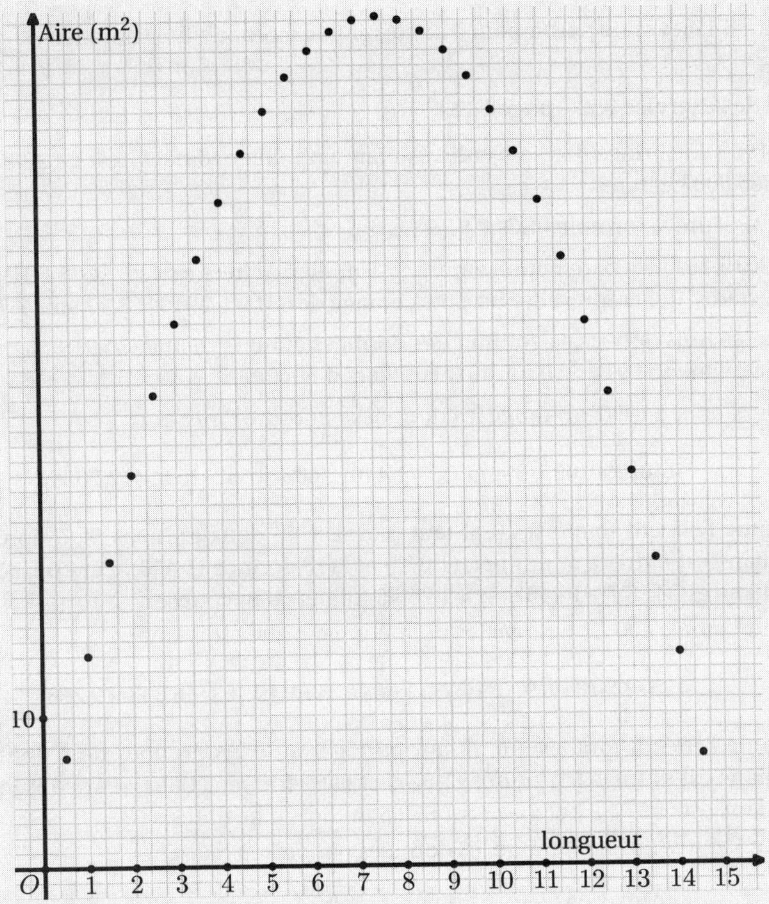

Bilan **Corrigé de l'exercice 357 – page 131.**

(a) Au 1er janvier 2016, il y avait 66 991 000 − 265 000 = 66 726 000.

Or, 0,4 % de 66 726 000 vaut $\frac{0,4}{100} \times 66\,726\,000 = 266\,904$.

Le pourcentage annoncé est une valeur approchée du pourcentage réel.

(b) On a les informations suivantes :

2015	785 000	100
baisse en 2016	14 000	?

Donc ? = 14 000 ÷ 7 850 ≈ 1,8 % de baisse entre 2015 et 2016.

(c) On a les informations suivantes :

2015	587 000	100
baisse en 2016	7 000	?

Donc ? = 7 000 ÷ 5 870 ≈ 1,2 % de baisse entre 2015 et 2016.

Corrigé de l'exercice 358 – page 131.

Il y a 20 élèves au club d'échecs et 24 au club lecture. Mais cela ne fait pas 44 élèves au total car il y a 8 élèves qui sont inscrits aux deux clubs. Par conséquent, l'effectif total des deux clubs est 44 − 8 = 36.

Il y a donc 14 élèves ne participant à aucun club. La probabilité cherchée est $\frac{14}{50} = \frac{28}{100}$ soit 0,28.

Corrigé de l'exercice 359 – page 132.

(a) En 1990, la surface des sols cultivés était, en milliers d'hectares, de 22 866 ou de 22 866 000 hectares.

(b) On va écrire la formule =SOMME(B3:B13).

(c) En 2015, les sols bâtis représentent 931 milliers d'hectares sur les 54 919 milliers d'hectares. Cela représente un pourcentage de $931 \div 54\,919 \approx 0,17$ soit $1,7$ %.

(d) Pour les trois années, la somme des données étant la même (54 919), la moyenne est la même : $54\,919 \div 10 = 5\,491{,}9$ milliers d'hectares.

(e) • Pour l'année 1990, on range les données par ordre croissant :

140/858/895/934/1 077/1 440/2 603/8 552/15 554/22 866.

Comme l'effectif total est 10, il faut partager en deux groupes de 5 données. La médiane est entre la 5e donnée (1 077) et la 6e donnée (1 440). Par conséquent, la médiane est $(1\,077 + 1\,440) \div 2 = 1\,258{,}5$ milliers d'hectares.

• Pour l'année 2000, on range les données par ordre croissant :

125/825/849/976/1 577/1 684/2 320/10 462/16 833/19 268.

Comme l'effectif total est 10, il faut partager en deux groupes de 5 données. La médiane est entre la 5e donnée (1 577) et la 6e donnée (1 684). Par conséquent, la médiane est $(1\,577 + 1\,684) \div 2 = 1\,630{,}5$ milliers d'hectares.

• Pour l'année 2015, on range les données par ordre croissant :

68/910/931/961/1 751/2 479/2 779/8 251/17 041/19 748.

Comme l'effectif total est 10, il faut partager en deux groupes de 5 données. La médiane est entre la 5e donnée (1 751) et la 6e donnée (2 479). Par conséquent, la médiane est $(1\,751 + 2\,479) \div 2 = 2\,115$ milliers d'hectares.

Corrigé de l'exercice 360 – page 133.

Pour savoir si les résultats sont cohérents, il faut déterminer la probabilité pour la boule d'atteindre chacune des cases situées en bas de la planche.

• Pour atteindre la case ① (ou la case ⑤ par symétrie), il n'y a qu'un seul chemin.

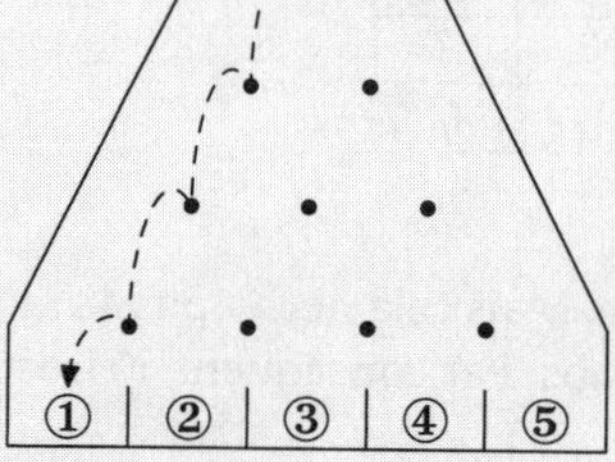

• Pour atteindre la case ② (ou la case ④ par symétrie), il y a quatre chemins possibles.

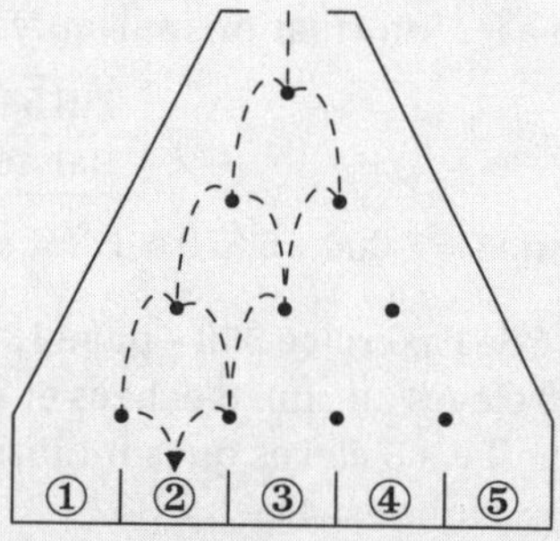

• Pour atteindre la case ③, il y a six chemins possibles.

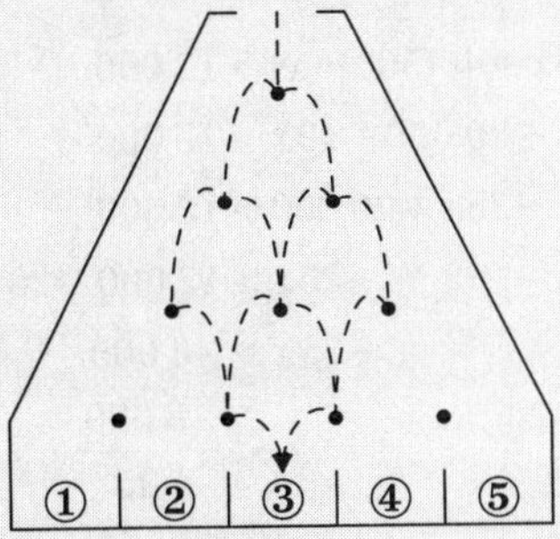

Par conséquent, lorsqu'on lâche la boule en haut de la planche, elle peut emprunter $1+4+6+4+1=16$ chemins différents.
Comparons, pour chaque case de la planche, les résultats obtenus par l'expérience et les probabilités calculées.

	Expérience	Calculs
Case ①	$\dfrac{644}{10\,000}=0{,}064\,4$	$\dfrac{1}{16}=0{,}062\,5$
Case ②	$\dfrac{2\,468}{10\,000}=0{,}246\,8$	$\dfrac{4}{16}=0{,}25$
Case ③	$\dfrac{3\,776}{10\,000}=0{,}377\,6$	$\dfrac{6}{16}=0{,}375$
Case ④	$\dfrac{2\,496}{10\,000}=0{,}249\,6$	$\dfrac{4}{16}=0{,}25$
Case ⑤	$\dfrac{616}{10\,000}=0{,}061\,6$	$\dfrac{1}{16}=0{,}062\,5$

Les résultats sont cohérents.

Corrigé de l'exercice 361 – page 133.
On construit l'arbre de probabilités associé à l'expérience.

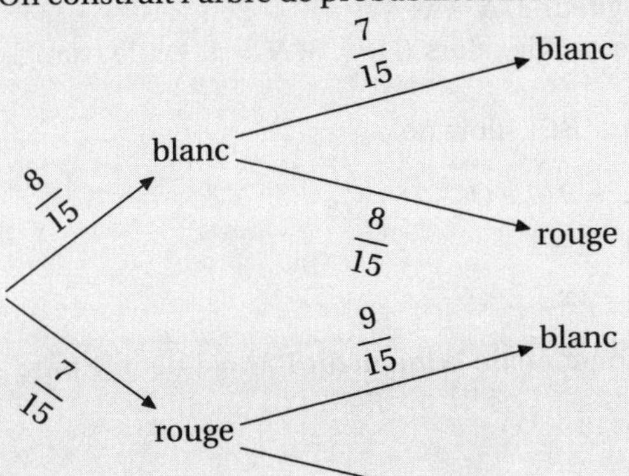

La probabilité p cherchée est :

$$p=\frac{8}{15}\times\frac{7}{15}+\frac{7}{15}\times\frac{6}{15}$$

$$p=\frac{56}{225}+\frac{42}{225}$$

$$p=\frac{98}{225}$$

Corrigé de l'exercice 362 – page 133.
Soit x le nombre de pneus à 15 €. Alors il y a $500 - x$ pneus à 40 €.

$$
\begin{aligned}
15x + 40(500 - x) &> 12\,000 \\
15x + 20\,000 - 40x &> 12\,000 \\
-25x + 20\,000 &> 12\,000 \\
-25x &> 12\,000 - 20\,000 \\
-25x &> -8\,000 \\
x &< \frac{-8\,000}{-25} \\
x &< 320
\end{aligned}
$$

Or $x > 250$. Donc l'entreprise doit fabriquer entre 250 et 320 pneus à 15 € par jour.

Corrigé de l'exercice 363 – page 134.
On appelle n le nombre de jetons sur un côté du carré construit la première fois.
Par conséquent, avec ce premier carré, le nombre de jetons est $n^2 + 10$.
Avec la deuxième tentative de construction, le nombre de jetons est $(n+1)^2 - 17$. Alors :

$$
\begin{aligned}
n^2 + 10 &= (n+1)^2 - 17 \\
n^2 + 10 &= (n+1) \times (n+1) - 17 \\
n^2 + 10 &= n^2 + n + n + 1 - 17 \\
n^2 + 10 &= n^2 + 2n - 16 \\
n^2 - n^2 + 10 &= n^2 - n^2 + 2n - 16 \\
10 &= 2n - 16 \\
10 + 16 &= 2n - 16 + 16 \\
26 &= 2n \\
13 &= n
\end{aligned}
$$

Il y a donc $13^2 + 10 = 179$ jetons.

Corrigé de l'exercice 364 – page 134.
On appelle x la longueur BM.
Comme le triangle ABC est rectangle et isocèle en A, alors $\widehat{ABC} = 45°$ et $\widehat{ACB} = 45°$. Par conséquent, le triangle CQP est rectangle et isocèle en Q tandis que le triangle BMN est rectangle et isocèle en M. Donc la longueur $MN = x$.
Comme le quadrilatère $MNPQ$ est un rectangle, alors $QP = MN = x$. Or, le triangle CQP est isocèle en Q. Donc $QP = x$.
Comme M et Q appartiennent au segment $[BC]$, alors on a :

$$
\begin{aligned}
MQ &= BC - BM - QC \\
MQ &= 10 - x - x \\
MQ &= 10 - 2x
\end{aligned}
$$

L'aire du rectangle $MNPQ$ est donc une fonction de la longueur $BM = x$ définie par :

$$x \mapsto x(10 - 2x)$$

La variable x est comprise entre 0 et 5 (après la valeur 5, le rectangle $MNPQ$ n'existe pas).

En appelant cette fonction f, voici sa représentation graphique.

x	0	0,5	1	1,5	2	2,5	3	3,5	4	4,5	5
$f(x)$	0	4,5	8	10,5	12	12,5	12	10,5	8	4,5	0

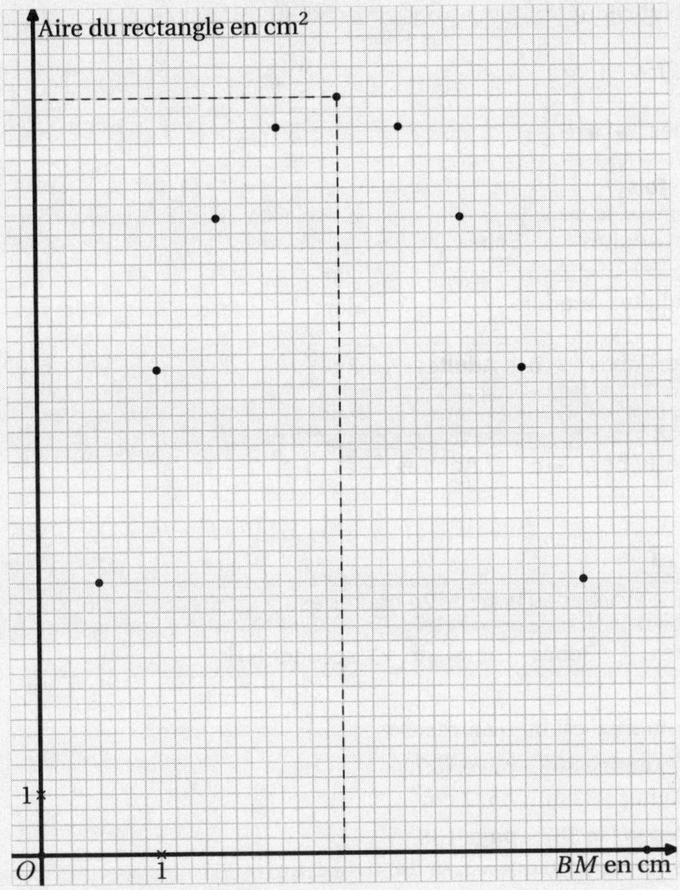

On placera le point M tel que $BM = 2,5$ cm.

Corrigé de l'exercice 365 – page 135.

On utilise un tableau pour regrouper les premiers résultats obtenus.

Étape	Temps écoulé	Adultes	Bébés
1	0	2	1
2	20 min	3	1
3	40 min	4	2
4	1 h	6	3
5	1 h 20 min	9	4
6	1 h 40 min	13	6
7	2 h	19	9
8	2 h 20 min	28	14

À chaque étape, si le nombre n d'adultes est pair, le nombre de bébés sera $n \div 2$. Si ce nombre n est impair, alors une vache ne sert à rien pour la reproduction et le nombre de bébés sera $(n-1) \div 2$.

Dans 24 heures, il y a 72 périodes de 20 minutes. Comme la première étape est située au temps $t = 0$, alors il faut aller jusqu'à la 73e étape.
Le script Scratch© ci-dessous va nous aider à vérifier le résultat annoncé.

```
quand [drapeau] est cliqué    %Créer les variables Adultes et Bébés
mettre Adultes à 2
mettre Bébés à 0
répéter 73 fois
    ajouter à Adultes (Bébés)
    si <((Adultes) modulo (2)) = 0> alors    %On teste si le nombre d'adultes est pair
        mettre Bébés à ((Adultes) ÷ (2))
    sinon
        mettre Bébés à (((Adultes) − (1)) ÷ (2))
dire [Le total de vaches au bout de 24 heures est...]
dire ((Adultes) + (Bébés)) pendant (10) seconde(s)
```

Le nombre annoncé est bien correct !

C61

Corrigé de l'exercice 366 – page 139.
L'aire est : 53 cm × 29 cm = 1 537 cm^2.

Corrigé de l'exercice 367 – page 139.
Le volume est $5\text{ dm} \times 3,6\text{ dm} \times 2,75\text{ dm} = 49,5\text{ dm}^3$.

Corrigé de l'exercice 368 – page 139.

(a) 75 W × 2 h = 150 Wh.

(b) Comme 30 minutes correspond à 0,5 h, alors l'énergie consommée est :

$$1\,200\text{ W} \times 0,5\text{ h} = 600\text{ Wh}.$$

(c) Comme 15 minutes correspond à *un quart d'heure*, soit 0,25 h, alors 3 h 15 min correspond à 3,25 h. L'énergie consommée pendant cette durée est :

$$130\text{ W} \times 3,25\text{ h} = 422,5\text{ Wh}$$

Corrigé de l'exercice 369 – page 139.
On a 3 h 30 min = 3,5 h.
Lorsque le téléviseur sera allumé, il consommera $51\text{ W} \times 3,5\text{ h} = 178,5\text{ Wh}$.
Lorsqu'il sera en mode « attente », il consommera $0,5\text{ W} \times 20,5\text{ h} = 10,25\text{ Wh}$.
Or, $\dfrac{10,25}{178,5} \times 100 \approx 5,7$.
Pour ce téléviseur, la consommation journalière en mode « attente » représente environ 5,7 % de sa consommation journalière en mode « marche ».

Corrigé de l'exercice 370 – page 139.
Comme la personne veut monter sur un muret de hauteur 50 cm, on sait déjà que $h_A - h_B = -0,5$ m.
Par conséquent, le « travail » de son poids est : $W = 9,81 \times 80$ kg $\times (-0,5)$ m $= -392,4$ J.

C 62 **Corrigé de l'exercice 371 – page 140.**

(a) $\dfrac{120 \text{ km}}{2 \text{ h}} = 60$ km/h.

(b) Comme 1 h 30 min = 1,5 h, alors la vitesse moyenne est $\dfrac{120 \text{ km}}{1,5 \text{ h}} = 80$ km/h.

(c) Comme 1 h 15 min = 1,25 h, alors la vitesse moyenne est $\dfrac{120 \text{ km}}{1,25 \text{ h}} = 96$ km/h. Non, il n'est pas possible de faire ce trajet en 1 h 15 min.

Corrigé de l'exercice 372 – page 140.

(a) Rappel : 1 h = 60 × 60 s

Distance (m)	85 000	?
Temps (s)	3 600	1

$? = \dfrac{85\,000}{3\,600} \approx 23{,}61$ m/s.

(b) Rappel : 1 m^3 = 1 000 L

Capacité (L)	27 000	?
Temps (s)	1	60

? = 60 × 27 000 = 1 620 000 L/min

(c) On utilise le tableau suivant :

Distance (km)	13	?
Temps (min)	16	60

$? = \dfrac{60 \times 13}{16} = 48{,}75$ km/h.

Corrigé de l'exercice 373 – page 140.

(a) Comme 1 h = 3 600 s, alors en 1 heure, la lumière parcourt 300 000 × 3 600 km soit

$$3 \times 10^5 \times 36 \times 10^2$$

$$108 \times 10^7$$

soit une vitesse de $1,08 \times 10^9$ km/h

(b) La lumière doit donc parcourir 760 000 km. Ce trajet durera : $\dfrac{760\,000}{300\,000} \approx 2,5$ s.

(c) Le trajet durera : $\dfrac{760\,000}{10\,000} = 76$ h.

Corrigé de l'exercice 374 – page 140.
Je calcule l'aire d'une feuille :

$$24 \text{ cm} \times 32 \text{ cm} = 768 \text{ cm}^2$$

Je calcule l'aire des douze feuilles :

$$12 \times 768 \text{ cm}^2 = 9\,216 \text{ cm}^2$$

Je convertis en m^2 :

$$9\,216 \text{ cm}^2 = 0{,}921\,6 \text{ m}^2$$

Je calcule la masse des feuilles :

$$0{,}921\,6 \times 160 = 147{,}456 \text{ g}$$

Thème C

Corrigé de l'exercice 375 – page 140.

(a) En 25 minutes, Chloé aura parcouru

$$\frac{25}{60} \times 72 = 30 \text{ km}$$

et Juliette aura parcouru

$$\frac{25}{60} \times 48 = 20 \text{ km}.$$

Elles seront séparées de 60 km − 30 km − 20 km = 10 km.

(b) On appelle t le nombre de minutes écoulées depuis 10 h pour que Chloé et Juliette se rencontrent.
Chloé aura parcouru

$$\frac{t}{60} \times 72 = t \times \frac{72}{60} = 1,2 \times t \text{ km}$$

et Juliette aura parcouru

$$\frac{t}{60} \times 48 = t \times \frac{48}{60} = 0,8 \times t \text{ km}.$$

À elles deux, elles auront parcouru les 60 km. Par conséquent,

$$\begin{aligned} 1,2t + 0,8t &= 60 \\ 2t &= 60 \\ t &= 30 \end{aligned}$$

Vérification : en 30 minutes, Chloé aura parcouru $\frac{30}{60} \times 72 = 36$ km et Juliette aura parcouru $\frac{30}{60} \times 48 = 24$ km. Comme 36 km + 24 km = 60 km, elles se seront bien rejointes.
Par conséquent, elles vont se rejoindre à 10 h 30 min.

Corrigé de l'exercice 376 – page 141.

1 m	en	1 seconde
3 600 m	en	3 600 secondes
3,6 km	en	1 h

Donc on divisera la vitesse en km/h par 3,6 pour avoir la vitesse en m/s.
On obtient le script suivant après avoir défini une variable (Conversion).

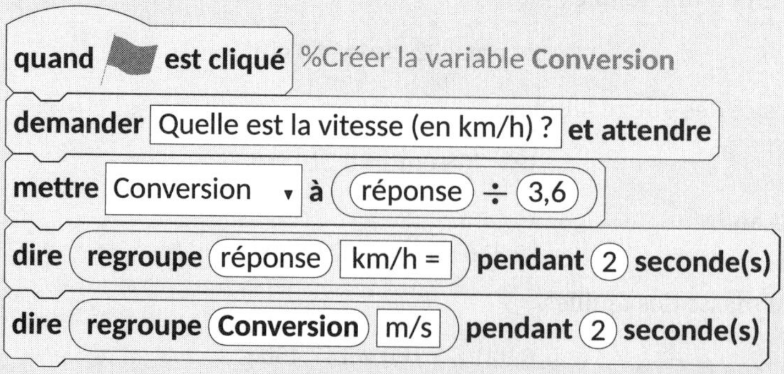

C63 Corrigé de l'exercice 377 – page 142.

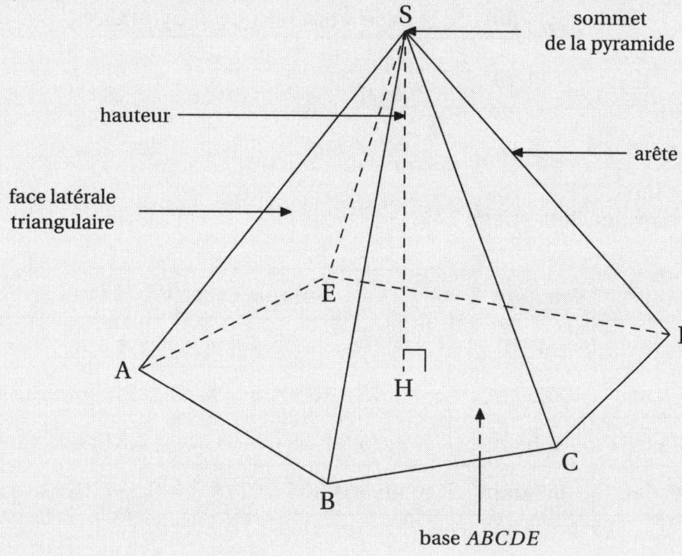

Corrigé de l'exercice 378 – page 142.

(a) Comme la base de la pyramide est $BCFE$, alors la hauteur de la pyramide est (AB).

(b) Ici, il faut d'abord trouver *une base* adéquate pour déterminer la hauteur correspondante. Il y a deux cas simples :
- prendre la face DEF pour base et dans ce cas, la hauteur correspondante est $[DA]$;
- prendre la face ADE pour base et dans ce cas, la hauteur correspondante est $[EF]$.

Corrigé de l'exercice 379 – page 143.

Pour tout cet exercice, V est le volume de la pyramide considérée.

(a)

$$V = \frac{\text{aire de la base} \times \text{hauteur de la pyramide}}{3}$$
$$V = \frac{9\text{ cm} \times 9\text{ cm} \times 10\text{ cm}}{3}$$
$$V = \frac{810\text{ cm}^3}{3}$$
$$V = 270\text{ cm}^3$$

(b) L'aire du triangle est $\frac{AB \times AC}{2} = \frac{3\text{ dm} \times 4\text{ dm}}{2} = 6\text{ dm}^2$.
On a donc :

$$V = \frac{\text{aire de la base} \times \text{hauteur de la pyramide}}{3}$$
$$V = \frac{6\text{ dm}^2 \times 17\text{ dm}}{3}$$
$$V = 34\text{ dm}^3$$

Thème C

(c) L'aire de la base est $\dfrac{7\text{ m} \times 5\text{ m}}{2} = 17,5\text{ m}^2$.

On a donc :

$$V = \frac{\text{aire de la base} \times \text{hauteur de la pyramide}}{3}$$

$$V = \frac{17,5\text{ m}^2 \times 12\text{ m}}{3}$$

$$V = 70\text{ m}^3$$

C64 **Corrigé de l'exercice 380 – page 145.**

rayon r	hauteur h	volume exact $\mathcal{V}$ ($\ldots \times \pi$)
3 cm	4 cm	$3 \times 3 \times 4 \times \pi = 36 \times \pi\text{ cm}^3$
4,5 dm	4,5 cm	$45 \times 45 \times 4,5 \times \pi = 9\,112,5 \times \pi\text{ cm}^3$
1,25 m	5,64 m	$1,25 \times 1,25 \times 5,64 \times \pi = 8,812\,5 \times \pi\text{ m}^3$
0,305 dam	0,4 dam	$0,305 \times 0,305 \times 0,4 \times \pi = 0,037\,21 \times \pi\text{ dam}^3$

Corrigé de l'exercice 381 – page 145.

①

$$\left.\begin{array}{l}\mathcal{V} = 2 \times 2 \times ? \times \pi \\ \mathcal{V} = 18\pi\end{array}\right\} \quad \begin{aligned} 2 \times 2 \times ? \times \pi &= 18\pi \\ 4 \times ? \times \pi &= 18 \times \pi \\ 4 \times ? &= 18 \\ ? &= \frac{18}{4} \\ ? &= 4,5\text{ cm}\end{aligned}$$

②

$$\left.\begin{array}{l}\mathcal{V} = 5 \times 5 \times ? \times \pi \\ \mathcal{V} = 50\pi\end{array}\right\} \quad \begin{aligned} 5 \times 5 \times ? \times \pi &= 50\pi \\ 25 \times ? \times \pi &= 50 \times \pi \\ 25 \times ? &= 50 \\ ? &= 2\text{ dm}\end{aligned}$$

③

$$\left.\begin{array}{l}\mathcal{V} = ? \times ? \times 5 \times \pi \\ \mathcal{V} = 45\pi\end{array}\right\} \quad \begin{aligned} ? \times ? \times 5 \times \pi &= 45\pi \\ ? \times ? \times 5 \times \pi &= 45 \times \pi \\ ? \times ? \times 5 &= 45 \\ ? \times ? &= 9 \\ ? &= 3\text{ m}\end{aligned}$$

Corrigé de l'exercice 382 – page 145.

(a) **Version « normale »**

$$\pi \times 33^2 \times 115 = \pi \times 125\,235\text{ mm}^3$$

Version « slim »

$$\pi \times 29^2 \times 145 = \pi \times 121\,945\text{ mm}^3$$

Elles n'ont pas le même volume.

(b) Comme 1 dm^3 = 1 L, alors 1 cm^3 = 1 mL ou 100 mm^3 = 1 mL.

Version « normale » : $\pi \times 125\,235$ mm^3 $\approx 393\,437$ mm^3 soit environ 393 mL.

Version « slim » : $\pi \times 121\,945$ mm^3 $\approx 383\,102$ mm^3 soit environ 383 mL.

Les deux bouteilles peuvent bien contenir 330 mL.

C65 **Corrigé de l'exercice 383 – page 146.**

Le triangle SOM est rectangle en O, donc l'égalité de Pythagore est vérifiée :

$$SM^2 = SO^2 + OM^2$$
$$SM^2 = 6^2 + 4{,}5^2$$
$$SM^2 = 36 + 20{,}25$$
$$SM^2 = 56{,}25$$
$$SM = \sqrt{56{,}25}$$
$$SM = 7{,}5$$

Corrigé de l'exercice 384 – page 147.

(a)

$$V = \frac{\pi \times \text{rayon}^2 \times \text{hauteur}}{3}$$
$$V = \frac{\pi \times (6\text{ cm})^2 \times 9\text{ cm}}{3}$$
$$V = \frac{\pi \times 36\text{ cm}^2 \times 9\text{ cm}}{3}$$
$$V = \frac{\pi \times 324\text{ cm}^3}{3}$$
$$V = \pi \times 108\text{ cm}^3$$

Si l'énoncé demande une valeur approchée du volume, on indiquera, par exemple, $V \approx 339{,}3$ cm^3 comme arrondi au dixième de cm^3 près.

(b)

$$V = \frac{\pi \times \text{rayon}^2 \times \text{hauteur}}{3}$$
$$V = \frac{\pi \times (7{,}5\text{ dm})^2 \times 5\text{ dm}}{3}$$
$$V = \frac{\pi \times 56{,}25\text{ dm}^2 \times 5\text{ dm}}{3}$$
$$V = \frac{\pi \times 281{,}25\text{ dm}^3}{3}$$
$$V = \pi \times 93{,}75\text{ dm}^3$$

Corrigé de l'exercice 385 – page 147.

• Le volume V_1 du cylindre est :

$$V_1 = \pi \times 7^2 \times 7$$
$$V_1 = \pi \times 343\text{ dm}^3$$

• La hauteur du cône de révolution est 16 dm − 7 dm = 9 dm.
Le volume V_2 du cône de révolution est :

$$V_2 = \frac{\pi \times 7^2 \times 9}{3}$$
$$V_2 = \frac{\pi \times 441}{3}$$
$$V_2 = \pi \times 147 \text{ dm}^3$$

• Le volume V du réservoir est :

$$V = V_1 + V_2$$
$$V = \pi \times 343 + \pi \times 147$$
$$V = \pi \times 490 \text{ dm}^3$$
$$V \approx 1\,539 \text{ dm}^3$$
$$V \approx 1\,539 \text{ L}$$

Ce réservoir peut effectivement contenir 1 000 L.

Corrigé de l'exercice 386 – page 147.
Je calcule le volume V d'une bougie :

$$V = \frac{\pi \times 2,5^2 \times 6}{3}$$
$$V = \frac{\pi \times 37,5}{3}$$
$$V = \pi \times 12,5 \text{ cm}^3$$
$$V \approx 39,27 \text{ cm}^3$$

Je convertis en litre en sachant que 1 L = 1 dm^3.

$$V \approx 39,27 \text{ cm}^3$$
$$V \approx 0,039\,27 \text{ dm}^3$$
$$V \approx 0,039\,27 \text{ L}$$

Je calcule le nombre de bougies pouvant être fabriquées :

$$10 \div 0,039\,27 \approx 254$$

On peut construire 254 bougies.

C 66 **Corrigé de l'exercice 387 – page 148.**

(a) Pour la sphère de rayon 4 cm : $\mathcal{A} = 4 \times \pi \times 4^2 = 4 \times \pi \times 16 = 64\pi \text{ cm}^2$.
Pour la sphère de *diamètre* 4 dm : $\mathcal{A} = 4 \times \pi \times 2^2 = 4 \times \pi \times 4 = 16\pi \text{ dm}^2$.

(b) Pour la boule de *diamètre* 5 m : $\mathcal{V} = \frac{4 \times \pi \times 2,5^3}{3} = \frac{4 \times \pi \times 15,625}{3} = \frac{62,5\pi}{3} \text{ m}^3$.

Pour la boule de rayon 5 hm : $\mathcal{V} = \frac{4 \times \pi \times 5^3}{3} = \frac{4 \times \pi \times 125}{3} = \frac{500\pi}{3} \text{ hm}^3$.

Corrigé de l'exercice 388 – page 148.
Je calcule le volume V d'un chou :

$$V = \frac{4 \times \pi \times 2^3}{3}$$
$$V = \frac{4 \times \pi \times 8}{3}$$
$$V = \frac{32\pi}{3} \text{ cm}^3$$

Je calcule le volume V_T de l'ensemble des 250 choux :

$$V_T = 250 \times V$$
$$V_T = 250 \times \frac{32\pi}{3}$$
$$V_T = \frac{8\,000\pi}{3} \text{ cm}^3$$

Je calcule le volume V_C de crème nécessaire :

$$V_C = \frac{3}{4} \times \frac{8\,000\pi}{3}$$
$$V_C = \frac{3 \times 8\,000\pi}{4 \times 3}$$
$$V_C = \frac{8\,000\pi}{4}$$
$$V_C = 2\,000\pi \text{ cm}^3$$

Je convertis en dm^3 car 1 dm^3 = 1 L. Comme 1 dm^3 = 1 000 cm^3, alors :

$$V_C = 2\pi \text{ dm}^3 = 2\pi \text{ L}$$

Comme $2 \times \pi \approx 6,28$, alors le pâtissier aura besoin de 6,5 L de crème.

Corrigé de l'exercice 389 – page 149.
Je calcule le volume V de la boule :

$$V = \frac{4 \times \pi \times 5^3}{3}$$
$$V = \frac{4 \times \pi \times 125}{3}$$
$$V = \frac{500 \times \pi}{3} \text{ cm}^3$$

Le zinc représente 40 % de ce volume. Donc le volume de zinc V_Z est :

$$V_Z = \frac{40}{100} \times V$$
$$V_Z = \frac{40}{100} \times \frac{500 \times \pi}{3}$$
$$V_Z = \frac{40 \times 500 \times \pi}{100 \times 3}$$
$$V_Z = \frac{40 \times 5 \times \pi}{3}$$
$$V_Z = \frac{200 \times \pi}{3} \text{ cm}^3$$

La masse de zinc m_Z est donc :

$$m_Z = 7,1 \times V_Z$$
$$m_Z = 7,1 \times \frac{200 \times \pi}{3}$$
$$m_Z \approx 1\,487 \text{ g}$$

Le volume de cuivre V_C est :

$$V_C = V - V_Z = \frac{500 \times \pi}{3} - \frac{200 \times \pi}{3} = \frac{300 \times \pi}{3} \text{ cm}^3$$

et la masse de cuivre m_C est :

$$m_C = 8,94 \times V_C$$
$$m_C = 8,94 \times \frac{300 \times \pi}{3}$$
$$m_C \approx 2\,809 \text{ g}$$

Par conséquent, la masse m de la boule est :

$$m = m_Z + m_C$$
$$m \approx 1\,487 \text{ g} + 2\,809 \text{ g}$$
$$m \approx 4\,296 \text{ g}$$

C 67 **Corrigé de l'exercice 390 – page 150.**

Le cas ③ représente une symétrie axiale.

Corrigé de l'exercice 391 – page 151.

Le cas ② représente une symétrie centrale.

Corrigé de l'exercice 392 – page 152.

Le cas ② représente une translation.

Corrigé de l'exercice 393 – page 152.

Le cas ③ représente une rotation.

Corrigé de l'exercice 394 – page 153.

(a)

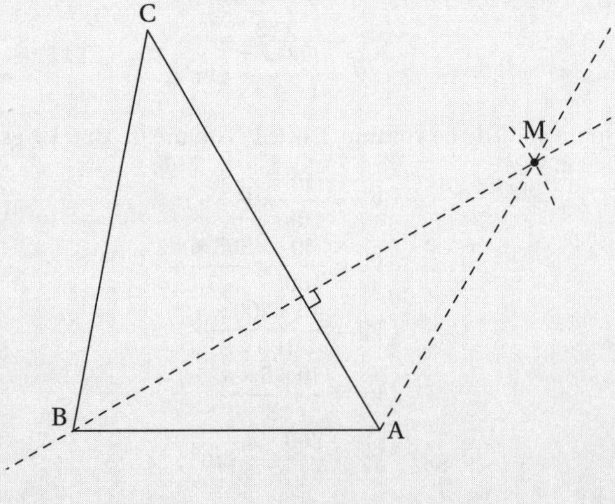

(b) Comme les angles $\widehat{BAC}$ et $\widehat{MAC}$ sont symétriques par rapport à la droite (AC), alors ils ont la même mesure. Par conséquent, $\widehat{MAC} = 60°$.

Corrigé de l'exercice 395 – page 153.

(a)

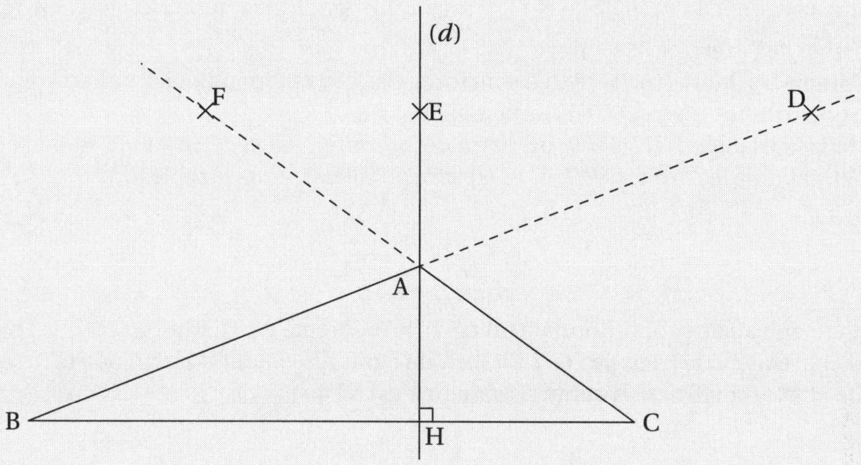

(c) Les points D, E et F sont les symétriques respectifs des points B, H et C par rapport au point A. Comme les points B, H et C sont alignés, alors les points D, E et F le sont aussi.

(d) Les angles $\widehat{CHA}$ et $\widehat{EAD}$ sont symétriques par rapport au point A. Par conséquent, ils ont la même mesure : $\widehat{EAD} = 90°$.

Corrigé de l'exercice 396 – page 153.

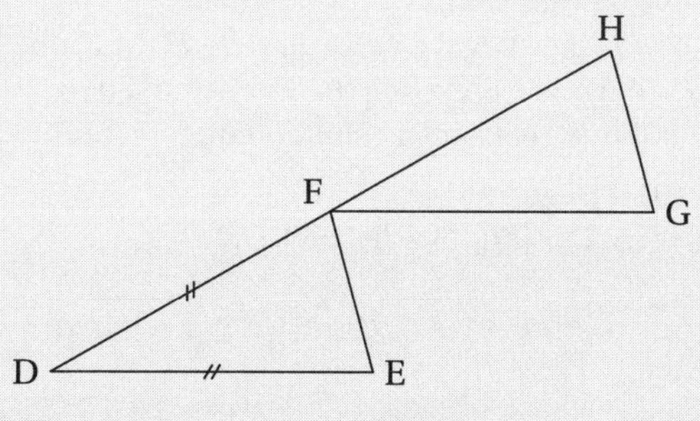

Comme G est l'image de E par la translation qui transforme D en F, alors les segments $[GF]$ et $[DE]$ ont la même longueur.
Comme H est l'image de F par la translation qui transforme D en F, alors les segments $[HF]$ et $[DE]$ ont la même longueur.
Par conséquent, les segments $[HF]$ et $[GF]$ ont la même longueur et le triangle HFG est isocèle en F.

C68 **Corrigé de l'exercice 397 – page 154.**

On remarque que $2 \times 2{,}4 = 4{,}8$. Donc s'il s'agit d'une situation d'agrandissement, la valeur 2,4 peut être le coefficient d'agrandissement.
Or, $1{,}5 \times 2{,}4 = 3{,}6$ et $3 \times 2{,}4 = 7{,}2$.
Donc le triangle ABC est un agrandissement de coefficient 2,4 du triangle IGH.

Corrigé de l'exercice 398 – page 154.

$$2 \times AB = 2 \times 9,6 = 19,2 = A_1B_1 \qquad 2 \times BC = 2 \times 10 = 20 = B_1C_1$$

$$2 \times AC = 2 \times 2,8 = 5,6 \neq 4 = A_1C_1$$

Par conséquent, le triangle $A_1B_1C_1$ n'est pas un agrandissement du triangle ABC.

Corrigé de l'exercice 399 – page 154.

• Comme les droites (EF) et (HG) sont toutes les deux perpendiculaires à la droite (FG), alors les droites (EF) et (HG) sont parallèles.

• Dans le triangle IGH, F est un point de la droite (IG) et E est un point de la droite (IH). Comme les droites (FE) et (GH) sont parallèles, alors le tableau

IF	IE	FE
IG	IH	GH

est un tableau de proportionnalité d'après le théorème de Thalès.

Par conséquent, le triangle IGH est bien un agrandissement du triangle IEF.

• De plus, le coefficient d'agrandissement k est tel que :

$$IE \times k = IH$$
$$6 \times k = 10$$
$$k = \frac{10}{6}$$
$$k = \frac{5}{3}$$

Le coefficient d'agrandissement est $\frac{5}{3}$.

C69 **Corrigé de l'exercice 400 – page 155.**

— Le périmètre de $IJKL$ est égal à celui de $ABCD$ multiplié par 1,75.

— L'aire de $IJKL$ est égale à celle de $ABCD$ multipliée par $1,75^2$.

— Le volume du cube $\mathscr{F}_1$ est égal à celui du cube $\mathscr{F}$ multiplié par $1,75^3$.

Corrigé de l'exercice 401 – page 156.

On sait que $0,75 \times 10 = 7,5$. Donc $0,75 \times BC = B_1C_1$.

Or,

$$0,75 \times AC = 0,75 \times 2,8 = 2,1 = A_1C_1$$

et

$$0,75 \times AB = 0,75 \times 9,6 = 7,2 = A_1B_1$$

Par conséquent, le triangle $A_1B_1C_1$ est une réduction de coefficient 0,75 du triangle ABC.

Corrigé de l'exercice 402 – page 156.

— Le périmètre de $IJKL$ est égal à celui de $ABCD$ multiplié par 0,8.

— L'aire de $IJKL$ est égale à celle de $ABCD$ multipliée par $0,8^2$.

— Le volume du cube $\mathscr{F}_1$ est égal à celui du cube $\mathscr{F}$ multiplié par $0,8^3$.

Bilan **Corrigé de l'exercice 403 – page 157.**

• On calcule le volume du solide non percé. Il s'agit d'un prisme droit de hauteur 70 mm. Il faut déterminer l'aire de sa base.

On décompose de la façon suivante :

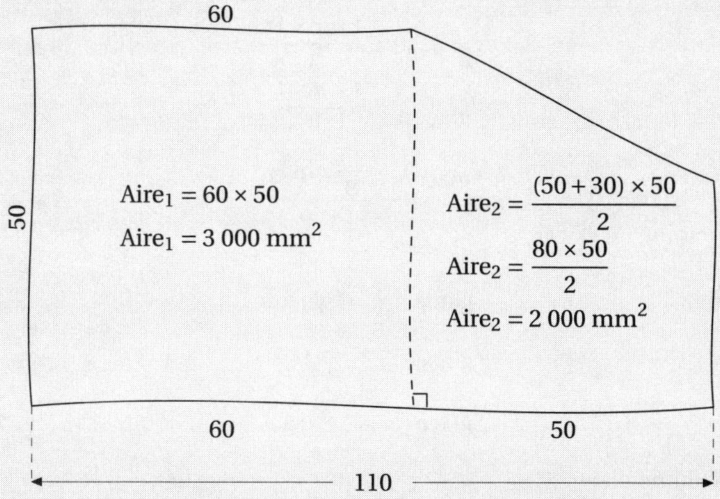

Donc l'aire de la base est 5 000 mm^2 et le volume du solide est :

$$\mathcal{V}_{\text{solide}} = 5\,000 \times 70$$
$$\mathcal{V}_{\text{solide}} = 350\,000 \text{ mm}^3$$

• Le volume enlevé par le perçage est :

$$\mathcal{V}_{\text{perçage}} = \pi \times 14^2 \times 70$$
$$\mathcal{V}_{\text{perçage}} = \pi \times 13\,720 \text{ mm}^3$$

• Le volume d'une pièce est donc :

$$\mathcal{V}_{\text{pièce}} = \mathcal{V}_{\text{solide}} - \mathcal{V}_{\text{perçage}}$$
$$\mathcal{V}_{\text{pièce}} = 350\,000 - \pi \times 13\,720$$
$$\mathcal{V}_{\text{pièce}} \approx 306\,897 \text{ mm}^3$$

• Le volume de métal nécessaire pour les 500 pièces est :

$$\mathcal{V}_{\text{métal}} = 500 \times \mathcal{V}_{\text{pièce}}$$
$$\mathcal{V}_{\text{métal}} \approx 500 \times 306\,897 \text{ mm}^3$$
$$\mathcal{V}_{\text{métal}} \approx 153\,448\,500 \text{ mm}^3$$

Pour les 500 pièces, il faudra environ 153 448 500 mm^3 de métal.

Corrigé de l'exercice 404 – page 157.

Voici le schéma de la situation finale. Il faut déterminer la hauteur h de l'eau.

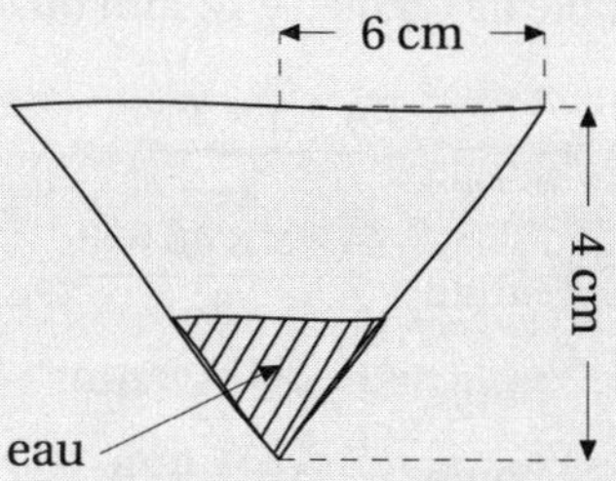

Thème C

• Calcul du volume d'un glaçon.

$$\mathcal{V}_{\text{glaçon}} = \frac{4 \times \pi \times 1^3}{3}$$
$$\mathcal{V}_{\text{glaçon}} = \frac{4 \times \pi \times 1}{3}$$
$$\mathcal{V}_{\text{glaçon}} = \frac{4\pi}{3}\ \text{cm}^3$$

• Calcul du volume de glace.

$$\mathcal{V}_{\text{glace}} = 5 \times \mathcal{V}_{\text{glaçon}}$$
$$\mathcal{V}_{\text{glace}} = 5 \times \frac{4\pi}{3}\ \text{cm}^3$$
$$\mathcal{V}_{\text{glace}} = \frac{20\pi}{3}\ \text{cm}^3$$

• Calcul du volume d'eau.

$$\mathcal{V}_{\text{eau}} = 0,9 \times \mathcal{V}_{\text{glace}}$$
$$\mathcal{V}_{\text{eau}} = 0,9 \times \frac{20\pi}{3}\ \text{cm}^3$$
$$\mathcal{V}_{\text{eau}} = \frac{18\pi}{3}\ \text{cm}^3$$
$$\mathcal{V}_{\text{eau}} = 6\pi\ \text{cm}^3$$

• Le verre forme un agrandissement de l'eau de coefficient k. Cherchons la valeur de k. Pour cela, déterminons le volume du verre.

$$\mathcal{V}_{\text{verre}} = \frac{\pi \times 6^2 \times 4}{3}$$
$$\mathcal{V}_{\text{verre}} = \frac{\pi \times 36 \times 4}{3}$$
$$\mathcal{V}_{\text{verre}} = \frac{144\pi}{3}$$
$$\mathcal{V}_{\text{verre}} = 48\pi\ \text{cm}^3$$

On remarque que $\mathcal{V}_{\text{verre}} = 8 \times \mathcal{V}_{\text{eau}}$.
• Dans un agrandissement, les volumes sont multipliés par k^3. Par conséquent, $k^3 = 8$ soit $k = 2$.
Le verre est un agrandissement de coefficient 2 de l'eau.
• La hauteur du cône est donc le double de la hauteur d'eau. Comme la hauteur du cône est 4 cm, alors la hauteur d'eau est 2 cm.

Corrigé de l'exercice 405 – page 158.
Calculons le volume d'une boule de diamètre 72 mm ou de rayon 36 mm.

$$\mathcal{V}_{\text{boule}} = \frac{4 \times \pi \times 36^3}{3}$$
$$\mathcal{V}_{\text{boule}} = \frac{4 \times \pi \times 46\,656}{3}$$
$$\mathcal{V}_{\text{boule}} = 62\,208 \times \pi\ \text{mm}^3$$
$$\mathcal{V}_{\text{boule}} \approx 195\,432\ \text{mm}^3$$

Effectuons la conversion en m^3.

$$195\,432 \text{ mm}^3 = 195{,}432 \text{ cm}^3 = 0{,}195\,432 \text{ dm}^3 = 0{,}000\,195\,432 \text{ m}^3$$

Calculons la masse de cette boule en kg.

$$\text{masse} = \text{volume} \times \text{masse volumique}$$
$$\text{masse} \approx 0{,}000\,195\,432 \text{ m}^3 \times 7\,700 \text{ kg/m}^3$$
$$\text{masse} \approx 1{,}504\,826\,4 \text{ kg}$$

Si la boule était pleine, elle pèserait environ 1,5 kg soit 1 500 g.
Or, elle pèse 710 g.
Par conséquent, la boule choisie par le joueur est creuse.

L'utilisation du mot « boule » dans son sens mathématique est donc inappropriée.

Corrigé de l'exercice 406 – page 158.

(a) Le volume du cône est :

$$\mathcal{V} = \frac{\pi \times OA^2 \times OS}{3}$$
$$\mathcal{V} = \frac{\pi \times 10^2 \times 21}{3}$$
$$\mathcal{V} = \frac{\pi \times 100 \times 21}{3}$$
$$\mathcal{V} = \frac{\pi \times 2\,100}{3}$$
$$\mathcal{V} = \pi \times 700 \text{ cm}^3$$

Le volume de ce cône est égal à environ 2 199 cm^3.

(b) Le triangle SOA est rectangle en O donc l'égalité de Pythagore est vérifiée :

$$SA^2 = SO^2 + OA^2$$
$$SA^2 = 21^2 + 10^2$$
$$SA^2 = 441 + 100$$
$$SA^2 = 541$$
$$SA = \sqrt{541}$$

La longueur SA mesure $\sqrt{541}$ cm.

(c) Calculons le volume de la partie enlevée. Comme c'est une réduction du grand cône de rapport $\frac{2}{5}$, alors son volume est :

$$\mathcal{V}_1 = \left(\frac{2}{5}\right)^3 \times \mathcal{V}$$
$$\mathcal{V}_1 = \frac{8}{125} \times 700\pi$$
$$\mathcal{V}_1 = 44{,}8\pi \text{ cm}^3$$

Donc le volume $\mathcal{V}_2$ de l'abat-jour est :

$$\mathcal{V}_2 = \mathcal{V} - \mathcal{V}_1$$
$$\mathcal{V}_2 = 700\pi - 44{,}8\pi$$
$$\mathcal{V}_2 = 655{,}2\pi \text{ cm}^3$$
$$\mathcal{V}_2 \approx 2\,058 \text{ cm}^3$$

Corrigé de l'exercice 407 – page 159.

• Calcul du volume du pavé droit.

$$\mathcal{V}_{\text{pavé droit}} = 3,10 \times 3,80 \times 2$$

$$\mathcal{V}_{\text{pavé droit}} = 23,56 \text{ m}^3$$

• Calcul du volume de la pyramide dont la hauteur mesure 3,20 m – 2 m = 1,20 m.

$$\mathcal{V}_{\text{pyramide}} = \frac{3,10 \times 3,80 \times 1,20}{3}$$

$$\mathcal{V}_{\text{pyramide}} = \frac{14,136}{3}$$

$$\mathcal{V}_{\text{pyramide}} = 4,712 \text{ m}^3$$

• Calcul du volume de la véranda qui est composée du pavé droit et de la pyramide. Par conséquent :

$$\mathcal{V}_{\text{véranda}} = \mathcal{V}_{\text{pavé droit}} + \mathcal{V}_{\text{pyramide}}$$

$$\mathcal{V}_{\text{véranda}} = 23,56 \text{ m}^3 + 4,712 \text{ m}^3$$

$$\mathcal{V}_{\text{véranda}} = 28,272 \text{ m}^3$$

Le chauffage proposé convient donc à cette véranda.

C70 **Corrigé de l'exercice 408 – page 163.**

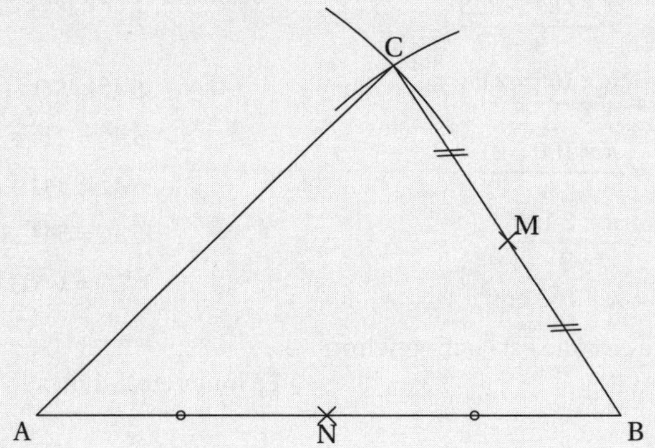

Corrigé de l'exercice 409 – page 163.

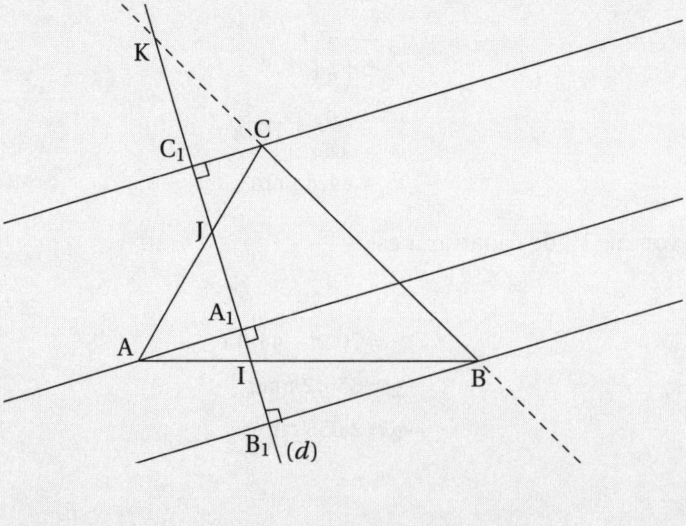

Corrigé de l'exercice 410 – page 163.

La figure est à l'échelle 1 : 2.

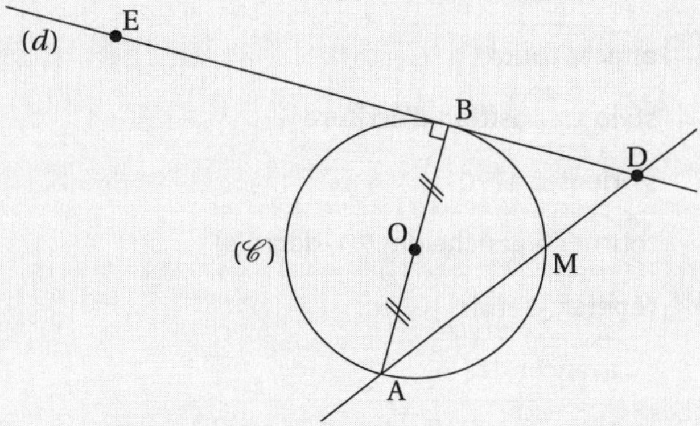

Corrigé de l'exercice 411 – page 163.

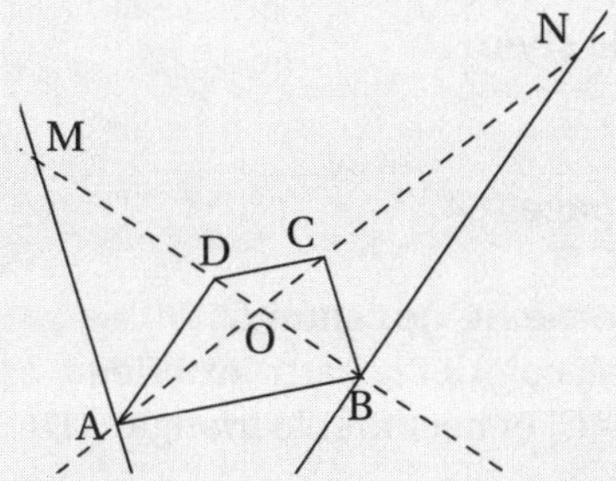

C71 **Corrigé de l'exercice 412 – page 164.**

— Tracer un triangle BFC rectangle en F.
— Placer le point A qui est le milieu du segment $[BF]$.
— La perpendiculaire à la droite (BC) passant par A coupe la droite (BC) en D.
— Tracer les segments $[AC]$ et $[AD]$.

Corrigé de l'exercice 413 – page 164.

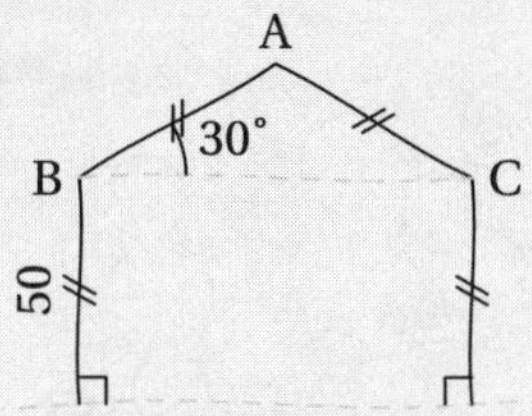

Comme le triangle ABC est isocèle en A, alors $\widehat{ACB} = 30°$ et

$$30° + 30° + \widehat{BAC} = 180°$$
$$60° + \widehat{BAC} = 180°$$
$$\widehat{BAC} = 120°$$

On peut alors écrire le programme Scratch© suivant :

```
quand [drapeau] est cliqué
effacer tout
stylo en position d'écriture
s'orienter à (90▾)   %Le lutin « regarde »à droite.
tourner à gauche de (90) degré(s)
répéter (3) fois
    avancer de (50)
    tourner à droite de (60) degré(s)
avancer de (50)
relever le stylo
```

Corrigé de l'exercice 414 – page 164.

— Tracer un carré $ABCD$.
— Tracer le quart de cercle $\overset{\frown}{AC}$ de centre D.
— À l'intérieur du carré, colorier la partie extérieure à l'arc de cercle $\overset{\frown}{AC}$.
— Tracer le segment $[AC]$ et hachurer le triangle ADC.

Corrigé de l'exercice 415 – page 165.

— Tracer un triangle ABC rectangle en B tel que $BC = 4$ cm et $\widehat{BCA} = 30°$.
— Tracer le triangle ADC rectangle en A tel que $CD = 7$ cm.
— Placer le point E sur le segment $[AC]$ tel que $AE = 2$ cm.
— Tracer la parallèle à la droite (CD) passant par E.
Elle coupe la droite (AD) en F.

C72 **Corrigé de l'exercice 416 – page 166.**

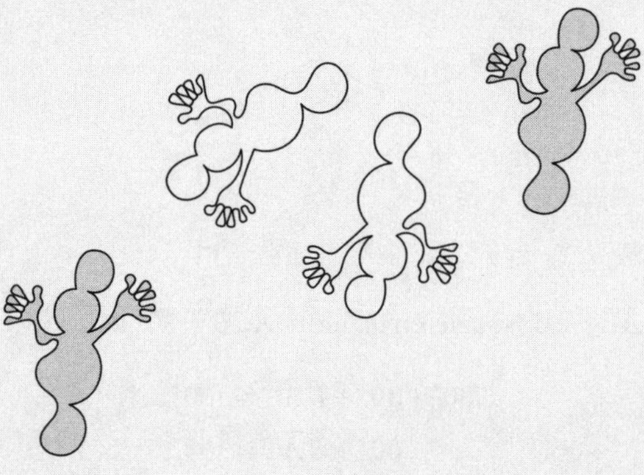

Corrigé de l'exercice 417 – page 166.

— La figure 2 est l'image de la figure 1 par la symétrie de centre C.
— La figure 3 est l'image de la figure 1 par la symétrie d'axe (d).
— La figure 4 est l'image de la figure 1 par la translation qui transforme B en A.

Corrigé de l'exercice 418 – page 167.

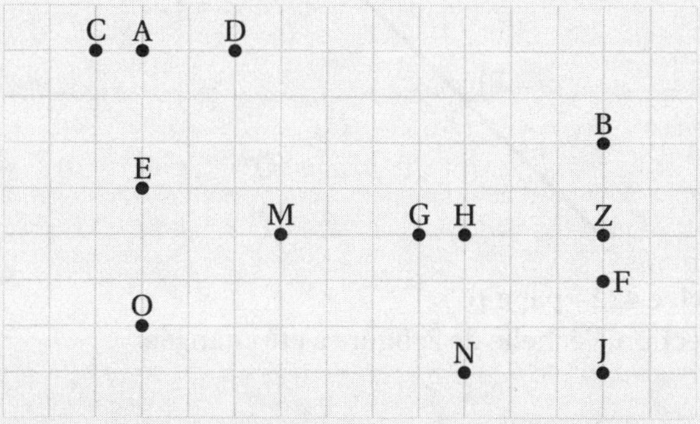

Corrigé de l'exercice 419 – page 167.

On construit la frise à partir de la symétrie de centre O pour obtenir le motif ② et on complète par la translation qui transforme A en B.

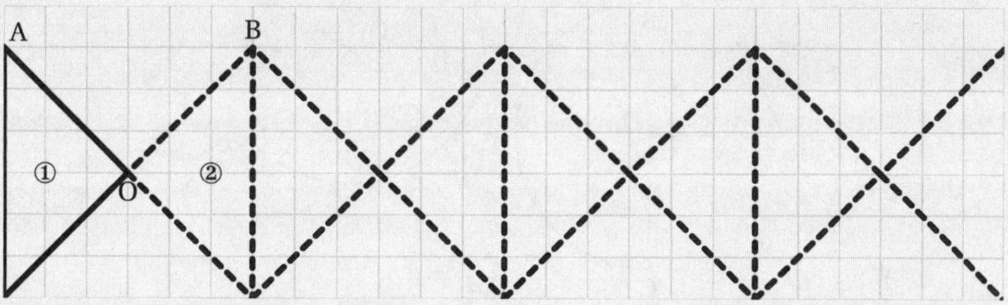

C73 **Corrigé de l'exercice 420 – page 168.**

Les figures ① et ② sont en situation de symétrie axiale ; les figures ① et ③ aussi.

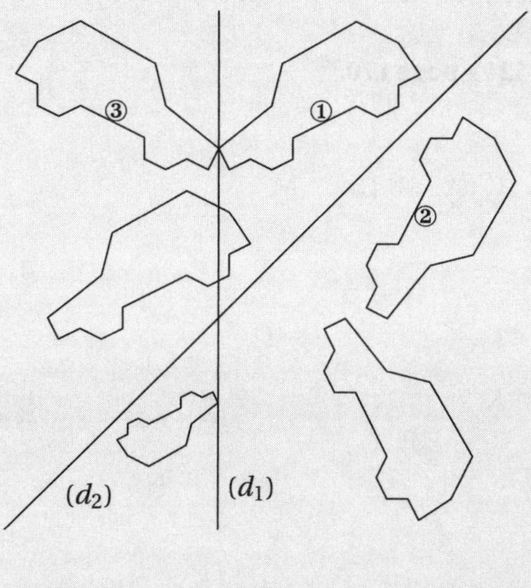

Thème D

Corrigé de l'exercice 421 – page 169.

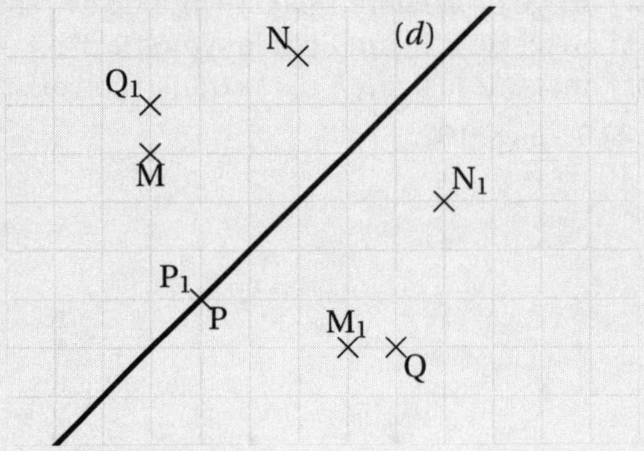

Corrigé de l'exercice 422 – page 169.

Pour la correction, l'échelle de la figure a été changée.

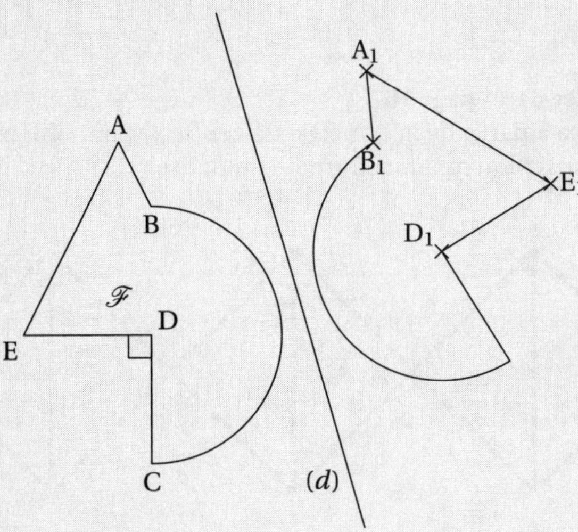

C74 **Corrigé de l'exercice 423 – page 170.**

Les situations de symétrie centrale se situent entre les figures ① et ② ; ① et ⑤ ; ③ et ② ; ③ et ⑤ ; ⑥ et ② ; ⑥ et ⑤.

Corrigé de l'exercice 424 – page 170.

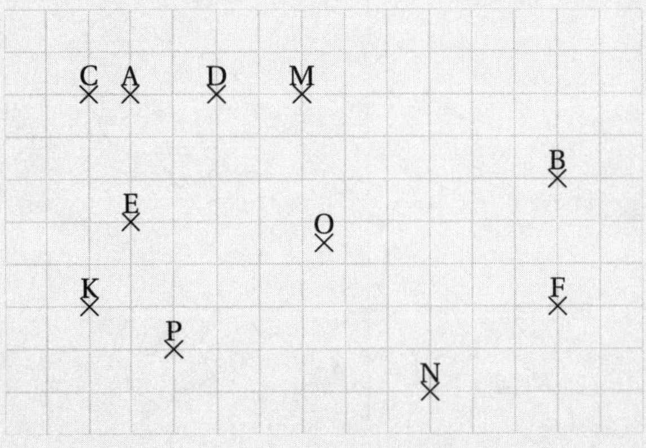

Corrigé de l'exercice 425 – page 171.

On a effectué une symétrie centrale de centre *O* pour obtenir le motif ② puis des translations qui transforment *A* en *B*.

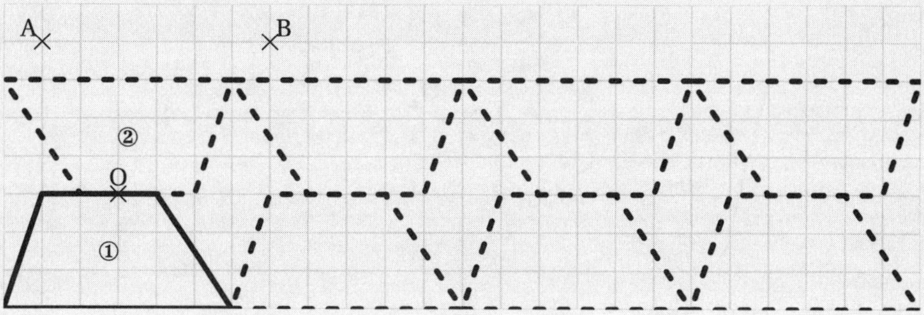

C75 **Corrigé de l'exercice 426 – page 172.**

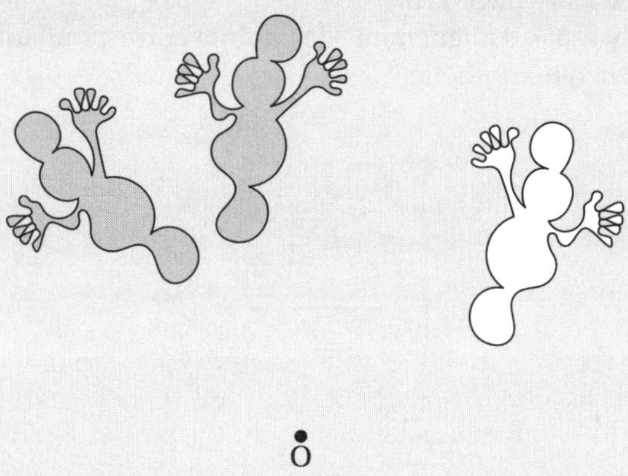

Corrigé de l'exercice 427 – page 172.

Les situations de rotation sont entre les motifs ① et ③ puis entre les motifs ① et ⑤.

Corrigé de l'exercice 428 – page 173.

Pour la correction, l'échelle de la figure a été changée.

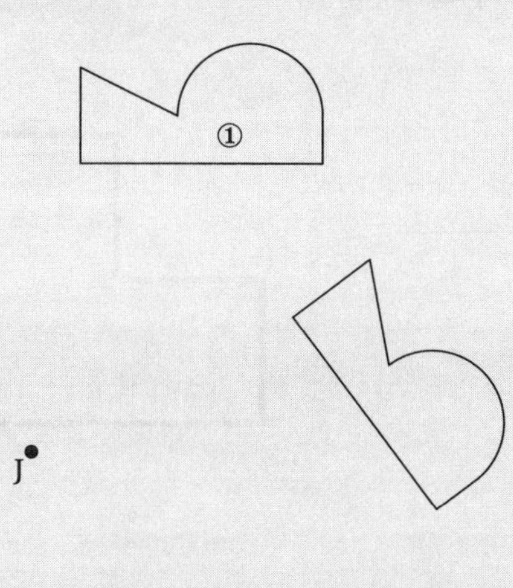

C76 **Corrigé de l'exercice 429 – page 174.**

On complète la figure.

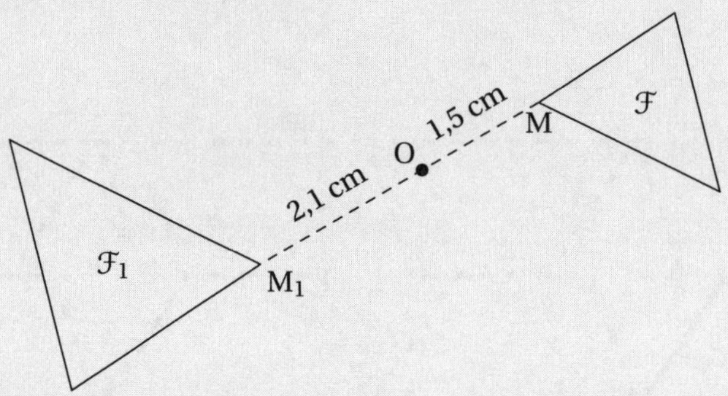

La longueur OM est 1,5 cm. La longueur OM_1 est 2,1 cm.
Donc le rapport de l'homothétie est $-(2,1 \div 1,5) = -1,4$.

Corrigé de l'exercice 430 – page 175.

Dans le cas ①, Il n'y a pas d'alignement des points correspondants des deux figures avec l'éventuel centre d'homothétie.

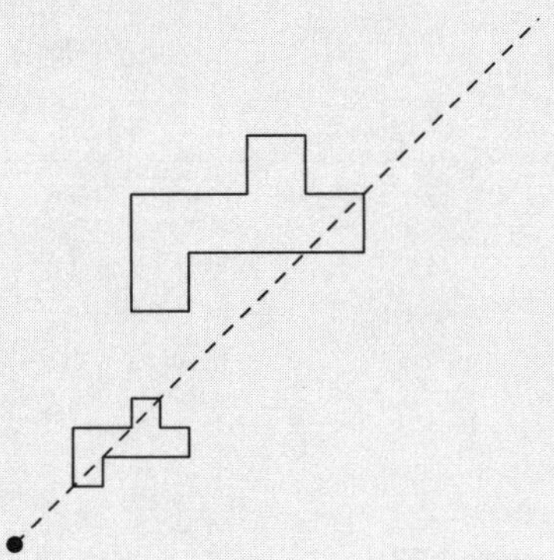

Dans le cas ②, il n'y a pas de « retournement » de la pièce.
Le cas ③ représente donc un cas d'homothétie.

Corrigé de l'exercice 431 – page 175.

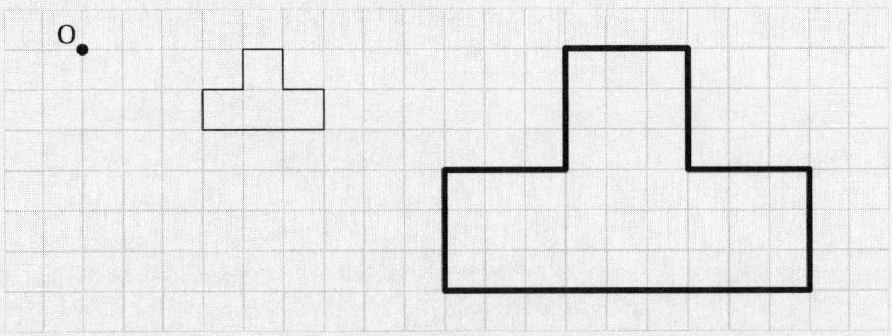

Corrigé de l'exercice 432 – page 175.

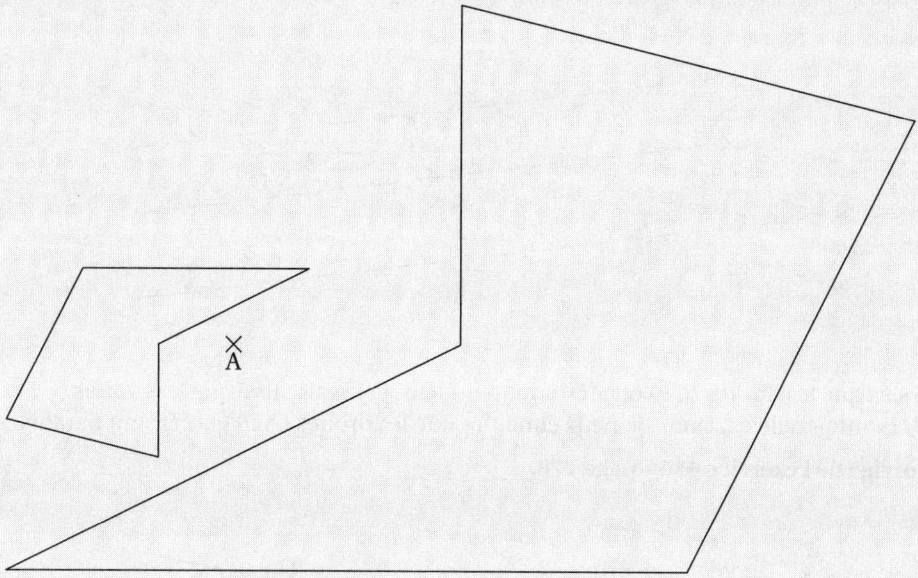

Corrigé de l'exercice 433 – page 176.

①

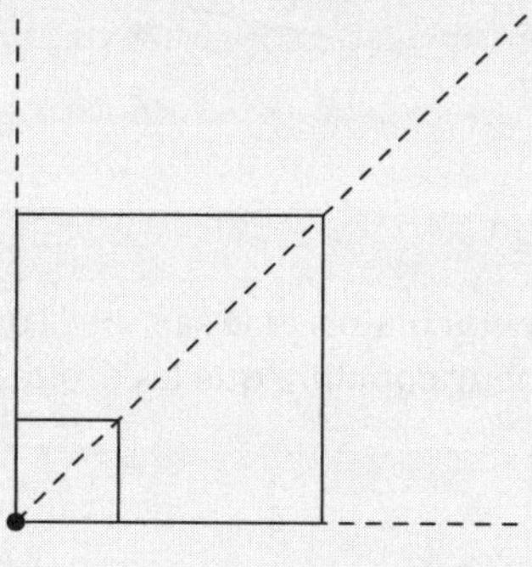

oui

②

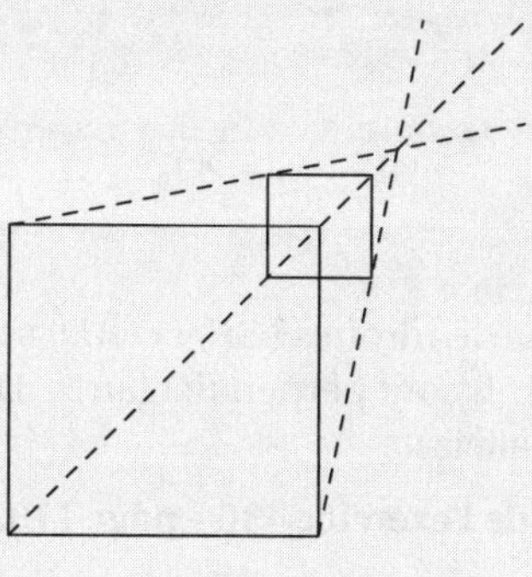

oui

③

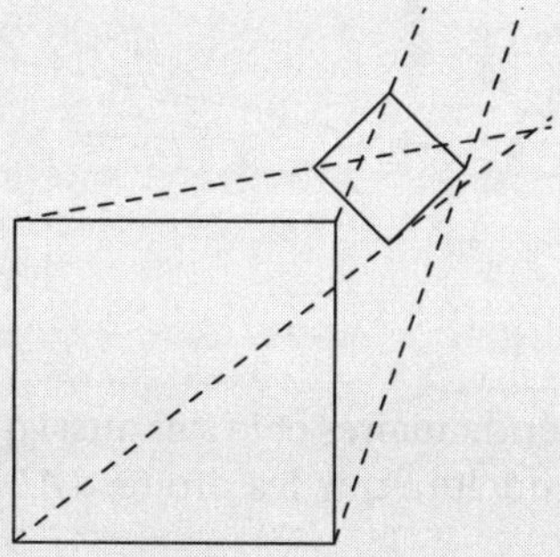

non

④

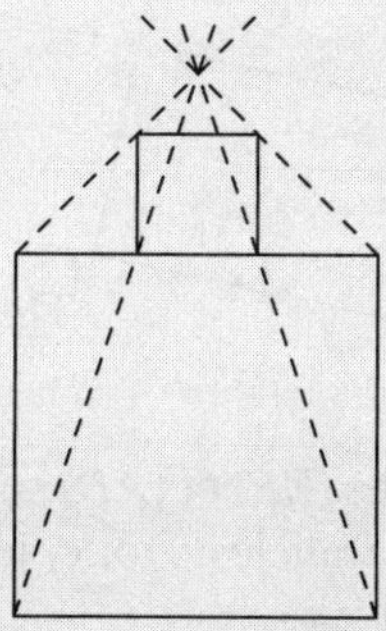

oui

Corrigé de l'exercice 434 – page 178.

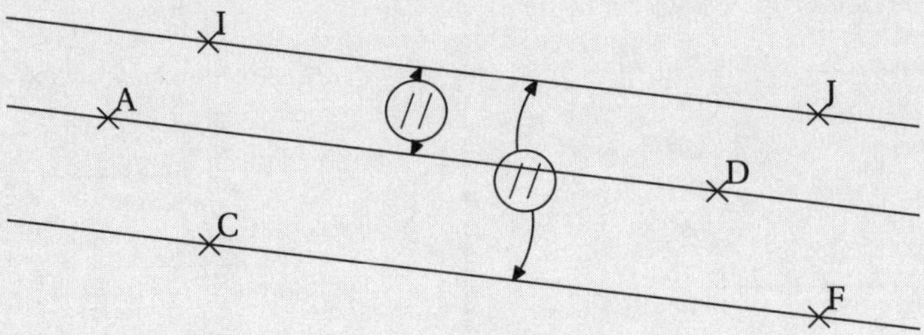

Je sais que les droites (CF) et (AD) sont parallèles et je sais aussi que les droites (CF) et (IJ) sont parallèles. Donc, je peux conclure que les droites (AD) et (IJ) sont parallèles.

Corrigé de l'exercice 435 – page 178.

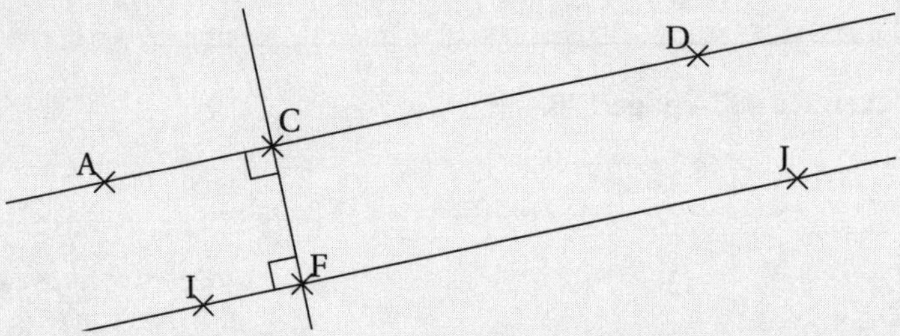

Je sais que les droites (CF) et (AD) sont perpendiculaires et je sais aussi que les droites (CF) et (IJ) sont perpendiculaires. Donc, je peux conclure que les droites (AD) et (IJ) sont parallèles.

Corrigé de l'exercice 436 – page 178.

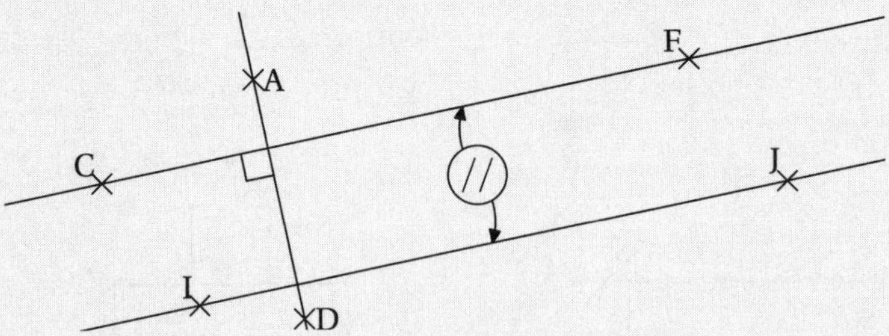

Je sais que les droites (CF) et (AD) sont perpendiculaires et je sais aussi que les droites (CF) et (IJ) sont parallèles. Donc, je peux conclure que les droites (AD) et (IJ) sont perpendiculaires.

Corrigé de l'exercice 437 – page 178.

La figure est à l'échelle 1 : 2.

(a)

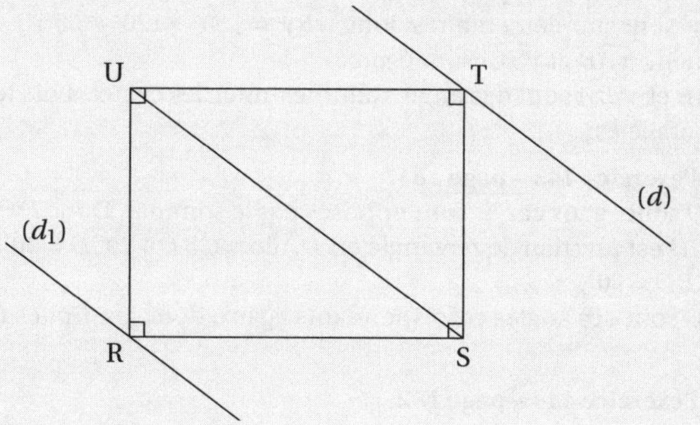

(d) Comme les droites (d) et (d_1) sont toutes les deux parallèles à la droite (SU), alors les droites (d) et (d_1) sont parallèles.

Corrigé de l'exercice 438 – page 178.

La figure est à l'échelle 1 : 2.

(a)

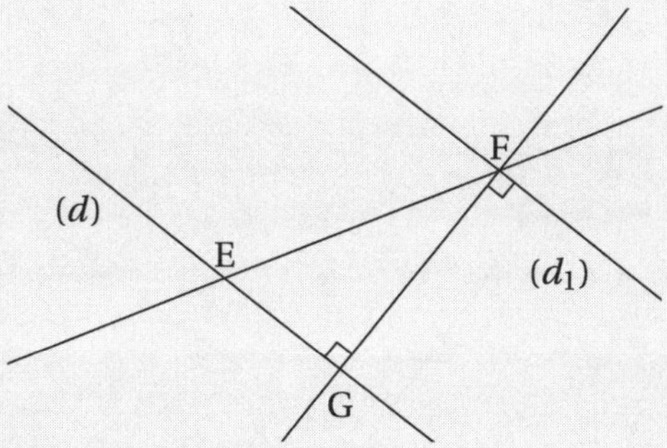

(d) Comme les droites (d) et (d_1) sont toutes les deux perpendiculaires à la droite (FG), alors les droites (d) et (d_1) sont parallèles.

C78 **Corrigé de l'exercice 439 – page 179.**

— Les angles $\widehat{EDB}$ et $\widehat{DBH}$ sont des angles alternes-internes.
— Les angles $\widehat{CBH}$ et $\widehat{BDF}$ sont des angles correspondants.

Corrigé de l'exercice 440 – page 180.

Les droites (d), (d_1), (d_2) étant parallèles, les angles alternes-internes et les angles correspondants qu'elles définissent sont égaux.
$\widehat{a}$ vaut 60° car il est alterne-interne avec l'angle $\widehat{g}$.
$\widehat{e}$ vaut 60° car il est correspondant avec l'angle $\widehat{a}$.
$\widehat{d}$ vaut 110° car il est opposé par le sommet avec l'angle $\widehat{h}$.
$\widehat{b}$ vaut 110° car il est correspondant avec l'angle $\widehat{h} = 110°$.
$\widehat{c}$ vaut $180° - 110° = 70°$ car les angles $\widehat{c}$ et $\widehat{b}$ sont supplémentaires.
$\widehat{f}$ vaut 70° car il est correspondant avec l'angle $\widehat{c}$.

Corrigé de l'exercice 441 – page 180.

(a) $\widehat{APM}$ et $\widehat{ACB}$ sont des angles correspondants. Comme les droites (MP) et (BC) sont parallèles, alors $\widehat{APM} = \widehat{ACB} = 65°$.

(b) $\widehat{APM}$ et $\widehat{PMN}$ sont des angles alternes-internes. Comme les droites (AC) et (MN) sont parallèles, alors $\widehat{APM} = \widehat{PMN} = 65°$.

Thème D

Corrigé de l'exercice 442 – page 181.
$\widehat{yBA}$ et $\widehat{ABy'}$ sont supplémentaires donc $\widehat{ABy'} = 180° - 120° = 60°$.
Par conséquent, $\widehat{xAB}$ et $\widehat{y'BA}$ sont égaux.
Comme $\widehat{xAB}$ et $\widehat{y'BA}$ sont des angles alternes-internes égaux, alors les droites (xx') et (yy') sont parallèles.

Corrigé de l'exercice 443 – page 181.
$\widehat{zCy}$ et $\widehat{BCD}$ sont égaux car ils sont opposés par le sommet. Donc $\widehat{DCB} = 30°$.
Comme BCD est un triangle rectangle en D, alors $\widehat{CBD} + \widehat{BCD} = 90°$. Comme $\widehat{BCD} = 30°$, alors $\widehat{CBD} = 60°$.
$\widehat{xAB}$ et $\widehat{yBD}$ sont des angles correspondants égaux, donc les droites (xx') et (yy') sont parallèles.

C79 **Corrigé de l'exercice 444 – page 182.**

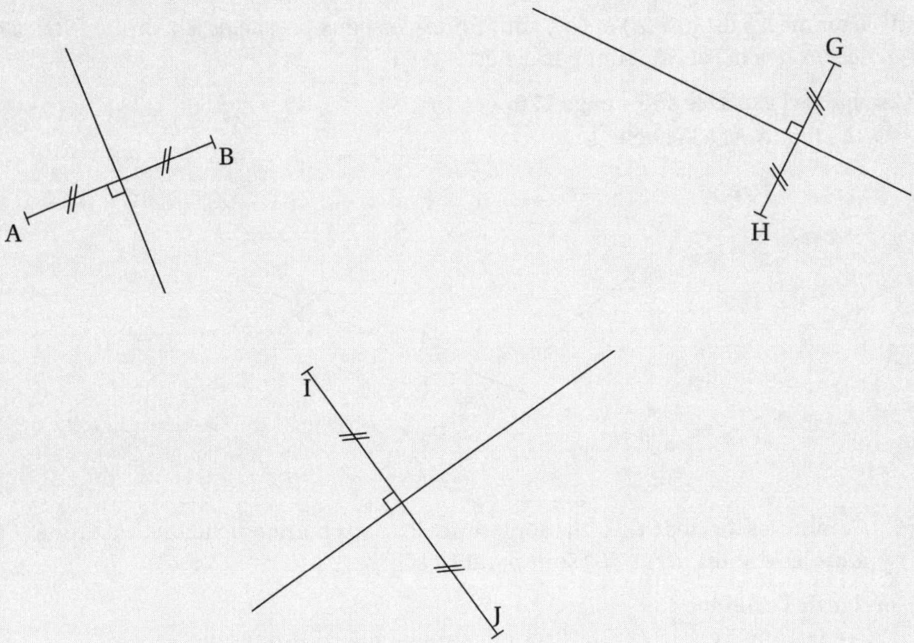

Corrigé de l'exercice 445 – page 182.

(a)

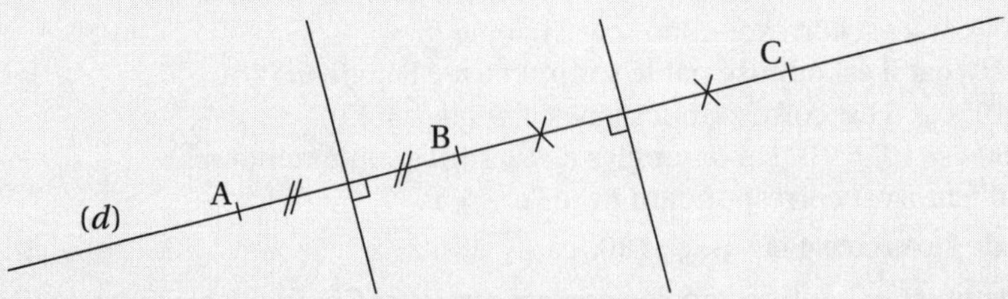

(b) Comme les deux médiatrices sont perpendiculaires à la même droite (d), alors elles sont parallèles.

Corrigé de l'exercice 447 – page 183.

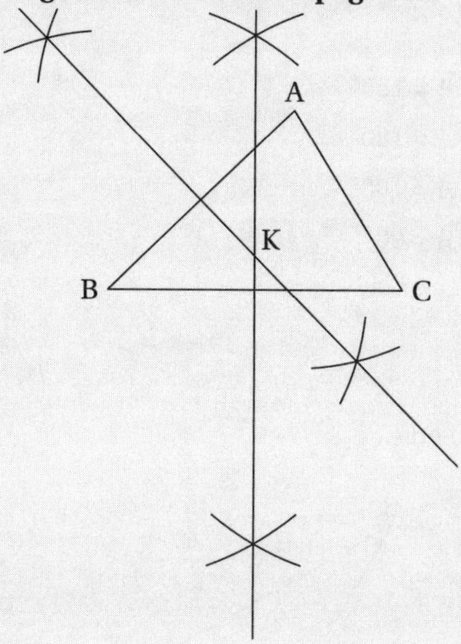

(a) Voir la figure ci-contre.

(b) Voir la figure ci-contre.

(c) Comme le point K appartient à la médiatrice du segment $[AB]$, alors $KA = KB$. Comme le point K appartient à la médiatrice du segment $[BC]$, alors $KB = KC$. Par conséquent, les longueurs KA et KC sont égales et le point K appartient donc à la médiatrice du segment $[AC]$.

C80 **Corrigé de l'exercice 448 – page 184.**

$\widehat{SRT}$	30°	53°	29°	69°	54°
$\widehat{RST}$	40°	100°	102°	51°	90°
$\widehat{STR}$	110°	27°	49°	60°	36°

Corrigé de l'exercice 449 – page 184.

(a) Dans le triangle ABC, on a :

$$\widehat{ABC} + \widehat{ACB} + \widehat{BAC} = 180^\circ$$
$$50^\circ + 60^\circ + \widehat{BAC} = 180^\circ$$
$$110^\circ + \widehat{BAC} = 180^\circ$$
$$\widehat{BAC} = 70^\circ$$

(b) Dans le triangle MAC, on a :

$$\widehat{MAC} + \widehat{ACM} + \widehat{CMA} = 180^\circ$$
$$\widehat{MAC} + 115^\circ + 35^\circ = 180^\circ$$
$$\widehat{MAC} + 140^\circ = 180^\circ$$
$$\widehat{MAC} = 40^\circ$$

(c) Dans le triangle IJK, on a :

$$\widehat{IJK} + \widehat{JKI} + \widehat{KIJ} = 180^\circ$$
$$44^\circ + 59^\circ + \widehat{KIJ} = 180^\circ$$
$$103^\circ + \widehat{KIJ} = 180^\circ$$
$$\widehat{KIJ} = 77^\circ$$

Corrigé de l'exercice 450 – page 184.

Dans le triangle DAE, on a :

$$\widehat{DAE}+\widehat{EDA}+\widehat{DEA}=180^\circ$$
$$38^\circ+52^\circ+\widehat{DEA}=180^\circ$$
$$90^\circ+\widehat{DEA}=180^\circ$$
$$\widehat{DEA}=90^\circ$$

Le triangle DAE est rectangle en E.

Corrigé de l'exercice 451 – page 184.

Les figures sont à l'échelle 1 : 2.

(a) Le triangle peut être isocèle en A ou en B ou en C.

• 1er cas

S'il est isocèle en A, alors $\widehat{ABC}=\widehat{BCA}$.
Comme $\widehat{BAC}+\widehat{ABC}=150^\circ$, alors

$$\widehat{BCA}=30^\circ.$$

Donc, $\widehat{ABC}=30^\circ$ et $\widehat{BAC}=120^\circ$.

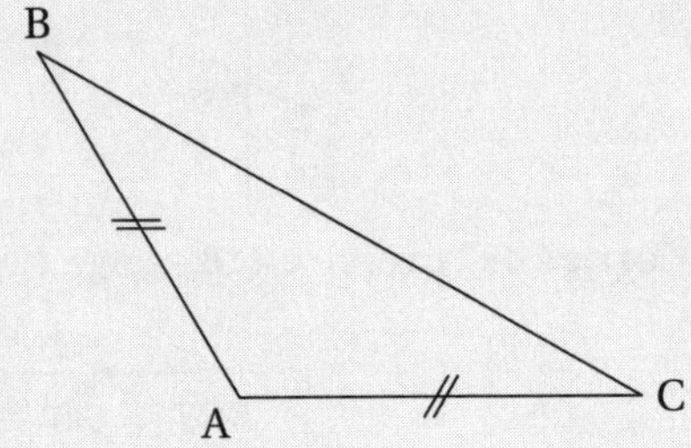

• 2e cas

S'il est isocèle en B, alors $\widehat{BAC}=\widehat{BCA}$.
Comme $\widehat{BAC}+\widehat{ABC}=150^\circ$, alors $\widehat{BCA}=30^\circ$.
Par conséquent, $\widehat{BAC}=30^\circ$ et $\widehat{ABC}=120^\circ$.

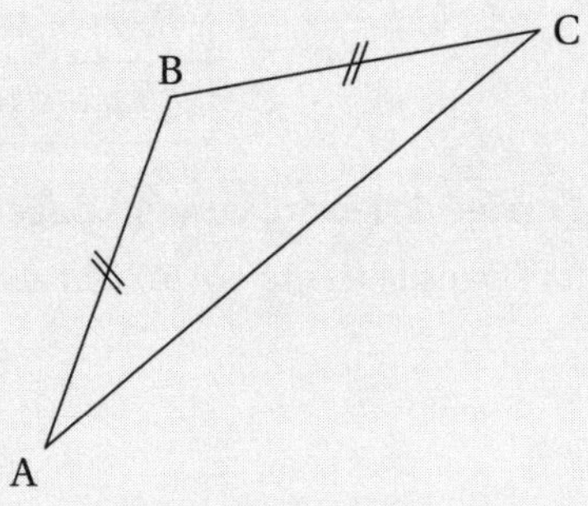

• 3e cas

Enfin, s'il est isocèle en C, alors les angles $\widehat{BAC}$ et $\widehat{ABC}$ sont donc égaux.
Comme $\widehat{BAC}+\widehat{ABC}=150^\circ$, alors $\widehat{BAC}=75^\circ$.
Par conséquent,

$$\widehat{ABC}=75^\circ \text{ et } \widehat{ACB}=30^\circ.$$

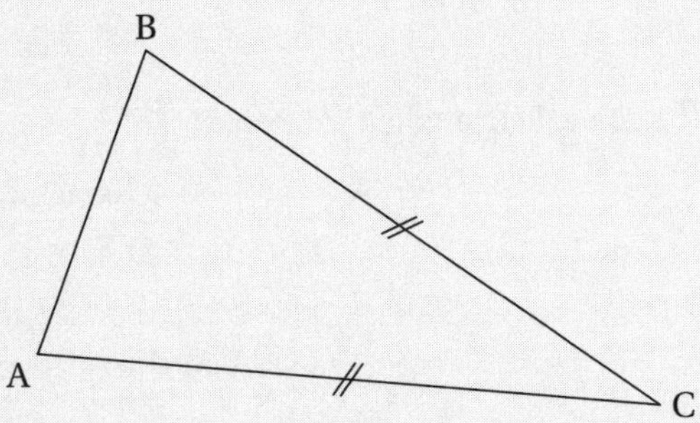

C81 **Corrigé de l'exercice 452 – page 185.**

(a) $TO+OC=4,2$ dam $+5,8$ dam $=11$ dam. Donc les points T, O et C sont alignés.

(b) $BS+AB=52$ mm $+75$ mm $=127$ mm $=12,7$ cm $<13,2$ cm.
Le triangle ABS n'est pas constructible.

(c) $FI+FV=8,5$ cm $+6,8$ cm $=15,3$ cm $>14,3$ cm.
Donc le triangle FIV est constructible.

Corrigé de l'exercice 453 – page 185.

(a) On cherche un nombre entier de centimètres, donc AC ne peut valoir 3,8 cm.

(b) $AB + BC = 3,4 \text{ cm} + 5,6 \text{ cm} = 9 \text{ cm} < 10 \text{ cm}$. AC ne peut être égal à 10 cm.

(c) Comme $7 < 9$, alors $AC < AB + BC$. Le triangle ABC est donc constructible.

(d) Comme $8 < 9$, alors $AC < AB + BC$. Le triangle ABC est donc constructible.
Comme $6 < 9$, alors $AC < AB + BC$. Le triangle ABC est donc constructible.
Comme $5,6 < 3,4 + 5$ alors $BC < AC + BA$. Le triangle ABC est donc constructible.
Trois longueurs possibles pour AC sont 5 ; 6 et 8.

C82 **Corrigé de l'exercice 454 – page 186.**

(a) C'est le côté $[PO]$.

(b) C'est le côté $[UP]$.

(c) C'est l'angle $\widehat{UOP}$.

(d) C'est l'angle $\widehat{UPO}$.

Corrigé de l'exercice 455 – page 186.
Les segments de même longueur ne sont pas placés de la même façon. Ils devraient être soit tous les deux « entre » les angles de 25° et 53°, soit tous les deux à « l'extérieur » des deux angles. Donc les triangles ne sont pas égaux.

Corrigé de l'exercice 456 – page 187.
Il y a deux possibilités.

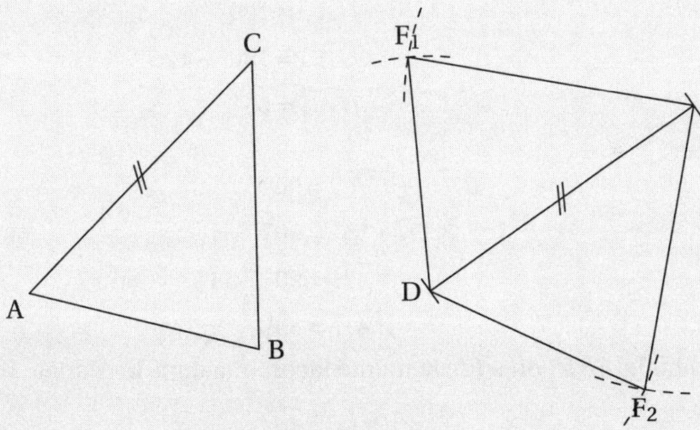

C83 **Corrigé de l'exercice 457 – page 188.**
Dans un triangle, la somme des angles vaut 180°.
Appliquons cette propriété au deuxième triangle.

$$\begin{aligned} 62^\circ + 70^\circ + ? &= 180^\circ \\ 132^\circ + ? &= 180^\circ \\ ? &= 180^\circ - 132^\circ \\ ? &= 58^\circ \end{aligned}$$

Comme les angles des deux triangles ne sont pas égaux, alors les triangles ne sont pas semblables.

Corrigé de l'exercice 458 – page 188.

Dans un triangle, la somme des angles vaut 180°.

Appliquons cette propriété au deuxième triangle.

$$50^\circ + 70^\circ + ? = 180^\circ$$
$$120^\circ + ? = 180^\circ$$
$$? = 180^\circ - 120^\circ$$
$$? = 60^\circ$$

Comme les angles des deux triangles sont égaux, alors les triangles sont semblables.

Corrigé de l'exercice 459 – page 188.

(a)

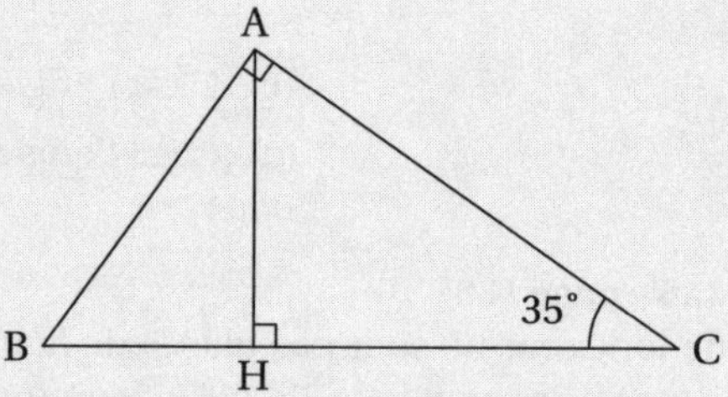

(c) • Dans le triangle AHC, on a :

$$\widehat{ACH} + \widehat{CHA} + \widehat{HAC} = 180^\circ$$
$$35^\circ + 90^\circ + \widehat{HAC} = 180^\circ$$
$$125^\circ + \widehat{HAC} = 180^\circ$$
$$\widehat{HAC} = 180^\circ - 125^\circ$$
$$\widehat{HAC} = 55^\circ$$

• On sait que :

$$\widehat{BAH} + \widehat{HAC} = 90^\circ$$
$$\widehat{BAH} + 55^\circ = 90^\circ$$
$$\widehat{BAH} = 90^\circ - 55^\circ$$
$$\widehat{BAH} = 35^\circ$$

• Dans le triangle ABH, on a (de la même façon que dans le triangle AHC) :

$$\widehat{ABH} = 55^\circ.$$

Par conséquent, les triangles ABH et AHC sont semblables.

Corrigé de l'exercice 460 – page 188.

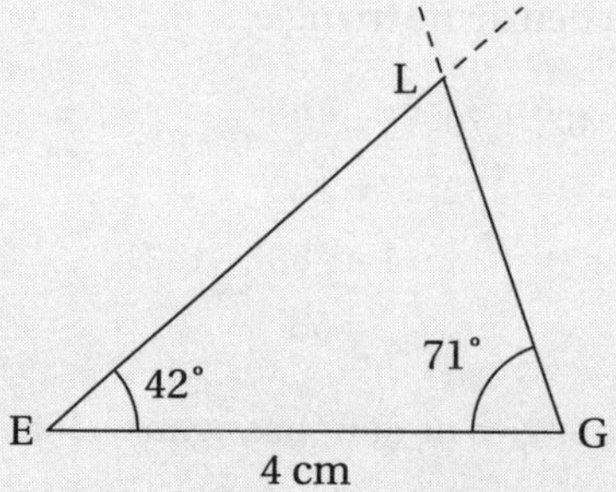

Corrigé de l'exercice 461 – page 189.
$[AC]$ et $[LG]$ sont des côtés correspondants ainsi que les côtés $[BC]$ et $[EL]$ puis $[AB]$ et $[EG]$.

Corrigé de l'exercice 462 – page 189.
Comme les triangles sont semblables, alors le tableau

AB	BC	CA
IK	IJ	JK

est un tableau de proportionnalité.

Corrigé de l'exercice 463 – page 189.
Comme les triangles sont semblables, alors il y a proportionnalité entre les côtés correspondants des triangles. Il y a trois possibilités à envisager :

- Les côtés correspondants sont $[RS]$ et $[BC]$. Dans ce cas, le coefficient de proportionnalité est $12 \div 5 = 2,4$. Par conséquent, les deux autres côtés du triangle ABC mesurent $10 \times 2,4 = 24$ cm et $8 \times 2,4 = 19,2$ cm.
- Les côtés correspondants sont $[ST]$ et $[BC]$. Dans ce cas, le coefficient de proportionnalité est $12 \div 10 = 1,2$. Par conséquent, les deux autres côtés du triangle ABC mesurent $10 \times 1,2 = 12$ cm et $8 \times 1,2 = 9,6$ cm.
- Les côtés correspondants sont $[TR]$ et $[BC]$. Dans ce cas, le coefficient de proportionnalité est $12 \div 8 = 1,5$. Par conséquent, les deux autres côtés du triangle ABC mesurent $10 \times 1,5 = 15$ cm et $8 \times 1,5 = 12$ cm.

C84 **Corrigé de l'exercice 464 – page 190.**
La figure est à l'échelle 1 : 2.

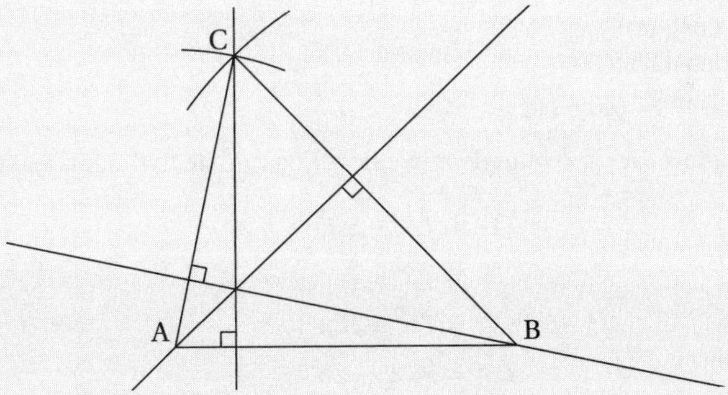

Corrigé de l'exercice 465 – page 190.

(a) La figure est à l'échelle 1 : 2.

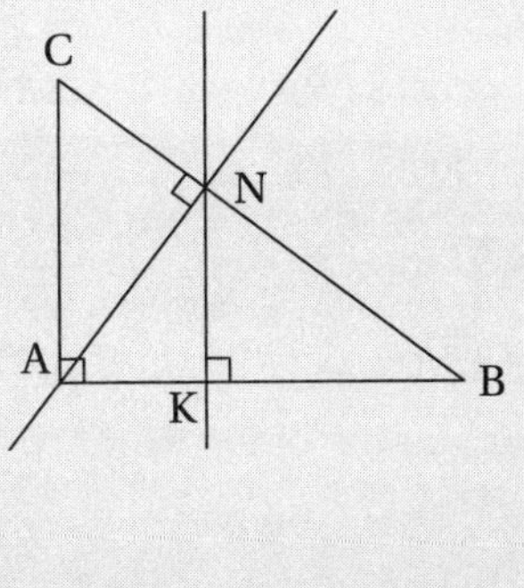

Thème D

(b) Comme les droites (AC) et (NK) sont perpendiculaires à la même droite (AB), alors les droites (AC) et (NK) sont parallèles.

Corrigé de l'exercice 466 – page 190.

Le point B est donc sur la droite (d). Ensuite, la droite (d) doit être perpendiculaire à la droite (AC). Donc le point C appartient à la droite perpendiculaire à la droite (d) et passant par A. Voici une construction possible :

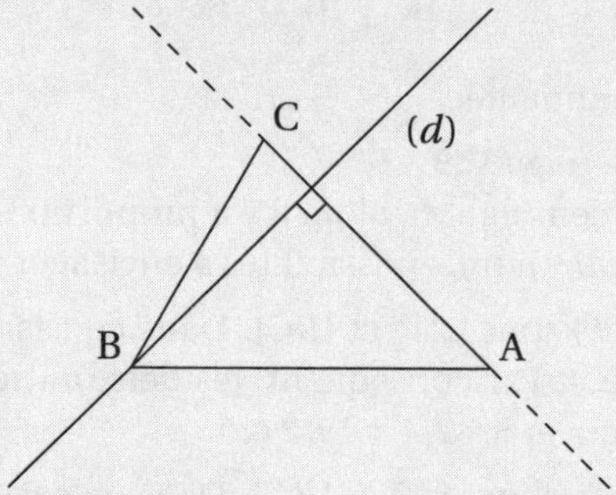

C 85 **Corrigé de l'exercice 467 – page 191.**

① Côté adjacent $[CB]$ et hypoténuse $[AC]$;
② Côté adjacent $[AB]$ et hypoténuse $[AC]$;
③ Côté adjacent $[AD]$ et hypoténuse $[DF]$;
④ Côté adjacent $[CH]$ et hypoténuse $[DH]$.

Corrigé de l'exercice 468 – page 192.

① $CB = AC \times \cos(\widehat{ACB})$;
② $AB = AC \times \cos(\widehat{CAB})$;
③ $AD = DF \times \cos(\widehat{ADF})$;
④ $CH = DH \times \cos(\widehat{DHC})$.

Corrigé de l'exercice 469 – page 192.

(a) Comme le triangle TSR est rectangle en S, alors l'égalité de Pythagore est vérifiée :

$$TR^2 = TS^2 + SR^2$$
$$7{,}5^2 = TS^2 + 4{,}5^2$$
$$56{,}25 = TS^2 + 20{,}25$$
$$TS^2 = 56{,}25 - 20{,}25$$
$$TS^2 = 36$$
$$TS = 6$$

(b) Comme le triangle RST est rectangle en S, on a :

$$ST = RT \times \cos(\widehat{STR}) \qquad SR = RT \times \cos(\widehat{TRS})$$
$$6 = 7{,}5 \times \cos(\widehat{STR}) \qquad 4{,}5 = 7{,}5 \times \cos(\widehat{TRS})$$
$$\frac{6}{7{,}5} = \cos(\widehat{STR}) \qquad \frac{4{,}5}{7{,}5} = \cos(\widehat{TRS})$$
$$0{,}8 = \cos(\widehat{STR}) \qquad 0{,}6 = \cos(\widehat{TRS})$$

Corrigé de l'exercice 470 – page 192.

$\widehat{ABC}$	0°	10°	20°	30°	45°	52°	60°	72°	85°
$\cos\left(\widehat{ABC}\right)$	1	0,98	0,94	0,87	0,71	0,62	0,5	0,31	0,09

Corrigé de l'exercice 471 – page 192.

Comme le triangle IJK est rectangle en I, on a :

$$IJ = JK \times \cos(\widehat{IJK})$$
$$IJ = 12 \times \cos(50°)$$
$$IJ \approx 7,7 \text{ cm}$$

Corrigé de l'exercice 472 – page 192.

(a) Comme le triangle LMN est rectangle en N, on a :

$$MN = LM \times \cos(\widehat{LMN})$$
$$MN = 7 \times \cos(14°)$$
$$MN \approx 6,8 \text{ cm}$$

(b) Comme le triangle PQR est rectangle en R, on a :

$$PR = PQ \times \cos(\widehat{QPR})$$
$$34 = PQ \times \cos(43°)$$
$$\frac{34}{\cos(43°)} = PQ$$
$$46,5 \text{ cm} \approx PQ$$

(c) Comme le triangle STU est rectangle en U, on a :

$$SU = ST \times \cos(\widehat{UST})$$
$$14,8 = ST \times \cos(35°)$$
$$\frac{14,8}{\cos(35°)} = ST$$
$$18,1 \text{ cm} \approx ST$$

Corrigé de l'exercice 473 – page 193.

On traduit l'exercice par le schéma suivant :

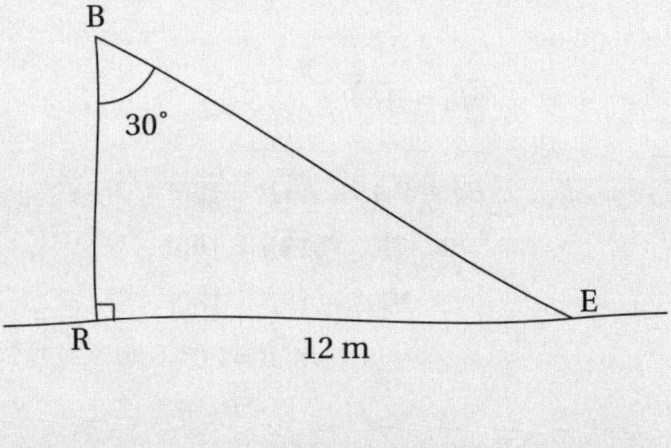

• Dans le triangle ERB, on a :

$$\widehat{EBR}+\widehat{RBE}+\widehat{BER}=180^\circ$$
$$90^\circ+30^\circ+\widehat{BER}=180^\circ$$
$$120^\circ+\widehat{BER}=180^\circ$$
$$\widehat{BER}=60^\circ$$

• Comme le triangle BER est rectangle en R, on a :

$$ER=BE\times\cos(\widehat{REB})$$
$$12=BE\times\cos(60^\circ)$$
$$\frac{12}{\cos(60^\circ)}=BE$$
$$24\text{ m}=BE$$

• Comme le triangle BER est rectangle en R, on a :

$$BR=BE\times\cos(\widehat{EBR})$$
$$BR=24\times\cos(30^\circ)$$
$$BR\approx 20,8\text{ m}$$

• La hauteur de l'arbre était d'environ $24\text{ m}+20,8\text{ m}=44,8\text{ m}$.

Corrigé de l'exercice 474 – page 193.

• Dans le triangle ABR, rectangle en R, on a :

$$AB=RB\times\cos(\widehat{ABR})$$
$$400=RB\times\cos(50^\circ)$$
$$\frac{400}{\cos(50^\circ)}=RB$$

Dans le triangle ABR, on a :

$$\widehat{RAB}+\widehat{ABR}+\widehat{BRA}=180^\circ$$
$$90^\circ+50^\circ+\widehat{ABR}=180^\circ$$
$$140^\circ+\widehat{ABR}=180^\circ$$
$$\widehat{ABR}=40^\circ$$

Dans le triangle ABR, rectangle en A, on a :

$$AR=BR\times\cos(\widehat{BRA})$$
$$AR=\frac{400}{\cos(50^\circ)}\times\cos(40^\circ)$$

• Dans le triangle ABS, on a :

$$\widehat{ABS}=\widehat{ABR}+\widehat{RBS}=70^\circ$$

et

$$\widehat{ABS}+\widehat{BAS}+\widehat{ASB}=180^\circ$$
$$70^\circ+90^\circ+\widehat{ASB}=180^\circ$$
$$160^\circ+\widehat{ASB}=180^\circ$$
$$\widehat{ASB}=20^\circ$$

Par conséquent, dans le triangle ASB, rectangle en A, on a :

$$AB = SB \times \cos(\widehat{ABS})$$
$$400 = SB \times \cos(70°)$$
$$\frac{400}{\cos(70°)} = SB$$

et

$$AS = SB \times \cos(\widehat{BSA})$$
$$AS = \frac{400}{\cos(70°)} \times \cos(20°)$$

• Finalement, comme $RS = AS - AR$, on obtient :

$$RS = \frac{400}{\cos(70°)} \times \cos(20°) - \frac{400}{\cos(50°)} \times \cos(40°).$$

Corrigé de l'exercice 475 – page 193.

$\widehat{ABC}$	78,5°	75,5°	71,3°	60°	56,7°	45,6°	41,4°	18,2°
$\cos\left(\widehat{ABC}\right)$	0,2	0,25	0,32	0,5	0,55	0,7	0,75	0,95

Corrigé de l'exercice 476 – page 193.
Comme le triangle FVN est rectangle en V, on a :

$$FV = FN \times \cos(\widehat{VFN})$$
$$5 = 8 \times \cos(\widehat{VFN})$$
$$\frac{5}{8} = \cos(\widehat{VFN})$$
$$51° \approx \widehat{VFN}$$

Corrigé de l'exercice 477 – page 193.
Comme le triangle RST est rectangle en S, alors :

$$RS = RT \times \cos(\widehat{TRS})$$
$$4 = 8 \times \cos(\widehat{TRS})$$
$$0,5 = \cos(\widehat{TRS})$$
$$60° = \widehat{TRS}$$

Dans le triangle RST, on a : $\widehat{RST} + \widehat{TRS} + \widehat{RTS} = 180°$

$$90° + 60° + \widehat{RTS} = 180°$$
$$150° + \widehat{RTS} = 180°$$
$$\widehat{RTS} = 30°$$

Corrigé de l'exercice 478 – page 193.
• Calcul de $\widehat{GFC}$
Comme le triangle FGC est rectangle en G, alors l'égalité de Pythagore est vérifiée :

$$FC^2 = FG^2 + GC^2$$
$$FC^2 = 4^2 + 3^2$$
$$FC^2 = 16 + 9$$
$$FC^2 = 25$$
$$FC = 5$$

Dans le triangle FGC, rectangle en G, on a :

$$GF = FC \times \cos(\widehat{GFC})$$
$$4 = 5 \times \cos(\widehat{GFC})$$
$$\frac{4}{5} = \cos(\widehat{GFC})$$
$$37° \approx \widehat{GFC}$$

• Calcul de $\widehat{FHG}$
Comme le triangle FGH est rectangle en G, alors l'égalité de Pythagore est vérifiée :

$$FH^2 = FG^2 + GH^2$$
$$FH^2 = 4^2 + 9,6^2$$
$$FH^2 = 16 + 92,16$$
$$FH^2 = 108,16$$
$$FH = \sqrt{108,16}$$
$$FH = 10,4$$

Dans le triangle FGH, rectangle en G, on a :

$$HG = HF \times \cos(\widehat{FHG})$$
$$9,6 = 10,4 \times \cos(\widehat{FHG})$$
$$\frac{9,6}{10,4} = \cos(\widehat{FHG})$$
$$23° \approx \widehat{FHG}$$

Corrigé de l'exercice 479 – page 194.

(a) Dans le triangle ATR, rectangle en A, on a :

$$TA = TR \times \cos(\widehat{RTA})$$
$$4,5 = 7,5 \times \cos(\widehat{RTA})$$
$$\frac{4,5}{7,5} = \cos(\widehat{RTA})$$
$$53,1° \approx \widehat{RTA}$$

Dans le triangle RIA, rectangle en A, on a :

$$AI = RI \times \cos(\widehat{RIA})$$
$$8 = 10 \times \cos(\widehat{RIA})$$
$$\frac{8}{10} = \cos(\widehat{RIA})$$
$$36{,}9^\circ \approx \widehat{RIA}$$

(b) On ne peut pas conclure avec les valeurs approchées des angles. Par contre, on peut utiliser l'égalité de Pythagore.
Dans le triangle TRI, $[TI]$ est le plus grand côté.

$$\left.\begin{array}{l} TI^2 = 12{,}5^2 = 156{,}25 \\ TR^2 + RI^2 = 7{,}5^2 + 10^2 = 56{,}25 + 100 = 156{,}25 \end{array}\right\} TI^2 = TR^2 + RI^2$$

Comme l'égalité de Pythagore est vérifiée, alors le triangle TRI est rectangle en R.

C86 **Corrigé de l'exercice 480 – page 195.**

① Côté opposé $[AB]$ et hypoténuse $[AC]$;
② Côté opposé $[CB]$ et hypoténuse $[AC]$;
③ Côté opposé $[AF]$ et hypoténuse $[DF]$;
④ Côté opposé $[CD]$ et hypoténuse $[DH]$.

Corrigé de l'exercice 481 – page 196.

① $AB = AC \times \sin(\widehat{ACB})$;
② $CB = AC \times \sin(\widehat{CAB})$;
③ $AF = DF \times \sin(\widehat{ADF})$;
④ $CD = DH \times \sin(\widehat{DHC})$.

Corrigé de l'exercice 482 – page 196.

(a) Comme le triangle IKJ est rectangle en K, alors l'égalité de Pythagore est vérifiée :

$$IJ^2 = IK^2 + KJ^2$$
$$IJ^2 = 5^2 + 12^2$$
$$IJ^2 = 25 + 144$$
$$IJ^2 = 169$$
$$IJ = 13$$

(b) Comme le triangle IJK est rectangle en K, on a :

$$JK = IJ \times \sin(\widehat{JIK}) \qquad IK = IJ \times \sin(\widehat{IJK})$$
$$12 = 13 \times \sin(\widehat{JIK}) \qquad 5 = 13 \times \sin(\widehat{IJK})$$
$$\frac{12}{13} = \sin(\widehat{JIK}) \qquad \frac{5}{13} = \sin(\widehat{IJK})$$

Corrigé de l'exercice 483 – page 196.

$\widehat{ABC}$	0°	10°	20°	30°	45°	52°	60°	72°	80°
$\sin(\widehat{ABC})$	0	0,17	0,34	0,5	0,71	0,79	0,87	0,95	0,98

Thème D

Corrigé de l'exercice 484 – page 196.
Comme le triangle RST est rectangle en S, on a :

$$ST = RT \times \sin(\widehat{TRS})$$
$$ST = 7 \times \sin(35°)$$
$$ST \approx 4 \text{ cm}$$

Corrigé de l'exercice 485 – page 196.

(a) Comme le triangle LMN est rectangle en N, on a :

$$MN = LM \times \sin(\widehat{LMN})$$
$$MN = 7 \times \sin(14°)$$
$$MN \approx 1,7 \text{ cm}$$

(b) Comme le triangle PQR est rectangle en R, on a :

$$PR = PQ \times \sin(\widehat{PQR})$$
$$34 = PQ \times \sin(43°)$$
$$\frac{34}{\sin(43°)} = PQ$$
$$49,9 \text{ cm} \approx PQ$$

(c) Comme le triangle STU est rectangle en U, on a :

$$SU = ST \times \sin(\widehat{STU})$$
$$14,8 = ST \times \sin(35°)$$
$$\frac{14,8}{\sin(35°)} = ST$$
$$25,8 \text{ cm} \approx ST$$

Corrigé de l'exercice 486 – page 197.

(a) Comme le triangle SHC est rectangle en H, on a :

$$CH = SC \times \sin\left(\widehat{CSH}\right)$$
$$CH = 40 \times \sin(40°)$$
$$CH \approx 26 \text{ m}$$

(b) Comme le triangle SHC est rectangle en H, on a :

$$CH = SC \times \sin\left(\widehat{CSH}\right)$$
$$CH = 40 \times \sin(20°)$$
$$CH \approx 13,7 \text{ m}$$

En divisant l'angle par 2, on ne divise pas la hauteur de vol du cerf-volant par 2.

Corrigé de l'exercice 487 – page 197.

$\widehat{ABC}$	11,5°	14,5°	18,7°	30°	33,4°	44,4°	48,6°	71,8°
$\sin\left(\widehat{ABC}\right)$	0,2	0,25	0,32	0,5	0,55	0,7	0,75	0,95

Corrigé de l'exercice 488 – page 197.
Comme le triangle FVN est rectangle en V, on a :

$$FV = FN \times \sin(\widehat{FNV})$$
$$5 = 8 \times \sin(\widehat{FNV})$$
$$\frac{5}{8} = \sin(\widehat{FNV})$$
$$39° \approx \widehat{VFN}$$

Corrigé de l'exercice 489 – page 197.

$$n_1 \times \sin\left(\widehat{i_1}\right) = n_2 \times \sin\left(\widehat{i_2}\right)$$
$$1 \times \sin(30°) = 1,33 \times \sin\left(\widehat{i_2}\right)$$
$$0,5 = 1,33 \times \sin\left(\widehat{i_2}\right)$$
$$0,5 \div 1,33 = \sin\left(\widehat{i_2}\right)$$
$$0,38 \approx \sin\left(\widehat{i_2}\right)$$
$$22° \approx \widehat{i_2}$$

C87 **Corrigé de l'exercice 490 – page 199.**
① $CB = AB \times \tan(\widehat{CAB})$;
② $AB = CB \times \tan(\widehat{ACB})$;
③ $AF = AD \times \tan(\widehat{ADF})$;
④ $CD = CH \times \tan(\widehat{DHC})$.

Corrigé de l'exercice 491 – page 199.

(a) Comme le triangle JKI est rectangle en K, alors l'égalité de Pythagore est vérifiée :

$$JI^2 = JK^2 + KI^2$$
$$17^2 = JK^2 + 8^2$$
$$289 = JK^2 + 64$$
$$JK^2 = 289 - 64$$
$$JK^2 = 225$$
$$JK = 15$$

(b) Comme le triangle IJK est rectangle en K, on a :

$$JK = IK \times \tan\left(\widehat{JIK}\right) \qquad IK = JK \times \tan(\widehat{IJK})$$
$$15 = 8 \times \tan\left(\widehat{JIK}\right) \qquad 8 = 15 \times \tan(\widehat{IJK})$$
$$\frac{15}{8} = \tan\left(\widehat{JIK}\right) \qquad \frac{8}{15} = \tan(\widehat{IJK})$$

Corrigé de l'exercice 492 – page 200.

$\widehat{ABC}$	0°	10°	20°	30°	45°	52°	60°	72°	80°
$\tan\left(\widehat{ABC}\right)$	0	0,18	0,36	0,58	1	1,28	1,73	3,08	5,67

Thème D

Corrigé de l'exercice 493 – page 200.
Comme le triangle RST est rectangle en S, on a :

$$\begin{aligned} ST &= RS \times \tan(\widehat{TRS}) \\ ST &= 7 \times \tan(40°) \\ ST &\approx 5,9 \text{ cm} \end{aligned}$$

Corrigé de l'exercice 494 – page 200.

(a) Comme le triangle LMN est rectangle en L, on a :

$$\begin{aligned} LN &= LM \times \tan(\widehat{LMN}) \\ LN &= 7 \times \tan(14°) \\ LN &\approx 1,7 \text{ cm} \end{aligned}$$

(b) Comme le triangle PQR est rectangle en Q, on a :

$$\begin{aligned} RQ &= PQ \times \tan(\widehat{PQR}) \\ 8 &= PQ \times \tan(43°) \\ \frac{8}{\tan(43°)} &= PQ \\ 8,6 \text{ cm} &\approx PQ \end{aligned}$$

(c) Comme le triangle STU est rectangle en U, on a :

$$\begin{aligned} SU &= TU \times \tan(\widehat{STU}) \\ 18 &= TU \times \tan(35°) \\ \frac{18}{\tan(35°)} &= TU \\ 25,7 \text{ cm} &\approx TU \end{aligned}$$

Corrigé de l'exercice 495 – page 200.
Comme le triangle BCD est rectangle en D, on a : $BD = CD \times \tan\left(\widehat{BCD}\right)$

$$\begin{aligned} BD &= 30 \times \tan(38°) \\ BD &\approx 23,44 \text{ m} \end{aligned}$$

Corrigé de l'exercice 496 – page 201.

$\widehat{ABC}$	11,3°	14°	17,7°	26,6°	28,8°	35°	56,3°	68,2°
$\tan\left(\widehat{ABC}\right)$	0,2	0,25	0,32	0,5	0,55	0,7	1,5	2,5

Corrigé de l'exercice 497 – page 201.
Comme le triangle FVN est rectangle en V, on a :

$$\begin{aligned} FV &= VN \times \tan(\widehat{FNV}) \\ 5 &= 8 \times \tan(\widehat{FNV}) \\ \frac{5}{8} &= \tan(\widehat{FNV}) \\ 32° &\approx \widehat{VFN} \end{aligned}$$

 Corrigé de l'exercice 498 – page 202.

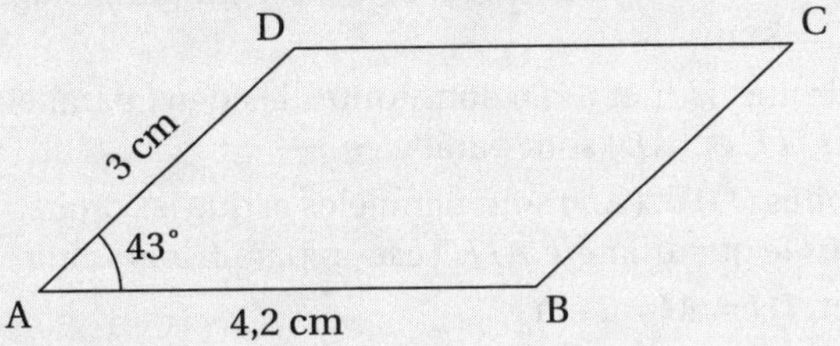

Corrigé de l'exercice 499 – page 202.

La figure est faite à l'échelle 1 : 2.

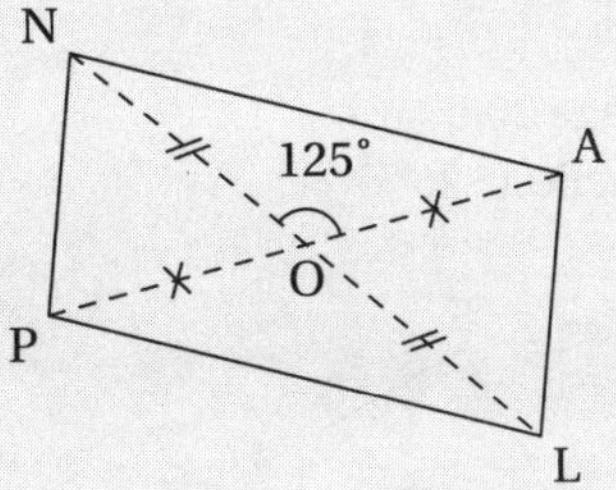

Corrigé de l'exercice 500 – page 202.

(a)

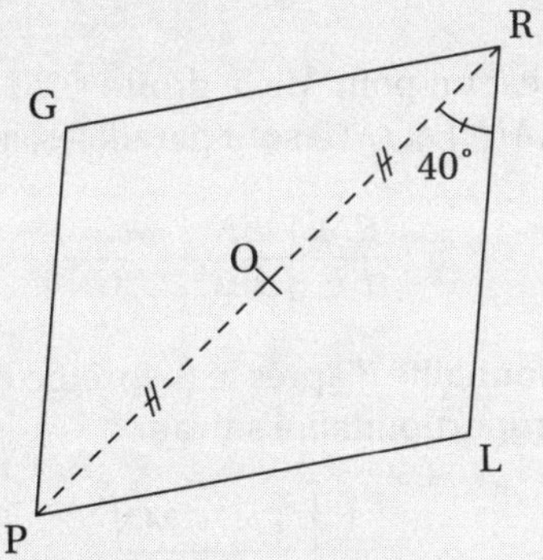

(b) Comme $PLRG$ est un parallélogramme, alors ses diagonales $[PR]$ et $[GL]$ ont le même milieu. Or, O est le milieu de $[PR]$. Donc O est également le milieu de $[GL]$.

Corrigé de l'exercice 501 – page 203.

(a)

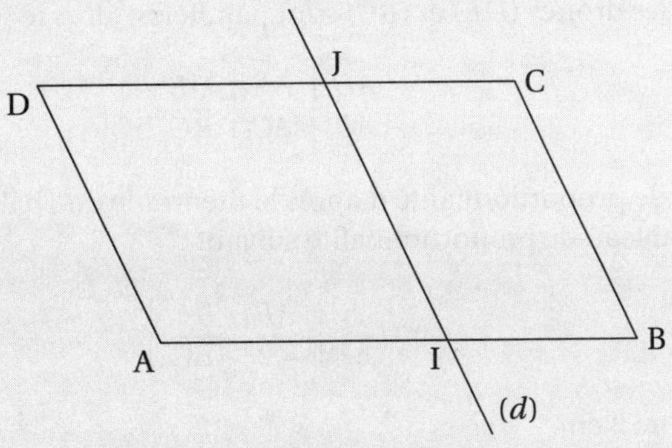

(c) • Comme les droites (IJ) et (BC) sont parallèles et que les droites (BI) et (JC) le sont également, alors le quadrilatère $IBCJ$ est un parallélogramme. Par conséquent, $IJ = BC = 3$ cm.

• Comme les droites (IJ) et (AD) sont toutes les deux parallèles à la droite (BC), alors les droites (IJ) et (AD) sont parallèles.

Comme les droites (IJ) et (AD) sont parallèles et que les droites (AI) et (DJ) le sont également, alors le quadrilatère $AIJD$ est un parallélogramme.

Par conséquent, $DJ = AI = 3$ cm.

• Comme les côtés du quadrilatère $AIJD$ sont tous égaux à 3 cm, alors le quadrilatère $AIJD$ est un losange.

• Comme le quadrilatère $AIJD$ est un losange, alors ses diagonales (AJ) et (DI) sont perpendiculaires.

C89 **Corrigé de l'exercice 502 – page 204.**

La figure est faite à l'échelle 1 : 2.

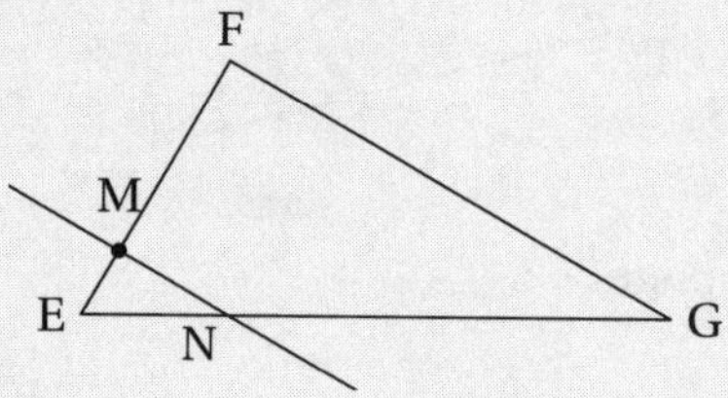

Dans le triangle EFG, M est un point de la droite (EF) et N est un point de la droite (EG). Comme les droites (MN) et (FG) sont parallèles, alors le tableau

EM	EN	MN
EF	EG	FG

est un tableau de proportionnalité d'après le théorème de Thalès.
On a donc le tableau de proportionnalité suivant :

1	EN	MN
4	8	FG

Par conséquent, $EN = 2$ cm.

Corrigé de l'exercice 503 – page 204.

Dans le triangle ABC, D est un point de la droite (AB) et E est un point de la droite (AC). Comme les droites (DE) et (BC) sont parallèles, alors le tableau

AD	AE	DE
AB	AC	BC

est un tableau de proportionnalité d'après le théorème de Thalès.
On a donc le tableau de proportionnalité suivant :

3,5	AE	3,5
3	4,2	BC

Donc BC mesure 3 cm.

On utilise :

$$AE \times 3 = 4{,}2 \times 3{,}5$$
$$AE \times 3 = 14{,}7$$
$$AE = \frac{14{,}7}{3} = 4{,}9$$

La longueur AE mesure 4,9 cm.

Corrigé de l'exercice 504 – page 205.

1re étape Dans le triangle GFE, B est un point de la droite (GF) et C est un point de la droite (GE). Comme les droites (BC) et (FE) sont parallèles, alors le tableau

GB	GC	BC
GF	GE	FE

est un tableau de proportionnalité d'après le théorème de Thalès.

GB	6	BC
GF	10	15

On utilise $BC = \frac{15 \times 6}{10}$ soit $BC = \frac{90}{10} = 9$.
La longueur BC mesure 9 cm.

2e étape Dans le triangle ABC, D est un point de la droite (AB) et E est un point de la droite (AC). Comme les droites (DE) et (BC) sont parallèles, alors le tableau

AD	AE	DE
AB	AC	BC

est un tableau de proportionnalité d'après le théorème de Thalès.

AD	28	DE
AB	12	9

On utilise $DE = \frac{28 \times 9}{12}$ soit $DE = \frac{252}{12} = 21$.
La longueur DE mesure 21 cm.

Corrigé de l'exercice 505 – page 205.

(a)

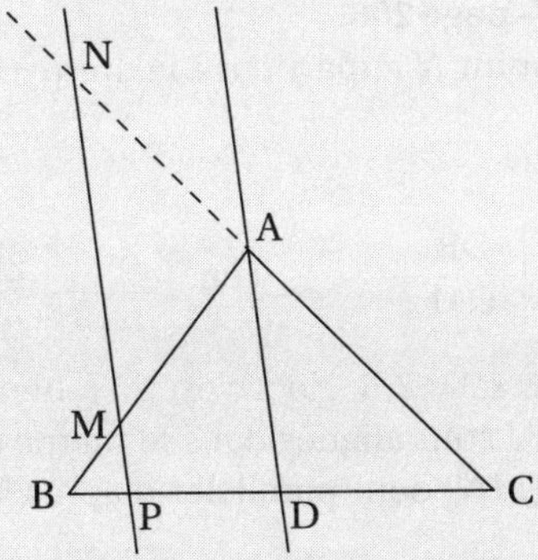

(b) Dans le triangle CPN, D est un point de la droite (CP) et A est un point de la droite (CN). Comme les droites (DA) et (PN) sont parallèles, alors le tableau

CD	CA	DA
CP	CN	PN

est un tableau de proportionnalité d'après le théorème de Thalès.
Par conséquent,

$$PN \times CD = AD \times CP \text{ soit } PN = \frac{AD \times CP}{CD}$$

(c) Dans le triangle BDA, P est un point de la droite (BD) et M est un point de la droite (BA). Comme les droites (PM) et (DA) sont parallèles, alors le tableau

BP	BM	PM
BD	BA	DA

est un tableau de proportionnalité d'après le théorème de Thalès.
Par conséquent,

$$PM \times BD = AD \times BP \text{ soit } PM = \frac{AD \times BP}{BD}$$

(d) D'après les questions précédentes, on peut écrire :

$$PM + PN = \frac{AD \times BP}{BD} + \frac{AD \times CP}{CD}$$

$$PM + PN = \frac{AD \times BP}{BD} + \frac{AD \times CP}{BD}$$

car D est le milieu du segment $[BC]$.

$$PM + PN = \frac{AD \times BP + AD \times CP}{BD}$$

$$PM + PN = \frac{AD \times (BP + CP)}{BD}$$

$$PM + PN = \frac{AD \times BC}{BD}$$

$$PM + PN = \frac{AD \times 2 \times BD}{BD}$$

$$PM + PN = 2 \times AD$$

C90 **Corrigé de l'exercice 506 – page 206.**

Dans le triangle AOB, le point N appartient à la droite (AO) et le point M appartient à la droite (OB).
On a le tableau

OA	OB
ON	OM

ou

1,5	2,5
4,5	7,5

Comme $1,5 \times 3 = 4,5$ et $2,5 \times 3 = 7,5$, alors c'est un tableau de proportionnalité.
De plus, les points O, A, N sont alignés dans le même ordre que les points O, B, M. Donc les droites (AB) et (MN) sont parallèles d'après la réciproque du théorème de Thalès.

Corrigé de l'exercice 507 – page 206.

• Dans le triangle OME, N est un point de la droite (OM) et F est un point de la droite (OE). Comme les droites (NF) et (ME) sont parallèles, alors le tableau

ON	OF	NF
OM	OE	ME

est un tableau de proportionnalité d'après le théorème de Thalès. Par conséquent, si on appelle k le coefficient de proportionnalité, alors $OM = k \times ON$, $OE = k \times OF$ et $ME = k \times NF$.

• Dans le triangle OAM, B est un point de la droite (OA) et N est un point de la droite (OM). Comme les droites (BN) et (AM) sont parallèles, alors le tableau

OB	ON	BN
OA	OM	AM

est un tableau de proportionnalité d'après le théorème de Thalès. Par conséquent, si on appelle ℓ le coefficient de proportionnalité, alors $OA = \ell \times OB$, $OM = \ell \times ON$ et $AM = \ell \times BN$.

• Comme $OM = k \times ON$ et $OM = \ell \times ON$, alors $k = \ell$ et le tableau

OA	OE
OB	OF

est bien un tableau de proportionnalité. De plus, les points O, F et E sont alignés dans le même ordre que les points O, B et A. Donc les droites (FB) et (AE) sont parallèles d'après la réciproque du théorème de Thalès.

C91 **Corrigé de l'exercice 508 – page 207.**

Comme le triangle ABC est rectangle en A, alors l'égalité de Pythagore est vérifiée :

$$BC^2 = BA^2 + AC^2$$
$$BC^2 = 4,8^2 + 6,4^2$$
$$BC^2 = 23,04 + 40,96$$
$$BC^2 = 64$$
$$BC = 8 \text{ cm}$$

Corrigé de l'exercice 509 – page 207.

(a) Le triangle CAB est rectangle en A, donc l'égalité de Pythagore est vérifiée :

$$CB^2 = CA^2 + AB^2$$
$$10^2 = CA^2 + 6^2$$
$$100 = CA^2 + 36$$
$$CA^2 = 100 - 36$$
$$CA^2 = 64$$
$$CA = 8 \text{ cm}$$

(b) Le triangle DFE est rectangle en F, donc l'égalité de Pythagore est vérifiée :

$$DE^2 = DF^2 + FE^2$$
$$17^2 = DF^2 + 15^2$$
$$289 = DF^2 + 225$$
$$DF^2 = 289 - 225$$
$$DF^2 = 64$$
$$DF = 8 \text{ cm}$$

Corrigé de l'exercice 510 – page 207.

(a)

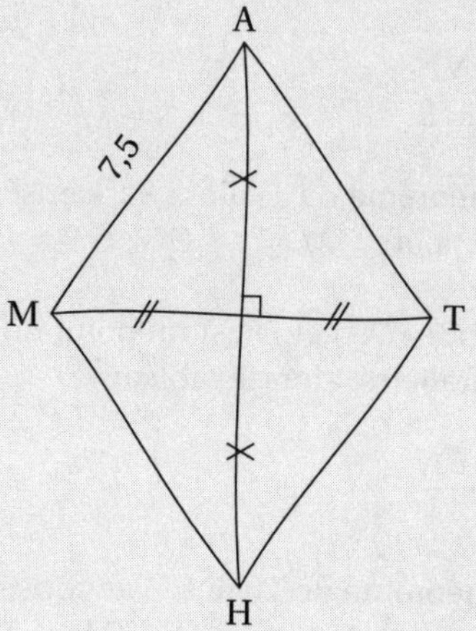

(b) Comme $MATH$ est un losange, alors ses diagonales sont perpendiculaires. Donc le triangle MOA est rectangle en O et on a $AO = 12 \text{ cm} \div 2 = 3 \text{ cm}$.
Le triangle MOA est rectangle en O, donc l'égalité de Pythagore est vérifiée :

$$\begin{aligned} MA^2 &= MO^2 + OA^2 \\ 7{,}5^2 &= MO^2 + 6^2 \\ 56{,}25 &= MO^2 + 36 \\ MO^2 &= 56{,}25 - 36 \\ MO^2 &= 20{,}25 \\ MO &= 4{,}5 \end{aligned}$$

(c)

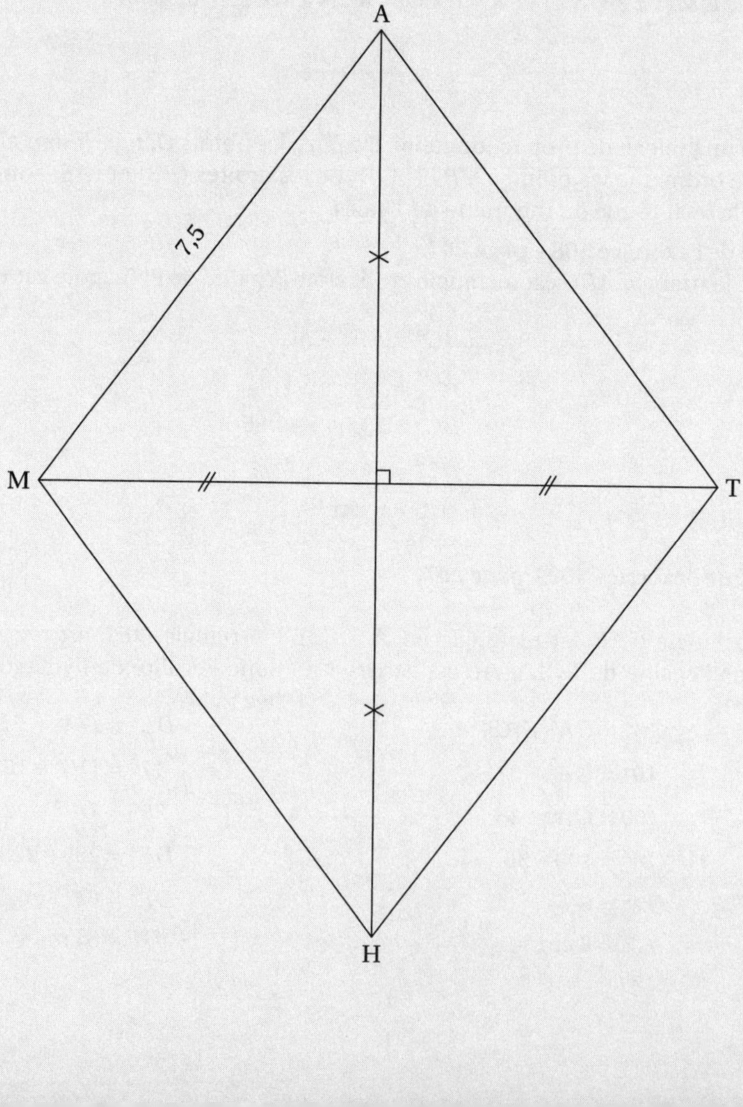

Corrigé de l'exercice 511 – page 207.

(a) Comme le quadrilatère $EFGH$ est un rectangle, alors le triangle EFG est rectangle en F.

(b) Le triangle EFG est rectangle en F, donc l'égalité de Pythagore est vérifiée :

$$\begin{aligned} EG^2 &= EF^2 + FG^2 \\ EG^2 &= 6{,}4^2 + 4{,}8^2 \\ EG^2 &= 40{,}96 + 23{,}04 \\ EG^2 &= 64 \\ EG &= 8 \end{aligned}$$

La longueur EG mesure 8 cm.

(c) Le triangle AEG est rectangle en E, donc l'égalité de Pythagore est vérifiée :

$$\begin{aligned} AG^2 &= AE^2 + EG^2 \\ AG^2 &= 6^2 + 8^2 \\ AG^2 &= 36 + 64 \\ AG^2 &= 100 \\ AG &= 10 \end{aligned}$$

La longueur AG mesure 10 cm.

Corrigé de l'exercice 512 – page 208.

Dans cet exercice, on rappelle que l'unité de longueur est le centimètre.

(a) Le triangle CAB est rectangle en A, donc l'égalité de Pythagore est vérifiée :

$$\begin{aligned} CB^2 &= CA^2 + AB^2 \\ 15{,}3^2 &= CA^2 + 7{,}2^2 \\ 234{,}09 &= CA^2 + 51{,}84 \\ CA^2 &= 234{,}09 - 51{,}84 \\ CA^2 &= 182{,}25 \\ CA &= \sqrt{182{,}25} \\ CA &= 13{,}5 \end{aligned}$$

(b) Le triangle FDE est rectangle en D, donc l'égalité de Pythagore est vérifiée :

$$\begin{aligned} FE^2 &= FD^2 + DE^2 \\ 23{,}2^2 &= FD^2 + 16{,}8^2 \\ 538{,}24 &= FD^2 + 282{,}24 \\ FD^2 &= 538{,}24 - 282{,}24 \\ FD^2 &= 256 \\ FD &= \sqrt{256} \\ FD &= 16 \end{aligned}$$

(c) Le triangle KJI est rectangle en J, donc l'égalité de Pythagore est vérifiée :

$$\begin{aligned} KI^2 &= KJ^2 + JI^2 \\ 44{,}9^2 &= KJ^2 + 35{,}1^2 \\ 2\,016{,}01 &= KJ^2 + 1\,232{,}01 \\ KJ^2 &= 2\,016{,}01 - 1\,232{,}01 \end{aligned}$$

$$KJ^2 = 784$$
$$KJ = \sqrt{784}$$
$$KJ = 28$$

(d) Le triangle NLM est rectangle en L, donc l'égalité de Pythagore est vérifiée :

$$NM^2 = NL^2 + LM^2$$
$$6,89^2 = NL^2 + 6,8^2$$
$$47{,}472\,1 = NL^2 + 46,24$$
$$NL^2 = 47{,}472\,1 - 46,24$$
$$NL^2 = 1{,}232\,1$$
$$NL^2 = \sqrt{1{,}232\,1}$$
$$NL = 1,11$$

Corrigé de l'exercice 513 – page 208.

• Comme le triangle DAM est rectangle en A, alors l'égalité de Pythagore est vérifiée :

$$DM^2 = DA^2 + AM^2$$
$$DM^2 = 3^2 + 3^2$$
$$DM^2 = 9 + 9$$
$$DM^2 = 18$$
$$DM = \sqrt{18}$$
$$DM \approx 4{,}24$$

• Comme le triangle FBM est rectangle en B, alors l'égalité de Pythagore est vérifiée :

$$FM^2 = FB^2 + BM^2$$
$$FM^2 = 3^2 + 3^2$$
$$FM^2 = 9 + 9$$
$$FM^2 = 18$$
$$FM = \sqrt{18}$$
$$FM \approx 4{,}24$$

• Comme le triangle HDM est rectangle en D, alors l'égalité de Pythagore est vérifiée :

$$HM^2 = HD^2 + DM^2$$
$$HM^2 = 3^2 + 18 \qquad \text{d'après les précédents calculs}$$
$$HM^2 = 9 + 18$$
$$HM^2 = 27$$
$$HM = \sqrt{27}$$
$$HM \approx 5,2 \text{ cm}$$

C92 **Corrigé de l'exercice 514 – page 209.**

Dans le triangle GEI, $[GI]$ est le plus grand côté.

$$\left.\begin{array}{l} GI^2 = 7{,}5^2 = 56{,}25 \\ GE^2 + EI^2 = 6^2 + 4{,}5^2 = 36 + 20{,}25 = 56{,}25 \end{array}\right\} GI^2 = GE^2 + EI^2$$

Comme $GI^2 = GE^2 + EI^2$, alors le triangle GEI est rectangle en E d'après la réciproque du théorème de Pythagore.

Corrigé de l'exercice 515 – page 209.

Dans le triangle ACB, $[AB]$ est le plus grand côté.

$$\left.\begin{array}{l} AB^2 = 4{,}5^2 = 20{,}25 \\ AC^2 + CB^2 = 2{,}7^2 + 3{,}6^2 = 7{,}29 + 12{,}96 = 20{,}25 \end{array}\right\} AB^2 = AC^2 + CB^2$$

Comme $AB^2 = AC^2 + CB^2$, alors le triangle ACB est rectangle en C d'après la réciproque du théorème de Pythagore.

Corrigé de l'exercice 516 – page 209.

Dans le triangle IJK, $[JK]$ est le plus grand côté.

$$\left.\begin{array}{l} JK^2 = 31{,}4^2 = 985{,}96 \\ IJ^2 + IK^2 = 17{,}3^2 + 26{,}8^2 = 299{,}29 + 718{,}24 = 1\,017{,}53 \end{array}\right\} JK^2 \neq JI^2 + IK^2$$

Comme l'égalité de Pythagore n'est pas vérifiée, alors le triangle IJK n'est pas rectangle.

Corrigé de l'exercice 517 – page 209.

Dans le triangle ABC, $[AC]$ est le plus grand côté.

$$\left.\begin{array}{l} AC^2 = 40^2 = 1\,600 \\ AB^2 + BC^2 = 32^2 + 24^2 = 1\,024 + 576 = 1\,600 \end{array}\right\} AC^2 = AB^2 + BC^2$$

Comme $AC^2 = AB^2 + BC^2$, alors le triangle ABC est rectangle en B d'après la réciproque du théorème de Pythagore.

Donc la droite (BC) est perpendiculaire à la droite (AB) en B.

Corrigé de l'exercice 518 – page 209.

• On calcule les longueurs AE, EC et CA.

Comme le triangle ABC est rectangle en B, alors l'égalité de Pythagore est vérifiée :

$$AC^2 = AB^2 + BC^2$$
$$AC^2 = 120^2 + 90^2$$
$$AC^2 = 14\,400 + 8\,100$$
$$AC^2 = 22\,500$$
$$AC = \sqrt{22\,500}$$
$$AC = 150$$

Comme le triangle CDE est rectangle en D, alors l'égalité de Pythagore est vérifiée :

$$CE^2 = CD^2 + DE^2$$
$$CE^2 = 48^2 + 64^2$$
$$CE^2 = 2\,304 + 4\,096$$
$$CE^2 = 6\,400$$
$$CE = \sqrt{6\,400}$$
$$CE = 80$$

Thème D

Comme le triangle EFA est rectangle en F, alors l'égalité de Pythagore est vérifiée :

$$EA^2 = EF^2 + FA^2$$
$$EA^2 = 102^2 + 136^2$$
$$EA^2 = 10\,404 + 18\,496$$
$$EA^2 = 28\,900$$
$$EA = \sqrt{28\,900}$$
$$EA = 170$$

• Dans le triangle ACE, $[AE]$ est le plus grand côté.

$$\left.\begin{array}{l} AE^2 = 170^2 = 28\,900 \\ AC^2 + EC^2 = 150^2 + 80^2 = 22\,500 + 6\,400 = 28\,900 \end{array}\right\} AE^2 = AC^2 + EC^2$$

Comme $AE^2 = AC^2 + EC^2$, alors le triangle ACE est rectangle en C d'après la réciproque du théorème de Pythagore.

C93 Corrigé de l'exercice 519 – page 210.

(a) L'abscisse du point A est 2. L'abscisse du point B est −3.

(b)

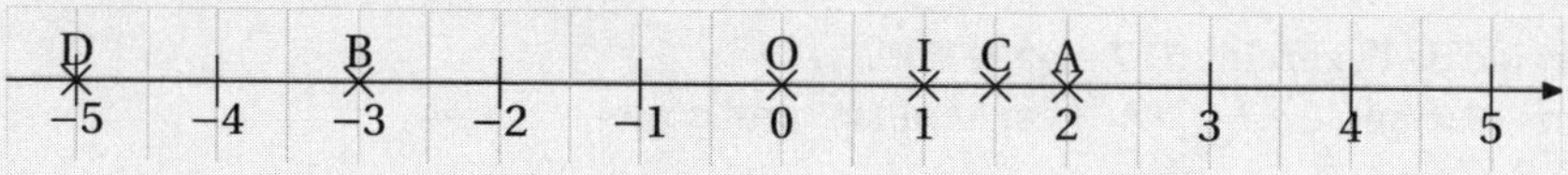

(c) $-5 < -3 < 1{,}5 < 2$.

Corrigé de l'exercice 520 – page 210.

(a) L'abscisse de A est 2,8 ; celle de B est $-0{,}6$; celle de C est $-3{,}4$ et celle de D est 5.

(b)

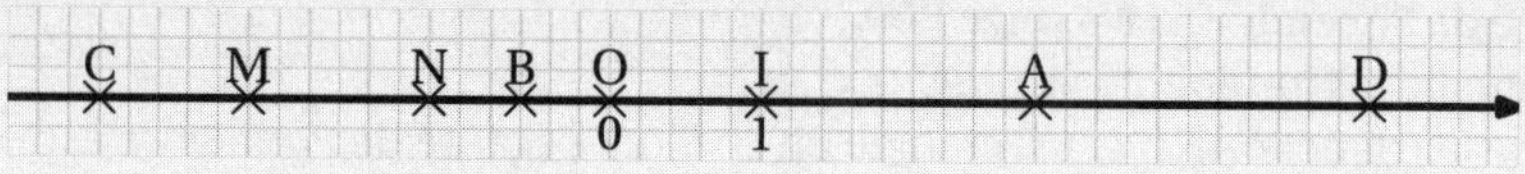

(c) $-3{,}4 < -2{,}4 < -1{,}2 < -0{,}6 < 2{,}8 < 5$.

C94 Corrigé de l'exercice 521 – page 212.

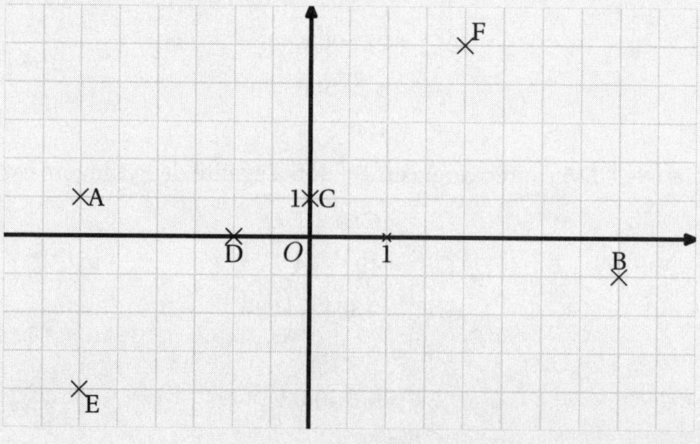

Corrigé de l'exercice 522 – page 212.

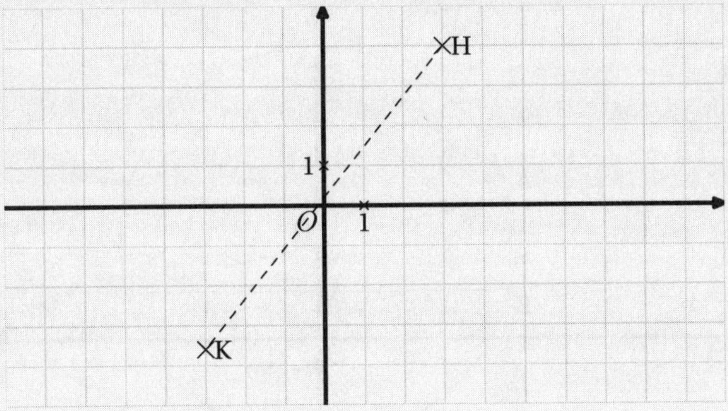

Comme le segment $[HK]$ ne passe pas par O, alors les points H et K ne sont pas symétriques par rapport au point O.

Corrigé de l'exercice 523 – page 212.

(a)

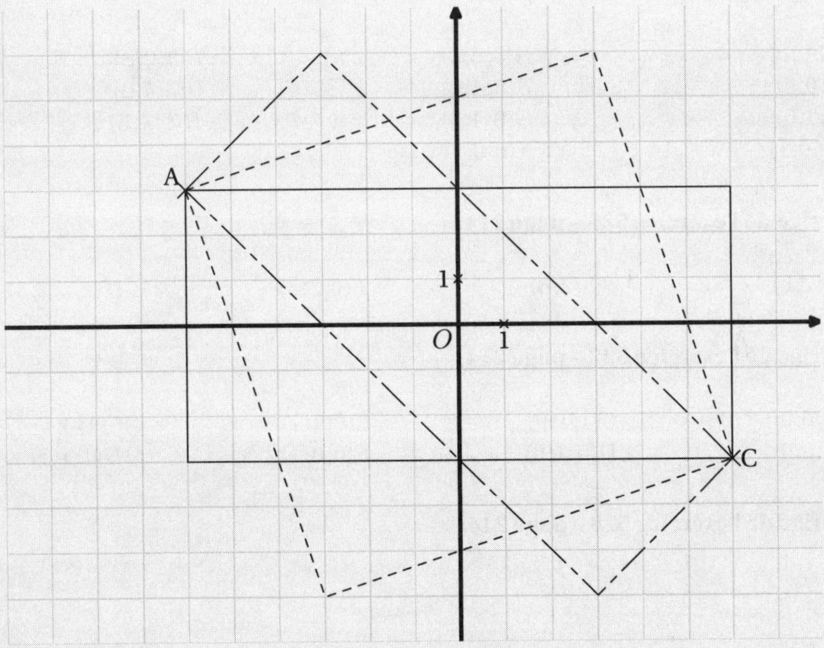

(b) Après les solutions évidentes $B(6;3)$ et $D(-6;-3)$, il y a d'autres solutions :

- $B(3;6)$ et $D(-3;-6)$;
- ou $B(-3;6)$ et $D(3;-6)$

Ces solutions ont été obtenues en utilisant la propriété suivante : si un quadrilatère est un rectangle, alors ses diagonales ont la même longueur. Par conséquent, on a tracé le cercle de centre O et passant par A pour obtenir ces différents cas.

Thème D

Corrigé de l'exercice 524 – page 212.

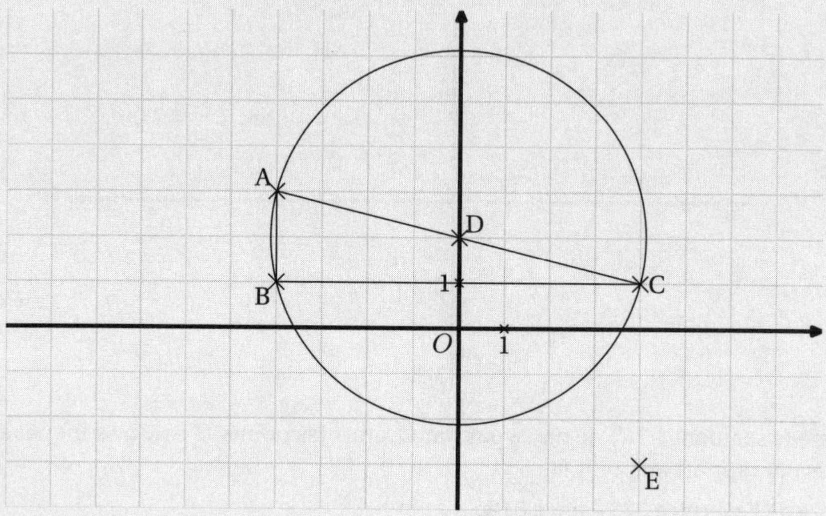

D est bien le centre du cercle passant par les points A, B et C.

C95 **Corrigé de l'exercice 525 – page 213.**

$O(0;0;0)$	$A(3;0;0)$	$F(3;0;3)$
$I(1;0;0)$	$B(3;4;0)$	$G(3;4;3)$
$J(0;1;0)$	$C(0;4;0)$	$H(0;4;3)$
$K(0;0;1)$	$E(0;0;3)$	

Corrigé de l'exercice 526 – page 214.

$R(3;2;0)$ $S(3;2;3)$ $T(0;2;3)$ $U(1,5;2;3)$

Corrigé de l'exercice 527 – page 214.

$A(0;0;0)$	$C(1;1;0)$	$E(0;1;1)$	$G(1;0;1)$
$B(1;0;0)$	$D(0;1;0)$	$F(0;0;1)$	$H(1;1;1)$

Corrigé de l'exercice 528 – page 214.

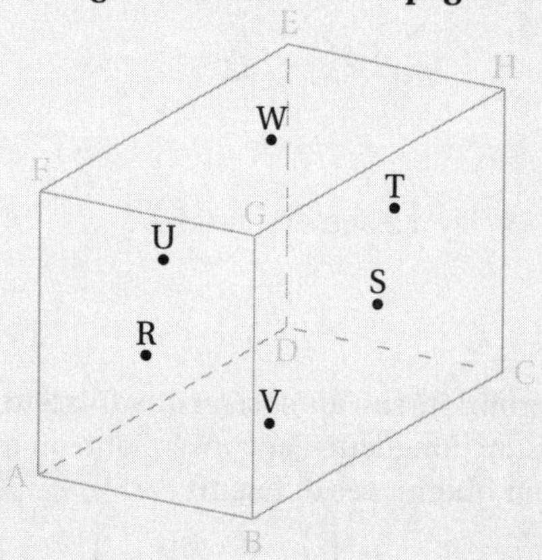

$R(0,5;0;0,5)$	$T(0,5;1;0,5)$	$V(0,5;0,5;0)$
$S(1;0,5;0,5)$	$U(0;0,5;0,5)$	$W(0,5;0,5;1)$

C96 **Corrigé de l'exercice 529 – page 216.**

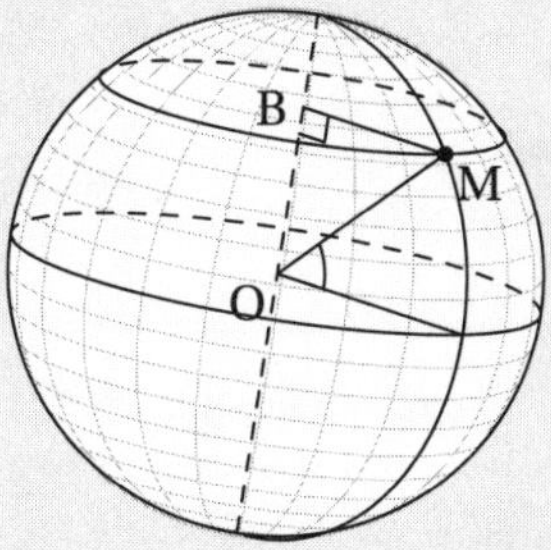

• Comme la latitude du point M est 40°, alors l'angle $\widehat{MOB}$ vaut 50°.
• Comme le triangle MOB est rectangle en B, on a :

$$BM = OM \times \sin\left(\widehat{MOB}\right)$$
$$BM = 6\,370 \times \sin(50°)$$
$$BM \approx 4\,880 \text{ km}$$

Corrigé de l'exercice 530 – page 216.

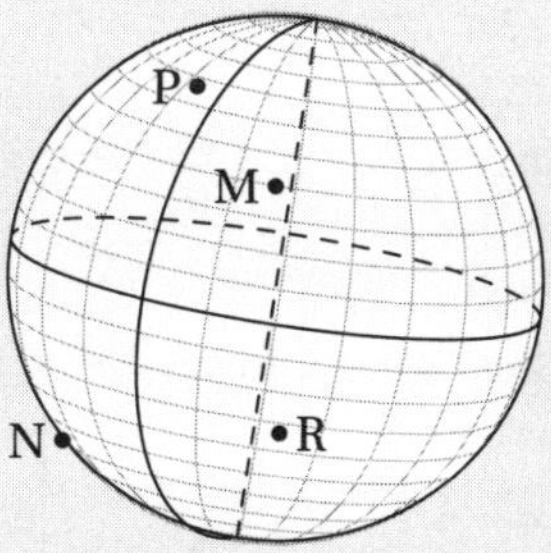

C97 **Corrigé de l'exercice 531 – page 217.**

Corrigé de l'exercice 532 – page 217.

Corrigé de l'exercice 533 – page 218.

Le patron est à l'échelle 1 : 2.

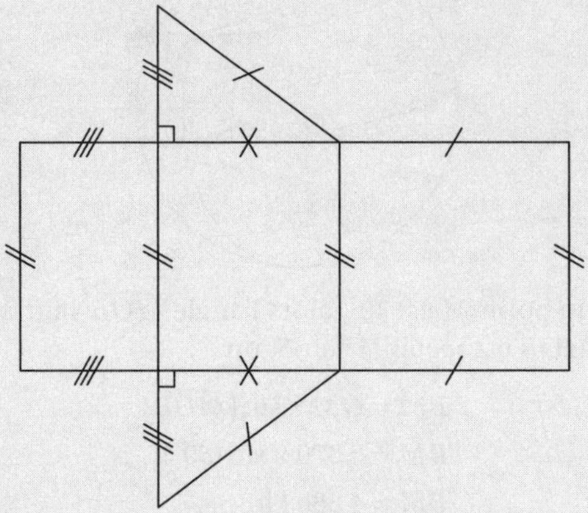

Corrigé de l'exercice 534 – page 218.

Le patron est à l'échelle 1 : 2.

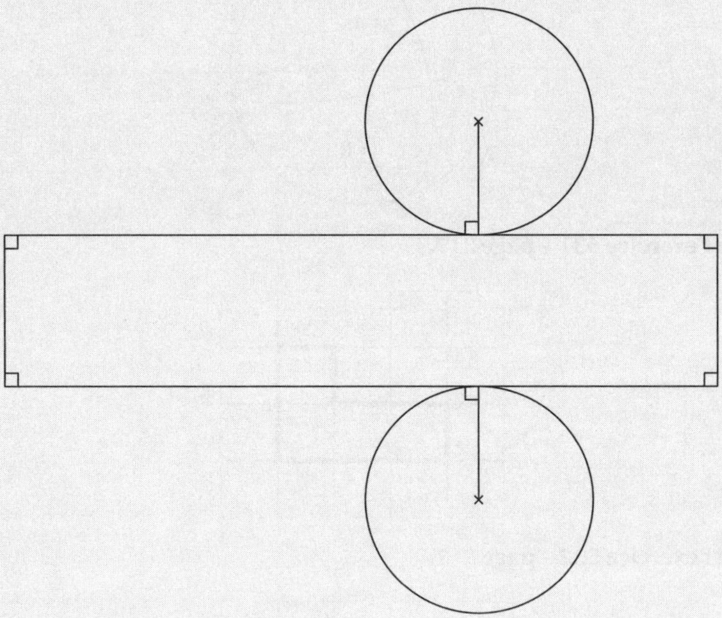

Corrigé de l'exercice 535 – page 219.

$BGFE$ est un carré ; BGH est un triangle rectangle isocèle en G ; FGH est un triangle rectangle isocèle en G ; EFH est un triangle rectangle en F ; EBH est un triangle rectangle en B.

Corrigé de l'exercice 536 – page 220.

• Les arêtes $[BE]$, $[BD]$ et $[DE]$ sont des diagonales des faces d'un même cube. Par conséquent, elles ont des longueurs égales.

Comme le triangle BAD est rectangle en A, alors l'égalité de Pythagore est vérifiée :

$$BD^2 = BA^2 + AD^2$$
$$BD^2 = 6^2 + 6^2$$
$$BD^2 = 36 + 36$$
$$BD^2 = 72$$
$$BD = \sqrt{72} \text{ cm}$$

• Les arêtes $[BK]$ et $[DK]$ sont les diagonales de deux faces identiques du pavé droit. Par conséquent, elles ont des longueurs égales.
Comme le triangle BCK est rectangle en C, alors l'égalité de Pythagore est vérifiée :

$$BK^2 = BC^2 + CK^2$$
$$BK^2 = 6^2 + 12^2$$
$$BK^2 = 36 + 144$$
$$BK^2 = 180$$
$$BK = \sqrt{180} \text{ cm}$$

• Comme le triangle EGK est rectangle en G, alors l'égalité de Pythagore est vérifiée :

$$EK^2 = EG^2 + KG^2$$
$$EK^2 = 72 + 6^2$$
$$EK^2 = 72 + 36$$
$$EK^2 = 108$$
$$EK = \sqrt{108} \text{ cm}$$

Corrigé de l'exercice 537 – page 221.

(a) Il s'agit du cône de révolution de sommet R et de diamètre $[SP]$.

(b) Comme un cône de révolution est obtenu par la rotation d'un triangle rectangle autour d'un de ses côtés de l'angle droit, alors le triangle RTI est rectangle en T.

(c) T est le milieu des segments $[PS]$ et $[BC]$. Comme le quadrilatère $PBSC$ a ses diagonales qui ont le même milieu, alors ce quadrilatère est un parallélogramme.
De plus, comme ce parallélogramme a ses diagonales de même longueur, alors c'est un rectangle.

C98 **Corrigé de l'exercice 538 – page 222.**

On peut déplacer le cylindre vers l'avant ou vers l'arrière pour obtenir d'autres assemblages correspondant à la figure donnée par l'énoncé.

Corrigé de l'exercice 539 – page 222.

Corrigé de l'exercice 540 – page 223.

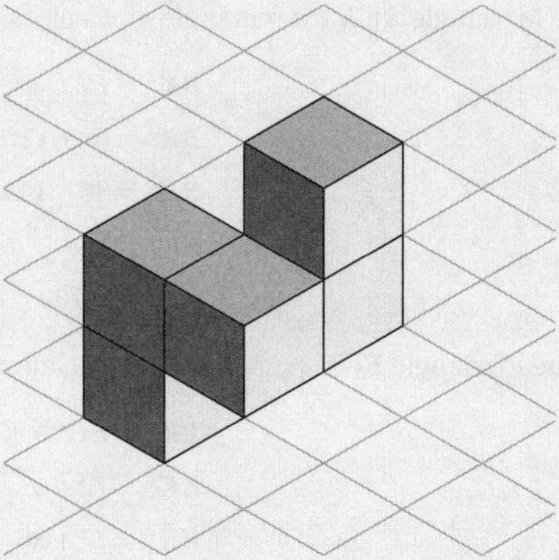

C99 **Corrigé de l'exercice 541 – page 224.**

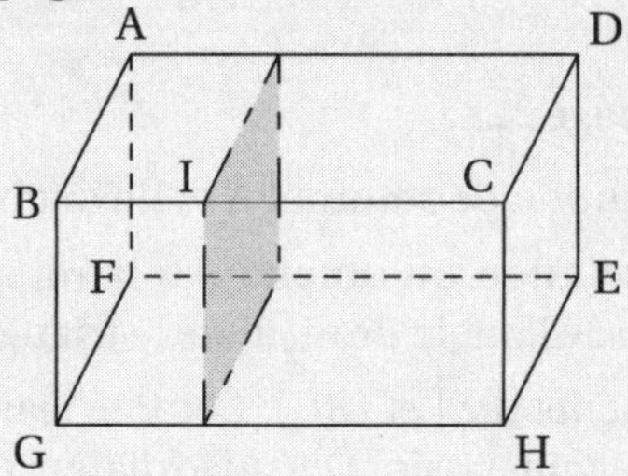

Le plan est parallèle à la face $ABGF$: la section obtenue est un rectangle de longueur AB et de largeur BG.

Corrigé de l'exercice 542 – page 224.

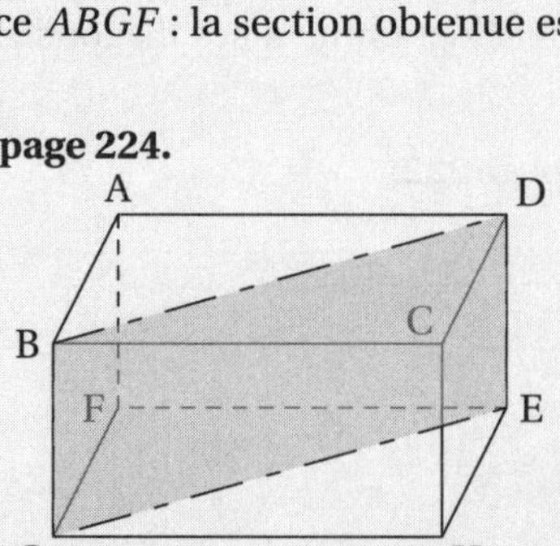

Le plan est parallèle à l'arête (CH) : la section obtenue est un rectangle de longueur BD et de largeur BG.

Corrigé de l'exercice 543 – page 225.

Comme on a coupé un cylindre de révolution par un plan parallèle à son axe, alors on obtient un rectangle d'aire $\mathcal{A} = 6 \times 3 = 18\ \text{cm}^2$.

Corrigé de l'exercice 544 – page 225.

(a) Comme on a coupé la pyramide par un plan parallèle à sa base, alors la section est de même nature géométrique que la base. Or, la base ABC étant un triangle rectangle en A, la section est un triangle rectangle en A'.

(b) Comme il s'agit d'une réduction, alors $\mathcal{V}_{SA'B'C'} = \mathcal{V}_{SABC} \times k^3$.

Corrigé de l'exercice 545 – page 226.

Lorsqu'une sphère est coupée par un plan, alors on obtient un cercle. Il faut déterminer le rayon de ce cercle.

Grâce à la section de la sphère par un plan, on obtient un triangle rectangle. Si on note r le rayon cherché, on peut écrire que :

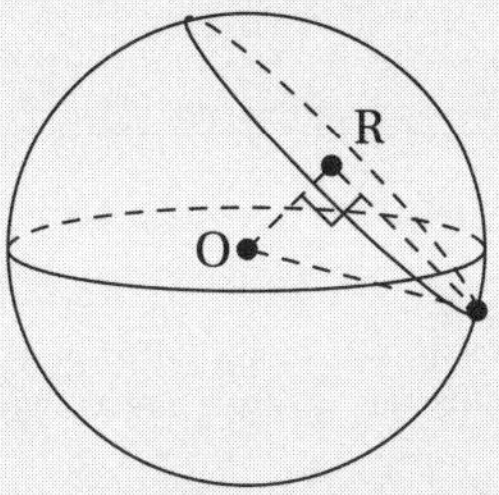

$$\begin{aligned} 5^2 &= OR^2 + r^2 \\ 5^2 &= 4^2 + r^2 \\ 25 &= 16 + r^2 \\ 25 - 16 &= r^2 \\ 9 &= r^2 \\ 3\ \text{cm} &= r \end{aligned}$$

Par conséquent, il faut tracer un cercle de rayon 3 cm.

Corrigé de l'exercice 546 – page 226.

La sphère est vide au départ de l'expérience. Donc le graphique ① ne convient pas.
Le volume d'eau ne fait qu'augmenter. Donc le graphique ② ne convient pas.
Le volume d'eau n'augmente pas de manière régulière car le rayon de la surface du liquide varie. Donc le graphique ④ ne convient pas.
Le graphique ③ est celui qui convient.

Corrigé de l'exercice 547 – page 228.

On place trois points A, B et C sur l'arc de cercle.
Ensuite, on trace les médiatrices des segments $[AB]$ et $[BC]$ afin de trouver le centre du cercle.
On trace le cercle et on mesure le rayon : 2,5 cm.
Comme l'échelle est de 1 : 5, alors 1 cm sur le dessin représente 5 cm réels.
Par conséquent, le diamètre réel est de 12,5 cm.

Corrigé de l'exercice 548 – page 229.

(a) Comme la droite (AB) est la médiatrice du segment $[IJ]$, alors le point A est à égale distance de I et J. Par conséquent, comme le triangle IAJ a deux côtés de même longueur, alors c'est un triangle isocèle en A.

(b) Comme le triangle IAJ est isocèle en A, alors $\widehat{AIJ} = \widehat{IJA} = 42°$.

On a :

$$\begin{aligned} \widehat{KIA} + \widehat{AIJ} &= \widehat{KIJ} \\ \widehat{KIA} + 42° &= 48° \\ \widehat{KIA} &= 6° \end{aligned}$$

Comme le triangle KIA est rectangle en K, alors :

$$\widehat{KIA} + \widehat{KAI} = 90^\circ$$
$$6^\circ + \widehat{KAI} = 90^\circ$$
$$\widehat{KAI} = 84^\circ$$

Corrigé de l'exercice 549 – page 229.

(a)

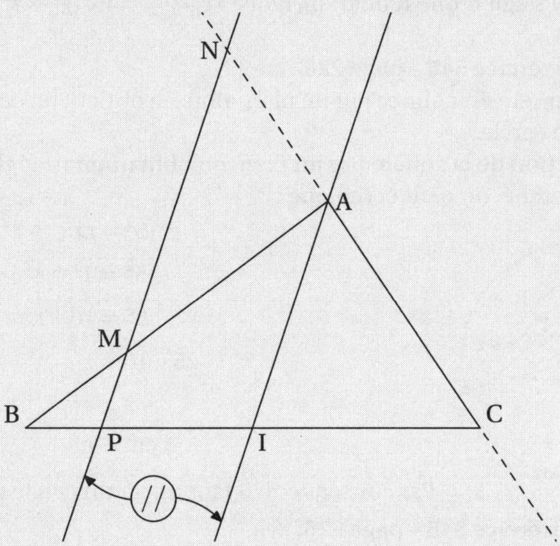

(b) Dans le triangle BIA, P est un point de la droite (BI) et M est un point de la droite (BA). Comme les droites (PM) et (IA) sont parallèles, alors le tableau

BP	BM	PM
BI	BA	IA

est un tableau de proportionnalité d'après le théorème de Thalès.
On a donc

1	BM	PM
3	BA	AI

Par conséquent, $AI = 3 \times PM$.

(c) Dans le triangle CNP, A est un point de la droite (CN) et I est un point de la droite (CP). Comme les droites (AI) et (NP) sont parallèles, alors le tableau

CA	CI	AI
CN	CP	NP

est un tableau de proportionnalité d'après le théorème de Thalès.
On a donc

CA	3	AI
CN	5	PN

Donc $\dfrac{AI}{PN} = \dfrac{3}{5}$.

(d) D'après les questions précédentes, on sait que :

$$AI = 3 \times PM \text{ et que } 3 \times PN = 5 \times AI.$$

Par conséquent,

$$3 \times PN = 5 \times 3 \times PM$$
$$3 \times PN = 3 \times 5 \times PM$$
$$PN = 5 \times PM$$

Corrigé de l'exercice 550 – page 229.

(a) On trace la hauteur issue de C. On obtient la figure suivante :

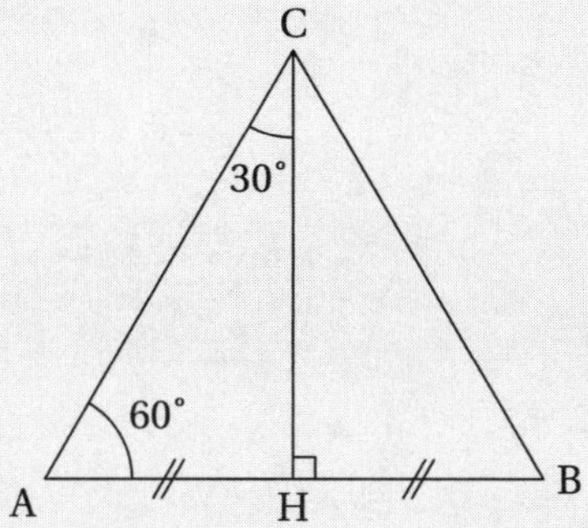

Comme le triangle ABC est équilatéral, alors la hauteur issue de C coupe le segment $[AB]$ en son milieu. Donc $AH = 2$ cm.
Comme le triangle CHA est rectangle en H, alors l'égalité de Pythagore est vérifiée :

$$CA^2 = CH^2 + HA^2$$
$$4 = CH^2 + 2^2$$
$$16 = CH^2 + 4$$
$$CH^2 = 16 - 4$$
$$CH^2 = 12$$
$$CH = \sqrt{12}$$

- Comme le triangle ABC est équilatéral, alors $\widehat{BAC} = 60°$. Donc $\widehat{ACH} = 30°$.
- Comme le triangle AHC est rectangle en H, on a :

$$AH = AC \times \cos(\widehat{BAC}) \qquad CH = CA \times \cos(\widehat{ACH})$$
$$2 = 4 \times \cos(60°) \qquad \sqrt{12} = 4 \times \cos(30°)$$
$$\frac{2}{4} = \cos(60°) \text{ ou } \frac{1}{2} = \cos(60°) \qquad \frac{\sqrt{12}}{4} = \cos(30°)$$

(b) Comme le triangle AHC est rectangle en H, on a :

$$AH = AC \times \sin(\widehat{ACH}) \qquad CH = CA \times \sin(\widehat{CAH})$$
$$2 = 4 \times \sin(30°) \qquad \sqrt{12} = 4 \times \sin(60°)$$
$$\frac{2}{4} = \sin(30°) \text{ ou } \frac{1}{2} = \sin(30°) \qquad \frac{\sqrt{12}}{4} = \sin(60°)$$

Thème D

(c) Comme le triangle AHC est rectangle en H, on a :

$$AH = CH \times \tan(\widehat{ACH}) \qquad CH = AH \times \tan(\widehat{HAC})$$

$$2 = \sqrt{12} \times \tan(30°) \qquad \sqrt{12} = 2 \times \tan(60°)$$

$$\frac{2}{\sqrt{12}} = \tan(30°) \qquad \frac{\sqrt{12}}{2} = \tan(60°)$$

Corrigé de l'exercice 551 – page 230.

(a)

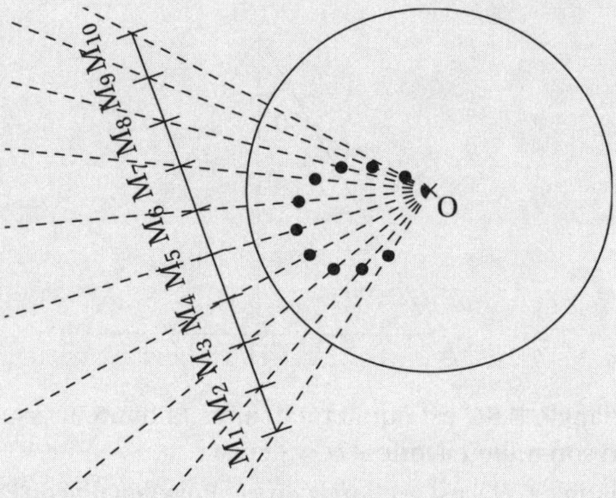

(b)

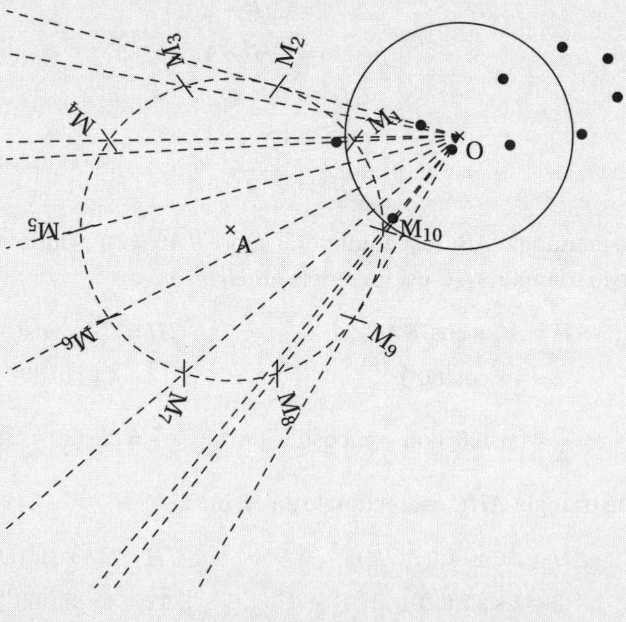

On remarque que le cercle n'a pas été transformé en un cercle ; que le segment n'a pas été transformé en un segment.

Corrigé de l'exercice 552 – page 231.

(a) Complétons le schéma.

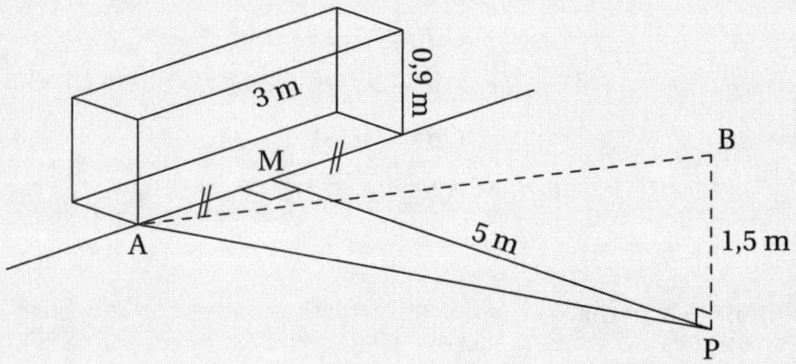

Comme le triangle AMP est rectangle en M, alors l'égalité de Pythagore est vérifiée :

$$AP^2 = AM^2 + MP^2$$
$$AP^2 = 1,5^2 + 5^2$$
$$AP^2 = 2,25 + 25$$
$$AP^2 = 27,25$$

Le calcul de AP n'est pas nécessaire car dans les calculs suivants, nous allons avoir besoin de AP^2...

Comme le triangle APB est rectangle en P, alors l'égalité de Pythagore est vérifiée :

$$AB^2 = AP^2 + PB^2$$
$$AB^2 = 27,25 + 1,5^2$$
$$AB^2 = 27,25 + 2,25$$
$$AB^2 = 29,5$$
$$AB = \sqrt{29,5}$$
$$AB \approx 5,43 \text{ m}$$

• Pour le deuxième tir, complétons le schéma :

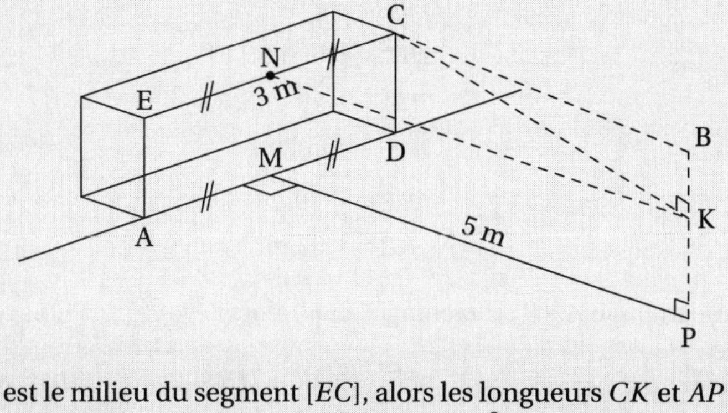

Comme N est le milieu du segment $[EC]$, alors les longueurs CK et AP sont égales d'après les calculs précédents. Par conséquent, $CK^2 = 27,25$.

Comme K appartient au segment $[PB]$, alors :

$$KB = PB - PK = 1,5 \text{ m} - 0,9 \text{ m} = 0,6 \text{ m}.$$

Thème D

Comme le triangle CBK est rectangle en K, alors l'égalité de Pythagore est vérifiée :

$$CB^2 = CK^2 + KB^2$$
$$CB^2 = 27,25 + 0,6^2$$
$$CB^2 = 27,25 + 0,36$$
$$CB^2 = 27,61$$
$$CB = \sqrt{27,61}$$
$$CB \approx 5,25 \text{ m}$$

(b) Complétons le schéma.

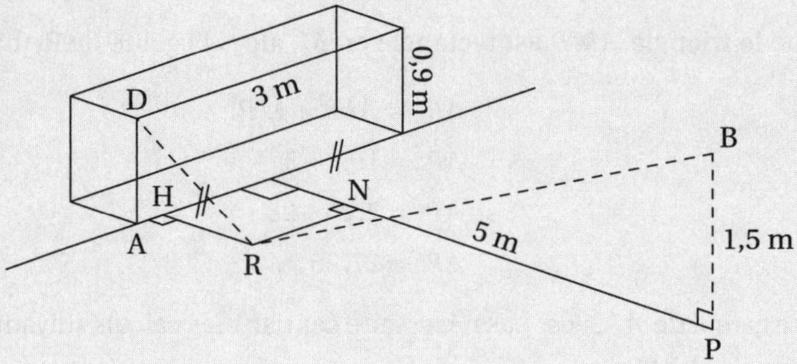

On a $RN = 1,5 \text{ m} - 0,6 \text{ m} = 0,9 \text{ m}$ et $NP = 4 \text{ m}$. Comme le triangle PRN est rectangle en N, alors l'égalité de Pythagore est vérifiée :

$$PR^2 = RN^2 + NP^2$$
$$PR^2 = 0,9^2 + 4^2$$
$$PR^2 = 0,81 + 16$$
$$PR^2 = 16,81$$

Comme le triangle PRB est rectangle en P, alors l'égalité de Pythagore est vérifiée :

$$BR^2 = BP^2 + PR^2$$
$$BR^2 = 1,5^2 + 16,81$$
$$BR^2 = 2,25 + 16,81$$
$$BR^2 = 19,06$$
$$BR = \sqrt{19,06}$$
$$BR \approx 4,37 \text{ m}$$

Comme le triangle AHR est rectangle en H, alors l'égalité de Pythagore est vérifiée :

$$AR^2 = AH^2 + HR^2$$
$$AR^2 = 0,6^2 + 1^2$$
$$AR^2 = 0,36 + 1$$
$$AR^2 = 1,36$$

Comme le triangle ADR est rectangle en R, alors l'égalité de Pythagore est vérifiée :

$$DR^2 = AR^2 + AD^2$$
$$DR^2 = 1,36 + 0,9^2$$
$$DR^2 = 1,36 + 0,81$$
$$DR^2 = 2,17$$
$$DR = \sqrt{2,17}$$
$$DR \approx 1,47 \text{ m}$$

La longueur approximative de la trajectoire du ballon est :

$$4,37 \text{ m} + 1,47 \text{ m} = 5,84 \text{ m}.$$

Corrigé de l'exercice 553 – page 232.

• Dans le triangle BAF, R est un point de la droite (BA) et T est un point de la droite (BF). Comme les droites (RT) et (AF) sont parallèles, alors le tableau

BR	BT	RT
BA	BF	AF

est un tableau de proportionnalité d'après le théorème de Thalès.
Si k est le coefficient de proportionnalité, alors $BA = k \times BR$ et $BF = k \times BT$.

• Dans le triangle BCF, S est un point de la droite (BC) et T est un point de la droite (BF). Comme les droites (ST) et (CF) sont parallèles, alors le tableau

BS	BT	ST
BC	BF	CF

est un tableau de proportionnalité d'après le théorème de Thalès. Comme on sait que $BF = k \times BT$, alors $BC = k \times BS$.

• Dans le triangle BAC, R est un point de la droite (BA) et S est un point de la droite (BC).
Comme $BA = k \times BR$ et $BC = k \times BS$, alors le tableau

BR	BS
BA	BC

est un tableau de proportionnalité.
De plus, les points B, R, A sont alignés dans le même ordre que les points B, S, C.
Donc les droites (RS) et (AC) sont parallèles d'après la réciproque du théorème de Thales.

Corrigé de l'exercice 554 – page 232.

• Comme le triangle ABH est rectangle en H, on a :

$$AH = AB \times \sin\left(\widehat{ABH}\right)$$
$$AH = 150 \times \sin(40°)$$

Thème D

• Dans le triangle ABM, on a :

$$\widehat{AMB} + \widehat{MBA} + \widehat{BAM} = 180^\circ$$
$$\widehat{AMB} + 40^\circ + 75^\circ = 180^\circ$$
$$\widehat{AMB} + 115^\circ = 180^\circ$$
$$\widehat{AMB} = 180^\circ - 115^\circ$$
$$\widehat{AMB} = 65^\circ$$

Comme le triangle AHM est rectangle en H, on a :

$$AH = AM \times \sin\left(\widehat{HMA}\right)$$
$$AH = AM \times \sin(65^\circ)$$

• Avec les deux expressions de la longueur AH, on peut écrire :

$$150 \times \sin(40^\circ) = AM \times \sin(65^\circ)$$
$$\frac{150 \times \sin(40^\circ)}{\sin(65^\circ)} = AM$$
$$106{,}39 \text{ m} \approx AM$$

C 100 **Corrigé de l'exercice 555 – page 235.**

C'est insuffisant si l'ordinateur ne dispose pas d'une liste associant les élèves aux dates de naissance.

Corrigé de l'exercice 556 – page 235.

(a) Les deux étapes sont :
- — effectuer la division euclidienne du nombre aléatoire par 7 ;
- — tester si le reste de cette division est égal à 0 ou pas.

(b)

```
quand [drapeau] est cliqué   % Créer des variables Dividende et Reste
mettre Dividende à (nombre aléatoire entre (1000) et (10000))
dire (regroupe [Le nombre choisi est] (Dividende)) pendant (2) seconde(s)
mettre Reste à ((Dividende) modulo (7))
si <(Reste) = (0)> alors
    dire (regroupe (Dividende) [est divisible par 7.]) pendant (2) seconde(s)
sinon
    dire (regroupe (Dividende) [n'est pas divisible par 7.]) pendant (2) seconde(s)
```

Corrigé de l'exercice 557 – page 235.

Avant d'effectuer la somme demandée, il faut savoir comment créer un nombre pair :

— un nombre pair est un multiple de 2 et on peut choisir le nombre pair souhaité ;

— ou un nombre pair se détermine à partir du précédent en lui ajoutant 2. Dans ce cas, on peut obtenir la liste à partir de n'importe quel nombre pair.

Pour cet exercice, on choisit la deuxième méthode avec le script Scratch© suivant :

```
quand [drapeau] est cliqué          % Créer des variables NombrePair et Somme
mettre [NombrePair ▾] à [0]
mettre [Somme ▾] à [0]
répéter (24) fois
    ajouter à [NombrePair ▾] (2)
    ajouter à [Somme ▾] (NombrePair)
dire (regroupe [La somme demandée est :] (Somme)) pendant (2) seconde(s)
```

Pourquoi `répéter (24) fois` ? La liste des vingt-cinq premiers nombres pairs débute à 0. Mais ajouter 0 est inutile…

Corrigé de l'exercice 558 – page 235.

```
définir TriangleEquilatéral (Longueurcôté)
répéter (3) fois
    avancer de (Longueurcôté)
    tourner à gauche de (120) degré(s)
```

La figure est composée uniquement de triangles équilatéraux. On va donc créer un nouveau bloc permettant de construire des triangles équilatéraux dont les côtés peuvent avoir des longueurs variables.

On peut ensuite utiliser cette commande pour construire la figure.

```
quand [drapeau] est cliqué          %Créer une variable étape
mettre [étape ▾] à [1]
répéter (5) fois
    TriangleEquilatéral ((étape) × 25)
    ajouter à [étape ▾] (1)
```

Corrigé de l'exercice 559 – page 235.
On peut décomposer l'exercice de la façon suivante :

1/ Choix aléatoire des valeurs pour l'exercice.

2/ Possibilité de rappel de la formule.

3/ Proposer l'exercice à l'utilisateur.

4/ Demander l'expression proposée par l'élève.

5/ Évaluer et corriger (si nécessaire) la proposition faite.

C 101 **Corrigé de l'exercice 560 – page 236.**

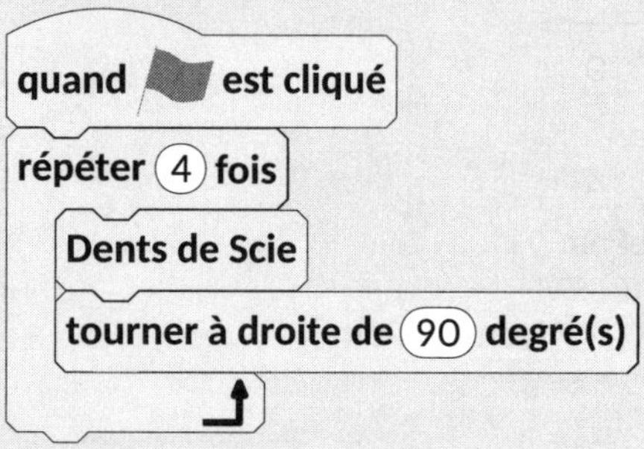

Corrigé de l'exercice 561 – page 236.
On crée deux nouveaux blocs pour la construction du carré et du rectangle :

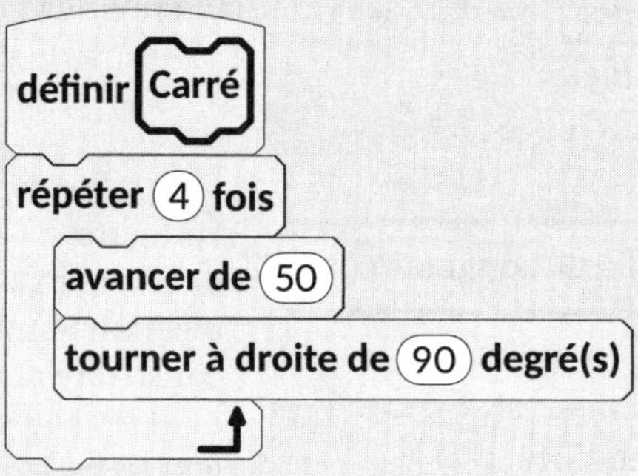

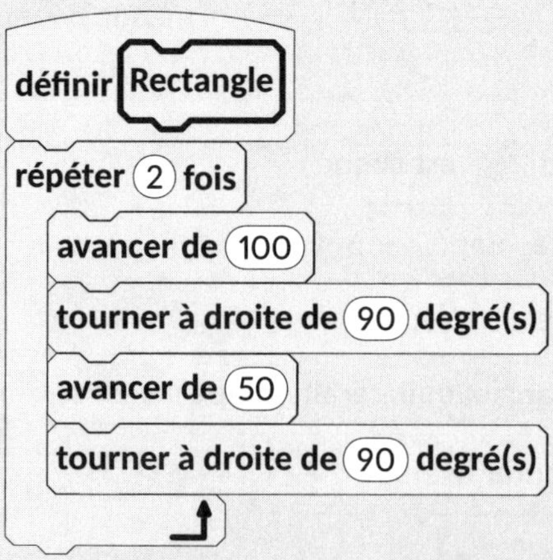

Ensuite, on crée deux autres blocs correspondants au deux premières lignes :

```
définir LigneUn
Carré
avancer de (50)
Rectangle
avancer de (100)
Rectangle
avancer de (100)
Rectangle
```

```
définir LigneDeux
répéter (3) fois
    Rectangle
    avancer de (100)
Carré
```

Enfin, on construit la figure.

```
quand [drapeau] est cliqué
stylo en position d'écriture
LigneUn
répéter (2) fois
    avancer de (−250)
    tourner à gauche de (90) degré(s)
    avancer de (50)
    tourner à droite de (90) degré(s)
    LigneDeux
    avancer de (−250)
    tourner à gauche de (90) degré(s)
    avancer de (50)
    tourner à droite de (90) degré(s)
    LigneUn
relever le stylo
```

Corrigé de l'exercice 562 – page 237.

On peut partir sur la création d'un nouveau bloc qui permettrait la création d'un triangle équilatéral en commençant à partir d'un sommet.

Le choix, fait ici, est de construire le triangle équilatéral à partir du milieu d'un de ses côtés. Ainsi, on peut continuer facilement le tracé suivant.

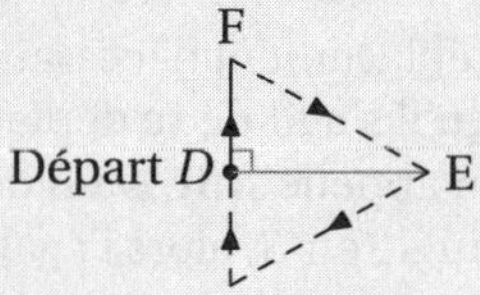

Reste à déterminer la longueur DE. Le triangle EDF est rectangle en D, donc l'égalité de Pythagore est vérifiée :

$$EF^2 = ED^2 + DF^2$$

$$60^2 = ED^2 + 30^2$$

$$3\,600 = ED^2 + 900$$

Thème E

$$ED^2 = 3\,600 - 900$$
$$ED^2 = 2\,700$$
$$ED = \sqrt{2\,700}$$

On obtient alors un algorithme du type suivant :

```
définir TriangleEquilateral
s'orienter à (0) %Le lutin s'oriente vers le haut
avancer de (30)
tourner à droite de (120) degré(s)
avancer de (60)
tourner à droite de (120) degré(s)
avancer de (60)
tourner à droite de (120) degré(s)
avancer de (30)
s'orienter à (90)
```

```
quand [drapeau] est cliqué
effacer tout
répéter (8) fois
    stylo en position d'écriture
    TriangleEquilateral
    relever le stylo
    avancer de (Racine de (2 700))
```

Corrigé de l'exercice 563 – page 237.

On construit des blocs CarreDroit et CarreIncline permettant de tracer les carrés.

```
définir CarreDroit
répéter (4) fois
    avancer de (40)
    tourner à gauche de (90) degré(s)
```

```
définir CarreIncline
tourner à droite de (45) degré(s)
CarreDroit
```

Puis, il convient de connaître le déplacement nécessaire pour passer du carré « incliné » au carré « droit ». On remarque qu'il s'agit de se déplacer le long d'une des diagonales du carré. Pour faire les calculs, on appelle $ABCD$ un des carrés.
Comme le triangle ABC est rectangle en B, alors l'égalité de Pythagore est vérifiée :

$$AC^2 = AB^2 + BC^2$$
$$AC^2 = 40^2 + 40^2$$
$$AC^2 = 1\,600 + 1\,600$$
$$AC^2 = 3\,200 \qquad \text{soit } AC = \sqrt{3\,200}$$

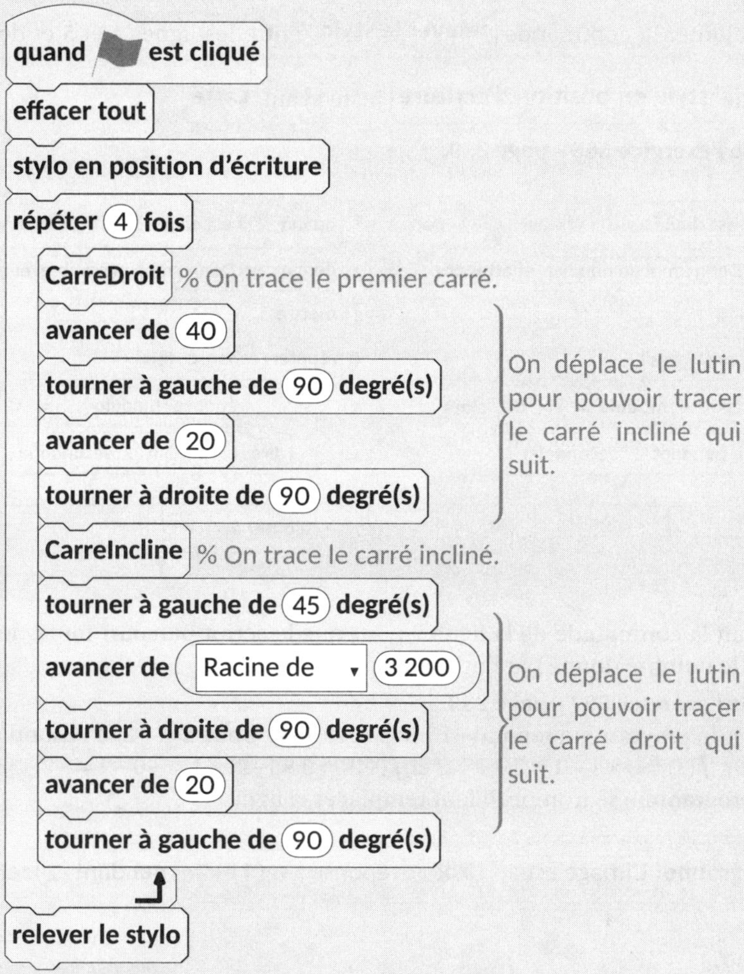

C 102 **Corrigé de l'exercice 564 – page 238.**

À la ligne 3, le losange est répété 10 fois alors qu'il doit l'être 12 fois.

Corrigé de l'exercice 565 – page 238.

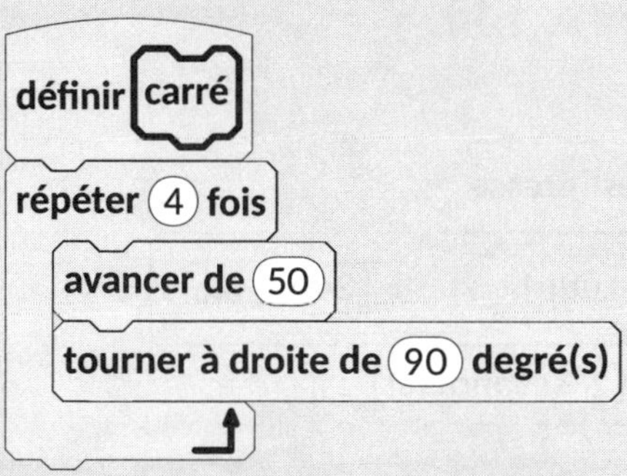

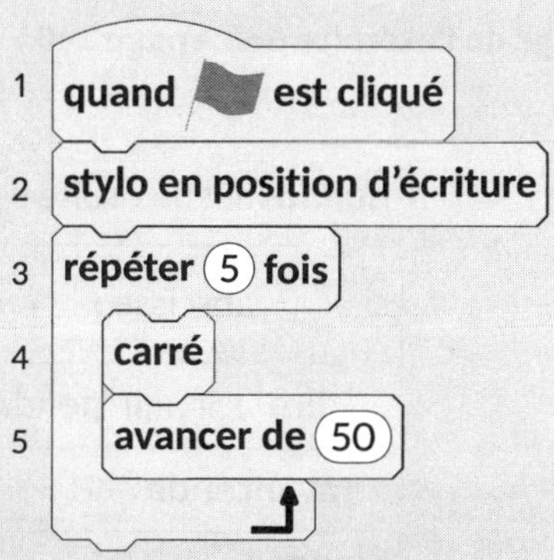

À la ligne 5, la commande **avancer de (50)** ne permet pas de faire « la séparation » entre deux carrés consécutifs. Si on remplace cette commande par **avancer de (100)**,

Thème E

il faudra ajouter la commande **relever le stylo** entre les lignes 4 et 5 et déplacer la commande **stylo en position d'écriture** juste avant **carré**.

Corrigé de l'exercice 566 – page 239.

```
quand [drapeau] est cliqué %Une variable i a été créée
demander [Donne moi un nombre] et attendre
mettre [i] à [1]
répéter (réponse) fois
    si <((réponse) modulo (i)) = [0]> alors
        dire (i) pendant (2) seconde(s)
```

```
1 quand [drapeau] est cliqué %Une variable i a été créée
2 demander [Donne moi un nombre] et attendre
3 mettre [i] à [1]
4 répéter (réponse) fois
5     si <((réponse) modulo (i)) = [0]> alors
6         dire (i) pendant (2) seconde(s)
7     ajouter à [i] (1)
```

Il manquait la commande de la ligne 7 pour que le script parcourt toutes les valeurs entre 1 et le nombre donné par l'utilisateur.

Corrigé de l'exercice 567 – page 239.

Pour $x = 1$, le programme répond « L'image est 6 » et pour $x = -2$, il répond « L'image est −3 ». Or, $f(1) = 3 \times 1 - 1 = 3 - 1 = 2$ et $f(-2) = 3 \times (-2) - 1 = -6 - 1 = -7$.

Donc le programme se trompe. Il faut remplacer la ligne

```
dire (regroupe [L'image est :] (3 × ((réponse) + (1)))) pendant (2) seconde(s)
```

par la ligne

```
dire (regroupe [L'image est :] ((3 × (réponse)) + (1))) pendant (2) seconde(s)
```

C 103 **Corrigé de l'exercice 568 – page 240.**

```
quand [flèche droite] est pressé
si <([abscisse x] de [Lutin1]) > [240]> alors
    dire [J'ai mal] pendant (2) seconde(s)
    avancer de (-10)
sinon
    avancer de (10)
```

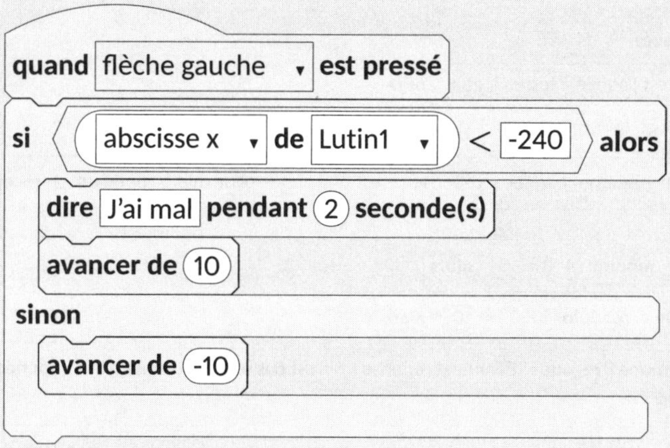

Corrigé de l'exercice 569 – page 240.

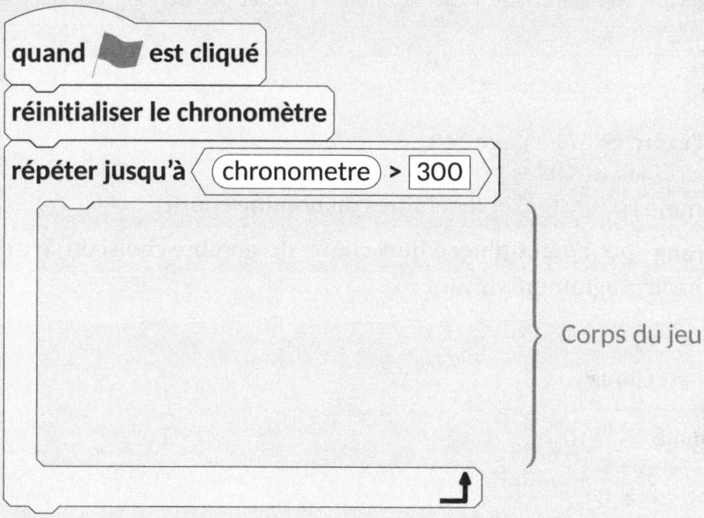

On viendra placer le corps du jeu déjà produit dans la répétition.
Comme Scratch© utilise des secondes, il a fallu mettre le chronomètre dans cette unité (5 min = 300 s).
Et il faut remettre le chronomètre à 0 à chaque lancement du jeu.

Corrigé de l'exercice 570 – page 240.
Testons plusieurs années :

L'année 2016 On a : $2016 = 400 \times 5 + 16$ $2016 = 4 \times 504$ $2016 = 100 \times 20 + 16$
2016 n'est pas divisible par 400 mais elle est divisible par 4 et pas par 100. Donc c'est une année bissextile.

L'année 1900 On a : $1900 = 400 \times 4 + 300$ $1900 = 4 \times 475$ $1900 = 100 \times 19$
1900 n'est pas divisible par 400 mais elle est divisible par 4 et *par 100*. Donc ce n'est pas une année bissextile.

L'année 1600 On a : $1600 = 400 \times 4$ $1600 = 4 \times 400$ $1600 = 100 \times 16$
1600 est divisible par 400. Donc c'est une année bissextile.

```
quand [drapeau] est cliqué
demander [Quelle est l'année à tester ?] et attendre
si <((réponse) modulo (400)) = [0]> alors
    dire (regroupe (regoupe [L'année] (réponse)) [est une année bissextile.]) pendant (2) seconde(s)
sinon
    si <((réponse) modulo (4)) = [0]> alors
        si <((réponse) modulo (100)) = [0]> alors
            dire (regroupe (regoupe [L'année] (réponse)) [n'est pas une année bissextile.]) pendant (2) seconde(s)
        sinon
            dire (regroupe (regoupe [L'année] (réponse)) [est une année bissextile.]) pendant (2) seconde(s)
        fin
    sinon
        dire (regroupe (regoupe [L'année] (réponse)) [n'est pas une année bissextile.]) pendant (2) seconde(s)
    fin
fin
```

Corrigé de l'exercice 571 – page 240.

Après avoir créé les variables :

— (**Somme**) pour stocker les chiffres du nombre choisi ;

— et (**rang**) pour déterminer à quel chiffre du nombre choisi on se trouve ;

on peut écrire le programme suivant :

```
quand [drapeau] est cliqué
mettre [Somme ▾] à [0]
mettre [rang ▾] à [0]
demander [Donner le nombre entier à tester] et attendre
répéter (longueur de (réponse)) fois
    ajouter à [rang ▾] (1)
    ajouter à [Somme ▾] (lettre (rang) de (réponse))
fin
dire (regroupe [La somme des chiffres du nombre] (réponse)) pendant (2) seconde(s)
dire (regroupe [est] (Somme)) pendant (2) seconde(s)
```

Il peut paraître étonnant d'utiliser la commande (**lettre** (**rang**) **de** (réponse)) pour savoir quels sont les chiffres qui composent le nombre entier à tester. En fait, ce n'est pas une lettre que gère Scratch© mais un « caractère » au sens informatique.

Corrigé de l'exercice 572 – page 240.

```
quand ⚑ est cliqué
s'orienter à (nombre aléatoire entre (30) et (60))          %Pour le déplacement aléatoire
répéter jusqu'à <touche [espace ▾] pressée ?>               %Pour arrêter le fond d'écran
    avancer de (10)
    rebondir si le bord est atteint
    si <(distance de [pointeur de souris ▾]) < [50]> alors  %On teste la distance entre le
                                                            lutin et le pointeur de souris
        cacher                                              }
        s'orienter à (nombre aléatoire entre (120) et (150))}
        avancer de (100)                                    } On cache le lutin et on l'éloigne
        attendre (1) seconde(s)                             } du pointeur de souris
        montrer                                             }
```

C 104 Corrigé de l'exercice 573 – page 241.

%Pour le lutin **Lutin1**

```
quand ⚑ est cliqué
s'orienter à (nombre aléatoire entre (30) et (60))
répéter indéfiniment
    avancer de (10)
    rebondir si le bord est atteint
    si <[Ball-Soccer ▾] touché> alors
        s'orienter à (nombre aléatoire entre (60) et (90))
```

%Pour le lutin **Ball-Soccer**

```
quand ⚑ est cliqué
s'orienter à (nombre aléatoire entre (90) et (120))
répéter indéfiniment
    avancer de (10)
    rebondir si le bord est atteint
    si <[Lutin1 ▾] touché> alors
        s'orienter à (nombre aléatoire entre (15) et (45))
```

Corrigé de l'exercice 574 – page 241.

```
quand ⚑ est cliqué          %Pour le lutin Lutin1
aller à x : (0) y : (−120)

quand je reçois [touche ▾]
glisser en (1) seconde(s) à x : (nombre aléatoire entre (−200) et (200)) y : (−120)
envoyer à tous [reviens ▾]
```

Au lancement du script, le lutin se place correctement. Ensuite, il doit bouger lorsque le joueur arrive à toucher le ballon.

```
quand [drapeau] est cliqué          %Pour le lutin Ball-Soccer
aller à x : (0) y : (120)           On place le lutin en haut de la
                                    fenêtre graphique
s'orienter à (90 ▾)
répéter indéfiniment
    avancer de (10)
    rebondir si le bord est atteint
```

Dans ce jeu, le ballon se déplace uniquement de gauche à droite (et réciproquement) en rebondissant sur les bords.

```
%Pour le lutin Lighting

quand [drapeau] est cliqué
cacher
aller à [Lutin1 ▾]

quand je reçois [reviens ▾]
cacher
aller à [Lutin1 ▾]

quand [espace ▾] est pressé
montrer
répéter jusqu'à <(ordonnée y) > [180]>
    ajouter (10) à y
    si <[Ball-Soccer ▾] touché> alors
        envoyer à tous [touche ▾]
cacher
aller à [Lutin1 ▾]
```

Pour l'éclair, la solution mise en place consiste à le cacher avant le tir effectué par l'utilisateur. Puis, lorsque l'utilisateur appuie sur la touche espace, l'éclair se déplace verticalement.

Ensuite, il faut tester s'il touche ou non le ballon. Si oui, le lutin change de position de tir. Sinon, le lutin ne change pas de place. Dans tous les cas, l'éclair revient se cacher derrière le lutin.

Corrigé de l'exercice 575 – page 241.

Dans la proposition de réponse, on a choisi d'utiliser le lutin initial Lutin1 et un lutin Crab[7].

7. Disponible avec Scratch©.

Lutin1 est celui qui doit deviner le nombre caché et Crab est celui qui choisit le nombre caché et répond aux questions du lutin Lutin1.
L'idée mise en place est la suivante : on imagine un dialogue entre les deux lutins et en fonction des réponses « inférieur » ou « supérieur », la proposition du lutin Lutin1 évolue.
À noter l'utilisation de la commande

```
(Plancher de ▾ ( ))
```

qui permet d'obtenir le nombre entier immédiatement inférieur au nombre donné à l'argument. Par exemple :

— (Plancher de ▾ (7.15)) renvoie 7 comme réponse ;

— (Plancher de ▾ (7.99)) renvoie 7 également comme réponse.

% Pour le lutin **Lutin1**

```
quand je reçois etape1 ▾
dire Salut le crabe pendant (2) seconde(s)
envoyer à tous bonjour ▾
```

```
quand je reçois oui ▾
dire oui, oui, pas de soucis ! pendant (2) seconde(s)
envoyer à tous reponseok ▾
mettre chatmaxi ▾ à 100
mettre chatmini ▾ à 1
```

```
quand je reçois choixnombre ▾
mettre NbChat ▾ à (Plancher de ▾ (((chatmaxi) + (chatmini)) ÷ (2)))
dire (NbChat) pendant (2) seconde(s)
envoyer à tous reponse ▾
```

```
quand je reçois gagne ▾
dire J'ai gagné ! Super ! pendant (2) seconde(s)
stop tout ▾
```

```
quand je reçois inferieur ▾
mettre chatmaxi ▾ à (NbChat)
mettre NbChat ▾ à (Plancher de ▾ (((chatmaxi) + (chatmini)) ÷ (2)))
dire (NbChat) pendant (2) seconde(s)
envoyer à tous reponse ▾
```

```
quand je reçois superieur ▾
mettre chatmini ▾ à (NbChat)
mettre NbChat ▾ à (Plancher de ▾ (((chatmaxi) + (chatmini)) ÷ (2)))
dire (NbChat) pendant (2) seconde(s)
envoyer à tous reponse ▾
```

% Pour le lutin **Crab**

```
quand [drapeau] est cliqué
dire [Salut le chat !] pendant (2) seconde(s)
envoyer à tous [etape1 ▾]
```

```
quand je reçois [reponseok ▾]
dire [je t'écoute !] pendant (2) seconde(s)
envoyer à tous [choixnombre ▾]
```

```
quand je reçois [bonjour ▾]
mettre [NbCrabe ▾] à (nombre aléatoire entre (1) et (100))
dire [J'ai choisi un nombre entre 1 et 100. Tu veux bien le trouver ?] pendant (2) seconde(s)
envoyer à tous [oui ▾]
```

```
quand je reçois [reponse ▾]
si <(NbChat) = (NbCrabe)> alors
    dire [Egalité] pendant (2) seconde(s)
    envoyer à tous [gagne ▾]
sinon
    si <(NbChat) < (NbCrabe)> alors
        dire [Supérieur] pendant (2) seconde(s)
        envoyer à tous [superieur ▾]
    sinon
        dire [Inférieur] pendant (2) seconde(s)
        envoyer à tous [inferieur ▾]
```

Bilan **Corrigé de l'exercice 576 – page 242.**

On décompose le projet en plusieurs parties :

— vérifier l'âge du patient pour savoir s'il est compris entre 18 et 65 ; le calcul de l'IMC ne se faisant que si l'âge correspond à l'utilisation de la formule ;

— calculer l'IMC avec le formule donnée ;

— tester la valeur de l'IMC par rapport au tableau et conclure.

Quelques explications sur la mise en place de ce projet (page suivante) :

— les lignes de 3 à 6 permettent de tester l'âge du patient par rapport aux recommandations préconisées ; la commande

```
répéter jusqu'à <<(réponse) < [65]> et <(réponse) > [17]>>
```

permet de poursuivre seulement si le patient est dans la bonne tranche d'âge ;

— les lignes de 7 à 11 permettent le calcul de l'IMC ;

— la ligne 12 permet d'obtenir un arrondi au dixième près de l'IMC car Scratch© n'autorise, *au départ*, qu'un arrondi à l'unité près. Par exemple, si l'IMC trouvé est 17,86, alors son arrondi, au sens de Scratch©, est 18. Par contre, avec

```
mettre [IMC] à ((arrondi de ((IMC) × (10))) ÷ (10))
```

on a le cheminement : $17{,}86 \overset{\times 10}{\rightarrow} 178{,}6 \overset{\text{arrondi Scratch}^{©}}{\longrightarrow} 179 \overset{\div 10}{\rightarrow} 17{,}9$ pour obtenir 17,9 qui est bien l'arrondi au dixième de 17,86 ;

— les lignes de 13 à 21 permettent de conclure.

```
1  quand [drapeau] est cliqué   % On crée les variables Taille, Masse et IMC
2  répéter indéfiniment
3    demander [Quel est l'âge du patient ?] et attendre
4    répéter jusqu'à <<(réponse) < [65]> et <(réponse) > [17]>>
5      dire [L'âge ne permet pas un calcul de l'IMC] pendant (2) seconde(s)
6      demander [Quel est l'âge du patient ?] et attendre
     fin
7    demander [Quelle est la taille du patient (en m) ?] et attendre
8    mettre [Taille] à (réponse)
9    demander [Quelle est la masse du patient (en kg) ?] et attendre
10   mettre [Masse] à (réponse)
11   mettre [IMC] à ((Masse) ÷ ((Taille) × (Taille)))
12   mettre [IMC] à ((arrondi de ((IMC) × (10))) ÷ (10))
13   si <(IMC) > [40]> alors
14     dire [Le patient est en obésité massive] pendant (2) seconde(s)
     sinon
15     si <(IMC) > [29,9]> alors
16       dire [Le patient est en obésité] pendant (2) seconde(s)
       sinon
17       si <(IMC) > [24,9]> alors
18         dire [Le patient est en surpoids] pendant (2) seconde(s)
         sinon
19         si <(IMC) > [18,4]> alors
20           dire [Le patient est normal] pendant (2) seconde(s)
           sinon
21           dire [Le patient est en maigreur] pendant (2) seconde(s)
           fin
         fin
       fin
     fin
   fin
```

Corrigé de l'exercice 577 – page 242.

Voici les étapes d'élaboration du programme :

— demander à l'utilisateur les trois valeurs, elles seront associées aux variables (v1), (v2) et (v3) à créer avant :

```
demander [Quelle est la première valeur ?] et attendre
mettre [v1 ▾] à (réponse)
demander [Quelle est la deuxième valeur ?] et attendre
mettre [v2 ▾] à (réponse)
demander [Quelle est la troisième valeur ?] et attendre
mettre [v3 ▾] à (réponse)
```

— les mettre dans l'ordre croissant pour obtenir les variables (MaxiL), (MoyL) et (MiniL) :

```
définir Trier (val1) (val2) (val3)    %On a créé trois variables : MaxiL, MoyL, MiniL
mettre [MaxiL ▾] à (val1)
mettre [MoyL ▾] à [0]
mettre [MiniL ▾] à [0]
si <(val2) > (MaxiL)> alors
    mettre [MoyL ▾] à (MaxiL)
    mettre [MaxiL ▾] à (val2)
sinon
    mettre [MoyL ▾] à (val2)
si <(val3) > (MaxiL)> alors
    mettre [MiniL ▾] à (MoyL)
    mettre [MoyL ▾] à (MaxiL)
    mettre [MaxiL ▾] à (val3)
sinon
    si <(val3) > (MoyL)> alors
        mettre [MiniL ▾] à (MoyL)
        mettre [MoyL ▾] à (val3)
    sinon
        mettre [MiniL ▾] à (val3)
```

— utiliser l'inégalité triangulaire pour déterminer si les trois valeurs forment un triangle ;

```
définir Constructible (grande) (moyenne) (petite)
si < ((moyenne) + (petite)) > (grande) > alors
    dire [Le triangle existe] pendant (2) seconde(s)
sinon
    dire [Le triangle n'existe pas] pendant (2) seconde(s)
```

— déterminer si le triangle est équilatéral ;

```
définir Equilateral (cote1) (cote2) (cote3)
si < <(cote1) = (cote2)> et <(cote2) = (cote3)> > alors
    dire [Le triangle est équilatéral] pendant (2) seconde(s)
sinon
    dire [Le triangle n'est pas équilatéral] pendant (2) seconde(s)
```

— déterminer si le triangle est isocèle ;

```
définir Isocele (cote1) (cote2) (cote3)
si < < <(cote1) = (cote2)> ou <(cote2) = (cote3)> > ou <(cote3) = (cote1)> > alors
    dire [Le triangle est isocèle] pendant (2) seconde(s)
sinon
    dire [Le triangle n'est pas isocèle] pendant (2) seconde(s)
```

— déterminer si le triangle est rectangle à l'aide de l'égalité de Pythagore ;

```
définir Rectangle (grandcote) (moyencote) (petitcote)
si < ((grandcote) × (grandcote)) = (((moyencote) × (moyencote)) + ((petitcote) × (petitcote))) > alors
    dire [Le triangle est rectangle] pendant (2) seconde(s)
sinon
    dire [Le triangle n'est pas rectangle] pendant (2) seconde(s)
```

— et on assemble ensuite cela pour en faire le programme principal.

```
quand [drapeau] est cliqué
demander [Quelle est la première valeur ?] et attendre
mettre [v1 ▾] à (réponse)
demander [Quelle est la deuxième valeur ?] et attendre
mettre [v2 ▾] à (réponse)
demander [Quelle est la troisième valeur ?] et attendre
mettre [v3 ▾] à (réponse)
Trier (v1) (v2) (v3)
Constructible (MaxiL) (MoyL) (MiniL)
Equilateral (MaxiL) (MoyL) (MiniL)
Isocele (MaxiL) (MoyL) (MiniL)
Rectangle (MaxiL) (MoyL) (MiniL)
```

Corrigé de l'exercice 578 – page 242.
Une fraction ne se simplifie plus lorsqu'il n'y a plus de diviseurs communs au numérateur et au dénominateur.
Par conséquent, on peut décomposer le problème de la façon suivante :

1/ Trouver un diviseur du numérateur.

2/ Ce diviseur du numérateur est-il un diviseur du dénominateur ? Si oui, on simplifie et on recommence l'étape 1. Sinon, on reprend à l'étape 1.
On répète cela tant que tous les diviseurs du numérateur n'ont pas été trouvés.

3/ On annonce le résultat de la simplification.

Quelques explications sur le programme Scratch© proposé :

— la variable (nombre) « recueille » les diviseurs du numérateur ;

— à la ligne 6, la variable (nombre) vaut 2 car 1 étant un diviseur de tous les nombres entiers, il est inutile de le tester ;
— les lignes de 8 à 11 indiquent la méthode retenue lorsqu'un diviseur commun au numérateur et au dénominateur est trouvé ;
— la ligne 12 permet de reprendre la recherche des diviseurs à partir du nombre 2, cela permet de faire des calculs et des tests plus rapidement ;
— les lignes 13 et 14 indiquent que si le diviseur n'est pas commun au numérateur et au dénominateur (ligne 13) ou que le nombre testé n'est pas un diviseur du numérateur (ligne 14), alors il faut tester le suivant ;
— enfin, les lignes 15 et 16 indiquent le résultat de la simplification demandée.

/!\ Pour tester le moins de diviseurs possibles, on pourrait ajouter un test permettant de savoir quel est le plus petit nombre entre le numérateur et le dénominateur. Ainsi, on ferait la recherche des diviseurs sur le plus petit nombre.

```
1  quand [drapeau] est cliqué   %Créer trois variables : Num, Deno et nombre
2  demander [Quel est le numérateur ?] et attendre
3  mettre [Num ▾] à (réponse)
4  demander [Quel est le dénominateur ?] et attendre
5  mettre [Deno ▾] à (réponse)
6  mettre [nombre ▾] à [2]
7  répéter jusqu'à <(nombre) = (Num)>
8      si <((Num) modulo (nombre)) = [0]> alors
9          si <((Deno) modulo (nombre)) = [0]> alors
10             mettre [Num ▾] à ((Num) ÷ (nombre))
11             mettre [Deno ▾] à ((Deno) ÷ (nombre))
12             mettre [nombre ▾] à [2]
           sinon
13             ajouter à [nombre ▾] (1)
       sinon
14         ajouter à [nombre ▾] (1)
15 dire (regroupe [Numérateur simplifié :] (Num)) pendant (2) seconde(s)
16 dire (regroupe [Dénominateur simplifié :] (Deno)) pendant (2) seconde(s)
```

Corrigé de l'exercice 579 – page 243.

(a) Le point de départ du tracé a pour coordonnées (−200; −100).

(b) D'après les lignes de 6 à 9, il y a 5 triangles dessinés par le script.

(c) 1/ Pour le premier triangle, le côté du carré vaut 100 pixels. Pour le deuxième triangle, on a enlevé 20 pixels (d'après la ligne 9) pour obtenir un côté de 80 pixels.

2/ Tous les triangles de cette figure sont des triangles équilatéraux.

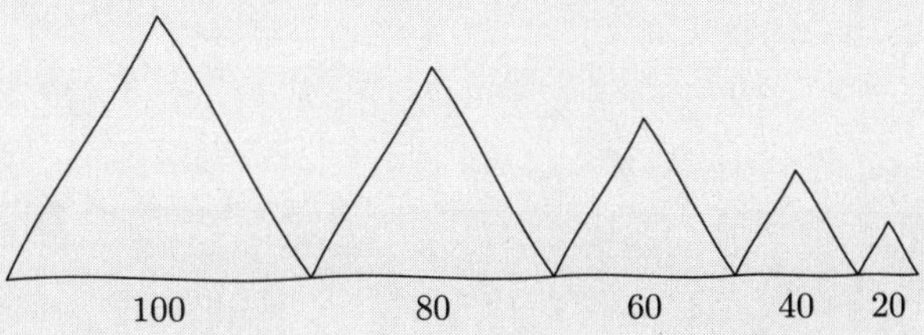

(d) On peut ajouter cette commande après la ligne 9.

Exemple de répartition des compétences

Classe de 5^e

Classe de 4^e

Classe de 3e

Index

E

F

G

H

I

Aubin
IMPRIMEUR

Achevé d'imprimer en août 2020
N° d'impression 2007.0175

Dépôt légal, octobre 2018
Imprimé en France